데드 소울즈

DEAD SOULS

데드 소울즈

Dead Souls
존 리버스 컬렉션

이언 랜킨 지음
정세윤 옮김

오픈하우스

일러두기

1. 외국 인명, 지명은 외래어 표기법을 따르되 일부는 관용적인 표기를 따랐다.
2. 책·신문·잡지명은 『 』, 영화·연극·TV·라디오 프로그램명은 「 」, 시·곡명은 〈 〉, 음반·오페라·뮤지컬명은 《 》로 묶어 표기했다.

오랫동안 고생해온

캐롤라인 오클리 편집자에게

세상은 실종자들로 가득하며, 그 수는 내내 증가해왔다.
그들이 차지하고 있는 공간은 우리가 알고 있는 삶의 방식과
죽음의 방식 사이 어딘가에 자리한다. 실종자들은 그 공간을 떠돈다.
동행하는 사람도 없고, 누구도 그들을 알아차리지 못한다.
마치 그림자처럼.

－ 앤드류 오헤이건, 『실종』

실수로 카든던 행 열차를 탄 적이 있다.
카든던에 도착하자 내려서 에든버러로 돌아가는 기차를 기다렸다.
매우 피곤했다. 만일 카든던이 좀 더 매혹적으로 보였다면
그냥 거기서 머물렀을 것이다. 카든던에 가 본 적이 있다면
상태가 얼마나 나쁜지 분명히 알게 될 것이다.

－케이트 앳킨슨, 『박물관의 이면』

작가의 말

『데드 소울즈』는 전체를 에든버러에서 착상하고 집필했다. 리버스 시리즈의 첫 작품인 『매듭과 십자가』 이후 처음이다. 그사이에 나온 작품들은 4년간 런던에서 일하던 때, 또는 그 후 6년간 프랑스의 시골에서 체류하던 시기에 썼다. 이제 에든버러에 돌아왔다…… 그리고 내가 과연 이 도시에 대한 작품을 쓸 수 없게 된 건 아닌지 걱정이 들었다. 이는 현실적인 염려이기도 했다. 에든버러를 소설 상의 도시로 재창조하기 위해 지리적으로 거리를 두어 왔기 때문이다. 도시를 잠깐 둘러봤는데 여기와 거리를 두었던 그 시간들이 잘못이었다는 사실을 깨닫게 되면 어떻게 대처하지?

하지만 걱정할 필요가 없었다.

『데드 소울즈』는 1970년대 후반 영국의 펑크 밴드 '조이 디비전'의 노래에서 제목을 따 왔다. 제목에서 짐작할 수 있듯, 결혼식장에서 춤출 때 배경음악으로 쓸 노래는 아니다. 친척들 가운데 〈아담스 패밀리〉의 등장인물들이 있다면 모를까. 물론 조이 디비전이 부른 노래의 원재료도 안다. 러시아 작가 니콜라이 고골리의 미완성 소설인 『죽은 혼』이다. 고골리라고 하면 머릿속에서 '고통받는 천재'라는 단어가 떠오른다. 고골리는 『죽은 혼』의 전반부를 출간하고 난 뒤, 후반부의 초고를 태워버렸다. 고골리는 나중에 이 소설을 다시 쓰기 시작했지만, 종교 교사가 작품 전체를 포기하라고 설득했다. 그래서 소설 후반부의 최신 버전도 다시 불길 속으로 사라졌고, 고골리는 10년 후에 사망했다.

내 작품도 '실종'과 '발견'이라는 이름이 붙은 두 부분으로 나뉜다. 두 부분 모두 고골리의 작품에서 따온 이탤릭체의 인용구로 시작되는데, '발견'에 사용된 인용구는 고골리가 쓴 유언이다. 제목은 일찌감치 생각했다. 실종자에 대한 이야기를 쓰고 싶었기 때문이다. 『블랙 앤 블루』를 위한 조사 작업을 하면서 실종자에 대한 관심이 생겼다. '실종(The Missing)'이란 제목의 논픽션(바이블 존 살인사건에 관한 절節이 포함되어 있기 때문에 읽었다)에서, 앤드류 오헤이건 기자는 누군가가 사라졌을 때의 상실 현상과 그것이 우리의 삶에 남기는 공백에 대해 논했다. 나는 오헤이건의 책에 영감을 받아 「죽음은 끝이 아니다(Death is not the end)」라는 70페이지짜리 단편을 썼다.(원제 자체는 밥 딜런의 노래지만, 호주 출신 뮤지션 닉 케이브의 리메이크를 통해 알게 되었다.) 이 단편은 미국 출판사의 부탁으로 썼지만, 바로 시장에 나올 전망이 보이지 않았다. 작품이 영영 묻히는 건 아닌지 걱정이 들어서 이 단편의 '잔인한' 부분을 다음에 집필할 예정이었던 장편에 사용하기로 했다. 이리하여 결말이 다른 두 버전이 존재하게 된 것이다.

그래서 단편을 장편으로 개작할 준비를 했다. 하지만 그사이에 현실에서 일어난 사건이 내 눈길을 끌었다. 스털링주에 있는 거친 동네의 주민들이 유죄 판결을 받았던 소아성애자가 그들 동네에 조용히 살고 있다는 뉴스를 보고 분개했다. 주민들은 자경단적 본능에 사로잡혀 그 소아성애자를 쫓아냈다. 나는 이 사건의 두 가지 점에 충격을 받았다. 하나는 내가 이전 작품인 『행잉 가든』에서 다루었던 주제 - 즉 우리가 어떻게 옳고 그름을 판단하는가 - 가 계속되고 있다는 사실이었다. 다른 하나는 '숨어 있는' 소아성애자 뉴스에 대해 리버스가 보이는 반사적인 반응은 리버스와 같은 세대, 계층, 생각의 사람들과 마찬가지라는 것이었다. 리버스는 그 소아성애자를 '쫓아냈고', 그것이 가져온 결과에 대해 저주했다. 나는 도전을 피한 적이 거의 없다. 과연 내가 몇 가지 일에 관한 리버스의 생각을 바꿀 수 있을지 알고 싶었다.

또한 나는 리버스를 고향으로 데려가고 싶었다. 그가 자랐던 파이프 중심부 말이다. 나는 다수의 작품에서 리버스를 파이프로 보내긴 했지만, 『데드 소울즈』는 나 자신의 배경에 관한 가장 개인적인 탐구다. '불꽃같은' 재니스가 리버스와의 추억에 잠길 때, 재니스는 나 자신의 기억과 일화를 사용한다. 리버스의 어린 시절에 대해서도 더 많이 알게 된다. 리버스는 (나처럼) 조립식 주택에서 태어났지만, 곧 막다른 골목에 있는 테라스 하우스로 이사 왔다.(나도 그랬다.) 리버스가 나처럼 고향 마을에 있는 '고스'라는 펍에서 술을 마셨고('고스'는 고센버그의 줄임말이다), 아버지가 제2차 세계대전에서 실크 스카프를 가져왔다는 사실(우리 아버지도 그랬다.)도 알게 된다. 이러한 점들은 리버스의 학창 시절 친구들에게 내가 붙인 이름에 많이 반영되어 있다. 브라이언과 재니스 미(Mee). 그들은 내 다른 작품의 등장인물들과 마찬가지로 바로 나(Me)인 것이다. 리버스는 그들 중에 가장 중요한 인물이고.

이 작품에는 그 어조가 침울하기는 해도 특정 집단 내에서만 통하는 농담들이 다수 있다. 예컨대 '에든버러에서 가장 무례한 바텐더'인 해리가 있다.(현실에서 해리는 이제 옥스퍼드 바의 주인이 되어서, 아직도 전처럼 대해주길 기대하는 우리들 몇몇에게만 무례하게 대한다.) 이 책에 나오는 나이트

클럽 '가이타노'는 미국의 범죄 소설가 닉 가이타노의 이름을 딴 것인데, 그 역시 본명은 '유진 이지(Eugine Izzi)'다. 가이타노는 내가 이 작품을 집필하기 직전에 사망했는데, 처음에는 그러한 상황 자체가 불가사의해 보였다. 소설 시작 부분에 언급된 '머리 없는 마차꾼'(후반부에 펍 이름으로 다시 나온다)는 사실은 위어 소령(Major Weir)인데, 에든버러의 어두운 면을 보여주는 실존 인물이다. 위어와 위어의 누이는 1678년에 마법사와 마녀라는 혐의로 고발되었다. 두 사람은 모범적이고 경건한 삶을 살아왔지만 결국 사형에 처해졌다. '증거'라고는 위어가 두서없이 횡설수설한 자백이 전부였다.

현대판 마녀사냥? 소아성애 혐의자에 대한 대중매체의 취급을 보면 알 수 있다.

『데드 소울즈』는 나에게 이정표 같은 작품이다. 누군가를 내 작품의 캐릭터로 등장시킬 수 있는 권리를 자선단체에게 처음으로 인정해주었기 때문이다. 요즘에는 작품 당 여섯 번까지 인정해주고 있지만, 『데드 소울즈』에서는 단 하나뿐이다. 그 영예는 내 친구에게 돌아갔지만, 그녀는 본인이 직접 누리려 하지 않았다. 오, 안 돼. 그녀는 미국에 있는 자기 친구를 등장시키길 바랐다. 친구의 이름은 펀 보것(Fern Bogot)이었다.

"스코틀랜드 이름 같지 않잖아." 내가 투덜거렸다.

나는 '펀'이 가명처럼 들린다고 생각했다. 일할 때 자기 실명을 쓰고 싶어 하지 않는 사람이 누구일까? 당연히 매춘부다! 그래서 그렇게 됐다. 깨끗한 삶을 살아가는 펀 보것이 에든버러의 창녀가 된다고 해서 그녀가 좀 망설이기는 했다.

『데드 소울즈』에 관해 마지막으로 하나만 이야기하자. 언젠가 작가와의 문답 시간에 어떤 팬이 내가 작품에서 사용한 '격자무늬 테이블(trellis table)'이란 단어가 사실은 '가대식 테이블(trestle table, 다리 부분이 버팀대 구조로 된 테이블)'이 아니냐고 지적했다. 그 팬의 말이 맞다. 그리고 여러분이 즐길 수 있게 그 잘못된 단어를 그대로 남겨두기로 한다. 하지만 그 팬은 내가 다수의 작품에서 '가대식 테이블'로 썼다는 사실도 말해주었다. '작가의 말'을 새로 쓰기 위해 리버스 시리즈를 다시 읽어보니 이번에도 그 팬의 말이 맞았다는 사실을 확인할 수 있었다. 어떻게 된 거냐고 묻지 마시라. 그저 그 단어를 쓸 수밖에 없었을 뿐이다.

격자무늬 테이블.

그래서 또 그렇게 썼다.

프롤로그

이 높이에서 보면, 잠든 도시는 마치 어린아이가 무한한 상상력으로 만들어낸 구조물 같았다. 화산 마개*는 검은색 플라스티신**이고, 그 화산 마개 위에 튼튼하게 균형을 잡고 있는 에든버러 성은 총안(銃眼)***이 있는 장난감 벽돌의 변주일 것이다. 오렌지색 가로등은 막대사탕의 막대에 붙어 있는 쭈글쭈글한 토피 초콜릿 포장지고.

포스강****에서는 포켓 토치의 희미한 전구가 검은색 크레이프 포장지 위에 놓인 장난감 보트를 비추고 있었다. 이 세계에서는 올드 타운의 들쭉날쭉한 첨탑은 삼각형으로 세운 성냥개비이며, 프린스 스트리트 가든은 퍼지펠트*****로 만든 판일 것이다. 판지 상자로 만들어진 공동주택, 문, 창문은 컬러 펜으로 공들여 세밀하게 칠했다. 빨대로는 수직 홈통을 만들고, 날카로운 칼 – 아마도 메스 – 을 사용해 이런 문들을 여닫을 수 있게 만들었겠지. 하지만 그 안을 들여다보면…… 장난감이라는 느낌은 없어질 것이다.

* 화산이 폭발하고 남은 용암이 분화구 속에서 굳어졌다가 화산이 침식된 후 그 용암덩어리만 남은 것.
** 어린이 공작용 점토.
*** 몸을 숨긴 채로 총을 쏘기 위하여 성벽, 보루 따위에 뚫어 놓은 구멍.
**** 스코틀랜드 중남부를 동쪽으로 흘러 포스만으로 흘러들어 가는 강.
***** 영국의 어린이용 부직포 장난감 상표.

15

그 안을 들여다보면 모든 게 달라진다.

그는 주머니에 손을 찔러 넣었다. 바람이 귓가를 날카롭게 스치고 있었다. 바람이 아이의 숨소리인 척할 수도 있지만, 현실은 그를 꾸짖고 있었다.

나는 네가 마지막으로 느끼게 될 찬바람이야.

그는 한 걸음 앞으로 나가 가장자리와 어둠 속을 응시했다. 등 뒤에는 아서스 시트*가, 그의 존재가 거슬려서 덮치려는 듯 쭈그린 채 도사리고 있었다. 저건 종이 반죽일 뿐이라고 혼잣말을 했다. 기사를 읽지는 않고 신문지 위로 손을 쓰다듬다가 자신이 허공을 치고 있다는 걸 깨닫고는 죄지은 듯 웃으며 손을 거둬들였다. 등 뒤 어딘가에서 목소리가 들렸다.

전에는 낮에 여기 올라왔다. 아주 예전에는 연인과 함께 왔을 것이다. 미래의 약속처럼 펼쳐진 도시를 보면서 손을 잡고 올라왔겠지. 그다음에는 아내와 아이들과 함께였다. 산꼭대기에서 발걸음을 멈추고, 가장자리에 너무 가까이 가지 않게 주의시키면서 사진을 찍었다. 아버지이며 남편인 그는 턱을 옷깃에 단단히 붙이고 회색 그림자 안에 있는 에든버러를 봤겠지. 이 위로 솟아오른 에든버러를 가족과 함께 카메라의 시야 안에 담았다. 고개를 천천히 움직여 도시 전경을 감상하면서 모든 문제를 해결할 수 있으리라 생각했을 것이다.

하지만 이제 이 어둠 속에서 확실히 알 수 있었다.

인생은 덫이라는 걸 알고 있다. 그 덫은 속임수를 써서 승리를 얻을 수 있다고 생각하는 어리석은 사람들의 발목을 잡아챈다. 멀리서 경찰차 사이렌 소리가 요란하게 들렸지만 그가 있는 쪽으로 오는 건 아니었다. 솔즈

---

* 에든버러의 관광 명소. 수몰된 화산의 잔재인 투명한 오아시스

베리 크랙스*에서 검은색 사륜마차가 그를 기다리고 있었다. 머리가 없는 마차꾼은 슬슬 짜증을 내기 시작했다. 말들은 몸을 떨면서 울고 있었다. 집으로 가는 길에 말들의 옆구리에서는 거품 땀이 날 것이다.

'솔즈베리 크랙스'는 에든버러의 압운 속어**가 되어가고 있었다. 스캑(skag), 즉 헤로인을 뜻한다. '모닝사이드 스피드'는 코카인이다. 지금 바로 코카인을 좀 빨면 기분이 좋아지긴 하겠지만, 그것만으로는 부족할 것이다. 아서스 시트는 마약으로 만들어질 수도 있었을 것이다. 무슨 마약인가는 전혀 중요하지 않다.

어둠 속에서 등 뒤로 어떤 형체가 가까이 다가오고 있었다. 반쯤 몸을 돌려 맞닥뜨리다가 갑자기 두려워져 재빨리 시선을 피했다. 그는 무언가 말하기 시작했다.

"믿기 어렵겠지만 나는……."

그는 말을 맺지 못했다. 재킷을 머리 위로 펼친 채 도시를 가로질러 항해하면서 진심 어린 마지막 울음을 참고 있었기 때문이다. 위장이 팽창하다가 텅 비워지자, 정말 자기를 기다리고 있는 마차꾼이 있기는 한지 의문이 들었다.

그리고 이 세상에서건 다른 세상에서건 다시는 딸을 볼 수 없다는 사실을 아는 순간, 심장이 터져나가는 걸 느꼈다.

---

* 아서스 시트 아래 있는 언덕.
** 자기가 쓰려는 단어를 바로 쓰지 않고 운을 이용한 어구를 대신 쓰는 속어.

1부

실종

우리는 티끌만큼의 악의도 없이 모든 불의를 저지른다.
우리가 존재하는 모든 순간이 타인이 겪는 불행의 원인이다…….

1

그 남자를 보았을 때 존 리버스는 미어캣*을 보는 척했다. 하지만 그 남자는 그가 찾던 사람이 아니었다.

리버스는 숙취를 몰아내려 거의 한 시간 가까이 눈을 깜빡거리고 있었다. 그가 계속할 수 있는 유일한 운동이었다. 에든버러의 초봄 날씨는 한겨울과 별반 다를 게 없는데도, 벤치나 벽에 쑤셔 박혀서 뺨을 문지르고 있었다. 셔츠의 등 부분이 축축해져서 일어설 때마다 불쾌하게 달라붙었다. 카피바라**가 불쌍하다는 듯 그를 쳐다보았고, 등을 구부린 흰 코뿔소의 속눈썹 긴 눈 뒤에는 인정과 공감의 눈빛이 있는 것 같았다. 흰 코뿔소는 쇼핑몰에 있는 조형물인 양 묵묵히 서 있었지만, 그 깊은 고독 가운데서도 어떤 위엄이 있었다.

리버스는 고립감을 느꼈지만 품위라곤 침팬지 수준이었다. 동물원에 와본 것은 오래전이었다. '팔랑고'라는 고릴라를 보여주려 딸을 데리고 온 것이 아마 마지막이었을 것이다. 새미가 아주 어렸을 때라서 목말을 태워줘도 어깨가 뻐근하지 않았다.

오늘 가져온 거라곤 몸에 숨긴 무전기와 손수건 몇 장뿐이었다. 슬로프

---

* 남아프리카 산의 작은 육식 동물. 몽구스의 일종.
** 큰 토끼처럼 생긴 남미 산 설치류.

위를 오르락내리락하는 놀이기구에서 멀리 있는 좁은 구역을 걸어가다가 가끔 매점에 멈춰 서서 아이언브루*를 사는 자신의 모습이 얼마나 수상하게 보일까 생각했다. 펭귄 행렬이 왔다갔다하면서 그가 자리에서 꼼짝 않는 모습을 보고 있었다. 이상하게도 구경거리를 찾던 관람객들이 떠나자, 미어캣 한 마리가 그제야 나타나 뒷발로 서서 몸을 움츠리고는 떨면서 영역을 탐색했다. 굴에서 두 마리가 더 나타나 빙빙 돌면서 코를 땅에 댔다. 미어캣들은 자신들의 울타리 아래쪽에 조용히 앉아 있는 존재를 거의 거들떠보지 않고 지나쳐서는 단단한 땅속을 되풀이해 파고 들어갔다. 그가 손수건을 꺼내 얼굴로 가져갈 때만 펄쩍 뛰어 뒤로 물러섰을 뿐이었다. 그는 혈관에 흐르는 독성 거품을 느끼고 있었다. 술 때문이 아니었다. '미도우스' 근처에 있는 리모델링된 경찰서에서 아침 댓바람부터 마신 더블 에수프레소가 원인이었다. 그는 출근하던 중에 오늘의 업무가 동물원 순찰이라는 사실을 알았다. 경찰서 화장실의 유리창은 자신의 몰골을 자비 없이 보여주었다.

그린슬레이드**의 〈당신은 태양의 키스가 아니야(Sunkissed You're Not)〉에서 제퍼슨 에어플레인***의 〈중국이 무너지는 것 같다면(If You Feel Like China Breaking)〉으로 넘어갔다.

더 나쁠 수도 있었어. 리버스는 스스로 되새기면서 오늘의 중심 업무로 생각을 돌렸다. 에든버러 동물원 동물들에게 독을 먹인 놈이 누구지? 어떤 개인의 짓인 건 분명했다. 놈은 잔인하고 약삭빠른 데다 아직은 감시카메라나 사육사에게 발각되지도 않았다. 경찰이 가진 단서는 막연한 인상

* Irn-Bru. 스코틀랜드의 탄산음료.
** Greenslade. 1970년대 영국의 록 밴드.
*** Jefferson Airplane. 히피 문화를 대표하는 미국의 록 밴드.

착의뿐이어서, 관람객의 가방이나 코트 주머니를 대상으로 임의 소지품 검사를 실시했다. 하지만 모든 사람 – 언론은 제외하고 – 이 정말 원하는 건 범인 체포였다. 증거가 되는 썩은 음식과 함께 우리 안에 가두면 금상첨화고.

고참 형사들이 지적하는 것처럼, 범인의 솜씨가 너무 능숙한 게 역설이었다. 아직까지는 모방범이 나타나지 않았지만 리버스는 그게 언제까지 갈지 의문이었다.

다음 안내 방송은 바다사자 먹이주기 체험이었다. 리버스는 아까 바다사자 우리를 지나면서 바다사자 가족 세 마리가 살기에 너무 큰 규모는 아니겠다고 생각했다. 이제 아이들이 미어캣 굴을 둘러싸고 있었지만 미어캣들은 사라졌다. 리버스는 미어캣들과 함께 있었다는 사실이 묘하게 기뻤다. 자리를 옮겼지만 너무 멀리 가지는 않았다. 신발 끈을 풀었다 묶었다 했다. 이러면 15분이 지나갔다. 동물원 같은 것에는 전혀 흥미가 없었다. 어렸을 때 키운 애완동물 목록은 '전투 중 실종자'나 '공무 집행 중 순직자'에 가까웠다. 거북이는 등껍질에 이름을 페인트로 써놓았는데도 잃어버렸다. 앵무새는 제대로 크지 못했다. 한 마리 있던 금붕어(커콜디 박람회에서 상도 받았다)는 전염병으로 죽었다. 어른이 되어 공동주택에 살게 되면서는 고양이나 개를 키울 엄두도 내지 못했다. 승마는 딱 한 번 시도해봤는데, 다리 안쪽 살이 쓸리는 경험을 하고는 말은 경마장에서나 보겠다고 맹세했다.

하지만 미어캣은 좋아했는데, 이유는 여러 가지였다. '미어캣'이라는 이름이 주는 울림, 익살스러운 의식(儀式)*, 자기 보호 본능. 이제 아이들은

---

* 미어캣이 낮에 두 발로 서서 햇볕을 쬐는 모습을 말한다.

벽에 매달려서 허공에 발길질을 하고 있었다. 리버스는 역할이 바뀐 상황을 상상해보았다. 아이들이 우리 안에 있고, 동물들은 지나가면서 아이들을 쳐다본다. 아이들은 그 관심에 신이 나 껑충거리며 소리를 지른다. 동물들이 인간의 호기심을 공유하려 하지 않는 점만이 예외다. 동물들은 날쌘 동작이나 관심에도 무감하고, 어떤 게임이 벌어지고 있다거나 누군가의 무릎이 까졌다는 것을 이해하지 못한다. 동물들은 동물원을 짓지 않을 것이고 그럴 필요도 없다.

갑자기 동물원이 바보 같다는 생각이 들었다. 에든버러의 노른자위 땅덩어리를 이런 터무니없는 일에 쓰다니……. 그때 카메라가 보였다.

얼굴이 있어야 할 자리에 카메라가 보였기 때문이었다. 남자는 20미터 정도 떨어진 잔디 슬로프에 서서 대형 망원 렌즈의 초점을 조정하고 있었다. 카메라 본체 아래 보이는 입은 무언가에 집중하는 듯 선이 가늘었는데, 카메라를 미세 조정하는 엄지와 검지를 따라 조금씩 물결 모양을 이루고 있었다. 검은 데님 재킷과 주름진 치노 바지*에 운동화 차림이었다. 색바랜 파란색 야구 모자는 벗었다. 모자는 그가 사진을 찍을 때마다 빈 손가락에서 대롱거렸다. 가느다란 머리카락은 갈색이었고 이마에는 주름이 있었다. 카메라를 내리자마자 그를 알아보았다. 리버스는 남자가 찍고 있던 피사체 쪽으로 시선을 돌렸다. 아이들이었다. 미어캣 우리 쪽으로 몸을 기울이고 있던 아이들. 신발창과 다리, 여자아이들의 치마, 티셔츠와 스웨터가 말려 올라가 있는 작은 등만 볼 수 있었다.

리버스는 남자가 누군지 알아보았다. 주변 상황을 감안해보니 더 쉽게 알아챌 수 있었다. 4년 가까이 보지 못했지만 그 눈, 오래된 곰보 자국을

---

* 카키색을 주로 사용하는 튼튼한 군용, 작업용 면직물 바지.

두드러지게 하는 불그레한 뺨 위에서 번들거리는 욕망은 결코 잊을 수 없었다. 4년 전보다 길어진 머리카락은 보기 흉한 귀 위에서 곱슬거렸다. 리버스는 남자의 이름을 떠올리면서, 동시에 주머니 속의 무전기로 손을 뻗었다. 남자는 그 움직임을 알아채고 리버스와 시선을 맞추려고 눈을 돌렸지만 리버스는 이미 다른 곳을 보고 있었다. 남자가 눈치챘다는 것은 두 가지 행동으로 나타났다. 렌즈를 빼 숄더백 안에 쑤셔 넣었다. 카메라 본체에 바디 캡을 끼웠다. 그러고는 자리를 떠나 비탈을 성큼성큼 걸어 내려갔다. 리버스는 재빨리 무전기를 꺼냈다.

'내 쪽에서 비탈 아래로 향하고 있다. 멤버스 하우스(회원 전용관) 서쪽이다. 검은색 데님 재킷에 면바지를 입었고……' 리버스는 쫓아가면서 설명을 계속했다. 몸을 돌린 남자가 그를 보고는 발걸음을 재촉했지만, 무거운 카메라 가방이 방해가 되었다.

경관들이 해당 구역으로 향하고 있다는 무전이 들렸다. 레스토랑, 카페테리아, 손을 잡고 있는 커플들, 아이스크림을 먹어치우는 아이들을 지나갔다. 페커리*, 수달, 펠리컨도 지나쳤다. 리버스에게는 다행스럽게도 계속 내리막길이었고, 남자의 특이한 걸음걸이 – 한쪽 다리가 다른 쪽보다 약간 짧은 – 덕분에 간격이 좁아졌다. 관람객이 몰리는 지점에서 바로 통로가 좁아졌다. 리버스는 병목 현상이 왜 생겼는지 몰랐다. 그때 물이 튀는 소리에 이어 환호와 박수갈채가 들렸다.

"바다사자 우리로!" 리버스는 무전기에 대고 소리쳤다.

몸을 반쯤 돌린 남자가 리버스의 무전기를 보더니, 그 뒤쪽을 내다보았다. 수많은 사람들의 모습이 마치 다른 형사들이 쫓아오는 것처럼 보였

---

* 아메리카 대륙에 서식하는 멧돼지와 비슷한 동물.

다. 그의 눈은 아까와는 달리 겁에 질렸다. 그는 상황을 통제하지 못했다. 리버스가 막 잡아채려는 순간, 남자는 관람객 두 명을 옆으로 밀치고 낮은 석벽 위로 기어 올라갔다. 바다사자 우리 반대쪽에 있는 바위 노두* 꼭대기에서는 여성 사육사 한 명이 검은색 플라스틱 양동이 두 개 위로 허리를 구부리고 있었다. 사육사 뒤쪽에는 관람객이 거의 없었다. 바위가 시야를 가려서 바다사자가 잘 보이지 않기 때문이었다. 남자는 관람객들을 피해 먼 쪽에 있는 벽 위로 다시 기어 올라가 비상구 코앞에 다다를 수 있었다. 리버스는 낮은 목소리로 욕설을 내뱉고 발을 벽에 댄 다음 그 위로 몸을 솟구쳤다.

구경꾼들이 휘파람을 불었다. 일부는 심지어 두 남자가 가파른 경사를 따라 조심조심 나아가는 우스꽝스러운 모습을 비디오카메라에 담으면서 환호를 보냈다. 사육장 쪽을 힐끗 본 리버스는 물살이 빠르다는 것을 알았다. 사육사는 바다사자가 그녀 근처의 바위 위로 미끄러지듯 올라오는 것을 보고 경고하는 소리를 질렀다. 매끈한 검은 몸통의 바다사자는 먹이로 주는 생선을 정확하게 입으로 받아먹을 때까지만 바위 위에 있다가 몸을 돌려 웅덩이 안으로 돌아갔다. 거대하거나 사납지는 않았지만, 리버스가 쫓던 남자는 그 모습만으로도 겁에 질렸다. 남자가 잠깐 몸을 돌렸다. 카메라 가방이 팔 위로 미끄러져 내려가자 가방을 움직여 목에 걸었다. 도망치려는 듯했지만 리버스를 보고 다시 마음을 바꿨다. 사육사가 무전기를 꺼내 경비를 불렀다. 하지만 웅덩이의 주인이 짜증을 내기 시작하는 것 같았다. 리버스 옆쪽의 물이 움직이며 흔들리는 것 같았다. 웅덩이 깊은 곳에서 거대한 검은 무엇인가가 솟아오르면서 해를 가리더니 바위 위로 몸

* 광맥, 암석 등의 노출 부분.

을 던졌다. 물이 리버스의 얼굴을 때렸다. 새끼보다 족히 너덧 배는 큰 수컷 바다사자가 바위 위에서 먹이를 찾아 주위를 둘러보면서 큰 소리로 콧김을 내뿜자 관람객들이 비명을 질렀다. 바다사자가 아가리를 열고 사납게 울부짖자 남자는 비명을 지르다가 균형을 잃고는 카메라 가방과 함께 웅덩이 속으로 떨어졌다.

웅덩이에 있던 두 마리 ― 어미와 새끼 ― 가 남자 쪽으로 코를 킁킁댔다. 사육사는 마치 일요일의 조기축구 경기에서 관중의 항의를 받은 심판처럼 목에 걸고 있던 호루라기를 불었다. 수컷 바다사자는 리버스를 마지막으로 한 번 보더니 웅덩이로 되돌아가서 암컷이 남자를 쿡쿡 찔러보고 있는 쪽으로 향했다.

"맙소사." 리버스가 소리쳤다. "먹이를 던져줘!"

사육사가 알아듣고는 먹이가 든 양동이를 웅덩이로 차 넣었다. 바다사자 세 마리가 그쪽으로 향했다. 리버스는 이때를 틈타 웅덩이 안으로 다이빙했고 남자를 붙잡아 바위 위로 끌고 올라왔다. 관람객 한 쌍이 도와주러 왔다. 사복형사 두 사람이 그 뒤를 따랐다. 리버스는 눈이 따끔거렸다. 날생선 비린내가 진동했다.

"도와드릴게요." 누군가가 손을 뻗으며 말했다. 리버스는 그 손에 끌려 올라왔다. 그는 물에 빠진 생쥐 꼴의 남자 목에서 카메라 가방을 잡아챘다.

"잡았다." 리버스가 말했다. 그러고는 바위 위에 무릎을 꿇고 몸을 떨면서 웅덩이에 토하기 시작했다.

2

다음 날 아침, 리버스는 추억들에 둘러싸였다.

자신이 아니라 총경의 추억이었다. 사무실의 비좁은 공간을 어수선하게 만드는 액자 속 사진들. 그 추억의 대상은 외부인에게는 아무 의미도 없는 것들이었다. 차라리 미술관 전시가 나았다. 아이들, 수많은 아이들. 총경의 자녀들이었다. 그 자녀들의 얼굴은 세월에 따라 늙어갔다. 손자들의 사진도 있었다. 리버스는 총경이 이 사진들을 찍은 게 아니라는 느낌이 들었다. 이 사진들은 총경이 받은 선물이었고, 총경은 이 사진들을 사무실에 가져와야겠다고 생각했을 것이다.

단서는 그 사진이 놓인 상황이었다. 책상 위에 있는 사진들은 바깥쪽을 향하고 있었다. 그래서 사무실 안에 있는 사람들은 책상을 매일 사용하고 있는 총경 말고는 모두 그 사진을 볼 수 있었다. 나머지 사진은 책상 뒤 창문 – 효과는 같았다 – 에 있었고, 사무실 구석의 파일 캐비닛 위에도 더 있었다. 리버스는 자신의 추론을 확인하기 위해 왓슨 총경의 의자에 앉았다. 스냅 사진들은 왓슨이 아니라 방문객을 위한 것이었다. 사진들은 왓슨 총경이 가정적이고 강직하며, 삶에서 어떤 성취를 이뤄낸 남자라는 사실을 방문객들에게 말해주었다. 사진들은 칙칙한 사무실에 인간적인 느낌을 준

다기보다는 그저 일종의 전시품으로 자리를 차지하고 있을 뿐이었다.

컬렉션에 새 사진이 추가되었다. 카메라가 흔들리는 바람에 흐릿해진 듯이 초점이 조금 맞지 않는 낡은 사진이었다. 귀퉁이에는 주름이 있었고, 가장자리는 흰색에, 한쪽 구석에는 사진을 찍은 사람의 알아볼 수 없는 서명이 있었다. 가족사진이었다. 아버지는 서 있었는데, 무릎 위에 젖먹이를 안고 있는 아내의 어깨에 마치 자신의 소유물이라도 되는 양 한 손을 얹었다. 다른 한 손은 블레이저*를 입은, 짧게 자른 머리에 노려보는 눈빛을 한 어린 소년의 어깨를 꽉 잡고 있었다. 어떤 긴장감이 자리하고 있다는 게 분명해 보였다. 소년은 어깨를 아버지의 손에서 빼려 하고 있었다. 리버스는 풀 먹인 옷처럼 딱딱한 엄숙함에 감탄하면서 사진을 유리창 쪽으로 가져갔다. 어두운 모직 양복, 흰색 셔츠, 검은색 넥타이를 매고 있는 자신도 풀을 먹인 느낌이었다. 검은색 양말에 검은색 구두를 신었는데, 구두는 아침에 일어나자마자 알맞게 광을 낸 것이었다. 밖은 금방이라도 비를 뿌릴 듯 구름으로 뒤덮였다. 장례식에 어울리는 날씨였다.

왓슨 총경이 느긋한 걸음으로 초조함을 숨기며 사무실로 들어왔다. 사람들은 뒤에서 그를 '농부'라고 불렀다. 북부 출신인 데다가 왠지 애버딘 앵거스** 같은 느낌이 있기 때문이었다. 가장 좋은 제복을 입고, 한 손에는 모자를, 다른 손에는 흰색 A4 봉투를 들고 있었다. 총경이 모자와 봉투를 모두 책상 위에 놓았다. 리버스는 사진의 각도가 총경의 의자 쪽을 향하게 다시 조정했다.

"총경님인가요?" 노려보고 있는 소년을 톡톡 치며 그가 물었다.

---

* 흔히 단체복으로 통일된 콤비 상의.
** 스코틀랜드 산 육우용 검정 소

"그렇네."

'반바지 차림을 공개하시다니 대단하군요.'

하지만 농부는 화제를 딴 데로 돌리려는 시도에 넘어가지 않았다. 리버스는 왓슨의 얼굴에 두드러진 붉은 혈관에 대해 세 가지 설명을 생각했다. 과한 심장 박동, 술기운, 아니면 분노. 숨차하는 기미가 보이지 않으니 첫 번째는 아니군. 농부는 위스키를 마셔도 뺨에는 전혀 반응이 없다. 얼굴 전체가 장밋빛으로 벌게지다가 장난꾸러기의 얼굴에 있는 붉은 빛처럼 줄어드는 것 같다.

그럼 남는 건 분노군.

"시작하지." 시계를 보며 왓슨이 말했다. 둘 다 시간이 별로 없었다. 농부는 봉투를 열어 사진 한 꾸러미를 책상 위에 떨어뜨렸다. 그런 다음, 꾸러미를 열고 사진을 리버스 쪽으로 던졌다.

"직접 보게."

리버스는 사진을 보았다. 대런 러프의 카메라에서 나온 것이었다. 농부는 서랍으로 손을 뻗어 파일을 꺼냈다. 리버스는 계속 사진을 보았다. 우리에 있거나 벽 뒤에 있는 동물원 동물들이었다. 사진 일부 – 전부는 아니었지만 상당수 – 에는 아이들이 있었다. 카메라는 자기들끼리 대화에 열중하거나, 사탕을 먹거나, 동물을 보면서 얼굴을 찡그리는 이 아이들에게 초점을 맞추고 있었다. 리버스는 바로 안도감을 느꼈고, 확인을 위해 농부를 쳐다보았지만 농부의 표정은 달랐다.

"러프 씨 말로는," 농부는 파일에 있는 서류를 살펴보며 말했다. "그 사진들은 포트폴리오의 일부라는군."

"잘도 그렇겠네요."

"에든버러 동물원에서의 하루를 담은 포트폴리오라는군."

"아무렴요."

농부가 목청을 가다듬었다. "러프는 사진 교실 야간반에 등록했어. 확인해봤는데 사실이더군. 프로젝트 주제가 동물원인 것도 맞고."

"대부분의 사진에 아이들이 있습니다."

"정확히 말하자면 절반 좀 안 되지."

리버스는 사진들을 책상 너머로 밀었다. "총경님……."

"존, 대런 러프는 출소한 지 일 년 가까이 됐고, 아직 재범의 위험성을 보이지 않았네."

"남부 쪽으로 갔다고 들었습니다."

"그리고 다시 돌아왔지."

"저를 보자마자 도망쳤어요."

농부는 아래쪽에 있는 의견 부분을 빤히 쳐다보았다. "혐의가 있다는 의견이 전혀 없어."

"러프 같은 놈들은 새나 벌을 구경하러 동물원에 가는 게 아닙니다. 믿어주세요."

"심지어 러프가 프로젝트 주제를 정한 것도 아니었네. 강사가 배정했지."

"네, 러프는 놀이공원을 더 좋아했겠죠." 리버스가 한숨을 쉬었다. "변호사는 뭐라던가요? 러프는 언제나 변호사를 설득하는 재주가 있었죠."

"러프 씨가 조용히 풀려나고 싶어 한다더군."

"아이들을 조용히 놔둔 것처럼요?"

농부가 다시 앉았다. "자네는 '속죄'란 말에 아무 느낌이 없나?"

리버스는 고개를 저었다. "그놈한테는 해당 없습니다."

"어떻게 아나?"

"표범의 얼룩점이 바뀌는 것 보셨습니까?"

농부가 시계를 보았다. "자네와 러프 사이에 앙금이 있다는 거 아네."

"러프가 고소한 건 제가 아니었습니다."

"그렇지." 농부가 말했다. "짐 마골리스를 고소했지."

둘은 잠시 말을 멈추고 생각에 잠겼다.

"그럼 이대로 속수무책인 겁니까?" 마침내 리버스가 물었다. '속죄'라는 단어가 머릿속에서 맴돌았다. 그의 친구인 신부가 그 단어를 애용했다. 그리스도의 삶과 죽음을 통한 신과 인간의 화해. 대런 러프와는 거리가 멀다. 리버스는 짐 마골리스가 솔즈베리 크랙스에서 몸을 던졌을 때도 속죄를 했을지 궁금했다.

"서류상으로는 아무 문제가 없어." 농부가 책상 제일 아래 서랍으로 손을 뻗어 병 하나와 잔 두 개를 꺼냈다. 몰트위스키였다. "자네 취향은 모르네만." 그가 말했다. "장례식 전에는 이게 필요하지."

리버스는 총경이 술을 따르는 것을 보며 고개를 끄덕였다. 계곡물이 폭포처럼 흘러내리는 듯한 소리였다. 위스키는 게일어로는 Usquebaugh다. Uisge는 물, beatha는 생명. 생명의 물이다. Beatha는 'birth(탄생)'처럼 들린다. 리버스의 머릿속에서는 각각의 술잔이 하나의 탄생이었다. 하지만 의사가 계속 말했듯이, 각각의 잔은 곧 작은 죽음이기도 했다. 그는 잔을 코에 갖다 대고 냄새를 음미했다.

"좋은 친구를 또 보내는군." 농부가 말했다.

그리고 갑자기 방 안에 유령들이 떠돌기 시작했다. 리버스의 시야 바로 주변이었다. 유령들의 두목은 잭 모튼이었다. 옛 동료였던 모튼은 3개월 전에 죽었다. 버즈*. 〈그는 내 친구였다(He Was a Friend of Mine)〉. 그 친구는 매장을 거부했다. 농부는 리버스의 눈길을 따라갔지만 아무것도 보지 못했다. 잔을 비우고는 병을 멀리 치워놓았다.

"조금씩 자주 마셔야지." 그가 말했다. 그러고는 마치 위스키가 그들 사이에 흥정을 붙인 듯이 말했다. "방법이 없는 건 아닐세."

"무슨 방법 말씀입니까, 총경님?" 잭은 창유리 속으로 녹아들어갔다.

"대응 방법." 농부는 벌써 위스키 술기운이 올라서 얼굴이 세모꼴이 되어갔다. "짐 마골리스에게 그런 일이 일어난 뒤로…… 경찰 수뇌부의 일부는 직무 스트레스에 관해 고려하게 됐네." 그는 잠시 말을 멈췄다. "자네는 실수가 너무 많아."

"힘든 시기를 겪고 있습니다. 그게 다예요."

"힘든 데는 이유가 있어."

"예를 들면요?"

농부는 대답하지 않았다. 리버스 자신이 그 답을 댈 수 있음을 알기 때문일 것이다. 잭 모튼의 죽음. 휠체어 신세가 된 새미.

총경이 구해줄 수 있는 치료사는 위스키였다. 임시변통이긴 하지만.

"극복할 수 있습니다." 마침내 리버스가 말했다. 하지만 자기 자신도 확신하지 못하는 것 같았다.

"혼자 힘으로?"

"그 방법뿐이잖습니까?"

농부는 어깨를 으쓱했다. "그동안에 우리는 자네가 한 실수나 수습하

---

* Byrds, 1960년대 미국의 록 그룹.

고?"

실수. 저들이 원하지 않는 대런 러프 같은 놈을 붙잡는 것 말이겠지. 죄수가 미어캣에 쉽게 접근해 사과를 던져주게 하는 것. 동물들이 그 사과를 먹기 전에 운 좋게도 사육사가 지나가다가 집어 들었다. 그는 동물들의 불안감에 대해 알고 있었고, 시험해보려고 사과를 준 거였어.

약이 든 먹이를 줘도 겁내지 않게 할 목적이었지.

리버스의 실수였다.

"이봐." 마지막으로 시계를 보고는 농부가 말했다. "이제 가세."

그래서 리버스는 하려던 말을 꺼내지 못했다. 자신이 어떻게 소명의식을, 경찰 일의 역할 – 존재 그 자체 – 에 대한 낙관론을 잃게 되었는지에 대해서. 이런 생각들 때문에 얼마나 겁이 나는지, 불면이나 악몽에 시달리는지에 대해서. 심지어 낮에도 출몰해서 자신의 뇌리를 떠나지 않는 유령들에 대해서.

이제 더 이상 경찰을 하고 싶지 않다는 사실에 대해서.

짐 마골리스는 모든 것을 가지고 있었다.

짐은 리버스보다 열 살 아래였고, 출세 가도를 달리고 있었다. 경찰 수뇌부에서는 짐이 마지막 몇 가지 교육만 이수하기를 기다리고 있었다. 그 뒤에는 경위 계급장쯤은 마치 뱀 껍질처럼 벗겨낼 수 있었을 것이다. 짐은 쾌활하고 매력적이었으며, 내부 정치에도 밝은 약삭빠른 전략가였다. 잘생긴 데다 보로미르 고교 시절부터 럭비를 하면서 건강을 유지하고 있었다. 배경도 좋고 에든버러 상류층과 연줄도 있었다. 부인은 매력적이고 우아했으며, 어린 딸은 누구나 예쁘다고 입을 모으는 아이였다. 동료 경찰들의 사랑을 받았고, 체포에서 유죄 판결로 이어지는 비율은 부러움을 살 정도였다. 가족과 함께 그레인지 양식*의 주택에서 조용히 살았고, 지역 교회에 다녔으며, 모든 면에서 완벽한 모범이었다.

농부는 계속 뭐라고 말하고 있었지만, 거의 알아들을 수 없었다. 교회로 차를 몰고 갈 때부터 말을 시작해서 장례 예배 내내 계속했고, 묘지 옆에서의 장황한 연설로 끝을 맺었다.

"짐은 모든 걸 가졌네, 존. 그런데 그런 일을 저질렀어. 그 사람이 대체 무슨 생각으로 그랬을까? 고참 경관들도 짐을 존경했어. 퇴직연금 받을 날이 코앞인 냉소적인 늙다리들 말이야. 그자들은 경찰 노릇 하면서 별걸 다 봤겠지만 짐 마골리스 같은 사람은 보지 못했다고."

세인트 레너즈 경찰서의 대표인 리버스와 농부는 조문객들의 뒤쪽으로 향했다. 조문객들의 수는 엄청났다. 럭비 선수들, 교회 신도들, 이웃들 옆으로 수많은 금관악기 연주자들이 있었다. 거기에 일가친척들까지. 못자리 옆에는 상복을 입은 미망인이 차분한 모습을 보이려 애쓰며 서 있었다. 그녀는 딸을 안아 올렸다. 딸은 흰색 레이스 드레스를 입었고, 머리카락은 두꺼운 곱슬머리 금발이었다. 나무로 된 관을 향해 작별의 손짓을 하는 얼굴이 빛나고 있었다. 아이는 금발에 흰색 드레스를 입어서 천사처럼 보였다. 의도한 것이겠지. 아이는 확실히 조문객들 사이에서 두드러지게 눈에 띄었다.

마골리스의 부모도 참석했다. 아버지는 전직 군인 같았다. 괘종시계처럼 등이 꼿꼿했지만 지팡이의 은 손잡이를 잡고 있는 두 손이 떨리고 있었다. 어머니는 눈물범벅에다 곧 무너질 듯 보였고, 젖은 입술 위로 베일이 내려와 있었다. 그녀는 자식 둘을 모두 잃었다. 농부 말에 따르면 짐의

---

* 19세기 건축의 거장인 오거스터스 퓨진(Augustus Pugin)이 부흥시킨 고딕 양식.

여동생도 몇 년 전에 자살했다. 정신질환을 앓던 끝에 손목을 그었다고 했다. 리버스는 자식을 먼저 보낸 부모를 다시 바라보았다. 머릿속에 딸이 떠올랐다. 딸이 얼마나 두려웠을지, 자신은 결코 알 수 없는 상태가 된 그 애가 얼마나 두려웠을지 생각했다.

다른 가족들이 짐의 부모 가까이 다가서서 위로하거나 도와주려 하고 있었다. 리버스는 어느 쪽인지 알 수 없었다.

"좋은 가족이야." 농부가 속삭였다. 리버스는 약간의 부러움을 알아챌 수 있었다. "한나는 어린이 미인 대회에서 우승했어."

한나는 딸의 이름이었다. 리버스는 한나가 여덟 살이라는 걸 알게 되었다. 아버지처럼 푸른 눈에 피부가 완벽했다. 미망인의 이름은 캐서린이었다.

"세상에, 완전 낭비인데요."

리버스는 농부의 사진을, 각 개인이 만나 얽히면서 상대방에게서 무늬를 끌어내 만들어내고, 뚜렷한 대조를 보이게 색깔을 혼합하거나 선택하는 것을 생각했다. 친구를 사귀고, 결혼해서 가정을 꾸리고, 아이들을 낳는다. 아이들은 다른 집 아이들과 놀게 된다. 취직해서 동료를 만나고 동료는 친구가 된다. 서서히 정체성은 뭉뚱그려지면서 더 이상 개인으로는 존재하지 않는다. 하지만 결과적으로는 오히려 그보다 더 강한 무엇인가가 된다.

그렇지만 언제나 그렇게 되는 건 아니다. 갈등이 생긴다. 일 때문일 수도 있고 아니면 과거에 잘못된 결정을 했다는 뒤늦은 깨달음이 이유일 수 있다. 리버스는 자신의 삶에서 그걸 보았다. 결혼 생활보다 일을 앞세우면서 아내가 떠나가게 했다. 아내는 딸을 데리고 떠났다. 자신이 잘못된 이유때문에 옳은 선택을 했다는 사실을, 처음부터 자신의 결점을 인정했어야 했다는 것을 이제야 실감했다. 일이란 건 도피하기 위한 그럴싸한 변명 거리에 지나지 않았다.

캄캄한 밤에 투신자살한 짐 마골리스에게 궁금증이 생겼다. 무엇 때문에 그렇게 극단으로 내몰린 결정을 했는지 의문이 생겼다. 실마리를 갖고 있는 사람은 없는 것 같았다. 리버스는 오랜 세월 동안 자살 미수에서 방조 자살*, 그리고 그 둘 사이에 있는 모든 자살 사건을 보았다. 하지만 언제나 어떤 이유가 있거나, 한계점에 도달하거나, 깊이 자리한 상실감, 결핍감, 전조가 있었다. 리프 하운드(Leaf Hound), 〈내 삶을 두려움 속에 빠뜨렸어(Drowned My Life in Fear)〉.

하지만 짐 마골리스에게는 아무 이유도 없었다. 어떤 조짐도 없었다. 미망인도, 부모도, 동료도 이유가 될 만한 암시를 줄 수 없었다. 몸도 건강했다. 직장에서도 가정에서도 아무 문제가 없었다. 아내와 딸을 사랑했다. 금전 문제도 없었다.

하지만 뭔가 문제가 있었다.

신이시여, 이 얼마나 낭비입니까?

짐의 자살 자체에 잔인함이 있었다. 모든 사람을 슬픔에 빠뜨렸을 뿐 아니라 의심을 품게 만들었다. 원인이 된 사람이 있지 않을까 하는 의문을 남겼다.

삶이 가장 소중했던 순간에 스스로 목숨을 끊었다.

리버스는 숲 쪽으로 눈길을 향하다가 잭 모튼이 서 있는 걸 보았다. 처음 만났을 때처럼 젊어 보였다.

관 뚜껑 위로 흙이 뿌려지고 있었다. 마지막으로 보내는 헛된 모닝콜이

---

* 안락사와 같이 타인의 도움을 받은 자살.

었다. 농부는 뒷짐을 진 채 자리를 떠날 채비를 했다.

"살아가는 동안" 그가 말했다. "결코 이 일을 이해할 수 없을 거야."

"운명을 누가 알겠습니까." 리버스가 말했다.

3

그는 솔즈베리 크랙스 위에 서 있었다. 사나운 바람이 불고 있어서 코트 칼러를 세웠다. 상복을 갈아입으러 집에 들른 후에는 경찰서로 돌아가야 했지만 – 여기서 세인트 레너즈를 볼 수 있었다 – 왠지 모르게 이리로 둘러서 왔다.

지금 있는 곳 뒤와 위쪽에는 건장한 사람 몇이 아서스 시트 정상에 올라가 있었다. 정상에 오르면 파노라마 같은 경치가 보상으로 주어졌다. 몇 시간 동안 귀가 따끔거리는 건 덤이다. 리버스는 고소공포증 때문에 가장자리에는 너무 가까이 가지 않았다. 경치는 특이했다. 하느님이 홀리루드 공원*을 손으로 내리쳐서 이 도시의 기원을 상기시키는 이 깎아지른 바위만 남기고는 죄다 납작하게 눌러버린 것 같았다.

짐 마골리스는 여기서 몸을 던졌다. 아니면 갑자기 돌풍이 불어서 떨어졌을 수도 있다. 설득력은 부족하지만 더 쉽게 받아들일 수 있는 설명이었다. 미망인은 짐이 '산책, 그냥 산책'을 하다가 어두워서 발을 헛디뎠을 거라는 의견을 말했다. 하지만 그렇다면 답할 수 없는 문제가 생긴다. 왜 한밤중에 잠자리에서 일어나 산책하러 나갔을까? 걱정거리가 있었다면 왜 하필 집에서 몇 킬로미터나 떨어진 솔즈베리 크랙스 꼭대기에서 그 문제

---

* 에든버러에 있는 자연공원.

를 생각해야 했을까? 짐은 장인 장모의 집이었던 그레인지 주택 단지에 살았다. 그날 밤에는 비가 내렸는데 차도 타지 않았다. 흠뻑 젖는 것도 알아채지 못할 만큼 절망적이었나?

아래를 내려다본 리버스의 눈에 옛 양조장 자리가 들어왔다. 스코틀랜드 의회의 새 의사당이 세워질 곳이었다. 300년 만에 처음으로 짓는 것이었고, 테마파크 옆에 위치할 예정이었다. 근처에는 고층 벽돌 건물과 보호숙소*가 촘촘한 미로를 이루고 있는 그린필드 주택 단지가 있었다. 리버스는 왜 인간이 독창적으로 만든 고층 건물보다 솔즈베리 크랙스가 그렇게 깊은 인상을 주는지 궁금해하다가, 주머니에 손을 넣어 접힌 종이 한 장을 꺼냈다. 주소를 확인한 후 그린필드 주택 단지를 다시 내려다보았다. 한 군데 더 들를 곳이 있었다.

1960년대 중반에 건설된 그린필드의 평지붕 고층 건물들은 그 연식을 보여주고 있었다. 색 바랜 칠 위에는 어두운 얼룩이 생겨났다. 금이 간 도로 포장용 평판 위로 일수관**에서 물이 방울방울 떨어지고 있었다. 창문 주위에는 썩은 나무 조각들이 벗겨지고 있었다. 유리창을 판자로 막은 단층 연립주택의 벽은 '약쟁이' 같은 임시 거주자들을 식별하기 위해 페인트칠이 되어 있었다.

지자체의 도시 계획 담당자는 여기에 거주해보지 않았다. 현장감독이나 건축가도 마찬가지다. 지자체는 말썽거리 세입자들을 여기 이주시켜놓고는 중앙난방 장치가 가동될 것이라고 얘기한 게 다였다. 우묵한 대지의

---

* 아직은 독립적인 생활이 가능한 노인들을 위해 필요하면 도움을 줄 수 있도록 직원이 상주하는 시스템이 있는 숙소.
** overflow pipe. 설계한 수면보다 높게 물이 괴는 것을 방지하기 위해 물을 넘쳐흐르게 만드는 파이프.

평평한 바닥 위에 건물을 지었기 때문에 솔즈베리 크랙스가 주택 단지 전체 위를 음울하게 내려다보이는 형상이 되었다. 리버스는 종이에 적힌 주소를 다시 확인했다. 전에 그린필드에서 일을 처리한 적이 있었다. 시 소유 부동산 중 최악이라고는 말할 수 없었지만, 여전히 문제는 있었다. 점심시간이 지난 오후였고 거리는 조용했다. 거리 가운데는 누군가가 버려두고 간, 앞바퀴 빠진 자전거가 있었다. 그보다 더 앞에는 쇼핑 카트 두 대가 마치 동네 소문을 쑤군대는 듯 마주보고 서 있었다. 11층 건물 여섯 개의 중앙에는 네모난 좁은 정원과 낮은 나무 울타리가 완비된 테라스식 방갈로*가 네 줄로 단정하게 늘어섰다. 창문 대부분은 레이스 커튼으로 가려졌고, 각 문 위에는 도난 경보기가 벽에 장착되었다. 고층 건물들 사이 타막**으로 포장된 구역 일부는 놀이터로 사용되고 있었다. 남자아이 하나가 썰매를 탄 친구를 끌고는 마치 눈이라도 오는 것처럼 땅 위를 긁으면서 달리고 있었다. 리버스가 '크랙사이드 코트'를 아느냐고 큰 소리로 묻자 썰매에 탄 아이가 손짓으로 건물 중 하나의 방향 쪽을 가리켰다. 건물에 가까이 다가선 리버스는 건물 이름을 표시하는 안내문이 훼손되는 바람에 '크랙사이드(Craigside)'가 '크랩-사이트(Crap-site, 쓰레기장)'처럼 보인다는 것을 알게 되었다. 2층의 창문이 열려 있었다.

"헛수고예요." 굵은 여자 목소리가 들렸다. "그 사람 여기 안 살아요."

리버스는 돌아서서 고개를 올렸다.

"내가 누굴 찾는데요?"

---

* 베란다가 딸린 단독 주택.
** 포장용 아스팔트 코팅제.

"장난해요?"

"아니요. 이 동네에 천리안이 사는 줄 몰랐네요. 내가 찾는 게 당신 남편이나 남자친구인가요?"

여자는 아래를 내려다보더니 자기가 지레짐작으로 말했다는 걸 알았다. "됐어요." 하고는 머리를 집 안으로 다시 집어넣고 창문을 닫았다.

인터폰 시스템은 있었지만 이름은 없고 아파트 동 호수뿐이었다. 문을 잡아당겼다. 어차피 열려 있으니까. 잠깐 기다렸다가 흔들리는 엘리베이터를 타고 5층까지 올라갔다. 주거 구역 쪽으로 뻗은 통로를 따라 6개의 문을 지나친 끝에 크랙사이드 코트 5/14호 밖에 섰다. 창문은 있었지만 해진 침대보 같은 파란색 커튼이 쳐 있었다. 문에는 손상된 흔적이 있었다. 누군가 침입하려다 실패했거나, 아니면 벨이나 노커가 없어서 사람들이 발로 찼기 때문이었을 것이다. 문패는 없었지만 상관없었다. 누가 여기 살고 있는지 알고 있었으니까.

대런 러프.

리버스가 처음 보는 주소였다. 그가 4년 전 러프 사건 수사를 도왔을 때, 러프는 버클루에 있는 아파트에서 살고 있었다. 이제 러프는 에든버러로 돌아왔고, 리버스는 그가 얼마나 환영받고 있는지 알려줄 생각이었다. 게다가 대런 러프에게 물어볼 게 있었다. 짐 마골리스에 관해…….

아파트가 빈 것 같다는 느낌이 드는 게 유일한 문제였다. 두 개의 방과 창문을 무성의하게 한 번씩 두드렸다. 대답이 없자 우편함을 통해 안을 들여다보려고 몸을 숙였지만 안에서부터 막혀 있었다. 누가 들여다보는 걸 바라지 않았거나 반갑지 않은 우편물들을 받아 온 것 같다. 리버스는 몸을 돌려서 발코니 난간에 팔을 얹었다. 바로 아래 어린이 놀이터가 보였다.

아이들. 그린필드 같은 주택 단지는 아이들 천지일 것이다. 다시 몸을 돌려 러프의 집을 살펴보았다. 벽이나 문에는 낙서도, '변태(Pervo Scum)'처럼 세입자를 확인할 만한 어떤 표시도 없었다. 지상을 내려다보니 썰매가 너무 빨리 모퉁이를 도는 바람에 타고 있던 아이가 떨어졌다. 리버스 아래층의 창문이 요란한 소리를 내며 열렸다.

"다 봤어, 빌리 호먼! 일부러 그랬지!" 아까 그 여자였다. 썰매를 끌던 남자애를 향해 말하고 있었다.

"아니에요!" 남자애가 맞받아쳤다.

"아니긴! 죽을 줄 알아." 그러더니 말투가 달라졌다. "제이미, 괜찮니? 저런 쥐방울만한 놈하고는 놀지 말라고 했잖아. 당장 들어와!"

리버스는 썰매를 끌던 빌리 호먼이 발을 질질 끌며 자리를 뜨는 모습을 지켜보다가 걸어서 세 층을 내려갔다. 여자의 집은 찾기 쉬웠다. 수십 미터 밖에서도 여자가 지르는 소리를 들을 수 있었다. 그녀가 '골칫거리 세입자'는 아닐까 하는 생각을 했다. 저 여자 면전에서 누가 감히 불평을 할 수 있을까 싶었다.

문은 단단했고 최근에 어두운 파란색으로 페인트칠을 했다. 방문자 확인용 문구멍도 달려 있었다. 창문에는 레이스 커튼이 걸렸다. 여자는 누가 왔는지 확인하려고 커튼을 홱 잡아당겼다. 문을 열자 아들이 튀어나와 통로로 달려갔다.

"가게만 갔다 올게요, 엄마!"

"당장 돌아오지 못해!"

하지만 아이는 못 들은 척하면서 모퉁이를 돌아 사라졌다.

"모가지를 비틀어버려야겠어." 여자가 말했다.

"아들을 정말 사랑하는군요."

여자가 쌀쌀맞게 쳐다보았다. "무슨 볼일이죠?"

"제 질문에 아직 대답을 안 했어요. 내가 찾아야 하는 게 남편인가요, 남자친구인가요?"

여자가 팔짱을 꼈다. "꼭 알아야겠다면 말해주죠. 큰아들이에요."

"내가 아드님을 만나러 왔다고 생각했군요?"

"당신 경찰이잖아요." 그가 대답하지 않자 여자는 콧방귀를 뀌었다.

"이름이라도 알려주시죠?"

"칼럼 브래디예요." 여자가 말했다.

"당신이 칼의 엄마였군요?" 리버스는 천천히 고개를 끄덕였다. 칼 브래디의 명성은 알고 있었다. 뻔뻔스러운 문제아 패거리의 왕초였다. 칼의 엄마 얘기도 익히 들었다.

여자는 키가 172센티미터 정도였고 양가죽 슬리퍼를 신었다. 체구가 당당했고 팔뚝과 손목이 굵었다. 화장이라곤 오래전에 집어치운 얼굴이었다. 뿌리 부분이 갈색인 두꺼운 백금색 머리카락은 가운데 가르마에서 흘러내려와 있었다. 새틴*처럼 보이는 일반적인 셸 슈트**를 입고 있었는데, 팔과 다리까지 은색 줄무늬가 있는 파란색이었다.

"칼 때문에 온 게 아니군요?" 여자가 말했다.

리버스가 고개를 저었다. "칼이 무슨 짓을 저질렀다면 몰라도요."

"그럼 왜 왔죠?"

"이웃 중에 대런 러프라는 젊은 친구 알아요?"

---

* 광택이 곱고 부드러운 견직물.

** 헐렁한 바지와 상의 한 벌로 된 평상복. 보통 가볍고 약간 광택이 나는 밝은색 천으로 만든다.

"몇 호에 살죠?" 리버스는 대답하지 않았다. "여기는 떠돌이들이 많아요. 사회복지국에서 그런 사람들을 여기 몇 주 동안 집어넣죠. 그냥 훌쩍 떠난 건지, 아니면 쫓겨난 건지 누가 알겠어요?" 여자는 콧방귀를 뀌었다. "어떻게 생겼죠?"

"신경 쓰지 마세요." 리버스가 말했다. 제이미는 다시 놀이터로 내려갔다. 빌리는 보이지 않았다. 썰매를 끌면서 빙빙 돌고 있었다. 아이가 온종일 저렇게 달릴 수도 있겠다는 생각이 들었다.

"오늘은 학교에 안 갔나보네요?" 문 쪽으로 다시 몸을 돌리며 그가 물었다.

"남의 일에 신경 끄시죠." 브래디 부인이 눈앞에서 문을 닫으며 말했다.

4

세인트 레너즈 경찰서로 돌아온 리버스는 컴퓨터에서 칼럼 브래디를 검색했다. 칼은 열일곱 살에 이미 전적이 화려했다. 폭행, 절도, 음주, 공무 집행방해. 제이미는 아직까지는 형의 길을 따르고 있는 것 같지는 않았다. 하지만 '밴'으로 알려진 엄마 바네사 브래디는 문제가 있었다. 이웃과의 말다툼이 폭력 사태로 번지기도 했고, 폭행 혐의를 받는 칼을 위해 가짜 알리바이를 대다가 체포된 적도 있었다. 남편에 대한 언급은 없었다. 리버스는 〈우리는 한 가족(We Are Family)〉*을 휘파람으로 불면서 내근 중인 경사에게 가 그린필드 지역 담당 경관이 누군지 아느냐고 물었다.

"톰 잭슨입니다."라는 대답을 들었다. "어디 있는지도 압니다. 본 지 2분도 안 됐거든요."

톰 잭슨은 경찰서 뒤 주차장에서 담배를 막 끄던 참이었다. 리버스는 곁에 가서 자기가 피울 담배에 불을 붙인 다음 잭슨에게도 한 대 권했다. 잭슨은 고개를 저었다.

"자제해야죠." 그가 말했다.

잭슨은 40대 중반에 몸이 술통 모양이었고, 은발에 어울리는 콧수염을 길렀다. 눈빛이 어두워서 늘 회의적으로 보였다. 그는 이 눈빛이 확실한

---

* 미국 밴드 시스터 슬레지(Sister Sledge)의 1979년 히트곡.

보너스라고 생각했다. 자신이 입을 다물고 있기만 해도 용의자들이 지레 겁먹고 술술 불었기 때문이었다.

"아직 그린필드에서 근무한다고 들었네."

"제 발등을 찍은 꼴이죠." 잭슨이 담뱃재를 튀기고는 제복에 남은 부스러기를 털어냈다. "1월에 전보되었습니다."

"어쩌다가?"

"지역 주민들이 크리스마스 때 산타가 필요하다고 했습니다. 매년 한 명이 교회에서 산타 역할을 하죠. 빈곤층 아이들을 위해서요. 멍청한 저에게 부탁을 했습니다."

"그래서?"

"했죠. 애들 중에 정말 불쌍한 꼬맹이들이 있었어요. 눈물을 쏟을 뻔했습니다." 기억을 떠올리면서 잠시 말을 멈췄다. "나중에 주민들 몇이 찾아와서 귀띔해주기 시작했습니다." 그가 미소를 지었다. "마치 고해성사 같았죠. 감사하는 마음을 전하려면 제보를 몇 개 해주는 방법밖에 없다고 생각했나봅니다."

리버스가 웃음 지었다. "이웃을 고자질했군."

"덕분에 사건 해결률이 껑충 뛰었죠. 갑자기 능력자가 된 걸 보고 윗분들이 거기에서 계속 근무하라고 결정했습니다."

"성공에는 대가가 따르는 법이지." 리버스는 담배를 빨아들여 연기를 입 안에 담고는 담배 끝을 살펴보았다. 연기를 내뿜으며 머리를 흔들었다. "세상에, 담배는 정말 좋아."

"전 아닙니다. 아이들을 조사하면서 약을 멀리하라고 경고는 하지만, 언제나 담배 한 모금 생각이 간절하죠." 그가 고개를 저었다. "끊어야 할 텐데."

"금연 패치는 써봤나?"

"꽝이었습니다. 잠만 오더라고요."

둘은 그 얘기에 함께 웃음을 터뜨렸다.

"경위님도 결국 다시 하실 것 같은데요." 잭슨이 말했다.

"금연 패치 말인가?"

"아니요. 누굴 쫓고 있는지 알려주시는 거요."

"그렇게 속보였나?"

"제가 촉이 좋아서 그런지도 모르죠."

리버스가 턴 담뱃재가 바람에 날렸다. "아까 그린필드에 갔네. 대런 러프라는 놈 아나?"

"모르는데요."

"동물원에서 그놈과 추격전을 벌였지."

잭슨이 고개를 끄덕이고는 담배를 비벼 껐다. "그 얘기는 들었습니다. 소아성애자라죠?"

"크랙사이드 코트에 살아."

잭슨이 리버스를 쳐다보았다. "그건 몰랐습니다."

"이웃들도 모르는 것 같더군."

"알았다면 죽여버렸겠죠."

"누군가 얘기를 흘릴 수도 있지."

잭슨은 얼굴을 찌푸렸다. "세상에, 전 그런 건 생각도 안 해봤습니다. 사람들이 그자를 목매달아 죽일 거예요."

"과장이 심하군. 동네에서 쫓아내는 정도겠지."

잭슨이 등을 꼿꼿이 세웠다. "경위님이 원하시는 게 그건가요?"

"자네 구역에 소아성애자를 살게 하고 싶나?"

잭슨은 생각에 잠겼다. 담뱃갑을 꺼내서 손을 뻗다가 시계를 확인했다. 휴식시간은 지났다.

"생각할 시간을 주십시오."

"그렇게 하게." 리버스는 타막 위로 담배를 튕겼다. "러프의 이웃 중 하나와 우연히 마주쳤지. 밴 브래디."

잭슨이 움찔했다.

"그 여자 나쁜 면 건드리면 골치 아픕니다."

"좋은 면은 없나?"

"멀리 떨어져 있으면 보일지도 모르죠."

책상으로 돌아온 리버스는 지자체 사무국을 거쳐 대런 러프를 담당하는 사회복지사와 전화 연결을 할 수 있었다. 앤디 데이비스라는 남자였다.

"잘한 조치라고 생각합니까?"

"밑도 끝도 없이 무슨 얘기죠?"

"전과가 있는 소아성애자에게 놀이터가 내려다보이는 그린필드의 시영 아파트를 마련해준 거 말입니다."

"무슨 짓을 저지르기라도 했나요?" 갑자기 지겨워하는 목소리로 바뀌었다.

"잡아넣을 만한 짓은 아직 안 했죠." 리버스가 잠시 말을 멈췄다. "아직 시간이 있다는 말씀을 드리려고 전화한 겁니다."

"뭘 할 시간이요?"

"퇴거시킬 시간이요."

"어디로요?"

"배스록*은 어떨까요?"

"동물원 우리도 괜찮겠죠?"

리버스는 다시 자리에 앉았다. "그자가 말했군요."

"당연하죠. 제가 담당자니까요."

"어린애들 사진을 찍고 있었습니다."

"왓슨 총경님께 전부 설명해 드렸는데요."

리버스는 사무실을 둘러보았다. "전 납득할 수 없습니다. 데이비스 씨."

"형사님 상관께 얘기하시죠." 목소리에 짜증이 묻어나왔다.

"그래서 손 놓고 계시겠다?"

"애초에 당신네가 여기 데려왔잖습니까!"

침묵이 흐른 후 리버스가 말했다. "방금 그게 무슨 얘기죠?"

"더 할 말 없습니다. 총경님과 얘기하세요. 됐죠?"

전화가 끊어졌다. 리버스는 왓슨의 사무실에 전화를 걸었지만 부재중이라는 비서의 응답뿐이었다. 니코틴 성분이 있기를 바라면서 펜을 질근질근 씹었다.

애초에 당신네가 여기 데려왔잖습니까.

쇼반 경장은 자리에 있긴 했지만 전화 받느라 정신이 없었다. 리버스는 경장 뒤쪽 벽에 바다사자 엽서가 핀으로 꽂혀 있는 걸 보았다. 엽서에 다가가서 보니 누군가가 바다사자 입에 말풍선을 달아놓았다. "리버스를 저녁거리로 먹을게. 고마워."

---

* 스코틀랜드 퍼스 협만에 있는 무인도.

"호오." 리버스가 엽서를 벽에서 떼며 말했다. 클락은 통화를 마쳤다.

"제가 한 거 아니에요." 클락이 말했다.

리버스는 사무실을 둘러보았다. 그랜트 후드 경사는 타블로이드 신문을 읽고 있었다. 조지 실버스 경사는 찌푸린 얼굴로 컴퓨터 화면을 보고 있었다. 그때 빌 프라이드 경위가 사무실 안으로 들어왔다. 딱 걸렸다고 생각했다. 곱슬머리 금발에 연한 적갈색 콧수염, 장난기 가득한 얼굴. 리버스는 엽서를 흔들자 프라이드는 생사람 잡지 말라는 표정을 지었다. 리버스가 다가갈 때 전화가 울렸다.

"자네 전화야." 프라이드가 뒷걸음질 치며 말했다. 리버스는 전화 쪽으로 가면서 엽서를 휴지통에 던져 넣었다.

"리버스 경위입니다." 그가 말했다.

"안녕하세요. 저(Me)를 기억하실지 모르겠는데요." 짧은 웃음소리가 들렸다. "학창 시절에 쓰던 농담이에요."

리버스는 책상 끄트머리에 앉았다. 웬만한 또라이들에게는 끄떡도 않는다. "왜 그게 농담이죠?" 이건 또 무슨 말장난인가 하며 물었다.

"제 이름이거든요." 전화를 건 사람이 철자를 불러주었다. "브라이언 미(Mee)요*."

리버스의 뇌리에 흐릿한 사진이 떠오르기 시작했다. 돌출된 이, 주근깨 투성이 코와 뺨. 집에서 깎은 머리.

"바니 미?" 리버스가 말했다.

웃음소리가 커졌다. "왜 다들 그렇게 부르는지 몰랐어."

---

* 이름 Mee가 Me와 발음이 같아서 하는 말장난.

리버스는 말해줄 수 있었다. 〈고인돌 가족 플린스톤〉의 '바니 러블'을 따서 부른 거라고. 덧붙일 말도 있었다. 넌 멍청한 사고뭉치였으니까. 하지만 그냥 무슨 일인지만 물었다.

"음…… 재니스와 나는…… 사실 엄마 생각이었어. 엄마는 너희 아버지를 알고 계셨거든. 부모님 두 분 다 알고 계셨어. 우리 아버지는 돌아가셨지만. 세 분 모두 고스에서 술을 마셨지."

"아직도 보우힐에 살아?"

"이사는 꿈도 못 꿔. 글렌로세스*에서 일해."

모습이 뚜렷해지기 시작했다. 테리어처럼 빨빨거리던 괜찮은 축구 선수. 붉은색이 섞인 갈색 머리카락. 책가방을 땅에 질질 끌고 다녀서 바늘땀이 터졌지. 늘 딱딱한 큰 사탕을 깨물고 다니던 코흘리개.

"그나저나 무슨 일이야, 브라이언?"

"엄마 아이디어야. 네가 에든버러 경찰이라는 걸 떠올리시고는 도움이 될 거라고 하셨어."

"무슨 도움?"

"아들 일이야. 나랑 재니스의 아들. 이름은 데이먼이고."

"무슨 짓을 했는데?"

"사라졌어."

"가출했다고?"

"흔적도 없이 사라졌어. 친구들과 클럽에 갔는데……."

"경찰에는 신고했어?" 리버스가 말을 잘랐다. "파이프 경찰서 말이야."

"문제는 클럽이 에든버러에 있다는 거야. 거기 경찰 말로는 현장 조사

---

* 파이프주의 도시. 과거 탄광 지대였다. 현재는 하이테크 산업 중심지.

와 몇 가지 질문을 했대. 데이먼은 열아홉 살이라 원한다면 언제든 떠날 수 있다고 하더군."

"그 말이 맞아. 가출하는 성인이 한둘인가. 여자 문제일 거야."

"약혼자가 있어."

"무서웠나보지."

"헬렌은 사랑스러운 애야. 말다툼 한 번 없었어."

"쪽지라도 남겼어?"

"경찰과 함께 집을 샅샅이 뒤졌는데 없었어. 옷이나 소지품도 그대로 고."

"무슨 일이 있었던 것 같아?"

"무사하기만 했으면 좋겠어……." 목소리가 잦아들었다. "엄마는 늘 너희 아버지를 좋게 말씀하셨어. 이 동네 사람들은 다 그렇게 기억해."

그리고 거기 묻히셨지. 리버스는 생각했다. 펜을 집어 들었다. "세부 사항 몇 가지만 말해 줘. 최선을 다해 알아볼게."

잠시 후, 리버스는 그랜트 후드의 책상으로 다가가서 쓰레기통에 버린 신문을 집어 들었다. 페이지를 넘기다가 편집자 섹션을 찾았다. 아래쪽에 굵은 글씨체로 "제보할 내용이 있으십니까? 언제든 전화해주십시오"라고 인쇄되어 있었다. 전화번호도 있었다. 리버스는 수첩에 번호를 적었다.

5

조용하게 춤이 다시 시작되었다. 커플들은 몸을 꼬며 어색하게 발을 끌고, 머리를 젖히거나 머리카락을 헤집었다. 다음 파트너나 옛 애인이 질투하는 모습을 보려고 눈을 굴렸다. 비디오 모니터에 이 모습이 모두 흐릿하게 보였다.

소리는 없고 화면뿐이었다. 테이프는 댄스 플로어에서 메인 바, 보조 바, 화장실 통로, 그다음에는 문 입구, 건물 외부 정문과 뒷문으로 이어졌다. 뒷문은 가득 찬 쓰레기통과 클럽 주인의 벤츠가 뒤범벅된 골목이었다. 클럽 이름은 '가이타노'였는데 아무도 유래를 몰랐다. 몇몇 손님들은 '가이저'*라는 별명을 붙였고, 리버스도 그 이름으로 알고 있었다.

클럽은 로즈 스트리트에 있었고, 매일 밤 10시 반부터 붐비기 시작했다. 지난여름에는 뒷골목에서 칼부림 사건이 있었다. 클럽 주인은 자기 벤츠에 피가 묻었다고 투덜거렸다.

리버스는 조명이 어둑한 방 안에 있는 작고 불편한 의자에 앉았다. 다른 의자에는 필리다 호스 경장이 손에 비디오 리모컨을 쥐고 앉아 있었다.

"이 부분 다시 볼게요." 경장이 말했다. 리버스는 몸을 약간 앞으로 기울였다. 화면이 뒷골목에서 댄스 플로어로 돌아갔다. "그러게." 다른 화면

---

* Guiser. 가면을 쓴 자.

54

이 나타났다. 메인 바, 손님들이 세 줄로 서 있었다. 경장이 화면을 정지시 켰다. 흑백이라기보다는 색 바랜 사진처럼 적갈색이었다. 실내조명 때문 이라는 설명을 아까 들었다. 경장이 한 번에 한 프레임씩 이동했고, 리버 스는 한쪽 무릎이 바닥에 닿을 정도로 몸을 굽혀 화면을 따라갔다. 얼굴 하나에 손가락을 댔다.

"그 사람이에요." 경장이 동의했다.

책상에는 얇은 파일이 있었다. 리버스는 파일에서 사진을 꺼냈다. 그가 지금 화면에서 가리킨 얼굴이었다.

"좋아." 그가 말했다. "속도를 반으로 늦춰 재생하게."

감시 카메라는 메인 바에서 10초 더 머물다가 보조 바와 범위 내 모든 지점으로 전환했다. 카메라가 메인 바로 돌아왔을 때 술을 마시는 사람들 의 무리는 움직임이 없는 것 같았다. 경장이 테이프를 다시 정지시켰다.

"없군." 리버스가 말했다.

"술을 받았을 리는 없어요. 앞에 두 사람이 아직 기다리고 있거든요."

리버스가 고개를 끄덕였다. "저기 있어야 하는데." 화면을 다시 손가락 으로 짚었다.

"금발머리 옆 말씀이군요." 호스가 말했다.

그래, 금발머리. 은발이 낀 머리카락, 어두운색 눈동자와 입술. 주위의 사람들은 바에 있는 직원들과 눈을 맞추려 했지만, 여자는 다른 쪽을 보고 있었다. 민소매 옷을 입었다.

입구 쪽을 20초 동안 찍은 장면을 보니 클럽으로 천천히 들어오는 인 파뿐이었고 나가는 사람은 없었다.

"테이프를 전부 살펴봤어요." 호스가 말했다. "정말 없었어요."

"그럼 어떻게 된 일이지?"

"간단해요. 제 발로 걸어 나간 거죠. 카메라에 잡히지 않았을 뿐이에요."

"술 마시기로 했던 친구들을 내버려두고?"

리버스는 파일을 다시 살펴보았다. 데이먼 미는 친구 둘과 함께 도시의 밤을 즐기러 나왔다. 데이먼이 살 차례였다. 라거 두 잔과 콜라 한 잔. 콜라는 운전할 친구 몫이었다. 친구들은 기다리다 못해 그를 찾으러 나갔다. 처음에는 여자라도 꼬셔서 몰래 자리를 떴나 생각했다. 여자가 호박이라서 자랑하기는 좀 그랬나보지. 하지만 집에도 돌아오지 않았다. 데이먼 부모님이 어떻게 된 일이냐고 묻기 시작했지만 아무도 대답할 수 없었다.

답은 간단했다. 데이먼 미는 감시 카메라 화면에 나타난 것처럼, 지난주 금요일 밤 11시 44분과 45분 사이에 세상에서 자취를 감췄다.

호스가 비디오를 껐다. 그녀는 키가 크고 말랐으며 자기 일에 정통했다. 리버스가 이렇게 게이필드 경찰서에 나타나는 것을, 거기에 담긴 암시를 좋아하지 않았다.

"범죄의 기미는 없어요." 호스가 방어적인 태도로 말했다. "매년 실종자가 백만은 되지만, 그중 4분의 1은 재미를 본 다음에 다시 나타나죠."

"알아." 리버스가 안심시켰다. "옛 친구가 부탁했어. 그게 다야. 그 친구는 우리가 최선을 다했다는 사실을 알고 싶어 해."

"뭘 하면 되죠?"

좋은 질문이지만 당장은 대답할 수 없었다. 대신 바지에 묻은 먼지를 털고는, 영상을 마지막으로 한 번 더 볼 수 있는지 물었다.

"하나 더 있어." 리버스가 말했다. "출력도 되나?"

"출력이요?"

"바에 있는 손님들 사진 말이야."

"확실하진 않아요. 별 쓸모가 없지 않나요? 데이먼 사진은 많이 있잖아요."

"다른 사람에게 관심이 있어." 테이프가 재생되자 리버스가 말했다. "데이먼이 떠나는 걸 본 금발머리."

그날 저녁, 리버스는 에든버러 북쪽으로 차를 몰았다. 포스 로드 브리지에서 통행료를 낸 다음 파이프를 가로질렀다. 파이프는 그 자체가 '왕국'이라고 할 수 있는 곳으로, 자신들의 언어와 화폐를 보유하고 있기 때문에 별개의 나라라고 해도 무방할 정도다. 면적은 좁지만 끝없이 복잡했다. 리버스는 거기서 자랐을 때도 그렇게 생각했다. 외부인에게 파이프라고 하면 멋진 해변과 세인트 앤드류스 골프장 또는 에든버러와 던디* 사이로 뻗은 고속도로를 의미하겠지만, 리버스가 어린 시절을 보낸 파이프 중서부는 아주 다른 곳이었다. 탄광과 리놀륨

광산, 조선소, 화학 공장이 지배했다. 기본적 수요에 의해 공업 단지가 형성되었고, 경계심 많고 내향적이며 지독한 블랙 유머를 갖춘 사람들을 만들어냈다.

리버스가 마지막으로 다녀온 이후 새 도로가 건설되었고 랜드 마크가 몇 군데 더 철거되었지만 30여 년 전과 그리 달라지지는 않았다. 사람들이 쓰는 단어를 빼면 세월이 그리 오래 흐른 건 아니었다. 30년 전에도 그

---

* 스코틀랜드 동부의 항구 도시.

랬을 것이다. 카든던-보우 힐* 입구라는 안내문은 1960년대부터 도로 표지판에서 사라졌지만, 주민들은 아직도 보우 힐이 이웃과는 완전히 다른 마을이라는 사실을 알고 있었다. 리버스는 추억이 달콤할지 아니면 씁쓸할 것인지 생각하면서 속도를 늦췄다. 테이크아웃 전문 중국집의 모습을 발견하고는 생각했다. 물론 둘 다겠지.

브라이언과 재니스 미의 집은 찾기 쉬웠다. 부부는 문 옆에서 기다리고 있었다. 리버스는 조립식 주택에서 태어났지만, 이 집과 비슷한 테라스**에서 자랐다. 브라이언 미가 차 문을 열어주었고, 리버스가 안전벨트를 풀고 있는 중에 악수를 하려 했다.

"숨이라도 돌린 다음에 해!" 브라이언의 아내가 잔소리했다. 그녀는 팔짱을 낀 채로 여전히 문 옆에 서 있었다. "어떻게 지냈어, 조니?"

리버스는 브라이언이 재니스 플레이페어와 결혼했다는 사실을 알게 되었다. 리버스의 문제투성이였던 인생에서 유일하게 그를 때려눕혀 정신을 잃게 했던 여자였다.

천장이 낮고 좁은 방은 미어터질 지경이었다. 리버스와 브라이언, 재니스뿐만 아니라 브라이언의 어머니, 플레이페어 부부, 두툼한 스리피스 수트***, 갖가지 책상과 물건들까지 있었기 때문이다. 소개가 끝나고 리버스는 '난로 옆 자리'로 안내되었다. 방은 지나치게 더웠다. 찻주전자가 끓고 있었고, 리버스의 안락의자 옆 테이블 위에는 축구장 관중을 다 먹일 수 있을 만큼의 케이크가 놓였다.

---

* 카든던은 파이프주 오레강 남안에 위치한 도시로, 지역 내에 보우 힐을 비롯한 여러 타운들이 있다.
** 비슷한 주택들이 연이어 다닥다닥 붙어 있는 거리.
*** 상의, 조끼, 바지가 갖추어진 남성 정장.

"똑똑한 애야." 데이먼 미의 액자 사진을 건네주며 재니스의 엄마가 말했다. "상도 엄청 받았어. 일도 열심히 했고, 결혼 자금도 모으고 있었지."

사진에는 미소 짓고 있는 악동이 있었다. 졸업하고 얼마 되지 않았을 때였다.

"가장 최근 사진은 경찰에 줬어." 재니스가 설명했다. 리버스는 고개를 끄덕였다. 파일에서 봤던 사진들이었다. 휴가 때 찍었던 사진들도 모두 똑같았다. 리버스는 사진을 천천히 살펴보았다. 기대에 찬 얼굴들을 보지 않기 위해서였다. 즉시 진단과 치료가 가능하리라는 기대를 받고 있는 의사가 된 기분이었다. 이 사진들은 액자에 있던 것보다는 초췌한 모습이었다. 장난꾸러기 같은 미소는 여전했지만 눈에 띄게 나이 들어 보였다. 억지로 짓는 표정이었다. 눈 뒤에 무언가가 있었다. 환멸감이겠지. 부모와 찍은 사진도 몇 장 있었다.

"전부 함께 갔어." 브라이언이 설명했다. "가족 모두."

해변, 큰 하얀색 호텔, 수영장 옆에서 하는 놀이. "어디지?"

"란사로테섬*이야." 재니스가 차를 건네며 말했다. "아직도 설탕 넣어?"

"안 넣은 지 꽤 됐어." 리버스가 말했다. 재니스가 비키니를 입은 사진도 몇 장 있었다. 나이치고는 멋진 몸매였다. 나이를 감안하지 않더라도 훌륭했다. 그는 시선을 오래 두지 않으려 애썼다.

"클로즈업된 사진 몇 장 가져가도 될까?" 재니스가 그를 쳐다보았다. "데이먼 거 말이야." 그녀는 고개를 끄덕였고, 리버스는 나머지 사진들을 꾸러미에 다시 넣었다.

"정말 고마워." 누군가가 말했다. 재니스의 엄마? 아니면 브라이언의

---

* 스페인의 관광지.

엄마? 리버스는 구별할 수 없었다.

"여자 친구 이름이 헬렌이라고 했지?"

브라이언이 고개를 끄덕였다. 머리카락이 좀 빠졌고 체중이 늘었다. 아래턱은 축 처졌다. 맨틀피스* 위에는 싸구려 트로피가 늘어서 있었다. 다트 게임, 수영, 펍 스포츠**. 거의 매일 밤 하는 모양이군. 리버스는 생각했다. 재니스는 예전과 마찬가지 모습이었다. 아니, 엄밀히 말하면 그렇지 않다. 흰머리가 몇 가닥 보였다. 하지만 얘기하다 보면 옛날로 돌아가는 것 같았다.

"헬렌은 근처에 살아?" 그가 물었다.

"길모퉁이 돌면 바로야."

"얘기 좀 하고 싶은데."

"전화해 볼게." 브라이언이 일어나서 방을 나갔다.

"데이먼은 어디서 일하지?" 마땅한 질문이 없어서 리버스는 물었다.

"자기 아빠랑 같은 데야." 담뱃불을 붙이며 재니스가 말했다. 리버스는 눈썹을 치켜떴다. 학창 시절에는 담배 반대론자였는데. 재니스는 그의 표정을 읽고 미소를 지었다.

"포장 부서에 취직했지." 재니스의 아버지가 말했다. 노쇠했고 턱이 떨리고 있었다. 심장마비를 앓았던 건 아닐까 생각했다. "견습 중이야. 조만간 관리 부서로 옮길 거고."

노동자 계급의 연고주의군. 아버지가 하던 일을 아들이 물려받는 거지. 리버스는 아직도 그런 게 있다는 게 놀라웠다.

---

* 서양식 건축에서 거실이나 홀 벽에 만든 난로를 장식하는 부분.
** 다트나 스키틀(볼링 비슷한 게임)처럼 펍에서 하는 실내용 게임.

"취직한 것만도 다행이지." 플레이페어 부인이 덧붙였다.

"경기가 나쁜가요?"

그녀는 질문을 무시하며 혀를 찼다.

"옛날에 있던 갱(坑) 기억나?" 재니스가 물었다.

당연히 기억하지. 갱 주변의 버려진 석탄 더미와 땅도. 여름밤이면 오랫동안 산책하다가 발을 멈추고는 몇 시간이고 키스했다. 석탄 더미 안에 남은 찌꺼기가 불완전 연소되면서 연기가 가늘게 솟아올랐지.

"이젠 전부 평지가 됐어. 공원으로 변신했지. 탄광 박물관을 세운다는 얘기가 있어."

플레이페어 부인이 다시 코웃음 쳤다. "추억 팔이나 하겠지."

"일자리가 생기잖아." 재니스가 말했다.

"카우덴비스를 '파이프의 시카고'라고 하곤 했지." 브라이언의 엄마가 거들었다.

"블루 브라질이지." 껵껵대는 듯한 웃음을 터뜨리며 플레이페어 씨가 말했다. 카우덴비스 축구 클럽 얘기였다. 스스로 붙인 그 별명은 아이러니했다. 자신들을 '블루 브라질'이라고 부른 이유는 지저분했기 때문이었다.*

"헬렌이 곧 오겠대." 브라이언이 돌아와서 말했다.

"케이크 좀 들지, 형사 양반?" 플레이페어 부인이 말했다.

리버스는 에든버러로 돌아가면서 헬렌 커즌스와의 대화를 곱씹었다.

---

* 카우덴비스 축구 클럽에 관해 떠도는 설화. 선수들은 광부이기도 했는데, 채굴량에 따라 급여를 받았기 때문에 더 많이 채굴하기 위해 땅을 파 들어간 끝에 브라질까지 다다랐다. 거기서 세 명의 브라질 흑인 젊은이와 친구가 되어 스코틀랜드까지 데려와 선수로 합류시켰다. 심판이 이들에 대해 묻자, 세수를 하지 않아서 얼굴이 지저분하다고 둘러댔다. 덕분에 팀은 승승장구했지만, 브라질 젊은이들의 이름을 몰라서 '푸른 옷을 입은 브라질인(Blue Brazil)'이라고 부르게 되었다.

리버스가 생각하고 있던 데이먼의 이미지와 크게 다른 얘기를 하지도 않았고, 실종된 날 밤에는 아예 클럽에 없었다. 친구들과 외출했기 때문이었다. 금요일 밤이면 으레 그랬다. 데이먼은 '자기 패거리들'과 헬렌은 '가시나들'과 함께 놀러 나갔다. 리버스는 데이먼의 친구 중 하나와 이야기를 했다. 나머지 친구들은 외출 중이었다. 도움이 될 만한 내용은 없었다.

리버스는 포스 로드 브리지를 가로지르면서 파이프주가 '파이프에 오신 것을 환영합니다' 표지판 위에 새기기로 결정한 파이프주 상징물인 포스 철교에 대해 생각했다. 그 자체로 주를 상징한다고 하긴 힘들었지만, 많은 사람들이 파이프는 에든버러로 가는 통로거나 에든버러에 부속된 도시라는 인식을 가지고 있다는 점을 감안하면 완전히 실패한 것이라고 볼 수도 없었다.

헬렌 커즌스는 검은색 아이라이너와 진홍색 립스틱을 칠했다. 결코 예쁜 얼굴은 아니었다. 누리끼리한 얼굴에 여드름 자국이 있었다. 검게 염색한 머리카락에 젤을 발라 앞으로 늘어뜨렸다. 데이먼에게 무슨 일이 생긴 것 같냐고 묻자 어깨를 으쓱하더니 팔짱을 끼고 한쪽 다리를 꼬았다. 자기 탓으로 돌릴 생각은 하지도 말라는 것 같았다.

그날 밤, 가이저 클럽에 함께 있었던 조이라는 친구도 말수가 적었다.

"그냥 놀러나간 거예요." 조이가 말했다. "별다른 일 없었어요."

"데이먼에게 이상한 점은 없었고?"

"예를 들면요?"

"글쎄. 걱정이 있는 것 같지는 않던가? 불안해한다던가?"

조이는 어깨를 으쓱했다. 친구에 대한 관심을 표시한 건 그게 다였다.

리버스는 자신이 집, 다시 말해 페이션스의 아파트로 가고 있다는 사실을 알았다. 하지만 퀸스-페리 거리의 신호등에서 멈출 때마다 옥스퍼드 바에 갈까 생각했다. 술 말고 콜라나 커피나 마시려고. 그리고 친구라도 만날까 해서. 무알코올 음료나 마시면서 소문에나 귀 기울이고 싶었다.

그래서 옥스퍼드 테라스를 지나쳐 캐슬 스트리트 끝에 차를 세웠다. 옥스퍼드 바로 가는 비탈을 걸어 올라갔다. 에든버러 성은 오르막 바로 위에 있었다. 에든버러 성의 가장 멋진 모습을 볼 수 있는 곳은 프린스 스트리트의 햄버거 가게였다. 리버스는 펍의 문을 열었다. 열기와 함께 담배 냄새를 맡을 수 있었다. 옥스퍼드 바에서는 담배가 필요 없었다. 냄새만 맡아도 열 갑은 태운 것 같았으니까. 커피나 콜라 중에 결정하느라 애를 먹었다. 오늘밤에는 해리가 근무 중이었다. 그가 빈 파인트 잔을 들어 리버스가 있는 쪽으로 흔들었다.

"그럼 그걸로 줘." 아주 쉽게 결정한 것처럼 리버스가 말했다.

리버스는 자정 15분 전에 집에 돌아왔다. 페이션스는 TV를 보고 있었다. 요즘에는 음주에 대해 별말이 없었다. 침묵은 잔소리만큼 효과가 있었다. 하지만 옷에 밴 담배 냄새에 그녀가 코를 찡그리는 걸 보고, 옷을 벗어 세탁물 바구니에 던져 넣고는 샤워를 했다. 샤워실에서 나왔을 때 페이션스는 침대에 있었다. 리버스 쪽 자리 옆에는 방금 따른 물 한 잔이 있었다.

"고마워요." 파라세타몰 두 알과 함께 마시며 그가 말했다.

"오늘 어땠어요?" 그녀가 물었다. 형식적인 질문, 형식적인 대답.

"그리 나쁘진 않았어요. 당신은요?"

졸린 듯한 중얼거림이 들렸다. 페이션스는 눈을 감고 있었다. 리버스는 하고 싶은 이야기가, 묻고 싶은 질문이 있었다. 우린 지금 뭘 하고 있는 거죠? 내가 나갔으면 좋겠어요? 페이션스도 비슷한 질문을 하고 싶을 거라 생각했다. 절대 묻지 않겠지. 대답을 듣는 게, 그리고 그 대답의 의미가 두려워서일 것이다. 실패를 즐기는 사람이 어디 있을까?

"장례식에 다녀왔어요." 그가 말했다. "아는 사람이었죠."

"유감이네요."

"잘 아는 사이는 아니었어요."

"어쩌다 죽었대요?" 머리는 베개에, 눈은 감은 채였다.

"추락사요."

"사고였나요?"

페이션스는 그가 하는 말에 그리 흥미가 없었다. 그래도 어쨌든 말했다. "부인이 딸아이에게 천사 같은 옷을 입혔어요. 슬픔을 견디려는 방법이겠죠." 그는 말을 멈췄다. 페이션스의 숨소리가 고르게 들리기 시작했다. "저녁에는 전에 살던 파이프의 타운에 갔어요. 오랫동안 못 봤던 친구를 만나러." 리버스는 그녀를 바라보았다. "옛 애인도 만났어요. 결혼할 수도 있었던 사이였는데." 그녀의 머리카락을 매만졌다. "그랬다면 에든버러도, 페이션스 에이트킨 박사도 없었겠죠." 시선이 창문 쪽으로 향했다. 새미도 없었겠지…… 경찰 일을 하지도 않았을 테고.

유령도 없었겠지.

그녀가 잠들자 리버스는 거실로 돌아와서 헤드폰 플러그를 오디오에 꽂았다. 그는 페이션스의 CD 시스템에 LP 플레이어를 추가했다. 백 비트 레코드에서 마지막으로 샀던 음반을 책장 아래 가방에서 찾았다. '라이트 오브 다크니스'와 '라이팅 온 더 월'. 기억도 흐릿한 옛날 스코틀랜드 밴드다. 자리에 앉아 들으며, 왜 옛날 음악을 들을 때만 기분이 좋아질까 생각했다. 행복했던 시간을 돌이켜보자, 그 당시에는 행복하지 않았다는 사실을 깨달았다. 취향이 복고일 뿐이었다. 이유가 뭐지? 눈을 감고 다시 앉았다. 인크레더블 스트링 밴드의 〈반쯤은 놀라운 질문(The Half-Remarkable Question)〉. 브라이언 이노로 넘어갔다. 〈만물이 밤과 합쳐지다(Everything Merges with the Night)〉. 그는 재니스 플레이페어를 보았다. 그녀가 그를 때려눕혔던 그 밤, 모든 것이 달라졌던 그 밤의 모습이었다. 알렉 치좀도 보았다. 어느 날 학교를 나가더니 다시는 볼 수 없었지. 알렉의 얼굴은 생각나지 않았다. 어렴풋한 윤곽, 서 있던 자세, 마음을 진정시키던 모습만이 보였다. 알렉은 똑똑한 친구였고, 멀리 떠나려고 했다.

아무도 그가 그런 식으로 가리라고는 생각하지 않았을 뿐이다.

리버스는 눈을 뜨지 않고도 잭 모튼이 자기 건너편 의자에 앉아 있다는 걸 알 수 있었다. 잭도 음악을 들을 수 있을까? 음악이 그에게 무슨 의미가 있는지 알기는 어렵겠지. 결코 입을 열지 않으니. 〈부기 맨(Bogeyman)〉 트랙이 나올 때까지 음악을 들으며 기다렸다.

거의 새벽녘이었다. 화장실에 다녀오던 페이션스는 잠이 든 리버스의 귀에서 헤드폰을 빼고 담요를 덮어주었다.

6

방에는 세 사람이 있었다. 모두 제복을 입었고, 캐리 오크스를 패고 싶어 했다. 그는 그들의 눈에서, 다소 긴장한 듯 서 있는 자세에서, 껌을 씹고 있는 광대뼈에서 그 사실을 알 수 있었다. 그가 갑자기 움직였지만, 다리를 뻗고, 의자에 체중을 싣고, 머리를 뒤로 젖혀 위 창문을 통해 쏟아지는 햇빛을 온전히 쳐다볼 뿐이었다. "네 얼굴은 미소 지을 때 제일 빛난단다, 캐리." 미친 할망구. 심지어 그때도 그랬지. 그녀는 부엌에 이중개수대를 가지고 있었다. 개수대 사이에는 맹글*을 고정시킬 수 있었다. 한쪽 개수대에서 빨래를 한 다음 맹글을 통과시켜 다른 쪽 개수대로 보낸다. 그는 손가락 끝을 롤러에 집어넣은 다음, 아플 때까지 크랭크를 돌렸다.

교도관 세 사람. 캐리 오크스라면 그 정도는 붙여놔야겠지. 교도관 세 사람, 그리고 팔다리를 묶은 사슬.

"이봐." 그가 그들을 턱으로 가리키며 말했다. "한 방 멋지게 날려 봐."

"못할 것 없지, 오크스."

캐리 오크스는 다시 씩 웃었다. 날마다의 싸움에서 이렇게 작은 승리라도 거두면 반응이 절로 나왔다. 입을 연 교도관은 '손더스'라고 쓴 명찰을 달고 있었는데, 흥분하기 쉬운 성격 같았다. 오크스는 실눈을 뜨고 저 콧

---

* 세탁한 빨래를 넣어 물을 짤 수 있게 한 일종의 탈수기.

수염 난 얼굴이 맹글에 눌리는 것을, 저 얼굴을 전부 맹글에 통과시킬 때 필요한 힘을 상상했다. 오크스는 배를 문질렀다. 교도소의 형편없는 음식에도 불구하고 배에는 군살이 거의 없었다. 채소와 과일, 물과 주스만 고집했다. 머리를 항상 맑게 유지하기 위해서였다. 다른 재소자들 상당수는 엔진은 돌고 있지만 어디로도 가지 못하는 이도저도 아닌 존재가 되었다. 갇혀 있는 기간이 길어지면 그렇게 될 수 있다. 사실이 아닌 것을 믿게 된다. 오크스는 세상일에 눈을 떼지 않았다. 신문과 잡지를 구독했고, TV의 사건 사고 보도를 시청했다. 그 외의 것들은 피했다. 몇 가지 스포츠는 예외였지만 그조차도 일종의 마취제였다. 화면 대신 다른 죄수들의 얼굴을 보았다. 눈꺼풀은 거의 감겼고, 집중력이라고는 간 데 없고, 그저 아기들처럼 떠먹여주는 밥에 만족하는 모습이었다. 위장과 두뇌는 뜨끈한 꿀꿀이 죽으로 가득 차 있다.

비틀즈의 〈안녕, 햇빛(Good Day, Sunshine)〉을 휘파람으로 부르기 시작했다. 교도관들 중에 이 노래를 아는 놈이 있을까. 다른 반응을 보일 가능성은 있다. 하지만 그때 문이 열리고 변호사가 들어왔다. 16년 동안 다섯 번째로 바뀐 변호사였다. 3할이면 괜찮은 타율이지. 이 변호사는 젊은 데다 – 20대 중반 – 파란색 상의에 크림색 바지 차림이어서 마치 아이가 아버지 옷을 입은 것 같았다. 상의에는 황동 느낌의 단추가 달렸고, 가슴 주머니에는 복잡한 디자인이 있었다.

"야호, 친구!" 오크스는 소리쳤지만 자리에서 일어나지는 않았다.

변호사는 테이블 반대쪽에 앉았다. 오크스는 손을 머리 뒤에 댔다. 사슬이 철컹거렸다.

"저걸 풀어줄 수 없습니까?" 변호사가 물었다.

"변호사님을 보호하려는 겁니다." 교도관들이 대답했다.

오크스는 빡빡 민 머리를 양손으로 긁었다. "알고 있나? 다이버나 우주비행사들은 무거운 부츠를 신지. 일에 필요한 도구거든. 이 사슬이 없으면 내 몸은 천장까지 떠오를 거야. 프릭 쇼*를 해서 먹고 살 수도 있어. '인간 파리가 벽을 오르고 있습니다!' 상상해봐. 2층 창문 있는 곳까지 날아 올라가서 여죄수들이 옷을 갈아입는 모습을 볼 수 있잖아." 그는 교도관들 쪽으로 고개를 돌렸다. "자네들 중에 결혼한 사람 있나?"

변호사는 이 모든 걸 무시하고 자기 일을 했다. 가방을 열어 서류를 꺼냈다. 변호사들은 늘 서류를 들고 다닌다. 수많은 서류를. 오크스는 흥미 없는 척하려 했다.

"오크스 씨." 변호사가 말했다. "오늘은 세부 사항에 관련된 문제입니다."

"세부 사항 좋지."

"이런저런 공무원들이 서명해야 하는 서류들입니다."

"봤지?" 오크스가 교도관들에게 소리쳤다. "캐리 오크스를 가둘 수 있는 감옥은 없다고 했잖아! 15년간 잡혀 있긴 했지만, 누구나 실수는 하니까." 그가 웃으면서 변호사 쪽으로 몸을 돌렸다. "그럼 이놈의…… 세부사항들을 처리하는 데 얼마나 걸리지?"

"며칠이면 됩니다."

오크스의 심장이 몸 안에서 고동치고 있었다. 불안과 기대로 부푼 그 강렬한 고동 소리가 귀에서 쉭쉭거렸다. 며칠이라……

"하지만 감방 페인트칠을 못 끝냈는데. 다음 죄수를 위해서 예쁘게 칠

---

* 기괴한 사람이나 동물을 보여주는 쇼.

하고 싶군."

마침내 변호사가 미소를 지었다. 그 순간 오크스는 알 수 있었다. 이 자는 아버지 사무실에서 일하는군. 선배들한테는 욕을 먹고, 동료들에게는 불신만 사겠지. 직원들을 감시해서 아버지한테 보고할까? 자신의 능력을 어떻게 증명할 수 있을까? 금요일 밤의 술자리에 낀답시고 넥타이를 풀고 머리를 헝클어뜨리고 있으면 동료들이 불편해하겠지. 그렇다고 거리를 두면 속을 알 수 없는 놈이 되겠고, 아버지는 어떨까? 낙하산을 꽂았단 얘기를 듣고 싶지 않을 테니 아들을 빡세게 굴릴 게 분명해. 가망 없는 지저분한 사건, 샤워하고 옷을 갈아입고 싶은 느낌의 사건들을 맡겨서 아들이 스스로 자신을 증명하게 하겠지. 고생은 고생대로 하면서 고맙단 말 한마디 듣지 못하지. 그렇게 해서 변호사 사무실의 모두에게 빛나는 모범이 되는 거야.

잠깐의 미소에 이 모든 게 드러났다. 왕벌이 될 꿈에 부푼 수벌의, 반쯤은 수줍어하면서도 자의식이 담긴 미소. 부친 살해와 왕위 계승이라는 작은 환상도 품고 있겠지.

"물론 강제 추방되실 겁니다." 왕자가 입을 뗐다.

"뭐라고?"

"불법 체류자니까요."

"인생 절반을 이 나라에서 살았어."

"그렇긴 하지만……."

'그렇긴 하지만……'은 어머니가 입에 달고 있던 말이었다. 변명을 하려고 하거나 상황을 설명하려고 얘기를 꺼낼 때마다 어머니는 말없이 듣고 나서 깊은 한숨을 쉬었다. 어머니 입에서 나온 말이 허공에서 형태를 이루는 모습을 보는 것 같았다. 재판 중에 속으로 어머니와의 짧은 대화를 연습해 보았다.

"어머니, 전 착한 아들이었죠?"

"그렇긴 하지만……."

"그렇긴 하지만, 전 사람을 둘이나 죽였어요."

"정말이니, 캐리? 정말 둘뿐인 게 확실해?"

그는 의자에서 자세를 바로 했다. "그럼 추방하라고 해. 바로 돌아오면 되니까."

"쉽지 않을 겁니다. 이번엔 관광 비자를 못 받을 거예요."

"비자 따윈 필요 없어. 시대에 뒤떨어졌구먼."

"입국 금지자 명단에 오를 겁니다."

"캐나다나 멕시코에서 걸어오면 돼."

변호사는 의자에서 몸을 움직였다. 이런 이야기를 듣고 싶지 않았다.

"돌아와서 저 친구들을 만날 거야." 교도관들 쪽으로 고개를 끄덕이며 오크스가 말했다. "내가 없으면 보고 싶을걸. 저 친구들 마누라도 마찬가지고."

"엿이나 먹어, 쓰레기야." 손더스가 다시 말했다.

오크스가 변호사를 보았다. "멋지지 않아? 우린 서로를 별명으로 부르지."

"이런 행동은 도움이 되지 않습니다. 오크스 씨."

"이봐, 난 모범수라고. 세상은 그렇게 돌아가. 빠르게 교훈을 얻었지. 날여기 처넣은 그 시스템을 이용하는 거야. 법을 공부하고, 모든 일을 되짚어보고, 해야 할 질문을, 원심에서 제기해야 했던 이의를 숙지하지. 전에 날 대리했던 변호사는 나한테 조금이라도 유리한 내용은 제출하지 않았어. 아예 신경도 쓰지 않았지." 오크스가 다시 미소를 지었다. "자넨 그자보단 나아. 잘 나갈 거야. 다음엔 자네 아빠가 자넬 혼쭐낼 거란 사실을 기억하라고. 이렇게 혼잣말을 해봐. 난 더 나은 사람이다. 잘 나갈 거다." 그는 윙크를 했다. "상담료는 안 내도 돼, 아들."

아들. 서른여덟 살이 아니라 쉰은 된 것 같군. 인생의 지혜라는 건 나이에 관계없지.

"그럼 런던으로 이송되나?"

"확실하진 않습니다." 변호사가 수첩을 찾아보며 말했다. "원래 로디안주 출신입니까?" 로디안을 '로딩(loathing, 증오)'처럼 발음하는군.

"스코틀랜드의 에든버러* 출신이지."

"그럼 그리로 이송되겠군요."

캐리 오크스는 턱을 문질렀다. 에든버러에 잠시 있는 것도 괜찮겠지. 거기서 마치지 못한 일이 있었다. 잠잠해질 때까지는 놔두려고 했는데, 그렇긴 하지만…… 그는 테이블 위로 몸을 기울였다.

"나한테 씌워진 살인 혐의가 몇 건이지?"

변호사는 눈을 깜빡였다. 테이블 위에 손바닥을 폈다. "두 건입니다." 마침내 입을 뗐다.

"처음에는 몇 건으로 시작했지?"

"다섯 건이었던 것 같습니다."

"사실은 여섯 건이야." 오크스는 천천히 고개를 끄덕였다. "아무렴 어때." 빙긋 웃었다. "다른 건에서는 범인이 잡혔나?"

---

* 로디안주의 수도

변호사는 고개를 저었다. 가슴에 땀방울이 맺혔다. 집에 들러서 샤워하고 옷을 갈아입겠지.

캐리 오크스는 다시 앉아서 얼굴을 태양 쪽으로 향했다. 머리 전체가 온기를 느낄 수 있게 머리를 돌렸다. "세상 돌아가는 걸 보면 둘 정도 죽이는 건 별것도 아니야. 아버지를 죽여. 그럼 자네 하나만 남잖아."

변호사는 방을 나갔다. 오크스는 여전히 씩 웃고 있었다.

7

젊은 사람이 가출하는 경우에는, 몇 가지 동일한 경로를 이용하는 경향이 있다. 버스 또는 기차를 타거나 히치하이킹으로 런던, 글래스고, 아니면 에든버러까지 간다. 가출한 사람을 보살펴주는 단체들이 있다. 이런 단체들이 불안에 싸인 가족들에게 가출자의 행방을 늘 알려주는 것은 아니지만, 적어도 무사한지 여부는 확인할 수 있다.

하지만 수중에 돈까지 가지고 있는 열아홉 살짜리의 행방은 그야말로 오리무중이다. 아무리 먼 데도 갈 수 있다 – 여권은 아직 제시되지 않았다. 데이먼은 나이를 증명하기 위해 클럽에 여권을 가지고 갔다. 지역 은행에 예금 계좌와 현금카드를, 커콜디 주택금융조합에 이자부 예금 계좌를 보유하고 있었다. 은행에 물어봐야겠군. 리버스는 전화를 들었다.

지점장은 처음에는 서류가 필요하다고 했지만, 리버스가 나중에 팩스로 넣어주겠다고 약속하자 동의했다. 리버스는 지점장이 확인하는 동안 전화를 끊지 않고 마을의 절반, 냇가, 공원, 갱구*들을 지점장이 전화로 돌아올 때까지 하릴없이 끼적거렸다.

"가장 최근에 인출된 곳은 에든버러 웨스트엔드에 있는 현금지급기입니다. 15파운드 지폐로 100파운드 인출했어요."

---

* 지하의 채굴 작업에 필요한 지표 시설.

데이먼이 가이타노 클럽에 간 날이었다. 신나게 놀 작정이었다고는 해도 100파운드는 좀 많은 금액 같았다.

"그 후에는 없었습니까?"

"네."

"언제까지의 기록이죠?"

"어제 마감 때까지입니다."

"부탁 하나 드려도 될까요? 그 계좌를 계속 확인하고 싶습니다. 돈이 새로 인출되면 즉시 알아야겠어요."

"서류가 필요합니다, 형사님. 본점의 승인도 받아야 하고요."

"감사합니다. 브레인 지점장님."

"베인입니다." 지점장은 쌀쌀하게 말하고 전화를 끊었다.

리버스는 주택금융조합에 전화를 걸었다. 똑같이 복잡한 절차를 거친 후, 데이먼이 지난 2주 동안에는 계좌에 손을 대지 않았다는 사실을 알게 되었다. 마지막으로 게이필드 경찰서에 전화를 걸어 호스 경장을 찾았다. 리버스가 이름을 밝히자 그녀는 시큰둥한 반응이었다.

"가이타노 클럽은 알아봤나?" 리버스가 물었다.

"다들 가이저 클럽이라고 부르죠. 인기 있는 곳이에요. 작년에 칼부림 사건이 두 번 있었는데, 한 건은 클럽 안에서, 다른 한 건은 뒷골목에서였어요. 올해는 훨씬 조용하네요. 입구에서 손님을 엄격하게 골라서 그런가 봐요."

"덩치 좋은 경비원들 말이군."

"정문 담당 매니저라고 해두죠. 손님 쫓아낼 때 좀 소란스러워서 동네

주민들이 아직 불평해요."

"소유자가 누구야?"

"찰스 맥킨지요. '차머'라고들 부르죠."

제복 경관 두 명이 데이먼 문제로 맥킨지와 얘기를 나눴고, 맥킨지는 그날 밤 이후 게이필드에서 촬영된 감시카메라 비디오를 제출했다.

"연간 실종자가 몇 명이나 되는지 아세요?"호스가 한숨을 쉬며 말했다.

"자네가 말해주게."

"알려드리죠. 살인이 의심되지 않는 한 실종 사건은 급선무가 아니에요. 저도 다 때려치우고 도망치고 싶을 때가 한두 번이 아닌걸요."

리버스는 밤에 차를 타고 돌아다니던 때를, 인생의 텅 빈 부분을 채우려고 오랫동안 정처 없이 헤매던 시간들을 생각했다. "이게 단가?"그가 말했다.

"친구 부탁으로 하는 일이라고 하셨죠……."

"그런데?"

"우리가 할 일은 다 한 것 아닌가요?"

"충분하고도 남지."

"그런데 이렇게까지 할 필요가 있나요?"

"모르겠어." 과거와 재니스 플레이페어와 바니 미에게 진 어떤 마음의 빚, 그리고 미치라고 하는 친구에 대한 추억 때문이라고 말할 수도 있었다. 하지만 도움을 주는 외부인에게 굳이 그런 것까지 설명하고 싶지는 않았다. 대신에 이렇게 말했다. "마지막으로 부탁하는데, 그 여자 사진 하나만 뽑아주겠어?"

가이타노는 위에 네온사인이 달린 단단한 검은색 문뿐이었다. 문 양쪽

측면에는 각각 펍이, 길 건너편에는 하이파이 오디오 매장이 있었다. 가게 창문에는 진공관 앰프와 대형 턴테이블이 있었다. 턴테이블에는 그에 맞는 큼직한 가격표가 붙어 있었다. 펍 하나는 '머리 없는 마차꾼(Headless Coachman)'라는 이름이었다. 몇 년 전에 상호를 바꾸고 관광객들을 상대로 하고 있었다.

리버스가 가이타노의 버저를 누르자 어떤 여자가 문을 열어주었다. 여자는 청소부였고, 리버스는 그 일이 부럽지 않았다. 테이블에 있던 잔들은 치워졌지만 내부는 여전히 난장판이었다. 댄스 플로어를 둘러싼 카펫 위에는 업소용 진공청소기가 있었다. 바닥에는 담배꽁초와 셀로판지가 어질러져 있었고, 가끔 빈 병도 보였다. 청소부는 입구 청소는 마쳤지만, 그건 메인 댄스 구역의 절반에 지나지 않았다. 사방 벽에는 모두 거울이 있어서 조명만 제대로 받는다면 실제보다 몇 배는 크게 보일 것 같았다. 단순한 백색 조명에다 음악도 손님도 없으니 휑한 느낌이었다. 퀴퀴한 땀과 맥주 냄새로 공기가 탁했다. 리버스는 한쪽 귀퉁이에 감시 카메라가 있는 것을 보고 그쪽을 향해 손을 흔들었다.

"리버스 경위님."

어떤 남자가 댄스 플로어를 가로질러 리버스 쪽으로 걸어왔다. 160센티미터 정도의 키에 칵테일용 스틱처럼 말랐다. 50대 중반 정도로 보였다. 연한 파란색 수트에 넥타이를 매지 않은 흰색 셔츠 차림이어서 선탠한 피부와 금으로 된 장신구가 드러났다. 머리카락은 가는 은발이었지만 수트처럼 단정하게 다듬었다. 두 사람은 악수를 했다.

"한 잔 드릴까요?"

남자는 리버스를 바 쪽으로 안내했다. 술 분량기*들이 줄지어 있었다.

"괜찮습니다."

차머 맥킨지는 바 뒤로 가서 자기가 마실 콜라를 따랐다.

"이건요?" 그가 말했다.

"같은 걸로 주십시오." 리버스가 말했다. 재떨이를 놓을 때 쓰는 높은 의자 하나를 발견하고는 그 위에 앉았다. 두 사람은 바를 사이에 두고 마주보았다.

"평소에 드시던 건 아니죠?" 맥킨지가 추측했다. "이 바닥에 있으면 술 쪽으로는 촉이 생깁니다." 그는 자랑하듯 코를 톡톡 쳤다. "실종된 애는 아직 못 찾았나요?"

"네."

"요즘 애들은 무슨 생각인지……." 그는 구세대라 이해할 수 없다는 듯 어깨를 으쓱했다.

"사진을 가져왔습니다." 리버스는 주머니에서 사진을 꺼내어 건넸다. "두 번째 줄에 있는 애입니다."

맥킨지는 고개를 끄덕였지만 정말 관심이 있는 것 같지는 않았다.

"그 애 바로 뒤를 보십시오."

"여자 친구인가요?"

"아는 사람입니까?"

맥킨지는 콧방귀를 뀌었다. "그랬으면 좋겠군요."

"전에 본 적 없나요?"

"사진만으로는 확실하지 않지만 못 본 것 같네요."

---

* 술의 양을 재는 기구. 술집에서 위스키 등의 독한 술을 잴 때 사용한다.

"직원들은 몇 시에 출근합니까?"

"밤이 돼야 나옵니다."

리버스는 사진을 돌려받아 주머니에 넣었다.

"비디오를 돌려받을 수 있을까요?" 맥킨지가 물었다.

"왜요?"

"다 돈이거든요. 이 바닥에서는 그런 간접비가 꽤 부담이 됩니다."

리버스는 그가 어떻게 '차머'*란 별명을 얻었는지 의아했다. 까칠하기만 한데. "당장은 어려울 것 같군요." 일어서면서 말했다.

사무실로 돌아온 리버스는 다시 비디오를 재생해서 금발머리를 보았다. 여자의 머리 각도, 강한 턱선, 약간 벌린 입. 데이먼에게 뭔가 말했던 걸까? 1분 후 데이먼은 사라졌다. 다른 데서 만나자고 했을까? 그가 자리를 뜬 후에도 여자는 바에 남아서 자기가 마실 술을 주문했다. 여자는 데이먼이 사라지고 15분이 지난 시간인 자정에 클럽을 떠났다. 마지막으로 나온 사진은 클럽 외벽에 설치된 카메라에서 찍혔다. 로즈 스트리트에서 왼쪽으로 돌아가는 것을 가이타노에 들어가려고 하던 술꾼 몇몇이 보고 있는 모습이었다.

누군가 문을 열고 들어와서 리버스에게 전화가 왔다고 말했다. 메리 핸더슨이었다.

"전화해줘서 고마워요." 리버스가 말했다.

"부탁이 있어서 전화한 것 같은데요?"

"그 반대예요."

---

* 매력적인 사람.

"그럼 점심은 내가 살게요. 지금 엔진 셰드에 있어요."

"그거 잘됐군요." 리버스가 미소를 지었다. 엔진 셰드는 세인트 레너즈 경찰서 바로 뒤에 있었다. "5분 안에 갈게요."

"2분 안에 와요. 안 그러면 미트볼이 다 떨어질 거예요."

농담 같지만 미트볼에는 고기가 없었다. 버섯과 병아리콩으로 만든 짭짤한 맛의 볼에 토마토소스가 곁들여졌다. 사무실에서 코 닿을 거리에 있었지만 리버스는 엔진 셰드에서 식사를 한 적이 없었다. 너무 영양가 위주의 건강식들만 있었다. '오늘의 음료'는 유기농 사과 주스였고, 흡연은 엄격히 금지되었다. 자선단체에서 운영하고 있으며, 일자리를 꼭 원하는 사람들이 직원으로 일하고 있었다. 메리가 만날 장소로 고를 만한 곳이었다. 그녀는 창가에 앉아 있었고, 리버스는 자기 쟁반을 들고 합석했다.

"좋아 보이네요." 그가 말했다.

"다 이 샐러드 덕분이죠." 메리는 자기 접시 쪽으로 고개를 까딱했다.

"바뀐 생활이 잘 맞나봐요?"

지방 신문사를 그만두고 프리랜서로 나선 일을 두고 한 말이었다. 둘은 가끔씩 서로 도움을 주고받는 사이였지만, 리버스는 자기가 받은 게 더 많다는 사실을 알고 있었다. 메리의 얼굴은 깔끔하고 선이 날렵했다. 눈은 날카롭고 어두웠다. 실라 블랙*의 초기 헤어스타일로 머리 모양을 바꿨다. 테이블 옆에 노트와 휴대폰이 있었다.

"런던의 신문에 비정기적으로 기고해요. 그러면 옛 직장에서는 다음날 자체 기사를 써야 하죠."

_____

* 영국의 가수.

"거기선 짜증내겠네요."

메리가 미소 지었다. "날 놓친 게 실수라는 걸 알아야죠."

리버스가 말했다. "하긴 바로 코밑에 있는 기삿거리도 놓치고 있으니까요." 그는 포크로 음식을 다시 한 번 입에 넣으며, 맛이 그리 나쁘지는 않다고 속으로 인정했다. 다른 테이블을 둘러보고는 손님들이 전부 여자라는 사실을 깨달았다. 어떤 사람은 유아용 의자에 앉은 아이에게 음식을 먹이고 있었다. 낮은 목소리로 수다를 떨고 있는 사람들도 있었다. 레스토랑이 그리 크지 않았기 때문에 리버스는 계속 목소리를 낮춰서 얘기했다.

"어떤 기삿거리죠?" 메리가 말했다.

리버스의 목소리가 더 낮아졌다. "그린필드에 사는 소아성애자."

"유죄 판결을 받았나요?"

리버스가 고개를 끄덕였다. "형기를 마치고 지금은 아이들 놀이터가 잘 내려다보이는 아파트에 자리를 잡았죠."

"일을 저질렀나요?"

"잡아넣을 만한 짓은 아직 하지 않았어요. 중요한 건 이웃들이 그가 어떤 놈인지 모른다는 사실이죠."

메리가 그를 응시했다.

"왜요?"

"아무것도 아니에요." 그녀는 샐러드를 입에 더 넣고 천천히 씹었다. "그런데 기삿거리는 어디 있죠?"

"이봐요, 메리……."

"나한테 뭘 원하는지 알아요." 그녀는 포크로 리버스를 가리켰다. "그 이유도."

"그리고요?"

"그가 무슨 일이라도 저질렀나요?"

"메리, 재범률이라는 거 몰라요? 교도소에 몇 년 가둔다고 다가 아니에요."

"우리가 위험해져요."

"우리? 그놈의 관심은 우리가 아니에요."

"기회를 줘야죠."

"메리, 이건 좋은 기삿거리예요."

"아니요. 경위님 식으로 그자를 괴롭히는 거죠. 시엘리온 사건과 관계있죠?"

"시엘리온과 관계없는 게 있나요?"

"증거를 찾으라고 경위님을 압박한다고 들었어요." 메리가 다시 쳐다보았지만 리버스는 어깨를 으쓱하기만 했다. 그녀가 말을 이었다. "그 동네엔 질 나쁜 칼잡이들이 있어요. 다른 데도 아닌 그린필드에 소아성애자가 산다는 기사를 쓴다면…… 살인을 부추기는 거예요."

"이봐요, 메리……."

"제 생각을 알려드릴까요, 존?" 메리가 나이프와 포크를 내려놓았다. "경위님 안에서 뭔가가 잘못되어가고 있어요."

"메리, 내가 원하는 건……."

하지만 그녀는 일어서서 의자 뒤에 걸려 있던 코트를 벗긴 다음 휴대전화, 수첩, 가방을 집어 들었다.

"갑자기 입맛이 떨어졌어요." 메리가 말했다.

"전엔 이런 얘기라면 끝까지 파고들었잖아요?"

그녀는 잠시 생각에 잠긴 것 같았다. "경위님 말이 맞을지도 몰라요."
그녀가 말했다. "틀렸으면 좋겠지만 아니겠죠."

메리는 소리가 요란한 힐을 신고 레스토랑의 나무 마룻장 위를 걸어갔
다. 리버스는 자기 점심을 내려다보고 손도 대지 않은 주스를 보았다. 코
닿을 거리에 펍이 있었다. 접시를 치워버렸다. 메리가 틀린 거라고 혼잣말
했다. 시엘리온과는 관계없는 일이야. 짐 마골리스 때문이다. 대런 러프가
그를 고소한 적이 있었다는 사실 때문이다. 이제 짐은 죽었고, 리버스는
뭔가를 되찾고 싶었다. 짐을 괴롭혔던 놈을 괴롭히면 짐의 영혼이 편히 쉴
수 있을까? 주머니 속에 손을 넣어 종이쪽지를 꺼냈다. 전화번호는 아직
충분히 읽을 만했다.

경위님 안에서 뭔가가 잘못되어가고 있어요.

틀린 말이라고 부인할 수 없었다.

8

짐 마골리스는 4년 전에 세인트 레너즈 경찰서에서 잠시 근무한 적이 있었다. 부족한 인력을 보충하기 위한 임시 근무였다. CID 부서에서 세 명이 독감으로 나가떨어졌고, 한 명은 가벼운 수술 때문에 입원해 있었다. 리스* 지역을 담당하고 있던 마골리스가 강력한 추천을 받았고, 새 동료들은 그를 경계했다. 때로는 짐이 되는 인력을 다른 부서로 떠넘기기 위해 추천이 이루어지기 때문이다. 하지만 마골리스는 소아성애자 사건을 헌신적으로 꼼꼼하게 처리함으로써 자신의 능력을 빠르게 증명했다. 남자애 두 명이 미도우스에서 성추행을 당했다. 그것도 어린이 축제에서. 대린 러프는 이미 경찰 파일에 올라와 있었다. 열두 살 때 당시 여섯 살이었던 이웃집 남자애를 성추행했다. 상담을 받고 보육원에 일정 기간 수용되었다. 열다섯 살 때는 폴락 홀스**의 학생 기숙사 창문에서 안을 훔쳐보다가 붙잡혔다. 상담을 더 받았다. 경찰 파일에도 추가로 체크되었다.

기숙사 학생들이 인상착의를 설명해준 덕분에 경찰은 러프가 아버지와 함께 사는 집을 찾아낼 수 있었다. 아침 아홉 시였는데도 아버지는 부엌 식탁에서 고주망태가 되어 있었다. 어머니는 작년 여름에 사망했다. 그

---

* Leith. 에든버러시 북부 지역.
** 에든버러 대학 캠퍼스.

때 이후로 집안 청소라고는 하지 않았던 것 같았다. 때 묻은 옷과 곰팡이 핀 접시가 사방에 널려 있었다. 쓰레기도 제대로 버리지 않았던 것 같았다. 터지고 썩은 쓰레기봉투가 부엌문 옆에 방치되어 있었다. 현관 모퉁이에는 우편물이 산처럼 쌓여 있었는데, 습기 때문에 축축해져서 덩어리가 되어 있었다. 짐 마골리스는 대런 러프의 방에서 옷 카탈로그를 발견했다. 어린이 모델 옆에 펜으로 쓴 노골적인 평가가 덧붙여져 있었다. 침대 아래에는 10대 소년 소녀에 관한 기사 – 그리고 사진 – 가 실린 청소년 잡지가 있었다. 경찰이 봤을 때 압권은 썩은 카펫 모서리 아래에 있던 대런의 '판타지 리그'였다. 성적 취향과 소원 목록이 세세하게 적혔고, 미도우스를 이용했던 날짜와 서명이 있었다.

지방 검사에게가 두 손 들고 반길 증거였다. 이제 스무 살이 된 대런 러프는 유죄 판결을 받고 수감되었다. 세인트 레너즈 경찰서에서는 맥주 파티가 열렸고, 짐 마골리스는 영웅이 되었다.

리버스도 그 자리에 있었다. 러프를 취조했던 근무조의 일원이었다. 러프를 감옥에 가두는 게 적절한지 판단하기 위해 시간을 충분히 들여 조사했다.

"저런 놈들한테는 효과가 없어." 알리스테어 플라워 경위가 말했다. "출소하자마자 다시 범행을 저지르지."

"교도소 수감보다 치료 조치가 낫다는 얘기야?" 마골리스가 물었다.

"죽을 때까지 가둬야 한다는 말이야!" 맞장구치는 환호성이 터져 나왔다. 쇼반 클락은 영리해서 자기주장을 말하지 않았지만, 리버스는 그녀의 속내를 알고 있었다. 러프가 한 고소에 대해서는 아무 얘기가 없었다. 러프의 얼굴과 몸에 멍 자국이 있었다. 러프는 변호인에게 짐 마골리스가 자신을 구타했다고 주장했다. 목격자는 없었다. 자해라는 결론이 났다. 리버스 자신도 러프를 몇 대 패주고 싶은 생각이 있긴 했다. 하지만 마골리스가 피의자에게 가혹 행위를 했다는 전력은 없었다.

내부 조사가 실시되었다. 마골리스는 혐의 내용을 부인했다. 진단서만으로는 러프의 멍이 자해의 결과인지 판정할 수 없었다. 사건은 그렇게 종결되었다. 마골리스의 기록에는 극히 적은 오점만이 남았다. 경력 내내 그를 따라다니게 될 극히 미약한 의심이.

리버스는 사건 파일을 덮고 금고로 가져갔다.

메리가 말했다. *경위님 안에서 뭔가가 잘못되어가고 있어요.*

러프의 사회복지사가 그랬지. *애초에 당신네가 여기 데려왔잖습니까.*

리버스는 농부의 사무실로 가 문을 두드렸다. 들어오라는 소리에 들어갔다.

"무슨 일인가, 존?"

"대런 러프의 담당 사회복지사와 얘기를 해봤습니다."

농부는 서류에서 눈을 들었다. "특별한 이유라도 있었나?"

"놀이터가 내려다보이는 아파트를 러프가 배정받은 이유를 알고 싶었을 뿐입니다."

"그쪽에서 퍽이나 좋아했겠군." 못마땅해하는 눈치는 아니었다. 농부의 도덕 사다리에서 사회복지사는 소아성애자보다 기껏해야 발판 하나 둘 정도 위였다.

"애초에 우리가 러프를 이리로 데려왔다고 하더군요."

농부가 얼굴을 찌푸렸다. "무슨 소린가?"

"제가 총경님께 요청했단 뉘앙스던데요."

"당최 모를 말이군." 농부가 의자에서 자세를 바로 했다. "우리가 그놈을 이리로 데려왔다고?"

"그렇게 들었습니다."

"에든버러로 말이지?"

리버스는 고개를 끄덕였다. "방금 러프 파일을 읽어본 참입니다. 한동안 보육원에 있었더군요."

"시엘리온이었나?" 농부가 흥미를 보이는 것 같았다.

리버스는 고개를 저었다. "에든버러시 반대쪽에 있는 콜스턴 하우스입니다. 아주 잠깐이었죠. 부모가 둘 다 알코올 중독자라 애를 방치해두었더군요. 달리 갈 데가 없었죠."

"그러고는?"

"엄마가 술을 끊었습니다. 러프는 집으로 돌아갔죠. 나중에 엄마가 간염 진단을 받았는데 아무도 애를 시설로 옮기지 않았죠."

"왜?"

"그때는 러프가 아버지를 돌보고 있었거든요."

농부는 자기 가족사진들 쪽을 보았다. "어떤 사람들은 사는 게 참……."

"그렇죠." 리버스도 동감했다.

"그래서 결론이 뭔가?"

"단서는 이것뿐입니다. 러프는 에든버러로 돌아왔습니다. 우리가 원해서였다는군요. 그다음에는 그놈을 잡아넣었던 경찰이 솔즈베리 크랙스에서 몸을 던졌죠."

"연관이 있다는 얘긴가?"

리버스는 어깨를 으쓱했다. "짐은 친구들과 밖에서 저녁을 먹었죠. 아내와 아이도 함께 있었고요. 집으로 돌아와서 잠자리에 들었습니다. 그러고는 다음 날 아침에 죽었죠. 자살한 이유를 알아내고 싶습니다. 솔직히 아무것도 못 건졌지만요. 그리고 누가 왜 대런 러프를 다시 여기 데려왔는지도 궁금합니다."

농부는 생각에 잠겼다. "내가 사회복지사와 얘기해볼까?"

"저하고는 아예 말을 안 섞더군요."

농부가 종이와 펜 쪽으로 손을 뻗었다. "이름을 알려주게."

"앤디 데이비스라고 합니다."

농부가 이름에 밑줄을 쳤다. "나한테 맡기게."

"알겠습니다. 그동안에 짐의 자살 사건을 조사하고 싶습니다."

"이유가 뭔가?"

"러프하고 정말 관계가 있는지 알아보려고요." 자신의 호기심도 만족시키고 싶다는 말을 덧붙이고 싶었다.

농부가 고개를 끄덕였다. "시엘리온 말인데…… 증언은 언제 하나?"

"내일입니다."

"연습은 했나?"

리버스가 고개를 끄덕였다.

"법정에서 좋은 인상을 주는 비결을 알려주지."

"발표력인가요?"

농부가 고개를 저었다. "읽을거리를 잔뜩 가져가게."

리버스는 그날 저녁 귀갓길에 딸을 만나러 갔다. 새미는 식민지 양식 아파트* 2층에서 나와 뉴헤이븐 로드에서 떨어진 벽돌건물 단지 내 신축 아파트 1층으로 이사했다.

"해변까지 내리막길이 쭉 이어져." 새미가 아빠에게 말했다. "브레이크 안 밟고 달리면 끝내줘."

휠체어 얘기다. 리버스는 전동휠체어를 사주고 싶었지만 새미가 거절했다.

"근육 운동을 하고 있어." 새미가 말했다. "언제까지나 휠체어 신세를 지지도 않을 거고."

그렇겠지. 하지만 두 다리를 완전히 쓸 수 있기까지는 힘든 과정을 거쳐야 한다. 새미는 일주일에 두 번만 물리치료를 받고, 나머지 시간에는 집 안에서 하는 재활운동에 몰두했다. 사고가 척추와 다리에 모두 영향을 미친 것 같았다.

"머리로는 아는데 몸이 말을 안 들어."

새미의 아파트로 들어가는 정문에는 작은 목재 경사로가 있었다. 새미 친구의 친구가 만들어준 것이었다. 아파트의 침실 하나는 간이체육관으로 바꾸었다. 한쪽 벽에는 대형 거울을 달았고, 나머지 공간은 평행봉이 차지하고 있었다. 출입구는 좁았지만 새미는 휠체어를 능숙하게 다루어서 손발목이 까지지 않고도 드나들 수 있었다.

리버스가 도착하자 네드 팔로우가 문을 열어주었다. 네드는 지방 무가지에서 교열 담당자로 일하고 있었다. 근무 시간이 짧기 때문에 남는 시간에 새미의 운동을 도와주고 있었다. 두 남자는 아직 서로를 불신하고 있었

---

* 주로 1850년대부터 1910년대 사이에 에든버러에 지어진, 수공업자와 숙련 노동자 계급의 주거지로 건설된 주택.

다 – 딸과 자는 녀석을 정말로 신뢰하게 되는 아버지들이 있기는 할까? 하지만 네드는 새미에게 최선을 다하고 있는 것 같았다.

"안녕하세요." 네드가 말했다. "새미는 운동 중이에요. 차 한 잔 드릴까요?"

"괜찮네."

"식사를 준비하고 있었어요." 네드는 벌써 길고 좁은 부엌으로 돌아갔다. 리버스는 자신이 방해만 된다는 걸 알았다.

"제가 금방 가서……."

"괜찮네."

부엌에서 나는 냄새는 엔진 셰드 레스토랑과 비슷했다. 향신료와 채소. 리버스는 현관 아래로 가다가 휠체어가 연결되었던 벽에 피부가 까진 자국이 있는 걸 알아챘다. 손님용 침실에서 디스코 비트의 음악이 흘러나오고 있었다. 새미는 검은 색 레오타드와 타이츠를 입고 바닥에 누워서 다리를 움직이려 하고 있었다. 안간힘을 쓰느라 얼굴은 빨개졌고, 머리카락이 이마에 엉겨 붙었다. 아버지를 보자 머리를 다시 바닥에 눕혔다.

"음악 좀 꺼줘."

"그냥 보기만 할게."

하지만 새미는 고개를 저었다. 운동하는 모습을 보이고 싶어 하지 않았다. 이건 새미의 싸움, 자신의 몸과 벌이는 은밀한 전투였다. 리버스는 카세트를 껐다.

"무슨 노랜지 알아?"

"칙*의 〈괴짜(Le Freak)〉. 70년대에 디스코장에 질리도록 다녔지."

---

* CHIC. 1970년대에 활동한 미국의 디스코 밴드.

"아빠가 나팔바지 입은 모습이 상상이 안 되는데."

"완전 스트레스였지."

새미는 앉으려고 몸을 일으켰다. 리버스는 도와주려고 딱 한 걸음만 앞으로 나갔다. 더 가까이 가면 새미가 팔을 뿌리칠 것이다.

"장애인 신청은 어떻게 되어가니?"

새미는 눈을 움직이더니, 팔을 뻗어 수건을 잡고는 얼굴을 닦기 시작했다. "쓸데없는 요식 절차 투성이더라고. 잘 되겠지."

"그럼."

"온갖 복잡한 절차가 다 있었어. 스윕(SWEEP)의 내 일자리는 아직 무사해."

"하지만 사무실이 3층에 있잖아?" 리버스는 딸 옆 바닥에 앉았다.

"재택근무가 가능해."

"그래?"

"하지만 싫어. 온종일 벽만 보고 싶지는 않아."

리버스는 고개를 끄덕였다. "필요한 거 있으면……."

"디스코 테이프들 있어?"

리버스가 미소를 지었다. "아빤 로리 갤러거*와 존 마틴**을 더 좋아했지."

"취향은 제각각이니까." 수건을 목에 걸며 새미가 말했다. "말이 나와서 말인데, 페이션스는 어떻게 지내?"

"잘 지내."

---

* 아일랜드의 블루스 록 기타리스트.
** 영국의 재즈 블루스 가수.

"가끔 통화해."

"그래?"

"아빠보다 나랑 얘기를 더 많이 한 것 같대."

"그렇지 않아."

"정말?"

리버스는 딸을 바라보았다. 원래 이렇게 예리했나? 사고와 관련이 있나?

"우린 잘 지내." 리버스가 말했다.

"누구 입장에서?"

리버스는 일어섰다. "저녁 준비가 거의 다 된 것 같네. 의자에 앉는 거 도와줄까?"

"네드한테 맡겨."

리버스는 천천히 고개를 끄덕였다.

"내 질문에 대답 안 했잖아."

"난 경찰이야. 질문은 보통 내가 하지."

새미는 수건을 머리에 걸쳤다. "나 때문이야?"

"뭐라고?"

"그 때 이후로……." 그녀는 다리 쪽을 내려다보았다. "아빠 탓이라고 생각하는 것 같아서."

"그건 사고였어." 리버스는 새미를 보지 않았다.

"그 일 때문에 아빠와 페이션스 사이가 진전이 없는 것 같아. 무슨 말인지 알겠어?"

"나는 네 사고가 내 탓이라고 자책하기 바쁘고, 너는 페이션스와 나 사이 때문에 스스로를 탓하고 있다?" 리버스는 딸을 바라보았다. "간단히 말하자면 이런 얘기냐?"

새미가 미소를 지었다. "더 있으면서 뭐 좀 먹고 가."

"페이션스한테 가야 할 것 같은데?"

새미가 눈에서 수건을 걷어 올렸다. "그리로 가는 길이야?"

"그럼 어딜 가겠어?" 리버스는 손을 흔들고 방을 나갔다.

9

리버스는 뉴헤이븐 로드로 내려가는 길에 해변에 있는바 두 곳을 들렀다. 한 곳에서는 맥주 한 파인트를, 다른 곳에서는 위스키 한 모금을 마셨다. 위스키에 물을 가득 탔다. 어두운 밤이었지만 파이프의 포스 브리지를 가로지르는 가로등 불빛을 볼 수 있었다. 고향을 떠난 적이 없는 재니스와 브라이언을 생각했다. 자기도 고향을 떠나지 않았다면 어떻게 되었을까 생각했다. 실종 후 발견되지 않았던 알렉 치좀을 다시 생각했다. 마을을 샅샅이 뒤지고, 폐광의 갱도까지 사람을 내려보내 수색했고, 강바닥까지 훑었다. 길고 더운 여름이었다. 카페의 주크박스에서는 비틀즈와 롤링스톤의 노래가 흘러나왔고, 자판기에서는 얼음처럼 차가운 콜라를 판매했다. 우유 거품으로 덮인 유리 커피잔도 있었다. 그리고 알렉에 대한 질문이 있었다. 그 질문을 통해 알렉을 제대로 알고 있던 사람이 없다는 사실이, 속내는 물론이거니와 알렉을 알고 있다고 생각했지만 실제로는 아는 게 없었다는 사실이 드러났다. 알렉의 부모와 조부모는 밤늦게까지 거리를 돌아다니다가 낯선 사람을 만나면 묻곤 했다. "우리 애 못 보셨나요?" 낯선 사람과도 안면이 생기고, 달리 물어볼 사람도 없어질 지경이 되어서야 그만뒀다.

이제 데이먼 미는 세상에서 자취를 감췄다. 어떤 불가항력적인 힘에 끌려갔을 수도 있다. 리버스는 차로 돌아가서 해변을 따라 달려 포스 브리지에 다다르자 파이프 쪽으로 향했다. 새미가 한 말에서, 페이션스에게서, 에든버러에서 도피하는 게 아니라고 스스로에게 말하려 했다. 소아성애자에게서, 투신자살에서 도망치는 것도 아니다.

카든던에 가까워지자 속도를 늦춰 중심가의 정류장에 도착했다. 가게 창문마다 데이먼의 사진과 '실종'이라는 단어가 박힌 전단지가 붙어 있는 것 같았다. 가로등 기둥과 버스정류장에는 더 많이 붙어 있었다. 리버스는 다시 시동을 걸고 재니스의 집으로 향했다. 하지만 아무도 없었다. 이웃들이 필요한 정보를 알려주었고, 그 정보에 따라 곧바로 에든버러의 로즈 스트리트로 돌아왔다. 거기서 전단지를 가로등 기둥과 벽에 붙이고, 우편함에 집어넣고 있는 재니스와 브라이언을 발견했다. A4 용지에 복사한 전단지였다. 휴가 때 찍은 데이먼의 사진과 함께 '데이먼 미가 실종되었습니다.' '이 사람을 본 적이 있으신가요?'라고 손글씨로 적혀 있었다. 데이먼이 입고 있었던 옷에 대한 설명, 그리고 연락처도 있었다.

"펍은 다 돌았어." 브라이언이 말했다. 피곤해 보였다. 눈은 어두웠고 면도도 하지 않았다. 들고 있는 스카치테이프는 거의 다 썼다. 재니스는 벽에 기대 있었다. 부부의 모습을 보고 있으니 과거로 돌아가는 기분은 들지 않았다. 현재의 걱정이 그들을 두렵게 하고 있었다.

"관심을 보이지 않는 곳이 한 군데 있었어." 재니스가 말했다. "그 클럽이야."

"가이타노?"

재니스가 고개를 끄덕였다. "경비원들이 들여보내주지 않았어. 전단지도 받지 않아. 벽에다 붙였더니 떼어버렸어." 그녀는 거의 울먹였다. 리버스는 고개를 돌려 가이타노 위 네온사인이 빛나고 있는 거리 쪽을 바라보았다.

"걱정 마." 그가 말했다. "이번엔 마법 주문을 써보자고."

클럽 문에 도착한 리버스는 신분증을 꺼내 보이며 경찰이라고 말했다. 셋이 클럽 안으로 안내되는 사이, 누군가가 차머 맥킨지에게 전화를 했다. 리버스는 재니스를 보고 윙크했다.

"열려라 참깨." 리버스가 말했다. 재니스는 그가 엄청난 일을 해낸 양 바라보았다.

"맥킨지 씨는 여기 안 계십니다." 기도 하나가 말했다.

"그럼 책임자가 누구죠?"

"아치 프로스트입니다. 부매니저죠."

"안내해주시죠."

경비원들은 불쾌한 것 같았다. "바에서 술을 마시고 있습니다."

"걱정 마세요." 리버스가 말했다. "어딘지 압니다."

베이스 음악*이 진동하고 있는 클럽 내부는 어둡고 더웠다. 커플들이 댄스 플로어 위에서 춤을 추고 있었고, 다른 사람들은 움직일 자리를 찾아 자욱하게 담배 연기를 내뿜으면서 어두운 공간을 살펴보고 있었다. 리버스는 재니스 쪽으로 몸을 기울였다. 입이 재니스 귀에 바짝 닿을 정도였다.

"테이블마다 돌아다니면서 물어봐."

재니스가 고개를 끄덕이고 그의 메시지를 브라이언에게 전했다. 브라이언은 소음 때문에 불편한 것처럼 보였다.

리버스는 바 쪽으로 발걸음을 옮겼다. 남색 조명이 만드는 빛줄기를 통

---

* R&B, 하우스 뮤직 등이 혼합된 클럽 음악. 2000년대 중반 영국에서 유행했다.

과해갔다. 술을 기다리는 사람들이 있었지만, 바에서 실제로 마시고 있는 건 남자 둘뿐이었다. 실제로 마시는 건 둘 중 하나였고, 나머지 하나는 얘기를 듣고 있었다.

"끼어들어서 미안합니다." 리버스가 말했다.

말하던 남자가 리버스 쪽으로 몸을 돌렸다. "잠깐만 기다려요."

나이는 스물이나 스물하나 정도였고, 검은색 말총머리를 하고 있었다. 체구가 다부졌고, 웃깃이 없는 양복 상의에 눈부실 정도로 흰 셔츠를 입고 있었다. 리버스는 경찰 신분증을 내밀었다.

"사장이 손님 접대하는 예절 가르치지 않나요?" 리버스가 물었다. 아치 프로스트는 말없이 잔을 비웠다. "잠깐이면 됩니다, 프로스트 씨."

"저 사람들은 경찰 같지 않은데요." 프로스트가 재니스와 브라이언 쪽으로 고개를 까딱했다. 둘은 클럽 안을 돌아다니고 있었다.

"경찰이 아니니까요. 아들이 실종됐어요. 바로 여기서."

"압니다."

"그러면 제가 왜 왔는지 아시겠군요." 리버스는 정체불명의 금발 여자 사진을 꺼냈다. "전에 이 여자 본 적 있습니까?"

프로스트는 기계적으로 고개를 저었다.

"자세히 보시죠."

프로스트는 마지못해 사진을 받아들고는 조명 쪽으로 기울여보았다. 그런 다음 고개를 젓고 사진을 돌려주려 했다.

"당신 친구는 어떻습니까?"

"이 사람이 왜요?"

수수께끼의 '친구', 술을 마시지 않던 젊은 남자는 그들에게서 반쯤 몸을 돌리고 댄스 플로어를 보고 있었다.

"이 친구는 여기 자주 오지 않습니다." 프로스트가 말했다.

"다들 그렇죠." 리버스가 고집했다. 프로스트가 사진을 친구의 코앞에 가져다 댔다. 그가 바로 고개를 저었다.

"손님들한테 물어보겠습니다." 프로스트의 손에서 사진을 집어 들며 리버스가 말했다. "손님들 기억력이 더 낫기를 바라야겠군요." 그는 프로스트가 아니라 프로스트의 친구를 쳐다보았다. "우리 어디서 본 적 있지 않나요? 낯이 익네요."

젊은 남자는 코웃음을 치면서 계속해서 댄스 플로어를 보고 있었다.

"그럼 일들 보시죠." 리버스가 말했다. 재니스와 브라이언의 뒤를 따라 방 안을 돌았다. 둘은 대부분의 테이블 위에 전단지를 남겨두었다. 어느 커플은 이미 전단지를 구겨버렸다. 리버스는 그들을 계속 쏘아보았다. 자기 일이라도 이렇게 열의를 보이지 않았을 것이다. 하지만 앞에서 재니스와 브라이언이 테이블에 앉아서 거기 있던 여자 둘과 대화에 몰두하고 있는 걸 보았다. 마침내 따라잡았다. 재니스가 올려다보았다.

"데이먼을 봤대." 재니스가 음악 소리를 묻어버릴 듯 외쳤다.

"택시를 타고 있었어요." 여자는 리버스를 위해 이야기를 되풀이했다.

"어디서요?" 리버스가 물었다.

"'돔(Dome)' 밖에서요."

"도로 반대편이에요." 친구가 바로잡았다. 화장이 너무 진했고, 자기들 딴에는 '세련되었다'고 할 표정을 지으려 애쓰고 있었다. 원래 나이보다 성숙하게 보이려 하고 있었다. 어려 보이고 싶어질 때가 곧 온다. 치마는 엄청나게 짧았다. 리버스는 브라이언이 눈길을 주지 않으려는 걸 보았다.

"그때가 언제였죠?"

"밤 12시 15분쯤일 거예요. 파티에 늦었거든요."

"날짜가 확실한가요?" 리버스가 물었다. 재니스가 비난하듯 쳐다보았다. 이 실낱같은 단서를 놓치고 싶지 않았다.

여자애 하나가 핸드백에서 다이어리를 꺼내 페이지 하나를 톡톡 쳤다. "이 파티예요."

리버스가 살펴보았다. 데이먼이 사라진 날과 같은 날짜였다. "이 사람을 어떻게 알아봤죠?"

"그 전에 여기서 봤거든요."

"바에 서 있기만 했죠." 친구가 덧붙였다. "춤도 안 추고 가만히 있었어요."

양복 차림의 젊은 남자 둘이 회사 파티에서 빠져나와 여자애들에게 다가왔다. 춤을 청하려는 것 같았다. 여자들은 겉으로만 관심 없는 척했지만, 리버스가 노려보는 바람에 남자들은 왔던 방향으로 다시 돌아갔다.

"우리도 택시를 잡고 있었거든요." 여자애 하나가 설명했다. "길을 건너는 걸 봤어요. 그들만 운이 좋았죠. 우린 결국 걸어가야 했어요."

"'그들'이요?"

"그 남자랑 여자 친구요."

리버스는 재니스를 쳐다본 다음 사진을 건네주었다.

"그래요. 이 여자 같네요."

"염색한 금발머리였죠." 다른 여자애도 맞장구쳤다.

재니스가 여자애들에게 사진을 받아 직접 보았다.

"이 여자는 누구야, 존?"

리버스는 고개를 저으며 모른다고 말했다. 바 쪽을 곁눈질하다 두 가지를 보았다. 하나는 아치 프로스트가 새 잔 위로 자신들을 골똘하게 쳐다보고 있다는 것이었다. 다른 하나는 술을 마시지 않던 친구가 사라졌다는 사실이었다.

"사랑의 도피라도 했나봐요." 도와주려 하면서 여자애 하나가 말했다. "낭만적이지 않나요?"

재니스와 브라이언은 여태 식사도 하지 못했다. 리버스는 둘을 하노버 스트리트에 있는 인도 음식점으로 데려갔다. 사진에 있는 여자에 대해 아는 게 거의 없다고 설명했다. 재니스는 식사 내내 한 손에 사진을 쥐고 있었다.

"이제 시작일 뿐이지?" 난(nan) 빵을 떼면서 브라이언이 말했다.

리버스는 동의하면서 고개를 끄덕였다.

"내 얘기는" 브라이언이 말을 이었다. "데이먼이 누군가와 함께 떠났다는 걸 알게 됐다는 말이야. 아직 그 여자와 같이 있을 거야."

"그 여자와 눈이 맞아 떠난 건 아니야." 재니스가 말했다. "존이 벌써 말했잖아. 데이먼은 혼자 떠났어."

리버스는 사실 그렇게까지 얘기하지 않았다. 그들이 알게 된 거라곤 어쨌든 데이먼이 클럽을 떠났다는 여자애들의 말뿐이었다.

"저기" 브라이언이 더듬거렸다. "데이먼이 그 여자와 함께 있는 모습을 친구들에게 보이고 싶어 하지 않았다는 게 중요해. 약혼할 예정이었으니까."

"데이먼이 그럴 리 없어." 재니스의 눈이 리버스에게 머물렀다. "헬렌을 사랑했어."

리버스가 고개를 끄덕였다. "하지만 일은 벌어졌잖아?"

재니스는 후회하는 듯한 미소를 지었다. 브라이언은 두 사람 사이에 오가는 시선을 보았지만 모르는 척하기로 했다.

대신 그는 핫플레이트*에서 쟁반을 들어올리며 "쌀밥 필요한 사람 있어?"라고 물었다.

"집에 가야 해." 재니스가 말했다. "데이먼이 전화할지도 몰라." 그녀는 자리에서 일어났다. 리버스가 사진 쪽을 손짓하자 재니스가 돌려주었다. 사진에는 얼룩이 졌고 모서리가 구겨졌다. 브라이언은 아직 접시 위에 남은 음식을 쳐다보았다.

"브라이언……." 재니스가 말했다. 브라이언은 코를 벌름거리며 자리에서 일어났다. "계산은 내가 할게."

"아니, 내가 살게." 리버스가 말했다. "비용 처리할 수 있거든."

"정말 고마워, 존." 재니스가 손을 내밀었다. 리버스는 그 손을 잡았다. 길고 가느다란 손이었다. 리버스는 춤을 출 때 이 손을 잡았던 것을, 다른 여자애들의 손과는 달리 따뜻하고 건조했던 것을, 심장이 터질 것 같았던 게 기억났다. 재니스의 허리는 너무 가늘어서 손만으로도 감쌀 수 있었다.

"그래, 고마워, 조니." 브라이언이 웃었다. "조니라고 불러도 괜찮지?"

"안될 게 뭐 있어?" 리버스가 말했다. 그는 여전히 재니스의 눈을 보고 있었다. "그게 내 이름이잖아?"

---

* 조리 기구 위의 요리용 열판.

10

리버스는 신문들을 우선 훑어보았지만, 흥미가 가는 기사는 없었다.

짐 마골리스가 근무했던 리스 경찰서로 향했다. 러프가 다시 나타난 것과 짐의 죽음 사이에 연관성이 있는지 찾아본다고 농부에게 말하긴 했어도, 딱히 확신이 있었던 건 아니었다. 하지만 짐이 왜 그랬는지 정말 알고 싶었다. 리버스도 몇 번이고 마음만 먹었던 일, 허공에 몸을 던지는 일을 감행한 이유가 무엇이었는지. 그는 리스 경찰서에서 바비 호건 경위를 만났다.

"자네한테 한두 번 신세 지긴 했지." 호건이 입을 뗐다. "하지만 대체 이유가 뭐야? 마골리스는 좋은 친구였어. 다들 안타까워한다고."

둘은 경찰서 안을 가로질러 CID로 가고 있었다. 호건은 리버스보다 한두 살 아래였지만 근무 경력은 더 길었다. 원하면 언제든 은퇴할 수 있었지만, 리버스는 호건이 그걸 원하기는 하는지 의문스러웠다.

"나도 짐을 알아." 리버스가 말했다. "자네도 했을 만한 질문을 나 스스로에게 하고 있을 뿐이야."

"자살한 이유?"

리버스는 고개를 끄덕였다. "짐은 출세가도를 달리고 있었잖아. 다들 아는 사실이지."

"벼락출세해서 현기증이 생겼나?" 호건이 고개를 저었다. "기록을 찾아봐도 소용없을 거야, 존."

둘은 취조실 앞에서 걸음을 멈췄다.

"그냥 보기만 할게."

호건은 리버스를 쳐다보다가 천천히 고개를 끄덕였다. "이걸로 신세 갚았다?"

리버스는 호건의 어깨를 툭 치고는 방 안으로 들어갔다. 마닐라지로 된 파일이 빈 책상 위에 놓여 있었다. 방에는 의자가 두 개 있었다.

"혼자 보고 싶어 할 것 같았어." 호건이 말했다. "만일 누가 의심이라도 하면……."

"난 입이 무거워." 리버스는 이미 자리에 앉아 있었다. 폴더를 살펴보았다. "금방 보겠는데."

호건은 커피를 가져다준 다음, 리버스를 혼자 두고 방을 나갔다. 전부 살펴보는 데 정확히 20분이 걸렸다. 초기 보고서와 백업, 짐 마골리스의 이력까지. 이력서를 읽는 데 20분은 긴 시간이 아니다. 짐의 가정생활에 대한 내용은 얼마 없었다. 퇴근 후의 술자리, 담배를 피우거나 자판기 커피를 마시는 휴식 시간 중의 대화를 통한 추측이었다. 이중의 여백 사이에 있는 단순한 사실만으로는 실마리를 찾을 수 없었다. 아버지는 의사였고 지금은 은퇴했다. 10대 때 자살한 여동생은…… 리버스는 여동생의 자살이 계속해서 짐 마골리스의 뇌리에서 떠나지 않았던 건 아닐까 생각했다. 대런 러프에 관한 언급은 없었다. 세인트 레너즈 경찰서에서 임시 근무했다는 언급도 없었다. 짐은 살아 있었던 마지막 날 밤에 친구들 집에서 식사를 하러 나갔다. 특별한 일은 아니었다. 하지만 그리고 나서는 한밤중에 침대에서 나와 옷을 입은 다음, 빗속을 걸었다. 홀리루드 공원까지 내내……

"뭐라도 건졌어?" 바비 호건이 물었다.

"별거 없네." 리버스가 인정하며 파일을 닫았다.

빗속을 걸었다…… 그레인지 주택 단지에서 솔즈베리 크랙스까지 오랫동안 걸었다. 짐을 목격했다는 사람은 나타나지 않았다. 조사가 실시되고 택시기사들에게도 물어보았다. 대부분은 형식적인 절차였다. 자살 사건을 오래 붙들고 싶지 않았을 것이다. 때로는 내버려두는 게 나을 수 있다.

리버스는 시내로 돌아갔다. 세인트 레너즈 뒤에 있는 주차장에 주차한 다음 경찰서 안으로 들어갔다. 농부의 사무실 문을 노크했다. 들어오라는 얘기에 들어갔다.

"어디 있었나?"

"D부서에서 일을 좀 했습니다. 짐 마골리스의 파일을 살펴봤죠." 리버스는 농부가 책상 뒤에서 왔다 갔다 하는 것을 보았다. 양손에 커피 머그잔을 들고 있었다. "앤디 데이비스하고는 얘기해보셨습니까?"

"누구?"

"앤디 데이비스. 대런 러프의 사회복지사요."

농부가 고개를 끄덕였다.

"그래서요?"

"나보고 자기 상관한테 얘기해야 한다더군."

"상관은 뭐라던가요?"

농부는 몸을 빙글 돌렸다. "서둘지 좀 말게. 난 자네보다 해야 할 일이 많아……." 숨을 내쉬었다. 어깨가 푹 내려앉았다. 그러고는 사과의 말을 웅얼거렸다.

"괜찮습니다, 총경님. 전 그저……." 리버스는 문 쪽으로 향했다.

"앉게." 농부가 명령했다. "자네가 왔으니 하는 말인데, 뾰족한 수 한번 내 보게."

리버스는 자리에 앉았다. "무슨 일입니까?"

농부는 자리에 앉았다. 그러고는 자기 머그잔이 빈 걸 눈치챘다. 다시 일어나 포트에서 채운 다음 리버스에게도 따라주었다. 리버스는 검은 액체를 수상쩍다는 듯 살펴보았다. 농부의 커피는 지난 몇 년 동안 확실히 발전하긴 했지만, 아직 갈 길이 멀었다.

"캐리 데니스 오크스 일일세."

리버스는 얼굴을 찌푸렸다. "모르는 사람인데요?"

"그럼 곧 알아야 할 거야." 농부가 리버스 쪽으로 신문을 밀었다. 신문이 바닥에 떨어졌다. 리버스는 신문을 집어 들었다. 어떤 기사 쪽으로 접혀 있었다. 리버스가 놓쳤던 기사였다. 찾던 내용이 아니었기 때문이다.

킬러가 '고향'으로 이송되다.

리버스가 기사를 읽었다. "두 사람을 살해한 혐의로 미국 워싱턴주에서 유죄 판결을 받았던 캐리 오크스가 오늘 영국으로 이송된다. 오크스는 왈라 왈라*의 중구금 교도소(maximum security prison)에서 15년간 복역했다. 미국으로 오기 전에 몇 년 동안 살았던 에든버러로 돌아갈 것으로 예상된다."

내용이 많았다. 오크스는 배낭 하나 달랑 메고 관광비자로 미국에 입국

---

* 워싱턴주에 있는 도시.

했다가 그대로 눌러앉았다. 일용직을 전전하다가 강도 짓에 손을 대기 시작했고, 결국에는 사람을 둘이나 죽였다. 피살자들은 구타당한 뒤 목이 졸려 죽었다.

리버스는 신문을 내려놓았다. "아셨습니까?"

농부는 주먹으로 테이블을 내리쳤다. "당연히 몰랐지!"

"우리 쪽에 통지도 없었습니까?"

"생각해보게. 자네가 월럼발란지 뭔지 하는 곳의 경찰이야. 살인자를 스코틀랜드로 이송해야 해. 누구한테 알리겠나?"

리버스는 고개를 끄덕였다. "스코틀랜드 야드*겠죠."

"스코틀랜드 야드가 사실은 스코틀랜드에 있지 않다는 걸 몰랐겠지."

"런던의 똑똑한 양반들이 메시지를 전달해주지 않은 건가요?"

"혼선이 있었대. 오크스가 자기네 구역으로 이송된다고 생각했다는군. 항공권이 런던까지만 오는 것이었거든."

"그럼 그쪽 문제겠네요." 하지만 농부는 고개를 저었다. "맙소사." 리버스가 말했다. "꼼수를 써서 에든버러까지 보냈군요?"

"빙고."

"여긴 언제 온답니까?"

"오늘 늦게."

"우린 뭘 하죠?"

농부는 리버스를 바라보았다. '우리'란 말이 마음에 들었다. 눈엣가시 같은 리버스지만 고민을 나누면 해결책이 보일 수 있다. "좋은 수 없나?"

"눈에 띄게 감시를 붙이죠. 우리가 지켜본다는 걸 알리는 겁니다. 운 좋

* 런던 경찰청의 별칭. 창설 당시 런던의 옛 스코틀랜드 국왕 궁전터에 있었기 때문에 유래했다.

으면 그놈이 진절머리를 내고 딴 데로 가버리겠죠."

농부가 눈을 비볐다. "이걸 보게." 책상 위로 폴더를 밀며 말했다. 리버스는 폴더를 살펴보았다. 스무 장쯤 되는 팩스 용지였다. "런던에서도 우리가 안 됐다고 생각했나봐. 미국에서 받은 서류를 전부 보내줬어."

리버스는 읽기 시작했다. "이 자가 어떻게 풀려났죠? 미국에서 '종신형'이라고 하면 죽을 때까지 가두는 거 아니었나요?"

"원심 때 뭔가 수를 썼나봐. 너무 교묘해서 미국 애들도 확실히는 모르겠대."

"그래도 걔네들이 풀어준 거잖습니까?"

"재심에는 돈이 든대. 원심 증인도 다시 찾아야 하고. 그래서 거래를 한 거지. 재심이나 형사 보상을 받을 권리를 포기한다고 서명하면 고향으로 돌려보내주겠다고."

"기사에는 '고향'에 인용부호가 붙어 있던데요."

"에든버러에서 얼마 살지 않았거든."

"그런데 왜 여깁니까?"

"그가 택했다더군."

"왜요?"

"팩스를 보면 알게 될 거야."

팩스의 메시지는 간단명료했다. 캐리 오크스는 또 살인을 저지를 것이다.

심리학자는 당국에 이 사실을 경고했다. 캐리 오크스에게는 선악 개념이 없다는 것이다. 심리학 용어가 다수 사용되었다. 전문가들은 '사이코패스'라는 단어를 많이는 사용하지 않지만, 행간과 전문용어들을 읽어보면서 리버스는 바로 그 의미라는 걸 알 수 있었다. 반사회적 성향…… 깊이 자리한 배신감…….

오크스는 서른여덟 살이었다. 파일에는 흐릿한 사진도 들어 있었다. 머리는 빡빡 밀었다. 이마가 넓고 튀어나왔다. 얼굴은 여위고 각이 졌다. 눈은 검은 구슬처럼 작았고, 입이 좁았다. 지능이 평균 이상이라는 설명이 있었고(교도소에서 독학했다), 건강과 운동에 관심이 많았다. 수감 기간 동안 친구도 사귀지 않았고, 벽에 사진도 붙이지 않았다. 서신 교환은 변호사들(총 다섯 명이었다)하고만 했다.

농부는 전화를 걸어 오크스의 비행 일정을 알아내고 페테스에 있는 경찰청 차장에게 연락을 취했다. 통화가 끝나자 리버스는 차장이 뭐라고 하시더냐고 물었다.

"신중을 기하라는군."

리버스가 미소를 지었다. 하나 마나 한 얘기였다.

"맞기는 맞는 말이지." 농부가 말을 이었다. "언론이란 언론은 죄다 달라붙었어. 우리가 이 자를 괴롭히는 것처럼 보이면 안 돼."

"기자들한테 학을 떼면 좋을 텐데요."

"잘도 그러겠다."

"원래는 다른 네 건의 살인에 대해서도 조사를 받았다는군요."

농부는 고개를 끄덕였지만 집중하는 것 같지는 않았다. "이건 필요 없어." 마침내 책상을 응시하면서 입을 열었다. 책상은 총경이 어떤 사람인지를 보여주었다. 신중하게 정리되었고, 방 전체의 분위기가 반영되었다. 산더미 같은 서류도, 음식물이나 잡동사니도 없었다. 카펫에는 종이 클립 하나 떨어져 있지 않았다.

"이 바닥에 너무 오래 있었어." 농부가 의자에서 자세를 바로 했다. "최악의 경찰이 어떤 건지 아나?"

"저 말씀이신가요?"

농부가 미소를 지었다. "정반대일세. 은퇴할 날만 기다리는 경찰이야. 시계만 보고 있지. 요새는 나도 그렇게 되고 있네. 6개월만 더 하자. 내가 나에게 준 시간이야. 6개월만 더 하고 은퇴하자." 그는 다시 미소를 지었다. "정말 그랬으면 좋겠어. 아무 일 없이 지나가길 기도하고 있지."

"이 자가 말썽을 일으키지 않을 수도 있습니다. 하루 이틀 겪는 일인가요?"

농부는 고개를 끄덕였다. 정말 그랬다. 호주와 캐나다에서 복역했던 자들, 글래스고의 바리니 교도소* 출신의 조폭들도 죄다 에든버러에 자리를 잡았다. 면상만 봐도 견적이 나오는 자들이었다. 문제를 일으키지 않더라도 존재 자체가 말썽이었다. 정착해서 조용히 살 수도 있다. 하지만 이들의 과거를, 당시의 악명을 아는 사람들이 있게 마련이다. 이런 사람들은 결코 따돌릴 수 없다. 종내에는 펍에서 고주망태가 되도록 맥주를 마시고 나서는 자기 자신을 시험해볼 때가 됐다고 생각한다. 조폭들에게는 자기 능력을 가늠할 방법이 있기 때문이다. 전형적인 할리우드 스타일이다. 은퇴한 총잡이에게 펑크 양아치가 시비를 거는 것이다. 하지만 경찰에게는 이게 전부 말썽거리일 뿐이다.

"존, 솔직히 우리가 대기 전술을 쓸 돈이 있을까? 차장 말로는 부분 감시만 할 수 있을 정도라는데."

"부분 감시라면?"

---

* 글래스고에 있는 중구금 교도소.

"2인 2조로 2주일 정도."

"인색하기도 하셔라."

"차장은 예산이 빠듯한 걸 선호하잖아."

"이 자가 살인을 저질러도요?"

"요새는 살인 사건 수사에도 예산이 필요한가?"

"이해가 안 됩니다." 리버스가 팩스를 집어 들었다. "기록을 보면, 오크스는 여기서 태어나지도 않았고, 여기 사는 가족도 없어요. 4, 5년 정도 산 게 다예요. 스무 살 때 미국에 가서 인생 절반을 거기서 보냈습니다. 그런데 왜 이리로 돌아올까요?"

농부가 어깨를 으쓱했다. "새 출발?"

새 출발. 리버스는 대런 러프를 생각하고 있었다.

"다른 이유가 있을 겁니다." 파일을 다시 집어 들며 리버스가 말했다. "틀림없어요."

농부가 손목시계를 봤다. "법원에 가야 하지 않나?"

리버스는 동의하며 고개를 끄덕였다. "시간 낭비입니다. 총경님. 저에게 증인 소환도 하지 않을 거예요."

"그래도……."

리버스는 자리에서 일어났다. "가져가도 되겠죠?" 팩스 용지를 흔들었다. "읽을거리 챙겨가라고 하셨잖아요."

11

리버스는 다른 사건의 다른 증인들과 함께 앉았다. 모두 증언 소환을 기다리고 있었다. 제복 경관들은 수첩을 열심히 보고 있었다. CID 형사들은 만사 심드렁한 표정으로 팔짱을 끼고 있었다. 리버스도 안면이 있는 몇몇은 조용히 대화하고 있었다. 일반 증인들은 지루해 미치겠다는 듯 무릎 사이에서 손을 움켜쥐거나 고개를 천장으로 향하고 있었다. 이미 다 읽고 십자말풀이 퀴즈까지 끝낸 신문들이 방에 여기저기 널려 있었다. 모서리가 접힌 책이 흥미를 끌었지만 오래 가지 않았다. 열정을 몽땅 삼켜버리는 듯한 분위기였다. 조명 때문에 머리가 지끈거렸다. 내가 왜 여기 있나 의문이 내내 들었다.

정의를 실현하기 위해서라는 게 답이다.

법원 직원이 이리저리 돌아다니다 클립보드를 보고 이름을 부르면 삐걱대며 법정에 들어가야 한다. 법정에서는 판사, 배심원, 방청객이라는 낯선 사람들이 흐릿한 기억을 찌르고 들쑤신다.

이게 정의였다.

리버스 바로 맞은편에는 증인이 한 사람 앉아 있었다. 계속 울먹이고 있었다. 20대 중반 정도의 젊은 남자였다. 몸은 뚱뚱했고, 가늘고 검은 머리카락이 머리에 들러붙었다. 얼룩투성이 손수건으로 계속 요란하게 코를 풀었다. 한 번 그가 고개를 들자 리버스는 안심시키는 듯한 미소를 지었다. 하지만 남자는 다시 울음을 터뜨릴 뿐이었다. 결국 리버스는 자리를 떴다. 담배 피우러 간다고 제복 경관 하나에게 말했다.

"같이 가시죠." 제복 경관이 말했다.

둘은 건물을 드나드는 사람들을 보며 말없이 담배만 피웠다. 고등법원은 세인트 자일스 대성당 뒤에 눈에 띄지 않게 자리했다. 가끔 관광객들이 건물의 정체를 궁금해하며 이쪽으로 오곤 했다. 안내판이 있긴 했지만, 목재로 된 육중한 문들 바로 위에 있는 로마 숫자가 다였다. 주차장에 있는 경비원은 관광객들에게 하이 스트리트 쪽을 가리키며 돌아가게 했다. 시민이라면 누구든 법원에 출입할 수 있었지만, 관광객들은 굳이 들어오려하지는 않았다. 그레이트 홀은 예전처럼 우시장이 열려도 될 만큼 넓었다. 하지만 리버스는 이곳을 좋아했다. 목조 천장을, 월터 스콧 경*의 조각상을, 대형 스테인드글라스를 좋아했다. 유리문을 통해 법원 도서관 안을 들여다보는 것을 좋아했다. 도서관에서는 변호사들이 크고 두꺼운 먼지투성이 책에서 판례를 찾고 있었다.

하지만 신선한 공기, 건물 아래에 있는 포석(鋪石)과 그 위에 있는 회색 돌을, 담배를 피우는 것을, 그리고 원하기만 한다면 이 모두를 두고 떠날수 있을 거라는 공상을 더 좋아했다. 웅장한 건축물, 전통의 무게, 정의와 법의 고귀한 이념의 이면을 보면 여기는 인간이 계속해서 큰 고통을 받는 곳이고, 잔혹한 이야기가 비틀려나오는 곳이고, 고난의 이미지가 일상처럼 반복 재생되는 곳이었다. 이 모든 것을 잊었다고 생각하는 사람은 과거에서 가장 은밀하고 비극적인 순간들을 캐내라는 요구를 받게 된다. 피해

---

* 19세기 스코틀랜드를 대표하는 역사소설가, 시인.

자들은 자기 사연을 털어놓고, 전문가들은 타인의 감정을 무시하고 냉정하게 사실만을 제시하며, 피고인은 배심원의 마음을 얻기 위해 자기 관점에서 이야기를 꾸며낸다.

이게 게임이라는 것을, 관중을 위한 일종의 스포츠라는 사실은 쉽게 알 수 있다. 하지만 포기할 수는 없다. 리버스와 다른 사람들이 사건에 쏟은 노력들이 가라앉기도 떠오르기도 하는 곳이기 때문이다. 그리고 이곳은 모든 경찰관이 진실과 정의가 결코 자신들과 한편이 아니며, 피해자는 밀봉된 증거물 가방, 기록, 진술에 있는 것 이상의 존재라는 사실을 일찌감치 깨닫는 장소이다.

예전에는 이런 게 전부 간단했을 것이다. 개념 자체는 여전히 아주 간단하다. 피고인과 피해자가 있다. 변호사는 이들을 대리하고 증거를 제출한다. 판결이 선고된다. 하지만 모든 건 단어와 해석의 문제다. 리버스는 사실이 어떻게 왜곡되고 잘못 전달되는지, 어째서 어떤 증언은 다른 증언보다 더 설득력 있게 들리는지, 배심원이 피고인의 태도나 스타일에 따라 어떻게 처음부터 마음을 정하는지 알고 있었다. 법원은 극장이 되었고, 변호사들은 더 영악해졌으며, 그들의 언어 게임은 난해해졌다. 리버스는 변호사들의 용어로 변호사들과 싸우는 건 진즉에 포기했다. 증언을 하고, 대답은 짧게 하며, 함정에는 빠지지 않으려 했다. 어떤 변호사들은 리버스의 눈만 보고도 법정 경험이 많다는 것을 알아챘다. 이런 변호사들은 리버스에게는 간단한 질문만 하고, 보다 다루기 쉬운 증인으로 옮겨갔다.

그래서 리버스는 오늘은 변호사들의 소환을 받지 않으리라 생각했다. 하지만 내내 앉아서 정의라는 거창한 이름 아래 시간과 에너지를 낭비해야 했다.

법정경위* 한 사람이 밖으로 나왔다. 리버스가 아는 사람이어서 담배를 권했다. 그는 고개를 끄덕이며 담배와 함께 리버스의 성냥갑도 받았다.

"저 안은 오늘 특히 끔찍하네요." 머리를 절레절레 흔들며 법정경위가 말했다. 세 사람 모두 주차장 건너편을 바라보고 있었다.

"우리는 알면 안 됩니다." 리버스는 은밀한 미소를 지으며 상기시켰다.

"어느 법정에 출두하시죠?"

"시엘리온이요." 리버스가 말했다.

"거기 얘기예요." 법정경위가 말했다. "증언의 일부가……." 그는 머리를 흔들었다. 근무 경력 중에 가장 끔찍한 얘기를 들은 듯한 모습이었다.

리버스는 자기 앞에 있던 남자가 왜 계속 울고 있었는지 불현듯 깨달았다. 이름은 몰라도 적어도 누구인지는 알 수 있었다. 시엘리온에서 살아남은 아이 중 하나였다.

시엘리온 하우스는 잉글리스톤**의 주 도로에 있는 글래스고 로드에서 바로 벗어난 곳에 있었다. 1820년대에 어떤 시장이 지었고, 그의 사후에는 가족 간의 복잡한 논의를 거쳐 스코틀랜드 교회의 관리 아래 들어갔다. 개인용 주택지로 쓰기에는 너무 큰데다 외풍이 심했고, 고립되어 있었기 때문에 ― 이웃이라곤 먼 데 있는 농가뿐이었다 ― 대부분의 거주자들은 그곳을 떠났다. 1930년대에는 보육원이 되었다. 고아와 빈곤층 자녀를 수용해 기독교 교리를 가르쳤다. 아침 일찍부터 엄한 수업이 이어졌다. 시엘리온은 결국 작년에 문을 닫았다. 호텔이나 골프장으로 바뀐다는 얘기가 있었다. 하지만 시엘리온은 마지막에 오명을 얻었다. 전에 거기서 지냈던 사

---

* *法廷警衛*. 법정 내의 안전과 경비를 맡은 법원 경찰. 과거에는 '정리(廷吏)'라는 명칭으로 불렸다.
** 에든버러의 서부 지역.

람들이 고소했고, 각기 다른 보육원생들이 똑같은 두 사람에 대해 비슷한 이야기를 했다.

학대가 있었다는 이야기였다.

육체적, 정신적 학대는 물론 성적 학대까지도 있었다. 경찰은 두 가지 사건에 주목하긴 했지만 결과는 일방적이었다. 공격적인 아이들이 조용한 보호자들에게 근거 없는 비난을 가하는 것으로 치부되었다. 수사는 무성의했다. 교회는 자체 조사를 실시했고, 아이들의 이야기는 앙심을 품고 한 거짓말이라고 발표했다.

하지만 나중에 밝혀진 바에 따르면, 이 조사는 처음부터 결과가 정해져 있었다. 면피용일 뿐이었다. 시엘리온에서는 무슨 일인가가 벌어졌다. 그 것도 몹시 나쁜 일이.

살아남은 아이들은 압력단체를 결성했고 일부 언론의 관심을 끌었다. 경찰 수사가 새로 시작되었고, 그 결과가 바로 이 시엘리온 재판이었다. 두 남자가 폭행부터 동성 강간에 이르는 다수의 혐의로 기소되었다. 각각 28건이었다. 한편 피해자들은 교회에 대해 소송을 제기할 준비를 했다.

리버스는 법정경위의 얼굴이 창백해진 게 놀랍지 않았다. 1호 법정에서 나온 이야기들을 소문으로 들었다. 녹취록 원본 일부와 인터뷰 세부 내용도 읽어보았다. 시엘리온에 수용되었던 아이들 – 이제는 성인이 되었다 – 일부를 찾아내 조사한 기록이 전국 각지의 경찰서에 보관되어 있었다. 그들 중 몇은 더 이상 시엘리온 문제에 연관되고 싶어 하지 않았다. 가장 자주 쓰는 변명은 "다 잊어버렸어요."였다. 이 말은 단순한 핑계 이상이었다. 온전한 진실이었다. 어린 시절의 악몽을 가둬두기 위해 애써왔는데 이제 와 풀어놓고 싶을까? 어쨌든 삶의 평화를 얻었는데 왜 그걸 바꾸겠는가?

피할 수 있는데 왜 군이 법정에서 공포와 마주하겠는가?

과연 그럴 사람이 있을까.

생존자 그룹은 힘든 길을 걷기로 한 여덟 명으로 구성되어 있었다. 그 오랜 세월이 지난 후에도 반드시 정의가 실현된다는 것을 보려고 했다. 순수함을 갈가리 찢어놓았던 두 괴물을, 악몽에서 깰 때마다 여전히 세상에 존재하고 있는 두 괴물을 감옥에 처넣을 생각이었다.

해롤드 잉케는 쉰일곱 살이었다. 키가 작고 말랐으며 안경을 썼다. 곱슬머리는 세고 있었다. 아내와 장성한 자식 셋에 손자까지 있었다. 지난 7년간 일을 하지 못했다. 리버스가 보았던 사진에서 모두 멍한 표정을 하고 있었다.

램지 마샬은 마흔네 살이었다. 키가 크고 어깨가 넓었으며 머리카락을 짧고 삐쭉삐쭉하게 잘랐다. 이혼했고 아이는 없었다. 최근까지 애버딘에서 요리사로 일했다. 사진에서는 돌출된 턱에 쏘아보는 듯한 표정을 하고 있었다.

두 사람은 1980년대 초반에 시엘리온에서 만났다. 친구가 되었거나 아니면 적어도 동맹은 맺었다. 관심사가 비슷했다. 그 덕분에 시엘리온 하우스에서 처벌을 받지 않고 넘어갈 수 있었다. 적어도 겉으로는 그랬다.

학대자들. 리버스는 그들이 역겨웠다. 치료도 안 되고 변하지도 않는다. 계속 그렇게 살아간다. 공동체 안에 들어가서 원래 모습으로 되돌아간다. 억제된 중독자이며 어리석고 끔찍한 존재일 뿐이다. 주사를 버리지 못하는 마약쟁이나 마찬가지다. 처방도 불가능하고 상담도 소용없다. 약점을 발견하고 이용하며, 무지를 찾아내 파고든다. 리버스는 이런 자들을 수도 없이 봤다.

대런 러프가 그 예다. 리버스는 러프가 시엘리온 때문에 동물원에서 사진을 찍었다는 것을 알고 있었다. 시엘리온 일을 떨쳐버릴 수 없었기 때문이었다. 재판은 지금까지 2주가 경과했고 3주 차를 향하고 있었다. 아직 나올 이야기가, 아직도 대기실에서 울음을 터뜨리는 사람들이 있었다.

"화학적 거세." 법정경위가 꽁초를 비벼 끄며 말했다. "그것만이 답이에요."

그때 법원 문에서 외치는 소리가 들렸다. 안내원이었다.

"리버스 경위님?" 안내원이 불렀다. 리버스는 고개를 끄덕이고 담배를 포석 쪽으로 가볍게 튀겼다.

"경위님 차례예요." 안내원이 소리쳤다. 리버스는 벌써 그녀 쪽으로 가고 있었다.

리버스는 자신이 왜 여기 왔는지 몰랐다. 해롤드 잉케를 취조한 게 이유라면 이유일 것이다. 정확히 말하자면 해롤드 잉케를 취조한 팀의 일원이었다. 단 하루뿐이었다. 다른 일 때문에 시엘리온 사건에서 손을 떼야 했다. 취조에 참여한 건 수사 초기 단계의 단 하루뿐이었다. 빌 프라이드도 취조를 함께했지만, 피고인 측 변호인이 소환한 건 빌 프라이드가 아니라 존 리버스였다.

방청석은 반쯤 비어 있었다. 배심원 열다섯 명이 멍한 표정으로 앉아 있었다. 누군가의 악몽을, 그것도 날이면 날마다 듣다보면 그렇게 된다. 재판장은 항소법원의 페트리 판사였다. 잉케와 마셜은 피고인석에 앉았다. 잉케는 증언을 더 잘 들으려고 몸을 앞으로 기댔다. 손은 앞에 있는 반질

반질한 황동 난간을 감고 있었다. 마샬은 몸을 뒤로 기댔다. 재판이 지루한 것 같았다. 셔츠 앞쪽을 살펴보더니 목을 양옆으로 돌리며 뚜둑 소리를 냈다. 헛기침을 하고 혀를 차더니 자기 몸을 다시 살피기 시작했다.

피고인 측 변호인은 리처드 코도버였다. 친구들 사이에서는 리치라고 불렸다. 리버스는 전에 그와 거래를 한 적이 있었다. 코도버 변호사는 아직도 리버스에게 자기를 '리치'라고 부르라고 한다. 40대 중반이었지만 머리가 벌써 셌다. 보통 키에 목은 근육질이고 얼굴은 구릿빛이었다. 정기적으로 헬스클럽에 다니는 모양이라고 리버스는 추측했다. 검사는 리버스 나이의 반 정도밖에 안 되었다. 자신감은 있지만 신중해 보였고, 사건 서류를 살펴보다가 두꺼운 검은색 만년필로 요점을 메모했다.

페트리 판사는 헛기침을 해서 코도버 변호인에게 시간이 얼마 남지 않았다고 상기시켰다. 코도버는 판사에게 목례를 하고 리버스 쪽으로 다가갔다.

"리버스 경위님……" 효과를 위해 바로 말을 멈췄다. "용의자 중 한 명을 심문하신 걸로 압니다."

"그렇습니다. 작년 10월 20일, 해롤드 잉케를 심문하는 자리에 있었습니다. 그 자리에 있던 사람은……."

"정확히 어디에서였죠?"

"세인트 레너즈 경찰서 B 취조실입니다."

코도버는 리버스에게서 몸을 돌리고 배심원 쪽으로 천천히 걸어갔다. "수사 팀의 일원이셨죠?"

"그렇습니다."

"얼마 정도 일했죠?"

"일주일 조금 넘었습니다."

코도버는 리버스 쪽으로 몸을 돌렸다.

"전체 수사 기간은 어느 정도였습니까?"

"몇 달 걸렸던 걸로 압니다."

"몇 달이라……." 코도버는 메모를 확인하려는 듯 걸어갔다. 리버스는 문 가까이에 있는 의자에 앉아 있는 여자를 알아보았다. 제인 바버라는 CID 형사였다. 팔짱을 끼고 다리를 꼬고 있었지만 리버스만큼이나 긴장하고 있는 것 같았다. 보통은 페테스에서 일했지만, 시엘리온 사건이 절반쯤 지나면서 수사 책임자로 임명되었다. 리버스가 떠난 이후였다. 리버스는 그녀와 수사를 함께하지 않았다.

"8개월 반이군요." 코도버가 말하고 있었다. "아이도 낳을 수 있는 기간 이네요." 그는 리버스에게 차갑게 미소를 지었다. 리버스는 아무 말도 하지 않았다. 일이 어떻게 굴러갈지 궁금했다. 변호인이 자기를 소환한 데는 그럴 만한 이유가 있다는 것을 이제는 알았다. 그 이유가 무엇인지는 아직 알 수 없었지만.

"수사 팀에서 배제되신 건가요, 리버스 경위님?" 호기심을 만족시키려는 듯 무심코 물었다.

"배제됐냐고요? 아닙니다. 다른 일이 생겨서……."

"그 일을 처리할 사람이 필요했군요?"

"그렇습니다."

"왜 경위님이었다고 생각하십니까?"

"모르겠습니다."

"모른다고요?" 코도버는 놀란 듯 말했다. 배심원 쪽으로 몸을 돌렸다.

"수사 팀에서 배제된 이유를 모르신다고요? 그것도 단 일주일……."

검사가 일어서서 팔을 벌렸다. "경위는 이미 '배제'라는 단어는 정확하지 않다고 진술했습니다. 재판장님."

"그러면." 코도버가 빠르게 말을 이었다. "'전보됐다'고 하죠. 이 단어가 더 정확합니까, 경위님?"

리버스는 어깨를 으쓱할 뿐이었다. 어떤 말에도 동의하고 싶지 않았다. 코도버는 집요했다.

"예나 아니요, 로만 대답하십시오."

"예."

"좋습니다. 경위님은 일주일 만에 담당 수사 팀에서 전보되셨죠?"

"예."

"이유는 모르시고요?"

"다른 부서에서 저를 필요로 했기 때문입니다." 리버스는 검사 쪽을 보지 않으려 했다. 그쪽 방향으로 시선을 돌리기만 해도 코도버는 피 냄새를, 구조가 필요한 사람의 냄새를 맡을 것이다. 제인 바버는 자리에서 일어났다. 여전히 팔짱을 낀 채였다.

"다른 곳에서 필요로 했다." 코도버는 생기 없는 음성으로 되풀이했다. "경위님의 징계 기록은 어떻습니까?"

검사가 일어섰다. "이건 리버스 경위에 대한 재판이 아닙니다, 재판장님. 경위는 증언을 하러 왔을 뿐입니다. 이게 무슨 의미가 있는지 모르겠군요……."

"발언을 철회합니다. 재판장님" 코도버가 대수롭지 않다는 듯 말했다. 리버스에게 다시 다가서며 미소를 지었다. "잉케 씨를 몇 번 심문하셨죠?"

"하루 동안 두 차례 했습니다."

"순조롭게 진행되었나요?" 리버스는 무표정하게 쳐다보았다. "제 의뢰인이 협조했나요?"

"의도적으로 모호한 대답을 했습니다."

"의도적이라고요? 경위님은 전문가는 아니지 않습니까?"

리버스는 변호인에게 시선을 고정했다. "얼버무리는 건 알아챌 수 있습니다."

"정말인가요?" 코도버는 다시 배심원 쪽으로 향했다. 리버스는 코도버가 하루에 법정 바닥을 몇 킬로미터나 왕복할까 궁금했다. "제 의뢰인의 의견으로는 경위님이 '위협적인 존재'라고 하더군요. 의뢰인의 말입니다. 제가 아니라."

"심문은 녹음되고 있었습니다."

"당연히 그랬겠죠. 비디오 촬영도 했고요. 몇 번 봤습니다. 제 생각엔 경위님의 심문 방법은 '공격적'이던데, 동의하십니까?"

"아닙니다."

"아니라고요?" 코도버가 눈썹을 치켜떴다. "의뢰인은 분명 경위님을 두려워하고 있었습니다."

"심문 때 필요한 절차는 전부 준수했습니다."

"아, 네, 네." 코도버가 무시하듯 말했다. "하지만 솔직히 말해봅시다. 경위님." 이제 코도버는 주먹을 날릴 수 있을 정도로 리버스 바로 앞에 가까이 있었다. "이런저런 방법이 있지 않습니까? 몸짓, 손짓, 질문이나 진술을 표현하는 방법 말이죠. 경위님은 모호한 답변을 알아채는 데는 전문가일지 모르지만 무자비하게 심문한 것만은 분명합니다."

판사가 안경 위로 유심히 보고 있었다. "이 질문이 증인에 대한 명예훼손 외에 다른 의도가 있습니까?"

"조금만 시간을 주십시오. 재판장님." 코도버가 다시 목례를 했다. 완벽한 연기자였다. 리버스는 이 재판 전체가 지독하게 우스꽝스럽다는 생각이 들었다. 새삼스레 든 생각도 아니었다. 이건 돈 잘 버는 변호사들이 살아 있는 사람을 장기 말로 사용해 하는 게임이다.

"며칠 전에." 코도버가 말을 이었다. "에든버러 동물원 감시 팀의 일원으로 근무하셨습니까?"

오, 젠장. 리버스는 이제 코도버가 뭘 노리는지 정확히 알 수 있었다. 그리고 마치 체스 명인과 대결하는 초심자처럼, 그 결말을 막을 방법이 거의 없었다.

"네."

"시민과 추격전을 벌이셨죠?"

검사가 다시 일어섰지만 판사는 무시했다.

"그렇습니다."

"악명 높은 독살범을 잡기 위한 언더커버 팀의 일원이셨죠?"

"네."

"경위님이 쫓아간 사람은…… 바다사자 우리 안까지 들어갔다고 알고 있습니다만?" 코도버는 확인을 위해 고개를 들었다. 리버스는 예의바르게 고개를 끄덕였다. "그 사람이 독살범이었습니까?"

"아닙니다."

"그 사람이 독살범이라고 의심했습니까?"

"전과가 있는 소아성애자였습니다……." 리버스의 목소리에 분노가 묻어나왔다. 얼굴이 벌게졌다. 말을 멈췄지만 이미 늦었다. 피고인 측 변호인이 원하는 것을 모두 내준 것이다.

"형기를 마치고 사회로 복귀한 사람이었죠. 재범을 하지 않았습니다. 동물원을 구경하고 있었는데 경위님이 알아보고 쫓아갔죠."

"그가 먼저 도망갔습니다."

"도망갔다고요? 경위님에게서요? 왜 그랬을까요?"

좋아. 이 빈정거리는 놈아. 이제 끝내자.

"제가 말하려는 요점은." 코도버는 마치 경외하는 듯한 태도로 배심원들에게 다가서며 말했다. "아동에 대한 범죄 혐의만을 받은 사람에 대한 선입견이 있다는 것입니다. 리버스 경위는 전과가 있는 사람을 우연히 알아보았습니다. 곧바로 최악의 경우를 의심하고 그에 따라 행동했습니다. 극히 잘못된 의심으로 밝혀졌죠. 그 시민은 불기소되었습니다. 독살범은 다시 나타났죠. 그 무고한 시민은 부당한 체포에 대해 경찰을 상대로 소송을 제기해야 한다고 생각합니다." 코도버는 고개를 끄덕였다. "여러분의 세금이 나가는 겁니다." 심호흡을 했다. "이제 우리는 경위님의 감정을 이해할 수 있습니다. 아동과 관련된 사건이면 물불 가리지 않죠. 하지만 묻고 싶습니다. 이게 도덕적으로 정당한가요? 그 감정이 수사라는 도구를 통해 스며들어와, 심문을 담당했던 바로 그 경관에게 머무르는 바람에 제 의뢰인의 사건 전체가 오염된 건 아닐까요?" 코도버는 리버스를 가리켰다. 리버스는 이제 증인석이 아니라 피고인석에 앉은 기분이었다. 그가 불편해하는 것을 보고는 램지 마샬의 눈이 만족감으로 반짝였다. "경찰의 초동 수사가 처음부터 결함이 있었고, 문제의 당사자는 리버스 경위뿐만이 아니라는 추가 증거를 추후에 제출하겠습니다." 코도버가 리버스 쪽으로 몸을 돌렸다. "더 이상 질문 없습니다."

리버스는 증인석에서 내려왔다.

"힘드셨겠어요."

리버스는 자기 쪽으로 천천히 걸어오고 있는 사람의 모습을 올려다보았다. 담배에 불을 붙이고 깊이 빨아들였다. 한 대 권했지만 여자는 고개를 저었다.

"코도버와 안면 있어요?" 리버스가 물었다.

"여러 차례 붙긴 했죠." 제인 바버가 말했다.

"미안하게 됐어요. 내가……."

"경위님이 할 수 있는 게 별로 없었어요." 제인이 소리 나게 숨을 내쉬며 서류가방을 가슴 쪽으로 움켜잡았다. 두 사람은 법원 건물 밖에 있었다. 리버스는 매사 껄끄럽고 기진맥진한 느낌이었다. 바버도 매우 지쳐 보였다.

"한잔할래요?"

바버가 고개를 저었다. "일이 있어요."

리버스는 고개를 끄덕였다. "우리가 이길 것 같아요?"

"코도버에게 아직 뭔가 있다면 모르죠." 바버가 신발 한쪽 굽을 땅에 문질렀다. "요즘은 이길 때보다 질 때가 많아요."

"아직 페테스에 있어요?"

바버가 고개를 끄덕였다. "성범죄 팀이요."

"아직 경위고?"

그녀가 다시 고개를 끄덕였다. 리버스는 승진에 관한 소문이 기억났다.

그럼 질 템플러가 로디안주의 유일한 여성 경감이란 얘기군. 리버스는 담배 너머로 바버를 살펴보았다. 키가 컸다. 우리 어머니라면 '우람하다'고 했겠군. 어깨까지 내려오는 갈색 머리에는 웨이브를 줬다. 겨자색 투피스에 밝은 실크 블라우스를 입었다. 한쪽 뺨에 점이 있었고, 턱에도 하나 있었다. 30대 중반? 리버스는 나이를 알아내는 데는 소질이 없었다.

"저기……." 그녀가 입을 뗐다. "그럼 이만." 자리를 떠야 하지만 리버스는 남아 있을 구실을 찾고 있었다.

두 사람 뒤에서 목소리가 들렸다. 둘은 몸을 돌려 리처드 코도버가 차로 걸어가는 모습을 보았다. 맞춤형 번호판이 달린 빨간색 TVR*이었다. 코도버는 차 문을 열 때쯤에는 벌써 둘은 안중에도 없는 것 같았다.

"차가운 개자식." 바버가 중얼거렸다.

"그래도 돈은 좀 굳었겠네요."

바버가 리버스를 쳐다보았다. "어떻게요?"

"차에 에어컨을 안 달아도 되니까요. 정말 한 잔 안 할래요? 물어보고 싶은 게 있는데……."

둘은 디콘 브로디는 건너뛰고 - 너무 많은 '고객'들이 마시고 있었다 - 졸리 저지로 향했다. 리버스는 거기서 '애드보카트(advocaat)'**를 마시던 '변호사(advocate)'와 한잔한 적이 있었다. 이제 레인저스***가 아드보카트(Advocatt)라는 네덜란드 감독을 영입했으니 케케묵은 농담이 되살아나

---

* 영국의 고급 스포츠카.
** 달걀, 설탕, 브랜디를 섞어 만든 독한 술.
*** 스코틀랜드의 명문 프로 축구 팀.

겠군……. 리버스는 바버에게는 버진 메리*를, 자기를 위해서는 에이티**
반잔을 샀다. 둘은 계단 아래 테이블에 앉았다. 눈에 안 띄는 자리였다.

"건배." 바버가 말했다.

리버스는 그녀 쪽으로 잔을 든 다음 입으로 가져갔다.

"필요한 게 뭐죠?"

리버스는 잔을 내려놓았다. "배경 조사요. 실종자 담당 부서에서 일한
적 있죠?"

"맞아요. 뭔 업보인지."

"정확히 무슨 일을 했나요?"

"수집하고 분석해서 파일 캐비닛과 컴퓨터 메모리에 집어넣어요. 업무
협조도 해요. 우리 쪽 실종자를 다른 부서에 넘기고 그쪽 실종자를 받아오
죠. 여러 자선기관들과 수없이 만나요." 바버는 뺨을 볼록하게 부풀렸다.
"가족들과도요. 무슨 일이 생겼는지를 이해시키려고 하죠."

"일은 만족스러워요?"

"단순 작업이나 마찬가지죠. 왜 관심을 보이는데요?"

"실종자가 있어요."

"나이는요?"

"열아홉 살이요. 아직 부모 집에서 살아요. 부모가 걱정하고 있죠."

바버가 고개를 저었다. "모래사장에서 바늘 찾기예요."

"알아요."

"메모를 남겼나요?"

---

* 무알코올 칵테일.
** 스카치위스키 브랜드.

"아니요. 부모 말로는 가출할 이유가 없대요."

"가끔은 가족이 눈치채지 못하는 이유도 있어요." 바버가 앉은 채로 몸을 쭉 폈다. "점검할 사항이에요." 말하면서 손가락으로 셌다. "은행 계좌, 주택금융조합 계좌 같은 거요. 인출 내역을 찾아야 해요."

"이미 했어요."

"호스텔*을 확인해봐요. 해당 지역 호스텔뿐만 아니라 애버딘과 런던 사이에 있는 웬만한 도시는 전부요. 노숙자와 가출자를 돌보는 자선단체에서 운영하는 것도 있어요. 런던의 센터포인트 호스텔처럼요. 인상착의를 알려요. 런던에는 전국 실종자센터가 있어요. 거기에 세부사항을 팩스로 보내요. 구세군에도 찾아달라고 요청하세요. 무료급식소와 야간 숙소도요. 어디서 나타날지 모르잖아요."

리버스는 수첩에 적었다. 고개를 들자 바버가 어깨를 으쓱하는 게 보였다.

"대충 이 정도예요."

"심각한 문제가요?"

바버가 미소를 지었다. "사실은 전혀 심각하지 않아요. 실종자와 관계 있는 사람에게라면 몰라도요. 실종자 대부분은 다시 나타나지만, 그렇지 않은 경우도 있어요. 내가 마지막으로 본 추정치에서는 실종자 수가 25만이었어요. 단순히 가출한 사람, 신분을 세탁한 사람, 아니면 이른바 '보호' 서비스에서 방치된 사람들이죠."

"공동체에서의 보호 말인가요?"

바버는 다시 씁쓸하게 미소 짓고 칵테일을 조금 마셨다. 그러고는 시계를 보았다.

---
* 값싼 숙소

126

"시엘리온 사건이 기분전환이 됐나보군요."

바버가 코웃음 쳤다. "그럼요. 캠핑 가는 것 같아요. 학대 사건은 언제나 식은 죽 먹기죠." 그녀는 생각에 잠겼다. "여자 둘을 강간한 놈을 몇 주 전에 잡았는데 풀려났어요. 검찰에서 실수했어요. 약식 기소*를 했거든요."

"최고형이 3개월인 거요?"

바버가 고개를 끄덕였다. "이번엔 강간으로 체포된 게 아니었어요. 공연음란죄**였죠. 판사가 완전 열받았죠. 재구금을 고려할 때쯤에는 그 개자식이 2주나 구금되었던 상태여서 석방할 수밖에 없었어요." 그녀가 리버스를 쳐다보았다. "심리보고서에서는 그자가 재범할 거라고 했어요. 보호관찰과 사회봉사, 거기에 상담 명령이 내려졌어요. 그래도 그 자식은 다시 범행을 저지르겠죠."

다시 범행을 저지르겠죠. 리버스는 대런 러프를 생각했다. 캐리 오크스도. 시계를 보았다. 곧 오크스가 턴하우스***에 도착할 것이다. 그리고 그자는 곧 골칫거리가 될 것이고…….

"실종자 사건을 더 도와주지 못해 미안해요." 바버가 일어나며 말했다.

"아는 사람인가요?"

"친구 아들이에요." 그녀가 고개를 끄덕였다. "어떻게 알았죠?"

"기분 나빴다면 미안해요. 아는 사람 아니면 이런 수고를 하지 않을 것 같아서요." 바버가 서류 가방을 집어 들었다. "25만 명 중에 하나 찾는 일에 누가 시간을 내겠어요?"

---

* 경미한 사건에 대해 하는 기소.
** 공공장소에서 성기를 노출하거나 음란한 행위를 한 죄.
*** 에든버러 턴하우스(Turnhouse)에 있는 국제공항. 약어는 EDI.

12

기자들이 터미널 건물 안에 진을 치고 있었다.

대부분은 휴대폰으로 본사와 계속 통화하고 있었다. 사진기자들은 렌즈와 필름 속도, 디지털카메라의 영향에 대해 잡담을 나누고 있었다. 방송국도 세 곳에서 나와 있었다. '스코티시', 'BBC', '에든버러 라이브'. 다들서로 아는 사이 같았다. 긴장감이라곤 전혀 없었고, 벽에 기대 기다리느라지쳐 보이기까지 했다.

비행기는 20분 정도 연착할 예정이었다.

리버스는 이유를 알고 있었다. 히스로에 있는 런던 경찰청에서 케리 오크스를 이송하는 데 시간이 걸렸기 때문이었다. 오크스는 히스로에서 한시간 넘게 꾸물거렸다. 화장실에 다녀오고, 바에서 한잔하고, 신문과 잡지몇 권을 사고, 전화 통화를 했다.

그 전화 통화가 리버스의 관심을 끌었다.

"오크스가 전화를 받았어." 농부가 리버스에게 알려주었다. "누군가 그놈한테 연락한 거야."

"누구일까요?"

농부는 고개를 저을 뿐이었다.

이제 오크스는 에든버러로 향하고 있었다. 형사들이 비행기까지 오코스를 호송한 다음, 비행기가 런던 상공을 벗어날 때까지 비행기를 주시하면서 떠났다. 그러고는 로디안주와 보더스주*의 경찰 본부에 있는 동료들에게 전화했다.

"이제부턴 당신들이 맡아요."가 메시지였다.

범죄국 담당 차장은 농부를 책임자로 임명했다. 농부는 사무실을 떠나는 일이 별로 없었다. 팀을 믿고 맡기는 것을 선호했다. 하지만 오늘밤은 다른 때와 좀 달랐다. 그래서 경찰차에서 리버스 옆에 앉았다. 뒷좌석에는 쇼반 클락 경장이 앉았다. 경찰차 표시가 된 차였다. 오크스가 그 사실을 알았으면 했다. 리버스는 현장을 미리 정찰하러 나갔다가 기자 나부랭이들에게 들은 소식을 가지고 돌아왔다.

"아는 기자가 있던가요?" 클락이 물었다.

"늘 보던 얼굴들이지." 클락에게서 껌을 받으며 리버스가 말했다. 둘 사이의 거래였다. 클락이 껌을 사주면 리버스가 담배를 안 피운다. 정찰은 담배를 피우기 위한 핑계였다.

대시보드의 시계를 보니 비행기가 곧 착륙할 시간이었다. 보지 않고도 소리로 알 수 있었다. 둔중한 끼익 소리, 어두운 하늘에 점멸하는 불빛. 차창 하나를 열고 환기를 했다.

"저 비행기겠군." 농부가 말했다.

"그렇겠죠."

쇼반 클락 옆에는 서류가 놓여 있었다. 캐리 데니스 오크스에 대한 내용을 읽고 있었다. 그녀 생각에는 농부와 리버스가 호기심 말고 다른 이유 때문에 여기 온 것 같지는 않았다. 클락 자신도 호기심이 있었다.

---

* 스코틀랜드 남부에 있는 주.

"오래 걸리진 않을 거예요."

"확신은 금물이야." 차문을 열며 리버스가 말했다. 터미널로 발을 옮기면서 담배를 찾아 주머니를 뒤적거렸다.

기자들을 피해 출입금지 표지판이 있는 곳으로 갔다. 신분증을 보여준 다음 입국장으로 향했다. 이미 연락을 해두었기 때문에 출입국 관리소에서는 리버스를 기다리고 있었다. 국제 이송 절차는 알고 있었다. 히드로에서는 따로 출입국 검사가 없다. 에든버러에서도 없는 게 보통이다. 근무자 수 때문이다. 인원 감축으로 일손이 극히 부족하다. 하지만 오늘밤에는 철저한 검사가 있을 것이다. 리버스는 비행기에서 나온 승객들이 터미널로 가 짐이 나오기를 기다리는 것을 보았다. 대부분은 사업가들로, 서류가방과 신문을 들고 있었다. 승객의 절반 이상은 수하물만 휴대하고 있었다. 그들은 입국 검사장을 통과한 후, 주차장에 주차해둔 차를 타고 가족이 기다리는 집으로 즐거운 기분으로 향했다.

평상복을 입은 남자가 하나 있었다. 데님 천으로 된 바지에 운동화, 빨간색과 검은색 티셔츠, 흰색 야구모자 차림이었다. 여행용 스포츠 가방을 들고 있었다. 짐이 특별히 많아 보이지는 않았다. 리버스는 출입국 관리소 직원에게 고개를 끄덕였다. 직원은 앞으로 나가 남자를 멈춰 세우고 카운터로 데려왔다.

"여권을 보여주십시오." 입국 담당 직원이 말했다.

남자는 셔츠 가슴주머니로 손을 넣어, 새로 만든 것처럼 보이는 여권을 꺼냈다. 여권은 한두 달 전에 신청된 것이었다. 남자를 석방해야 한다는 사실을 미국 당국이 알았을 때였다. 입국 담당 직원이 여권을 훑어보았다. 빈 페이지밖에 없었다.

"어디서 입국하시는 건가요?"

캐리 오크스의 눈이 뒤쪽에 있는 남자에게 향했다. 이 사람이 모든 일을 지시하는군.

"미국이요." 오크스가 말했다. 미국식 인플렉션*이 기묘하게 섞인 음성이었다.

"미국에선 무슨 일을 하셨습니까?"

오크스가 히죽 웃었다. 세월에 늙어간 남학생, 학급 익살꾼 같은 얼굴이었다. "시간만 보내고 있었죠."

직원은 가방 안의 물품들을 카운터에 올려놓았다. 세면도구 가방, 요란해 보이는 잡지 두 권이었다. 마닐라지 폴더에는 잡지에서 오려낸 그림과 사진으로 가득했다. 벽에 오랫동안 핀으로 꽂아두었던 것 같았다. 축하 카드도 있었다. '계속해서 높이 날아라'는 문구와 함께 '같은 건물에 있던 친구'라는 서명이 있었다. 다른 폴더에는 재판 메모와 재판 관련 신문 기사가 있었다. 페이퍼백 두 권이 있었다. 하나는 성경, 다른 하나는 사전이었다. 둘 다 많이 읽은 것 같아 보였다.

"짐은 가볍게 하자는 주의죠." 오크스가 말했다.

직원이 리버스를 쳐다보았다. 리버스는 오크스에게서 눈을 떼지 않으면서 고개를 끄덕였다. 물품은 다시 가방으로 들어갔다.

"이것도 사실 많이 참아준 거죠?" 오크스가 말했다. "내가 모른다고 생각하지 말아요. 한동안 조용하게 지낼 거니까." 오크스가 혼잣말했다.

"여기 눌러앉을 꿈도 꾸지 마." 리버스가 조용히 말했다.

"우리 아직 인사도 안 했군요, 형사님." 오크스가 손을 내밀었다. 리버

---

* 연극을 공연할 때 말소리에 느낌이나 멋을 더하기 위하여 쓰는 기교.

스는 손등의 문신을 보았다. 이니셜, 십자가, 하트. 잠시 후, 오크스는 손을 거둬들이며 혼자 웃었다. "새 친구 만들기 쉽지 않네요." 그가 생각에 잠겨 말했다. "사람 사귀는 법을 잊어서."

직원이 가방 지퍼를 닫았다. 오크스가 손잡이를 잡았다.

"이제 일 다 보셨으면……."

"목적지는요?" 직원이 물었다.

"시내의 멋진 호텔이요. 지금부터는 내 호텔이죠. 그 사람들이 대궐 같은 집을 마련해준다고 했지만 거절했어요. 조명이 들어오고 움직일 수 있으면 충분해요. 신바람이 나야죠." 오크스가 다시 웃었다.

"'그들'이 누구지?" 리버스는 묻지 않을 수 없었다.

오크스는 씩 웃으며 눈을 찡긋할 뿐이었다. "직접 알아보시죠, 파트너. 어려운 일도 아니니까." 그가 가방을 들어 어깨에 멨다. 휘파람을 불며 발길을 옮겨 출구로 향하는 인파에 합류했다.

리버스는 뒤를 따랐다. 오크스가 모자를 푹 눌러쓰고 있었지만, 밖에 있던 기자들은 아랑곳하지 않고 사진을 찍었다. 질문 공세가 이어졌다. 뚱뚱한 남자 하나가 인파를 뚫고 다가오고 있었다. 입에는 담배가 매달려 있었다. 리버스는 남자를 알아보았다. 짐 스티븐스였다. 스티븐스는 글래스고의 타블로이드 신문사에서 일하고 있었다. 그가 오크스의 팔을 잡고 귀에 뭔가 속삭였다. 둘은 악수를 했다. 그러고는 스티븐스가 주인이라도 되는 양 오크스의 어깨에 손을 얹고는 앞장서서 인파 사이를 헤집고 나갔다.

"이봐, 짐, 제발." 기자 하나가 외쳤다.

"노코멘트." 스티븐스가 말했다. 한쪽 입 끝에 담배가 대롱거렸다. "우리 신문 특집 기사 읽어보면 돼. 내일부터 시작이야."

스티븐스는 마지막으로 손을 흔들고, 문을 지나 가버렸다. 리버스는 다른 출구로 나갔다. 차로 가 농부 옆에 앉았다.

"오크스가 친구를 사귄 것 같군요." 스티븐스가 오크스의 가방을 복스홀 아스트라의 트렁크에 넣는 것을 보며 쇼반 클락이 평했다.

"짐 스티븐스야." 리버스가 말했다. "글래스고에서 일해."

"이제 오크스는 그자 수중에 들어온 건가요?"

"그런 것 같아. 시내 쪽으로 가겠지."

농부가 대시보드를 내리쳤다. "기자가 가로챌 거라 생각했어야 했는데."

"언제까지 붙잡고 있진 않을 겁니다. 기사가 끝나면……."

"그때까지는 변호사들 때문에 꼼짝도 못 해." 농부가 리버스 쪽으로 몸을 돌렸다. "괴롭히는 것처럼 보이는 행동은 할 수 없어."

"알겠습니다." 리버스가 말하며 시동을 걸었다. 농부 쪽으로 몸을 돌렸다. "그럼 집으로 가는 건가요?"

농부가 고개를 끄덕였다. "저놈들을 따라잡는 대로. 스티븐스가 알게 해야지."

"경찰차가 따라오고 있어." 캐리 오크스가 경고했다.

짐 스티븐스가 라이터에 손을 뻗었다. "알아요."

"공항에서도 봤던 놈이야."

"리버스라고 해요."

"어떤 놈인데?"

"존 리버스 경위. 몇 번 붙은 적 있어요. 뭐라고 하던가요?"

오크스가 어깨를 으쓱했다. "말없이 서서 인상만 쓰더군. 감방 친구들이 있었다면 오줌 지리게 해줬을 텐데."

스티븐스가 미소를 지었다. "녹음기 틀고 나서 얘기해요."

오크스는 내내 조수석 차창을 열고, 지독하게 차가운 공기 쪽으로 머리를 기울이고 있었다.

"담배 피워도 되죠?"

"돼." 오크스는 드라이라도 하는 것처럼 머리를 앞뒤로 움직였다. "히스로 공항에서 연락한 건 잘했어."

"제일 먼저 제안하고 싶었거든요."

"1만이랬지?"

"그 정도까진 가능해요."

"독점 취재고?"

"그 돈이면 당연하죠."

오크스는 다시 차 안으로 머리를 집어넣었다. "기삿거리가 있을지 모르겠네."

"걱정 말아요. 작가 저리 가라잖아요? 우린 타고난 이야기꾼이라고요."

"에든버러가 달라진 것 같군."

"오랫동안 못 봤으니까요."

"그렇지."

"아는 사람 있어요?"

"두 사람 떠오르네." 오크스가 "짐 스티븐스하고 존 리버스. 그 둘이야. 난 여기 온 지 한 시간도 안 됐어." 짐 스티븐스가 웃기 시작했다. 오크스는 차창을 닫고 몸을 아래로 기울여 음악을 껐다. 좌석에서 몸을 돌렸다.

스티븐스가 주목했다. "리버스 얘기해봐. 알아둬야겠어."

"왜요?"

오크스의 눈은 스티븐스에게서 떠나지 않았다. "누군가 나에게 관심을 가졌어." 오크스가 말했다. "그럼 보답을 해야지."

"나도 포함되나요?"

"행운인 줄 알아, 짐. 자넨 정말 운 좋은 거라고."

스티븐스는 오크스가 에든버러 밖에 머물렀으면 했다. 인터뷰를 마칠 때까지 최대한 격리시키고 싶었다. 하지만 오크스는 전화로 주장했다. 에든버러여야 한다고, 꼭 그래야 한다고. 그래서 에든버러로 했다. 뉴타운 테라스에 있는 적당한 호텔로. 스티븐스는 '뉴타운'이란 이름에 미소를 지었다. 스코틀랜드의 다른 곳에서 '뉴타운'이라고 하면 글렌로세스나 리빙스턴처럼 1950년대와 1960년대에 아무것도 없던 곳에 세운 도시를 말했다. 하지만 에든버러에서 '뉴타운'은 18세기까지 거슬러 올라간다. 도시 자체만큼이나 오래되었다. 호텔은 한때 개인 저택이었고, 4개 층으로 되어 있었다. 절제된 우아함이 있는 조용한 거리였다. 오크스는 힐끗 쳐다보고는 이곳은 아니라고 했다. 이유는 말하지 않았다. 그저 바깥 계단 위에 서서 바깥 공기를 마시고 있었다. 그동안 스티븐스는 휴대폰으로 통화하느라 정신이 없었다.

"원하는 걸 알려주면 도움이 될 텐데요."

오크스는 어깨를 으쓱할 뿐이었다. "보면 알아." 그는 경찰차가 주차된 쪽으로 살짝 손을 흔들었다. 경찰차는 아직 시동이 걸려 있었다.

"알았어요." 마침내 스티븐스가 말했다. "차로 돌아갑시다."

둘은 리스 워크를 내려가 리스 항구로 향했다.

"여긴 아직도 거친 동넨가?" 오크스가 말했다.

"달라지고 있죠. 스코틀랜드 정부 신청사 예정지예요. 새 레스토랑과 호텔 두어 개가 있어요."

"그래도 아직 리스는 리스잖아?"

스티븐스가 고개를 끄덕였다. "아직도 리스죠." 그는 인정했다. 하지만 오크스는 부두에 도착해 호텔을 보는 순간 바로 고개를 끄덕였다.

"분위기 죽이는군." 독 너머를 내다보며 오크스가 말했다. 컨테이너선 한 척이 독에 묶여 있었고, 선박 주위에서 일하는 사람 위로 아크 조명이 비쳤다. 펍이 두 군데 있었는데 모두 레스토랑을 겸하고 있었다. 상설 계류장*이 내만**을 가로질러 있었는데, 계류장의 보트는 떠 있는 나이트클럽이 되었다. 건너편에는 신축 중인 아파트도 있었다.

"스코틀랜드 정부 청사가 바로 저 아래 있어요." 스티븐스가 가리키며 말했다.

"저놈들이 언제까지 따라다닐 것 같나?" 서 있는 경찰차를 보며 오크스가 물었다.

"곧 갈 거예요. 계속 저러면 변호사에게 연락해야죠. 계약 내용 정리하려면 어차피 불러야 하니까요."

"계약이라." 오크스는 그 단어를 발음해보았다. "직업을 가져본 지가 오래돼서."

"마이크에다 대고 말하면 됩니다. 사진 찍어야 하니까 포즈도 좀 취해주시고."

---

* 배를 묶어두는 곳.
** 항구의 깊숙한 곳.

오크스가 몸을 돌렸다. "그럼 1만 파운드 더 받아야겠는데. 계약서 다시 써야겠어."

스티븐스의 얼굴에서 핏기가 가셨다. 오크스는 반응을 예상하며 그를 뚫어져라 쳐다보았다.

"사진은 아마 필요 없을 겁니다." 스티븐스가 말했다.

오크스가 웃었다. '아마'란 말이 마음에 들었다.

오크스는 호텔의 자기 방을 확인했다. 스티븐스는 옆방을 구하지 못해서 복도 아래쪽 방에 묵어야 했다. 객실료를 카드로 계산하면서 방을 며칠간 쓰겠다고 했다. 스티븐스는 오크스가 신발을 신은 채로 침대에 누워 있는 걸 보았다. 여행 가방은 침대 옆에 놓여 있었다. 오크스는 가방에서 낡은 성경 하나만 꺼내놓았다. 성경은 침대 옆 탁자에 있었다. 좋았어. 스티븐스는 기사 첫머리에 이걸 이용할 생각이었다.

"종교가 있나, 짐?" 오크스가 물었다.

"특별히는 없어요."

"부끄러운 줄 알게. 성경에서 배울 게 얼마나 많은데. 교도소에서 처음 접했지. 전에는 읽을 시간이 없었거든."

"교회도 다녔나요?"

오크스는 고개를 끄덕였다. "교도소에서 일요일마다 예배가 열려. 꼬박꼬박 참석했지." 그는 스티븐스를 쳐다보았다. "난 죄수가 아니야. 마음대로 오갈 수 있어."

"죄수가 된 것처럼 느끼지 않았으면 좋겠습니다."

"우리 둘 다 마찬가지야."

"그래도 인터뷰 고료를 드리는 만큼 몇 가지 규칙은 있습니다. 외출하실 때는 목적지를 알려주세요. 사실 저도 동행했으면 합니다."

"경쟁자들이 날 채갈까 봐 두렵군?"

"비슷합니다."

오크스는 고개를 돌려 씩 웃었다. "여자가 필요하다면? 내가 재미 보는 동안 구석에 앉아 있을 건가?"

"밖에서 소리만 듣는 게 낫죠." 스티븐스가 말했다.

오크스가 매트리스 위에서 꿈틀대며 웃었다. "내가 자본 것 중 제일 푹신한 침대군. 냄새도 좋고." 그는 잠시 누워 있다가 재빨리 일어섰다. 스티븐스는 몸을 돌리는 속도에 놀랐다.

"그럼 가볼까?"

"어디로요?"

"밖에. 조바심치지 마. 요 앞에 가는 거니까."

스티븐스는 오크스를 따라갔다. 하지만 오크스가 가는 방향을 보고 호텔 옆에서 멈췄다.

오크스는 경찰차로 가고 있었다. 아직 시동이 걸린 상태였고 안에는 세 사람이 있었다. 오크스는 앞 유리창으로 안을 들여다본 다음 운전석으로 가 차창을 톡톡 쳤다. 이제 이름을 알게 된 리버스가 창을 내렸다.

"안녕하세요." 오크스는 말하면서 인사의 표시로 다른 두 사람에게 고개를 까딱했다. 젊은 여자, 높은 사람처럼 보이는 남자였다. 남자는 얼굴을 찌푸리고 있었다. 오크스는 호텔 쪽을 가리켰다. "좋은 곳이죠? 저런 데 묵어본 적 있어요?" 아무도 입을 열지 않았다. 그는 한쪽 팔을 차 지붕에, 다른 팔은 차문에 기댔다.

"나는……." 갑자기 그는 조금 수줍어하는 것 같았다. '그렇지', 이제 어떻게 시작해야 할지 알았다. "딸 얘기 들었어요. 유감이네요. 정말 엿 같은 일이죠." 리버스의 불안정하고 삭막한 눈을 보았다. "내가 죽였다는 혐의를 받은 여자애도 아마 같은 나이였을 거예요. 당신 딸하고요. 이름이 새미 맞나요?"

리버스가 문을 세게 여는 바람에 오크스는 거의 물가 가장자리까지 밀려나갔다. 다른 남자 – 리버스의 상관 – 가 경고하듯 소리쳤다. 젊은 여자는 리버스 뒤를 따라 차에서 나왔다. 리버스 자신은 캐리 오크스의 얼굴에 가까이 다가갔다. 짐 스티븐스가 호텔에서 달려오고 있었다.

오크스가 두 손을 머리 위로 올렸다. "나한테 손을 댔어요. 이건 폭행입니다."

"네놈은 거짓말쟁이야."

"뭐라고요?"

"네놈 피해자 중엔 내 딸 나이의 애는 없었어."

오크스는 웃으며 턱을 문질렀다. "알고 있었네요. 1라운드는 당신이 이긴 것 같군요."

여자 경관이 리버스의 한쪽 팔을 잡았다. 짧은 거리를 달려온 짐 스티븐스가 숨을 헐떡이고 있었다. 총경은 차에 앉아서 이 광경을 보고 있었다.

오크스가 몸을 살짝 굽혀 안을 들여다보았다. "너무 높으신 분이라 가만히 계시는 건가? 아니면 배짱이 없으신가? 둘 중 하나겠군."

스티븐스가 오크스의 어깨를 잡았다. "갑시다."

오크스는 어깨를 뿌리쳤다. "내 몸에 손대지 마. 그게 규칙 1번이야." 하지만 발길을 옮겨 호텔 쪽으로 난 길을 가로질렀다. 스티븐스는 몸을 돌리다 리버스가 그를 무섭게 쏘아보는 것을 알아챘다. 오크스에게 자신에 대해, 딸에 대해 얘기해준 게 누군지 알고 있는 모습이었다.

오크스가 웃기 시작했다. 호텔 유리문까지 가는 내내 웃었다. 호텔 안쪽에 서서 밖을 내다보았다.

"저 리버스는." 그가 조용히 말했다. "쉽게 욱하는 성격이군?"

옥스퍼드 테라스에 있는 페이션스의 아파트에 돌아온 리버스는 위스키를 따른 다음, 냉장고에 있는 물병의 물을 부었다. 페이션스가 침실에서 나왔다. 갑자기 켜진 불 때문에 눈을 찡그리고 있었다. 엷은 노란색 나이트가운이 무릎에 내려와 있었다.

"깨웠다면 미안해요." 리버스가 말했다.

"어차피 뭐 마시려고 했어요." 페이션스는 냉장고 문에서 포도 주스를 꺼내 큰 잔에 직접 따랐다. "별일 없었죠?"

리버스는 웃어야 할지 울어야 할지 몰랐다. 둘은 잔을 들고 거실로 가 소파에 앉았다. 리버스는 『빅 이슈』* 한 권을 집어 들었다. 페이션스가 항상 이 잡지를 샀지만, 읽는 건 리버스였다. 잡지에는 실종자에 대한 정보를 요청하는 새로운 호소가 있었다. 리버스는 TV를 켜서 텔레텍스트**로 가면 실종자 명단이 있다는 사실을 알고 있었다. 그는 가끔 텔레텍스트를 보면서 명단 몇 페이지를 살폈다. 텔레텍스트는 전국 실종자지원센터(National MisPer Helpline)가 운영하고 있었다. 재니스는 이리로 연락을 취해볼 거라고 말했다.

---

* 1991년 영국의 기업인이 노숙자의 자활을 돕기 위해 창간한 대중문화 잡지.
** 텔레비전 방송망을 통해서 사용자가 자신에게 필요한 문자 정보와 도형 정보를 텔레비전 수상기의 화면상에서 얻는 시스템.

"당신은 어땠어요?" 리버스가 물었다.

페이션스는 발을 몸 아래 밀어 넣었다. "늘 똑같죠. 가끔 로봇도 할 수 있는 일이라는 생각이 들어요. 같은 증상, 같은 처방. 편도선, 촌충, 기립성 저혈압……."

"같이 여행이라도 가요." 페이션스가 그를 쳐다보았다. "주말에."

"해봤잖아요. 기억 안 나요? 지루해했잖아요."

"너무 시골이라서 그랬죠."

"그럼 어디 로맨틱한 장소라도 생각해뒀어요? 던디? 폴커크? 커콜디?*"

리버스는 잔을 다시 채우러 일어나면서 페이션스에게도 물었다. 그녀는 고개를 저었다. 눈은 그의 빈 잔을 바라보고 있었다.

"오늘 딱 두 잔째예요." 부엌으로 향하며 리버스가 말했다.

"무슨 일 때문에 그래요?" 페이션스가 그를 따라왔다.

"뭐가요?"

"갑자기 휴가 얘기를 꺼내서요."

리버스는 그녀 쪽을 보았다. "어제 새미한테 들었어요. 그 애 말이 나보다 당신하고 얘기를 많이 한다더군요."

"과장이에요."

"나도 그렇게 생각해요. 하지만 그래도 정곡을 찔렀어요."

"네?"

이번에는 물을 좀 덜 따랐다. 위스키는 한 방울 더 따랐을 것이다. "내가 정신이 좀…… 딴 데 가 있다는 말이에요. 형편없는 상대라는 거 알아요." 냉장고를 닫고 어깨를 으쓱했다. "대충 그런 얘기예요."

---

* 세 도시 모두 공업 도시 또는 항구 도시다.

리버스는 말하면서 계속 눈을 잔에 고정했다. 얘기를 하면서 왜 재니스 미의 휴가 사진이 뇌리를 스쳐 갔는지 의문이었다.

"돌아올 거라고 늘 생각했어요." 페이션스가 말했다. 리버스가 그녀를 보았다. 그녀는 자기 머리를 톡톡 쳤다. "당신이 어디에 갔더라도 말이죠."

"난 여기 있잖아요."

페이션스가 고개를 저었다. "아니요. 여기 있지 않아요." 그녀는 몸을 돌려 거실로 돌아갔다.

조금 지나 페이션스는 침실로 돌아갔다. 리버스는 잠깐만 더 있겠다고 말했다. TV 채널을 이리저리 돌렸지만 별 게 없었다. 텔레텍스트로 가서 346페이지를 보았다. 헤드폰을 쓰니 제네시스*의 노래를 들을 수 있었다. 〈사라진 친구를 위해(For Absent Friends)〉. 잭 모튼이 소파 팔걸이에 앉아 있었다. 실종자 화면이 계속 이어졌다. 데이먼에 대한 안내는 아직 없었다. 리버스는 담뱃불을 붙이고 TV에 연기를 뿜어냈다. 연기가 사라지는 것을 지켜보았다. 그러고는 이 집이 페이션스의 아파트라는 사실이, 그녀가 담배 냄새를 좋아하지 않는다는 게 기억났다. 부엌으로 돌아가 떳떳치 못한 쾌락의 흔적을 지웠다. 제네시스 다음에는 패밀리**의 노래였다. 〈가라앉고 있는 사랑을 위한 노래(Song for Sinking Loves)〉.

경위님 안에서 뭔가가 잘못되어가고 있어요.

애초에 당신네가 여기 데려왔잖습니까.

피고인석에 있는 두 남자가 보였다. 그들의 변호사는 배심원에게 변론을 하고 있었다. 차에 기댄 캐리 오크스가 보였다.

---

* 1970년대에 주로 활동한 영국의 아트록 밴드.
** 1960년대 영국 밴드.

다시 범행을 저지를 거야.

어둠 속으로 몸을 던지는 짐 마골리스가 보였다. 아무것도 이해할 수 없을지도 몰라. 리버스는 잭 쪽으로 몸을 돌렸다. 가끔 잭에게 전화를 했다. 밤 몇 시인지 상관하지 않고. 잭은 한 번도 투덜거리지 않았다. 둘은 여러 가지 문제를 얘기하고, 걱정과 우울을 함께 나눴다.

"어떻게 나한테 그럴 수 있어, 잭?" 리버스는 유령들로 가득찬 방에서 잔을 비우며 조용히 말했다.

늦은 시간이었다. 하지만 짐 스티븐스는 편집장이 개의치 않으리란 걸 알고 있었다. 먼저 휴대폰으로 걸었다. 빙고. 켈빈글로브에서 열린 디너파티에 있었다. 여기저기 눈도장을 찍으며 악수를 하는 정치꾼들의 파티였다. 편집장은 그런 사람들을 좋아했다. 타블로이드 신문에는 맞지 않는 사람인지도 모른다.

요 몇 년을 생각해보면, 이 바닥에서 뒤떨어지고 있는 건 스티븐스 자신인지도 모른다. 주변에는 자기보다 젊고 유능하며 열정적인 기자들 천지인 것 같았다. 요새는 나이 오십에도 밀려날 수 있다. 얼마나 기다려야 편집장은 취재비 수표에 서명해줄까? 사무실의 젊은 금발 직원이 늙은 짐의 송별연을 위해 모금하게 될 날은 얼마나 남았을까? 그는 송별연이 어떻게 진행될지, 심지어 직원들이 어떤 고별사를 할지도 알고 있었다. 자존심 세울 생각은 말아야 한다. 짐 자신이 그런 자리에 있었기 때문에 안다. 그가 젊은 금발 직원이었고, 늙다리들은 기사의 수준 저하와 저널리즘 세계의 변화에 불평을 늘어놓고 있었다.

짐은 캐리 오크스 소식을 듣자마자 편집장과 따로 만나 상의했다. 그런 다음, 비행 일정표를 확인하고 히스로 공항 안내센터를 살살 구슬렸다. 그 결과, 돌아온 탕자와 연락할 수 있었다.

"자네가 맡게, 짐." 편집장이 말했다. 하지만 경고의 말도 잊지 않았다. "케이크 위의 크림 같은 건이야. 상하면 안 돼."

편집장은 디너파티에서 얻은 소소한 정보를 제공해주었다. 몇 잔 마신 게 분명했다. 그렇더라도 나중에 편집국에 갈 것이다. 하루에 열두 시간을 일하는 사람이다. 짐 스티븐스가 그렇게 일해본 지는 오래되었다.

"뭘 도와줄까, 짐?"

드디어. 스티븐스는 심호흡을 했다. "호텔에 방을 잡았습니다."

"오크스는 어때 보이던가?"

"괜찮습니다."

"탐욕스러운 괴물 같진 않고?"

"전혀요. 아주 조용합니다." 리버스와 한판 붙은 일은 알리지 않기로 했다.

"독점 취재를 허락하던가?"

"네." 스티븐스는 담뱃불을 붙였다.

"어째 신난 목소리가 아닌데?"

"힘든 하루였어요. 그래서 그럽니다."

"그렇게 기운이 없어서야 되겠어? 편집국 애 하나 빌려줄 수 있는 데……."

"고맙지만 괜찮습니다." 스티븐스는 편집장의 웃음소리를 들었다. 썰렁한 농담이었군. "내가 걱정하는 건 그런 지원이 아닙니다."

"확실한 증거 말인가?"

"증거 부족이란 말이 정확하겠죠."

"음……." 이제야 생각을 좀 하는군. "계획이 있나?"

"편집장님, 1~2년 정도 미국에서 일하셨죠?"

"얼마 전까지."

"아직도 거기 친구들이 있나요?"

"한둘 정도는."

"시애틀 쪽 신문사에 알아볼 게 있습니다. 오크스 사건을 담당했던 경찰과 연락할 수 있는지 수배해주십시오."

"알고 지내던 친구 하나가 지금 CBS에서 일해."

"그거면 됩니다."

"사무실로 가는 즉시 알아보겠네. 됐지?"

"감사합니다."

"짐, 확실한 증거에 너무 목매지 말게. 우리 친구 오크스에게서 얻어야 할 것은 그럴듯한 사연이야. 내용이 뭐든 말이지."

스티븐스는 전화를 끊고 등을 침대에 댔다. 마음 한쪽에서는 이 일을 때려치우고 싶었다. 하지만 마음 다른 쪽에서는 아직도 굶주리고 있었다. 신문사의 직원들이 자신을 우러러보기를, 어떻게 하면 저렇게 훌륭하고 예리해질 수 있는지 부러워하면서 바라봐주길 원했다. 오크스의 이야기를 원했다. 나중에는 원할 때 언제든 그만둘 수 있을 것이다. 최고의 영광이나 그런 것들과 함께. 다시 리버스를 생각했다. 오크스가 리버스에게 시비를 걸어 얻어내려 했던 게 무엇인지 궁금했다. 스티븐스가 알기로 리버스와 맞붙었다 멀쩡했던 사람은 없었다. 그리고 때로는…… 구급차 신세를 져야 했다.

하지만 오크스는 꽤나 붙어보고 싶었던 것처럼 보였다. 리버스가 그렇게 덤비도록 준비했던 것 같았다.

짐 스티븐스는 오크스의 보모 노릇이나 할 생각이었다. 하지만 오크스에게는 다른 계획, 아니면 간절히 바라는 뭔가가 있는 것 같았다. 어느 쪽이든 보모 노릇 쉽지 않겠군.

"이게 마지막 일이야, 짐." 스티븐스는 자신에게 약속했다. 이 약속에 대한 보증은 미니바의 술을 몽땅 해치우는 걸로 대신하기로 했다.

13

 예산이 너무 빠듯해서 감시 인력이 한 자릿수 감축되었다. 아침에는 네 명이었다. 리버스는 잠이 오지 않아 부두까지 차를 몰고 나와서, 24시간 영업하는 주차장에 들렀다. 쇼반 클락의 차는 경찰차 표시가 없는 로버200이었다. 클락은 등산복 차림이었다. 두꺼운 양말과 등산화에 바지를 집어넣었고, 보온 재킷에 털모자를 썼다. 조수석에는 노트와 펜, 저지방 감자칩 빈 봉지 세 개, 보온병 두 개가 있었다. 리버스는 뒷좌석에 타면서 전자레인지에 데운 패스티*와 비커**에 든 커피를 권했다.

 "건배." 클락이 말했다.

 리버스는 호텔 쪽을 내다보았다. "특별한 움직임은?"

 그녀는 음식을 씹어 삼키며 고개를 저었다. "좀 걱정돼요. 건물 뒤쪽에 직원용 비상구가 있어요. 그쪽은 감시할 길이 없죠."

 "그자는 아직 시차 적응 중일 거야."

 "밤새 깨어 있고, 낮에는 내내 잔다고요?"

 "그런 생각은 못 해봤는데." 리버스가 몸을 앞으로 기울였다. "밖에 전혀 안 나온다고?"

---

* 페이스트리 반죽 속에 양파, 쇠고기, 감자 등의 속 재료를 채워 넣고 구운 영국 요리.
** 손잡이가 없이 길쭉한 플라스틱 또는 종이컵.

클락이 고개를 저었다. "감옥에 오래 있다 보니 광장 공포증이라도 생긴 모양이죠."

"그럴 수도 있지." 리버스는 그녀가 정곡을 찔렀다는 걸 알았다. 바깥 세상에, 그 공간과 빛에 적응하지 못하는 전과자들을 알고 있었다. 그런 자들은 다시 범죄를 저지른다. 감옥에 다시 틀어박힐 방법은 그것뿐이니까.

"레스토랑에서 저녁 식사를 했어요." 클락이 호텔 레스토랑의 판 유리창 쪽으로 고개를 끄덕였다.

"자네가 있단 걸 눈치채던가?"

"확실하지 않아요. 그자의 방은 2층이에요. 창문은 제일 먼 끝 쪽이고요."

리버스가 올려다보았다. 작은 직사각형 유리판이 12개 있었다. 창문은 밑에서 2센티미터 정도 열려 있었다. "어떻게 알았지?"

"지배인에게 물어봤죠."

리버스는 고개를 끄덕였다. 잔머리 굴릴 필요 없다는 게 농부의 지시였다. "지배인은 어떻게 받아들이던가?"

"불편해하는 것 같던데요." 클락이 마지막 패스티 조각을 먹었다.

"오크스가 너무 편히 지내는 꼴은 보기 싫겠지?"

"그럼요." 클락이 말했다.

리버스는 차문을 열었다. "정찰하고 올게." 말을 잠시 멈췄다. "급한 용무는 어떻게?"

클락이 보온병 하나를 들고 바닥에 손을 뻗어 주방용 깔때기를 잡았다. "그리고 만약에……."

"참아야죠."

리버스가 고개를 끄덕였다. "어떤 보온병이었는지 헛갈리지 말게."

바깥 공기는 신선했다. 밤의 항구에서 들리는 밤의 차 소리라고는 도로 끝으로 달려가는 택시뿐이었다. 택시. 데이먼과 그 여자에 대해 택시 기사에게 물어봤어야 했다. 호텔 주변을 한 바퀴 돌고는 주차장으로 들어갔다. 직원용 비상구는 잠겨 있었다. 비상구 옆에는 쓰레기통 네 개가 있었는데, 고객의 차량과는 높은 나무 울타리로 구분되어 있었다. 짐 스티븐스의 아스트라는 알아보기 쉬웠다. 리버스는 노트 한 장을 찢었다. 단어 몇 개를 갈겨 쓴 다음 접어서 와이퍼 아래 끼워 넣었다. 오크스가 차를 이용해 호텔을 나가더라도, 돌아올 때는 정문을 이용해야 한다는 사실에 만족스러워하며 자리를 떴다.

오크스는 돌아올 거라고 가정하자. 도망자에 지나지 않을지도 모른다. 윗선이 원하는 게 그거 아닌가? 아니, 꼭 그렇지는 않다. 오크스가 확실히 에든버러를 뜨길 바란다. 호텔에서 사라지는 것과 같은 의미라고는 할 수 없다. 리버스는 클락의 차로 돌아왔다. 휴대폰을 꺼내 전화를 걸었다. 호텔 프런트가 받았다.

"안녕하세요." 리버스가 말했다. "오크스 씨 방으로 연락 부탁드립니다."

"잠시만 기다려주세요."

리버스는 클락에게 눈을 찡긋했다. 그녀도 들을 수 있게 휴대폰을 둘 사이에 들었다. 윙 하는 소음이 서너 차례 반복되었다. 그리고 전화가 연결되었다.

"네. 뭐죠?" 확실히 비몽사몽하는 목소리였다.

"토미, 자넨가?" 글래스고 사람 흉내를 냈다. "방에서 맥주 마시는 중이야. 자네도 올라와."

잠시 침묵이 흘렀다. 그러고는 "몇 호실이지?" 하고 물었다.

리버스는 곰곰이 생각하다가 대답 대신 전화를 끊었다. "적어도 방에 있다는 건 알게 됐군."

"그리고 이제 일어났고요."

리버스가 시계를 확인했다. "자네 근무는 6시에 끝나."

"빌 프라이드 경위님이 자고 있지 않다면요."

"내가 그 친구에게 모닝콜 해주지." 리버스는 다시 차에서 내리려 했다.

"저기 보세요, 경위님." 클락이 호텔 쪽으로 고개를 까딱했다.

리버스가 쳐다보았다. 2층 가장 끝 오른쪽 창문이었다. 불은 켜지 않았지만 커튼이 열리고 창문에 얼굴이 나타나 밖을 내다보았다. 똑바로 그들을 보고 있었다. 리버스는 자기 차로 가면서 캐리 오크스에게 손을 흔들었다.

잔머리 굴릴 필요 없었군.

8시 정각, 리버스는 사무실에 있었다. 데이먼의 세부 사항을 타이프로 치고 있었다. 자선 단체, 호스텔, 노숙자 지원 단체들에 뿌릴 예정이었다. 9시에 안내 데스크에서 메시지가 왔다. 만나러 온 사람이 있다고 했다.

재니스였다.

"신 내렸나봐." 리버스가 말했다. "방금까지 데이먼에 관한 작업을 하던 중이었어. 새 소식이라도?"

그는 재니스를 데리고 랭케일러 스트리트로 내려갔다. 클락 스트리트에서 카페를 발견했다. 경찰서에서 얘기하고 싶지 않았다. 이유야 많았다. 공식적으로는 로디안주와 보더주의 관할도 아닌 사건을 수사하고 있다는 의심을 받고 싶지 않았다. 재니스가 세인트 레너즈 경찰서에서 보지 않았으면 하는 것 - 실종자와 용의자 사진, 무감정하고 (종종) 무성의하게 다루는 사건들 - 도 있었다. 그리고 무엇보다도 그저 재니스를 공유하고 싶지 않았다. 과거에 속한 그녀의 일부가 그의 바로 현재, 그의 직장에 침범하게 하고 싶지 않았다.

"없었어." 재니스가 말했다. "에든버러에서 하루가 다 갔는데 할 수 있는 게 없다면…… 모르겠어. 뭐라도 해야 하는데."

리버스가 고개를 끄덕였다. 재니스의 눈 아래 다크 서클이 있었다. "잠은 제대로 자?" 그가 물었다.

"수면제를 처방받았어."

리버스는 그저 말뿐인 대답만 하던 경우가 종종 있었다는 게 기억났다.

"제대로 복용하고 있지?" 재니스가 그를 바라보며 미소를 지었다. "아닌가보군." 리버스가 말했다. 재니스가 거짓말을 하려던 건 아닐 것이다. 하지만 진짜 대답을 들으려면 제대로 질문하는 방법을 알아야 한다.

"우리 대화는 늘 이런 식이었지?"

재니스 말이 맞았다. 그랬다. 리버스는 자기 친구를 그녀가 좋아하는지 궁금했다. 그래서 질투하는 것처럼 보이지 않으면서 물어볼 방법을 찾으려고 했다. 재니스는 리버스와 데이트하기 전의 자기 삶을 이야기하고 있었다. 말하지 못한 채 남고 만 대화였다.

리버스는 그녀를 카페로 안내했다. 구석자리 테이블에 앉았다. 카페 주인은 방금 도착해서 문만 열어주었다. 리버스를 알아봤기 때문이었다.

"식사는 안 됩니다." 주인이 미리 말했다.

"커피면 돼요." 리버스가 말했다. 재니스를 쳐다보았다. 그녀는 고개를 끄덕였다. 둘의 시선은 서로에게 머물러 있었다. 카페 주인은 가버렸다.

"날 용서했어?" 재니스가 물었다.

"뭘?"

"알잖아."

리버스는 고개를 끄덕였다. "네 입으로 말하는 걸 듣고 싶어."

재니스가 미소를 지었다. "널 때려눕힌 거."

그는 주위를 둘러보았다. "목소리 낮춰. 누가 듣겠다."

그녀는 그의 말처럼 소리를 낮춰 웃음을 터뜨렸다. "넌 언제나 우스갯소리를 잘했어."

"그랬나?" 리버스는 기억해보려 했다.

"미치하고는 연락하고 지내?"

그는 볼을 부풀렸다. "과거의 이름들이 소환되는군."

"너희 둘은 이랬잖아." 재니스는 손가락 두 개를 서로 꼬았다.

"요즘에는 그게 합법적이지 않나?"

재니스는 미소를 지으며 탁자 위를 쳐다보았다. "우스갯소리는 정말 잘한다니까." 뺨 위에 붉은 점이 있었다. 그래. 그때도 저렇게 재니스 얼굴을 붉히게 할 수 있었지.

"너는 어때?"

"어떠냐니?"

"너하고 바니 말이야."

"요새는 아무도 바니라고 안 불러." 재니스가 의자에 기댔다. "몇 년 동안 그냥 친구처럼 지냈어. 어느 날 밤 바니가 데이트 신청을 했지. 사귀자고 했어." 그녀가 어깨를 으쓱했다. "그런 게 먹힐 때가 있어. 큐피드의 화살이나 불꽃놀이가 없어도 말이야. 그냥…… 좋았어." 재니스는 다시 미소를 지으며 리버스를 쳐다보았다. "나머지 친구들 중에…… 사라와 빌리는 아직 이웃에 살아. 결혼했지만 헤어졌어. 애가 셋이고. 톰도 아직 근처에 살아. 산업 재해를 당해서 요 몇 년 동안 일을 못 하고 있어. 크래니 기억해?" 리버스는 고개를 끄덕였다. "몇은 이사 갔고…… 죽은 애들도 있어."

"죽었어?"

"차 사고였어. 위 폴라는 암에 걸렸어. 미지는 심장마비고." 우유 거품을 얹은 커피가 나오자 재니스는 말을 멈췄다.

"비스킷 좀 드릴까요?" 카페 주인이 물었다. 둘 다 고개를 저었다.

재니스는 커피를 불면서 홀짝거렸다. "그리고 알렉은……."

"돌아오지 않았어?" 알렉 치좀. 축구하러 갔지. 축구장에는 나타나지 않았고.

"알렉 엄마는 아직 살아 계셔. 여든이 넘으셨지. 알렉에게 무슨 일이 생겼는지 알고 싶어 하셔."

리버스는 아무 말도 하지 않았다. 재니스가 무슨 생각을 하는지 알 수 있었다. 아마 나도 그렇게 될지 몰라. 테이블 쪽으로 몸을 기울여 재니스의 손을 쥐었다. 따뜻하고 부드러웠다.

"나 좀 도와줘." 그가 말했다.

재니스는 가방에서 손수건을 찾았다. "어떻게?"

리버스는 아침에 프린트했던 명단을 꺼냈다. "호스텔과 자선 단체야." 그가 말했다. 재니스는 코를 풀고 명단을 살펴보았다. "다들 연락 달랬어.

나도 하겠지만 도와주면 시간이 절약될 거야."

"좋아."

"그리고 택시가 있어. 수소문해야 해. 택시 승차장마다 돌아다니면서 우리가 필요한 걸 알려. 데이먼과 금발 여자 말이야. '돔' 건너편 길부터 시작해."

재니스가 고개를 끄덕였다. "해볼게." 그녀가 말했다.

"택시 정류장 목록을 줄게."

카페 주인은 카운터 옆에 서서 아침 담배를 피우며 조간신문을 읽고 있었다. 리버스는 머리기사를 보고는 신문을 사야겠다고 생각했다. 재니스가 지갑을 열었다.

"내가 살게." 리버스가 말했다.

"전화 걸 동전이 필요해." 재니스의 말이었다.

리버스는 잠시 생각했다. "내 아파트를 기지로 쓰면 어때? 공중전화 부스보다 엄청나게 편하지는 않겠지만, 적어도 앉을 수는 있어. 커피도 마실 수 있고……." 열쇠 꾸러미를 내밀었다. 재니스가 그를 쳐다보았다.

"정말?"

"그럼, 정말이지." 리버스는 노트에 주소, 직장 전화번호, 휴대폰 번호를 적은 다음, 찢어서 재니스에게 내밀었다. 재니스가 종이를 살펴보았다.

"숨겨야 할 비밀 같은 건 없지?"

리버스가 미소를 지었다. "솔직히 거길 자주 쓰진 않아. 동네 가게들도 있으니까 필요하면……."

"그럼 보통 어디서 지내?"

그는 헛기침을 했다. "친구네서."

그녀가 미소 지을 차례였다. "그거 잘됐네."

왜 '애인'이 아니라 '친구'라고 했을까? '친구'라는 말이 이상하게 들리지는 않았을까? 어설픈 단어로 의사소통을 하던 어린 시절로 돌아간 것 같았다.

"태워다줄게." 리버스가 말했다.

"택시 승차장 목록 잊지 마." 재니스가 말했다. "그리고 구할 수 있으면 시내 전체 지도도 하나 부탁해."

리버스는 돈을 내러 갔다. 주인은 계산대에서 계산했다. 신문의 재판 관련 기사가 펼쳐져 있었다. 시엘리온 사건의 어제 증언이 표제였다. '보육원의 대표는 괴물이었다.' 리버스와 함께 담배를 피웠던 법정경위가 해롤드 잉케를 경찰 호송차로 데려가는 사진이 있었다. 잉케는 지치고 평범하게 보였다.

그게 괴물들의 무서운 점이다. 다른 사람들처럼 극히 평범하게 보일 수 있다는 사실이.

짐 스티븐스는 식당으로 들어갔을 때 얼굴에서 안도감을 숨길 수 없었다. 스티븐스는 창가 테이블로 갔다. 손님 한 쌍을 지나쳐 갈 때 그들이 고개를 끄덕이며 미소를 지었다. 지난밤에 바에 있었던 사람들이었다는 게 생각났다.

"잘 잤나, 짐." 입가에 묻은 달걀노른자를 닦아내며 캐리 오크스가 말했다. 오크스는 창밖을 쳐다보았다. "우중충한 날씨군. 내 기억과 똑같아." 그는 마지막 남은 삼각형의 구운 빵 조각을 집어 들어 먹기 시작했다. "경찰이 아직 밖에 있어."

짐 스티븐스는 창밖을 내다보았다. 경찰차 표시는 되어 있지 않았지만 알아보지 못할 리 없었다. 운전석에 앉은 남자가 롤빵을 씹고 있었다.

"언제까지 저럴 것 같나?" 오크스가 물었다.

스티븐스가 그를 쳐다보았다. "당신 방에 전화를 걸었습니다."

"언제?"

"15분이나 20분쯤 전에요."

"여기 내려와 있었지, 파트너. 분위기를 만끽하던 중이었어."

스티븐스는 웨이터가 있나 주위를 둘러보았다.

"과일 주스와 시리얼은 셀프서비스야." 셀프서비스 코너를 가리키며 오크스가 설명했다. "그런 다음에 따뜻한 아침 식사 주문을 받지."

스티븐스는 오크스의 기름투성이 접시를 쳐다보았다. "어젯밤에 너무 무리했어요. 오렌지주스하고 커피나 마셔야겠네요."

오크스가 웃음을 터뜨렸다. "그래서 내가 술을 안 마신다니까." 어젯밤에 그는 오렌지주스와 레모네이드만 마셨다. 스티븐스는 이제야 기억났다. "게다가." 오크스가 스티븐스 쪽을 향해 탁자 위로 몸을 기울이며 말했다. "술만 마셨다 하면 미친 짓을 저지르거든."

"그 얘기는 녹음기 앞에서 하죠."

웨이터가 다가오자 오크스는 아침 식사를 더 할 수 있는지 물었다. "아까 안 먹어본 것 조금만 먹을게." 그는 메뉴판을 살펴보았다. "기름에 튀긴 간 요리, 양파, 해기스* 튀김과 블랙 푸딩**으로 하지." 오크스는 배를 토닥거리며 스티븐스에게 미소를 지었다. "오늘만 넘어가 줘. 내일부터는 다시

---

* 양의 내장으로 만든 순대 비슷한 스코틀랜드 음식.
** 돼지 피와 기름, 곡류를 섞어 크게 만든 소시지의 일종으로 영국의 전통 아침 식사.

운동할 거야."

식사가 나왔다. 오렌지주스를 빠르게 마시며 토스트를 간신히 넘기고 있던 스티븐스는 접시를 한 번 보고는 자리를 떴다. 그는 밖으로 나와 담뱃불을 붙였다. 독에서 찬바람이 불어왔다. 독 문을 통해 Scot FM 건물을 볼 수 있었다. 고개를 돌리자 차 안에 있는 경찰이 자신을 주시하고 있는 게 보였다. 모르는 얼굴이었다. 식당 창문으로 보니, 오크스는 렐리쉬*를 잔뜩 뿌려 먹으면서 경찰을 놀리고 있었다. 스티븐스는 미소를 띤 채 주차장을 돌아다니며

비머, 로버600s, 아우디 같은 고급 차들을 살펴보았다. 자기 차 앞 유리에 뭔가 있는 게 보였다. 처음에는 바람에 날려 온 쓰레기인 줄 알았다. 그 다음에는 카펫 세일이나 골동품 전시회 전단지라고 생각했다. 하지만 종이를 펼친 순간, 누가 보냈는지 알 수 있었다. 두 단어였다.

그자를 넘겨.

스티븐스는 쪽지를 주머니에 쑤셔 넣고 호텔로 돌아갔다. 오크스는 아침 식사를 마치고 프런트에 있는 소파에 앉아서 신문을 넘겨보고 있었다. 일반 신문 중 하나였다.

"서운한데." 오크스가 말했다. "공항에는 그렇게 몰려나와 있더니……"

"타블로이드 신문을 봐요." 스티븐스가 반대편에 앉으며 말했다. "기사 엄청나게 떴어요. '살인자 캐리, 고향에 돌아오다'라는 표제가 마음에 들더군요."

---

* 과일, 채소에 양념을 해서 걸쭉하게 끓인 뒤 차게 식혀 고기, 치즈 등에 얹어 먹는 소스.

"별론데." 오크스가 신문을 한쪽으로 치웠다. "일은 언제 시작하지?"

"15분 뒤에 당신 방에서 하면 어때요?"

"난 괜찮아. 하지만 그 전에 부탁할 게 하나 있어."

"뭔데요?"

"찾고 싶은 사람이 있어. 아치볼드라고 해."

"그런 이름이 한둘인가요?"

"아치볼드는 성이야. 이름은 앨런이고."

"앨런 아치볼드? 내가 아는 사람인가요?"

오크스는 고개를 저었다.

"이 사람이 누군데요?"

"경찰이었어. 지금도 그럴 거야. 나이는 좀 들었을 거고."

"그리고요?"

오크스는 어깨를 으쓱했다. "지금은 그 정도만 알면 돼. 찾아내면 사연을 들려줄 수도 있지."

"인터뷰 고료를 드렸으니 전부 듣고 싶은데요."

"찾기만 해, 짐. 그럼 난 만족이야."

스티븐스는 누가 주도권을 잡아야 하는지 고심하며 자기 임무를 생각해보았다. 주도권은 자기에게 있다는 걸 알고 있었다. 하지만 그래도…….

"몇 군데 알아보죠." 스티븐스가 마지못해 말했다.

"그래야지." 오크스가 일어섰다. "15분 후에 내 방으로 와. 신문들 몽땅 가져오고. 뉴스의 주인공이 되니 좋군."

그리고 계단 쪽으로 걸어갔다.

14

가게에서 우유, 신문, 아침 식사용 롤빵을 사오는 건 제이미의 일이었다. 제이미는 가격을 속여 돈을 빼돌리면서 이 일을 예술로 승화시켰다. 엄마는 더 싼 다른 가게를 찾아봐야겠다고 불평했지만, 그 '다른 가게'는 제이미가 걸어갈 수 있는 거리가 아니었다. 엄마는 제이미가 너무 멀리 돌아다니는 걸 좋아하지 않았다. 잘된 일이었다. 제이미가 시내를 돌아다니고 싶으면 빌리에게 자기 집에 있었다고 말하게 하면 됐으니까.

제이미는 자기가 아주 똑똑하다고 생각했다.

그는 담배를 사러 가게 밖에 서 있었다. 가게에서 담배를 사지는 않았다. 불법이기도 한데다 파키스탄인 주인이 팔지도 않았다. 대신, 학교에 다니는 형들과 거래를 했다. 20개비짜리 한 갑과 성인 잡지를 교환했다. 성인 잡지는 칼의 침대 밑에서 빼냈다. 잡지는 엄청나게 많았다. 칼은 눈치 채지 못한 것 같았다. 제이미는 얼어붙을 것 같은 날씨에도 가게 밖에서 담배 피우는 걸 즐겼다. 일찍 일어나서 학교에 가는 아이들이 그를 쳐다보았다. 가끔 친구들이 합류할 때도 있었다. 제이미는 사람들의 주목을 끌었다.

이웃 사람이 엄마에게 고자질한 적이 있었다. 제이미는 엄마에게 맞을 뻔했지만, 몸이 날쌘 덕분에 엄마 팔 아래로 몸을 피해 문으로 내뺐다. 엄마의 욕설을 비웃으면서. 한번은 학교에서 온 편지를 받고 엄마가 정말로

잡으러 왔다. 일주일 내내 땡땡이를 쳤기 때문이다. 엄마는 시퍼렇게 멍이들 때까지 때린 다음 방에 가 울라고 쫓아 보냈다. 제이미는 운 게 부끄러워서 얼굴이 새빨개졌다.

아마 오늘은 학교에 갈 것이다. 칼은 편지를 위조하는 데 도사였다. 하도 오랫동안 위조해서 학교 측에서는 칼의 서명을 엄마의 것으로 생각했다. 엄마가 학교 소풍에 관한 통신문에 서명해서 보냈을 때, 교장은 제이미에게 정말 엄마 서명이 맞느냐고 다그쳤을 정도였다. 심지어 엄마와 통화해야겠다고 전화기를 들기까지 했다. 제이미는 웃었다. 집에는 전화가 없었기 때문이다. 재떨이는 수십 개 있었다. 대부분 축제 때 얻었거나 펍에서 훔친 것들이었다. 하지만 전화는 없었다. 칼이 휴대폰을 갖고 있어서 비상시에는 그 휴대폰을 이용했다. 칼이 쓰게 해줄 기분이 들 때만.

칼은 그게 문제였다. 굉장히 좋을 때도 있지만 갑자기 화를 낼 수도 있었다. 빵! 유리병이 벽에 부딪혀 깨지듯 폭발해버린다. 아니면 갑자기 말이 없어지더니 방 안에 틀어박혔다. 학교에 보낼 메모도 위조해주려 하지 않았다. 제이미는 밖으로 나가서 칼에게 줄 뭔가를 가져왔다. 대부분 가게에서 훔친 것이었다. 자기가 저지르지도 않은 잘못에 대한 화해의 표시였다. 운이 좋은 날에는 칼이 주먹을 제이미의 머리에 문지르며 '평화의 사자'라고 말했다. 제이미는 그 말을 좋아했다. 칼은 제이미가 UN처럼 불안정한 휴전 상태를 유지시킨다고 말했다. 그는 신문에서 'UN', '불안정한 휴전 상태' 같은 단어들을 배웠다. 제이미는 한번은 칼에게 이렇게 물었다. "국가는 통합되는 게 정상이라는데, 우리는 왜 분리하고 싶어 해?"

"무슨 소리야?"

"영국에서 분리하는 것 말이야."

칼은 무릎에 있던 신문을 접고는, 의자 팔걸이에 있는 재떨이에 담뱃재를 털었다. "잉글랜드 놈들을 좋아하지 않으니까."

"왜?"

"그냥 잉글랜드 놈들이라서." 칼의 음성에 날이 서 있어서 제이미는 물러섰다.

"우리도 잉글랜드에 사촌이 있잖아? 걔네들 안 싫어하는데."

"야……."

"그리고 독일하고 전쟁할 때는 잉글랜드와 함께 싸웠잖아?"

"이봐, 제이미. 우린 우리만의 나라를 이끌어나가고 싶어. 알겠어? 그게 다야. 스코틀랜드는 하나의 나라잖아?" 칼은 제이미가 고개를 끄덕이길 기다렸다. "그럼 어디서 맡아야겠어? 런던이야, 에든버러야?"

"에든버러지."

"맞았어." 신문을 집어 들었다. 얘기 끝이었다.

제이미는 묻고 싶은 게 더 있었지만 답을 얻지 못했다. 엄마는 도움이 안 됐다. "정치 얘긴 하지도 마." 그렇게 말할 것이다. 아니면 "종교 얘긴 꺼내지도 마." 사실 다른 얘기도 마찬가지다. 엄마는 마치 인생에서 진지한 생각은 모두 해서 만족스러운 대답을 얻었고, 제이미를 위해 다시 생각하고픈 마음은 없는 것 같았다.

"선생님이 그래서 필요한 거야." 엄마는 말했다.

그렇긴 하지만, 제이미는 학교에서 지켜야 할 명성이 있었다. 그는 칼 브래디의 동생이었다. 선생님에게 질문할 수 없었다. 선생들은 그에 대해 궁금해하기 시작했다. 칼은 오래전에 이렇게 말했다. "학교에서는 '우리'와 '그들'만 있을 뿐이야, 제이미. 무슨 말인지 알아? 전쟁터라고. 죽기 아니면 살기야. 알겠어?"

제이미는 아무것도 이해하지 못한 채 고개를 끄덕였다.

제이미가 한쪽 발로 쓰레기통을 툭툭 차면서 가게 앞에 서 있을 때 빌리 호먼이 다가왔다. 제이미는 몸을 조금 꼿꼿이 세웠다.

"잘 있었어, 빌리?"

"그저 그래. 담배 있어?"

제이미는 피 같은 담배 한 개비를 건넸다.

"어젯밤에 축구 봤어?"

제이미는 콧방귀를 뀌며 고개를 저었다. "관심 없어." 그가 말했다.

"하츠*가 끝내줬어." 빌리는 맞장구를 쳐주길 바라는 눈으로 제이미를 보면서 이렇게 말했다. 제이미는 빌리가 누군가에게 들은 이야기를 하고 있다는 걸 알았다. 아마 자기 엄마의 남자친구에게서 들었겠지. 빌리 자신은 잘 모르니까.

"하츠 잘하지." 빌리가 골을 향해 슛을 하는 흉내를 내자 제이미는 마지못해 말했다.

"집에 가는 길이야?" 빌리가 물었다.

제이미는 한쪽 팔 아래 낀 신문과 롤빵을 손으로 툭툭 쳤다.

"잠깐 기다렸다 같이 가." 빌리는 가게 안으로 들어가더니 우유와 마가린 한 통을 들고 다시 나왔다. "엄마가 오늘 아침에 완전 열 받았어. 새 남자친구가 펍에 갔다 와서는 토스트를 열 개나 먹었거든." 빌리는 마가린을 던지고는 다시 받았다. "마가린이 바닥나버렸지."

제이미는 아무 말도 하지 않았다. 그는 아버지들에 대해서 생각하고 있

---

* 스코틀랜드 리그의 축구 팀.

었다. 빌리나 자기 모두 아버지가 없다는 게 우스웠다. 아버지는 어디 있을지, 무슨 사연이 있었을지 궁금했다.

"어제 같이 있던 사람은 누구야?" 함께 걷기 시작할 때 제이미가 물었다.

"응?"

"세인트 메리 거리 아래에서 말이야. 삼촌이나 뭐 그런 거야?"

"아, 맞아. 빌 삼촌이야."

거짓말이었다. 빌리는 거짓말할 때면 늘 귀가 빨개진다.

아파트로 돌아온 제이미는 칼의 방으로 신문을 가지고 들어갔다.

"왜 이렇게 늦어, 꼬맹이야." 칼은 침대에 누워 있었다. 포터블 TV가 켜 있었다. 방에서 퀴퀴한 냄새가 났다. 제이미는 가끔 숨을 참으려 했다. 칼은 재떨이 옆 바닥에 놓인 머그잔으로 차를 마시고 있었다.

"채널 좀 돌려볼래?"

TV는 침대 아래 서랍장 위에 놓여 있었다. 리모컨은 없었다. TV는 칼이 어느 날 밤에 집으로 가져왔다. 펍에서 내기를 해서 땄다고 했다. 버튼 판 옆에는 작은 사각형이 있었다. '리모컨 센서'라고 써 있었다. 그래서 제이미는 리모컨이 있어야 한다는 걸 알았다. TV에 가려면 바닥에 쌓인 칼의 옷더미를 넘어가야 했다. 채널4 버튼을 눌렀다. 아침 쇼프로에 인형 같은 여자가 나왔다. '인형 같은 여자'란 단어는 칼이 가르쳐주었다.

제이미는 다시 옷더미를 넘어 방을 나온 다음, 크게 숨을 내쉬었다. 25초였다. 숨 참기 기록에는 어림도 없었다. 엄마는 부엌 식탁에서 롤빵에 버터를 바르고 있었다. 엄마가 제이미에게 롤빵 하나를 건네주었다. 제이미는 우유 한 컵을 가져와서 자리에 앉았다. 예산 삭감 때문에 학교는 아홉 시가 넘어야 연다고 엄마에게 말했다. 엄마는 그 말을 믿었거나, 아니면 말다툼하기 싫었을 것이다. 엄마는 피곤해 보였고 치료가 필요한 것 같았다. 하지만 제이미는 겉모습에 넘어가면 안 된다는 걸 알고 있었다. 엄마는 피곤해 보였다가도 단 몇 초 만에 확 뚜껑이 열릴 수 있었다. 소음에 항의하러 온 위층의 늙은 매춘부에게 그렇게 하는 걸 본 적이 있었다. 공이 정원에 들어온다고 불평하는 영감에게도 같은 일이 벌어졌다.

"다음엔 잔디용 포크로 공을 찍어버릴 겁니다. 그러니 좀 도와줘요."

"그렇게 해봐요." 엄마가 말했다. "그럼 그 빌어먹을 포크로 당신 불알을 찍어버릴 테니까." 바짝 다가서자 엄마는 더 커졌고 영감은 쪼그라드는 것 같았다.

제이미는 엄마를 아주 존경했다. 지난번에 맞은 건 엄마를 밴이라고 불렀기 때문이었다. 칼은 엄마를 밴이라고 불렀다. 하지만 그건 문제없었다. 칼은 성인이고 엄마도 성인이니까. 제이미는 그때까지 기다릴 수 없었다.

엄마는 한 손에 머그 찻잔을 들고 아침 의식을 치르고 있었다. 담배를 어디 두었는지 떠올리려고 하는 것이다.

"칼이 가져갔을 거야." 제이미가 말을 꺼냈다.

"먹으면서 말하지 말랬지?" 엄마는 칼의 방 쪽으로 소리를 질렀다. 안 가져갔다는 외침이 되돌아왔다. 엄마는 거실에 가서 소파와 의자에서 쿠션을 집어내고, 바닥에 쌓인 자동차 잡지와 음악 잡지 더미를 걷어찼다. 오디오 위에서 반 갑을 찾아냈다. 젖히는 담뱃갑의 뚜껑은 없어졌다. 칼은 그 부분을 자신만의 '특수 컬런*'에 사용했다. 엄마는 담배를 꺼냈다. 하지만 담배도 거의 없어졌다. 엄마는 크게 한숨을 쉬더니 어쨌든 담배를 입에

---

* 얇은 종이로 말아놓은 담배.

물고는 담뱃갑 안에서 찾은 라이터로 불을 붙였다.

엄마 옷에는 주머니가 없어서 의자 팔걸이에 담배를 놓았다. 은회색 셸
슈트*에 지퍼 달린 보라색 조깅용 상의를 입고 있었다. 상의는 낡았고 등
에 새겨진 글자 - 스포츠 국가(Sporting Nation) - 는 갈라지고 벗겨졌다.
제이미는 '스포츠 국가'가 스코틀랜드를 말하는 것인지 궁금했다.

제이미는 롤빵과 우유를 다 마시고 의자에서 내려왔다. 오늘 계획이 있
었다. 프린스 스트리트나 버스를 타고 '가일'**에 가는 것이다. 혼자 가거나
아니면 모을 수 있는 친구들과 함께 갈 것이다. 가일은 너무 멀리 떨어져
있는 게 문제였다. 로디안 로드에도 게임 센터가 있었고 제이미는 그곳을
좋아했다. 하지만 거기엔 자기보다 게임을 잘하는 죽돌이들이 있었다. 그
놈들은 게임을 하지 않을 때도 제이미가 하고 있는 게임기 뒤에 서서 실수
를 지적했고, 자기들이라면 붕대 감은 손으로도 더 잘할 수 있다고 뻐기곤
했다.

그래보시지. 제이미는 그놈들에게 그렇게 말했어야 했다. 그랬다간 온
몸에 붕대를 감게 해줄 테니까. 하지만 그래본 적은 없었다. 다들 자기보
다 컸다. 칼이 누군지도 몰랐기 때문에 전혀 위협이 되지 못했다. 그래서
더 이상 거기 자주 가지 않았다.

침실 문이 열리더니 칼이 부엌으로 들어왔다. 청바지를 입었지만 지퍼
를 잠그지도, 벨트를 매지도 않았다. 신발이나 양말도 신지 않았고, 티셔츠
도 입지 않았다. 가슴과 팔에는 찰과상과 멍이 있었다. 피부 아래서 근육
이 꿈틀대는 게 보였다. 식탁 위에 신문을 내던지고는 손으로 탁 쳤다.

---

* 헐렁한 바지와 상의 한 벌로 된 평상복.
** 에든버러 남쪽에 있는 쇼핑센터.

"이것 좀 봐." 칼이 화난 소리로 낮게 말했다. 얼굴은 분노로 시뻘게졌다. "이것 좀 보라고."

제이미는 신문을 보았다. 여섯 페이지짜리 기사였다. '놀이터가 보이는 곳에 사는 성범죄자.' 사진도 있었다. 사진 하나는 아파트 단지를 찍었는데, 화살표가 층 하나를 가리키고 있었다. 다른 사진에는 타막 포장 구역, 그리고 놀고 있는 아이들이 있었다.

"여기잖아." 제이미는 놀라서 말했다. 그린필드를 신문에서 본 적도, 이곳의 사진도 본 적도 없었다. 엄마가 다가왔다.

"이게 뭐야?" 엄마가 물었다.

"빌어먹을 변태 새끼가 우리 코 아래 살고 있어." 칼이 내뱉었다. "아무도 알려주지 않았어." 그가 신문을 흔들었다. "바로 여기라고 하잖아. 아무도 알려주지 않았어."

밴이 기사를 읽었다. "그놈 사진은 없네."

"하지만 그 새끼 집이 어딘지는 알 수 있어."

엄마는 뭔가 기억해냈다. "전에 경찰이 온 적 있어. 널 찾는 줄 알았지."

"경찰들이 왜 왔는데?"

"한 사람뿐이었어. 누굴 아느냐고 물었는데……." 그녀는 눈살을 찌푸렸다. "대런 뭐라고 했던 것 같아."

"대런 러프." 제이미가 말했다. 칼이 쳐다보았다.

"아는 사람이야?"

제이미는 어떻게 대답해야 칼이 만족할지 몰랐다. 그저 어깨를 으쓱했다. "근처에서 봤어."

"이름은 어떻게 알아?" 칼의 눈이 이글거렸다.

"그는…… 모르겠어."

"그가 어떻다고?" 칼은 이제 코앞까지 다가왔다. 주먹을 꽉 쥐고 있었다. "그놈 집이 어디야?" 제이미가 입을 떼려 했지만, 칼이 멱살을 잡았다. "입 다물고 앞장서."

대런 러프의 집 쪽 층계참을 따라 걸어가다 보니, 다른 사람들도 같은 생각이라는 걸 알게 되었다. 주민 일고여덟 명이 러프의 집 앞에 서 있었다. 대부분 조간신문을 들었는데, 무기처럼 말아서 휘두르고 있었다. 칼은 선수를 빼앗겨서 김이 샜다.

"안에 없어?"

"대답이 없네."

칼이 문을 걷어찼다. 주위 사람들 표정을 보니 감명받았다는 걸 알 수 있었다. 물러서서 어깨로 문을 밀친 다음 다시 걷어찼다. 자물쇠가 두 개였다. 예일 자물쇠*와 장붓구멍 자물쇠**였다. 안을 들여다볼 방법이 없었다. 우편함은 막혀 있었다. 유리창에는 시트지를 붙여놓았다. 다들 그 얘기를 하고 있었다.

"일어나, 이 변태 새끼야!" 누군가 소리쳤다. 칼은 물러나고 싶었지만 그럴듯한 핑계가 떠오르지 않았다. 대신 유리창을 두드렸다. 그러고는 문을 걷어차려고 물러섰다. 주민 몇 사람이 왔지만, 그보다 더 많은 숫자가 빠져나가기 시작했다. 곧 칼과 제이미 말고는 아이들 몇 명만 남았다.

"제이미." 칼이 말했다. "가서 스프레이 캔 가져와. 침대 아래 찾아봐."

* 일반적으로 문에 사용되는 실린더 식 자물쇠.
** 문에 구멍을 파서 박아 넣는 자물쇠.

167

제이미는 거기 수프레이 캔 몇 개가 있다는 걸 이미 알고 있었다. "파란 색? 검은색?" 묻고 나서야 무슨 말을 했는지 깨달았다.

하지만 칼은 알아차리지 못했다. 문을 노려보느라 바빴다. "아무거나." 칼이 말했다. 제이미는 수프레이 캔을 가지러 갔다. 엄마는 밖에 있었다. 팔짱을 끼고 층계참에서 여자들 몇 명과 얘기하고 있었다. 제이미는 빠른 걸음으로 지나쳤다.

"왜?" 엄마가 말했다.

"아무도 없었어."

엄마는 친구들 쪽으로 몸을 돌렸다. "어디에나 있을 수 있다니까. 그런 쓰레기들은 알아볼 방법이 없어!"

"청원서를 내야 해." 여자 하나가 말했다.

"지자체가 그놈을 딴 데 보내게 해야 해."

"우리 말을 귓등으로라도 들을 것 같아?" 밴이 말했다. "직접 행동에 나서야 해. 우리 문제니까 우리가 처리해야지. 다른 사람 말에 신경 쓰지 말고."

"그린필드 인민공화국이니까." 다른 여자가 말했다.

"농담 아니야, 미셸." 밴이 말했다. "진짜 심각하다고." 밴의 뒤에서 제이미가 아파트 안으로 사라졌다.

15

"예전에 엄마하고 많이 떠돌아다녔던 것 같아."

캐리 오크스는 침실 창가 의자에 앉아 있었다. 앞에 있는 탁자에 발을 올려놓았다. 짐 스티븐스는 침대 구석에 앉아 있었다. 손 뻗으면 닿을 거리에 녹음기를 놓고 있었다.

"어디였죠? 언제?"

오크스가 스티븐스를 쳐다보았다. "동네 이름은 기억나지 않아. 같이 살았던 사람들도. 어렸을 땐 그런 거 상관 안 하잖아? 나만의 삶이, 나만의 작은 환상 세계가 있었어. 군인도, 전투기 조종사도 될 수 있었지. 스코틀랜드에 외계인이 쳐들어왔고, 내가 그놈들을 잡으러 출동하는 거야. 자경단(自警團)이 주인공인 그런 시나리오지." 그는 창밖을 응시했다. "이사를 너무 많이 다니는 바람에 친구를 제대로 사귄 적이 없었어. 가까운 친구가 없었지." 오크스는 스티븐스가 말을 자르려 드는 걸 알았다. "어쨌든 동네 이름은 몰라. 하지만 에든버러로 온 건 기억나." 그는 말을 멈추고 팔을 뻗었다. 엄지손가락으로 한쪽 신발 발가락을 문질러 먼지를 털었다. "그래, 에든버러는 마음속에 남아 있어. 가족과 함께 살았지. 이모와 이모 남편. 에든버러 어디서 살았는지는 기억나지 않아. 근처에 공원이 있어서 자주 갔어. 거기서 찍은 사진이 있을 거야."

스티븐스는 고개를 끄덕였다. "어딘지 기억해낸다면 말이죠."

오크스는 미소를 지었다. "아무 공원이면 어때? 상상은 어디서든 할 수 있잖아? 거기서 내가 한 일이 그거야. 나만의 세상. 하고 싶은 건 뭐든 할 수 있었어. 내가 신이었지."

"그래서 뭘 하셨죠?" 스티븐스는 생각하고 있었다. 여유 있고 매끄러워. 오크스는 타고난 이야기꾼이거나…… 아니면 리허설을 하는 중이겠군. 하지만 뭔가 거슬리는 게 있었다. 가족에 관한 얘기였다. 이모와 이모남편. 표현이 좀 이상하다.

"뭘 했느냐고? 다른 애들처럼 게임을 했어. 상상하는 게 있었지. 말해줄게. 어린애일 때는 돌아다니면서 세상에 총질을 해도 아무도 신경 안 써. 무슨 말인지 알아? 머릿속에서 세상 사람들을 모조리 죽일 수 있지. 언젠가 누군가를 죽여버리겠다는 생각 안 해본 사람이 있을까? 자네도 해봤을걸."

"제 부두교 인형 컬렉션을 보여드리죠."

오크스는 미소를 지었다. "엄마는 최선을 다했어." 말을 멈췄다. "그건 확실해."

"어머니께 무슨 일이 생겼나요?"

"죽었어." 오크스는 스티븐스를 뚫어져라 쳐다보았다. "하지만 사람은 다 죽잖아."

"이 게임은 혼자 했나요?"

오크스는 고개를 저었다. "다른 애들도 나를 알게 됐지. 갱단에 들어갔어. 높은 자리까지 올라갔지."

"행동으로 보여줬나요?"

오크스는 어깨를 으쓱했다. "싸움이 몇 차례 있었지. 대부분은 축구를 하거나 낯선 사람을 노려봤어. 이웃의 고양이를 죽인 적도 있었고."

"어떻게요?"

"라이터 기름을 뿌린 다음에 불을 붙였어." 오크스의 시선은 스티븐스에게 못 박혔다. "초보 연쇄살인범의 전형적인 출발이지. 감옥에서 읽었어. 동물을 불태워 죽이는 외톨이."

"하지만 혼자가 아니라 갱단과 함께했다면서요?"

오크스는 다시 미소를 지었다. "하지만 라이터는 나만 갖고 있었어, 짐. 그것 때문에 큰 차이가 생기지."

잠시 휴식을 취하는 동안, 스티븐스는 자기 방으로 돌아갔다. 끓는 물 한 컵에 커피 두 봉지를 넣었다. 전화가 오는 바람에 새벽 네 시부터 깨어 있었다. 편집장이 기적을 일으킨 덕분에 스티븐스는 오크스 사건을 내내 취재했던 시애틀의 기자와 통화할 수 있었다. 매트 르윈이라는 그 기자는 오크스가 왈라 왈라 교도소에서 일요일 예배에 꼬박꼬박 참석했다는 사실을 확인해주었다.

"그런 죄수는 많아요. 그렇다고 꼭 신앙이 생기는 건 아닙니다."

스티븐스는 침대에 기대서 커피를 홀짝였다. 오크스의 십대 갱단을 찾아내고 싶었다. 캐리 오크스의 내면을 이해하는 좋은 배경이다. 기사가 나가면 갱단 출신의 누군가가 나설지도 모른다. 그러면 스티븐스는 그 사람도 인터뷰해서 책에 실을 수 있을 것이다. 흥미를 보일만한 미국 출판사가 있을지 매트 르윈에게 물어보았다.

"미국인이 아니면 힘들 거예요. 우린 자국 출신을 선호하죠. 게다가 얼마 전부터 연쇄살인범 얘기는 유행이 지났거든요."

스티븐스는 유행이 다시 살아나길 바랐다. 출판 계약은 그의 금시계였다. 자기 자신에게 주는 작은 은퇴 선물이었다. 오크스의 얘기를 확인할 조사가 필요했다. 하지만 너무 피곤했다. 편집장도 먼저 이야기부터 끌어내고 확인은 나중에 하라고 지시했다. 커피를 마저 마시고 담배를 꺼냈다. 침대에서 다리를 내렸다.

쇼는 이제부터다.

재니스는 존 루이스 백화점 꼭대기 층에 있는 레스토랑에서 식사를 하며 휴식을 취했다. 한쪽 창에서 칼튼 힐*이 보였다. 데이먼이 일곱 살인가 여덟 살이었을 때 함께 올라간 적이 있었다. 앨범에 그때 사진들이 있다. 칼튼 힐, 에든버러 성, 어린이 박물관**…… 수많은 앨범이 있다. 재니스는 앨범들을 옷장 아래쪽에 보관해두었다. 최근에 다시 꺼내서 아래층으로 가지고 내려왔다. 앨범들을 살펴보며 휴가 캠프, 해변에서 보낸 시간, 생일 파티, 스포츠를 즐긴 시간들을

되살렸다. 레스토랑의 다른 창문으로는 파이프의 해안선이 잘 내려다보였다. 남쪽의 에든버러나 북쪽의 던디로 이사 갈 생각을 한 적이 있었다. 하지만 태어난 고향, 가족과 친구들이 살고 있는 곳에는 뭔가 편안함을 주는 게 있었다. 부모님과 조부모님은 모두 파이프에서 태어났고, 이곳의 역사는 재니스 자신의 역사와 뗄 수 없게 연결되어 있었다. 어머니는 총파업 당시 어린 여자애였지만, 로크겔리*** 주위로 바리케이드를 치던

---

* 에든버러에 있는 낮은 언덕. 에든버러시내가 한눈에 보이는 곳으로 유명하다.
** 에든버러 로열 마일에 있는 박물관. 전 세계의 장난감과 인형을 모아 전시하고 있다.
*** 파이프주의 마을 이름.

것을 기억하고 있었다. 아버지는 가로등에 매달려서 조니 톰슨*의 장례식을 구경했다. 가족이 보낸 과거의 시간은 평가할 수 있다. 하지만 과거에 대한 느낌 때문에 미래도 그와 똑같으리라고 오판할 수 있다. 재니스가 알게 되었듯, 이어지던 흐름은 어느 한 지점에서 끊어질 수 있다.

재니스는 새우 마요네즈를 채운 롤빵을 먹었지만, 아무런 맛도 느낄 수 없었다. 커피를 마셨다는 것만 알 수 있었다. 컵이 비어 있기 때문이었다. 접시 가장자리에는 롤빵에서 떨어진 시들시들한 새우가 하나 있었다. 내버려두고 자리에서 일어났다.

세인트 제임스 센터 밖에서 프린스 스트리트를 가로질러 웨이벌리역으로 향했다. 기차역 지하 중앙 홀 뒤쪽부터 웨이벌리 다리 위까지 택시가 장사진을 이루고 있었다. 기사들은 운전석에 앉아 있었다. 몇몇은 책을 읽거나 요기를 하거나 라디오를 듣고 있었다. 허공을 바라보거나 동료들과 뉴스 얘기를 하는 이들도 있었다. 재니스는 줄 뒤쪽부터 시작해 앞으로 나갔다. 존 리버스가 이름 몇 개를 알려주었다. 헨리 윌슨은 그중 한 사람이었다. 택시 기사들은 모두 윌슨을 아는 것 같았다. "나무꾼"이라고 불렀다. 사람들이 그에게 연락을 취했다. 그사이, 재니스는 기사들에게 데이먼의 사진을 보여주면서 조지 스트리트에서 택시를 탔다고 설명했다.

"동행이 있었나요?" 기사 하나가 물었다.

"여자요……. 짧은 금발머리예요."

기사는 고개를 저었다. "금발이라면 잊을 리 없어요." 그가 말하며 전단지를 돌려주었다.

곤란하게도 런던과 글래스고에서 기차가 막 도착했다. 택시는 승객들

---

* 미국의 카레이서. '날아다니는 스코틀랜드인'이란 별명으로 유명했다.

이 기다리는 쪽으로 재니스보다 빠르게 이동하고 있었다. 그녀는 뒤돌아서 비탈을 올려다보았다. 줄 뒤에 택시가 더 많이 합류하고 있었다. 누구에게 말을 걸어야 할지, 새로 온 택시가 어떤 것인지 알 수 없었다. 엔진이 돌아가면서 나는 연기가 폐 안까지 파고들었다. 역으로 내려가는 차들이 재니스를 지나가면서 경적을 울렸다. 반대쪽에 인도가 있는데 도로에서 뭘 하고 있는지 의아해하고 있었다. 당일치기 여행자들도 재니스를 보고 있었다. 그들은 여기서는 택시를 잡지 못한다는 걸 알고 있었다. 시스템이 그렇다. 승차장에서 줄을 서야 한다.

입이 따갑고 까끌거렸다. 커피가 너무 진했다. 심장이 두근대는 게 느껴졌다. 그때 다른 차 하나가 경적을 울렸다.

재니스는 "알았어, 알았어" 하고 말하면서 다른 택시가 있는 쪽으로 내려갔지만, 택시는 이미 출발하고 있었다. 다시 경적이 울렸다. 바로 뒤였다. 재니스는 몸을 돌려 노려보았다. 다른 택시였다. 차창이 열려 있었다. 뒷좌석엔 아무도 없었고 기사뿐이었다. 기사가 재니스 쪽으로 몸을 기울였다. 검은색의 짧은 머리와 긴 수염에 타탄 무늬* 셔츠를 입고 있었다.

"나무꾼?" 재니스가 물었다.

그가 고개를 끄덕였다. "다들 그렇게 부르죠."

그녀는 미소를 지었다. "존 리버스가 당신 이름을 알려줬어요." 뒤에 차들이 서 있었다. 한 대는 헤드라이트를 번쩍거렸다.

"타는 게 좋겠어요." 그가 말했다. "이러다 교통 방해로 면허 날아가겠어요."

---

* 본디 스코틀랜드에서 시작된 것으로, 특히 직물에 굵기와 색깔이 다른 선을 서로 엇갈리게 해놓은 바둑판무늬.

재니스는 택시에 탔다.

택시는 역 쪽으로 내려가 출구 쪽 경사로를 다시 올라갔다. 그런 다음, 우회전해서 차들을 가로질러 택시 줄 맨 뒤에 섰다. 헨리 윌슨은 사이드브레이크를 당긴 다음, 몸을 돌렸다.

"형사님이 이번엔 무슨 용건이랍니까?"

재니스는 사연을 들려주었다.

심각한 일인 게 분명했다. 농부는 호출하는 대신 직접 리버스를 찾으러 왔다. 리버스는 주차장에서 담배를 피우면서 열다섯 살 때의 재니스 플레이페어를 생각하고 있었다.

"감시하시는 건가요?" 리버스가 물었다. 무슨 일이 생긴 것 같았다.

"아니, 그런 건 아닐세." 농부가 주머니에 손을 찔러 넣었다. 일 얘기였다.

"이번엔 제가 무슨 일을 저질렀죠?"

"언론에서 대런 러프를 물었어. 신문 한 군데서 오늘 아침에 기사를 실었고, 나머지 신문들도 정신없이 따라가고 있지. 비서실 전화기에 불이 날 지경이야. 여기가 세인트 레너즈인지 세인트 판크라스*인지 모르겠다더군."

"어떻게 알아냈을까요?" 담배를 버리며 리버스가 물었다.

농부는 눈살을 찌푸렸다. "러프의 사회복지사도 그걸 알고 싶어 하더군. 공식적으로 항의할 모양이야."

리버스는 코를 문질렀다. "제가 그랬다고 생각하던가요?"

"자네 짓이잖아."

---

* 런던 중심부 킹스크로스역 근처에 있는 경찰서.

"총경님, 외람되지만……."

"닥치고 듣기나 해! 자네가 전화했던 기자는 전화를 끊자마자 1471번을 눌렀어. 자네가 했던 전화의 발신 번호*를 알아냈지."

"그리고요?"

"'몰팅스' 술집이었어. 세인트 레너즈에서 길 하나만 건너면 바로지. 우리의 대담한 기자 양반은 여기서 한술 더 떴지. 손님들에게 마지막으로 전화를 썼던 사람이 누군지 탐문해서 답을 얻어냈지. 설명 들어보겠나?"

"남자, 백인, 중년." 리버스가 추측했다. "수천 명은 되겠는데요."

"그렇겠지. 하지만 러프의 사회복지사는 계속 그게 자네라고 생각해."

리버스는 솔즈베리 크랙스 쪽을 쳐다보았다. "누가 그자를 언론에 찔렀다니 기쁘네요." 잠시 말을 멈췄다. "어차피 했어야 할 일을 한 거잖아요?"

"무슨 일? 그자가 도망치게 하는 거? 군중들이 피에 굶주리게 하는 거? 존, 자네가 잉케와 마샬에게 하려는 짓은 차마 알고 싶지 않네."

잉케와 마샬. 시엘리온 사건의 피고인.

"그러실 필요 없습니다." 리버스가 말했다. 어깨를 펴고 상사와 마주섰다. "제가 뭘 하길 바라십니까?"

"러프에게 접근하지 말게. 그게 최우선이야. 오크스 감시 팀에 있게. 그러면 적어도 여섯 시간 동안은 문제를 일으키지 않겠지. 그리고 제인 바버에게 전화하게." 농부는 전화번호가 적힌 종이를 리버스에게 건넸다.

"바버 경위요? 용건이 뭐라던가요?"

"모르겠네. 시엘리온 하우스하고 관계된 일이겠지."

---

* 영국에서는 1471번을 누르면 방금 받은 전화의 발신 번호를 알 수 있다. 단, 발신자가 표시 제한을 신청한 경우는 예외다.

리버스는 전화번호를 보았다. "그렇겠죠." 그가 말했다.

농부는 자리를 떴다. 리버스는 경찰서로 들어가는 대신 메인 도로로 향하는 길을 따라 걸어갔다. 차량을 확인하면서 성큼성큼 가로질렀다. '몰팅스' 안으로 들어갔다. 낮이라 조용했다. 그가 전화를 했을 때는 이곳에 다른 손님은 한 사람밖에 없었다. 문을 여는 시간 직후였다. 같은 사람이 바에서 맥주 반 파인트와 위스키 한 잔을 앞에 두고 혼자 있었다.

"알렉산더." 리버스가 말했다. "얘기 좀 하지." 그는 술꾼의 팔을 잡고 남자 화장실 쪽으로 끌고 갔다. 여자 바텐더가 듣게 하고 싶지 않았다.

"이게 무슨 짓이야?" 술꾼의 이름은 알렉산더 제섭이었다. 그는 알렉스도, 알렉도, 샌디도, 에크도 싫어했다. 알렉산더여야 했다. 한때는 인쇄소를 경영했다. 이름과 주소가 새겨진 종이, 회계 장부, 복권 등을 인쇄했다. 인쇄소를 처분한 후에는 조용히 술만 마시면서 시간을 보냈다. 소문에 밝아서 이런저런 이야기를 주워듣긴 하지만, 리버스에게 준 정보 중에 쓸만한 건 별로 없었다. 알렉산더는 얘기하는 걸 정말 좋아했다. 들어주기만 하면 누구한테든 떠벌였다.

"기자가 뭐 물어봤지?" 리버스가 물었다.

제섭은 늙은 개처럼 눈곱이 낀 눈으로 리버스를 쳐다보았다. 고개를 저었다. 얼굴은 붓기와 터진 모세혈관으로 엉망이었다.

"누군가와 전화로 얘기했잖아." 리버스가 상기시켰다.

"그 사람이 기자였어?" 제섭은 속은 듯한 표정이었다. "그런 말 안 했는데."

"그자에게 내 인상착의를 알려줬고."

"그랬을지도 몰라." 제섭은 생각해보더니 고개를 끄덕였다. 그러고는 손가락을 들었다. "하지만 이름은 아니야. 날 알잖아, 존. 자네 이름은 절대 안 알려줬어."

리버스는 목소리를 낮추라고 말했다. "누가 알아보러 오면 최대한 애 매하게 말해. 알겠어? 본 적 없는 사람이라고. 자주 오는 손님도 아니라고 해." 제섭이 이해할 때까지 기다렸다. 제섭이 눈을 크게 찡긋했다.

"무슨 말인지 알았어."

"이해했지?"

"이해했어." 제섭이 확인했다. "나 때문에 곤란해진 건 아니지?" 알고 싶어 했다. "난 절대 그런 짓 안 하는 거 알잖아."

리버스는 제섭의 어깨를 토닥거렸다. "알아, 알렉산더. 자네가 밤에 감 옥에 갇히면 누가 아침 식사를 갖다주는지만 잊지 마."

"물론이지, 존." 제섭은 손으로 OK 신호를 보냈다. "귀찮게 했다면 미안 해."

리버스는 화장실 문을 열었다. "한 잔 살게, 괜찮지?"

"자네가 받아준다면."

"그거 솔깃하네." 함께 바로 가면서 리버스가 말했다. "아니라면 거짓 말이겠지."

"술 마셨어?" 재니스가 물었다.

리버스는 바로 대답하지 않았다. 거실을 둘러보느라 바빴다. 재니스가 웃었다.

"미안해." 그녀가 말했다. "그냥 둘 수 없었어."

거실이 깔끔해졌다. 신문과 잡지는 이제 책장 아래쪽 공간에 자리했다.

바닥에 널려 있던 책들은 책장 두 번째와 세 번째 칸에 정리되어 있었다. 머그잔과 접시들은 부엌으로 사라졌다. 테이크아웃 포장지와 맥주 캔은 쓰레기통으로 들어갔다. 심지어 재떨이도 비워졌다. 리버스는 재떨이를 집어 들었다.

"여기 뭐라고 쓰여 있는지 처음 알아보겠네."

펍에서 훔쳐온 재떨이였다. 신제품 맥주를 광고하고 있었는데 기대에 못 미치는 맛이었다.

재니스가 미소를 지었다. "신경이 곤두서면 하는 일이야."

"여기서는 더 자주 그랬으면 좋겠네."

재니스가 주먹으로 한 대 때렸다.

"조심해." 리버스가 말했다. "예전에 맞고는 10분 동안 실신했잖아."

"티백과 우유 사 왔어." 부엌으로 가면서 재니스가 말했다. "한 잔 줘?"

"부탁할게." 리버스는 재니스의 향수 냄새를 알아챘다. 페이션스를 여기 데려온 게 일 년이 넘었다. 여자를 데려온 적이 많지 않았다. "일은 어떻게 됐어?"

"나무꾼이란 사람 마음에 들던데."

"도움이 됐어?"

그녀는 주전자에 물을 따르느라 바빴다. "아, 그게⋯⋯."

"택시 승차장은 다 돌아봤어?"

"안 그래도 된다고 네 친구가 그랬어. 자기가 해주겠대."

"또 무력감이 들었겠네?"

재니스는 웃으려고 했다. "난⋯⋯ 여기 오면 내가⋯⋯." 그녀는 고개를 숙였다. 목소리가 속삭이듯 잦아들었다. "그냥 집에 있는 게 나았을지도 몰라."

"재니스." 리버스가 그녀의 몸을 돌렸다. 그와 마주보게 되었다. "넌 최선을 다하고 있어." 큰 키, 부드럽고 날씬한 몸매. 이제 둘은 고등학교 졸업 파티에서 춤을 출 때처럼 가까이 서 있었다. 커플로 있었던 마지막 밤. 왈츠, 밀리터리 투 스텝*, 〈게이 고든스〉**가 나오는 공식 댄스 파티였다. 그녀는 춤이 계속되기를 바랐다. 그는 학교 뒤편에 있는 둘만의 비밀 장소로 그녀를 데려가고 싶었다. 다른 사람들도 다들 이용하던 비밀 장소였지만.

"넌 최선을 다하고 있어." 리버스가 되풀이했다.

"하지만 소용없는걸. 내가 오늘 무슨 생각을 했는지 알아? 이 고생을 시키다니 그 녀석을 죽여버리겠어." 씁쓸하게 뒤틀린 미소. "그러고는 이런 생각이 들었어. 이미 죽었으면 어떻게 하지?"

"데이먼은 안 죽었어." 리버스가 말했다. "날 믿어. 안 죽었다니까."

둘은 찻잔을 들고 거실로 와 식탁에 앉았다.

"언제 돌아가?" 리버스가 물었다.

"여섯 시. 그때쯤 기차가 있어."

"태워다줄게."

재니스는 고개를 저었다. "나 같은 촌사람도 그 시간대에 차가 엄청 밀린다는 건 알아. 지하철을 타고 가는 게 더 빨라."

사실이었다. "그럼 지하철역까지 태워줄게." 어차피 야간 근무가 시작되기 전에 잠깐 낮잠을 자는 것 말고는 할 일도 없었다.

재니스는 손으로 머그잔을 감쌌다. "왜 경찰이 됐어, 조니?"

---

* 2/4박자의 빠른 춤곡.
** 스코틀랜드의 춤곡.

180

"왜냐고?" 그녀가 납득할 만한 대답을 하려고 했다. "군에 입대했는데 마음에 들지 않았어. 내가 뭘 하고 싶었는지 몰랐지."

"어쩌다 하게 될 수 있는 일은 아니잖아."

"우리 중 몇몇은 그렇지. 하지만 난 정말 내 의지로 여기 들어왔어."

"경찰 일은 잘 하고?"

리버스는 고개를 으쓱했다. "보람은 있지."

"같은 거 아니야?"

"꼭 그렇지는 않아. 관심 끄는 일 안 하고, 얌전히 지내고, 사내 정치에 능숙해야 하고…… 난 그런 데 서툴러." 그는 의자에서 몸을 움직였다. "넌 늘 교사가 되겠다고 했잖아?"

"교사였지…… 잠시."

리버스는 자기 전처도 교사라고 말하려다 말았다.

"그리고 나서 브라이언이랑 결혼했고?" 대신에 이렇게 물었다.

"두 가지 일 사이에 관계는 없어." 재니스는 차를 내려다보았다. 전화가 울리자 안도하는 것 같았다. 리버스가 전화를 받았다.

"안녕하세요, 리버스 씨."

"헨리." 리버스는 재니스가 들으라고 말했다. "소식 있어?"

"그런 것 같아요. 조지 스트리트에서 탄 승객 두 사람이요. 기사가 금발 머리를 기억했어요. 특이한 인상이었다네요. 굳은 얼굴. 차가운 눈. 프로 같대요."

"목적지가 어디였지?" 리버스는 재니스를 쳐다보았다. 재니스는 아직도 머그잔을 쥔 채 서 있었다.

"리스*로 갔어요. '쇼어'**에서 내려줬대요."

"어디로 가는지 봤대?"

"남자가 팁을 별로 주지 않았대요. 내 친구는 도로 바로 돌아왔고요. 버나드 스트리트로 가자는 신호를 보내는 손님이 있었거든요. 그 둘이 갈만한 데는 많지 않아요. 펍들도 문을 닫았거나 마지막 주문을 받는 시간대니까요. 하지만 그 아래쪽에 아파트가 있죠."

리버스도 동감이었다. 아파트, 그리고 호텔.

"보트로 가지 않았다면 말이죠."

"무슨 보트?"

"아래쪽에 계류된 보트가 하나 있어요." 맞아. 리버스도 봤다. 반영구적인 정박지 같았다. "파티 장소로 쓰죠." 윌슨은 말을 이었다. "한 번도 가본 적은 없지만……"

리버스는 웨이벌리역 중앙 홀에 재니스를 내려주었다. 둘은 다음날 오후에 만나서 보트를 찾아보러 가기로 약속했다.

"수확이 없을 수도 있어." 리버스는 미리 얘기해줘야 할 의무감을 느꼈다.

"그럼 거기에 만족해야지." 재니스가 말했다.

그녀는 차에서 내리려다가 망설였다. 그러더니 리버스 쪽으로 몸을 기울여 그의 뺨에 키스했다.

"뭐야, 진한 키스가 아니잖아?" 리버스가 미소를 지으며 말했다. 재니스는 그의 팔을 세게 쳤다. 이게 낫다고 생각했다. "브라이언에게 안부 전

---

* 매춘부들이 영업을 하는 곳.
** 포스강 근처의 옛 항구. 현재는 레스토랑 등이 즐비한 관광지다. 캐리 오크스의 호텔이 있는 곳이다.

해줘."

"그렇게. 친구들과 나가지 않았다면 말이야." 그녀의 음성에서 뭔가를 느낀 리버스는 그 얘기를 계속하고 싶었다. 하지만 재니스는 차에서 내려 문을 닫았다. 손을 흔들고 키스를 날린 다음 몸을 돌려 플랫폼으로 향했다. 자기를 지켜보고 있다는 것을 아는 여자의 모습이었다. 리버스는 자신이 차문 손잡이 위에 한 손을 놓고 있다는 걸 깨달았다.

"관두자." 리버스는 혼잣말했다. 대신, 휴대폰을 들어 야간 근무가 있어서 잠깐 잠을 청하러 집으로 간다고 페이션스의 자동응답기에 대고 말했다.

하지만 먼저 옥스퍼드 바에 잠깐 들러 물을 잔뜩 탄 위스키를 마셨다. 딱 한 잔이었다. 운전을 해야 하니까. 소문에 귀를 기울이다가 대화에 한두 마디 보탰다. 조지 클래서가 믿음이 부족하다고 잔소리했다.

"교회에 너무 뜸해지고 있어요, 존."

"늘 그랬는데요, 박사님."

바를 따라 더 안쪽에는 럭비 얘기가 한창이었다. 다른 술꾼들까지 끼어들고 있었다. 다들 할 말이 있었다. 리버스만 빼고 전부. 그는 벽에 있는 복제화를 바라보았다. 로버트 번스*의 초상화였다. 먼 쪽 벽에도 그림이 있었다. 번즈가 어린 월터 스코트를 만나고 있었다. 몹시 어색해 보였다. 화가는 사정을 다 알고 있으면서 그걸 이용해 그림을 그린 것이다. 앞에 있는 아이의 책이 자기 책보다 더 많이 팔리리라는 것을, 이 꼬마가 기사 작위를 받으리라는 것을, 애버츠퍼드**를 짓고 왕과 친밀한 사이가 되리라는 것을 번스가 알고 있는 것처럼 보였다.

* Robert Burns. 18세기 영국 시인.
** 스코틀랜드 남동부, 보더스주 중부의 마을. 트위드강 중류 연안에 있다. 스코트가 1812~1832년에 살았던 중세풍의 거대 저택이 보존되어 있다.

뒤늦은 깨달음이란 좋은 일이지.

리버스는 술잔 안을 들여다보았다. 졸업반 학생들이 춤추는 모습이 보였다. 조니라고 하는 멀대 같은 녀석이 여자 친구를 데리고 홀 밖으로 나가 학교 문을 지나쳐 계단 아래로 내려가는 모습을 보았다. 마치 게임 같았지만 양손으로 여자 친구의 손을 세게 잡아당기고 있었다. 둘 다 괜찮은 척하고 있었다. 이게 전체 의식의 일부라는 사실을 알고 있었기 때문이었다. 홀 뒤에는 조니의 친구 ─ 가장 친한 친구였고 늘 붙어 다녔다 ─ 미치가 있었다. 미치는 자신의 앙숙인 세 명의 남자애가 뒤를 몰래 따라오고 있다는 것을 알아채지 못했다. 남자애들은 이게 복수를 할 마지막 기회라는 것을 알고 있었다. 무엇에 대한 복수일까? 아마 그들 자신도 모를 것이다. 삶은 이미 그들을 냉대하고 있고, 미치 같은 친구는 그들이 실패만을 맛본 분야에서 성공할 것이라는 추악한 감정 때문일 것이다.

3 대 1.

하지만 조니 리버스 때문에 운명이 완전히 달라졌다.

리버스는 술을 마신 다음 차를 몰고 집으로 향했다. 더블 몰트위스키를 손에 들고 의자에 파묻혔다. 토미 스미스*의 〈사랑의 소리(The Sound of Love)〉. 정말 사랑을 '들을' 수 있기는 한 걸가 곰곰이 생각했다.

가로등의 오렌지색 나트륨 불빛 속에서 잠이 들었다.

그가 얻을 수 있는 평화에 가장 가까운 상태로.

문이 잠겨 있지 않은 교회를 찾는 데 시간이 좀 걸렸다.

"요즘에는 믿음이란 게 없다니까." 캐리 오크스가 말했다. "심지어 신

---

* Tommy Smith. 스코틀랜드의 재즈 색소폰 연주자.

조차도 말이야."

그들은 리스를 가로질러 필리그 성당까지 걸어 올라갔다. 필리그는 가톨릭 성당이었다. 주위에는 그들 말고는 아무도 없었다. 성당 안은 춥고 어두웠다. 창문이 많았지만 삼면이 공동주택 건물로 둘러싸여 있었다. 스티븐스가 기억하기로는, 세월이 흘러도 교회보다 높은 건물을 짓는 것은 허용되지 않았다. 오크스는 앞쪽 근처 좌석에 앉아서 머리를 숙였다. 평화롭거나 명상적인 느낌은 아니었다. 목과 어깨는 긴장했고, 호흡은 빠르고 얕았다. 스티븐스는 불편했다. 문이 잠겨 있었던 건 아니지만 침입자가 된 느낌이었다. 가톨릭 성당도 마찬가지였다. 성당 안에 들어올 생각은 평생 해본 적이 없었다. 장로교 교회와 크게 다르지 않았다. 향냄새가 없었다. 고해소는 전에 영화에서 본 적이 있었다. 고해소 중 하나는 커튼이 열려 있었다. 스티븐스는 안쪽을 들여다보면서 증명사진 찍는 부스와 비슷하다는 생각을 하지 않으려고 했다. 발소리를 내지 않으려 애썼다. 신부가 나오면 곤란했다. 여기서 뭘 하고 있었는지 설명하고 싶지 않았다.

오크스의 요청: "교회에 가보고 싶네."

스티븐스: "일요일까지 기다리면 안 될까요?"

하지만 오크스의 눈을 보니 농담이 아니었다. 그래서 걸어가기로 했다. 감시 차량이 기어가듯 따라오면서 경찰 자신과 그들의 관심을 끌었다.

"저런 식으로 놀고 싶어 하는군." 오크스가 말했다. "난 괜찮아."

10분 내지 15분 정도가 흘렀다. 스티븐스는 오크스가 깜빡 졸고 있는 건 아닌가 생각했다. 통로를 따라 걸어가 그 옆에 섰다. 오크스가 올려다보았다.

"조금만 더 기다려, 짐." 오크스가 머리를 움직였다. "원한다면 좀 쉬어."

스티븐스는 두 번 말할 필요도 없었다. 담배를 피우러 밖으로 나갔다. 경찰차는 거리 끝에 서 있었고, 운전자가 그를 보고 있었다. 막 담뱃불을 붙였을 때 어떤 생각이 뇌리를 스쳤다. 넌 기사를 써야 하는 기자야. 저 안에 있어야 해. 관점을 찾아내. 머릿속에서 문장을 만들어. 교회 안의 오크스. 이건 책의 한 장을 차지할 수 있어. 그래서 스티븐스는 담배를 꺼 담뱃갑 안에 집어넣었다. 문을 열고 안으로 들어갔다.

어떤 좌석에도 오크스의 흔적이 없었다. 흐르는 물소리뿐이었다. 스티븐스는 눈을 서서히 적응시키면서 어둠 속을 들여다보았다. 고해소 옆에 형체가 보였다. 오크스는 거기 서서 어깨 너머로 스티븐스 쪽을 보고 있었다. 커튼 안으로 오줌을 누면서 몸이 휘었다. 오크스는 씩 웃고 눈을 찡긋했다. 볼일을 다 보고 지퍼를 올렸다. 통로로 다시 걸어와 스티븐스가 놀란 표정을 감추지 못하고 서 있는 곳까지 왔다. 오크스는 천장 쪽을 가리켰다.

"누가 대장인지 알려주려고 했어." 오크스는 스티븐스를 지나 햇빛 속으로 나갔다. 스티븐스는 잠시 더 거기 서 있었다. 고해소 안에 오줌을 누었다. 신에 대한 메시지일까? 아니면 기자에 대한 것일까? 스티븐스는 몸을 돌렸다. 어쩌다 이 지경까지 왔는지 생각하면서 교회를 나갔다.

16

감시 팀의 네 번째 멤버는 로이 프레이저라는 젊은 경장이었다. 지난달에 세인트 레너즈 경찰서로 전보됐다. 드물게도 리빙스턴에 본부를 둔 F국*에서 차출되었다. 에든버러시 경찰들은 리빙스턴 본부를 'F부대**'라고 불렀다. 프레이저에게 빈정댔지만 그는 그것들을 아무렇지 않게 넘겼다. 적어도 노력은 했다. 농부가 프레이저를 감시 팀에 넣었다. 그는 프레이저가 좀 특별하다고 생각했다.

리버스는 로버 안에 있었다. 프레이저 옆에 앉아서 보고를 듣고 있었다.

"정말 중요했던 사건은 그거 하나였어요." 프레이저가 말하고 있었다. "뒤쪽 펍 옆에 있던 레스토랑에서 저를 불쌍하게 봐서 음식을 줬다니까요."

"말도 안 돼." 리버스는 펍 쪽을 의아하게 돌아봤다. 영업시간이 방금 전에 끝나서 술꾼들이 몰려나오고 있었다.

"당근 수프, 그다음에는 퍼프 페이스트리*** 안에 닭고기 같은 걸 넣어 줬어요. 나쁘지 않던데요."

리버스는 프레이저가 가져온 쇼핑백을 내려다봤다. 진한 커피가 든

---

* F Divison. 에든버러 경찰청 내에서 로디안주 서부를 관할하는 부서.
** F Troops. 1960년대 미국의 인기 풍자 시트콤.
*** 얇게 반죽한 페이스트리를 여러 장 겹쳐서 파이, 케이크 등을 만들 때 쓰는 것.

보온병, 콘비프와 비트가 가득 든 롤빵, 초콜릿, 감자칩, 테이프 몇 개와 워크맨, 석간신문과 책 몇 권이 들어 있었다.

"쟁반에 담아서 가져다줬어요. 30분 후에는 커피하고 박하사탕을 가지고 돌아왔고요."

"조심해야 해." 리버스가 주의를 주었다. "공짜 대접 같은 건 없어. 일단 뇌물을 받기 시작하면……." 유감스럽다는 듯 고개를 저었다. "리빙스턴에 있을 때는 그랬을지 몰라도 여긴 그런 시골이 아니잖아."

프레이저는 마침내 그게 농담이라는 걸 알아채고 씩 웃었다. 안도감과 유머가 2:1로 섞인 웃음이었다. 강인해 보이는 인상에, 경찰 럭비 팀 선수였다. 검은 머리는 짧게 깎았고, 턱은 사각이었다. 세인트 레너즈에 전보되었을 때는 굵은 콧수염을 기르고 있었지만, 몇 가지 이유로 잘라버렸다. 그 아래 피부는 여전히 분홍빛으로 연약해 보였다. 리버스는 프레이저가 농촌 출신이라는 걸 알고 있었다. 웨스트 칼더와 A70 도로 사이의 어딘가일 것이다. 아버지는 아직도 거기서 농사를 짓고 있었다. 그는 농부와 공통되는 무엇인가가 있었다. 농부의 가족은 스톤헤이븐 주위의 땅에서 일했다. 두 사람이 공유하고 있는 게 하나 더 있었다. 교회에 꼬박꼬박 나간다는 것이다. 리버스도 교회에 나가긴 했지만 일요일에 어쩌다 갈 뿐이었다. 텅 빈 교회에서 혼자 생각하는 걸 좋아했다.

"로그 정보는 받았어?" 리버스가 물었다. 프레이저는 A4 크기 노트를 꺼냈다. 빌 프라이드는 아침 여섯 시에 쇼반 클락과 교대했다. 오크스와 스티븐스는 열한 시까지 호텔에 있었다고 기록되어 있었다. 그때까지는 아래층으로 내려오지 않았다. 프런트 데스크에 확인했다. 프라이드는 그들이 일하고 있었다고 해석했다. 열한 시에 택시가 도착했고, 두 사람은 호텔에서 나왔다. 스티븐스는 택시 기사에게 큰 봉투를 건넸고, 기사는 다시 떠났다. 프라이드는 봉투에 든 건 첫 번째 인터뷰를 담은 테이프고, 신문사에 보내는 것이라고 추측했다.

택시가 떠나자, 스티븐스와 오크스는 리스 부두로 걸어갔다. 프라이드도 걸어서 따라갔다. 둘은 잠깐 휴식을 취하며 시간을 보내는 것 같았다. 그러고는 호텔로 돌아갔다. 쇼반 클락이 정오에 교대했다. 리버스는 클락을 설득해 자기와 근무를 바꿨다. 그리 어렵지 않았다. "밤에는 제 침대에서 자는 게 좋아요." 그녀가 인정했다.

오후도 오전과 마찬가지로 지나갔다. 두 사람은 호텔에서 편히 지냈다. 택시가 봉투 전달을 맡았다. 둘이 휴식을 취했다. 이번에는 시내로 가서 필리그에 있는 교회에 들렀다는 게 달랐다. 리버스는 프레이저를 쳐다보았다.

"교회?"

프레이저는 어깨를 으쓱할 뿐이었다. 교회를 나온 후에는 워크 가의 끝에 있는 존 루이스 백화점으로 향했다. 오크스는 입을 옷을 샀다. 새 신발도 샀다. 스티븐스는 쇼핑한 것들을 전부 비닐봉지에 넣었다. 그런 다음 펍 두 군데에 들렀다. 카페 로열과 길드포드 암스였다. 클락은 밖에 있었다. "들어가야 할지 판단이 안 섰어요. 내가 있다는 걸 모르는 것 같지도 않았고요."

호텔에 돌아왔을 때, 밖에 차를 세운 클락에게 오크스가 손을 흔들었다.

프레이저가 오후 6시에 교대했다. 스티븐스와 오크스는 스코틀랜드 정부 청사를 마주보는 곳에 개업한 새 레스토랑 중 한 곳에 걸어서 갔다. 한쪽 벽이 전부 유리여서 프레이저가 밖에서 기다리는 모습을 볼 수 있었다.

프레이저가 자기에게 온 식사 때문에 놀란 걸 빼면 – 노트에는 그 일을 언급하지 않았다 – 그게 다였다.

"완전 시간 낭비 아닌가요?" 리버스가 다 읽고 나자 프레이저가 말했다.

"자네 기준에 따라 다르지." 리버스가 말했다. 그는 툴리알란*에서 이미 기준을 넘었다.

"내내 여기 있을 게 분명하지 않습니까?"

"오크스에게 알게 하고 싶을 뿐이야."

"네. 하지만 그자가 제멋대로 굴 때만 의미가 있죠. 일단 정착할 곳을 찾으면 언론의 관심도 멀어질 텐데요."

프레이저의 말은 일리 있었다. 리버스는 고개를 천천히 끄덕이며 마지 못해 인정했다. "나한테 말해봐야 소용없어." 그가 말했다. "총경님께 얘기해."

"안 그래도 말씀드렸습니다." 리버스가 얘기를 더 기다리며 프레이저를 쳐다보았다. "아홉 시쯤에 나오셨어요. 일이 어떻게 돌아가는지 알고 싶어 하셨죠."

"그래서 말씀드렸나?"

프레이저가 고개를 끄덕였다. 리버스는 웃었다.

"뭐라 하시던가?"

"며칠만 더 하라고 하시더군요."

"오크스가 다시 살인을 저지른다고 생각하시는 거 알아?"

"현재 범위에 들어와 있는 건 그 기자뿐이죠. 무슨 일이 일어나면 마음 아플 겁니다."

---

* 스코틀랜드 경찰이 교육을 받는 장소.

리버스는 다시 웃음을 터뜨렸다. "알고 있나, 로이? 자넨 무사할 거야."

"기도의 힘이죠."

리버스는 차 안에 혼자 있었다. 양말을 세 켤레나 신었는데도 냉기가 스며들었다. 그때 누군가가 호텔 문을 열고 밖으로 나오는 것을 보았다. 호텔 바는 아직 열려 있었다. 마지막 손님이 충분히 마실 때까지는 닫지 않을 것이다. 스티븐스는 목에 느슨하게 넥타이를 매고, 셔츠 맨 위 버튼 두 개는 풀고 있었다. 담배 연기를 허공으로 내뿜으면서, 넘어지지 않으려고 발을 질질 끌고 있었다. 바에서 원 없이 마셨군. 리버스는 생각했다. 마침내 스티븐스가 경찰차를 쳐다보았다. 알아보고 놀라는 것 같았다. 혼자서 키득거리더니 몸을 허리까지 숙이고 머리를 천천히 흔들었다. 차 쪽으로 천천히 걸어왔다. 리버스는 밖으로 나와서 그를 기다렸다.

"결국 만나는군요. 모리어티 교수*." 스티븐스가 말했다. 리버스는 팔짱을 끼고 몸을 차에 기댔다.

"보모 노릇은 어때?"

스티븐스는 뺨을 부풀렸다. "솔직히 쉽지 않네요."

"무슨 소리야?"

"감옥에 있으면서 술과 원수라도 졌나봐요."

"술을 안 마신다는 얘기군."

"맞아요. 술은 두뇌를 오염시키고 위기감을 느끼게 한다더군요." 재미없는 듯한 웃음.

"얼마나 더 있을 건가?" 리버스는 스티븐스의 숨결에서 알코올 냄새를

---
* 셜록 홈스의 최대 적수.

말을 수 있었다. 조금만 더 있으면 어떤 술인지도 알 수 있을 것이다.

"며칠 더요. 내용이 좋아요. 기사 나올 때까지 기다려요."

"미국 친구들이 뭐라고 했는지 알아? 그자가 다시 살인을 저지를 거래."

"정말요?"

"무슨 말 안 했나?"

스티븐스는 고개를 끄덕였다. "다음 희생자 명단을 줘요. 기사에 덧붙이면 좋겠네." 스티븐스는 리버스의 얼굴에 나타난 표정을 보고 입 한쪽이 처지게 씩 웃었다. "미안, 미안해요. 아주 고상한 얘기는 아니군요. 흥미를 보이는 출판사가 있어요. 경위님도 내일이나 모레 제안서 가지고 와 봐요."

"어떻게 그런 일을 할 수 있지?" 리버스가 조용히 물었다.

스티븐스가 다시 몸의 균형을 잡았다. "그런 일이 뭔데요?"

"지금 하는 일."

"무슨 힙합처럼 들리네요." 스티븐스는 코를 훌쩍이며 기침을 했다. "흥미로운 기사예요. 그래서 나한테는 중요하죠. 경위님한테는 왜 중요하죠?" 스티븐스는 대답을 기다렸지만 답이 없자 불만스러운 듯 손가락을 흔들었다. "경위님이 남긴 쪽지 말이에요. '그자를 넘겨'. 갑자기 깨달음을 얻어서 다른 사람에게, 다른 신문사에게 오크스를 넘긴다? 어림도 없어요. 여긴 다마스쿠스로 가는 길*이 아니라고요."

"알고 있어."

---

* 기독교인들을 박해하던 유대인 사울(바울)이 시리아의 다마스쿠스(다메섹 도상)로 가는 길에 하늘에서 빛이 내려와 눈이 멀고 예수의 목소리를 듣게 된 것을 계기로 개종한 사건을 말한다.

"그리고 뉴스에 나온 전과자가 오크스뿐인가요? 소아성애자를 언론에 찌른 사람이 있다는 걸 알아요. 경찰이라고 하던데." 스티븐스는 혀를 차며 다시 손가락을 흔들었다. "하실 말씀 있으신가요, 경위님?"

"꺼져."

"아, 다른 문제가 있어요. 14년 동안 감옥에 있었던 사람이 있어요. 그리고 지금은 에든버러의 매음굴인 리스에 있죠. 그런데 여자는 거들떠보지도 않아요. 믿겨져요?"

"다른 취향이 있나 보지."

"동성애자라고 해도 상관없어요. 난 책만 낼 수 있으면 되니까." 스티븐스는 두 손을 비볐다. "우릴 감시하겠다? 경위님은 밖에, 나는 저 큰 호텔에 있죠. 이성적으로 생각해봐요."

"가서 자, 스티븐스. 푹 쉬어야 할 것 같은데."

스티븐스는 가다가 뭔가를 기억해내고는 다시 돌아왔다. "내일 밤에 사진 좀 찍어도 되죠? 사진 기자가 오기로 했거든요. 괜찮은 관련 기사를 쓸 수 있을 것 같아요. '살인범이 활개치고 다니는 바람에 잠 못 이루는 경찰.'"

리버스는 아무 말도 하지 않았다. 스티븐스가 다시 가버릴 때까지 기다렸다. "교회엔 왜 갔지?" 스티븐스는 그 질문에 갑자기 멈춰 섰다. 리버스는 질문을 되풀이했다. 스티븐스는 리버스 쪽으로 몸을 반쯤 돌려서 고개를 천천히 저은 다음 길을 가로질러 돌아갔다. 그 발걸음에는 리버스가 알 수 없는 피로 같은 게 있었다. 리버스는 차 안에서 담뱃갑을 꺼내 담배에 불을 붙였다. 운전석 문을 닫고 도로 끝까지 50미터 정도 걸어갔다. 그런 다음 다리를 건너 보트가 정박되어 있는 반대쪽 강가에 갔다. 손님용 안내판에는 인근 주민을 생각해서 밤에는 소음을 자제해달라는 내용이 적혀 있었다. 하지만 오늘밤에는 보트가 사용되지 않았고, 비공개 파티나 기념 행사도 없었다. 근처에는 젊은 전문직 종사자들을 위한 '뉴욕 로프트 스타일 아파트*' 건물이 있었다. 리스 재생 계획의 일부였다. 리버스는 그곳을 가로질러 펍으로 갔지만 이미 문이 닫혀 있었다. 바 직원들은 안에서 술을 마시며 그날 저녁에 재미있었던 일을 다시 얘기할 것이다. 리버스는 차로 돌아왔다.

한 시간 뒤, 호텔 밖에 택시가 섰다. 처음에 리버스는 신문사에 보낼 또 다른 테이프겠거니 생각했다. 하지만 택시 안에 누군가 있었다. 그들은 요금을 내고 내렸다. 리버스는 시계를 확인했다. 새벽 두 시 십오 분이었다. 시내에 나왔던 손님 중 하나였다. 리버스는 1/4 사이즈(0.2리터 정도) 병을 홀짝이면서 다시 헤드폰을 썼다. 스트링 드리븐 씽**의 〈이 오래된 도시에서의 또 다른 밤(Another Night in This Old City)〉였다.

전엔 그게 전부였지…….

40분 후, 택시에서 내렸던 남자가 호텔을 나왔다. 야간 포터에게 손을 흔들어 물러가게 했다. 차창을 내리고 있던 리버스는 남자가 하는 말을 들었다. "수고했어요." 남자는 밖에 서서 시계를 쳐다보며 거리를 훑어보았다. 택시를 찾는 거라고 생각했다. 이 밤에 호텔을 찾아올 사람이 누가 있을까? 찾아온 사람은 누구일까?

남자의 시선이 경찰차로 향했다. 리버스는 차창을 더 내리고 담뱃재를 길에 털었다. 남자가 차 쪽으로 다가오고 있었다. 리버스는 문을 열고 나

---

* 예전에 공장이었던 건물을 개조한 아파트.
** String Driven Thing. 1960년대 스코틀랜드의 록 밴드.

왔다.

"리버스 경위님?" 남자가 손을 내밀었다. 리버스는 남자를 대충 훑어보았다. 술수를 쓸 것 같진 않았지만 그래도 모를 일이다. 남자가 리버스의 생각을 읽은 듯 미소를 지었다.

"무리도 아니죠. 한밤중에 낯선 사람이 아는 척하는 데다 이름까지 이미 알고 있으니……."

리버스는 눈을 가늘게 떴다. "전에 만났던 적 있죠?"

"꽤 오래전이었죠. 기억력이 좋으시네요. 제 이름은 아치볼드입니다. 앨런 아치볼드."

리버스가 고개를 끄덕이고 드디어 아치볼드의 손을 잡았다. "그레이트 런던 로드에서 근무하셨죠?"

"네, 몇 달 정도요. 은퇴하기 전에는 페테스에 있었고요. 내근직으로 사무만 봤죠."

앨런 아치볼드는 키가 컸다. 짧게 깎은 머리카락은 검은색과 회색이 섞여 있었다. 얼굴에는 강인함이 묻어났고, 몸은 젊은이 못지않았다.

"퇴직하셨다고 들었습니다."

아치볼드는 어깨를 으쓱했다. "20년을 근무했죠. 때가 됐다고 생각했습니다." 그의 표정이 묻고 있었다. 당신은 어때요? 리버스가 입가를 씰룩였다.

"차 안이 더 따뜻합니다. 태워다 드리지는 못하지만……."

"압니다." 앨런 아치볼드가 말했다. "캐리 오크스가 말해줬습니다."

"무슨 얘기를 했죠?"

아치볼드는 차 쪽으로 고개를 까딱했다. "하지만 제안을 받아들이죠.

요즘엔 야간 근무를 안 해봐서."

그래서 두 사람은 차에 탔다. 아치볼드는 입고 있던 검은색 모직 코트를 몸 주위에 둘렀다. 리버스는 시동을 걸고 히터를 켠 다음 담배 한 대를 권했다.

"안 피웁니다만 그래도 고맙습니다. 피우는 걸 말리진 않겠습니다."

"저를 말리려면 대포라도 끌고 와야 할 겁니다." 리버스는 자기가 피우려던 담배에 불을 붙이며 말했다. "그래서 오크스와는 어떻게 된 겁니까?"

아치볼드는 손가락으로 대시보드를 만졌다. "그자가 전화했어요. 어디 있는지 말해줬죠." 그는 리버스를 쳐다보았다. "오크스는 경위님에 대해 죄다 알고 있어요."

리버스는 어깨를 으쓱했다. "그게 핵심이군요."

"맞아요. 오크스는 그것도 알고 있습니다. 경위님이 야간 근무라는 것도요."

"어렵지 않죠. 침실 창문으로 볼 수 있을 테니까요." 리버스가 창문 쪽을 가리켰다. "아니면 경호원이 말해줬겠죠."

"그 기자요? 못 만났는데요."

"자고 있겠죠."

"맞아요. 오크스 방으로 전화해야 했습니다. 오크스는 안 자고 있더군요. 시차 때문이라더군요."

"오크스가 어떻게 선배님 번호를 알았죠?"

"전화번호부에는 올라와 있지 않습니다." 아치볼드가 잠시 말을 멈췄다. "기자가 수를 쓴 것 같군요."

리버스는 폐까지 닿을 정도로 연기를 들이마셨다. "그래서 무슨 얘기를 했나요?"

"오크스는 일종의 게임을 하고 싶어 하는 것 같더군요."

리버스는 아치볼드를 쳐다보았다. "어떤 종류의 게임이요?"

"자다가 새벽 한 시에 벌떡 일어날 정도의 게임이죠. 오크스가 전화를 건 시간이었습니다. 지금 당장 만나든지 아니면 다시는 보지 말자고 하더 군요."

"무엇에 관한 게임인데요?"

"살인입니다."

리버스는 얼굴을 찌푸렸다. "살인 한 건이요?"

"아니요. 미국에서 저지른 살인이 아닙니다. 바로 여기 에든버러에서 벌어진 일이에요. 구체적으로는 힐렌드죠."

힐렌드(Hillend)는 펜틀랜드 언덕(Pentland Hill) 북쪽 끝에 있었기 때문에 그런 이름이 붙었다. 지역 주민들에게는 인공 스키 슬로프로 잘 알려져 있었다. 우회 도로에서는 밤에도 불빛을 볼 수 있었다. 리버스는 갑자기 그 사건이 기억났다. 암석 노출부에 있었던 여자 시체. 사범대 학생이었던 젊은 여자였다. 리버스는 초동 수사를 도왔다. 조사를 위해 힐렌드에서 스완스톤 코티지까지 갔다. 현대 문명의 손길이 닿지 않은 것 같은 특이한 주택 단지였다. 갑자기 그는 거기 집을 사고 싶어졌다. 하지만 리버스의 아내에게는 너무 외딴 곳이었다. 그리고 어쨌든 그들 부부의 수입으로는 무리였다.

"15년 전이었죠?" 리버스가 말했다.

아치볼드는 고개를 저었다. 손을 주머니에 집어넣으며 앞 유리를 바라보았다. "17년입니다." 그가 리버스에게 말했다. "이번 달로 17년입니다.

피해자 이름은 데어드레 캠벨이었죠."

"사건을 담당하셨나요?"

아치볼드는 다시 고개를 저었다. "당시에는 불가능했습니다." 심호흡을 했다. "살인자를 찾아내지 못했죠."

"교살이었나요?"

"머리를 가격한 후에 목을 졸랐습니다."

리버스는 오크스의 범행 방식이 기억났다. 아치볼드는 또 그의 생각을 읽은 것 같았다.

"비슷하죠." 아치볼드가 말했다.

"그때 오크스가 여기 있었습니까?"

"미국으로 떠나기 바로 전이었죠."

리버스는 낮게 휘파람을 불었다. "자백했나요?"

아치볼드는 좌석에서 몸을 움직였다. "꼭 그렇지는 않습니다. 오크스가 미국에서 체포되었을 때 재판을 보고 유사성을 알아챘습니다. 미국으로 가서 그를 심문했죠."

"그래서요?"

"오크스는 작은 게임을 하더군요. 힌트, 미소, 절반의 진실과 사연. 나를 골치 아프게 만들었습니다."

"사건 담당이 아니셨다면서요?"

"공식적으로는 아니었죠."

"이해가 안 되네요."

아치볼드는 손가락 끝을 응시했다. "오랜 세월 동안 오크스는 내 안에 있었습니다. 우린 게임을 했어요. 그자를 지치게 할 자신이 있었기 때문입니다. 내가 얼마나 집요한지 몰랐겠죠."

"그래서 이제 오크스가 한밤중에 전화를 했군요?"

"얘기를 더 해줬죠." 희미한 미소. "하지만 오크스는 게임판이 바뀌었다는 것을 깨닫지 못하는 것 같았습니다. 이제 그놈은 스코틀랜드에 있어요. 내 규칙에 따라야죠." 잠깐의 정적. "나와 힐렌드에 가자고 했습니다."

리버스는 아치볼드를 바라보았다. "오크스는 살인자입니다. 다시 범행을 저지를 거라고 심리 보고서에 나왔어요."

"오크스는 약자만 죽입니다. 난 약하지 않아요."

리버스는 그게 의문이었다. "그자가 게임을 바꿨을지도 모릅니다." 그가 말했다.

아치볼드는 고개를 저었다. 강박관념에 사로잡힌 사람 같았다. 맙소사. 리버스는 그런 사람들에 대해 책도 쓸 수 있었다. 사건에 사로잡혀 놓아주지 못하는 사람들. 해결하지 못한 사건 생각에 오랫동안 불면에 시달리는 사람들. 몇 번이고 되풀이해서 사건을 샅샅이 조사하고, 실낱같은 단서라도 살펴보고, 이상한 점은 없나 찾아보고……

"아직도 모르겠습니다." 리버스가 말했다. "원래 사건을 담당하지도 않으셨는데…… 어떻게……."

그 순간 기억이 났다. 더 일찍 떠올렸어야 했다. 당시에 돌던 얘기가 있었다. 수사 팀 사이에서 오가던 이야기였다.

"맙소사." 리버스는 말했다. "피해자가 선배님 조카였죠……."

17

호텔에서 손님이 없는 방을 찾는 건 쉬웠다. 자물쇠를 따는 건 어린애 손목 비틀기였다. 그래서 캐리 오크스는 캄캄한 방 창가에 앉아 있을 수 있었다. 존 리버스 경위가 볼 수 없는 창가였다. 웃음이 나올 수밖에 없었다. 감시자가 감시를 당하고 있는데 깨닫지 못하고 있다니.

오크스의 무릎에는 시내 전체 지도가 있었다. 스티븐스에게 필요하다고 말했다. 덕분에 자신의 도시에 다시 익숙해질 수 있었다. 리버스가 아든 스트리트에 살았고, 아직도 살고 있을 거라는 얘기를 스티븐스가 흘린 적이 있었다. 마치몬트의 아든 스트리트. 15페이지, 6G 구역. 앨런 아치볼드는 코스토핀에 살고 있었지만, 감옥에 있는 오크스에게 편지를 썼을 때는 이사 갔을지도 모른다. 그 모든 편지에서 아치볼드는 오크스에게 단 한 번도 자신의 전화번호를 알려주지 않았다. 오크스는 한나절도 걸리지 않아 알아냈다. 지식의 힘. 적을 놀라게 하라. 그게 바로 게임을 하는 방법이지.

오크스는 두 사람이 차 안에서 이야기하는 것을 보았다. 마치 결혼정보 회사를 운영하는 것 같은 어떤 자랑스러움을 느꼈다. 자신이 두 사람을 만나게 했다. 둘이 죽이 맞으리라는 걸 확신했다. 차 안에 한 시간이나 앉아 있었고, 보온병에 든 음료를 나눠 마시기까지 했다. 그리고 순찰차가 나타났다. 리버스가 무선을 친 게 분명했다. 사려 깊은 행동은 아니군. 은퇴한 경찰을 집에 공짜로 태워 보내다니. 아치볼드는 나이가 꽤 들었지만 아직 앙심을 품고 있는 것 같았다. 오크스는 자신이 갇혔던 때만큼 아치볼드가 젊어 보이지 않는다는 걸 알고 있었다. 비타민을 꼬박 챙겨 먹고, 꾸준히 운동을 했지만, 얼굴에서는 생기가 사라졌고 눈빛도 죽었다.

오크스는 주머니에 손을 넣었다. 접은 지폐들이 느껴졌다. 그는 바에서 마시면서 조용한 파트너인 스티븐스와 일종의 사업상 대화를 했다. 스티븐스는 마침내 포기하고 그가 하는 대로 내버려뒀다. 오크스는 감옥에서 여러 기술을 배웠다. 자물쇠 따기가 그중 하나였고, 소매치기도 있었다. 신용카드 사기만은 손대지 않았다. 추적당해서 곤란해질 위험이 있었다. 현금만 믿기로 했다. 자신이 수표를 쓰기를 스티븐스가 바란다는 것을, 그래서 인터뷰 고료 지급을 망설이고 있다는 것을 알고 있었다. 어쨌든 지금은 스티븐스가 필요했지만 앞으로 달라질 것이다. 그동안에 할 일이 있었다.

돈만 있으면 된다.

오크스는 방을 나가 1층 층계참까지 계단을 내려갔다. 층계참 끝에는 개폐식 차고 쪽으로 열린 창문이 있었다. 가장 가까운 차고 지붕이 2.5미터 정도 아래 있었다. 창턱에 쭈그리고 앉아 택시가 오기를 기다렸다. 호텔로 다가오는 엔진 소리가 들렸다. 그는 바에서 같이 술을 마시던 사람 중 하나의 이름과 방 번호를 알려주었다. 택시가 리버스의 차를 지나칠 때를 기다렸다. 형사가 아무 소리도 듣지 못할 가능성이 가장 높은 순간이었다. 그런 다음, 어둠 속에서 차고 지붕 위로 뛰어내려 단단한 타막 위까지 미끄러져 내려갔다. 숨을 돌리거나 먼지를 털 새도 없이 곧바로 길 쪽으로 있는 벽으로 달려갔다. 호텔에서 빠져나갈 수 있는 길이었다.

운이 좋다면 택시를 잡을 수 있을 것이다. 곧 한 대가 올 것이다. 운전사는 투덜대며 요금 타령을 하겠지.

새벽 네 시였다. 대런 러프는 별일 없을 거라고 생각했다. 다들 자고 있을 것이다. 운이 좋았다. 전날 밤늦게 나갔다가 집에 돌아오는 길에 신문 초판을 샀다. 자기 이야기가 대서특필된 걸 봤다. 아파트에 돌아왔다. 이웃을 방해하지 않으려고 라디오 채널 2를 낮게 틀어놓았다. 이웃에는 아이들이 있었다. 아이들은 자야 한다. 자명한 사실이다. 라디오 소리는 거의 들리지 않았다. 가스난로 옆에 앉아서 차와 토스트를 먹었다.

그리고 문제의 페이지를 펼쳤다. 첫 번째 문단을 읽자마자 신문을 구겨버리고 마루를 서성거리며 과호흡을 시작했다. 힘이 빠지는 걸 느끼며 욕실로 기어갔다. 얼굴과 목에 물을 끼얹었다. 변기 앞에 멈춰선 다음, 무거운 머리를 숙인 채로 잠시 앉아 있었다. 겨우 일어서 돌아와 신문을 펴 마루에 놓았다. 기사를 전부 읽었다.

또 시작이구나. 러프는 속으로 생각했다.

동트기 전에 나가야 했다. 거리를 어슬렁거리며 시간을 보냈다. 뼛속까지 시렸고 피로로 몸이 쑤셨다. 아침을 먹을 수 있는 카페부터 찾았다. 사회복지사는 아홉 시가 되어서야 출근했다. 변호사에게 문의해서 항의를 제기할 수 있는 근거를 알아보겠다고 했다. 잘 될 거라고 했다.

"견뎌내야 해요."

따뜻한 사무실에서 말만 쉽게 한다. 집에서도 따뜻한 가족들이 기다리고 있겠지. 사회복지사는 고급차를 몰았다. 뒷좌석에 아이들 축구화가 있었다. 평범한 직장인이며 가정적인 남자.

대런 러프는 그 날 남은 시간을 그린필드에서 떨어진 곳에서 보냈다. 멀리 왕립식물원까지 걸어가서 식물에 관심이 있는 척했다. 온실은 따뜻해서 몇십 번이나 돌아보았다. 시내로 돌아와 프린스 스트리트 공원에 갔다. 벤치에서 한 시간 정도 겨우 눈을 붙이고 있었지만 경찰관에게 쫓겨났다. 곤란을 겪는 모습이 떠돌이 무리의 주목을 끌었다. 그들은 담배와 독한 라거 맥주를 권했다. 러프는 한 시간 정도 함께 있었지만 그들이 마음에 들지는 않았다. 너무 지저분했다. 전혀 취향이 아니었다.

에든버러에는 공짜로 즐길 수 있는 미술관과 교회가 많았다. 저녁때가 되었을 때는 자기만의 안내서를 쓸 수도 있겠다고 생각했다. 패스트푸드점에서 식사를 했다. 최대한 천천히 먹었다. 그다음에는 브로튼 스트리트에 있는 펍에 갔다. 하루가 가기만을 기다리다 보면…… 왜 사람들에게 목표가, 일이 필요한지 깨닫게 된다. 러프는 하루를 짜임새 있게 보내서 흡족했다. 쫓기는 기분이 들지 않아서 좋았다.

폐점 시간 후에는 떠돌이들 몇을 더 만나서 그들의 사연에 귀를 기울였다. 그러고는 조심스럽게 그린필드로 돌아갔다. 세 번이나 도망치려 했지만, 결국 자기 자신의 공포와 맞서 극복했다. 목표를 이뤘다.

러프는 천천히 계단통을 올라갔다. 계단 모퉁이마다 누군가 칼을 들고 기다리는 건 아닐까 생각했다. 아무것도 없었다. 어둠뿐이었다. 층계참을 따라 닫힌 문과 창문들을 지나갔다. 자물쇠에 열쇠를 끼워 넣는 소리가 톱질처럼 들렸다. 손이 끈적거렸다. 뒤로 물러섰다. 문이 진흙으로 얼룩진 걸 그제야 알아챘다……. 아니, 진흙이 아니었다. 똥이었다. 손등, 손가락 관절, 손가락에서 똥 냄새가 났다. 똥 아래에 검은색 페인트로 무언가 적혀 있었다. 러프는 쭈그려 앉아 콘크리트 바닥에 손을 문지르며 메시지를 올려다보았다.

죽여버린다. 괴물아.

'죽여버린다' 아래 두 줄이 그어져 있었다. 못 볼 수가 없었다.

여기가 그 공원이었다.

달라진 게 없었다. 전에는 그네와 회전목마가 설치되어 있었지만, 회전목마는 없어졌고 금속 기둥만 남았다. 그네는 굵은 고무 타이어였다. 바닥은 타막이었고, 왼쪽 끝에는 운동장이 있었다. 나무를 심었지만 제대로 자라지 못한 것 같았다. 이모네 집……. 위층 욕실 창문에서는 테라스식 주택 두 블록 사이로 공원의 얇은 수직면을 볼 수 있었다. 집은 어둠 속에 커튼을 내린 채 아직 그대로 있었다. 그는 집 뒤에 있는 욕실을 엄마와 함께 썼다. 욕실에서는 버려진 작은 공원이 보였다. 그 정원의 오두막은 그의 은신처가 되었다.

공원에는 은신처가 많지 않았다. 동네 깡패들이 거기서 시간을 보냈고, 캐리는 결코 거기 낄 수 없었다. 그는 '이주민'이고 '외부인'이었다. 두 단어는 반대말처럼 들렸다. 그는 동네 깡패 중 하나가 욕설을 하다가 지쳐 다가와 그를 차버릴 때까지 공원 철책 주변에서 지냈다.

그래도 그는 받아들였다. 아무것도 없는 것보다는 나으니까.

한번은 고양이에게 몰래 다가가 라이터 기름을 뿌린 다음 꼬리에 불이 붙는 걸 보았다…… 목격자는 아무도 없었다. 경찰이 깡패들을 조사했지만, 아무도 캐리 오크스에게는 신경 쓰지 않았다. 아무도 '무녀리'*한테는

---

* 한 배에서 나온 새끼 중 가장 작고 약한 놈.

물어볼 생각조차 하지 않았다.

그는 이제 울타리 옆에 서 있었다. 울타리 반은 없어졌다. 한밤중이었고 아무도 없었다. 차도 지나가지 않았다. 그가 녹슨 철책을 손으로 휘어 소켓에 돌려 넣는 모습을 보는 사람도 없었다.

그때 무슨 소리가 들렸다. 술에 취한 웃음소리였다. 젊은이 셋이 돌아다니고 있었다. 웃음소리가 커서 사람들이 잠을 설칠 수 있다는 건 신경도 쓰지 않았다. 10대였던 캐리 오크스는 그날 밤늦게까지 깨 있었다. 엄마의 숨소리 위로, 집으로 가고 있는 술고래들의 소리가 들렸다. 몇몇은 빌리 왕과 사시(King Billy and the Sash)*에 관한 노래를 부르고 있었다.

그들은 사람들이 잠을 깨건 말건 상관하지 않았다. 이 지역을 지배하기 때문이었다. 지역 갱단이었다. 문제가 되는 건 그들이었다.

그들은 길 반대쪽에 있었지만 오크스를 보았다. 오크스는 그들을 쳐다보고 있었다.

"뭘 봐?"

대답이 없었다. 셋은 자기들끼리 이야기를 시작했다. 끝날 것 같지 않았다.

"그들 중 하나는 소아성애자래."

"늘 공원에서 시간을 보내지."

"호모인지도 몰라."

"밤 이 시간에는 그냥 거기 서서……."

이제 그들은 말을 멈췄다. 돌아서서 길을 가로질렀다. 셋이었다.

배당률 끝내주는군.

"이봐, 뭐 하는 거야?"

---

* 17세기 아일랜드에서 일어난 윌리엄과 전쟁을 다룬 옛 아일랜드 발라드.

"생각을 하고 있어." 오크스는 조용히 말했다. 한 손은 여전히 철책을 잡고 있었다. 세 젊은이는 서로를 쳐다보았다. 그들은 펍과 클럽을 돌아다 니며 밤새 시내에서 놀았다. 공격성과 자신감이 뒤섞였다. 이 낯선 사람을 어떻게 할까 생각한 끝에 셋 중 하나가 먼저 나섰다. 오크스는 강철 레일 을 철책에서 빼내 휘둘렀다. 첫 번째 놈의 코에 맞았다. 고속 재생되는 영 화에서처럼 코피가 꽃처럼 터졌다. 젊은이는 비명과 함께 무릎을 꿇으며 손을 얼굴로 가져다댔다. 오크스는 레일을 시계추처럼 다시 휘둘러 두 번 째 놈의 귀를 가격했다. 세 번째 놈이 발차기를 날렸다. 하지만 레일로 정 강이를 후려친 다음 위로 휘둘러 입을 세게 쳤다. 이가 박살났다. 오크스 는 무기를 떨어뜨렸다. 코가 부러진 놈의 목을 발로 차 쓰러뜨렸다. 고막 이 터진 놈에게 주먹을 내리쳤다. 정강이와 이가 박살난 놈은 절뚝거리며 도망치고 있었다. 오크스는 따라가 발을 걸어 넘어뜨렸다. 그러고는 머리 에 강력한 발차기를 날렸다.

오크스는 똑바로 서서 호흡을 가다듬었다. 기억이 생생한 집들을 둘러 보았다. 잠자리에서 나온 사람은 없었다. 승리의 순간을 본 사람도 없었 다. 쓰러진 놈의 셔츠에 신발 끝을 닦으며 싸움 중에 흠이 나지는 않았는 지 살펴보았다. 고막이 터진 놈에게 다가가 머리채를 잡아 일으켜 세웠다. 다시 비명이 터져 나왔다. 오크스는 멀쩡한 쪽 귀에 입술을 가져다댔다.

"이제부터 여긴 내 구역이야. 덤비는 놈은 열 배로 갚아주겠어."

"그러지 않을……."

오크스는 놈의 피를 흘리는 귀에 엄지를 눌렀다.

"앞으로 쓸 일 없을 거다" 오크스는 주택 단지의 빈 공간을 보았다. 이 모네 집이 있었던 곳이었다. 그는 젊은이의 머리를 땅에 강하게 찧었다.

한 번 토닥거린 다음 몸을 돌려 떠났다.

여섯 시 이십 분, 리버스는 옥스퍼드 테라스에 있는 페이션스의 아파트에 조용히 들어갔다. 오븐에서 갓 꺼내 아직 따뜻한 빵과 신선한 우유, 신문을 들고 있었다. 차 한 잔을 타서 부엌에 앉아 신문을 읽었다. 여섯 시 사십오 분에 라디오를 켰다. 중앙난방이 막 들어오고 있었다. 주전자에 새로 차를 끓이고, 페이션스를 위해 오렌지주스 한 잔을 따랐다. 빵을 썰어 쟁반에 놓았다. 침실로 가지고 들어갔다. 페이션스는 한 눈으로 그를 응시했다.

"이게 뭐예요?"

"침대에서 먹는 아침 식사죠."

페이션스는 자세를 고치며 뒤에 있는 베개를 정돈했다. 리버스는 그녀의 무릎 위에 쟁반을 놓았다.

"오늘 무슨 날인가요?"

리버스는 페이션스의 눈에 있는 머리카락을 뒤로 넘겨주었다. "당신을 일찍 일어나게 하려고요."

"왜요?"

"당신이 일어나는 대로 내가 침대에 들어가 잘 거니까."

리버스는 페이션스가 휘두르는 버터나이프를 피했다. 둘 다 웃음을 터뜨렸다. 그는 셔츠 버튼을 풀기 시작했다.

짐 스티븐스는 아침을 먹으러 내려왔다. 캐리 오크스가 느끼한 음식들을 절반쯤 해치우고 있는 모습을 볼 거라고 예상했다. 하지만 흔적도 없었다. 프런트에 물어봤지만 본 사람이 없었다. 오크스의 방으로 전화를 걸었다. 받지 않았다. 위로 올라가 문을 두드렸다. 마찬가지였다.

프런트에 돌아가서 예비 열쇠를 요청하려고 했다. 그때 캐리 오크스가 호텔 문을 열고 걸어 들어오고 있었다.

"대체 어디 있었어요?" 스티븐스가 물었다. 안도감으로 거의 현기증이 날 지경이었다.

"오늘 아침엔 카페인이 부족한가보군, 짐." 오크스가 말했다. "자네 꼴을 보게. 벌써 몸을 떨고 있어."

"어디 있었냐고 물었잖아요."

"일찍 일어났지. 아직 시차 적응이 안 됐나봐. 부둣가를 산책했어."

"호텔 나가는 걸 아무도 못 봤다던데요."

오크스는 프런트 쪽을 넘겨다보았다. 그런 다음 스티븐스를 다시 쳐다보았다. "그게 문제가 되나? 난 지금 여기 있잖아." 팔을 활짝 폈다. "그게 중요한 거 아닌가?" 스티븐스의 어깨에 손을 얹었다. "가서 식사나 하지." 식당 쪽으로 앞장서 가기 시작했다. "오늘 아침에 해줄 엄청난 얘깃거리가 생겼어. 편집장이 읽어보면 자네 거시기라도 빨아주겠다고 할 걸……."

"늘 있는 일인데요." 스티븐스는 이마에서 땀을 닦으며 말했다.

18

클리퍼 나이트-쉽을 소유하고 있는 사업가는 리버스에게 혹시 매수할 의향이 있느냐고 물었다.

"농담 아닙니다. 싸게 넘길게요. 사겠다는 사람이 너무 없어요."

사업가는 클리퍼 때문에 골치만 썩는다고 하소연했다. 주류 판매 허가 문제, 지역 레스토랑들의 항의, 지자체의 조사, 경찰의 방문……

"손님들이 떡이 되도록 마신다니까요? 차라리 펍을 하는 게 속도 덜 썩고 돈 더 벌 수 있을 텐데."

"그런데 왜 안 하세요?"

"해봤죠. 모닝사이드에 있는 '애플 트리'였어요. 하지만 당시에는 모든 펍이 꼼수를 썼어요. 도대체 아일랜드식 펍이 뭡니까? 아일랜드 펍이 스코틀랜드식 펍보다 낫다는 사람이 있나요? 그러고는 테마 펍이 생겨났죠. 셜록 홈즈나 지킬과 하이드. 아니면 호주인과 남아프리카인을 위한 펍." 그는 고개를 절레절레 흔들었다. "클리퍼를 보는 순간 대박이라고 생각했어요. 그럴지도 모르죠. 하지만 가끔은 고생만 죽어라 하고 남는 건 없어요."

그들은 PJP(프레스톤-제임스 홍보 회사) 사무실에 앉아 있었다. 리버스와 재니스 미가 책상 한쪽에, 빌리 프레스톤은 반대쪽에 있었다. 리버스는 비틀스와 롤링 스톤즈의 키보드 세션 맨과 이름이 같다는 사실을 알려줘도 프레스톤은 별로 고마워하지 않을 것 같다고 생각했다.

빌리 프레스톤은 30대 중반이었다. 금속성 광택이 나는, 컬러 없는 회색 슈트를 깔끔하게 입고 나타났다. 먼지 하나 달라붙지 않는 모범 테플론맨*이라는 느낌을 주었다. 머리는 짧게 밀었지만, 긴 사각턱에는 프랭크자파** 스타일의 수염을 기르고 있었다. PJP의 사무실은 캐논게이트를 반쯤 내려간 곳에 있는 건물 2층의 방 두 개를 차지하고 있었다. 아래층에는 고지도(古地圖) 전문 매장이 있었다.

"사무실을 이전할 생각입니다." 프레스톤이 말했다. "더 크고 주차장도 있는 곳으로요. 파트너만 미루라고 하죠."

"왜요?" 리버스가 물었다.

"의사당 때문이죠." 프레스톤이 창밖을 가리켰다. "저쪽으로 200미터쯤에 있어요. 이 일대 부동산값이 폭등하고 있어요. 팔면 바보죠." 그는 패드 위로 마우스를 움직이며 계속 클릭과 더블클릭을 했다. 리버스는 화면을 볼 수 없어서 짜증이 났다. "이제 그들이 홀리루드 대신 리스를 선택하면……." 프레스톤이 눈을 굴렸다.

"클리퍼 때문에 속 썩는 일이 없겠군요?" 리버스가 추측했다.

"빙고. 기회를 엿보고 있습니다. 하원의원들과 의원실 직원들을 노리고 있어요. 월급이 너무 많아서 쓰지 못해 안달인 사람들이죠."

"회원제 클럽 같은 건가요?" 재니스가 물었다.

"꼭 그렇진 않습니다. 임대해요. 주중에 손님을 최소 40명, 주말에 60명

---

* 테플론 코팅을 한 프라이팬에 음식이 눌어붙지 않는다는 것에 비유한 것이다.
** Frank Zappa. 미국의 작곡가 겸 기타리스트.

만 확보해주면 배를 무료로 임대해주죠. 손님들은 배의 바에서 술을 마시고, 배를 빌린 사람은 디스코클럽 장비 대여료를 냅니다. 그게 다예요."

"최소 40명이라고 하셨는데 최대는요?"

"안전 관련 법규에서는 75명으로 정하고 있습니다."

"하지만 40명이면 수익이 나나요?"

"빠듯하죠." 프레스톤이 말했다. "인건비, 간접비에 전기료……."

"그래서 어떤 날에는 문을 안 여시는군요?"

"말장난해서 죄송하지만, 파도처럼 대중없죠. 전에는 잘 나갔지만 지금은……."

"한물갔군요?"

프레스톤은 콧방귀를 뀌며 서랍에서 원장*을 꺼냈다. "어느 날짜에 관심이 있으시죠?"

재니스가 프레스톤에게 알려줬다. 그녀는 두 손으로 커피잔을 감싸 쥐었다. 커피는 나올 때부터 미지근하고 너무 진했다. 리버스는 바깥 사무실에 있는 키 큰 금발 비서의 능력에 의심이 갔다. 바닥에 온통 널린 서류, 뜯지 않은 우편물…… 프레스톤이 협조를 안 해주면, 국세청 조사관에게 연락해도 되겠군.

하지만 프레스톤은 빠르게 원장을 훑어보았다. "우리가 이 사무실로 이사 왔을 때 발견했어요." 그가 설명했다. "이용할 방법을 찾으려고 했습니다." 그가 올려다보았다. "계속해서 해야 하는 종류의 일이죠."

프레스톤의 손가락이 줄을 따라가다 날짜를 찾았다.

"이날 밤 예약은 비공개 파티였습니다. 가장무도회였죠." 프레스톤이

---

* 元帳. 사업체 등에서 거래 내역을 기록한 장부.

재니스를 올려다보았다. "아드님이 클리퍼로 간 게 확실합니까?"

재니스는 어깨를 으쓱했다. "그럴 거예요."

"파티 주최자가 누구죠?" 리버스가 물었다. 이미 의자에서 일어났다. 원장을 보고 있던 프레스톤은 리버스가 책상을 돌아오는 것을 알아채지 못한 것 같았다. 리버스는 무엇보다 화면을 보고 싶었다. 플레이어가 시작하기를 앉아서 기다리는 인내심 게임이었다.

"아만다 페트리입니다." 프레스톤이 말했다. "그날 밤, 저도 있었습니다. 기억나요. 테마가…… 해적이었던가 그랬습니다." 턱을 문질렀다. "아니, 〈보물섬〉이었습니다. 몇몇 멍청이가 앵무새 복장을 하고 나타났죠. 파티가 끝날 때쯤엔 토했습니다." 그가 재니스를 쳐다보았다. "사진 좀 다시 볼 수 있을까요?"

재니스는 프레스톤에게 사진을 건네주었다. 감시 카메라에 찍힌 데이먼과 금발머리, 휴가 때 찍은 데이먼의 사진이었다.

"가장무도회 복장이 아니었군요?" 프레스톤이 물었다.

재니스는 고개를 저었다.

프레스톤은 원장과 사진을 손으로 뒤져보고 있었다. 리버스는 장부를 살펴보려고 몸을 기다리다가 팔꿈치가 마우스를 화면 위로 밀어 올린 걸 발견했다. 게임을 끝낼 수 있는 위치였다. 마우스를 살짝 누르자 화면이 바뀌었다. 인내심 싸움에서 엎드려 기는 여자의 사진으로. 뒤에서 찍은 사진이었다. 모델은 고개를 돌려 사진 찍는 사람을 향해 입을 삐죽였다. 하얀색 스타킹과 가터벨트만 걸치고 있었다. 삐죽대는 모습은 과장이었다. 근처 바닥에는 빈 샴페인 병이 뒹굴고 있었다. 리버스는 창턱을 올려다보았다. 빈 샴페인 병이 있었다.

"비서분이 속기는 잘하나요?" 리버스가 말했다. 프레스톤은 리버스가 무엇을 보는지 알아채고 화면을 껐다. 리버스는 그때를 틈타 책상에서 무거운 원장을 들어 의자로 가지고 돌아왔다.

"그날 밤에 계셨다고요?"

프레스톤은 허둥대는 것 같았다. "일 돌아가는 걸 살펴보고 있었죠."

"데이먼이나 금발 여자는 못 보셨군요."

"본 기억이 없습니다."

리버스는 그를 쳐다보았다. "완전히 같은 얘기는 아니죠."

"저기, 경위님. 전 협조하려고……."

"아만다 페트리." 리버스가 말했다. 주소를 보고 알아챘다. 다시 프레스톤을 올려다보았다.

"판사 딸?"

프레스톤이 고개를 끄덕였다. "아마 페트리."

"아마 페트리." 리버스가 되풀이했다. 재니스 쪽으로 몸을 돌렸다. 궁금해 하는 눈을 보았다. "에든버러의 원조 사고뭉치야." 다시 프레스톤 쪽을 보았다. "보트 임대료는 안 받으셨겠네요."

"늘 손님을 구름처럼 몰고 오니까요."

"클리퍼를 자주 이용합니까?"

"한 달에 한 번 정도요. 보통 가장무도회를 하죠."

"다들 장단을 맞춰주나요?"

프레스톤은 무슨 말인지 눈치챘다. "늘 그랬던 건 아닙니다."

"그럼 이날 밤엔 평상복 차림의 손님들이 있었군요."

"네, 몇몇은요."

"해적이나 앵무새처럼 눈에 확 띄지는 않았겠네요."

"맞습니다."

"그러면……."

"네, 가능하죠." 프레스톤은 한숨을 쉬며 말했다. "무슨 말씀을 하고 싶으신가요? 제가 그 사람들을 봤다고 거짓말할까요?"

"아닙니다."

"아마한테 알아보시는 게 제일 좋을 겁니다."

"그렇죠." 리버스는 신중하게 말했다. 아만다 페트리의 평판을 생각했다. 아버지 페트리 판사도 생각했다.

"아마는 발이 넓습니다." 프레스톤이 말했다.

"돈도 많죠."

"그렇습니다."

"이용 가치가 높은 고객이겠군요."

프레스톤이 리버스를 쳐다보았다. "거짓말은 하지 않겠습니다. 하지만 아마 같은 손님은 하나로도 벅찹니다. 아마가 벌인 난장판을 청소하는 데만도 한참 걸립니다. 다 돈이죠. 파티 후에는 이웃의 항의도 엄청나게 쏟아지고요. 도착할 때부터 귀청이 떨어질 지경이니……."

"그날 밤 특별한 일은 없었습니까?"

프레스톤이 리버스를 쳐다보았다. "그 아마 페트리예요. '특별'한 게 없을 리가요."

리버스는 원장에 있는 아마의 전화번호를 노트에 적었다. 눈으로는 다른 예약들을 훑어보았다. 특별히 눈에 띄는 건 없었다.

"시간 내주셔서 감사합니다. 프레스톤 씨." 마지막으로 컴퓨터를 쳐다보았다. "게임 계속하시죠."

밖에서 재니스가 리버스 쪽으로 몸을 돌렸다. "저기서 뭔가 빠뜨린 느낌이 들어."

리버스는 어깨를 으쓱하며 고개를 저었다. 차는 길가에 주차해놓았다. 걸어가는 동안 빗방울이 얼굴을 스쳤다.

"아마 페트리." 리버스가 고개를 숙인 채 말했다. "데이먼 사진과 맞지 않아."

"정체 모를 금발머리 말이지?"

"페트리의 친구일까?"

"직접 물어보자."

리버스는 페트리의 휴대폰으로 전화를 걸었다. 자동응답기가 받자 메시지를 남기지 않았다. 재니스가 그를 쳐다보았다.

"때로는 사전 경고를 덜 하는 게 도움이 돼." 리버스가 설명했다.

"이야기를 짜 맞출 시간을 안 주니까?"

리버스가 고개를 끄덕였다. "그 비슷해."

재니스는 아직 그를 보고 있었다. "정말 능력 있는 경찰이네."

"전에는 그랬지." 리버스는 앨런 아치볼드를 생각했다. 경찰에서 보낸 그 많은 세월 동안 집요하게 데어드레 캠벨의 살인범을 쫓았다. 일종의 광기일지도 모르지만 존경받아 마땅하다. 리버스는 경찰의 그런 점이 좋았다. 대부분의 경찰은 그렇지 않다는 게 문제지만…….

"아든 스트리트로 돌아가." 그가 재니스에게 말했다. 재니스는 전화를 몇 통 해야 했다. 아파트는 아직 그녀의 기지였다.

"너는?" 재니스가 물었다.

"해야 할 일도 있고, 사람도 만나야 해."

재니스는 리버스의 손을 잡고 꼭 쥐었다. "고마워, 존." 그러고는 손을 뻗어 얼굴을 만졌다. "피곤해 보이네." 리버스는 뺨에서 손가락을 떼어내고 입으로 가져가 키스했다. 놓고 있는 손으로 시동을 걸었다.

캐리 오크스의 '종신형 죄수의 이야기' 1회는 진부했다. 스코틀랜드로 돌아온 이야기 몇 단락, 수감 생활 이야기 몇 단락, 어린 시절 이야기가 다였다. 리버스는 장소 이름이 최소한으로 언급되었다는 데 주목했다. 오크스의 설명은 이랬다. "캐리 오크스가 한때 불운한 시절을 보냈다는 이유로 그곳 평판이 나빠지지 않았으면 한다."

고양이 쥐 생각하네.

가끔 힌트가 나오긴 했다. 독자들의 주의를 끌기 위해서였다. 하지만 전체적으로 볼 때, 신문사가 오크스에게 얼마를 줬는지는 몰라도 이건 묻지 마 구매에 가까웠다. 리버스는 스티븐스의 편집장이 만족했을까 하는 의문이 들었다. 사진이 있었다. 공항에 있는 오크스. 교도소에서 석방되는 오크스. 아기 때 사진. 바이라인* 옆에 '짐 스티븐스 기자'의 작은 사진도 있었다. 리버스는 사진이 기사보다 자리를 많이 차지하고 있다는 것을 알아차렸다. 스티븐스가 책을 쓸 분량을 확보하느라고 무리하는 것 같았다.

리버스는 신문을 접고 차창 밖을 내다보았다. 대형 DIY 매장 입구에 주차하고 있었다. 싼값에 날림으로 지은 창고를 겉모습만 대충 바꾼 것이었다. 이런 건물들이 도시를 둘러싸고 있는 것 같았다. 넓은 주차장에는 차

* 신문, 잡지 등에서 기자나 작가의 이름을 밝힌 줄.

가 네 대 뿐이었다. 이 브룬스테인 일대는 낯설었다. 바로 서쪽으로는 주얼 타워*가 있었다. 관광지라 당연히 쇼핑센터가 딸려 있었다. 오른쪽에는 주얼 앤 에스크 대학이 있었다. 제인 바버가 사무실에 남긴 메시지는 형식적이었다. 만날 장소와 시간뿐이었다. 리버스는 담뱃불을 붙이며 바버가 오기는 할까 생각했다. 그때 차 한 대가 리버스 옆에 섰다가 경적을 울리며 주차장 안으로 들어갔다. 리버스는 시동을 걸고 뒤를 따랐다.

제인 바버 경위는 크림색 포드 몬데오를 몰고 있었다. 리버스가 옆에 주차하자 차에서 나왔다. 차 안으로 다시 손을 뻗어 A4 봉투를 꺼냈다.

"차 좋네요." 리버스가 말했다.

"와줘서 고마워요."

리버스는 차 문을 닫아주었다. "무슨 일이죠? 못이 떨어졌나요?"

"여기 와본 적 있어요?"

"그렇다고는 못하겠네요."

바버의 머리카락이 바람에 흩날렸다. "가요." 그녀가 말했다. 냉담하다고 할 수 있을 정도로 사무적인 말투였다.

리버스는 건물 옆쪽으로 따라갔다. 직원들이 차와 자전거를 세워두는 곳이었다. 비상구가 둘 있었다. 콘크리트 벽의 회색만큼이나 칙칙한 녹색으로 페인트칠이 되어 있었다. 창고 뒤쪽은 쓰레기장과 배송 구역이었다. 납작해진 판지 상자가 쓰레기통 밖으로 쏟아져 나와 있었다. 수십 개의 테라코타** 냄비가 안으로 옮겨져 전시되기를 기다리고 있었다. 낮은 벽돌 벽이 주위를 둘러싸고 있었다.

---

* 에든버러의 고성(古城) 일부.
** 적갈색 점토를 유약을 바르지 않고 구운 것.

"여기서 내 목을 조를 건가요?" 주머니에 손을 찔러 넣은 채로 리버스가 물었다.

"왜 대런 러프를 싫어하죠?"

"무슨 상관인가요?"

"얘기해봐요."

리버스는 시선을 맞추려고 해봤지만, 바버는 진지했다. "러프가 어떤 자인지 아니까요. 동물원에서 한 짓 때문이죠. 내 동료 경관을 중상모략했으니까요. 이유는……."

"시엘리온 사건?" 바버가 추측했다. 마침내 그녀의 눈이 그의 시선과 마주쳤다. "잉케와 마샬을 어떻게 손봐줄 수 없었죠. 그런데 갑자기 그 둘을 대신할 사람이 나타났군요."

"그런 게 아닙니다."

바버는 봉투 안으로 손을 넣어 흑백 사진을 꺼냈다. 조지 왕조 시대의 저택을 찍은 낡은 사진이었다. 집 앞에서 가족이 새 차를 뽐내며 포즈를 취하고 있었다. 차는 1920년대 모델이었다.

"6년 전에 철거됐어요." 바버가 설명했다. "자진 철거하거나 저절로 무너지길 기다려야 했죠."

"멋진 집이군요."

"이 사람이 가장이에요." 한쪽 발을 차의 발판에 올리고 있는 남자를 톡톡 치며 바버가 말했다. "파산했죠. 이름은 콜스톤 씨예요. 삼베 공장인가를 했어요. 집을 처분해야 했죠. 스코틀랜드 교회가 매입했어요. 하지만 이름은 그대로 유지하기로 계약했죠. 그래서 '콜스톤 하우스'란 이름은 남았어요."

바버는 리버스가 그 이름을 알아차리길 기다렸다. "보육원." 마침내 그가 말했다. 그녀가 고개를 끄덕이는 게 보였다.

"램지 마샬은 시엘리온으로 옮기기 전에 거기서 일했어요. 옮기기 전부터 해롤드 잉케를 알고 있었죠." 바버가 사진 몇 장을 더 건넸다.

리버스는 사진을 살펴보았다. 스코틀랜드 교회가 운영하는 보육원이된 콜스톤 하우스. 같은 정문 앞에 무리지어 있는 아이들. 건물 안에서 찍은 아이들. 긴 식탁에 배고픈 듯 앉아 있는 아이들의 모습. 합숙소 침대, 근엄해 보이는 직원들 사진 몇 장. 이제 리버스의 머리가 돌아가고 있었다. "대런 러프는 얼마 동안 콜스톤에서 지냈죠."

"네, 맞아요."

"램지 마샬이 있을 때요?"

바버가 다시 고개를 끄덕였다.

"경위님이……." 리버스는 불현듯 알아차리고 말했다. "대런 러프를 이리로 데려온 게 경위님이군요."

"그래요."

"재판 때문에?"

바버가 고개를 끄덕였다. "아파트를 마련해줬죠. 러프가 순순히 따라줬으면 했어요. 몇 주 동안 공을 들였죠."

"러프가 학대를 받았나요?" 리버스가 얼굴을 찌푸렸다. "명단엔 없었는데."

"검사는 러프가 쓸 만한 증언을 할 수 없을 거라고 생각했어요."

리버스는 고개를 끄덕였다. "범죄 기록 때문이군요. 반대 신문을 감당할 수 없을 테니까."

"맞아요."

리버스는 사진을 되돌려주었다. 이제 일이 어떻게 흘러갈지 알 수 있었다. "그래서 러프에게 무슨 일이 있었죠?"

바버는 사진을 봉투에 다시 집어넣느라 바빴다. "어느 날 밤, 마샬이 합숙소에 들어왔어요. 대런은 깨어 있었어요. 마샬은 드라이브를 하자고 했어요. 시엘리온으로 데려갔죠."

"마샬과 잉케가 이미 한통속이었군요?"

"그런 것 같아요. 그 둘과 제3의 남자가 번갈아가면서 했죠."

"맙소사." 리버스는 창고를 쳐다보았다. 여기가 보육원이라고, 이른바 피난처라고 상상해보았다. 콜스톤 씨의 유령은 어떻게 생각할지 궁금했다. "제3의 남자는 누구였죠?"

바버는 어깨를 으쓱했다. "대런에게 눈가리개를 씌웠어요."

"왜요?"

"문제는 내가 대런에게 약속을 했다는 거예요."

"유죄 판결을 받은 소아성애자죠." 리버스는 꼭 덧붙이고 싶었다.

"환경이 성격에 영향을 미친다는 말 들어봤어요?"

"피학대자가 학대자가 된다? 그게 말이 되는 평계인가요?"

"일리 있다고 봐요." 바버는 이제 더 차분해졌다. "글래스고의 칼더 교수가 이 테스트를 했어요. 재범 가능성을 보여주죠. 대런은 위험이 낮다고 나왔어요. 감옥에 있으면서 꾸준히 상담과 치료를 받았어요."

리버스는 코를 찡그렸다. "러프는 어떻게 등록되지 않았죠?" 전에 확인해보았다. 에든버러 경찰에는 49명의 성범죄자가 등록되어 있었다. 러프는 그들 중에 없었다.

"거래의 일부였죠. 러프는 그들에게 잡힐까 두려워했어요."

"'그들'?"

"잉케와 마살이요. 둘이 구금되어 있다는 건 알아요. 하지만 러프는 아직 그들에 대한 악몽을 꿔요." 바버는 리버스가 입을 열기를 기다렸다. 하지만 그는 생각에 잠겼다. "그린필드에서 벌어진 일은 옳지 않아요." 바버가 힘주어 말했다. "그게 경위님의 해결책인가요? 따라다니며 괴롭히고 쫓아내는 거? 그들은 결국 궁지에 몰리게 돼요. 우리가 그들을 다뤄야 해요. 군중에게 넘겨주는 게 아니라요."

리버스는 신발 끝을 내려다보았다. 늘 그렇듯 좀 닦아야 했다. "러프가 경위님한테 연락했나요?"

바버는 고개를 저었다. "신문을 보고 러프를 찾으려고 했어요. 그러고는 사회복지사에게 얘기했죠. 앤디 데이비스는 경위님 짓이라고 확신하던데요."

"러프를 믿나요?"

바버는 어깨를 으쓱했다. 둘은 차가 있는 쪽으로 되돌아갔다. "내가 어떻게 해야 할까요?" 리버스가 물었다. "사과해야 하나요?"

"이해해줬으면 해요."

"치료 덕분에 공동체로 복귀할 준비가 된 것 같군요."

"그런 농담을 하다니 대단하네요." 바버가 쌀쌀하게 말했다.

리버스는 그녀 쪽으로 몸을 돌렸다. "러프가 에든버러로 돌아왔어요. 그리고 러프를 폭행했다는 혐의로 고발된 짐 마골리스는 솔즈베리 크랙스로 산책을 가기로 결심했죠. 관련이 있다고 생각해요. 그래서 내가 관심을 가지는 거……." 그는 짐 마골리스라는 이름을 듣고 바버의 낯빛이 변하는 걸 봤다. "왜요?" 리버스가 물었다. 그녀는 고개를 저었다. 리버스는 눈을 가늘게 떴다. "짐에게 얘기했군요? 우리가 방금 했던 것과 같은 대화를 했죠?"

바버는 망설이더니 고개를 끄덕였다. "내가 대런을 에든버러로 돌아오게 했어요. 대런은 주저했어요. 짐 마골리스가 아직도 있는지 알고 싶어 했죠."

"그래서 짐과 만나서 전부 얘기했군요?"

"어떤…… 갈등은 없을지 알고 싶었어요."

"그래서 마골리스는 러프가 돌아온다는 걸 알게 되었군요?" 리버스는 생각에 잠겼다. 휴대폰이 울렸다. 바버의 휴대폰이었다. 그녀는 주머니에서 휴대폰을 꺼내 잠시 받았다.

"바로 그리 가겠습니다." 전화를 끊으며 바버가 말했다. 그러고는 리버스에게 말했다. "경위님도 가는 게 좋겠어요."

리버스가 그녀를 쳐다보았다. "무슨 일이죠?"

바버가 차 문을 열었다. "그린필드 상황이 심상치 않대요. 대런이 결국 집에 온 것 같아요."

19

대런 러프의 아파트 밖 층계참에 군중이 모여 있었다. 톰 잭슨 경관이 그 사이에 혼자 서 있었다. 밴 브래디는 쇠 지렛대를 휘두르며 줄 앞에 서 있었다. 다른 여자들이 브래디 뒤에 무리지어 있었다. 지역 TV 방송사 기자들이 자리를 잡으려고 몸싸움을 벌이고 있었다. 사진기자들은 현수막을 들고 있는 아이들을 찍고 있었다. 현수막은 침대 시트 절반과 검은색 수프레이 페인트로 손수 만든 것이었다. '괴물에게서 우리를 구해주세요'라는 메시지가 적혀 있었다.

"귀엽네요." 제인 바버가 말했다.

다른 블록에 사는 사람들이 창으로 내다보거나 창을 열고 격려의 함성을 보냈다. 리버스의 아파트 문은 페인트로 더럽혀져 있었다. 달걀과 기름이 유리창에 스며들어 있었다. 군중은 피를 원하고 있었다. 더 많은 사람들이 계속 가세할 것 같았다.

리버스는 생각했다. '대체 내가 무슨 짓을 한 거지?'

톰 잭슨이 리버스가 있는 방향을 쳐다보았다. 얼굴은 붉었고 양쪽 관자놀이에서 땀방울이 흘러내리고 있었다. 제인 바버가 사람들을 밀치며 앞으로 나갔다.

"대체 무슨 일이죠?" 바버가 소리쳤다.

"그 개자식을 이리로 데려와요." 밴 브래디가 맞받아쳤다. "아주 작살을 내버릴 거예요."

동조하는 함성이 터져 나왔다. "목매달아 버려!" "그걸로는 모자라!" 바버는 양손을 들고 조용하라고 호소했다. 그녀는 대부분의 시위자들이 재킷과 점퍼에 흰색 레이블을 붙이고 있는 것을 보았다. 줄 없는 레이블에는 세 개의 글자만이 있었다. GAP.

"저게 뭐죠?" 바버가 물었다.

"그린필드 변태 타도 모임(Greenfield Against Perverts)이요." 밴 브래디가 말했다.

리버스는 어떤 꼬마가 레이블을 나눠주는 것을 보았다. 밴의 막내아들 제이미 브래디였다.

"왜 경찰이 러프 같은 변태를 지켜주는 거죠?" 여자 하나가 물었다.

"모든 사람에겐 권리가 있어요." 바버가 대답했다.

"사이코한테도요?"

"대런 러프는 죗값을 치렀어요." 바버가 말을 이었다. "지금은 재활 프로그램을 이수하고 있죠." 그녀는 방송기자 하나가 다가오면서 톰 잭슨에게 무언가 귓속말을 하는 것을 보았다. 기자는 카메라 앞쪽을 잡은 채 밀치면서 나오고 있었다.

"우린 답변을 원해요." 밴 브래디가 소리쳤다. "왜 그자를 여기 살게 했죠? 누가 알고 있죠? 왜 우리에겐 얘기가 없었나요?"

"그자를 내쫓아야 해요!" 남자의 외침 소리가 들렸다. 새로 온 사람이었다. 남자가 지나갈 수 있게 인파가 반으로 갈라졌다. 젊은 남자였다. 조각 같은 얼굴에 민소매를 입었다. 남자는 밴 브래디와 어깨를 맞대고 섰다. 남자는 바버를 무시하고 방송기자 쪽을 향해 입을 열었다.

"여기는 경찰이 아니라 우리 동네입니다." 박수갈채와 환호가 터져 나왔다. "경찰이 그 인간쓰레기를 처리하지 못한다고 해도" 남자는 러프의 집 앞문 쪽으로 엄지손가락을 향했다. "상관없습니다. 우리가 직접 손봐줄 겁니다. 지금까지 그렇게 그린필드를 지켜왔으니까요."

박수소리가 더 커졌다. 사람들이 동조하듯 고개를 끄덕였다.

시위자 한 사람이 말했다. "내 말이 그 말이야, 칼."

칼 브래디는 엄마 옆에 서 있었다. 그녀는 아들의 열변을 뿌듯하게 바라보고 있었다. 리버스가 칼 브래디를 실제로 보는 건 이번이 처음이었다.

정확히 그런 건 아니었다. 누군지 알고 있는 상태에서 처음 보는 건 맞았다. 하지만 리버스는 전에 칼 브래디를 본 적이 있었다. 가이타노 나이트클럽에서였다. 부매니저 아치 프로스트와 함께 바에 서 있었다. 프로스트는 꽁지머리에 태도가 불손했다. 프로스트의 친구는 말없이 있다가 슬그머니 자리를 떴지.

"얘기 좀 할 수 있을까요?" 바버가 물었다.

"무슨 얘기요?" 밴 브래디가 팔짱을 끼고 물었다.

"이 모든 상황에 대해서요."

칼 브래디는 바버를 무시하며 엄마에게 말했다. "그놈이 안에 있어?"

"이웃 사람이 소리를 들었대."

칼 브래디가 유리창을 두들겼다. 그러고는 청바지에 기름을 닦았다.

"이봐요." 제인 바버가 말했다. "우리가 할 수 있는 게……."

"맞아요." 칼 브래디가 말했다. 그러고는 엄마의 손에서 쇠 지렛대를 받아 유리창에 휘둘렀다. 창이 박살났다. 압정으로 고정되어 있던 때 묻은 시트를 잡아당겨 떼어냈다. 창틀 가운데를 타넘어 안으로 들어갔다. 손에는 여전히 쇠 지렛대를 든 채였다. 리버스는 그의 발을 잡고 끌어내렸다. 브래디의 티셔츠 앞부분이 유리조각에 찢어졌다.

"이봐, 당신!" 밴 브래디가 소리 지르며 리버스에게 주먹을 날렸다. 칼 브래디는 몸을 빼내 일어선 다음, 리버스에게 얼굴을 들이댔다.

"해보시겠다?" 쇠 지렛대를 휘두르기 시작했다. 경찰인 걸 모르고 있었다.

"진정해." 리버스가 조용히 말했다. 그러고는 밴 쪽으로 몸을 돌렸다. "그리고 당신도 가만히 있고."

군중은 창가에 모여서 아파트 내부를 들여다보았다. 다른 집과 별로 다를 게 없었다. 에멀션 페인트*를 칠한 벽, 소파, 의자, 책장. TV나 오디오는 없었다. 소파에 책이 쌓여 있었다. 사진집과 소설들이었다. 바닥에는 신문, 빈 팟누들** 그릇, 피자 상자가 있었다. 책장에는 캔과 레모네이드 병이 있었다. 사람들은 신통한 게 없자 다들 김이 샌 것 같았다.

"경찰이야." 밴이 아들에게 알려주었다.

"엄마 말 들어, 칼." 리버스가 말했다.

제복 경관 몇 명이 층계참으로 올라오자 칼 브래디가 쇠 지렛대를 내려놓았다.

경찰관들은 우선 군중을 해산시켰다. 밴 브래디는 자기 집에서 GAP 모

---

* 마르면 윤기가 없어지는 페인트.
** 영국식 컵라면.

임이 있을 거라고 소리쳤다. 방송사 기자는 따라갈 준비를 하는 것 같았다. 사진기자는 계속해서 대런 러프의 거실을 찍고 있었지만, 경찰관이 쫓아냈다. 바버는 유리창을 판자로 막으라고 누군가에게 휴대폰으로 요청하고 있었다.

"당장이요. 누가 안에 화염병 던져 넣기 전에요."

리버스가 서 있는 곳에 톰 잭슨이 이마를 닦으며 다가왔다.

"맙소사." 그가 말했다. "전에는 이 정도까진 아니었는데."

리버스가 올려다보자 잭슨의 시선이 그를 보고 있었다.

"내 탓이라는 건가?" 리버스가 물었다.

"제가 그랬나요?" 잭슨은 여전히 손수건으로 땀을 닦고 있었다. "기억에 없는데요." 그는 몸을 돌려 가버렸다.

리버스는 창문으로 안을 들여다보았다. 방에서는 퀴퀴한 냄새가 났다. 당연했다. 환기도 안 되어 있고, 햇빛도 안 들어오니까. 이왕 시작한 거 끝장을 봐야지. 속으로 생각하며 창턱에 발을 얹고 올라섰다.

유리 조각이 발밑에 밟혔다. 대런 러프의 자취는 없었다.

이게 자네가 바란 거군, 존. 머릿속에 목소리가 울렸다. 그가 아니라 잭 모튼의 것이었다. 이제 자네 원대로 됐군.

아니야. 리버스는 생각했다. 이걸 바란 게 아니야.

하지만 잭의 말이 일리가 있었다. 어쨌든 이렇게 됐다.

거실에서 작은 부엌으로 이어지는 아치형 입구가 있었다. 리버스는 전기 포트를 만져보았다. 온기가 남아 있었다. 냉장고 안을 들여다보았다. 빵, 마가린, 잼이 있었다. 우유는 없었다. 스윙탑 쓰레기통* 안에는 빈 우유

---

* 쓰레기를 투입하기 쉽게 상부 뚜껑이 돌아가는 쓰레기통.

팩과 베이크드 빈즈* 깡통이 있었다.

제인 바버가 안을 들여다보았다. "뭐 건졌어요?"

"별거 없네요."

"문 좀 열어줄래요?"

"물론이죠." 리버스는 현관 마루문을 열었다. 현관은 어두웠다. 손을 더 듬어 스위치를 찾았다. 40와트 알전구였다. 문을 열려고 했지만 장붓구멍 자물쇠는 잠겨 있었고 열쇠는 없었다. 우편함은 나무토막으로 막혀 있었다. 러프가 우편물을 많이 받을 것 같지는 않았다. 창문으로 돌아와 바버에게 안을 둘러보려면 넘어와야 한다고 알려주었다.

"사양하겠어요." 바버가 말했다. "한 번으로 충분해요." 리버스가 그녀를 쳐다봤다. "러프를 처음 데려왔을 때 해봤어요."

리버스는 고개를 끄덕이고 현관 마루로 돌아갔다. 침실 두 개와 욕실, 별도의 화장실뿐이었다. 침대 가에 있는 책은 굿 뉴스 성경**이었다. 감자 칩 통은 비어 있었다. 리버스는 통을 집어 들었다. 통 안에는 사용한 콘돔이 하나 있었다. 창에는 커튼이 쳐 있었다. 리버스는 커튼을 열고 차도를 내려다보았다. 두 번째 침실은 비어 있었다. 전구조차 없었다. 창 밖 풍경은 첫 번째 침실과 같았다. 침실은 지저분했다. 벽에는 곰팡이가 피어 있었다. 수건이라고 한 장 있는 건 한심할 정도로 작고 해어져서, 마치 병원에서 쓰던 싸구려 같았다. 리버스는 화장실 문을 열려고 해보았다. 잠겨 있었다. 세게 밀어보았다. 확실히 잠겨 있었다. 그는 나무문을 두드렸다.

"러프? 그 안에 있나?" 밖에서 잠글 수는 없었다. "경찰이야." 리버스가

---

* 토마토소스에 삶은 콩.
** 1966년에 미국성경협회에서 번역 출간한 성경.

소리쳤다. "이봐, 여기서 나가야 해. 유리창도 박살났어. 우리가 가고 나면 폭도들이 돌아올 거야." 침묵만 흘렀다. "알았어." 리버스가 자리를 뜨며 말했다. "그런데 밖에 바버 경위가 있어. 잘해봐."

리버스가 창문을 반쯤 나갔을 때 등 뒤에서 무슨 소리가 들렸다. 몸을 돌려보니 대런 러프가 출입구에 서 있었다. 얼굴은 수척했고 눈은 두려움으로 껌뻑거리고 있었다. 겁에 질린 데다 쫓기는 듯한 모습이었다. 쇠 지렛대의 공격을 막겠다는 듯 떨리는 손으로 가슴을 부여잡고 있었다.

리버스는 웬만한 일에는 끄덕하지 않지만, 갑자기 강한 연민을 느꼈다. 제인 바버는 바깥 통로에서 톰 잭슨에게 이야기하고 있었다. 리버스의 표정을 보고는 말을 멈췄다.

"바버 경위님." 리버스가 불렀다. "경위님이 맡으셔야 할 것 같은데요."

짐 스티븐스는 캐리 오크스가 성당에서 오줌을 누던 모습을 머릿속에서 떨쳐버리려 애썼다. 이제 오크스가 그의 손안에 있으니 기사를 끌어내야 했고, 그 기사는 대박이어야 했다. 편집장은 1회 기사에 '변죽만 울린다'며 불만을 드러냈다. 다음 회는 더 나아지길 바란다고 했다. 스티븐스는 장담했다.

오크스는 침대 옆에 성경을 두고 있었다. 그런데 성당에서는……. 스티븐스는 그 의미를 생각하고 싶지 않았다. 오크스에게는 뭔가가 있었다…… 가끔 눈을 들여다보면 알 수 있었다. 오크스는 누군가 보고 있다는 걸 알아채면 눈을 깜빡여 그걸 없앨 수 있었다. 하지만 어쩌다 잠깐 그의 생각은 다른 데 가 있었다. 스티븐스가 가고 싶지 않은 곳에.

일어나 하자. 스티븐스는 계속해서 속으로 말했다. 며칠만 더 하면 끝이다. 편집장에게 크게 인정받고, 다른 기자들에게 그가 아직 죽지 않았다는 걸 보여주고, 기획서만 내면 출판사들이 돈 보따리를 들고 찾아올 시간이 많이 남아 있다. 이미 런던의 출판사 두 곳과 교섭 중이긴 하지만, 기획을 거절한 출판사도 네 곳이나 됐다.

어떤 편집자는 거만하게 말했다. "킬러의 자서전은 이젠 한물갔어요."

출판사들 사이에 경쟁이 붙으려면 더 많은 제안을 받아야 했다. 두 곳 가지고는 새 발의 피였다.

바로 이거다.

오크스는 점심식사 후 30분 동안 자기 방에 가 있겠다고 했다. 아침의 인터뷰는 괜찮았다. 돋보이진 않았지만 무난했다. 다음 회를 위한 떡밥으로는 충분했다. 하지만 오크스는 두통이 난다고 투덜대며 욕조에 몸을 좀 담그고 싶다고 말했다. 30분 후, 스티븐스는 오크스의 방을 두드렸다. 응답이 없었다. 프런트 데스크에서는 오크스를 보지 못했다고 했다. 스티븐스는 밖에 나가서 경찰 감시 팀에게 물어보려고 했지만 성급한 일이었다. 지배인에게 동료의 건강 상태가 걱정된다고 말했다. 마스터키를 이용해 방으로 들어갔다. 아무도 없었다. 쥐새끼 한 마리도 없었다. 스티븐스는 지배인에게 사과하고 자기 방으로 돌아갔다. 방에 앉아 손톱을 물어뜯으며 도대체 오크스가 어디로 갔는지 생각해보았다.

허세를 부렸어야 했다.

훌쩍거리며 떠는 모습을 경찰에게 들켰다. 대런 러프가 자존심을 지키려면 다른 곳으로 가자는 바버의 제안을 거절하는 수밖에 없었다. 바버는 다른 쓸 만한 곳을 찾을 때까지 경찰서 유치장에 있자고 제안할 수밖에 없었다. 그린필드에서는 더 이상 그의 안전을 보장할 수 없었다.

바버가 '더 이상'이라고 말하자 러프는 웃었다. 둘 다 그녀가 말만 그렇게 한다는 걸 알고 있었다.

"여기 있겠어요." 러프가 말했다. "도망치지 말아야 할 때가 있어요. 지금은 여기 있는 게 나을 거예요." 그리고 빙긋 웃었다. "옛날 서부 영화 같네요. 그 누구더라, 존 웨인처럼." 그는 리볼버에 손가락을 넣고 빈 권총을 쏘았다. 그러고는 주변을 돌아보며 코를 훌쩍였다. 얼굴에 생기가 없었다.

"좋은 생각이 아닌데요." 바버가 말했다.

"동감입니다." 앤디 데이비스가 말했다. 리버스가 대런 러프의 사회복지사를 본 건 처음이었다. 키가 크고 말랐으며 수염을 길렀다. 빨간색 머리카락은 정수리부터 벗어졌다. 눈 주위에 주름이 있었다. 입은 작고 분홍빛이었다.

"나에게 해줄 수 있는 게 있습니다." 러프가 말했다.

데이비스는 소파에서 몸을 앞으로 기울였다. 손을 무릎 사이에 끼고 있었다. "그게 뭐죠?"

"빗자루와 쓰레받기요. 이 난장판을 치워야죠." 러프가 유리조각을 차며 말했다.

인부가 와서 창문을 판자로 막았다. 인부의 눈에는 음울한 혐오감이 있었다. 아래층에서 누군가가 인부의 도구 상자에 GAP 레이블을 붙였다. 인부는 무선 스크루드라이버와 톱, 망치를 사용해 판자를 창틀에 고정시켰다. 남아 있던 햇빛이 완전히 가려졌다.

러프가 부엌으로 가자 리버스가 따라갔다. 사회복지사가 일어섰다.

"괜찮아요." 리버스가 말했다. "잠깐 얘기만 할 겁니다." 두 남자는 서로를 뚫어져라 바라보았다. 리버스는 데이비스에게 앉으라고 손짓했지만 그는 대신에 창가로 갔다. 러프는 찬장을 열었다 닫았다 하고 있었다. 자기가 무슨 행동을 하는지, 왜 그러는지 확실히 모르는 것 같았다. 리버스가 부엌에 있다는 걸 알고 있었지만 쳐다보지 않았다.

"바라던 대로 됐군요." 러프가 중얼거렸다.

"몇 가지 대답만 원했을 뿐이야."

"뻔뻔스럽기도 하군요."

리버스는 주머니에 손을 집어넣었다. "돌아온 지 얼마나 됐지?"

"3주나 4주 정도요."

"마골리스 경위를 만난 줄은 몰랐어."

"죽었잖아요. 신문에서 봤어요."

"그래. 하지만 그 전에 말이야."

러프는 문 하나를 닫고 리버스 쪽으로 몸을 돌렸다. 목소리가 떨리고 있었다. "맙소사. 왜 이래요? 마골리스는 자살했잖아요?"

"그럴지도 모르지."

러프는 손으로 이마를 문질렀다. "설마 내가 그랬다고 생각……?"

앤디 데이비스가 다가왔다. "지금 뭐 하는 짓이죠?"

"날 엮어 넣으려고 해요." 러프가 고함을 질렀다.

"이봐요, 경위님. 무슨 생각인지 모르겠지만……."

"맞습니다." 리버스가 대꾸했다. "당신은 모르죠. 그러니 좀 빠져줄래요?"

"못 견디겠어요." 러프가 소리쳤다. 거의 울음을 터뜨리려고 했다.

제인 바버가 현관 마루에서 다가왔다. 리버스는 그녀의 표정을 읽을 수 있었다. 비난과 실망이 4:1로 섞여 있었다. 리버스는 그녀가 러프 얘기를 해준 게 기억났다. 러프는 지금 훌쩍거리며 손등으로 코를 닦고 있었다. 무릎을 꿇기 직전인 것처럼 보였다.

인부는 해가 지고 난 후에 작업을 거의 마치고 떠났다. 집에 박힌 나사가 마치 관 뚜껑에 못질한 것 같았다.

"마골리스 경위가 자넬 만나러 왔나?" 리버스가 집요하게 물었다.

러프가 반항적인 눈빛으로 말했다. "아니요."

리버스가 노려보았다. "거짓말 마."

"그럼 날 두들겨 패든가요."

리버스가 러프에게 한 발짝 다가섰다. 사회복지사는 바버에게 부탁했다.

"리버스 경위님." 바버가 경고했다.

리버스는 러프의 눈앞에 바짝 다가섰다. 막다른 길에 몰린 러프는 부엌쪽으로 완전히 물러섰다.

"마골리스가 자넬 만나러 왔나?"

러프는 입술을 깨물며 시선을 피했다.

"그랬냐고?"

"그래요!" 대런 러프가 악을 썼다. 고개를 숙이고 머리카락을 잡아당겼다. 손톱을 머리에 계속 찔러 넣었다. 양 손바닥으로 귀를 막았다. 리버스는 가능한 한 살짝 힘을 주어 손바닥을 떼어냈다. 조용한 목소리로 말했다.

"마골리스가 뭘 원했지?"

"시엘리온이요." 러프가 신음했다. "늘 시엘리온만 물어봤어요."

리버스는 얼굴을 찌푸렸다. "리버스 경위님⋯⋯." 바버의 목소리에 긴장감이 더해졌다. 거의 한계에 다다랐다.

"시엘리온이 왜?"

러프는 제인 바버를 바라보았다. 그의 말은 바버를 향하고 있었다. "당신은 내가 겪은 일을 마골리스에게 말했죠."

"그래서?" 리버스가 끼어들었다.

"마골리스는 그들이 나한테 눈가리개를 한 이유를 알고 싶어 했어요……. 거기 누가 또 있었느냐고 계속 물었죠."

"거기 누가 있었죠?"

러프가 악문 이 사이로 대답했다. "몰라요."

"마골리스한테 그렇게 말했나요?"

러프가 천천히 고개를 끄덕였다. "누군지 모르겠다고 했어요."

"보여주고 싶지 않았던 사람이겠죠. 당신이 아는 사람이었을지 몰라요."

러프가 고개를 끄덕였다. 목소리가 침착해졌다. "자주 궁금했어요. 알아봤을 수도 있겠죠……. 잘 모르겠지만 제복 같은 걸 입었어요. 신부의 로만 칼라*요." 그가 올려다보았다. "당신네 중 하나였을지도 몰라요."

하지만 리버스는 말을 끊었다. "신부?" 그가 말했다. "콜스톤과 시엘리온은 스코틀랜드 교회가 운영했잖아. 거긴 신부가 없어."

하지만 러프는 고개를 저었다. "한 사람 있었어요."

이제 흥미가 생긴 표정의 바버가 얼굴을 찌푸렸다. "신부가 있었다고요?"

"가끔 방문하곤 했는데 언젠가부터 안 왔어요. 난 그분을 좋아했어요. 이름이 리어리 신부였어요." 러프가 희미하게 미소를 지었다. "우리보고 자기를 '코너'라고 부르라고 했어요."

---

* 성직자들이 목에 두르는 빳빳이 세운 칼라.

234

리버스가 아래층으로 내려가자 제인 바버가 따라왔다.

"어떻게 생각해요?" 그녀가 물었다.

리버스는 어깨를 으쓱했다. "짐 마골리스는 왜 시엘리온에 관심을 가졌을까요?"

바버가 어깨를 으쓱할 차례였다.

"러프가 거기서 학대받았단 얘기를 짐한테 했어요?"

바버가 고개를 끄덕였다. "짐의 자살과 관계가 있다고 생각해요?"

"자살이라면요."

그녀가 뺨을 홀쭉하게 했다. "자경단과 얘기해보는 게 좋겠어요." 바버가 말했다. "말 새어나가지 않게 하세요."

"톰 잭슨이 이미 얘기했던데요."

둘은 충계참에서 나는 발소리에 몸을 돌렸다. 앤디 데이비스였다.

"러프를 다른 곳으로 옮겨야 합니다." 데이비스가 말했다. "여기 있으면 위험해요."

"가고 싶어 하지 않던데요."

"설득해야죠."

"저 군중을 보고도 떠나지 않던데 무슨 재주로요?"

"경위님이 러프를 체포하면 되죠."

리버스가 웃음을 터뜨렸다. "며칠 전에는……."

데이비스가 리버스 쪽으로 몸을 돌렸다. "러프를 괴롭히는 게 아니라 보호해야 하니까요."

"주변에 사람을 붙여놓죠." 바버가 말했다.

"톰 잭슨도 늘 붙어 있을 수는 없어요." 리버스가 의견을 말했다.

"필요하다면 내가 보초를 서겠어요." 바버가 데이비스 쪽으로 몸을 돌렸다. "지금으로선 더 할 수 있는 게 없어요."

"만일 러프가 재판에서 쓸모 있다는 게 밝혀지면……."

"그 말은 안 들은 걸로 하죠, 데이비스 씨." 잡아먹을 듯한 눈에 얼음처럼 싸늘한 목소리로 바버가 말했다.

"군중이 러프를 죽일 거예요." 사회복지사가 말했다. "그래도 경위님은 눈썹 하나 까딱 안 하시겠죠."

바버는 리버스를 쳐다보았다. 리버스가 뭐라고 대답할까 궁금했다. 하지만 리버스는 고개를 흔들고는 담뱃불을 붙였을 뿐이었다.

리버스는 코너 리어리 신부와 오래 알고 지낸 사이였다. 한때는 자주 찾아가서 기네스 맥주를 마시며 대화를 나누곤 했다. 하지만 리어리 신부의 번호로 전화를 걸자 다른 신부가 받았다.

"코너 신부님은 병원에 계십니다." 젊은 신부가 설명했다.

"언제부터요?"

"며칠 전부터요. 심장마비 같았습니다. 가벼운 증상이라 별일 없으실 겁니다."

리버스는 병원으로 차를 몰았다. 마지막으로 리어리 신부를 찾아갔을 때 보니 냉장고가 약으로 가득했다. 신부는 가벼운 병 때문이라고 설명했다.

"언제부터 알고 계셨죠?" 친구의 침대 옆으로 의자를 당겨 놓으며 리버스가 물었다. 코너 리어리 신부는 늙고 핼쑥했다. 피부는 늘어졌다.

"포도주는 안 가져왔군." 리어리가 말했다. 걸걸했던 목소리는 간 데 없었다. 신부는 침대에 앉아 있었다. 주위는 쾌유를 비는 꽃과 카드로 가득

했다. 머리맡 벽에는 십자가에 못 박힌 예수가 내려다보고 있었다.

"소식 들은 지 한 시간도 안 됐어요."

"들려줘서 고마워. 이젠 한 잔 권하지도 못하겠군."

리버스는 미소를 지었다. "곧 퇴원하실 거라던데요."

"관에 실려 나갈 거란 얘긴 안 하던가?"

리버스는 억지로 미소를 지었다. 마음속에서 그는 못을 박고 있는 목수를 떠올렸다.

"부탁이 하나 있습니다." 리버스가 말했다. "들어주실 수 있나요?"

"가톨릭으로 개종하려고?" 리어리 신부가 농담했다.

"고백성사가 도움이 됩니까?"

"물론이지. 자네 같은 죄인이라면 신부가 하나로는 모자라겠지만." 신부의 시선이 머물렀다. "그래, 뭘 고백하려는가?"

"하실 수 있겠습니까? 나중에 와도 되는데……."

"시작하게, 존. 어차피 할 거잖나?"

리버스는 의자에서 몸을 앞으로 기울였다. 그의 오랜 친구는 입가에 흰 반점이 있었다. "대런 러프라는 이름 기억하십니까?" 리버스가 말했다.

리어리 신부는 잠시 생각했다. "아니." 그가 말했다. "실마리 좀 주게."

"콜스톤 하우스."

"예전 얘기군."

"거기서 일하셨습니까?"

리어리 신부는 고개를 끄덕였다. "다종교(多宗教) 시설 중 하나였어. 누구 머리에서 나온 생각인지는 몰라도 나는 아닐세. 신부는 가톨릭 보육원을 방문해야 했지. 그래서 콜스톤에서도 일해야 했어." 신부가 말을 멈췄다. "대런이 그 아이들 중 하나였나?"

"네."

"이름만 들어선 모르겠어. 얘기를 나눈 애들이 한둘이 아니었으니까."

"대런은 기억하던데요. 신부님을 '코너'라고 부르라고 했다면서."

"그 말은 맞네. 이 대런한테 문제가 있나?"

"소식 못 들으셨나요?"

"여기는 세상과 단절된 느낌이야. 신문을 못 보니 아무것도 모르지."

"소아성애자인데 사회에 복귀했죠. 사회가 그를 원하지 않는 게 문제이지만."

코너 리어리 신부는 고개를 끄덕였다. 여전히 눈을 감은 채였다. "대런이 다른 아이를 추행했나?"

"열두 살 때였습니다. 피해자는 여섯 살이었고요."

"이제 기억나는군. 안색이 창백했지. 파리 한 마리 못 죽일 만큼 소심했어. 콜스톤을 운영하던 남자가……."

"램지 마샬입니다."

"재판을 받고 있지?"

"네."

"그가…… 대런을?"

"그런 것 같습니다."

"오, 하느님. 바로 내 코앞에서 벌어진 일이었겠군." 신부가 눈을 떴다. "그 아이들이…… 나한테 말하려고 했을 수도 있어. 하지만 들을 수 없었지." 신부는 다시 눈을 감았다. 눈물이 뺨 위로 흘렀다.

리버스는 후회했다. 이러려고 여기 온 게 아니었다. 친구의 손을 꼭 쥐었다. "나중에 얘기해요. 지금은 푹 쉬시고요."

"자네나 나 같은 사람이 언제 쉰 적이 있나?"

리버스는 일어섰다. 침대에 있는 신부의 모습을 내려다보았다. 신부의 로만 칼라…… 그럴 수도 있다. 하지만 코너 리어리 신부는 절대 아니다. 당신네 중 하나였을 수도 있어요…… 제복을 입은 사람. 리버스는 그런 생각을 하고 싶지 않았다. 하지만 짐 마골리스는 그 생각을 그냥 넘기지 않았다. 그리고 얼마 가지 않아 죽었다.

"존." 신부가 말했다. "기도 중에 날 기억해주겠나?"

"그럼요, 신부님."

기도를 그만둔 지 오래라는 말은 차마 할 수 없었다.

20

아파트에 돌아온 리버스는 커피 두 잔을 타서 거실로 가져갔다. 재니스는 다른 자선단체와 통화 중이었다. 데이먼의 세부 정보를 알려주고 있었다. 가로 6.7미터, 세로 4.2미터인 큰 방이었다.

베이 윈도우*(아직도 오리지널 셔터를 달고 있었다). 높은 천장 – 3.3미터 정도 – 에는 처마돌림띠 장식이 있었다. 전처 론다는 이 방을 아주 좋아했다. 심지어 집을 샀을 때 있었던 원래 벽지(보라색 물결무늬가 있어서 리버스는 지나갈 때마다 뱃멀미하는 느낌이었다)까지도. 갈색 카펫에 어울리는 페인트칠을 한 덕분에 그 벽지는 자취를 감췄다.

리버스는 대런 러프의 아파트를 생각했다. 물론 전에도 형편없는 아파트를 본 적은 있지만 그 정도로 열악하진 않았다. 재니스는 수화기를 내려놓고 펜으로 머리를 긁었다. 그러고는 묶음 종이 위에 메모를 갈겨썼다. 자선 단체의 전화번호를 따라 줄을 긋고 나서 펜을 탁자에 던졌다.

"커피 마셔." 리버스가 말했다. 재니스는 감사의 미소와 함께 커피잔을 받아들었다.

"침울해 보여."

"원래 그래." 리버스가 말했다. "전화 좀 써도 될까?"

---

* 실내에 구석진 부분을 만들기 위해 벽을 밖으로 내물려 형태를 만든 창.

재니스는 고개를 끄덕였다. 리버스는 의자로 가 앉아서 수화기를 집어 들었다. 불과 몇 달 전에 산 무선전화기였다. 아마 페트리의 번호로 다시 걸었다. 어떤 남자가 허둥대는 목소리로 마퀴스 호텔의 대연회장 중 하나로 해보라고 알려주었다. 거기서 찾을 수 있을 거라고 말했다.

"데이먼의 은행 지점장이 연락해왔어." 그가 통화를 끝내자 재니스가 말했다.

"그래?"

"본점의 승인을 받았다고 했어. 데이먼의 계좌에서 인출이 있으면 알려주겠대."

"아직까진 없었고?"

"그렇대."

"데이먼은 사라지던 날 밤에 100파운드를 인출했어."

"가출자 같다고 말했지."

"다른 증거가 없는 한 그게 맞아."

"하지만 그 애가 왜……?" 재니스는 말을 멈추고 미소를 지었다. "맨날 같은 질문이지. 듣는 것도 지겹겠어."

"데이먼 자신만이 설명할 수 있어. 그 전에는 화내 봐야 소용없고."

재니스가 그를 쳐다보았다. "네 말은 늘 옳아, 조니."

리버스는 어깨를 으쓱했다. "도움이 되면 다행이지."

재니스는 커피를 다 마셨다. 마지막 한 모금으로 파라세타몰 알약 두 개를 삼켰다. 리버스는 나가자고 말했다.

"어디로?" 재킷을 찾으며 재니스가 물었다.

"미인 대회장." 리버스가 말했다. 그러고는 눈을 찡긋했다. "수영복 가져왔어?"

"아니."

"상관없겠지. 어차피 너무 늙어서 참가 자격도 없으니까."

"거 참, 고마운 말이네."

"보면 안다니까." 앞장서서 문으로 가며 리버스가 말했다.

캐리 오크스는 오려낸 신문 기사를 가지고 있었다. 오래된 것이라서 손
상되기 쉬웠다. 혹시나 손가락 사이에서 바스러질지도 몰라서 요즘에는
잘 보지 않았다. 하지만 오늘은 일종의 특수 상황이었다. 그래서 카페에서
주머니에 손을 넣어 기사를 꺼낸 다음 꼼꼼히 읽었다. 회색 종이에 희미해
진 글자들이 있었다. 영국 타블로이드 신문에서 오려낸 그의 재판과 평결
기사였다. 증오의 단어들이 있었다. "오크스는 전기의자형에 처해져야 마
땅했다." 간결하고 신념에 찬 서술이었다.

하지만 오크스는 전기의자 신세가 되지 않았다. 그리고 이제 그를 전기
구이로 만들고 싶어 했던 사람이 있는 바로 그 동네로 돌아왔다. 다시금
분노가 속에서 끓어오르기 시작했다. 잘 접힌 선을 따라 기사를 접어 주머
니에 넣고 있는 손이 약간 떨렸다. 그 말을 한 누군가를 조만간 후회하게
만들 것이다. 사실을 알고 두려워하는 눈을 보면서, 그 후회하는 모습을
지켜볼 것이다.

그리고 그들의 목숨을 끊어버릴 것이다.

카페를 나온 오크스는 언덕 오르막으로 향했다. 조용한 인도를 따라 방
갈로를 지나쳐 걸었다. 마침내 목적지에 다다랐다. 건물을 바라보았다.

'그'는 거기에 있었다. 오크스는 그의 맛과 냄새를 느낄 수 있을 지경이

었다. 혼자 방에 있겠지. 잠이 들었거나 쉬고 있을 것이다. 아니면 캐리 오크스의 업적을 쫓으면서 신문을 읽고 있을 것이다.

"얼마 안 남았어." 오크스는 조용히 혼잣말을 하며 자리를 떴다. 눈에 띄고 싶지 않았다. "금방이야." 되풀이해 말하며 언덕을 내려와 시내를 향해 걷기 시작했다.

호텔은 1930년대식 디자인이었다. 에든버러 서쪽 끝의 로터리 옆에 있었다.

"'렉스'하고 비슷하지?" 재니스가 말했다.

핵심을 찌른 말이었다. 렉스는 카든던에 있던 세 곳의 영화관 중 하나였다. 시내의 주 도로 근처의 눈에 잘 띄는 자리에 있었다. 어린 리버스에게 렉스는 철의 장막을 다룬 영화에 나온 국가기관 건물처럼 보였다. 전체가 직선과 직각으로 이루어진 으스스한 건물이었다. 이 호텔은 그 렉스를 길게 늘려놓은 버전이었다. 마치 누군가 렉스의 양쪽을 잡아당긴 것 같았다. 주차장이 만차여서 리버스는 먼저 온 사람들이 한 것처럼 했다. 자신의 사브를 잔디 경계에 주차시켜 차 앞부분이 화단에 닿게 했다.

호텔 로비 가운데 대형 게시판이 있었다. 「아워 리틀 앤젤스」는 데번셔 스위트룸에서 열린다고 적혀 있었다. 양쪽으로 자리 잡고 있는 문과 복도를 따라가는 중에 작은 박수 소리가 들렸다. 데번셔 스위트룸 문 앞에 자홍색 투피스를 입은 거구의 여자가 서 있었다. 여자는 작은 탁자 뒤에 앉아 있었다. 여섯 개의 이름표가 탁자 위에 놓여 있었다. 여자는 둘에게 이름을 물어보았다.

"명단에 없을 겁니다." 리버스가 말하며 신분증을 꺼냈다. 여자의 눈이 휘둥그레지더니 리버스가 재니스를 데리고 방에 들어가는 동안 자리에 못 박혀 있었다.

한쪽 끝에 임시 무대가 있었다. 의자가 그 무대 앞에 줄지어 놓여 있었다. 분홍색과 파란색의 덮개가 의자 뒤에 걸려 있었다. 만개한 꽃이 꽂힌 꽃병이 무대 앞쪽과 의자 줄 각 끝에 놓여 있었다. 방은 절반쯤 찼다. 벽 주변에는 핸드백과 코트가 놓여 있었다. 몸치장에 여념이 없는 엄마와 딸들이 있었다. 머리는 빗질해 가지런하게 하고, 메이크업을 손보고, 옷의 주름을 펴거나 리본을 다시 맸다. 딸들은 주위를 돌아보며 경쟁자들을 초조한, 때로는 무시하는 듯한 눈빛으로 살펴보고 있었다. 다들 많아야 여덟 살이나 아홉 살이었다.

"애완견 대회 같네." 재니스가 리버스에게 속삭였다.

마이크 앞에 있는 남자가 진행 메모를 보며 다음 참가자를 소개했다.

"번티슬랜드에서 온 몰리입니다. 초등학생입니다. 취미는 조랑말 타기와 의상 디자인이라는군요. 오늘 대회 의상도 직접 디자인했답니다." 사회자는 관객들을 쳐다보았다. "어떻습니까, 여러분? 차세대 크리스티앙 디오르군요. 몰리에게 환영의 박수 주세요."

엄마가 몰리의 어깨를 토닥였다. 몰리는 무대로 올라가는 나무 계단 세 개를 머뭇거리면서 딛고 올라갔다. 사회자는 마이크를 손에 들고 쪼그려 앉았다. 인공 선탠에 꼬임머리였다 – 아니면 리버스가 그저 질투하는 건지도 몰랐다. 심사위원단은 앞줄에 있었다. 사람들이 엿보지 못하게 투표용지를 숨기고 있었다.

"몇 살인가요, 몰리?"

"일곱 살 9개월이요."

"일곱 살 9개월이요? 79개월이 아니고?" 사회자는 미소를 지었지만 몰리는 어떻게 대답할지 몰라 어리둥절한 표정을 지었다. "걱정 말아요, 몰리." 사회자가 말을 이었다. "지금 입고 있는 예쁜 드레스 얘기 해볼래요?"

리버스는 주위를 둘러보았다. 아직 화장할 나이가 아닌 얼굴에 메이크업을 하는 바람에 애들이 광대처럼 보였다. 머리도 성인처럼 했다. 엄마들은 불안과 기대에 찬 표정으로 법석을 떨고 있었다. 엄마들도 메이크업을 하고 밝은 옷을 입고 있었다. 염색을 한 엄마들도 있었다. 몇몇은 성형수술도 한 것 같았다. 리버스와 재니스에게 관심을 보이는 사람은 아무도 없었다. 커플은 수도 없이 많았다. 하지만 이건 분명 엄마와 딸들의 대회였다.

아마 페트리의 흔적은 보이지 않았다. 리버스는 페트리가 그나저나 여기서 뭘 하고 있는지 감도 잡을 수 없었다. 전화로 알려줬던 사람은 설명할 시간이 없었다. 그때 아는 사람의 모습이 둘 보였다. 한나 마골리스였다. 긴 금발이 어깨 아래까지 곱슬거리고 있었다. 아빠의 장례식에서는 흰 레이스 옷을 입고 있었다. 오늘은 옅은 파란색 드레스에 흰색 타이츠와 반짝거리는 빨간 구두 차림이었다. 머리카락에는 나비리본을 맸고, 입은 반짝이는 진홍색 단추 같았다. 엄마 캐서린 마골리스는 한나 앞에 무릎을 꿇고 마지막으로 격려의 말을 해주고 있었다. 한나는 엄마에게서 눈을 떼지 않으면서 가끔씩 고개를 살짝 끄덕였다. 캐서린은 한나의 손을 잡고 꼭 쥔 다음 일어섰다.

장례식 때 짐 마골리스의 미망인은 침착해 보였다. 지금은 더 불안한 것 같았다. 아직도 검은색 스커트를 입고 흰색 실크 블라우스 위에 재킷을 걸쳤다. 그녀는 무대 쪽을 보았다. 무대에서는 몰리가 테이프 반주에 맞춰

〈선원(Sailor)〉을 부르고 있었다. 리버스는 이 노래라면 페튤라 클락*이 생각났다. 재니스는 줄 끝에 있던 의자에 앉아서 믿을 수 없다는 눈으로 리버스를 보고 있었다. 리버스가 다시 한나 쪽을 보았을 때, 캐서린 마골리스가 그를 쳐다보고 있는 걸 알아차렸다. 어디서 본 적이 있는지 떠올리려하는 것 같았다. 몰리는 공연을 끝내고, 예의상 치는 박수를 받았다. 몰리는 뛰다시피 무대를 내려갔다. 빠진 이를 드러내며 활짝 웃었다.

"다음 참가자는" 사회자가 말했다. "바로 여기 에든버러에 사는 한나입니다."

한나가 무대로 올라가자 리버스는 방을 가로질러 캐서린에게 다가갔다.

"안녕하세요, 마골리스 부인."

캐서린은 입술에 손가락을 갔다댔다. 무대에 온통 정신이 쏠려 있었다. 한나의 공연을 보면서 기도하듯 손을 모아 쥐고 있었다. 사회자가 한나에게 곤란해 보이는 질문을 하자 입술을 찡그렸다. 마침내 가방 하나에 손을 뻗더니 리코더를 가지고 무대로 갔다. 미소와 함께 리코더를 한나에게 건네주었다. 한나는 무반주로 연주했다. 리버스가 듣기에는 클래식 같았다. 광고에서 들은 것 같은데 뭐였는지는 기억나지 않았다. 재니스 쪽을 보았다. 나이 지긋한 부부가 재니스 옆에 앉아서 무대 쪽을 보고 있었다. 부부는 손을 잡고 있었다. 남자는 한 손에 지팡이를 쥐고 있었다. 리버스는 누군지 알아보았다. 짐 마골리스의 부모였다.

마침내 공연이 끝나고 한나는 엄마에게 돌아왔다. 캐서린이 한나의 머리에 키스해주었다.

"완벽했어." 캐서린 마골리스가 말했다. "정말 완벽했어."

* Petula Clark. 영국의 가수이자 영화배우. 아역 스타로 유명했다.

"음이 틀렸어요."

"못 들었는데."

한나가 리버스 쪽으로 몸을 돌렸다. "들으셨어요?"

리버스는 고개를 저었다. "문제없었던 것 같은데."

한나의 얼굴이 조금 펴졌다. 엄마에게 뭔가 귓속말을 했다.

"그럼 가보렴."

한나가 할아버지와 할머니 쪽으로 가자, 캐서린 마골리스는 천천히 일어서서 한나가 가는 모습을 보았다.

"제대로 인사하는 건 처음이군요, 마골리스 부인." 리버스가 말했다. "장례식에서 뵈었습니다. 짐과 같이 근무했어요. 존 리버스라고 합니다."

캐서린은 심란한 듯 고개를 끄덕였다. "당신 생각엔 제가……." 그녀는 적당한 말을 찾고 있었다. "짐이 사고를 당한 지 얼마 되지도 않았는데 이런데 나온다고 하시겠죠. 하지만 이래야 한나가 아빠를 잠시라도 잊을 수 있을 거라고 생각했어요."

"물론이죠."

"한나는 너무 마음 아파했어요."

"그렇겠죠." 리버스는 캐서린이 심사위원과 관객석을 살펴보고 있다는 것을 알아차렸다. 한나의 공연이 성공적이었다는 실마리라도 찾아보는 것 같았다. "짐이 투신자살했다고 생각하십니까?" 리버스가 물었다.

캐서린이 그를 쳐다보았다. "뭐라고요?"

"사람들은 자살이었다고 생각합니다."

"좋은 대로 생각하라고 하세요." 그녀가 날카롭게 말했다. 그러고는 리버스 쪽으로 몸을 돌렸다. "한나한테 아빠가 스스로 목숨을 끊었다고 말하라는 건가요?"

"당연히 아니죠……."

"그이는 산책하다가 절벽 끝에 너무 가까이 갔어요. 깜깜했고…… 갑자기 세찬 돌풍이 불었겠죠."

"그렇게 생각하십니까?" 캐서린은 대답하지 않았다. "짐이 자주 밤 산책을 나갔나요?"

"무슨 상관이죠?"

리버스는 카펫을 내려다보았다. "솔직히 상관없습니다."

"그럼 어째서요?"

"그 일을 이해하려고 애써봤습니다."

캐서린이 그를 다시 쳐다봤다. "왜요?"

"자기만족을 위해서죠." 리버스는 캐서린의 눈을 마주보았다. 아름다웠다. 머리카락을 뒤로 넘겨 균형 잡힌 얼굴이 잘 드러났다. 가는 눈썹은 반달 모양이었고, 광대뼈도 적당했다. 하나의 눈은 아빠처럼 파란색이었지만 캐서린 마골리스는 녹갈색이었다. "그리고" 리버스가 말을 계속했다. "대런 러프와 관계가 있다고 생각하기 때문입니다."

"그게 누군데요?"

"짐이 말한 적 없었나요?"

그녀는 고개를 젓고 초조하게 한숨을 내쉬더니 시선을 다시 심사위원 쪽으로 향했다. 심사위원 한 사람이 사회자와 이야기를 나누고 있었다. 사회자는 마이크를 끄고 있었다.

리버스는 캐서린이 뭔가 말하려 한다고 생각했다. 하지만 아무 말도 없자 다른 질문을 던졌다.

"짐은 차를 가져가지 않았죠?"

"네?"

"그날 밤에는 비가 오고 있었습니다."

"산책하는데 왜 차를 가지고 가나요?"

"저라면 폭우가 쏟아질 때는 솔즈베리 크랙스에 가지 않을 겁니다. 낮이든 밤이든."

"그렇지만 짐은 갔죠."

"네. 그랬죠…… 아직도 그 이유를 이해할 수 없습니다."

"리버스 씨. 전 근심이라면 넘칠 만큼 했어요. 괜찮으시다면 이만……." 그녀는 리버스의 어깨 너머를 보고 얼굴이 환해졌다.

"아만다!"

젊은 여자가 데스크는 거들떠보지도 않고 문을 빠르게 지나오고 있었다. 여자는 팔을 활짝 벌리고 다가왔다. 양손에는 쇼핑백이 흔들거리고 있었다. 그러고는 캐서린 마골리스를 안았다.

"늦어서 미안해, 케이티. 도로가 주차장이었어. 한나 순서 지난 건 아니지?"

"끝났어."

"아, 젠장!" 소리가 너무 커서 사람들이 뒤돌아봤다. 리버스는 좀 떨어진 자리에서도 담배와 술 냄새를 맡을 수 있었다. 쇼핑백은 제너스 백화점, 크루즈, 바디 숍의 것이었다. "한나는 어땠어? 엄청 잘 했지?" 주위를 둘러보았다. "그런데 어디 있어?"

한나가 할머니 손을 잡고 그들 쪽으로 다가오고 있었다. 할아버지가 따

249

라오고 있었다. 새 방문자를 본 한나의 얼굴이 밝아졌다. 아만다는 쪼그려 앉아서 다시 팔을 벌렸다. 한나가 품안으로 뛰어들었다.

"화장 묻지 않게 조심해, 아마." 캐서린 마골리스가 미리 말했다.

"천사가 따로 없네." 아만다가 한나에게 말했다. "립스틱 바른 거만 빼고."

캐서린 마골리스가 리버스를 쳐다보았다. "죄송하지만 얘기 끝난 줄 알았는데요." 정중한 축객령*이었다.

"그랬죠." 리버스가 말했다. "하지만 전 미스 페트리를 만나러 왔거든요."

아만다 페트리가 일어섰다. 착 달라붙는 검은색 미니 드레스와 지퍼가 열린 검은색 가죽재킷을 입고 있었다. 맨발에 검은 하이힐을 신었다. 페트리가 리버스를 위아래로 훑어보았다.

"내가 돈 빌렸던가요?" 그녀가 물었다. 그러고는 한나의 할아버지와 할머니에게 관심을 돌렸다. "안녕하셨어요?" 페트리가 두 사람에게 키스하고 포옹했다. "어떻게 지내셨어요?"

"늘 그렇지." 할머니가 말했다.

"한나는 대단했단다." 할아버지가 말했다. "처음 뵙는 분이군요." 그가 리버스에게 손을 내밀었다.

"리버스 경위입니다." 리버스가 말했다. 노인의 얼굴이 어두워지는 게 보였다. 이제 아마 페트리가 그를 살펴보고 있었다. 리버스는 미소를 지었다. "빚쟁이보다 더 나쁜 놈이라고 보시는군요." 그가 페트리에게 말했다. "바에 가서 술 한잔할 수 있을까요?"

---

* 逐客令. 나그네를 추방한다는 명령.

하지만 아만다는 그렇게 바보는 아니었다. 리버스는 몇 잔만 먹이면 이야기를 술술 토해내게 할 수 있으리라 생각했다. 하지만 아만다는 작은 찻주전자 하나와 오렌지주스 몇 잔만 고집했다. 호텔 라운지에는 리버스와 재니스, 아마 페트리 세 사람만이 앉아 있었다. 아마는 금발을 한쪽 귀 뒤로 밀어 넣고 있었다. 리버스는 아마를 쳐다보았다. 재니스가 무슨 생각을 하고 있는지 알았다. 아마가 그 정체 모를 금발 여자일까? 리버스는 그렇게 생각하지 않았다. 체형이 달랐다. 그렇게 키가 크지도 않았고 어깨도 더 좁았다. 아마에게는 아버지와 닮은 점을 찾아볼 수 없었다.

아마는 드레스 한쪽 어깨를 만지작거리고 있었다. 눈은 라운지를 훑어보며 뭔가 재미있고 멋진 사람이 있나, 자기가 아는 사람은 없나 찾아보고 있었다.

"심사 발표 때는 돌아가고 싶네요." 아마가 그들에게 상기시켰다. "한나는 꼭 우승해야 해요."

"왜 그렇죠?"

"한나는 품위가 있어요. 얼굴에 떡칠하거나 급하게 바느질한 옷으로 갖출 수 있는 게 아니죠."

"직접 바느질이나 해본 적 있어요?" 리버스가 물었다.

아마는 다시 그에게 관심을 돌렸다. "자수와 가사. 내가 다닌 학교는 애들을 작은 숙녀로 만들려고 했죠." 그녀는 담뱃불을 붙이고 다리를 꼬았다. 아마가 담배를 권하지 않기 때문에 리버스는 과시하듯 자기 담뱃갑을 꺼냈다. 담배에 불을 붙인 다음 재니스에게 한 대 권했다.

"미안해요." 아마 페트리가 자신의 담배를 권하며 말했다. 리버스는 이미 불을 붙인 담배를 그녀 쪽으로 흔들었다. "날 어떻게 찾았죠?" 아마가 물었다.

"당신 번호로 전화했죠."

"닉하고 통화했나보군요." 그녀가 연기를 내뿜었다. "남동생이에요. 늘 자기 누나를 짭새들한테 찌르려고 하죠."

리버스는 그 말을 흘러 넘겼다. "한나와 어떻게 아는 사이죠?" 그가 물었다.

"친척이에요. 육촌. 친척 관계가 다 그렇죠."

리버스는 짐 마골리스가 '연줄'이 있는 사람과 결혼한 건 알고 있었다. 하지만 캐서린이 페트리 판사의 친척이라는 건 몰랐다.

"대부분의 친척들과는 왕래가 없어요." 아마 페트리가 말을 이었다. "하지만 한나는 정말 귀엽잖아요?" 그녀는 이 질문을 재니스에게 했다. 재니스는 고개를 끄덕였다.

"하지만 난 이런 대회는 이해가 안 가요." 재니스가 말했다.

아마는 동감인 것 같았다. "맞아요. 하지만 케이티는 좋아하죠. 한나도 그런 것 같고."

"거기 엄마들은 전부……." 재니스가 혼잣말을 했다. "딸들에게 압박감을 주고 있어요."

"네. 그렇죠……." 아마는 재떨이에 담뱃재를 털었다. "그나저나 원하는 게 뭐죠?"

리버스는 상황을 설명했다. 그가 말하는 동안 아마는 관심을 재니스에게 돌렸다. 어느 순간 몸을 앞으로 기울이더니 재니스의 손을 잡고 꼭 쥐었다.

"안 되셨네요."

아마는 신문의 상담가 같은 표정을 지었다. 어느 정도 거리가 있는 타인의 상실감에만 마음이 움직이는 사람.

"그날 밤 파티를 연 건 맞아요." 아마도 동의했다. "기억이 잘 안 나긴 하지만요. 술도 많이 취한데다 사람도 많아서…… 소문이 퍼져서 가끔 불청객이 와도 눈감아줘요. 재미있기만 하면요. 하지만 보트 주인은 손님이 너무 많다고 계속 잔소리를 했죠. 늘 이 사람 아느냐, 저 사람 아느냐, 초대한 사람이냐고 물어봐요." 아마는 두 번째 오렌지주스 잔을 비웠다. "내가 왜 이런 귀찮은 가장무도회를 하는지 모르죠?"

"이유가 뭐죠?"

아만다는 능청스럽게 웃었다. "재미있으니까요. 그리고 가장무도회를 하는 동안에는 내가 다른 사람이 되니까요." 그녀는 이 생각을 하다가, 마치 잘못된 옷을 입은 듯 어깨를 으쓱하며 떨쳐버렸다. "아드님이 내 파티에 온 게 확실한가요?"

"마지막으로 목격된 장소가 거기였어요." 재니스가 확인해주었다.

리버스는 사진을 꺼냈다. 데이먼, 그리고 데이먼과 정체불명의 금발 여자의 사진이었다. 아마가 사진을 살펴보는 동안 리버스는 그녀에게 가이타노에 가본 적이 있느냐고 물었다.

"'가이저'라고 하는 곳 말인가요?" 리버스는 고개를 끄덕여 확인해주었다. "네. 한두 번요. 공공 근로나 실업수당으로 먹고 사는 하층민들 천지더군요. 싸구려 칵테일에 잔뜩 취하고 엑스터시*를 하죠." 아만다가 미소를 지었다. "내가 노는 물은 아니에요." 그녀는 사진을 돌려주었다. "미안해요. 모르는 사람이네요."

---

* 마약의 일종.

"여자도 본 적 없어요?"

아만다는 코를 찡그렸다. "매춘부 같은데요."

"아는 사람일 수도 있잖아요."

"경위님." 그녀는 목이 쉰 듯한 웃음을 터뜨렸다. "범위가 너무 넓어요. 내가 아는 사람이 한둘인가요."

"하지만 내 아들은 몰랐잖아요." 재니스가 정색을 하고 말했다.

"그래요." 아마가 미안해하는 듯한 표정을 지었다. "아무리 생각해도 모르는 얼굴이에요." 그녀는 자리에서 튀어 일어났다. "돌아가야겠어요. 심사가 시작됐을 거예요."

리버스와 재니스는 그녀를 따라갔다. 시상식이 열리는 동안 출입구에 서 있었다. 한나는 2등이었다. 우승자가 호명되어 앞으로 나와 반짝이는 티아라를 받았다. 모두 박수갈채를 보냈다. 아마 페트리만 예외였다. 까치 발을 하고 뛰면서, 풍성한 검은 머리에 반짝이를 한 여자아이에게 큰 목소리로 야유를 보내고 엄지손가락을 아래로 내렸다.

캐서린 마골리스는 아마가 소란을 피우는 걸 막으려고 했지만, 리버스가 보기에는 그리 애써 말리는 것 같지는 않았다.

"대체 어디 있었어요?"

스티븐스는 캐리 오크스를 바에서 찾아냈다. 오렌지주스를 마시며 직원과 얘기를 나누고 있었다.

"산책하며 생각 좀 했지." 오크스가 스티븐스를 쳐다보았다. "아무것도 잊지 않았다는 걸 확인하고 싶었어."

스티븐스가 오크스의 잔을 집어 들었다. "그럼 이것도 잊지 말아요. 이

건 내 주스예요. 내가 돈을 내니까요. 인터뷰를 통째로 날렸잖아요."

"보충해주지." 오크스는 스티븐스에게 키스를 날렸다. 바텐더를 보고 씩 웃으며 윙크했다. 그러고는 스티븐스 쪽으로 몸을 돌렸다. "자네 꼴 좀 보게. 땀범벅이 돼서는 벌벌 떨고 있잖아. 그러다 심장마비 걸려. 진정해, 짐. 그냥 흘러가는 대로 두라고."

"편집장이 더 나은 기사를 원해요."

"케네디 암살범을 밝혀내는 기사를 써도 편집장은 만족 안 해. 자네도 나도 알잖아. 제일 흥미 있는 내용은 책에 쓰게 남겨두자고. 책만 나오면 우린 떼부자가 될 거야."

"출판사가 나타나야 말이죠."

"그렇게 될 거야. 날 믿어. 여기 내 옆에 앉게. 한 잔 사지. 친구한테 사는 건 아깝지 않아." 오크스는 스티븐스의 어깨에 팔을 둘렀다. "자넨 지금 캐리 오크스와 함께 있다고. 짐. 내 상류사회의 일원이지. 아무 일도 없을 거야." 오크스는 눈을 맞추고 계속 응시했다. "믿어도 돼." 그가 말했다. "맹세하겠네."

"헤이마켓*에 내려줘." 재니스가 말했다. 둘은 다시 차에 타고 시내로 향하고 있었다.

"괜찮겠어? 더 태워다 줄 수……."

재니스는 고개를 저었다.

"재니스. 이런 추적 작업은…… 막다른 골목에 몰리게 돼 있어. 많은 경우에 그래. 인정해야 해."

---

* 에든버러 서쪽의 번화가.

그녀는 고개를 저었다. "미인 대회에 나왔던 아이들을 생각하고 있었어. 자라면 어떤 모습일까 궁금했지. 딸이 있었다면……" 다시 고개를 저었다.

"몹시 끔찍했지." 리버스도 같은 생각이었다.

재니스가 그를 쳐다보았다. "그렇게 생각했어? 처음엔 나도 그랬어. 하지만 계속 보다 보니까…… 다들 예뻐 보이는 거야." 그녀는 손수건을 꺼내 눈을 가볍게 두드렸다.

"집까지 태워다줄게." 리버스가 말했다.

"아니. 그러지 마." 재니스는 잠시 말을 멈추고 그의 팔에 손을 얹었다. "내 말은 너한테…… 세상에. 내가 뭘 바라는지도 모르겠어."

"데이먼이 돌아오길 바라잖아."

"맞아. 그걸 원해."

"그밖에는?"

재니스는 그 질문을 곰곰이 생각하는 것 같았다. 하지만 결국에는 아무 대답도 하지 못하고 그에게 몸을 돌려 미소를 지을 뿐이었다. 눈이 눈물에 젖어 빛나고 있었다.

"네가 떠나 있던 것 같지 않아서 재미있어." 재니스가 말했다.

리버스는 고개를 끄덕였다. "겨우 삼십 몇 년인걸. 친구 사이엔 긴 세월도 아니잖아?"

둘은 함께 웃었다. 그는 손가락으로 그녀의 손등을 만졌다. 헤이마켓 기차역 밖에 차를 세워두고 둘은 잠시 말없이 앉아 있었다. 그러고는 재니스가 문을 열고 나갔다. 마지막으로 한 번 더 미소를 짓고는 가버렸다.

리버스는 조금 더 앉아 있었다. 플랫폼으로 달려 내려가 군중 속에서 그녀를 찾아 헤매는 자신의 모습을 상상했다. 영화에서나 있는 일이다.

현실은 결코 그렇지 않다. 영화에서는 뭐든 할 수 있다. 하지만 현실에서는…… 현실에서는 그러다간 늘 엉망이 된다.

리버스는 옥스퍼드 테라스로 돌아왔다. 페이션스는 집에 없었다. 메모를 남기는 단계는 진작 지났다. 30분 정도 욕조에 몸을 담그고 있다 잠이 들었다. 턱이 물 아래 잠기자 놀라 잠이 깼었다. 신문 헤드라인이 눈에 보였다. '피로에 지친 경찰이 목욕 중 비극적 사망'. 짐 스티븐스가 신나 하겠군.

소파에 누워 음악을 틀었다. 피트 해밀의 〈유령 둘 아니면 셋(Two or Three Spectre)〉이었다. 리버스는 자신의 유령이 거기 있다는 걸, 주위를 맴돌며 편안히 쉬고 있다는 걸 알고 있었다. 리버스 자신보다도 더 편안하게. 페이션스, 새미, 재니스…… 페이션스와 자신 사이에 그 순간이 다가오고 있었다. 최악의 고비가. 하지만 고비는 전부터 있었는지 모른다. 하지만 재니스와 자신 사이에도 어떤 순간이 올까? 뭔가 아주 다른? 리버스는 책을 집어 눈을 덮었다.

잠이 쏟아졌다.

21

정체불명의 금발 여자가 '매춘부'거나 프로처럼 보인다고 생각한 건 아마 페트리만이 아니었다. 리버스는 그날 저녁 '쇼어'로 내려가면서 약간의 우회로를 통해 확인했다.

직업여성 몇몇은 아직도 부둣가에서 영업을 하고 있었다. 도시의 매춘부들 대부분은 사우나로 가장한 합법적인 업소에서 일했다. 하지만 일부는 아직도 위험을 무릅쓰고 거리를 돌아다녔다. 사정이 절박하거나 써주는 데가 없어서 – 약을 한다는 게 분명해서 – 그러는 경우도 있고, 위험해도 자기 혼자 영업하는 걸 좋아하는 매춘부들도 있었다. 글래스고 전체를 볼 때 사우나는 적었고, 거리의 매춘부들이 더 많았다.

리버스는 생각했다. 거리의 매춘부들은 리스에서 일한다. 금발 여자는 '매춘부처럼' 보였다. 택시는 금발 여자와 데이먼을 리스까지 태우고 왔다. 또 다른 가능성이 생겼다. 둘이 클리퍼로 가지 않았다고 가정해보자. 여자의 집으로 갔다고 생각해보자.

여자의 방, 아니면 호텔……

오늘 저녁 코버그 스트리트에는 매춘부가 셋밖에 없었다. 하지만 리버스는 그중 하나를 알고 있었다. 차를 세우고 그녀를 불렀다. 그녀는 조수석에 앉았다. 향수 냄새가 밀려들어왔다.

"오랜만이네." 그녀가 말했다. 이름은 펀(Fern)이었다. 손님들은 그 이름을 가명이라고 생각했지만, 리버스는 펀의 본명이 펀 보것이라는 걸 알고 있었다. 혼자서 영업하고 싶어서 거리에서 일한다는 것도 알고 있었다. 사우나에서는 포주가 돈을 떼어간다. 펀은 단골이 있었다. 낯선 사람과 나가는 경우는 드물었다. 원숙한 신사를 선호했다. 이런 사람들이 덜 공격적이라는 걸 알고 있었다.

길고 숱이 많은 빨간색 머리카락은 가발이지만 자연산처럼 보였다. 리버스는 차에 시동을 걸고 출발 신호를 보냈다. 펀은 손님들을 그랜톤에 있는 쓰레기 매립장으로 데리고 간다. 리버스가 버티고 있으면 손님이 아니라는 얘기고, 다들 불편해한다. 룸미러로 보니, 남아 있던 매춘부 하나가 차를 쳐다보고는 몸을 돌려서 벽에 무엇인가를 휘갈겨 썼다.

"뭘 하는 거지?" 리버스가 물었다.

펀이 뒤돌아보았다. "착한 레슬리 할멈." 그녀가 말했다. "당신 차번호를 적는 거야. 저렇게 하면 내 시체가 발견되더라도 경찰에 단서를 줄 수 있지. 우린 그걸 보험이라고 불러. 요즘에는 몸조심해서 나쁠 게 없으니까."

"여기엔 이런 애 없어."

"남자는?"

"미안해." 펀이 사진을 돌려줬다. 리버스는 대신에 재니스의 전단지 하나를 건네줬다.

"혹시나 해서." 그가 말했다.

리버스는 펀의 구역에 그녀를 내려주고 나서 차에서 나와 벽을 보러 갔다. 아니나 다를까. 벽에는 차번호가 줄지어 적혀 있었다. 대부분은 다양

한 색깔의 립스틱으로 적혀 있었고, 일부는 립스틱 성분 때문에 닳아 없어졌다. 리버스의 차번호는 마지막 줄 아래 있었다. 그는 줄을 올려다보고는 얼굴을 찌푸리기 시작했다. 줄 맨 위에는 리버스가 알 것 같은 번호가 있었다. 어디서 봤더라?

갑자기 기억이 떠올랐다. 리스 경찰서에서 본 파일에 있었다. 짐 마골리스가 근무했던 곳이다. 짐의 자살 관련 파일에 언급되어 있었다.

짐의 차번호였다.

"이게 뭐야?" 펀이 물었다.

리버스는 벽을 톡톡 두드렸다. "이거 짐이라는 친구 차번호야. 경찰이지."

펀은 얼굴을 찌푸리며 집중해서 보고 나서는 어깨를 으쓱했다. "내가 쓴 게 아니야." 그녀가 말했다. "하지만 오렌지색 립스틱이네."

"그래서?"

"레슬리는 암호가 있어. 누가 어떤 차를 타고 갔는지 자기 식으로 적지."

"그럼 오렌지색 립스틱은 누굴 말하지?"

펀이 고개를 저었다. "누구라는 게 아니라 어떤 취향이냐를 말해. 오렌지색은 손님이 좋아하는 게 젊은……."

쇼어에서 리버스를 기다리고 있던 건 로이 프레이저뿐만이 아니었다. 프레이저 옆자리에는 농부가 앉아 있었다.

"감독하러 오신 겁니까?" 리버스가 뒷좌석에 앉으며 말했다. 그가 차에 타자 프레이저가 내리며 문을 닫았다.

"대체 어디 있었나?" 농부가 말했다. "반나절 넘게 찾아다녔네." 그가 리버스에게 그날의 감시 노트를 건넸다. "첫 번째 기록을 보게." 농부가 말했다.

리버스는 그 항목을 보았다. 빌 프라이드가 자신이 06:00에 리버스와 교대했다고 기록했다. 프라이드의 다음 기재 내용은 '캐리 오크스가 07:45에 호텔에 들어감'이었다.

"이 내용은." 농부가 말했다. "오크스가 어느 순간 호텔을 빠져나갔다는 뜻이야. 그리고 자네들 중 하나가 놓쳤고."

"침실 불이 꺼지는 걸 봤습니다." 리버스가 말했다.

"맞아. 그렇지. 기록에도 있고."

"제가 당번일 때 오크스가 몰래 빠져나갔다는 말씀입니까?" 리버스의 손톱이 손바닥으로 파고들었다.

"아니면 빌 프라이드가 당번일 때의 처음 시간이겠지."

"둘 다 가능합니다. 건물 앞만 감시하고 있었으니까요. 뒤쪽에는 빠져나갈 구멍이 많습니다."

농부는 몸을 돌려 리버스를 마주보았다. "구멍이 있다는 게 문제가 아니야. 오크스가 언제든 빠져나갈 수 있다는 게 중요하지."

"옳은 말씀입니다. 하지만 한 사람이 감시하기엔⋯⋯."

"그자를 계속 감시할 수 없다면 아무짝에도 소용이 없어."

"오크스를 괴롭히는 게 요점입니다. 우리가 일을 어렵게 만들 수 있다는 걸 알게 해야죠."

"자네 생각엔 그게 잘 되고 있는 것 같나?"

"아닙니다." 리버스는 마지못해 인정했다. "문제는 오크스가 들키지 않고 빠져나갔는데 돌아올 때는 왜 같은 방법을 쓰지 않았느냐는 겁니다."

"뒤쪽 문은 안에서만 열 수 있기 때문이지."

"가능성일 뿐입니다."

"다른 게 있나?"

"우리를 가지고 노는 거죠. 고생시키면서 조롱하는 겁니다. 자기가 하고 있는 일을 우리가 알길 바라고 있어요."

"빠져나가 돌아다니며 한 짓도 말이지?"

리버스는 고개를 저었다. "모르겠습니다. 직접 물어보면 어떨까요?"

프레이저와 농부가 떠나자 리버스는 자신의 충고를 직접 따르기로 결심했다. 바에서 캐리 오크스를 발견했다. 짐 스티븐스가 있는 기미는 보이지 않았다. 오크스는 스툴*에 앉아서 바텐더 두 사람과 잡담을 하고 있었다. 손님 몇몇이 주위 테이블에 흩어져 술을 마시고 있었다. 사업가 같았다. 술을 마시면서도 거래를 의논하고 있었다.

오크스는 리버스에게 합석하자고 손짓했다. 뭘 마시고 있었느냐고 물었다.

"위스키." 리버스가 말했다. "몰트로."

"뭐든 골라요. 돈은 스티븐스가 내니까." 오크스는 킬킬 웃으며 턱을 목쪽으로 당겼다. 몇 잔 한 것 같았지만 리버스는 그가 콜라를 마시고 있던 걸 보았다. "물은 없어도 돼요?"

리버스는 고개를 저었다. "내 돈으로 마실 거야." 그가 말했다.

바 뒤에는 많은 종류의 술이 있었다. 리버스는 독한 걸로 골랐다. 라프

---

* 등받이와 팔걸이가 없는 의자.

로익*에 열을 식히기 위해 물을 탔다. 오크스가 계산을 하려고 했지만 리버스는 고집스럽게 거절했다.

"그럼 경위님의 건강을 위해." 자기 잔을 들어 올리며 오크스가 말했다.

"게임 하는 걸 좋아하지?" 리버스가 물었다.

"감옥에선 달리 할 일이 없으니까요. 체스를 독학했죠."

"보드게임 얘기가 아니야."

"그러면요?" 오크스는 눈꺼풀이 거의 감긴 듯한 눈이었다.

"바로 지금 하고 있는 게임."

"내가요?"

"술집 이야기꾼. 들어주기만 하면 끝도 없이 이야기를 늘어놓는 사람들이지." 리버스는 바텐더 쪽으로 고개를 까딱했다. 바텐더는 제일 끝으로 가서 잔을 씻고 있었다. "일종의 연극이야."

"TV 프로에 나가봐요. 진담이에요. 경위님은 통찰력이 있어요. 거기가 적성에 맞을 거예요."

"짐 스티븐스가 속아 넘어가던가?"

"뭐예요?"

"네가 그자에게 말해준 얘기. 진실을 어느 정도나 알려줬지?"

오크스는 눈을 가늘게 떴다. "스티븐스가 어느 정도의 진실을 받아들일 수 있을 것 같아요? 자세한 내용을 말해준들 신문에 실을 수 있을까요?" 그는 천천히 고개를 저었다. "사람들이 받아들일 수 있는 진실은 얼마 되지 않아요." 오크스는 리버스 쪽으로 몸을 기울였다. "얘기해주길 바라나요, 존? 내가 실제로 죽인 사람이 얼마나 되는지 말해줄까요?"

---

* 스코틀랜드의 위스키 브랜드.

"데어드레 캠벨에 대해 말해봐."

오크스는 다시 앉아서 음료를 한 모금 홀짝였다. "앨런 아치볼드는 내가 데어드레를 죽였다고 생각하죠."

"죽였나?" 리버스는 무심한 척하며 물었다. 잔을 들어 입으로 가져갔다.

"그게 중요한가요?" 오크스가 웃었다. "앨런한테는 중요하겠죠. 아니라면 내가 부르자마자 달려오지 않았을 테니까."

"앨런은 진실을 원해. 전부를."

"그 말이 맞을지도 몰라요. 그러면 경위님은 뭘 원하나요? 왜 여기 왔죠? 내가 말해볼까요?" 오크스는 스툴에서 편안한 자세를 취했다. "내가 돌아오는 걸 아침 근무조가 봤죠. 깨어 있는지는 확실하지 않았어요. 팔짱을 끼고 머리를 한쪽 위에 기대고 있었으니까. 조는 것 같았죠." 그는 혀를 찼다. "그 형사가 일에 열정이 있는지 모르겠네요. 경찰 일 말이에요. 은퇴할 날만 기다리고 있는 사람 같았어요."

빌 프라이드를 압축해서 보여주는 말이었다. 리버스가 그걸 인정하는 건 아니었지만.

"경위님도 일에 문제가 있는 것 같아요. 하지만 다른 식이죠."

"체스 말고 심리학도 독학했나?"

"더 이상 읽을 책이 없어서 사람들을 읽기 시작했죠."

"네가 데어드레 캠벨을 죽였지?"

오크스는 손가락을 입에 갖다 댔다. 그리고 말했다. "경위님이 고든 리브를 죽였나요?"

고든 리브. 또 다른 유령. 예전 사건*…… 짐 스티븐스가 있는 대로 떠들

---

* 시리즈 1 『이와 손톱』의 연쇄살인범.

어대는군.

"얘기해봐." 리버스가 말했다. "스티븐스와 거래를 했나? 네가 얘깃거리를 하나 주면 스티븐스가 자기 거 하나를 주기로?"

"경위님께 관심이 있었을 뿐이에요."

"그러면 내가 고든 리브를 죽였다는 것도 알겠군."

"정말이에요?"

"아니."

"확실해요? 마약상을 칼로 찔러서…… 죽였다던데."

"정당방위였어."

"그래요. 하지만 그가 죽기를 바랐나요?"

"네 얘기를 하지, 오크스. 왜 데어드레 캠벨을 골랐지?"

오크스는 다시 빈정대듯 웃었다. 리버스는 그의 얼굴에서 입술을 잡아뜯고 싶었다. "알겠죠? 게임을 한다는 게 얼마나 쉬운지. 얘기. 그게 전부예요. 과거의 일. 잊어버릴 수 있다고 생각하고 싶어 하는 일이죠." 오크스는 스툴에서 미끄러지듯 내려왔다. "이제 방으로 갈 거예요. 뜨거운 목욕이나 해야죠. 그러고는 케이블 TV에서 영화나 한 편 볼지도 몰라요. 룸서비스로 샌드위치를 시킬 수도 있고요. 차에도 뭐 좀 보내드릴까요?"

"글쎄. 메뉴가 뭐 있지?"

"그런 거 없어요. 먹고 싶은 거 시키면 돼요."

"그럼 네 머리를 쟁반에 담아왔으면 좋겠군. 고명은 필요 없고."

캐리 오크스는 웃으며 바를 나갔다.

차에 누군가 있었다.

리버스는 앞으로 가면서 조수석에 사람이 있는 걸 보았다. 가까이 다가가면서 보니 앨런 아치볼드였다. 리버스는 운전석 문을 열고 차에 탔다.

"차 문이 열려 있었네." 아치볼드가 말했다.

"그랬죠."

"타도 괜찮겠다고 생각했어."

리버스는 어깨를 으쓱하고 담뱃불을 붙였다.

"그놈과 얘기하고 있었나?" 굳이 확인을 바라지도 않았다. "뭐라던가?"

"선배님과 게임을 하고 있습니다. 그게 다예요."

"자네한테 그렇게 말했나?"

"말할 필요가 없었죠. 그놈이 하는 게 그거니까요. 스티븐스, 선배님, 저…… 그놈은 그렇게 재미를 보죠."

"틀렸어, 존. 나는 그놈이 어떻게 재미를 보는지 알아." 아치볼드는 바닥으로 몸을 굽혀 녹색 폴더를 꺼냈다. "읽을거리가 필요할 것 같아서 가져왔네."

캐리 데니스 오크스에 대한 앨런 아치볼드의 파일이었다.

캐리 오크스는 관광비자로 미국에 입국했다. 이 시기 전의 이력은 대략만 나와 있었다. 아버지는 오크스가 어렸을 때 죽었다. 어머니는 정신 질환이 있었다. 캐리는 네른* 출신이었다. 아버지는 골프장 관리인으로 일했고, 어머니는 시내 호텔의 메이드였다. 리버스는 네른을 바람이 강하게 부는 해변 휴양지로 알고 있었다. 저렴한 비용으로 외국에서 보내는 휴가가 유행하면서 밀려나버린 그런 종류의 관광지였다.

---

* 스코틀랜드 북부의 주.

오크스의 아버지가 심장마비로 사망하자 어머니는 신경쇠약에 걸렸다. 해고당하자 아들을 데리고 남부로 떠나 마침내 이복 언니가 살고 있는 에든버러에 정착했다. 자매는 특별히 가깝진 않았지만 가족이라곤 달리 없었기에, 모자는 길머튼에 있는 집 방 한 칸에 함께 살았다. 얼마 지나지 않아 캐리는 가출을 시작했다. 학교에서는 캐리가 결석이 잦다고 어머니에게 통지하는 게 다였다. 집에 아예 들어가지 않는 날들이 많아졌다. 어머니는 신경 쓰지 않았고, 이모는 캐리가 집에 안 들어오는 걸 더 좋아했다. 남편이 캐리를 극도로 싫어했기 때문이었다.

미국으로 갈 돈은 어디서 났지? 앨런 아치볼드는 조사 끝에 에든버러에서 발생했던 일련의 노상강도와 특수강도 사건을 밝혀냈다. 하지만 캐리 오크스가 미국으로 떠날 때쯤에는 사건 수가 감소했다. 조카딸의 살인 사건은 별도의 파일로 작성했다. 아치볼드는 오크스의 어머니와 이모(현재는 둘 다 사망했다), 이모부(아직 생존해 있다. 이스트 크랙스의 보호 주택에서 혼자 살고 있다)를 인터뷰했다. 세 사람은 모두 살인이 있었던 날 밤에 대해 특별히 기억하고 있지 않았고, 그날 또는 그다음 날 캐리가 집 근처에 있었는지조차도 확신하지 못했다.

데어드레 캠벨은 시내에 춤추러 나갔다. 로즈 스트리트 모퉁이에 있는 클럽에 들어갔다. 현재 가이타노가 있는 곳에서 100미터도 떨어지지 않은 장소였다. 어떤 남자가 그녀에게 춤을 청했고, 마지막으로 네댓 번 정도 함께 춤을 추었다. 데어드레는 친구들에게 그 남자를 소개했다. 시험이 코앞이었기 때문에 클럽에 가서는 안 되었다. 클럽은 21세 이상만 입장 가능했고 데어드레는 당시 미성년자였다. 클럽 주인은 나중에 그것 때문에 곤욕을 치렀다. 그는 데어드레가 여기가 아니라도 어차피 다른 클럽에 갔을 거라고 항변했다. 일리 있는 말이었다. 화장, 옷, 헤어스타일만 잘 꾸미면 미성년자인지 분간할 수 없었다. 데어드레와 친구들은 클럽을 나와 로디안 로드로 향했다. 밤새 놀 작정이었다. 피자 레스토랑에 갔다가 택시를 탔다. 데어드레는 걸어가겠다고 했다. 집이 달리에 있었다. 겨우 20분 거리였다.

경찰은 데어드레와 함께 춤추었던 젊은 남자를 심문했다. 남자는 데어드레에게 집 구경을 시켜달라고 했지만 거절당했다. 그는 멀리 코미스톤에 살았기 때문에, 택시를 타야 했다. 데어드레는 집으로 걸어가기 시작했다.

그리고 산비탈에서 살해당했다. 옷은 흐트러졌지만 강간이나 폭행의 흔적은 없었다. 머리를 강타당한 후 목이 졸려 죽었다.

사흘 후, 캐리 오크스는 배낭과 여행 가방만 들고 스코틀랜드를 떠났다. 가족들은 그가 어디로 갔는지 몰랐다. 오크스가 처음 체포되었을 때도 두 달이 지나서야 소식을 들었을 정도였다.

가족들은 굳이 경찰에 신고하지 않고, 실종자로 등록했다.

"다 컸으니 자기 앞가림쯤은 알아서 하겠죠." 오크스의 이모부가 앨런 아치볼드에게 말했다. "옷과 소지품 몇 개를 가져갔어요. 여길 떴나보다 했어요."

아치볼드는 경찰 보고서와 재판 증언을 통해 캐리 오크스의 미국에서의 행적을 짜맞춰냈다. 오크스는 뉴욕에서 대륙 횡단 버스를 탔다. 재판에서 그는 개척자들이 '서부로' 향했기 때문에 자신도 그렇게 한 것이라고 진술했다. 시카고에서 일주일을 보냈는데, 도보와 대중교통을 이용해 시내를 쏘다녔다. 그런 다음, 히치하이킹으로 서부로 가다 미니애폴리스에 들렀다. 돈이 더 필요해지자 노상강도 짓을 했다. 한두 번 소소하게 성공했다. 하지만 큰 실패를 맛보았다. 코트 주머니에 곤봉을 넣고 다니는 여자에게 걸려 강력한 레프트 훅을 맞은 것이다. 왼쪽 눈이 부어오르고 오른쪽 눈엔 핏발이 서고 찌르는 듯한 통증이 있는 상태로 미니애폴리스를 떠났다. I-94 도로*를 따라 있는 화물차 휴게소에서 끼니를 해결하며 파고**와 빌링스***를 지나 스포캔****까지 갔다. 거기서 돈이 바닥났다. 빈집 몇 군데를 털어서 하찮은 장물이나마 전당포에 잡히려고 했다. 전당포 주인은 보자마자 장물인 걸 알아채고 고작 몇 달러만 주려고 했다. 오크스가 욕을 하자 경찰에 전화로 인상착의를 신고했다.

노숙을 하면서 죽이 맞는 사람들을 찾았다. 상점 절도단을 결성했다. 오크스가 '웃기는 악센트'로 직원의 눈길을 돌리는 사이에 공범들이 몰래 물건을 훔쳤다. 당시에 이미 오크스는 자신이 도망자이며, 스코틀랜드에서 누군가를 '해치운' 적이 있다고 자랑하고 다녔다. 구체적인 내용은 없고 허세뿐인 주장이었다. 거리의 범죄자들은 모두 거짓말과 환상이라는 방패 뒤에 숨어 있다. 다들 한때는 잘 나갔다. 그러다 나락으로 떨어졌다.

스포케인에서 도로시 앤 리스를 죽였다. 일주일에 사흘을 유치원에서 교사로 일하던 마흔두 살 이혼녀였다. 리스는 무분별하게 확장된 교외 지역에 살았다. 오크스는 쇼핑몰에서 그녀를 점찍은 다음, 집까지 따라갔거나 인근을 샅샅이 뒤진 끝에 진입로에서 그녀의 스테이션 왜건을 찾아낸 것으로 추정되었다.

리스의 시체는 부엌에서 발견되었다. 식료품은 아직 조리대 위에 봉지

---

* 미니애폴리스에서 서부로 향하는 도로.
** 노스다코타주의 도시.
*** 몬태나주의 도시. 몬태나주는 노스다코타주의 서쪽에 있다.
**** 워싱턴주의 도시.

째로 있었다. 기르던 고양이 두 마리가 그녀의 등 위에서 몸을 웅크리고 잠들어 있었다. 돌로 머리를 강타당한 다음 행주로 목이 졸렸다. 지갑은 텅 비어 있었다. 침실에서 발견된 보석상자도 마찬가지였다. 다음날, 오크스는 리스의 시계를 전당포에 잡히려고 했다. 재판에서는 오티스라고 하는 절도단 친구가 준 것이라고 주장했다. 하지만 오크스의 주변에 오티스라는 이름을 아는 사람은 아무도 없었다.

오크스는 시애틀로 도망쳐 일주일 넘게 머물렀다. 거기서 용의 선상에 올랐지만 미제로 끝난 사건이 하나 있었다. 킹돔* 주차장에서 혼수상태의 남자가 발견되었다. 머리를 강타 당했고, 차는 도난당했다. 피해자는 부상이 악화돼 병원에서 사망했다. 차는 발라드**에서 발견되었고 오크스도 나타났다. 이제는 몇몇 주의 경찰에서 이 '스코틀랜드 떠돌이'에게 관심을 보이기 시작했다. 시카고의 특수 폭행 사건 몇 건. 시카고의 라그레인지 지구에서 유명한 게이가 차 안에서 시체로 발견된 사건. 미니애폴리스 블루밍턴 외곽의 쇼핑몰에서 어떤 여자가 폭행 후 방치되어 사망한 사건. 워싱턴주 타코마에서 일흔여덟 살 노파가 집에 침입한 강도에게 살해된 사건. 경찰이 현장이나 그 부근에 있었던 사람의 인상착의를 확보한 때도 있었다. 범행 수법을 밝혀낸 게 전부인 경우도 있었다. 유효한 지문도, 캐리 오크스라고 확신할 만한 증거도 없었다.

마지막으로 저지른 살인의 피해자는 윌리스 채더랜이라고 하는 예순 살의 게이였다. 범행 장소는 벨뷰***에 있는 피해자의 집 침실이었다. 흉기는 채더랜이 1982년에 다큐멘터리 영화제에서 편집상을 수상했을 때 받

---

* 시애틀에 있는 스포츠 경기장.
** 캘리포니아주에 있는 자치구.
*** 워싱턴주의 도시.

은 무거운 조각상이었다. 피해자는 흉기로 강타당해 의식을 잃은 다음, 자신의 붉은색 실크 유카타* 허리끈으로 목이 졸렸다. 침대 머리맡에서 캐리 오크스의 지문이 발견되었다. 오크스를 체포해 일치되는 지문을 들이밀자 채더랜의 집에 있었던 것만 인정하고 살인 혐의는 부인했다. 형사들은 그의 지문이 침대 머리맡에서 발견된 이유를 물었다. 오크스는 절도를 하러 침입했을 때 만졌을 것이라고 주장했다.

결국 파이크 플레이스 마켓**에서 체포되었다. 상인들은 오크스가 뭔가 훔치려고 하는 것 같다고 신고했다. 경찰은 신분증을 요구했다. 오크스는 여권과 만기가 경과된 비자를 제시하고는 서둘러 도망쳤다. 경찰은 오크스를 잡아 구금했다. 그리고 미국 전역에서 벌어진 수많은 사건의 용의자 인상착의와 그를 연결시켰다.

재판에서 검사의 논고는 간단명료했다.

"피고인에게는 끔찍한 살인이 직업이고 일상입니다. 뭔가가 필요하고, 갖고 싶고, 탐나면…… 그것 때문에 사람을 죽입니다. 우리를 잠재적인 제물로 보고 있죠. 피고인에게 우리는 인간이 아닙니다. 인간이라고 생각하지 않습니다. 우리는 인간이란 이름으로 협력하고, 사회의 정당성을 입증합니다. 인간이라는 단어가 없으면 우리 자신을 '문명인'이라고 할 수 없습니다. 피고인의 영혼은 호두처럼 쪼그라들었습니다. 어쩌면 그보다도 작을지 모르죠. 배심원 여러분. 캐리 오크스는 우리의 사회에서, 우리의 법률에서, 우리의 문명에서 벗어난 자입니다. 반드시 그 대가를 치러야 합니다."

---

* 일본의 욕의(浴衣). 기모노의 일종이다. 주로 평상복으로 사용하는 간편한 옷으로, 목욕 후나 여름에 입는다.
** 시애틀에 있는 재래시장.

그 대가는 두 개의 종신형이었다.

리버스는 파일을 내려놓았다. "정황증거만 넘치는군요." 그가 혼잣말했다.

"하지만 쌓이다 보면 범행을 입증하기엔 충분하고도 남지."

리버스는 동의하며 고개를 끄덕였다. "하지만 빠져나갈 구멍을 어디서 찾아냈는지 알겠어요." 그는 폴더를 손으로 톡톡 치며 검사의 논고를 생각했다. "영혼이란 것이 얼마나 큰지 생각해보면……." 리버스는 아치볼드 쪽으로 몸을 돌렸다. "오크스는 게임을 하고 있어요."

"알아. 짐 스티븐스의 신문 기사에 나오지……. 오크스는 그들에게 진실 일부만을 말하고 있어."

"오크스는 피해자 중 하나가 제 딸과 같은 나이라고 했습니다. 이 파일에 나온 피해자 중에는 거기에 맞는 사람이 없어요."

앨런 아치볼드는 어깨를 으쓱했다. "자네 딸은 20대 중반이고 데어드레는 열여덟 살이었지." 그가 말을 멈췄다. "우리가 모르는 피해자가 더 있을 수 있어."

맞아. 리버스는 생각했다. 하지만 그저 또 다른 거짓말일 수도 있지. "이제 어떻게 하실 겁니까?" 그가 물었다.

"계속 지켜봐야지."

"그놈 장단에 놀아나시려고요?"

"그렇게 생각하지 않네."

"알아요. 그래서 더 걱정됩니다."

"내 조카 일이야."

리버스는 앨런 아치볼드의 눈을 바라보았다. 용기와 투지, 경찰 생활 내내 지니고 있던 힘과 에너지를 볼 수 있었다. 버리기엔 아직 일렀다.

"어떻게 도와드리면 될까요?"

"왜 도움을 바란다고 생각하나?"

"오늘밤에 돌아오셨으니까요. 그놈과 얘기하러가 아니라 저를 만나러요."

앨런 아치볼드는 미소를 지었다. "자네에 대해 좀 아네, 존. 우린 별반 다르지 않아."

"그럼 어떻게 도와드릴까요?"

"내가 그놈을 힐렌드로 데려올 수 있게 해주게."

"그게 소용이 있을까요?"

"그놈은 범죄에서 도망쳤어. 그 기억에서 최대한 멀리 달아났지. 다시 그리로, 그의 첫 살인으로 데려오면…… 공포나 불안 같은 것도 전부 되돌아올 거야. 마음이 흐트러지기 시작하겠지."

"우리가 그걸 바라나요?" 리버스는 생각했다. 그는 다시 살인을 저지를 거야…….

"내가 바라는 거야. 자네가 도와줄 건지 알고 싶네."

리버스는 손으로 핸들을 문질렀다. "생각 좀 해봐야겠습니다."

"너무 오래 끌진 말게. 자네도 나만큼 이게 필요하단 느낌이 들어." 리버스는 아치볼드를 쳐다보았다.

"늘 믿음만으로 살 수 있는 건 아니야." 아치볼드가 말을 이었다. "가끔은 무언가가 더 필요해."

22

아치볼드는 한 시간 정도 더 이야기를 나눈 다음, 택시로 가겠다며 떠났다. 조카딸 이야기를 했다. 그 애와 얽힌 추억을, 그 애의 죽음이 가족에게 어떤 영향을 미쳤는지 말했다.

"우린 무너져내렸네." 아치볼드가 말했다. "알아차리지 못할 만큼 천천히. 만날 때마다 죄책감을 느꼈고, 우리 탓인 것 같았지. 모이면 할 수 있는 얘기가 하나뿐이었으니까. 머릿속에 있는 생각도 하나였고. 그걸 바라지 않았어."

사건을 조사했던 얘기도 했다. 경찰 기록보관소를 몇 주나 뒤지고, 캐리 오크스의 행적을 몇 달 동안 짜 맞추고, 종내는 미국까지 갔다.

"돈도 많이 들었겠군요." 리버스가 말했다.

"그만한 가치가 있었어."

리버스는 돈 얘기는 요점이 아니라고 덧붙이지 않았다. 집착이 뭔지 알고 있었다. 집착이 모든 것을 어떻게 앗아가는지 알고 있었다. 한번은 크리스마스 선물로 직소 퍼즐을 받은 적이 있다. 새미가 어렸을 때였다. 탁자를 치우고 퍼즐을 맞추기 시작했는데 정신을 차려 보니 늦은 밤이었다. 맞추고 있는 퍼즐이 어떤 그림인지 알고 있는데도 – 퍼즐 상자 표면에 있었으니까 – 그랬다. 상자의 그림을 보지 않으려고 했다. 도움을 받지 않고 완성하고 싶었다.

퍼즐 한 조각이 없어졌다. 로나와 새미에게 혹시 가져갔느냐고 물었다. 로나는 처음부터 상자에 없었을지도 모른다고 말했지만 납득할 수 없었다. 소파와 의자를 다 들어내고, 카펫을 치운 다음, 방 안을, 나중에는 집 전체를 샅샅이 뒤졌다. 혹시 새미가 어디 다른 데 뒀나 하는 생각에서였다. 결국 찾지 못했다. 심지어 몇 년이 지난 후에도 생각했다. 마룻장 사이에 빠졌던 건 아닐까, 굽도리널* 아래 있는 건 아닐까.

경찰 일이라는 것도 놔두면 그렇게 될 수 있다. 미제 사건, 자꾸 떠오르는 의문, 알지만 잡아넣을 수 없는 범인…… 아치볼드는 본인이 해야 할 몫 이상을 했다. 하지만 결국에는 손을 놓았다. 그리고 잊기 위해 술을 마셔야만 했다. 앨런 아치볼드가 앨런 오크스를 잊을 것 같지는 않았다. 리버스는 심지어 오크스가 무죄라고 입증되더라도, 아치볼드는 계속 오크스가 범인이라고 믿을 것 같다는 느낌이 들었다. 집착이란 게 원래 그렇다.

리버스는 홀로 생각에 잠긴 채 주머니에 손을 넣었다. 쿼터 보틀**을 꺼내 비웠다.

무죄라고 입증되다……. 리버스는 대런 러프가 두려움에 떨며, 잠긴 화장실에 틀어박혀 있던 게 생각났다. 모두 사회복지국에서 놀이터 위에 있는 아파트를 러프에게 배정해주었기 때문에 일어난 일이었다. 그리고 존 리버스가 러프의 어깨에 다른 사람의 죄를 얹어놓았기 때문이었다. 러프를 추행한 자들의 죄를.

리버스는 눈을 문질렀다. 죄책감을 느끼는 일은 거의 없었다. 잭 모튼의

---

* 방 안 벽의 밑 부분에 대는 좁은 널빤지.
** 0.2리터 정도 들어가는 1/4 크기의 술병.

죽음은 마음에 담고 있었다. 하지만 뭔가 달라졌다. 예전에는 대런 러프에 대해 많이 생각하지 않았다. 러프는 지금의 모습으로 보면 당해도 마땅하다고 리버스는 혼잣말하곤 했다. 하지만 과거로 더 거슬러 올라가면……아주 예전, 지금과는 다른 경찰이었던 그때라면 대런 러프의 이야기를 타블로이드 신문에 넘기지 않았을 것이다. 메리 헨더슨의 말이 맞았다. 경위님 안에서 뭔가가 잘못되어가고 있어요.

리버스는 앨런 아치볼드의 집요함을 존중했다. 하지만 그가 틀렸다는게 밝혀진다면 어떻게 될까 생각했다. 그래도 계속 캐리 오크스를 쫓을까? 단순히 쫓는 것 이상의 무엇인가를 할까? 리버스는 바깥의 밤하늘을 올려다보았다.

거기서 보면 이런 건 몹시 하찮아 보이죠, 하느님?

감시가 무슨 소용이 있나 하는 생각이 들었다. 오크스는 감시를 자기에게 유리하게 이용하는 것 같았다. 마음대로 호텔을 출입하며, 자기가 그렇게 할 수 있다는 것을 경찰에게 과시했다. 그러니 경찰의 감시는 완전 헛수고인 것 같았다. 리버스는 눈을 감고 가끔 들리는 경찰 무선에 귀를 기울였다. 생각이 데이먼 미에게 미쳤다. 보트는 막다른 골목 같았다. 데이먼은 세상 밖으로 떠나 삶에서 빠져나갔다. 데이먼을 생각하다보면 재니스의 학창 시절이 떠오른다. 리버스의 인생은 바로 그때부터 꼬이기 시작했다.

어느 날 알렉 치좀이 사라졌다. 다시는 찾을 수 없었다.

리버스는 학교 졸업 댄스파티에 갔다. 미치에게 하고 싶은 말이 있었다.

재니스가 그를 때려눕혔다. 깡패들이 미치를 공격했다. 리버스의 인생이 갑작스레 결정되어버렸다.

소음이 들려서 현실로 돌아왔다. 호텔 뒤에서 나는 것 같았다. 조사해보기로 했다. 주차장과 직원용 출입구는 어둠에 싸여 있었지만 손전등으로 주위를 비춰보았다. 호텔 창문을 올려다보았다. 복도는 알아볼 수 있었다. 복도 창에는 아직 불빛이 비치고 있었다. 창문 하나가 열려 있었다. 커튼이 펄럭거렸다. 리버스는 손전등으로 아래쪽을 향해 반원을 그렸다. 손전등 불빛이 세 줄로 된 개폐식 차고 중 하나의 지붕에 닿았다. 차고는 호텔과는 벽으로 분리되어 있었다. 리버스는 차고 위로 몸을 당겨 올라갔다. 발아래 좁은 골목, 물웅덩이, 쓰레기가 있었다. 사람의 흔적은 없었지만 진흙 위에 발자국이 있었다. 리버스는 발자국을 따라갔다. 공장 건물과 공동주택 뒤쪽으로 이어졌다. 그러고는 버나드 스트리트의 번잡한 도로로 올라갔다. 버나드 스트리트에서는 밤에 다니는 차와 택시가 신호등 앞에 서 있었다. 술꾼들이 비틀거리며 집으로 돌아가고 있었다. 한 남자가 스스로 반주하며 열심히 춤추고 있었다. 함께 있는 여자는 남자가 웃긴다고 생각하겠지.

캔: 〈탱고 위스키맨(Tango Whiskyman)〉.

캐리 오크스의 흔적은 없었다. 전혀 없었다. 하지만 리버스는 그가 있다는 느낌이 들었다. 리버스는 길을 되돌아와 직원용 출입구 옆에 있는 쓰레기통 앞에서 발을 멈췄다. 주머니에서 빈 병을 꺼내 던져 넣었다. 누군가 그를 뒤에서 가격하는 바람에 고개가 앞으로 쏠렸다. 타는 듯한 통증으로 눈이 찌푸려졌다. 한 손을 들고 반쯤 몸을 돌렸다. 두 번째 공격이 날아왔다. 리버스는 완전히 정신을 잃고 쓰러졌다.

칠흑같이 캄캄했다. 몸을 움직이자 둔중한 금속성의 메아리가 들렸다.

그리고 냄새도.

리버스는 뭔가 부드러운 것 위에 누워 있었다. 위에서 목소리가 들리더니 눈부신 빛이 비쳤다.

"세상에."

두 번째 목소리가 들렸다. 재미있어하는 것 같았다. "한숨 자던 중이었나요?"

리버스는 눈을 가리고 깎아지른 듯한 벽을 올려다보았다. 벽의 가장자리 위로 두 사람이 머리를 수그리고 있었다. 리버스는 무릎을 세우고 일어서려다 미끄러졌다. 손이 얼얼했다. 머리는 통증으로 지끈거렸다.

리버스는…… 자신이 어디 있는지 알 수 있었다. 호텔 뒤 쓰레기통 안이었다. 젖은 판지 상자가 몸 아래 있었고, 다른 건 뭔지 알 수도 없었다. 누군가 손을 뻗어 그가 일어서는 걸 도와주었다.

"자, 일어나보세요……." 목소리가 사라지고 손전등이 다시 리버스의 얼굴을 비췄다. 제복 경관 두 사람이었다. 리스 경찰서 소속일 것이다. 한 사람이 리버스를 알아보았다.

"리버스 경위님?"

리버스는 더러워진 옷에 술 냄새를 풍기면서 경관의 도움을 받아 쓰레기통에서 나왔다. 아마 감시 중이었을 것이다. 어떻게 보여야 하는지 알고 있었다.

"세상에, 어떻게 된 일입니까?"

"손전등 좀 치워." 그들의 얼굴이 리버스에게 그늘을 드리우는 바람에 알아볼 수 없었다. 리버스는 시간을 물어보고, 자신이 겨우 10분 내지 15분 정도 정신을 잃고 있었다는 것을 알 수 있었다.

"버나드 스트리트에 있는 공중전화에서 전화가 걸려왔습니다." 경관 하나가 말했다. "호텔 뒤에서 싸움이 벌어졌다고 하더군요."

리버스는 뒷머리를 만져보았다. 손바닥에 피는 묻어나지 않았다. 손가락을 문질러보았다. 만질 때 통증이 느껴졌다. 손가락을 손전등 불빛 쪽으로 들어올렸다. 경관 하나가 휘파람을 불었다.

손가락 관절 부위가 까지고 멍이 들었다. 마디 몇 군데는 부은 것 같았다.

"누군지는 몰라도 된통 맞았겠네요." 경관이 말했다.

리버스는 긁힌 상처를 살펴보았다. 콘크리트에 주먹을 날린 것 같았다. "난 아무도 때리지 않았어." 경관들은 눈빛을 교환했다.

"경위님 말씀이 맞겠죠."

"무리한 부탁이지만 이 일은 비밀로 해주게."

"입도 뻥끗 않겠습니다."

새빨간 거짓말이다. 제복 경관들에겐 부탁해봐야 헛수고다.

"달리 도와드릴 일은 없습니까?"

리버스는 고개를 젓기 시작했다. 통증이 밀려오면서 구역질이 날 것 같았다. 한 손으로 쓰레기통을 짚고 겨우 몸을 가누었다.

"길모퉁이 돌아서 내 차가 있네." 리버스가 말했다. 목소리가 갈라졌다.

"집에 가시면 샤워부터 하셔야 할 겁니다."

"고맙네, 셜록."

"도와드리려는 것뿐입니다." 경관이 중얼거렸다.

리버스는 천천히 건물 주위로 걸어갔다. 프런트 직원은 경비를 부르려고 했다. 리버스는 신분증을 보이면서 오크스의 방에 연락해달라고 했다. 응답이 없었다.

"더 필요한 건 없으십니까?"

리버스는 지갑을 살펴보았다. 신용카드는 그대로 있었지만 현금은 없어졌다.

"오크스 씨가 어디 있는지 아시나요?"

직원은 고개를 저었다. "나가시는 건 못 봤습니다."

리버스는 직원에게 고맙다고 인사하고 소파로 가 쓰러졌다. 잠시 후 아스피린을 부탁했다. 직원은 아스피린을 가지고 돌아왔을 때, 리버스의 어깨를 흔들어 깨워야 했다.

리버스는 페이션스의 집으로 향했다. 망할 놈의 감시. 오크스는 방에 없었다. 거리에 있었다. 리버스는 깨끗한 옷, 샤워, 그리고 진통제가 더 필요했다. 비틀거리며 문을 들어섰을 때 페이션스가 졸린 눈을 깜빡이며 현관 마루로 나왔다. 리버스는 두 손을 들어 그녀를 진정시켰다.

"당신이 생각하는 그런 게 아니에요." 그가 말했다.

페이션스는 앞으로 다가와서 손을 잡고 붓기를 살펴보았다.

"설명해봐요." 그녀가 말했다. 그래서 리버스는 그렇게 했다.

리버스는 머리 뒤에 얼음주머니를 대고 욕조에 누웠다. 페이션스가 샌드위치 봉지, 얼음 몇 개, 붕대로 급조한 것이었다. 손에 소독용 크림을 바르고 닦아낸 후, 부러진 데는 없다고 말했다.

"이 오크스라는 남자가." 페이션스가 말했다. "왜 이런 짓을 했는지 모르겠네요."

리버스는 얼음주머니 위치를 조정했다. "모욕하려는 거죠. 경찰들이 나를 발견하게 했어요. 차가운 쓰레기통 속에서요."

"그래요?" 페이션스는 연고를 더 발랐다.

"싸움이라도 한 것처럼 손가락 관절이 부었어요. 싸웠던 상대가 날 두 들겨 팼고요. 그런 모습으로 호텔 뒤에서 발견됐죠. 그럴 놈은 딱 하나죠. 아침이면 시내 모든 경찰서에 소문이 쫙 퍼지겠죠."

"왜 그런 짓을 했을까요?"

"자기 능력을 과시하려는 거죠. 달리 이유가 있겠어요?" 페이션스가 상 처에 연고를 바를 때 리버스는 움찔하지 않으려고 했다.

"모르겠어요." 페이션스가 말했다. "주의를 딴 데로 돌리려고 그럴 수 도 있어요."

리버스가 그녀를 쳐다보았다. "무엇에서요?"

페이션스는 어깨를 으쓱했다. "형사는 당신이잖아요." 그녀는 약을 바 른 부분을 살펴보았다. "붕대를 감아야겠어요."

"운전만 할 수 있게 해줘요."

"존……." 그녀는 리버스가 집중하지 않는 것을 알고 있었다.

"페이션스, 내가 미라 같은 손으로 돌아다닌다면 그놈이 이번 라운드를 이긴 거예요."

"상대를 안 해주면 되죠."

리버스는 페이션스의 눈에서 크게 걱정하는 빛을 보고 손등으로 뺨을 쓰다듬었다. 재니스가 자신에게 바로 그렇게 해주었던 걸 깨닫고 죄책감 에 손을 거둬들였다.

"아프죠?" 동작을 잘못 해석한 페이션스가 물었다. 리버스는 무슨 말을 해야 할지 몰라서 고개를 끄덕였다.

나중에 리버스는 연하게 차 한 잔을 들고 소파에 앉았다. 처방약 수준의 강한 진통제를 두 알 더 먹었다. 더러워진 옷은 검은색 쓰레기봉지에 넣어 세탁소로 보낼 준비를 했다. 창피한 생각이 들었다. 스팀 세탁으로도 쉽게 깨끗해지지 않을 것 같았다.

리버스는 휴대폰이 울리자 오랫동안 쳐다보았다. 휴대폰은 열쇠, 잔돈과 함께 앞의 커피 테이블 위에 있었다. 결국 휴대폰을 집어 들었을 때 페이션스는 문간에 서 있었다. 입으로는 살짝 미소를 짓고 있었지만 눈은 웃고 있지 않았다. 그가 결국 전화를 받으리라는 것을 알고 있었다.

칼 브래디는 째지는 기분으로 가이저에서 돌아왔다. 들뜬 기분이 계속 이어졌다. 침대에 털썩 앉았을 때 그 변태가 기억났다. 엄마는 어떤 남자와 함께 침대에 있었다. 벽이 얇아서 바로 앞에서 섹스를 하는 거나 마찬가지였다. 이 아파트는 다 그랬다. 섹스를 몰래 하고 싶으면 조용하게 해야 한다. 한쪽 귀를 벽에다 댔다가 다른 쪽 귀를 댔다. 엄마와 엄마의 남자. 방송국 커플이다 – 제이미는 거실에서 TV를 보고 있었고, 휴대용 TV는 밴의 방에 있었다. 다른 소리를 가리려는 하나 마나 한 시도였다. 귀를 바닥에 댔다. 섹스하는 소리를 전부 들을 수 있었다. 아래층 사람의 움직임, 기침, 대화는 덤이었다. 전에 병원에 가서 자기 귀가 보통보다 더 예민한 건 아닌지 물어보았다.

"듣고 싶지 않은 소리도 계속 들려요."

그린필드의 고층 아파트에 산다고 하자, 의사는 휴대용 CD플레이어를 권했다.

하지만 거리에 있을 때와 마찬가지였다. 대화 중 한 토막, 남이 듣고 있을 거라고 생각하지 않는 내용이 여전히 들렸다. 가끔은 이러다 더 심해져서 사람들 심장 박동이나 혈액이 순환하는 소리도 들을 수 있게 되는 건 아닌가 싶었다. 다른 사람들의 생각을 읽을 수 있을 것 같았다. 예를 들어 가이저에서 여자애들이 그를 쳐다보면 미소로 답해줄 때처럼. 여자애들은 그런 생각을 하고 있었다. 저 남자는 잘생기지는 않았어. 하지만 아치 프로스트와 함께 있는 걸 보면 어쨌든 중요한 사람이 분명해. 걔들은 그렇게 생각한다. 내가 저 남자와 춤추고, 나한테 한 잔 사게 하면 권력에 더 가까워질 거야.

그래서 그는 아무것도 하지 않으면서 그저 바에 앉아 멋진 포즈만 취한 채 입을 다물고 있었다. 하지만 듣고 있었다. 언제나 귀를 기울이고 있었다.

언제나 이야기를 듣고 있었다. 차머에 관한 이야기, 손님 – 아마 페트리, 아마의 남동생 등등 – 에 관한 이야기를. 자기 나름의 권력이었다.

오늘밤엔 클럽이 조용했다. 트레넌트주에서 버스로 오는 손님을 대상으로 하지 않았다면 여기는 진작 망했을 것이다. 손님들은 별로 인상적이지 않았다. 자기들끼리만 춤을 췄다. 아치는 그들이 다시 오기나 할지 의문이라고 했다. 아치는 벌써 다른 일을 찾고 있었다. 시내에는 클럽이 수없이 많았다. 하지만 칼은 그렇게 하지 않았다. 충성심이란 걸 믿었다.

"차머가 빚을 몇 개 받아내려고 해." 아치가 말한 적이 있다. "문제는 차머도 빚이 있다는 거야. 조만간 빚쟁이들이 몰려올 거야……"

칼은 '난 상관없어'라고 말하는 것처럼 허리를 쭉 폈다.

충분히 생각하고 싶었다. 머릿속에 분명하게 정리하고 싶었다. 그래서 제이미와 TV를 같이 보는 대신 침실로 왔다. 하지만 안식처에 다다르기도 전에 생각이 대런 러프로 향했다. 복도는 반 이상이 플래카드로 뒤덮였다. 벽에 붙은 플래카드에서는 아직도 갓 칠한 페인트 냄새가 났다. 판지 상자를 평평하게 잘라서 글자가 없는 쪽에 메시지를 적었다. '괴물들을 모조리 없애자', '아이들을 지키자', '변태를 목매달아 죽이자'

괴물들을 모조리 없애자. 칼은 침대에 누워 담배를 피우며 생각했다. 갑자기 벌떡 일어나 한쪽 벽을 주먹으로 세게 쳤다.

"거기 둘, 조용히 좀 하시지!"

침묵이 흐르더니 소리 죽여 웃는 소리가 들렸다. 저 방으로 확 쳐들어갈까 하는 생각이 잠깐 들었다. 하지만 그러면 엄마가 어떻게 할지 알고 있었다. 엄마가 그러는 걸 보고 싶지 않았다.

괴물들을 모조리 없애자.

초인종이 울렸다. 대체 이 한밤중에 누구지……? 칼은 나가서 문을 열었다. 아는 여자였다. 불안해 보였다. 세수하는 것처럼 손을 비비고 있었다.

"우리 빌리 못 봤니?" 빌리 엄마인 조안나 호먼이었다. 빌리는 제이미 친구 중 하나였다. 칼이 부르자 제이미가 거실에서 나왔다.

"빌리 못 봤어?" 칼이 물었다. 제이미가 고개를 저었다. 손에 감자칩 봉지를 들고 있었다. 칼은 조안나 호먼 쪽으로 몸을 돌렸다. 친구들 몇은 조안나의 외모가 괜찮다고 생각했다. 하지만 지금은 엉망이었다.

"무슨 일이죠?"

"일곱 시쯤에 놀러나가서 오질 않아. 할머니 집에 갔나 했는데, 확인했더니 코빼기도 못 봤대."

"난 방금 들어왔거든요. 잠깐 기다리세요." 칼은 밴의 방으로 갔다. 안에서 하는 일을 방해해서 미안하다는 듯 최대한 얌전하게 문을 두드렸다. "엄마, 오늘 밤에 근처에서 빌리 못 봤어?"

안에서 무슨 소리가 들렸다. 조안나 호먼은 문에 기대 있었다. 거의 쓰러지기 직전이었다. 몸매가 괜찮다고 칼은 생각했다. 약간 호리호리했지만 칼은 너무 비쩍 마른 여자는 좋아하지 않았다. 엄마 침실 문이 열렸다. 밴은 옷을 걸치면서 매무새를 정리하고 있었다. 안에는 아무것도 안 입었을 것이다. 엄마는 문을 재빨리 닫았다. 방 안에 누가 있는지 알 수 없었다.

"무슨 일이야, 조안나?" 엄마는 칼을 완전히 무시하면서 지나쳐 갔다.

"빌리 때문이야, 밴. 사라졌어."

"세상에. 거실로 들어와."

"어떡해야 할지 모르겠어."

"어디어디 찾아봤어?"

칼은 두 여자를 따라 거실로 들어갔다.

"전부. 경찰에 신고해야 할까봐."

밴은 코웃음 쳤다. "쏜살같이 달려오기야 하겠지. 변태를 보호하려고 오는 거겠지만……." 목소리가 잦아들었다. 밴은 처음으로 아들을 쳐다보았다. 둘은 서로를 너무 잘 알았다. 말이 필요 없었다.

"조안나." 밴이 조용하게 말했다. "자기는 여기 있어. 내가 사람들을 모아볼게. 빌리가 단지 어딘가에 있다면 찾아낼 수 있어. 걱정하지 마."

밴 브래디는 30분도 안 되어 수색대를 조직했다. 사람들은 집마다 다니며 물어봤다. 자원해서 가세하는 사람도 생겼다. 제이미는 침실로 갔지만 잠들지는 않았다. 조안나는 럼주와 코카콜라가 든 텀블러를 들고 거실에 있었다. 칼은 조안나를 지켜보겠다고 했다. 그녀는 소파에, 그는 의자에 앉아 있었다. 칼은 할 말이 생각나지 않았다. 보통은 이렇게 긴장해서 말이 안 나오는 경우가 없었다. 조안나가 슬픔으로 약해진 모습에 자신이 흥분하고 있다는 걸 알았다. 하지만 조안나 때문에 마음이 흔들린다는 게 창피했다. 그래서 술을 너무 많이 마셨거나 서두를 때 하던 일을 생각했다.

일어나서 제이미 방 문을 열었다.

"일어나서 빌리 엄마 지켜보고 있어. 나갔다 올게."

그러고는 문을 열고 나가 복도를 성큼성큼 걸어갔다. 층계참을 내려와 밤거리로 나왔다. 길 건너에 임대 차고가 몇 개 있었다. 그중 하나의 열쇠를 가지고 있었다. 몇 가지 물건들을 거기 보관해뒀다. 제리 랭햄의 임대 차고였지만, 제리는 소튼 교도소에서 3개월부터 5개월까지 이르는 형을 살고 있었고, 석방될 기미가 보이기도 전에 6개월 형이 추가되었다. 제리는 임대 차고에 차를 보관했다. 문틀은 녹슬고 커스터드 같은 노란색으로 칠해진 1970년대식 벤츠였지만 제리는 그 차를 좋아했다.

"내 애마는 잠그지 않아. 하지만 어떤 놈도 얼씬 못하게 하겠어."

이것이 제리의 경고 방식이었다. 임대 차고를 이용하고 언제나 눈을 떼지 않았지만, 차를 몰 생각은 결코 하지 않았다. 칼은 충고를 귓등으로 흘렸다. 가끔 차문을 열고 운전하는 척하며 차 안에 앉아 있곤 했다. 트렁크도 한 번 열어봤기 때문에 그 안에 뭐가 있는지 알고 있었다.

트렁크를 열고 석유통을 꺼내 흔들어보았다. 예상보다 적었다. 겨우 반 정도 차 있었다. 증발됐거나 그랬을 것이다. 이 정도면 충분하다고 생각했다. 선반에서 기름에 젖은 천을 몇 장 찾아 주머니에 쑤셔 넣었다. 준비완료였다.

아파트로 돌아와 한 번에 두 계단씩 뛰어올라갔다. 목표가 있었다. 석유통에서는 조용히 출렁대는 소리가 났다. 눈을 감고 들으면 해변에 있는 느낌일 것이다. 대런 러프의 아파트로 살금살금 걸어갔다. 창문은 새 나무판자로 막혀 있었다. 애들이 벌써 수프레이로 낙서를 했다. GAP는 오늘밤에 우선 러프의 아파트부터 들렀다. 대답이 없었다. 집에는 아무도 없었다. 칼은 석유통 마개를 연 다음 높이 들었다. 석유가 흘러나와 유리창을 막은 나무판자 위로, 그다음에는 문으로 흘렀다. 주머니에서 천 뭉치 하나를 꺼낸 다음 석유에 적셨다. 판자와 벽 사이의 좁은 공간에 쑤셔 넣었다. 다른 천 뭉치도 차례차례 꺼내 계속했다. 빈 석유통을 발코니 위로 아무렇게나 던졌다. 그러고는 자신을 욕했다. 석유통에 지문이 남았을 것이다. 게다가 제리가 석유통을 필요로 할지도 몰랐다. 바로 찾으러 가야겠다.

라이터를 꺼냈다. 제이미가 크리스마스 선물로 준 것이었다. 제이미…… 제이미와 친구들, 모든 애들을 위해 이 일을 하는 것이다. 제이미는 똑똑했다. 학교를 싫어했지만, 안 그런 사람이 있을까? 학교에 안 갔지만 제이미는 멍청해지지 않았다. 성공할 것이다. 자기 인생을 살아가겠지. 칼은 술에 취했을 때 몇 차례 제이미에게 많은 이야기를 해주려 했다. 얘기가 제대로 나오지 않았다, 마치 제이미를 부러워하는 것처럼 들릴 것 같았다. 그런 마음이 조금은 있었을지도 모른다. 제이미 같은 아이에게는 무한한 기회가 열려 있다. 칼은 라이터를 쳐다보았다. 어린 동생에 대한 사실이 하나 더 있었다. 제이미는 도둑질 솜씨가 예술이었다.

23

리버스가 그린필드에 도착했을 때, 단지 주민의 절반은 나와서 불구경을 하거나 뭐 건질 게 없는지 살펴보고 있었다.

리버스는 소방관 하나를 알아보았다. 에디 딕슨이라는 친구였다. 딕슨은 고개를 끄덕여 인사를 했다. 화재 진압복을 완전히 갖춰 입고 소방차 옆에서 감시하고 있었다.

"내가 자리를 뜨면 쟤들이 몰려 들어갈 거야." 동네 아이들을 말하는 것이었다. 현장에서 뭐든 찾아내 훔쳐간다는 얘기였다. "병을 던진 놈도 있었다니까."

"누가?"

딕슨은 어깨를 으쓱했다. "어둠 속에서 날아들었어. 우리가 온 게 못마 땅했나봐."

세인트 레너즈에서 온 제복 경관들이 구경꾼들을 집으로 돌려보내느라 진땀을 빼고 있었다.

"피해자는?"

딕슨은 다시 어깨를 으쓱했다. "병에 맞은 사람?"

리버스는 그를 쳐다보았다. "저기 말이야." 대런 러프의 아파트를 가리켰다.

"진입해봤는데 아무도 없었어."

"문은 열려 있었고?"

딕슨은 고개를 저었다. "시간이 없어서 발로 차 열었어. 원한 문제야?"

"신문 안 봤어?"

"그럴 시간이 어디 있어?"

"소아성애자야."

딕슨이 고개를 끄덕였다. "기억나네. 그런 놈들은 통구이가 돼도 싸."

리버스는 딕슨이 감시를 계속하게 자리를 떠나 크렉사이드 코트로 갔다. 로비에 있던 제복 경관이 엘리베이터를 사용하지 말라고 말했다.

"하나는 고장 났고, 다른 하나는 쓰레기장이에요."

어차피 계단으로 올라갈 생각이었다. 러프의 집 창문을 막았던 판자는 나사 주변에 새카맣게 탄 조각 말고는 남은 게 없었다. 문도 타버렸다. 그랜트 후드 경장이 아파트 현관에 서 있었다. 리버스는 화장실 문을 발끝으로 차 열었다. 아무도 없었다.

"경위님 친구였죠?" 후드가 말했다. 젊고 똑똑한 친구다. 글래스고 레인저스의 열성팬인 게 문제지만 누구나 단점은 있기 마련이지.

"친구 아니야." 리버스가 말했다. "어쨌든 연락 줘서 고맙네."

후드는 어깨를 으쓱했다. "관심 가지실 것 같았어요." 그는 리버스의 붕대 감은 손 쪽을 고개로 까딱했다. "사고당하셨어요?"

리버스는 그 질문을 무시했다. "이 화재가 사고일 리 없지."

"창틀에 천 조각이 걸려 있었습니다. 통로에는 석유가 흘러 나와 있었고요."

"누가 들어왔던 흔적은?"

후드가 고개를 저었다. "감이 오십니까?"

"주위를 둘러봐, 그랜트. 여긴 정글이야. 저들 중 누구라도 될 수 있어."
리버스는 문의 잔해를 지나 발코니에 몸을 기댔다.

"하지만 나라면, 밴 브래디와 그 큰아들에게 물어보겠어."

후드는 그 이름들을 받아 적었다. "러프 씨가 돌아올지 모르겠습니다."

"아니." 리버스가 말했다. 내내 중요한 점이었다. 하지만 이제 바로 그
중요한 지점에 다다랐다. 리버스는 왜 속이 불편한 느낌이었는지 의문이
었다…… 제인 바버의 말이 다시 생각났다. 재범 확률이 낮고…… 러프는
어렸을 때 추행을 당했다…… 기회를 줄 필요가 있다.

그때 아래 해산하는 군중들 사이에서 칼 브래디를 보았다. 옷을 완전히
차려입은 걸 보니 자고 있었던 것 같지는 않았다. 리버스는 아래층으로 돌
아갔다. 칼은 GAP 스티커를 사람들에게 나누어주고 있었다. 잠옷 위에 코
트를 걸친 여자들이 스티커를 받았다. 칼은 스티커를 받는 사람들을 지나
칠 정도로 다정하게 대해서, 여자들 몇몇은 - 꼭 수줍어하는 아가씨는 아
니었지만 - 얼굴이 빨개졌다.

"별일 없나, 칼?" 리버스가 말했다. 칼이 몸을 돌려 보더니 스티커를 떼
어 리버스의 재킷에 붙였다.

"당신도 함께하시지."

리버스는 스티커를 떼기 시작했다. 칼은 손을 뻗어 막으려고 했다. 리
버스는 그 손을 잡아 코까지 들어올렸다. 칼은 빠르게 손을 빼려고 했지만
이미 늦었다.

"비누로 손을 씻는 건 좋은 생각이지." 리버스가 말했다.

"난 아무 짓도 안 했어."

"석유 냄새가 나."

"무죄입니다. 판사님.*"

"난 선입견 같은 건 없지만……."

"내가 듣기론 아닌데."

"네 사건에서는 확실히 예외를 두겠어." 리버스는 생각했다. 칼은 누구와 얘기를 했지? 누가 리버스 얘기를 해줬지? "후드 경장이 몇 가지 물어보러 갈 거야. 협조해줘."

"내 좆이나 빨아."

"좆이 있기나 하냐?" 리버스가 미소를 지으며 말했다.

칼이 리버스를 쳐다보았다. 그러더니 말을 멈추고 웃음을 터뜨렸다. "넌 광대야. 서커스단으로 돌아가."

"넌 네가 뭐라고 생각하는데? 서커스단 단장?" 리버스는 고개를 저었다. "아니. 넌 위에서 시키는 대로 할 뿐이야." 리버스는 자리를 떴다. "엄마나 차머 맥킨지겠지."

"무슨 소리야?"

"맥킨지 밑에서 일하지?"

"무슨 상관인데?"

리버스는 그저 어깨를 으쓱하고 차로 돌아갔다. 소방차 바로 옆에 주차해놓았다. 보도 위에 주차하기 싫었다.

"이봐, 존." 에디 딕슨이 말했다. "완벽하지 않아?"

"뭐가?"

"의사당을 세운 위치 말이야." 그는 리버스 앞에서 팔을 휘둘렀다. "바

---

* 배심원장이 평결을 판사에게 알릴 때 쓰는 표현.

로 옆을 보라고."

고개를 들었다. 솔즈베리 크랙스의 희미한 형태가 보였다.

리버스는 다시 한 번 일종의 협곡 안에 있는 느낌이었다. 깎아지른 듯한 절벽에 둘러싸여 탈출구가 없었다. 빠져나가려 했다간 손가락이 까지고 피를 흘릴 것이다.

아니면 석유로 더럽혀지든가.

리버스가 손을 구부려보고 있을 때 후드가 달려왔다. "문제가 생긴 것 같습니다."

"안 생기는 게 이상하지."

"아이가 실종됐습니다. 우리한테는 말하려고 하지도 않고요."

리버스는 생각에 잠겼다. "UDI군." 그가 말했다. 후드는 어리둥절한 것 같았다. "일방적 독립 선언(Unilateral Declaration of Independence)이란 말이야. 누구한테 들었어?"

"밴 브래디의 아파트에 갔습니다. 문이 열려 있었고 거실에 젊은 여자가 있더군요." 후드는 수첩을 확인했다. "이름은 조안나 호먼이라고 합니다. 아들은 빌리고요."

리버스는 처음 그린필드에 왔을 때가 기억났다. 밴 브래디가 창밖으로 몸을 기울이고 있었다. '내가 봤어, 빌리 호먼!' 아이에 대해서는 별로 기억나는 게 없었다. 제이미 브래디와 같이 놀고 있었다는 것만 빼고는.

"왜 아파트에 불을 질렀는지 이제 알겠네요." 후드가 말을 계속했다.

"훌륭한 추론이야, 그랜트. 가서 문제의 여성하고 얘기해봐야겠군."

"아이 엄마요?"

리버스는 고개를 저었다. "밴 브래디."

밴 브래디와의 협상이 시작되었다. 밴의 부엌에는 이런 고위급 회담에 쓰기에는 너무 초라한 식탁만 있었다. 리버스는 지원을 요청했다. 밴과 리버스는 경찰과 주민이 함께 포함된 추가 수색대를 조직했다.

"여긴 당신 구역이니까." 싸구려 치커리 커피와 함께 약을 더 삼키면서 리버스가 마지못해 인정했다. "애가 밤에 지낼만한 은신처, 깡패들 소굴 그런 데라면 경찰보다 더 잘 알겠지. 빌리 엄마가 학교 친구 명단을 주면 우리가 그 부모들한테 애가 혹시 거기 있는지 물어볼게. 우리가 전문인 게 있고, 당신네가 할 수 있는 게 있으니까." 리버스는 목소리를 일정하게 유지하면서 내내 시선을 맞췄다. 부엌에는 여덟 사람이, 현관과 거실에는 그보다 더 많이 있었다.

"그 변태는 어쩌고?" 밴 브래디가 물었다.

"우리가 찾을 테니까 걱정 마. 하지만 지금은 빌리 일에 집중해야 해."

"그놈이 빌리를 데려갔으면?"

"일단 기다려보자고. 먼저 수색부터 재개해야 해. 여기 앉아만 있어서는 아무것도 안 돼."

회의는 끝났다. 리버스는 그랜트 후드를 찾았다.

"이건 자네 일이야, 그랜트." 리버스가 말했다. "난 여기 있으면 안 돼."

후드가 고개를 끄덕였다. "끌어들여서 죄송합니다."

"그런 소리 마. 하지만 확실하게 해. 바버 경위한테 연락해서 현재 상황을 알려줘."

"수색대가 먼저 찾으면 어떻게 하죠?" 아이가 아니라 대런 러프 얘기였다.

"그럼 그자는 끝장이지." 리버스가 말했다. "아주 간단해."

리버스는 그린필드를 나왔다. 대런 러프가 언제 아파트를 비웠을까 생각했다. 어디로 갔을까. 홀리루드 공원? 수 세기 전에는 죄수들의 피난처였던 곳이다. 경계선을 넘어가지 않고 왕립토지위원회(Crown Estate) 소유의 공원에 있는 한 법의 손아귀에서 벗어난다. 채무자들도 그리로 도피해 몇 년 동안 살곤 했다. 자선에 의지하면서 호수의 물고기와 산토끼를 먹고 살았다. 채무가 완전히 변제되거나 탕감되면 경계선을 넘어 사회로 복귀했다. 공원은 그들에게 자유라는 환상을 주었다. 실제로는 열린 감옥이나 마찬가지였지만.

홀리루드 공원에는 솔즈베리 크랙스와 아서스 시트의 지반을 둘러싼 도로가 나 있었다. 호수 근처에는 주차장이 있어서, 낮 동안에는 가족들이나 개를 데리고 나온 사람들로 붐볐다. 밤에는 커플들이 섹스를 하러 차를 타고 왔다. 왕립 공원경찰대는 불규칙적으로 순찰을 했다. 공원경찰대를 해체해 로디안주와 보더주의 관할에 편입시킨다는 얘기가 있었다. 아직까지는 실행되지 않았다.

리버스는 공원을 세 번 돌았다. 천천히 운전했다. 주차된 차 몇 대를 지나쳤지만 거기에는 크게 관심이 없었다. 그러고는 막 로열 파크 테라스를 나가려는 순간, 세인트 마거릿 호수 옆에서 그림자가 움직이는 모습이 눈가에 들어왔다. 차를 세우기로 결심했다. 두통과 약 때문에 헛것을 봤을 수도 있다. 시동을 켠 상태로 차창을 내리고 담뱃불을 붙였다. 여우나 오소리일지도 모른다. 잘못 봤을 수도 있다. 도시에는 온갖 종류의 그림자가 있다.

하지만 그때, 열린 차창에 얼굴이 나타났다.

"담배 좀 얻을 수 있을까요?"

"그럼." 리버스는 얼굴을 돌리고 주머니를 뒤적였다.

"아…… 저기, 혹시……." 목청을 가다듬는 소리가 들렸다. "

같이 있을 사람을 찾는 거 아닌가요?"

"솔직히 말하자면 맞아." 이제 리버스는 그를 쳐다보았다. "차에 타, 대런."

대런은 리버스를 알아보고 충격 받은 표정이었다. 얼굴이 흙빛이 됐다. 다시 연이어 기침을 했다.

"연기를 들이마셔." 리버스가 한마디 했다. "한참 늦은 밤인데 밖에 나와 있군."

러프가 입가를 닦았다. 얼굴 앞까지 들어 올린 레인코트의 소매가 불에 그슬려 있었다.

"사람들이 밖에서 날 노리고 있을 거라고 생각했어요. 소방차 소리만 들리길 기다렸죠."

"누군가 결국 부르긴 했어."

러프가 콧방귀를 뀌었다. "자기네들 집까지 불이 번질까 무서웠겠죠."

"밖에 누가 있었나?"

러프는 고개를 저었다. 그랬을 것 같았다. 다들 빌리 호먼을 찾으러 나갔으니까. 칼 브래디 혼자 불을 질렀고, 사람들 눈에 띨까봐 자리를 뜬 것이다.

비가 내리기 시작했다. 갑작스러운 빗방울이 러프의 어깨에 튀었다. 그는 얼굴을 하늘로 향하고는 불에 그슬린 입을 열어 빗방울을 받아마셨다.

"타는 게 좋겠어." 리버스가 말했다.

러프는 머리를 내려 리버스를 바라보았다. "무슨 혐의죠?"

"아이가 실종됐어."

러프가 눈을 내리깔았다. '알겠어요' 비슷한 말을 했지만 너무 작아서 리버스는 알아들을 수 없었다. "그들은 내가 그랬다고 생각……?" 러프가 말을 멈췄다. "당연히 내가 그랬다고 생각하겠죠. 그들 입장이었다면 나도 똑같이 생각했을 거예요."

"하지만 네가 한 게 아니다?"

러프는 고개를 저었다. "더 이상 그런 짓 안 해요. 내가 아니에요." 그의 몸이 흠뻑 젖고 있었다.

"타." 리버스가 되풀이했다. 러프는 조수석에 탔다. "하지만 아직 생각은 하고 있지." 반응을 보면서 리버스가 말했다.

러프는 앞 유리창을 바라보았다. 눈이 반짝이고 있었다. "아니라고 하면 거짓말이겠죠."

"그러면 달라진 게 없잖아?"

러프가 리버스 쪽으로 몸을 돌렸다. "날 고발(charge)할 건가요?"

"요금(charge) 안 받아." 시동을 걸면서 리버스가 말했다. "오늘밤은 공짜로 태워주지."

24

리버스는 대런 러프를 세인트 레너즈 경찰서로 데려왔다.

"걱정 마." 리버스가 말했다. "보호 구금이라는 거야. 실종된 아이에 대한 네 답변을 공식적으로 처리하고 싶어."

두 사람은 취조실에 앉아 있었다. 녹음기가 돌아가는 중이고 문에는 제복 경관이 차를 마시며 서 있었다. 경찰서 다른 곳은 사실상 비어 있었다. 예비 인력은 모두 빌리 호먼을 수색하러 그린필드로 출동했다.

"실종된 아이에 대해서는 아무것도 모른다는 말이지?" 리버스가 물었다. 주위에 뭐라는 사람이 없었기 때문에 담뱃불을 붙였다. 러프는 처음에는 사양하다가 마음을 바꿨다.

"지금 내 문제에 비한다면 폐암이야 별것 아니겠죠." 러프가 말했다. 그러고는 리버스에게서 들은 게 자기가 아는 전부라고 했다.

"하지만 주민들이 떠나라고 경고했는데 눌러앉아 있었잖아. 이유가 있는 게 분명해."

"갈 데가 있어야죠. 전과자잖아요." 위를 올려다보았다. "경위님 덕분에요." 리버스는 일어났다. 러프는 몸을 웅크렸지만 리버스는 그저 벽에 기댔을 뿐이었다. 그래서 카메라를 마주보게 되었다. 상관없었다. 꺼져 있었으니까.

"네가 저지른 일 때문에 전과자가 된 거잖아. 러프 선생."

"난 소아성애자예요. 앞으로도 계속 그러겠죠. 하지만 내 취향을 실행하는 건 그만뒀어요." 러프는 어깨를 으쓱했다. "사회도 그것에 익숙해지겠죠."

"네 이웃들은 동의하지 않을걸."

러프는 자포자기한 미소를 지었다. "그 말이 맞는 거 같네요."

"친구들은 어때?"

"친구요?"

"너와 취향이 같은 친구들 말이야." 리버스는 카펫에 담뱃재를 털었다. 청소부는 아침 전에 올 것이다. "아파트 주변을 어슬렁거리던 친구들 없어?"

러프는 고개를 저었다.

"확실해?"

"내가 거기 사는 건 아무도 몰랐어요. 신문에서 두 페이지 기사로 터뜨리기 전에는요."

"하지만 신문에 난 후에…… 옛날 친구 중에 연락한 사람 없었어?"

러프는 대답하지 않았다. 허공을 쳐다보며 여전히 신문 생각을 하고 있었다. "잉케와 마샬…… 그 사람들에 대한 이야기를 알아요. 어디 있었는지…… 감방에서…… 뉴스를 볼 수 있나요?"

"가끔은." 리버스가 인정했다.

"그럼 나에 대해서 알게 되겠군요?"

리버스는 고개를 끄덕였다. "그놈들 걱정은 하지 마. 소튼 교도소에 구금 중이야." 잠시 말을 멈췄다. "넌 그놈들에 대해 증언할 예정이었지."

"그러고 싶었어요." 러프는 다시 허공을 쳐다보았다. 기억을 떠올렸는지 얼굴이 더 굳어졌다. 리버스는 학대받은 자가 학대자가 된다는 얘기를 알고 있었다. 쉽게 무시해도 좋은 얘기라고 생각했다. 모든 피해자가 학대자로 변하는 건 아니다.

"그놈들이 널 시엘리온으로 데려갔을 때……." 리버스가 입을 뗐다.

"마샬이 데려갔어요. 잉케가 시켰거든요." 러프의 목소리가 떨리고 있었다. "특별히 날 지정하거나 한 것 같진 않아요. 우리 중 누구도 될 수 있었죠. 내가 가장 말이 없기 때문에, 입을 열 가능성이 가장 적었기 때문이었던 것 같아요. 당시에 마샬은 잉케의 손아귀에 있었어요. 잉케가 자기한테 지시하는 걸 좋아했죠. 잉케의 사진을 봤어요. 달라진 게 없더군요. 마샬은 외모가 더 터프해졌어요. 얼굴 가죽을 하나 더 씌운 것처럼요."

"제3의 남자는?"

"말했잖아요. 누구도 될 수 있었다고요."

"하지만 네가 시엘리온에 도착했을 때, 이미 거기서 기다리고 있었어."

"그래요."

"그러면 마샬 말고 잉케의 다른 친구겠지."

"그들은 번갈아가며 그 짓을 했어요." 러프의 손이 책상 끝을 움켜쥐었다. "끝난 후에 사람들에게 얘기하려고 했어요. 하지만 아무도 들어주지 않았죠. '절대로 말해선 안 돼', '그런 얘기 하지 마' 하는 말뿐이었죠. 마치 내 잘못인 것처럼요. 난 이웃의 아이에게 손을 댔어요. 지금 겪는 일들을 당해도 싸요. 설상가상으로 그들 중 몇은 내가 거짓말한다고 생각했어요. 하지만 난 절대 거짓말하지 않았어요…… 절대로." 러프는 이마에 손을 대고 눈을 감았다. '개자식들' 비슷한 말을 중얼거렸다. 그러고는 울기 시작했다.

리버스는 자신에게 선택지가 있다는 걸 알았다. 사회복지사에게 전화해서 러프를 어딘가로 데려가게 하는 것이다. 감옥에 집어넣거나 다른 곳…… 어디든 간에 데려다놓는 일. 하지만 사회복지사의 비상연락망으로 전화해도 받지 않았다. 전화를 받고 나갔을 것이다. 매 10분마다 전화해 달라는 녹음 메시지가 있었다. 당황하지 말라는 말도 있었다.

경찰서에는 빈 유치장이 있었지만, 리버스는 말이 새어나온다는 걸 알고 있었다. 그리고 러프가 석방되면 군중들이 기다리고 있을 것이다. 그래서 리버스는 다시 담뱃불을 붙이고 취조실로 돌아왔다.

"좋아." 문을 열며 말했다. "나하고 같이 가자."

"방이 좋네요." 대런 러프가 말했다. 두리번거리다 높은 처마돌림띠를 자세히 보았다. "집도 크고요." 스스로에게 끄덕이며 덧붙였다. 예의 바르게 행동하며 말을 붙였다. 리버스가 본인 아파트에서 자기에게 무엇을 하려고 하는지 궁금해 했다.

리버스는 러프에게 찻잔을 건네며 앉으라고 말했다. 담배도 한 대 더 권했지만 이번에는 사양했다. 러프는 소파에 앉았다. 리버스는 일어나서 식탁 의자로 가 앉으라고 말하고 싶었다. 러프는 만지는 것마다 더럽혀지는 것 같았다.

"사회복지사는 아침이 돼야 찾아줄 수 있을 거야." 리버스가 말했다. "에든버러로부터 아주 먼 곳 말이야."

러프가 리버스를 쳐다보았다. 러프의 눈에는 다크서클이 있었고, 머리는 더러웠다. 녹색 레인코트는 소파 뒤에 걸려 있었다. 체크무늬 양복 재킷에 청바지와 베이스볼 부츠*, 흰색 나일론 셔츠 차림이었다. 옥스팜**의 구제품 매장에서 아무거나 골라 입은 것 같았다.

"계속 이동하라고요?"

"표적이 움직이면 잡기 힘드니까." 리버스가 말했다.

러프가 지친 듯 미소를 지었다. "표적을 쫓아다닌 건 경위님 아닌가요?"

리버스는 손가락이 굳어지지 않게 하려고 다시 구부렸다.

러프가 차를 홀짝였다. "그 사람은 나를 구타했어요."

"누구?"

"경위님 친구요."

"짐 마골리스?"

러프가 고개를 끄덕였다. "갑자기 눈빛과 표정이 달라졌어요. 그러고는 주먹이 날아왔죠." 고개를 저었다. "마골리스가 자살하고 나서 사망 기사를 읽었어요. 전부 그가 '훌륭한 경찰'이며 '자상한 아빠'였다고 하더군요. 교회에도 꼬박꼬박 나갔다고 하고." 희미하게 웃었다. "나를 두들겨 팬 건 분명 기독교인의 폭력성을 보여주려던 거겠죠."

"말조심해."

"알아요. 경위님 친구였죠. 같이 근무했고. 하지만 마골리스를 정말로 알고 있었는지 궁금하네요."

러프가 말을 많이 하진 않았지만, 리버스는 같은 의문을 품기 시작했다. 오렌지색 립스틱. 마골리스가 어린애들을 좋아했다는 의미였다. 얼마나

---

* 발목까지 덮는 운동화.
** Oxford Committee for Famine Relief. 1942년 영국에서 결성된 국제적인 빈민구호단체.

어리냐고 펀에게 물어보았다. 미성년자는 아니라고 그녀가 말해줬다.

"마골리스가 왜 죽었다고 생각해?" 리버스가 물었다.

"내가 어떻게 알아요?"

"너하고 얘기했을 때…… 마골리스가 어때 보였어?"

러프가 생각에 잠겼다. "화를 내거나 그러진 않았어요. 시엘리온에 대해서 알고 싶어 했을 뿐이죠. 얼마나 자주 내가…… 무슨 말인지 알잖아요. 그리고 누가 그랬는지." 그가 리버스 쪽을 쳐다보았다. "어떤 사람은 그런 식으로 쾌감을 느껴요. 이야기를 들으면서."

"그래서 물어본 거라고 생각해?"

"왜 이런 질문을 해요? 날 신문에 찌르고는 구해주러 왔죠. 사람들 머리 복잡하게 하는 데서 쾌감을 얻는 것 같네요."

리버스는 캐리 오크스와 그의 게임을 생각했다. "네가 짐 마골리스의 죽음과 관계있다고 생각해." 그가 말했다. "네가 알건 모르건."

그리고 둘은 말없이 앉아 있었다. 그러다 러프가 먹을 것 좀 있냐고 물었다. 리버스는 부엌으로 가서 찬장 문 하나를 쳐다보았다. 주먹으로 치고 싶었지만 손가락 관절이 남아날 것 같지 않았다. 리버스는 손가락을 쳐다보았다. 오크스가 한 짓을 알고 있었다. 손가락을 주차장 바닥에 세게 문질렀겠지. 주먹으로 접은 다음 쇠로 된 쓰레기통을 강하게 쳤을 수도 있다. 오크스는 비뚤어진 개새끼였다. 페이션스는 리버스를 다른 계획에서 시선을 돌리게 하려는 눈가림일지 모른다고 의심했다. 러프의 말을 어떻게 믿을 수 있을까? 러프는 책략가가 아니었다. 너무 심약했다. 하지만 짐 마골리스는…… 게임을 하고 있었던 걸까?

그래서 죽었고?

찬장 문을 열었다. 베이크드 빈즈를 얹은 토스트면 되겠냐고 큰 소리로 물었다. 러프는 괜찮다고 대답했다. 토스트에 바를 마가린은 없었지만, 토마토소스도 괜찮을 것 같았다. 베이크드 빈즈를 냄비에 붓고, 빵을 그릴 아래 넣은 다음 침실을 정리하러 갔다.

리버스의 침실은 아니었다. 당연히 아니었다. 손님용으로 쓰는 방의 문을 열었다. 아주 오래전에는 새미의 방이었다. 새미의 싱글침대가 아직도 있었다. 벽에는 포스터가 붙어 있었고, 책꽂이에는 10대 시절의 졸업 앨범이 있었다. 마지막으로 이 방을 썼던 사람은 잭 모튼이었다. 대런 러프를 여기 재울 수는 도저히 없었다.

리버스는 옷장을 열었다. 낡은 담요와 베개를 찾아 거실로 들고 왔다.

"소파에서 자." 리버스가 말했다.

"아무데나 상관없어요." 러프는 창가에 서 있었다. 길 건너편에는 아이들이 사는 집이 있었지만, 셔터가 내려 있어서 몰래 훔쳐볼 수는 없었다.

"여긴 참 조용하네요." 러프가 말했다. "그린필드에서는 늘 말다툼이 있는 것 같았어요. 말다툼 아니면 파티였는데, 대부분의 파티는 말다툼으로 번졌죠."

"하지만 넌 얌전한 이웃이었지?" 리버스가 말했다. "말도 없고, 사람들을 만나거나 남의 일에 끼어들지도 않고?"

"그러려고 했죠."

"애들이 시끄럽게 굴 때는 어때? 애들한테 뭔가 하고 싶지 않아?"

러프는 이마를 유리에 대며 눈을 감았다. "변명하지 않겠어요."

"사과도 안 하고?"

러프는 다시 미소를 지었다. 여전히 눈을 감고 있었다. "아무리 시간이 흘러도 사과는 할 수 없어요. 그런다고 달라지는 건 없어요. 내가 느끼는 감정도 그대로고요." 러프는 눈을 뜨고 리버스 쪽으로 몸을 돌렸다. "하지만 경위님은 이런 얘기 듣고 싶지 않죠?"

리버스는 그를 응시했다. "토스트 타겠어." 그렇게 말하고 가버렸다.

새벽 다섯 시였다. 러프가 아직 소파에서 담요를 덮고 잠들어 있을 때 리버스는 빌 프라이드에게 전화를 했다.

"깨워서 미안해, 빌."

"어차피 알람이 울렸을 거야. 무슨 일인데?"

"감시용 차 말이야."

"그게 왜?"

"쇼어에 없어." 리버스는 사태를 설명했다.

"맙소사. 오크스는 어떻게 됐어?"

"마음대로 돌아다니지. 감시 계속해봤자 그놈 장난감 신세만 될 뿐이야."

"농부한테 말하는 게 좋겠어."

"그럴게."

"내가 자네 아파트에 가서 차를 가져올까?"

"감시 기록지에 자초지종을 전부 적어놓을게."

"키는 어디 있어?"

"앞좌석 아래에 감시 기록지와 같이 있어. 문은 안 잠가뒀어."

"지금부터 잘 거야?"

"그 비슷해." 리버스는 러프를 바라보았다. 담요가 들썩이고 있었다. 별로 위험해 보이지는 않았다. 전화를 끊고 경찰서에 연락해보았다. 빌리 호먼의 소식은 없었다. 수색대는 사방을 찾아보았다. 수색 작업은 동이 틀 때까지 연기된 상태였다. 호텔로 전화를 해서 오크스의 방으로 연결해달라고 했다. 아직도 응답이 없었다. 리버스는 전화기를 내려놓고 자기 침실로 갔다. 침대 – 바닥에 있는 매트리스 – 에 누웠다. 페이션스의 집으로 돌아가는 걸 생각해봤지만, 러프를 혼자 여기 두고 싶지는 않았다. 집을 돌아보다가 새미의 방을 찾겠지. 서랍을 열고 물건들을 만질 것이다. 가능한 한 빨리 러프를 내보내고 싶었다.

애초에 당신네가 여기 데려왔잖습니까. 리버스 머릿속의 목소리가 이렇게 말하는 것 같았다. 네가 그를 이 집에 데려왔어. 곤봉과 쇠 지렛대, 그리고 화난 목소리. 그린필드의 주민들은 성난 군중으로 변했다. 칼 브래디는 석유를 가지고 있던 걸 부인했다. 그는 차머 맥킨지 밑에서 일했다. 가이저의 정문 경비원이었다. 데이먼은 가이저를 나와 금발 여자와 함께 택시를 탔다. 아마 페트리가 파티를 열었던 날 밤에 클리퍼 부근에서 마지막으로 목격되었다. 아마 페트리의 아버지는 시엘리온 사건의 재판장이다. 대런 러프는 그 사건에서 증언을 했어야 했다. 리버스는 그 사건에서 리처드 코도버에게 일방적으로 밀렸다. 페트리 판사는 캐서린 마골리스의 친척이었다.

아마, 한나, 캐서린, 새미, 페이션스, 재니스. 끝없이 이어지는 춤이나 복잡한 무늬 같은 관계가 리버스의 머릿속의 공간을 너무 많이 차지하고 있었다. 결코 끝나지 않는 파티, 죄악과 쾌락이 동반된 초대였다.

에든버러에서의 삶과 죽음. 그리고도 몇 명의 유령들을 위한 공간은 남아 있었다. 유령들의 수는 늘어나고 있었다.

군대에 가지 않고 파이프에 그대로 살았다면…… 지금 무슨 생각을 하고 있을까? 어떤 사람이 되었을까?

머릿속에서 다시 목소리가 들렸다. 잭 모튼인가? 그런 일은 일어나지 않았을 거야. 네가 언제나 향하던 곳은 여기야. 위스키가 없나 방을 둘러보았지만 전부 마셔버렸다. 대신에 눈을 감았다. 아직도 뒤통수에 묵직한 통증이 있었다. 제발, 하느님. 꿈을 꾸지 않고 잠들게 해주소서.

참으로 오래간만에 드리는 기도였다.

캐리 오크스는 아든 스트리트에서 리버스가 돌아오길 기다리고 있었다. 리버스가 어떤 남자와 차에서 내려 집으로 데리고 들어가는 게 보였다. 이 낯선 남자가 누구인지, 어디서 리버스와 만났는지 궁금했다. 오크스는 길 건너 공동주택 출입구 그늘에 숨어 있었다. 비닐봉지를 들고 있었다. 책이 들어 있어서 조금 무거웠다. 사람들 눈에 띄었을 때를 대비해 이야기도 준비해놓았다. 근무 교대조가 오기를 기다리는 중인데 늦는다고 말할 생각이었다.

아무도 오크스를 보지 못했다. 들어오거나 나간 사람도 없었다. 하지만 리버스의 거실에 불이 켜지는 게 보였다. 낯선 남자가 창가로 다가와 머리를 댔다. 남자의 어깨 너머로 리버스가 보였다. 아래를 내려다보고 있었다. 오크스는 자리를 지켰다. 발각되지 않은 것 같았다. 좋은 점은, 설사 리버스가 그를 봤더라도 상관없다는 것이었다. 그러다가 리버스가 집에서 나와 차로 가서 뭔가를 가져갔다. 책 같은 거였다. 움직이는 모습으로 봐선, 오크스가 큰 피해를 입힌 것 같진 않았다. 리버스는 책을 가지고 위층으로 올라갔다. 그러고는 30분 뒤에 내려와 책을 다시 차에 두었다. 오크스는 길을 건너 차가 주차된 곳으로 가 운전석 문을 열어보았다. 잠겨 있지 않았다. 차 안으로 들어가, 리버스가 책을 둔 곳을 찾으려고 바닥을 더듬었다. 찾았다. 자동차 키도 있었다. 혼자서 미소를 지었다. 시동을 걸고 경찰 무전을 켰다. 감시 노트를 꼼꼼하게 읽는 동안의 배경음악이었다. 리버스는 앨런 아치볼드에 관해서는 어떤 사항도 기재하지 않았다. 흥미로운 일이었다.

50분 후에 공동주택 문이 덜거덕거리며 열리자, 오크스는 좌석 아래로 몸을 숨겼다가 고개를 들었다. 그 낯선 남자가 건물을 떠나는 게 보였다. 더럽고 부스스해 보였다. 리버스의 은밀한 작은 죄일까? 오크스는 그렇게 생각하지 않았다. 그래도 강한 호기심이 생겼다. 남자가 모퉁이를 돌 때까지 기다렸다가 차의 시동을 걸고 따라가기 시작했다.

여섯 시였다. 리버스는 초인종 소리에 잠이 깼다. 문으로 가서 인터콤을 눌렀다.

"누구세요?"

"나야." 빌 프라이드였다. 기분이 좋지 않은 목소리였다.

"무슨 일이야?"

"내가 타고 가기로 한 차 말이야. 정확히 어디다 숨겼어?"

"잠깐 기다려."

리버스는 거실로 가 소파를 보았다. 담요가 깔끔하게 개어져 있는 게 보였다. 대런 러프의 흔적은 없었다. 창밖을 내다보았다. 차가 있던 자리가 텅 비었다. 낮은 목소리로 욕설을 퍼부었다. 신을 신고 아래층으로 내려갔다.

"누가 가져갔나봐." 빌 프라이드에게 말했다.

"내 짓 아니야." 프라이드는 은퇴할 때까지 이 일로 잔소리를 할 것이다.

"알아." 리버스가 말했다. 누가 가져갔는지 알 것 같다는 말도 마지못해 덧붙였다. 대런 러프였다.

프라이드가 리버스의 손을 가리켰다. "주먹다짐에서 박살났다는 소문이 파다해. 오크스의 면상은 어떻게 됐어?"

"그렇게 된 게 아니야." 리버스가 말했다.

"KO된 채로 쓰레기통 안에서 발견됐다고 들었는데."

리버스가 그를 쏘아보았다. "걸어서 출근할 거야?"

프라이드가 고개를 저었다. "메인 경기를 눈앞에서 보고 싶군. 어쩌다 차를 잃어버렸는지 농부한테 보고할 때 말이야."

리버스는 다시 거리를 위아래로 살펴보았다. "글러브 안에 쇳덩이라도 넣어둬야겠어." 집으로 돌아가면서 말했다.

25

리버스는 자신의 사브를 타고 세인트 레너즈로 출근해 차량 도난을 신고하고, 방금 도착한 낮 근무자를 격려했다. 8시 45분에는 농부의 사무실에 있었다. 손에 난 상처를 포함해 자초지종을 설명하고 있었다. 농부는 리버스가 보고하는 내내 커피 머신에서 커피를 내리느라 바빴다. 데운 우유용 주둥이가 달린 에수프레소 메이커였다. 농부는 커피를 권하지 않았다. 리버스가 보고를 마쳤을 때, 농부는 거품 우유를 커피잔에 따르고 커피 머신을 끈 다음, 책상 뒤에 앉았다. 양손으로 커피잔을 쥐고 리버스를 쳐다보았다.

"감시는 아주 간단한 임무라고 늘 생각했다네. 그게 틀렸다는 걸 자네가 또 한 번 기를 쓰고 입증했군."

"차가 없어지진 않을 겁니다."

"일반 도난 차량과는 다르다?"

리버스는 바닥을 내려다보았다.

"지금 상황을 보자고." 커피를 한 모금 더 홀짝이며 농부가 말을 이었다. "대런 러프에게 손 떼라고 했더니 오히려 그자를 찾아 나섰어. 살인을 또 저지를 거라고 전문가들이 지목한 자에게 눈을 떼지 말라고 지시했지. 그랬더니 쓰레기통에서 정신을 잃은 채 발견됐어." 농부의 언성이 높아졌다. "자네는 대런 러프를 찾아서 집으로 데려갔어. 나중에 그자는 사라졌지. 경찰차를 타고서 말이야. 감시 기록도 함께. 이게 그냥 넘어갈 문제인가?" 농부는 화가 나서 얼굴이 시뻘게졌다.

"간단명료한 정리입니다, 총경님."

"지금 장난하나!" 농부가 한 손으로 책상을 내리쳤다.

"입이 열 개라도 할 말이 없습니다." 리버스가 이를 악물었다. "하지만 그 당시에는 옳은 일이라고 생각했습니다."

"아니지. 늘 그랬듯 자네 감을 따라간 거야. 남은 우리는 안중에도 없고 말이지. 그래서 뭐라도 건졌나?"

"대단히 죄송하지만 총경님⋯⋯."

"죄송 같은 소리 꺼내지도 마. 나에게는 물론이고 우리 일에 대해서도 미안한 마음은 하나도 없잖나!"

"그 말씀이 맞겠죠." 리버스는 조용히 말했다. 머리가 다시 지끈거리기 시작했다.

농부는 다시 의자에 등을 기대고 커피를 한 모금 마시면서 리버스를 쳐다보았다. "그래서 이제 어떻게 할 건가?"

"모르겠습니다. 총경님 말씀이 맞는 것 같습니다. 몇 달 전부터 경찰 일에 대한 회의가 들었습니다. 잭 모튼이⋯⋯."

"그전부터?" 다소 진정된 목소리였다.

"아마도요. 그만둘 생각을 몇 번 했습니다." 리버스는 상관을 쳐다보았다. "그랬으면 총경님이 좀 편해지셨겠죠."

"하지만 그만두지 않았지."

"그렇습니다."

"이유가 있군."

"제 안에 아직 조금은 믿음이 남아 있었는지 모르죠. 웃기게도 그게 조금씩 커져갔습니다."

"그래?"

앨런 아치볼드. 대런 러프. 아치볼드에 대해서는 농부에게 말하지 않았다. 말할 시점을 놓쳤다.

"러프에 대해서는 제가 잘못 알았습니다. 인정합니다. 하지만 솔직히 말하면…… 제가 틀렸는지 확신을 못 하겠습니다. 그래도 러프가 왜 에든버러에 있는지는 이제 알았습니다. 그의 배경에 대해서도 좀 더 알았고요."

"무슨 소리야?" 농부가 눈을 가늘게 떴다. "러프를 이해한다는 말인가?" 농부가 무자비한 듯한 미소를 지었다. "연민? 존, 자네가? 차라리 공룡이 진화할 수 있다는 걸 믿겠네."

"그랬다면 인류가 멸종했겠죠." 손으로 무릎을 누르며 리버스가 말했다. 자신이 알게 된 사실을 어떻게 설명해야 할까? 과거가 현재를 규정한다는 걸, 자유의지란 환상에 불과하다는 걸, 운명 또는 신이라고 하는 것이 우리의 길을 좌우한다는 걸? 주먹을 날린 재니스…… 시엘리온으로 가는 차 안에 있었던 어린 대런 러프…… 앨런 아치볼드와 그의 조카. 이 모두가 기묘하고도 복잡하게 얽혀 있었다.

"전체 보고서를 제출하겠습니다." 의자에서 몸을 똑바로 펴면서 리버스가 말했다.

농부는 고개를 끄덕였다. "어차피 감시 팀은 철수시킬 생각이었네." 커피잔을 내려놓았다. "캐리 오크스가 위험하다고 생각하나?"

"물론입니다. 하지만 그자는 뭔가 달라진 것 같습니다."

"어떻게?"

"미국에서 저지른 범행은 계획된 게 아니었습니다. 신중하지 않았어요. 늘 다른 전략의 일부인 것 같았습니다."

"설명해보게."

"처음에는 뭔가 필요했기 때문에 살인을 했습니다. 돈이나 차 같은 거요. 하지만 끝에 가서는 정말로 살인에 맛을 들였던 것 같습니다. 그러고는 붙잡혔죠. 그 느낌을 기억하면서 감옥에서 오랜 세월을 보냈습니다."

"그래서 이젠 단지 그 느낌 때문에 살인을 저지른다?"

"확실하지는 않습니다. 에든버러를 포함한 어떤 계획이 있는 것 같습니다." 앨런 아치볼드라면 한마디 덧붙였을 것이다. "오크스는 살인 계획만으로도 짜릿한 기분을 느끼는 게 아닌가 합니다."

"무기한 미룰 수도 있지."

리버스는 미소를 지었다. "그런 것 같지는 않습니다. 이건 그냥 예고편에 지나지 않아요."

농부는 그 의견에 당황한 것 같았다. 전화가 울리자 안도했다. 수화기를 들고 귀를 기울였다.

"좋아." 마침내 농부가 말했다. "그에게 알려주겠네."

농부는 수화기를 내려놓고 리버스를 쳐다보았다. "차를 발견했다는군."

"다행이네요."

"찾기 편하게 주차해놨대."

리버스는 무슨 말이냐고 농부에게 물었다. 대답을 듣고 엄청난 충격을 받았다.

리버스, 농부, 빌 프라이드가 쇼어에 도착했을 때는 이미 제복 경관 두 명이 현장에 있었다. 로버는 늘 있던 대로 호텔 반대쪽에 있었다.

"믿을 수 없군." 리버스는 대여섯 번이나 되풀이해 말했다.

"자네가 장난한 거 아니지?" 빌 프라이드가 물었다.

농부는 안을 들여다보았다. "감시 기록은?"

"좌석 아래 있었습니다."

농부가 손을 뻗어 감시 기록과 차 키를 꺼냈다.

"러프에게 감시 얘기를 했나?" 농부가 물었다. 리버스는 고개를 저었다. "그럼 그자가 차를 가져간 건 아니군?" 리버스는 어깨를 으쓱했다.

"우리가 뭘 하는지 알고 있는 놈이 있는 것 같군요." 빌 프라이드가 인정했다.

"아니면 감시 기록을 읽었을 수도 있지." 리버스가 말했다. "키를 찾으면 기록도 같이 있었으니까."

"그렇지." 프라이드가 마지못해 말했다.

"러프도 배제하진 말자고." 농부가 말했다. "차를 훔친 놈이 감시 노트도 읽었다는 게 중요해."

"개망신이 따로 없군요." 프라이드가 말했다.

"본청에서 알게 되면 그 정도는 약과야."

"누가 보고하죠?"

농부는 노트를 훑어보다가 리버스가 작성한 마지막 부분 – 또는 마지막이었어야 할 부분 – 을 읽게 되었다. 노트를 넓게 펼쳐 리버스와 프라이드가 볼 수 있게 했다.

"이게 뭐지?"

리버스가 쳐다보았다. 빨간색 펠트펜을 사용해 큰 대문자로 적혀 있었다. 사건에 관한 리버스의 추론에 누군가 후기를 덧붙여놓았다.

'말썽꾸러기야, 말썽꾸러기야. 아치볼드 씨는 어디 있을까?'

농부가 리버스를 쳐다보았다.

"아치볼드가 누구야?"

프라이드는 어깨를 으쓱했다. "전들 압니까?"

하지만 농부의 눈은 리버스에게만 향하고 있었다.

"아치볼드가 누구야?" 농부가 되풀이했다. 뺨이 시뻘게지고 있었다. 리버스는 아무 말도 하지 않고 길을 가로질러 레스토랑의 대형 창문 안을 들여다보았다. 식당에서는 늦은 아침을 제공하고 있었다. 식탁은 화분과 매다는 꽃바구니 뒤에 반쯤 가려 있었다. 하지만 캐리 오크스는 창가 테이블에 앉아서 이 모든 광경을 즐기고 있었다. 오크스는 리버스에게 포크를 흔들어보이고는, 오렌지주스 잔을 들어 건배하면서 씩 웃었다. 레버스는 호텔 문을 밀어 젖히고 레스토랑 안으로 걸어 들어갔다. 웨이터가 1인용 테이블을 원하는지 물었다. 리버스는 웨이터를 무시하고 곧바로 캐리 오크스가 앉아 있는 테이블로 향했다.

"합석하시려고요, 경위님?"

"자리가 없어도 그렇게는 안 해." 리버스는 손가락 관절을 오크스의 얼굴 쪽으로 내밀었다. "이거 기억나지?"

"끔찍하네요." 오크스가 말했다. "의사한테 데려갈까 했어요. 다행히 경위님은 아는 의사가 있었죠."

"넌 내가 어디 사는지 알고 있었어." 리버스가 낮은 목소리로 말했다. "짐 스티븐스에게 들었겠지."

"스티븐스요?" 오크스가 소시지를 자르기 시작했다. 리버스는 그가 마치 소시지를 분해하듯 세로로 자르는 걸 눈치챘다.

"차도 네가 가져갔고."

"스무고개 하기엔 좀 이른데요." 오크스는 소시지 한 조각을 입으로 가져갔다. 리버스는 손을 뻗어 포크와 소시지를 날려버렸다. 그러고는 오크스의 멱살을 잡고 들어올렸다.

"무슨 속셈이야?"

"그게 내 장기잖아요?" 오크스가 씩 웃으며 말했다. 갑자기 플래시 조명이 터졌다. 리버스는 고개를 반쯤 돌렸다. 짐 스티븐스가 뒤에 있었다. 그 옆에는 사진기자가 서 있었다.

"이제" 스티븐스가 말했다. "다음 장면에서 둘이 악수하면 좋겠네요." 그가 리버스에게 윙크했다. "그림이 좀 필요하다고 했잖아요."

리버스는 오크스의 멱살을 놓고 스티븐스 쪽으로 달려갔다.

"경위!"

농부의 목소리였다. 격노한 얼굴로 레스토랑 출입구에 서 있었다. "괜찮다면 밖에서 얘기 좀 하지." 거역할 수 없는 음성이었다. 리버스는 이게 끝이 아니라는 걸 알게 해주겠다는 듯 짐 스티븐스를 강하게 쏘아보았다. 그러고는 식당을 나가 프런트로 갔다. 농부가 뒤를 따랐다.

"아직 답을 듣지 못했네. 아치볼드가 누군가?"

"소명을 받은 사람입니다." 리버스가 말했다. 머릿속에서는 아직도 오크스의 얼굴에 띤 웃음이 보였다. "문제는 저도 그렇다는 거죠."

리버스는 점심시간 전까지 농부와 '회의'를 했다. 정오 직전에 아치볼드 본인이 합류했다. 농부가 코스토핀에 차를 보내 그를 데려왔다. 둘은 예전부터 알던 사이였다.

"지금쯤이면 금시계 정도는 차고 있을 줄 알았는데." 악수를 하며 아치볼드가 말했다. 하지만 농부는 누그러들지 않았다.

"앉지, 앨런. 은퇴했는데도 계속 바쁘더군."

아치볼드는 리버스를 쳐다보았다. 리버스는 창문 블라인드를 바라보고 있었다.

"그놈을 잡아넣을 거야. 그게 다일세."

"아, 그게 다라고?" 농부는 조롱하듯 놀란 척했다. "자네의 캐리 오크스 파일을 봤다고 존이 말해줬어. 사실 우리보다 자네가 가진 정보가 더 많지. 그러니 자네 상대가 누군지 알아야 해."

"내 상대가 무엇인지 알고 있어."

농부의 시선이 아치볼드에게서 리버스로 갔다가 다시 돌아왔다. "이 사건 떠맡은 것만으로도 충분히 골치 아파." 리버스 쪽으로 고개를 까딱하며 그가 말했다. "자기 손으로 법을 집행하려는 또라이가 더 생기는 건 사양일세. 오크스가 자네 조카를 죽였다고 생각하면 증거를 내놓게."

"이보게……."

"증거를 내놓으라고!"

"그게 가능하다면 그랬겠지."

"그랬을 거라고?" 농부가 말을 멈췄다. "개인적으로 가지고 있다가 끝장을 보려던 건 아니고?" 그는 리버스 쪽으로 몸을 돌렸다. "자네는 어때? 시체를 묻을 때 거들려고 했나?"

"죽이려고 했다면 진작 그랬을 거야." 아치볼드가 말했다.

"하지만 오크스가 자백하면? 제3자 없이 둘만 있는 데서." 농부는 고개를 흔들었다. "그 자백이 재판으로 가기에 부족했다면 어떻게 할 건가?"

"그거면 충분해." 아치볼드가 조용히 말했다.

"뭘 위해서?"

"날 위해서. 데어드레와의 추억을 위해서."

농부는 기다리다가 리버스 쪽으로 몸을 돌렸다. "믿을 수 있나? 여기 앨런이 오크스의 자백만 듣고 가버린다?"

"전 아직 아치볼드 선배님을 잘 모릅니다." 리버스는 아직도 창문 블라인드에 넋이 빠진 것 같았다.

"둘이 똑같아." 농부가 말했다. 리버스는 아치볼드를 바라보았다. 아치볼드도 그를 보고 있었다. 노크 소리가 들렸다. 농부가 들어오라고 큰 소리로 말했다. 쇼반 클락이었다.

"중재라도 하러 왔나?" 농부가 물었다.

"아닙니다." 클락은 들어오려 하지 않는 것 같았다. 머리만 들이밀었다.

"그럼?"

"변사체가 발견됐습니다. 솔즈베리 크랙스에서요."

"타살 가능성은?"

"최초 보고서에 따르면 매우 높답니다."

농부는 콧등을 꼬집었다. "요즘은 하루가 배로 긴 것 같아."

"중요한 게 있습니다. 인상착의로 보아 신원을 알 것 같습니다."

농부는 클락의 목소리에서 뭔가를 느끼고 그녀를 쳐다봤다. "우리가 아는 사람인가?"

클락은 리버스 쪽을 쳐다보았다.

"지금 수수께끼 놀이 하나, 클락 경장?"

클락이 목청을 가다듬었다. "대런 러프 같습니다."

26

"준비되면 바로 시작하죠."

짐 스티븐스의 방은 그가 좋아하는 대로, 엉망진창이긴 하지만 사람이 계속 살았던 것처럼 보였다. 하지만 여기는 스티븐스가 아니라 오크스의 방이었고, 방 주인이 여기서 전혀 지내지 않았던 것 같았다. 창가 작은 원형 탁자에는 의자 두 개가 있었다. 공짜 성냥 한 갑이 열려진 채로 재떨이에 그대로 있었다. 에든버러 관광객을 위한 안내 잡지 두 권이 그 옆에 놓였고, 잡지 위에는 고객 의견 카드가 있었다.

대부분의 사람들은, 심지어 인생의 1/3을 외국 감옥에서 보낸 사람일지라도 자기 방에서는 자기가 해오던 대로 할 것이라고 스티븐스는 생각했다. 모든 걸 둘러보고, 시험해보고, 만져보고, 인쇄물들을 훑어보는 일 말이다.

하지만 지금 목청을 가다듬고 있는 캐리 오크스는 그러지 않았다.

"리버스가 뭘 원하는지 궁금하지 않나?"

스티븐스는 오크스를 쳐다보았다. "이 기사를 끝내고 싶을 뿐입니다."

"전의 활력은 어디 갔어, 짐?"

"당신이 사람들을 그렇게 만드니까요."

"내가 10대 갱이었던 시절을 찾아내는 게?" 오크스는 스티븐스의 얼굴에 떠오른 표정을 보고 웃었다. "아닌 것 같군. 그 갱들은 지금쯤이면 사방으로 흩어졌을 거야."

"지난번에는." 테이프가 도는 걸 확인하며 스티븐스가 차갑게 말했다. "미국에 건너갔던 얘기까지 했어요."

오크스는 고개를 끄덕였다. "믿거나 말거나, 나는 '오퍼튜니티(Opportunity)'라는 곳에 도착했어. 워싱턴주와 아이다호주 경계에 있는 추레하고 작은 화물차 휴게소였지. 거기서 팻보이라는 트럭 운전사를 만났어. 진짜 이름은 알 길이 없었지. 면허증도 가짜인 것 같았어."

"면허증에 적힌 이름은요?"

오크스는 그 질문을 무시했다. "팻보이는 정부의 음모에 대한 강박이 있었어. 장거리 운전할 때마다 집에 부비트랩을 설치해놓는다고 하더군. 트럭 운전을 하다 보면 세상을 잘 알게 된다고 했어. 그가 말하는 세상이란 미국을 말하는 거겠지. 트럭 운전대 뒤에 있으면 세상을 정말 잘 알게 된다더군. 트럭 운전을 하면 빌어먹게 좋은 대통령이 될 수 있을 거라고 했지."

"팻보이는 그런 사람이었어. 내가 소개할게. 워싱턴주 오퍼튜니티 있어. 미국에는 그런 이름들이 많아. 팻보이 같은 사람도 많고. 우린 살인에 대해 얘기했지. 라디오가 켜 있었고, 방송국마다 불법 살인(unlawful killing)에 대한 뉴스가 나오고 있었어. 팻보이는 '불법'은 부적절한 명칭이라고 주장했어. '잘못된' 살인과 '옳은' 살인만 있고, 둘 중 어디에 해당하느냐는 입법자가 아니라 개인에게 달려 있다고 했지."

"그래서 당신은 어떤 종류의 살인을 했죠?"

오크스는 말을 끊는 걸 좋아하지 않았다. "지금 팻보이 얘기를 하는 중이야. 내가 아니라."

"그 사람하고 얼마동안 함께 다녔나요?" 스티븐스는 시간 순서를 맞게 유지하려고 했다.

"3~4일 정도. 화물을 배송하러 남쪽으로 갔다가 I-90 도로를 타고 돌아왔어."

"어떤 화물이었나요?"

"전자제품. GE에서 일했어. 전국을 다 돌아다녔다는 말이지. 자기 취미를 생각하면 괜찮은 일이라고 했어. 사람을 죽이는 게 취미였거든." 오크스는 스티븐스를 쳐다보았다. "날 불안하게 만들 생각이었겠지. 주간(州間) 고속도로를 시속 90킬로미터로 달리면서 그런 얘기를 했던 건. 불안해했다면 날 벗겨먹었을 거야. 하지만 난 그저 쳐다보면서 재미있는 얘기라고 말했지." 그는 웃음을 터뜨렸다. "상당히 절제된 표현이지? 누가 자기는 연쇄살인범이라고 얘기하는데 '음, 재미있네요.' 하고 대답했잖아."

"헌데 그 말을 믿었어요?"

"시간이 좀 지난 후엔 믿었지. 그가 말한 게 사실이라면 날 놓아줄 리 없다고 생각했어. 정차할 때마다 그가 날 죽이려 한다고 생각했지."

"죽을 준비를 했어요?" 스티븐스는 이 이야기에서 어느 정도가 진실일까 가늠하면서 오크스를 쳐다보았다. 이 이야기는 오크스와 스티븐스 자신 사이의 관계와 어느 정도 연관이 있을까?

"이상한 게 뭔지 알아? 난 완전히 긴장을 풀고 있었어. 마치 그가 날 죽이려고 해도 좋다고, 그렇게 될 일이었다고 생각하는 것처럼 말이야. 그때 바로 거기서 죽어도 상관없어 하는 것 같았지. 인과응보 같은 거러니 했어."

"여행 중에 사람을 죽였어요?"

"아니."

"그런데 왜 팻보이가 거짓말을 하는 게 아니라고 확신했어요?"

"그가 거짓말을 했다고 생각해?"

"체포됐을 때 왜 경찰에게 그 얘기는 안 했죠?"

"왜 그래야 하는데?"

"유리하게 작용할 수 있으니까요."

"사실 그런 생각은 해본 적도 없어."

"하지만 팻보이 때문에 살인에 대해 생각하게 했다면서요?"

"팻보이는 자기가 무슨 얘기를 하는지 알고 있었어. 사람이 거짓말을 하면 알아차릴 수 있잖아?" 오크스는 미소를 지었다. "세상 사람들이 다 이럴 수 있을까? 팻보이 얘기를 들으면서 속으로 생각했어. 그리고 답은 이거야. 당연히 그럴 수 있지. 다를 이유가 없잖아?"

"팻보이 덕분에 살인을 해도 아무렇지 않게 되었단 얘긴가요?"

"내가 그랬나?"

"그럼 무슨 얘긴데요?"

"내 얘기를 들려준 것뿐이야. 어떻게 받아들이는가는 자네한테 달렸지."

"감옥에서는 어땠나요? 혼자 지낸 그 모든 시간, 당신이 한 생각……?"

"혼자만의 시간이란 건 없어. 언제나 소음, 혼란, 틀에 박힌 일상이 있지. 가만히 앉아서 생각에 잠겨 있으면 정신 감정을 받게 돼." 오크스는 오렌지주스를 마지막으로 홀짝였다. "하지만 자네가 무슨 생각을 하고 있는지는 알겠어." 오크스는 빈 잔을 살펴보았다. "그런데 신원 조사는 어떻게 되어가고 있지? 왈라왈라에 연락했나?" 오크스는 손으로 빈 잔을 돌렸다. "주스와 얼음은 치워줘. 흉기를 남겨두는 거라고." 오크스는 잔을 테이블 모서리에 내리치는 시늉을 하고는 웃음을 터뜨렸다. 짐 스티븐스는 팔에 전율을 느꼈다.

리버스는 손을 주머니에 넣고 혼자 생각하며 솔즈베리 크랙스를 올라 갔다. 농부가 무슨 생각을 하고 있는지 알고 있었다. 대런 러프는 오늘 아침에 리버스의 아파트에 있었다. 현재까지는 러프가 살아 있는 걸 본 마지막 목격자는 리버스였다.

그리고 리버스는 지금껏 그를 괴롭히고 복수하려 했다. 농부는 개의치 않겠지만, 제인 바버나 러프의 사회복지사는 다를 것이다.

래디컬 로드는 솔즈베리 크랙스 주위로 난 석조 보도였다. 폴록 홀스 학생 기숙사 근처에서 시작해 홀리루드에서 끝난다. 보도를 따라 남쪽 으로부터 서쪽으로 시 중심부와 그 너머까지 뻗은 도시의 스카이라인을 볼 수 있다. 모든 첨탑과 총안들을. 맨프레드 맨: 〈큐비즘의 도시(Cubist Town)〉. 거의 바로 아래 그린필드가 있다.

"여기서 러프를 태웠나?" 걸어가면서 농부가 물었다.

리버스는 고개를 저었다. "세인트 마거릿 호수였습니다." 호수는 바위 산의 긴 곡선을 따라 아찔할 정도로 가파른 경사지가 내려가는 쪽에 있었 다. "어쨌든 말해주지." 농부가 덧붙였다. "짐 마골리스가 여기서 몸을 던 졌네." 그리고 바위 표면이 거의 절벽 꼭대기라고 할 수 있는 곳까지 이어 지는 길을 손가락으로 가리켰다. 개를 데리고 고원을 산책하는 사람들도 가장자리 쪽으로는 너무 가까이 가지 않으려고 했다. 에든버러에는 갑작스럽고 심술궂은 돌풍이 불곤 했고, 그 바람에 떠밀리면 추락할 수도 있었다.

농부는 숨을 가쁘게 쉬고 있었다. "아직도 러프와 짐 마골리스 사이의 연관성을 찾고 있나?"

"전보다 더 열심히요."

시체는 길을 따라 좀 더 앞쪽, 경고 문구가 적힌 테이프로 비상경계선이 쳐진 곳에 누워 있었다. 옷을 단단히 챙겨 입은 등산객 몇 명이 경계선 앞에 모여서, 안쪽을 들여다보려고 목을 길게 뺐다. 바람막이 비슷한 흰색 플라스틱 기계가 시체 주위에 놓여 있어서, 사람들의 호기심 어린 시선을 가리고 있었다. 검은색 수프링어 스패니얼*을 데리고 있는 여자가 조사를 받고 있었다. 시체를 발견한 사람이었다. 개를 산책시키러 나왔다. 자기와 개 둘 다 고대하는 날마다의 의식이라고 했다. 앞으로는 솔즈베리 크랙스에서 멀리 떨어진 새 산책로를 찾겠지.

'의사당을 저기다 짓는다니 믿기 힘들군." 홀리루드 로드 쪽을 내려다보며 농부가 말했다. "정말 오래된 강 후미야. 도로가 주차장이 되겠군."

"교통 정리는 우리 몫이겠군요."

"다행히 난 상관없네." 농부가 코를 훌쩍였다. "그때쯤이면 은퇴해서 한손에는 금시계를 차고, 골프나 치고 있을 테니까."

둘은 경계선을 넘어갔다. 범죄 현장감식반이 작업 중이었다. 범행 장소를 확인해, 그들이 좋아하는 명칭인 장소의 '순도'를 확보하려 하고 있었다. 현장에는 미량의 흔적도 남기면 안 되기 때문에, 리버스와 농부도 전신작업복을 입고 덧신을 신어야 했다.

---

* Springer Spaniel. 사냥개의 일종.

"바람 때문에 어차피 증거물이 사방으로 흩어졌을 겁니다." 리버스가 말했다. 하지만 본심은 아닌 불평이었다. 현장 감식의 중요성도, 과학수사 팀은 친구라는 사실도 알고 있었다. 경찰의가 피해자의 사망을 선고했다. 보통은 커트 박사가 법의학자였지만, 학회 참석차 마이애미에 가 있었다. 커트 박사의 상급자인 게이츠 교수가 들어와서 원 위치에 있는 시체를 살펴보았다. 게이츠 교수는 키가 컸고, 굵은 갈색 머리가 이마부터 번들거렸다. 휴대용 녹음기를 들고 다니면서 녹음을 하고 있었다. 사진기사와 비디오 촬영기사가 시체를 찍어야 했기 때문에 게이츠 교수는 자리를 내줘야 했다.

조지 실버스 경정이 왔다. 총경에게 인사로 목례를 했지만 고개를 너무 깊게 숙여서 마치 정식으로 인사를 올리는 것 같았다. 실버스는 늘 그랬다. 그래서 경찰서 안에서 별명이 '아부꾼'이었다. 나이는 30대 후반이었고, 항상 단정한 복장에 공들인 머리를 했다. 힘들여 일하지 않고도 승진하는 길을 찾느라 여념이 없었다. 검은색 머리카락과 움푹 들어간 눈은 축구 해설가 앨런 한센 같은 인상을 줬다.

"범행 도구를 찾아낸 것 같습니다. 돌인데 피와 머리카락이 묻어 있습니다." 실버스가 길 쪽을 가리켰다. "저쪽으로 40미터쯤 되는 곳입니다."

"누가 찾아냈나?"

"개입니다." 경정이 한쪽 눈을 씰룩거렸다. "저희가 회수하기 전에 개가 피를 대부분 핥아먹었습니다."

작업 중이던 게이츠 교수가 올려다보았다. "그러면 과학수사대에서 일치하는 내용을 찾아내서 피해자가 예쁘고 반짝이는 코트를 입고 있었다고 한다면, 원인이 뭔지 알겠군."

게이츠 교수가 웃었다. 리버스도 따라 웃었다. 마치 모든 게 비정상적이라는 분명한 사실을 차단하기 위한 장벽을 미리 세워놓고, 현장 자체에서는 다들 모든 게 정상인 척하는 것 같았다.

"비공식적이지만 신원을 알아냈다는 얘길 들었어요." 게이츠가 말했다. 리버스는 고개를 끄덕였다. 심호흡을 한 다음 한 걸음 앞으로 나갔다. 시체는 쓰러졌던 자리에 놓여 있었고, 머리 뒷부분이 박살나서 피범벅이 되어 있었다. 얼굴은 뾰족한 길 위에 놓여 있었다. 한쪽 다리는 무릎이 굽혀져 있었고, 다른 쪽 다리는 곧게 편 상태였다. 한쪽 팔은 몸 아래 끼여 있었고, 다른 팔은 펴 있어서 손가락이 차가운 땅을 긁을 수 있었다. 리버스는 옷만 보고도 알 수 있었지만, 얼굴에서 알아볼만한 게 있는지 살펴보려고 쭈그리고 앉았다. 잘 볼 수 있도록 게이츠가 얼굴을 살짝 들어주었다. 눈에선 빛이 사라졌다. 사흘 동안 자란 수염은 장의사가 깎아줄 것이다. 리버스는 고개를 끄덕였다.

"대런 러프입니다." 리버스가 말했다. 목소리가 잠겼다.

짐 스티븐스는 기록을 잠시 중단하고 알몸으로 침대 가장자리에 앉았다. 벗어던진 옷가지가 주위에 널려 있었다. 침대 옆 캐비닛 위에는 미니어처 위스키 두 병이 빈 채로 놓여 있었다. 스티븐스는 한 손에 빈 잔을 쥐고 응시했다. 세상 사람들이 알 수 없었던 사실에 초점을 맞추면서 생각에 잠겼다.

2부

발견

자네가 이 세상에서 맡은 임무와 의무를 좀 더 면밀하게 살펴볼 것을 권하네.
우리 모두는 그걸 어렴풋하게만 알고 있고, 우리는 거의…….

27

러프의 신발 한 짝은 어디선가 벗겨졌다. 시체가 쓰러진 장소와 돌이 발견된 곳 사이 중간쯤일 것이다. 처음에 나온 추론은 이랬다. 누군가 러프를 세게 때렸다. 러프는 비틀거리면서 공격자로부터 도망치려고 했다. 그 와중에 신발이 벗겨졌다. 그러다가 처음에 공격을 받은 장소보다 떨어진 곳에서 땅에 쓰러졌다. 개가 짖으면서 다가왔기 때문에 공격자는 도망쳐야 했다.

다른 추론도 있었다. 러프는 가격당한 즉시 사망했다. 공격자가 등산로를 따라 시체를 끌고 가는 중에 신발이 벗겨졌다. 러프가 솔즈베리 크랙스에서 투신하거나 추락한 것처럼 보이게 하려는 의도였을 것이다. 하지만 개를 데리고 산책하는 사람 때문에 살인자는 겁이 났다.

"러프는 대체 거기서 뭘 하고 있었지?" 경찰서에 돌아왔을 때 누군가 물었다.

"거기를 좋아했어." 리버스가 말했다. 이제 그는 세인트 레너즈 경찰서에서 자타 공인 러프 전문가였다. "안식처 같은 곳이었어. 안전하다고 느꼈지. 거기서 그린필드를 내려다볼 수 있었으니까 무슨 일이 일어나면 알 수 있었고."

"그럼 누가 러프를 따라갔군? 몰래."

"아니면 그리 가자고 설득했겠지."

"왜?"

"자살처럼 보이게 하려고. 신문에서 짐 마골리스 기사를 읽었을 수 있어."

"그냥 추측이잖아……."

수많은 추론과 추측이 있었다. 개자식이 뒈져서 다행이라는 의견도 있었다. 일주일 전이었다면 리버스도 같은 생각이었을 것이다.

수사본부가 꾸려졌다. 건물 다른 방에서 컴퓨터를 옮겨와 설치했다. 농부는 질 템플러 경감을 책임자로 임명했다. 리버스는 한때 그녀와 연인 사이였지만, 이제는 오래전에 흘러간 과거일 뿐이다. 템플러의 머리카락은 어두운색 줄이 있는 페더컷*이었다. 눈은 에메랄드빛 녹색이었다. 그녀는 준비 상황을 점검하며 성큼성큼 방을 가로질렀다.

"행운을 빌어요." 리버스가 말했다.

"경위님도 합류했으면 좋겠군요." 템플러가 말했다.

리버스는 무슨 말인지 알 것 같았다. 방어 태세를 굳히려는 것이다. 방어진 안에서 밖으로 총을 쏘게 하는 것이 밖에서 안으로 쏘는 것보다 낫기 때문이다.

"그리고 내 책상에 보고서를 제출하세요. 경위님과 피살자에 대해 말해줄 수 있는 모든 사항을요."

리버스는 고개를 끄덕이고 컴퓨터 앞으로 가서 일을 시작했다. 말해줄 수 있는 모든 사항. 그 단어 선택이 마음에 들었다. 탈출구를 마련해준 것이다. 그가 알고 있는 모든 걸 반드시 말하라는 게 아니라 알려줄 수 있는

---

* 퀼이 깃처럼 보이는 머리 모양.

내용 전부를 의미한다. 리버스는 건너 쪽을 보았다. 쇼반 클락이 벽에 붙일 근무자 명단을 편집하고 있었다. 클락이 그를 보고 손으로 T자 신호를 보냈다. 리버스는 고개를 끄덕였다. 5분 후, 클락은 뜨거운 비커 두 개를 가지고 돌아왔다.

"여기요."

"고마워." 리버스가 말했다. 클락은 그의 어깨 너머로 화면을 보고 있었다.

"전부 진실만인가요?" 그녀가 물었다.

"자네 생각은 어때?"

클락은 컵을 후후 불었다. "러프가 죽길 바란 게 누굴까요?"

"그렇지 않은 사람을 찾는 게 더 어려울걸. 그린필드 주민 절반은 용의 자일 테니까." 특히 칼 브레디. 전과도 있지. 그 엄마도 잊으면 안 될 테고.

"쫓아내는 것과 죽이는 건 동일한 범주가 아닌데요."

"그렇지. 하지만 걷잡을 수 없이 커지는 일도 있어. 빌리 호먼 일이 도화선일 거야."

클락은 책상 모서리에 걸터앉았다. "돌로 친다…… 사전에 계획한 것 같지는 않은데요?"

돌로 친다…… 앨런 아치볼드의 조카인 데어드레는 비슷한 방법으로 살해됐다. 돌로 친 다음 목을 졸랐다. 클락은 리버스의 속내를 읽을 수 있었다.

"캐리 오크스?"

"사망 시간은 나왔나?" 전화로 손을 뻗으며 리버스가 물었다.

"모르겠어요. 시체는 열한 시 삼십 분에 발견됐어요."

"그리고 누군가 다가오는 소리를 살인자가 듣고 도망쳤다고 추정하고 있지." 리버스는 번호를 누르고 기다렸다. 연결됐다. "안녕하세요. 짐 스티븐스 기자 부탁합니다."

클락이 리버스를 쳐다보았다. 그는

마우스피스 위에 손을 얹었다. "아침 식사 후에 무슨 일이 일어났는지 알고 싶어." 손을 치우고 다시 귀를 기울였다. "캐리 오크스 씨 방 연결해 주시겠습니까?" 스티븐스가 자기 방에 없다는 사실을 클락이 알 수 있게끔 리버스는 고개를 저었다. 이번에는 전화를 받았다.

"오크스, 나 리버스야. 스티븐스 좀 바꿔." 리버스는 잠시 기다렸다. "질문 하나만 할게. 아침 식사 후에 뭘 했나?" 다시 귀를 기울였다. "오크스를 계속 보고 있었나? 자넨 아침 내내 거기 있었고?" 귀를 기울였다. "아니, 괜찮아. 곧 알게 될 거야."

수화기를 내려놓았다.

"아침 내내 인터뷰하고 있었대."

"그럼 오크스일 가능성은 없겠네요." 클락이 컴퓨터 화면을 쳐다보았다. "그런데 동기는 뭘까요?"

"누가 알겠어. 하지만 오크스는 내 아파트 근처에 있었어. 순찰차를 가져갔지. 러프가 떠나는 걸 보고 나와 연관된 걸 알아차렸을 거야."

"입증할 수 있나요?"

"아니."

"그럼 오크스가 부인하면 그만이겠네요."

리버스는 거세게 숨을 내쉬었다. "이건 그놈과 하는 게임일 뿐이야."

질 템플러가 방 건너에서 그들을 쳐다보고 있었다.

"자리로 돌아가야겠어요." 차를 가져가며 클락이 말했다. 리버스는 보고서 작성을 마치고 출력해서 질 템플러에게 직접 건네주었다.

"검시는 언제 하죠?"

템플러는 시계를 확인했다. "막 그리 가려던 참이에요."

"태워드릴까요?"

그녀는 리버스를 살펴보았다. "운전 실력은 나아졌어요?"

"직접 판단하시죠."

시립 시체 공시소는 임시 폐쇄되었다. 보건 안전 부서에서는 내부를 변경하기로 했다. 그동안은 웨스턴 제너럴 병원을 이용하고 있었다. 사망자의 친척이나 친구를 찾을 수 없었기 때문에, 리버스의 신원 확인을 인증하기 위해 앤디 데이비스가 호출되었다. 리버스와 질 템플러가 도착했을 때 데이비스는 이미 기다리고 있었다. 러프의

신분증을 만드는 동안 리버스에게는 한마디 말도 하지 않다가 떠날 때 차갑게 쏘아보았다.

"미움을 샀나요?" 템플러가 물었다.

"무관심보다는 낫죠."

템플러와 리버스가 가운과 마스크를 착용했을 때는 게이츠 교수가 이미 검시 중이었다. 공식 신원 확인 작업 때는 러프의 시체에 수의가 입혀져 있었다. 지금은 스테인리스로 된 검시대 위에 알몸으로 누워 있었다. 갈비뼈 돌출. 리버스는 메모했다. 러프에게 만들어준 식사를 생각했다. 마지못해 차려준 식사. 토스트 위에 얹은 베이크드 빈즈. 아마도 러프의 마지막 식사였을 것이다. 마침내 게이츠 교수가 그 식사를 다시 세상에 드러내보였다. 리버스는 얼굴을 반쯤 돌렸다.

"뱃멀미가 나나요, 경위?"

"배 밑바닥에서 나가면 괜찮아지겠죠."

게이츠는 빙긋 웃었다. "하지만 갑판 아래가 가장 재미있는 법이죠." 그는 검시하면서 그 결과를 조수에게 중얼거리듯 말하고 있었다. 조수는 젊은 사람이었는데, 낯빛이 암환자 병동의 침대 같았다.

"당신은 어때요, 질?" 그가 마침내 물었다.

"과로했어요."

게이츠가 올려다보았다. "당신처럼 멋진 여자는 건강한 아이를 키우면서 집에 있어야 해요."

"자신감 주셔서 고맙군요."

게이츠는 다시 빙긋 웃었다. "설마 구혼자가 없는 건 아니죠?"

템플러는 이 발언은 무시하기로 했다.

"당신은 어때요, 존?" 게이츠는 끈질겼다. "애정 생활은 만족스러운가요? 내가 큐피트가 돼서 두 사람 이어줄까요? 어때요?"

리버스와 템플러가 같은 표정을 지었다.

"우리 같은 직업은" 게이츠가 느릿느릿 말했다. "변호사나 소설가와는 다르잖아요? 파티에서 분위기를 띄우는 역할이 아니죠." 그는 조수를 향해 고개를 끄덕였다. "명심하게, 제리. 자네 직업을 속여야 여자가 생겨."

게이츠의 마지막 웃음은 목이 멘 듯 짖는 소리 같았다. 거의 몸을 구부릴 정도로 기침을 했다. 그러고는 눈을 닦았다.

"담배 끊으셔야겠어요." 템플러가 경고했다.

"그럴 수 없어요. 내기에서 진다고."

"무슨 내기요?"

"커트 박사하고 한 내기. 하루에 스무 개비씩 피고 누가 더 오래 사나 내기했지."

"그건……." 템플러는 '역겹다'고 말하려고 했다. 하지만 그때, 자기도 모르는 새 시체의 몸이 절개되어 열린 걸 보았다. 그제야 왜 게이츠가 계속 대화를 이어갔는지 깨달았다. 현재의 작업에서 사람들의 눈을 돌리게 하려는 것이었다. 그리고 몇 분 동안은 효과가 있었다.

"한 가지는 바로 말해주죠." 부검의가 말했다. "시체의 옷이 젖었어요. 비가 왔다는 얘깁니다. 확인해봤는데 오늘 아침 일찍 잠깐 비가 왔고 그 뒤론 그쳤어요."

"길에 누운 상태에서 젖었던 걸까요?"

"얼굴을 바닥으로 향하고 누워 있었어요. 옷 뒤쪽이 젖었죠. 살았을 때 였는지 죽었을 때였는지는 몰라도 비가 올 때 밖에 있었어요. 하지만 머리 카락도 젖어 있었죠. 갑자기 비가 쏟아지면 재킷을 머리 위로 덮어쓰지 않 겠어요?"

"마음 상태에 따라 다르겠죠." 리버스가 말했다.

게이츠는 어깨를 으쓱했다. "내 추측일 뿐이에요. 하지만 확실한 게 하나 있죠." 그는 시체의 옅고 푸르스름한 반점을 따라 손가락을 움직였다. "시반입니다. 현장에서 나타나 있었어요. 난 시체가 발견되고 45분 후에 도착했어요."

"하지만 시반이 나타나기 시작했다……?"

"시반은 심장 박동이 정지되는 순간부터 나타납니다. 하지만 사망 후 30분부터 한 시간 사이에 보이기 시작하죠. 내가 도착했을 때는 제대로 보이는 상태였습니다."

"사후경직은요?"

"눈꺼풀이 단단했어요. 턱도 그렇고. 사망 시간을 정확히 알기 위해 눈에서 포타슘 표본을 채취할겁니다. 하지만 지금으로 봐서는 시체는 현장에 세 시간 또는 그 이상 있었다고 추정할 수 있어요."

리버스는 한 걸음 앞으로 나갔다. 만일 게이츠의 말이 맞다면 - 언제나 맞았다 - 개를 데리고 나온 사람이 살인자를 방해한 건 아니다. 살인자는 스패니얼과 그 주인이 도착했을 때쯤에는 이미 멀리 가 있었다. 그리고 대런 러프는 아침 일곱 시나 여덟 시경에 사망했다. 아침 다섯 시에 러프는 리퍼스의 소파에서 잠들어 있었다. 여섯 시쯤에는 떠났다…….

"시체는 발견된 장소에서 사망한 건가요?" 확실히 하려고 리버스가 물었다.

"시반의 패턴으로 봐서는 거의 확실(racing certainty)합니다." 부검의는 말을 잠시 멈췄다. "물론 경마(racing)에서 몇 파운드 잃은 적도 있지만."

"좀 더 구체적인 사망 시각이 필요합니다."

"압니다. 경위. 늘 그랬죠. 예산 범위 내에서 가능한 테스트를 할 겁니다."

"그리고 최대한 빨리요."

게이츠는 고개를 끄덕였다. 그는 내부 장기 분리를 시작할 준비를 하고 있었다. 제리는 필요한 도구를 가지고 부산을 떨고 있었다.

리버스는 생각했다. 세 시간, 아니면 네 시간.

그는 생각했다. 캐리 오크스가 다시 등장하는군.

28

그를 데려와 심문했다. 리버스는 관여하지 않았고, 나중에 테이프를 들었다. 쉽게 대답할 수 있는 몇 가지 질문만 할 것이라고 템플러가 강조했지만, 스티븐스의 신문사에서는 고객에게 에든버러 최고 로펌의 변호사를 붙여주었다. 하지만 오크스는 묵비권을 행사했다. 템플러는 심문을 잘 했고, 프라이드도 옆에 있었다. 질문은 날카로웠지만, 리버스는 오크스가 이 모든 조치를 사전에 파악했다는 느낌을 받았다. 심문, 교차 심문, 증인 재소환…… 오크스는 미국 법원에서 이 모든 상황을 모두 겪었다. 그는 그저 앉아서 경찰차에 대해서도, 리버스가 사는 곳에 대해서도, 살해된 소아성애자에 대해서도 아무것도 모른다고 답변했다. 최종 발언은 이랬다.

"애들한테 그 짓 하는 놈 때문에 이게 무슨 난립니까?"

프라이드는 테이프를 들으며 이 부분에서 팔짱을 끼고 입술을 오므렸다. 감정적으로는 대부분 그 말에 동조하고 있었다. 프라이드가 리버스에게 담배 피우러 나가자고 했다. 리버스는 속으로는 한 대 생각이 간절했지만 고개를 저었다. 나중에 혼자 주차장에 나가서 실크 컷 담배 한 대를 거의 빨아들일 듯한 속도로 피운 다음, 두 대째에 불을 붙였다. 하루에 열 개비. 하루에 열 개비를 지키고 있었다. 만일 하루에 열두 개비를 피웠다면, 그다음날은 여덟 개비만 피웠다. 여덟 개비면 괜찮았다. 그 정도는 감수할 수 있었다. 그게 오늘 피울 담배의 한계를 정해주었다. 하루에 피워야 한다고 생각하는 한계였다.

문제는 이미 이번 주 분량을 다 피웠다는 것이었다. 솔직히 말하면 이번 달 전체 분량이었다.

톰 잭슨이 나와서 자기 담배에 불을 붙였다. 둘은 처음 몇 분 동안 말이 없었다. 잭슨이 신발을

타막에 문지르더니 침묵을 깼다.

"경위님이 러프를 데려갔다고 들었습니다."

리버스는 코로 연기를 내뿜었다. "맞아."

"구해내서 경위님 집에 재우셨죠."

"그래서?"

"모든 사람이 그렇게 자비심이 많지는 않습니다."

"그게 자비심인지는 모르겠군."

"그럼 뭡니까?"

그럼 뭐냐고? 좋은 질문이었다.

"중요한 건," 잭슨이 말을 이어갔다. "불과 며칠 전만 해도, 경위님은 그자를 목매달지 못해 안달이었다는 사실입니다."

"과장하지 말게."

"들개 떼를 풀어놓으셨죠."

"신문 말인가? 아니면 이웃 주민?"

"둘 다입니다."

"말조심하게, 톰. 자네는 그 지역 경찰이야. 자네 관할 주민들이라고."

"경위님 얘기입니다. 무슨 일이 생긴 겁니까?"

"러프는 내 소파에서 잤을 뿐이야. 친분을 쌓거나 그런 게 아니라고."

리버스는 세 번째 담배를 바닥에 던지고 발로 비벼 껐다. 겨우 반쯤 피웠으니 두 개 반이군. 두 대로 치자.

"아직 아이를 발견하지 못했습니다."

"엄마는 어때?"

잭슨은 질문의 맥락을 파악하고 그에 맞게 대답했다. "엄마가 용의자는 아닌 것 같습니다."

"엄마의 내력은?"

"빌리가 외아들이에요. 열아홉 살 때 가졌답니다."

"아버지는 있나?"

"보통 그렇듯이 애가 태어나기 전에 자취를 감췄습니다. 얼스터로 가서 민병대에 들어갔다는군요."

"그럼 조만간 선거에 출마하겠군."

잭슨은 콧방귀를 뀌었다. "그 후에 사귄 남자가 한 트럭입니다. 지난 몇 주 동안은 가장 최근 애인과 살았다는군요."

"셋이 한집에 살았나?"

잭슨이 고개를 끄덕였다. "조사는 마쳤습니다. 내력을 파악하는 중입니다."

"5파운드만 주면 술술 나올 텐데."

"그린필드에서요?" 잭슨이 웃었다. "돈 낭비입니다." 그가 말을 잠시 멈췄다. "정말로 이 일이 죽은 러프와 관련 있다고 생각하시는 건 아니죠?"

"그럴 수도 있어. 하지만 우리가 생각하는 방식과는 다를지도 몰라."

"무슨 뜻인가요?"

"잘 있게." 리버스가 말하며 자리를 떴다.

그레이비 트레인의 옛날 노래를 생각했다. 〈그 얘긴 하지 않겠어(Won't Talk About It)〉.

리버스는 페이션스에게 만나지 못할 것 같다고 말했다. 목소리가 뭔가 달랐던 게 분명했다.

"배에서 도망치는 건가요?" 페이션스가 말했다.

"당신은 나를 너무 잘 알아요." 리버스는 그녀가 뭐라 말하기 전에 수화기를 내려놓았다. 그는 몰팅스에서 출발해 코스웨이사이드와 스와니로 간 다음, 옥스까지 택시를 탔다. 그의 차는 세인트 레너즈 경찰서에 있었다. 상관없었다. 내일은 걸어서 출근하면 되니까. 영 스트리트의 단골 중 하나인 솔티 더가리는 얼마 전까지 병원에 있었다. 관상동맥 질환이었다. 혈관성형술인가 하는 걸 받았다. 그는 바에서 내내 그 얘기를 떠벌였다. 리버스는 이해할 수 없었지만, 몇 가지 이유때문에 수술은 더가리의 사타구니 부분에서 시작한 게 분명했다.

"심장으로 향하는 경로인가보지." 위스키를 더 마시며 리버스가 말했다. 물로 희석하긴 했지만 과하게 하진 않았다. 술을 마시지 않은 것처럼 기분이 괜찮았다. 느긋해진 느낌이랄까. 하지만 바를 나가면 알코올 기운이 올라오겠지. 바에 눌러앉을 좋은 핑계거리였다. 마치 〈지옥의 묵시록〉의 등장인물처럼. "절대로 보트에서 나가지 마." 보트를 떠날 때만 문제에 말려들게 된다는 의미다. 리버스의 경험상 펍의 경우도 똑같았다. 그래서 자정에서 30분이나 지난 지금까지 옥스에서 죽치고 있었다. 뒤쪽 방은 뮤지션들이 차지했다. 대부분 기타였고, 12바 블루스*를 연주했다. 수염 난 친구 하나는 마치 매디슨 가든**의 관객 앞에 있는 것처럼 하모니카를 연주했다.

리버스는 진료소 의사인 조지 클라서와 얘기하고 있었다. 클라서는 보통은 일찍 – 일곱 시 전후 – 자리를 떴다. 늦게까지 있다면 집에 뭔가 문제가 있다는 신호였다. 클라서는 솔티 더가리에게 알코올 섭취를 줄이라고 충고하는 말로 저녁을 시작했다.

더가리는 "사돈 남 말 하시네"라고 응수했다. 더가리는 수술을 받았다기보다는 휴가를 다녀온 것처럼 보였다. 얼굴은 탔고, 담배는 하루 마흔 개비에서 열 개비로 줄였다. 눈 아래 다크 서클이 있는 클라서는 잔을 들 때 손을 약간 떨었다. 리버스에게는 담배를 하루 한 갑씩 태우고도 여든 살까지 산 삼촌이 있었다. 리버스의 아버지는 20년 전에 담배를 끊고도 삼촌보다 먼저 죽었다.

세상일은 아무도 알 수 없다.

프런트 바에는 그들 넷뿐이었다. 해리까지 포함하면 다섯이었다. 시내의 모든 펍에서 술을 마셔본 더가리는 해리가 에든버러에서 가장 무례한 바텐더라고 평가했다. 경쟁률을 생각해 보면 어떤 면에서 대단한 업적이었다.

"여러분 모두 집으로 꺼져버렸으면 좋겠네요." 해리가 말했다. 그날 저녁에 처음 나온 얘기도 아니었다.

"아직 멀었어, 해리." 더가리가 말했다.

* 블루스 코드의 하나.
** 뉴욕 매디슨 스퀘어 가든.

"어떻게 당신을 집중치료실에서 내보내줬죠?"

더가리는 눈을 찡긋했다. "집중치료 덕분에 여기 온 거지." 잔을 들어 건배한 다음 입으로 가져갔다. 20분 전에 리버스는 클라서에게 대런 러프 얘기를 했다. 이제 클라서가 리버스에게 몸을 돌렸다. 눈꺼풀이 무겁게 내려앉았다.

"유명한 살인 사건이 있었지. 세기 초였을 거야. 신혼여행을 떠난 독일인 부부가 있었는데, 남편은 사랑이 아니라 돈을 보고 결혼했지. 부인을 죽이고 자살로 보이게 할 계획을 짰어. 아서스 시트로 산책을 나가서 솔즈베리 크랙스에서 부인을 밀어버렸지."

"하지만 처벌을 면하지 못했군요?"

"당연히 못 면했지. 아니면 얘기가 안 되잖아."

"어쩌다 잡혔대요?"

클라서는 잔을 응시했다. "기억이 안 나."

더가리가 웃었다. "클라서한테 농담 시키지 마. 늘 한 방 날려야 할 때를 잊어버린다니까."

"지금 한 방 맞고 싶어, 솔티?"

"솔티 때릴 사람 줄 섰어요." 해리가 한마디 거들었다.

옥스퍼드 바의 일상적인 밤 모습이었다. 기타 연주자들이 짐을 챙기자, 리버스는 코트를 집어 들었다. 밖에는 바람이 거세게 불었고, 다시 비가 내렸다. 거리는 딱정벌레의 등딱지처럼 검게 번들거렸다. 재니스에게 전화를 걸까 생각했다. 하지만 무슨 말을 하나? 데이먼에 관한 소식은 없었다. 리버스는 프린스 스트리트를 따라 걸으면서, 관광객들이 모두 잠자리에 든 이때의 에든버러가 가장 좋다고 생각했다. 발모럴 호텔 앞에는 재규

어와 로버가 서 있었고, 운전사들은 일을 마무리하려고 기다리고 있었다. 젊은 커플이 싸구려 사과주를 나눠 마시며 지나쳐 갔다. 남자는 배지가 달린 재킷을 입고 있었다. 〈스톡홀름 필름 페스티벌〉 배지였다. 리버스는 처음 듣는 영화제였다. 밴드 이름인지도 모른다. 요새는 확신할 수 있는 게 없다.

브리지를 걸어 올라가다가 어떤 철책에서 멈춰 섰다. 카우게이트 쪽을 내려다볼 수 있었다. 아직 문을 연 클럽들이 있었다. 10대들이 거리로 쏟아져 나오고 있었다. 경찰들이 이럴 때의 카우게이트를 부르는 이름이 있었다. 리틀 사이공. 피의 강변. 현세의 지옥. 순찰차조차도 2대씩 조를 이뤄 움직였다. 함성과 절규. 짧은 옷을 입은 여자애들. 한 녀석이 눈에 띄길 바라며 길바닥에 무릎을 꿇었다.

프리티 씽스: 〈심야 서커스의 외침(Cries from the Midnight Circus)〉.

에든버러에서는 때로 대낮도 심야가 될 수 있다…….

리버스는 자기가 어디로 가고 있는지, 뭘 하고 있는지 몰랐다. 집으로 가는 길이라면 정말 천천히 가는 것이다. 택시가 오는 걸 보고 세웠다. 갑작스러운 충동에 따라 목적지를 말했다.

"쇼어로 갑시다."

29

아이디어는…… 살을 에듯 추운 날씨에 호텔 밖에 서서 휴대폰으로 오크스의 방에 전화를 하는 것이었다. 아래로 내려오게 해서…… 이번에는 뒤통수에 금이 가지 않을 것이다. 마주보고 대결한다. 하지만 술김에 한 생각이었고, 그게 다였다. 리버스는 자신이 그렇게 하지 않으리라는 걸 알고 있었다. 어쨌든 오크스는 걸려들지 않겠지. 쇼어에서 건너편을 바라보던 리버스는 클리퍼에서 새어나오는 불빛과 문에 서 있는 경비원을 보았다. 리버스는 다리를 가로질러 가서 자신을 소개했다. 경비원은 얼굴에서 땀을 닦고 있었다. 리버스는 안에서 높은 목소리와 웃음소리를 들을 수 있었다.

"파티인가요?" 그가 물었다.

"항의가 들어왔단 얘긴 하지 마십시오." 경비원이 으르렁대듯 말했다. 리버풀 악센트였다. 덩치로 볼 때 부두 노동자 집안 출신인 게 확실했다. "항의만 안 들어오면 됩니다."

"무슨 일인데요?"

"사람들이 도통 갈 생각을 안 해요."

"정중하게 요청해봤나요?"

경비원은 코웃음 쳤다.

"도와줄 사람도 없고?"

"음악을 끄면 그만 가겠거니 했죠. DJ도 짐을 싸서 꺼졌어요. 제 윗사람인 프로스트 씨도 그랬어요. 사람들이 가면 조명을 끄고 문을 잠그라고 했죠."

"여기 초짜군요."

경비원이 미소를 지었다. "그래 보이나요?"

"휴대폰을 갖고 있잖아요? 프로스트 씨에게 전화를 해보지 그래요?"

"집 번호를 몰라요."

리버스는 턱을 문질렀다. "아치 프로스트 씨말이죠?"

"맞아요."

리버스는 잠시 생각에 잠겼다. "내가 손님들한테 얘기해줄까요?" 보트 쪽으로 고개로 가리켰다. "떠나게 할 수 있을 것 같은데?"

경비원이 리버스를 쳐다보았다. 경비원은 자신의 일과 리버스 사이에 존재하는 관계에 대해 잘 알고 있었다. 지금 부탁을 들어주면 나중에 또 들어줘야 한다. 그는 소음이 들리는 쪽으로 몸을 돌렸다. 흥청대며 놀던 사람 하나가 갑판으로 나와서 옆에 오줌을 눌 준비를 하고 있었다. 경비원이 한숨을 쉬었다.

"그렇게 하시죠."

그래서 리버스는 입장했다.

갑판 위에 남자 하나가 샴페인 병을 가슴에 댄 채 꼼짝 않고 있었다. 나비넥타이가 목에 걸려 있었고, 시계는 금딱지 롤렉스였다. 손님 하나는 앨버트 바진 공원이 개인 화장실인 양 계속해서 몸을 앞뒤로 흔들며 소변을 보고 있었다. 어떤 노래의 후렴구를 콧노래로 흥얼거리다 리버스를 보고 웃음을 지었다. 리버스는 무시하고 계단을 내려가 배의 중심부로 향했다. 파티를 위해 준비된 장소였다. 길고 좁은 댄스 플로어 주위로 의자와 테이블이 있었다. 한쪽 끝에는 바가, 반대쪽 끝에는 임시 무대가 있었다. 댄스 플로어 위에는 조명 장비와 미러볼*이 있었다. 바를 가로질러 내려온 셔터에는 맹꽁이자물쇠가 걸려 있었다. 술에 취한 손님 하나가 플라스틱 이쑤시개로 맹꽁이자물쇠를 열려 하고 있었다. 테이블 몇 개는 쓰러져 있었고, 의자도 마찬가지였다. 바닥에는 분실된 옷가지가 감자칩, 땅콩, 빈 병, 샌드위치 조각, 으깨진 키시**와 함께 널브러져 있었다. 열댓 명의 사람들이 여기 앉아 있었다. 여자들은 남자들의 무릎에 앉아서 진한 키스를 하고 있었다. 몇몇 커플은 조용히 대화에 빠져 있었다. 깊이 잠든 사람도 한둘 있었다. 핵심 멤버 다섯 명 – 남자 셋, 여자 둘 – 은 술에 취해 불분명한 말투로 이야기를 하고 있었다. 구체적인 내용은 파티의 하이라이트였고, 대부분 술, 구토, 진한 키스가 포함되었다.

"또 만나네요." 리버스가 아마 페트리에게 말했다. "이게 당신 파티군요?"

아마는 옆에 있는 젊은 남자의 어깨에 머리를 얹고 있었다. 마스카라가 번져서 피곤해 보였다. 짧은 드레스는 속이 비치는 검은색 망사였다. 맨발은 반대쪽에 앉은 남자의 무릎 위에 놓고 있었다. 남자는 아마의 발가락을 가지고 장난치고 있었다.

"맙소사." 그 남자가 눈을 내리깔고 말했다. "아주 사람을 줄지어 보내는군. 이봐요. 우린 돈을 냈어요. 현금을. 그것도 선불로요. 그러니 좋게 말

---

* 작은 거울들을 붙인 큰 공 모양의 장식물로 천장에 달아 빛을 반사하게 하는 조명 기구.
** 달걀, 우유에 고기, 야채, 치즈 등을 섞어 만든 파이의 일종.

할 때 꺼지는 게…….”

"오스카, 이 멍청이. 이 사람은 경찰이야." 아마 페트리가 말했다. 그러고는 "다시 만나서 반가워요"라고 리버스에게 말했다. 눈으로는 다른 이야기를 하고 있었지만 마지못해 하는 형식적인 인사였다. 적어도 리버스가 온 것을 반기지는 않는다는 것을 알 수 있었다.

"그러면." 오스카가 사람들에게 미소를 지으며 말했다. "선생님은 좋은 경찰이겠군요. 하지만 사회가 문제라니까요. 나에겐 기회가 없었어요." 그는 손쉽게 역할극에 빠져들었고, 청중들로부터 미소와 웃음을 이끌어냈다. 리버스는 주위 사람들을 둘러보았다. 에든버러의 내로라하는 부잣집 자식들이었다. 다들 뉴타운에 아파트를 소유했다. 제멋대로 하게 내버려두는 부모들이 준 선물이었다. 자신들만의 파티와 밤 문화가 있었다. 낮에는 쇼핑을 하거나 점심 식사를 하거나 대학 수업에 출석하기도 할 것이다. 스포츠카를 몰고 교외로 드라이브도 하겠지. 이들의 인생은 정해져 있었다. 가족 회사에 취직하거나, 뭔가 '준비된' 일 – 그들이 처리할 수 있는 일, 타고난 매력과 최소한의 노력만으로 할 수 있는 일 – 을 하는 것이다. 모든 게 저절로 굴러들어온다. 세상이란 그런 것이니까.

"제복을 안 입어서 아쉽네. 그렇지 니키?"

"우리가 무슨 짓을 했죠, 경관님?" 다른 남자가 물었다.

"자네들은 너무 오래 있었어." 리버스가 말했다. "하지만 상관없어. 누가 파티 주최자지?" 그는 아마를 보고 있었다.

"사실은 접니다." 이쑤시개를 가지고 있던 남자가 바 쪽에서 몸을 돌리며 말했다. 남자는 굵은 금발을 이마에서 뒤로 넘겼다. 얼굴은 여위었고 차분해 보였다. "니콜 페트리입니다. 아마의 남동생이죠." 리버스는 이 남자가 '니키'라고 생각했다. 제복을 안 입어서 아쉽네. 그렇지, 니키?

니콜은 20대 초반이었다. 최신 유행에 따라 면도를 하지 않은 얼굴은 날카로운 금색으로 빛나고 있었다. "저기요." 그가 말했다. "이 친구들을 보트에서 내보낼게요. 약속합니다." 그리고 친구들에게 말했다. "우리 집으로 가지. 술이라면 많이 있으니까."

"카지노에 가고 싶어." 여자 하나가 불평했다. "그러기로 했잖아."

"자기야. 저 친구는 네가 거시기를 빨아줄까 해서 그렇게 말한 거야."

손가락질과 함께 폭소가 터져 나왔다. 아마는 눈을 감았지만 웃고 있었다. 옆 남자의 사타구니 위에서 발을 살살 돌렸다.

다들 리버스는 안중에도 없는 듯했다. 다시 잡담이 오고갔다. 리버스는 주머니에 손을 집어넣었다. 사진 두 장을 꺼내 니콜 페트리에게 건넸다.

"남자 이름은 데이먼 미입니다. 금발 여자와 함께 나이트클럽에서 나갔죠. 두 사람은 이 보트에서 당신 누나가 주최한 파티에 왔던 것 같습니다."

"압니다." 니콜 페트리가 말했다. "누나가 말해줬어요." 그는 사진을 살펴보고 고개를 저었다. "죄송합니다." 사진을 돌려주었다.

"문제의 그 파티에 있었습니까?" 페트리가 고개를 끄덕였다. "여러분 모두?"

그들은 아마를 쳐다보았다. 아마는 어떤 파티였는지 설명했다. 둘은 선약 때문에 그 파티에 없었다. 리버스는 어쨌든 사진을 건네주었다. 흥미롭게 보는 사람은 없었다. 사진을 돌려보면서 계속 잡담을 했다.

"훈제 연어 먹으러 가야겠어."

"다음 금요일에 앨리슨이 큰 파티를 연대. 갈 거야?"

"붙임머리를 해 봐, 인상이 바로 달라진다니까……."

"컨소시엄을 결성해서 경주마를 살 생각이야……."

아마 페트리는 사진을 거들떠보지도 않고 옆으로 전달했다.

"미안해요." 그룹의 마지막 사람이 사진을 리버스에게 돌려주고 잡담을 계속했다. 니콜 페트리는 미안한 듯 보였다.

"곧 떠날 겁니다. 택시를 잡을 생각이에요."

"맞아요."

"도움이 못 돼서 죄송하네요."

"걱정하지 마세요."

"나도 가출한 적이 한 번 있어요……."

"닉, 너는 겨우 열두 살이었잖아." 아마 페트리가 느리게 말했다.

"그래도 엄마랑 아빠가 얼마나 상처받았는지 알아."

아마는 동의하지 않았다. "아빠랑 엄마는 네가 가출한 것도 몰랐어." 그녀가 닉을 올려다보았다. "경찰에 신고한 건 나였다고."

"어떻게 됐죠?" 리버스가 물었다.

"친구 집에서 지냈어요." 니콜 페트리가 설명했다. "가출한 걸 친구 부모님이 아시고 집으로 데려다주셨죠." 그는 어깨를 으쓱했다. 친구 몇이 웃었다.

"좋아." 목소리를 약간 높이며 니콜이 말했다. "우리 집으로 가자. 날 새려면 멀었고 우리도 더 놀아야지!"

이 말에 다들 환호했다. 리버스는 니콜 페트리가 전에도 이렇게 무리들을 선도했다는 느낌이 들었다.

"알피는 어디 있어?" 아마가 물었다.

"오줌 누러 갔어." 대답이었다.

리버스는 계단으로 향했다. "어쨌든 고맙습니다." 그는 아마의 남동생에게 말했다. 니콜 페트리는 손을 내밀었다. 리버스는 악수를 했다.

제복을 안 입어서 아쉽네……. 대체 무슨 뜻일까? 은밀한 농담? 리버스는 갑판으로 올라가 신선한 공기를 마셨다. 오줌을 누던 남자 ― 알피 ― 는 다리를 벌린 채 보트 갑판에 앉아 있었다. 바지 버튼을 잠그는 것도 잊었다.

"벌써 가세요?" 그가 물었다.

"다들 니키 집으로 간다는군요." 리버스는 무리의 일원인 양 말했다.

"좋은 녀석이죠." 알피가 말했다.

"당신이 알피죠?"

젊은 남자는 리버스를 기억해내려고 애쓰면서 올려다보았다. "미안해요." 그가 말했다. 누군지……."

"존이에요." 리버스가 말했다.

"그래요, 존." 힘차게 고개를 끄덕였다. "얼굴은 안 잊어먹는다니까. 재무 부서에 있죠?"

"보안 쪽이에요."

"그래도 얼굴은 안 잊어먹어요." 알피가 일어나기 시작했다. 리버스가 도와주었다. 아직 한 손에 사진을 들고 있었다.

"여기." 리버스가 말했다. "한번 봐요." 아무 말도 덧붙이지 않고 사진만 건네줬다.

"사진을 완전 발로 찍었네요." 알피가 말했다.

"상태가 아주 좋진 않죠?"

"끔찍해요. 사진하는 친구가 있는데 번호 알려드릴게요." 알피가 재킷에 손을 뻗었다.

"그래도 이 얼굴은 알아보겠죠?" 데이먼의 휴가 때 사진을 손으로 톡톡
치며 리버스가 말했다.

알피는 실눈을 뜨고 사진을 보다가 코앞에 가져다 댔다. 불빛에 비쳐보
려고 사진을 움직였다.

"난 자부심이 있어요." 그가 말했다. "절대 얼굴을 잊어먹지 않아요. 하
지만 이 친구의 경우는 예외네요." 사소한 농담에 배가 끊어지게 웃었다.
"하지만 이 아가씨는……."

"알피!" 아마 페트리가 계단 맨 위에 서 있었다. 한기 때문에 팔짱을 끼
고 있었다. "빨리 와. 우리 갈 거야."

"좋은 생각이야, 아마." 알피가 천천히 눈을 깜빡였다. 리버스는 그가
꾸벅꾸벅 존다고 생각했다.

"금발 여자는……." 리버스가 집요하게 계속했다.

아마가 그들에게 다가와서 알피의 소매를 잡아당겼다. 알피가 리버스
의 팔을 토닥였다. "니키네 집에서 봐요, 아저씨."

"어서, 알피." 아마가 알피의 뺨에 살짝 입을 맞추고 계단 아래로 데려
갔다. 리버스 쪽을 잠깐 뒤돌아보았다. 표정은…… 화가 났나? 안심했나?
둘 다인가? 두 사람이 시야에서 사라지자 리버스는 보트에서 내렸다.

"곧 간답니다." 리버스가 경비원에게 말했다.

"다행이군요."

"나한테 신세 진 겁니다." 리버스가 말하고는 경비원이 고개를 끄덕일
때까지 기다렸다. "신세 갚으려면 아치 프로스트가 빌리 프레스톤과 무슨
관계인지 알려줘요."

"프로스트 씨는 프레스톤 씨 밑에서 일합니다. 나처럼요."

"하지만 프로스트는 차머 맥킨지 밑에서 가이타노를 운영하잖아요."

경비원이 고개를 끄덕였다. "그렇죠."

"이해관계 충돌은 없나요?"

"있어야 하나요?"

리버스는 눈을 가늘게 떴다. "맥킨지가 이 보트 소유자입니까?"

경비원이 입술을 핥았다. "공동 소유죠. 프레스톤 씨가 나머지 절반을 갖고요."

차머 맥킨지가 클리퍼 지분의 절반을 갖고 있다. 그리고 가이타노도 소유했다. 데이먼은 가이타노에 있었다가 클리퍼 근처에서 마지막으로 목격되었다. 리버스는 의심이 들기 시작했다.

"이걸로 된 겁니다." 경비원이 말했다. 파티 참석자들이 콩가 춤을 추며 트랩으로 향하고 있었다.

리버스는 아파트로 돌아왔지만 잠을 이룰 수 없었다. 대런 러프가 덮고 잤던 담요가 개어진 채 아직도 소파 위에 있었다. 차마 치울 수 없었다. 대신에 의자에 앉아서 유령이 나타나길 기다렸다. 대런도 함께 올지 모른다. 아니면 다른 영혼에게 나타날지도.

하지만 유령은 나타나지 않았다. 리버스는 깜빡 잠이 들었다가 화들짝 놀라 잠이 깨었다. 나가는 게 좋겠다고 생각했다. 미도우스를 통과해 시립 영안실을 지나갔다. 시립 시체 공시소는 시 외곽의 남쪽 리틀 프랑스로 이전할 예정이었다. 옛 부지에는 고급 아파트나 호텔이 지어질 것이라는 얘기가 돌았다. 시내 중심가의 노른자위 땅이지만, 시체 공시소가 있던 자리에 세워진 아파트에 살고 싶어 하는 사람이 있을까?

리버스는 그레이프레이어스 바비* 동상 앞에서 잠시 발을 멈췄다. 생각해보면 바비는 달리 갈 데도, 할 일도 없었던 개였을 뿐이다. 리버스는 손을 뻗어 동상의 머리를 토닥였다.

'거기 있어.' 조지 4세 다리로 향하면서 리버스는 말했다. 택시 두어 대가 그의 옆에서 속도를 늦추면서 호객을 했지만, 손을 저어 쫓아 보냈다. 플레이페어 계단을 이용해 내셔널 갤러리와 로열 아카데미로 내려갔다. 한뎃잠을 자는 사람들을 지나, 밤이 지나고 동이 트면서 에든버러 성이 하늘 위로 모습을 드러내는 광경을 보았다. 친할아버지와 외할아버지를 생각했다. 에든버러 성의 추모 책자 어딘가에 두 분 이름도 적혀 있다. 어느 연대에서 복무하셨는지도 기억나지 않았다. 두 분 다 1914~1918년의 전쟁에서 돌아가셨다. 리버스의 부모님이 만나기 훨씬 전이었다.

프린스 스트리트는 언제나처럼 어수선했다. 보도에는 사람이 없어서 굉장히 넓어 보였다. 리버스는 느닷없이 버거킹 옆으로 가 페니 블랙 안으로 들어갔다. 다섯 시부터 문을 여는 곳이다. 이미 술꾼 몇 명이 있었다. 리버스는 위스키를 시키고 물을 가득 탔다.

"그러다 위스키 익사하겠어." 술꾼 하나가 참견했다.

리버스는 그저 미소만 지었다. 물이 그의 구명줄이라는 얘기는 하지 않았다. '스코츠맨' 신문 초판이 바 위에 놓여 있었다. 리버스는 신문을 훑어보았다. 시엘리온 재판에서 어제 있었던 일들에 관한 기사, 대런 러프의 '변사', 그리고 빌리 호먼의 실종에 관한 뉴스가 실려 있었다. 빌리의 실종을 러프의 짓으로 돌린 결과에 대해 GAP 회원 중 하나가 익명으로 의견을

---

* 죽을 때까지 주인의 무덤을 지켰다는 일화가 있는 에든버러의 개.

피력했다.

"해충 같은 존재 하나가 세상에서 사라져서 기쁘고 안심이 되네요. 다른 주민들도 마찬가지일 거예요."

밴 브래디의 훈계조 말투였다. 그린필드의 신규 입주자는 이웃의 심사를 받아야 한다는 주민위원회의 이야기가 있었다. 이웃 순찰, 현장 점검, '바람직하지 못한 자'가 그린필드에 들어와 '동네 망치는' 일을 막기 위해 일종의 장벽이 있어야 한다는 논의까지 있었다.

리버스는 스코틀랜드가 자치를 준비하고 있다는 건 알고 있었다. 하지만 이건 너무 나갔다.

"주민회관에 컴퓨터를 들여놓을 겁니다." 대변인이 말했다. "인터넷에 연결해서 가디언 앤젤스*에 자문을 요청할 거예요. 로또라도 당첨돼서 소프트웨어를 구매할 수 있으면 좋겠네요. 우리 동네가 바라는 건 그 정도예요."

리버스는 그린필드에 청원 경찰대가 있다면 누가 그 책임자에 적합할까 생각했다. 칼 브래디라는 이름이 단박에 떠올랐다.

리버스는 술을 다 마시고 리스에서 아침을 먹기로 했다. 리스에는 여섯 시부터 여는 카페가 있었다. 양도 푸짐하고 사람은 적었다. 리스 워크를 따라 걷다가 카페를 발견하고 들어가 앉았다. 신문은 아까 읽었기 때문에, 얇게 썰어 구운 빵을 씹으며 창밖을 내다보는 것 말고는 할 일이 없었다. 택시 한 대가 카페 앞 신호등에 정차했다. 리버스는 승객의 모습을 어슴푸레하게 볼 수 있었다. 자세히 보려고 했지만 택시는 이미 움직이고 있었다. 캐리 오크스가 호텔로 돌아가는 중이었다. 리버스는 택시 번호를 기

---

* 스코틀랜드의 아동 보호 지원 서비스.

억해서 손등에 적었다. 차를 잔뜩 마셔 빵을 넘긴 다음, 카페 주인에게 전화를 쓰겠다고 부탁했다. 택시 회사에 전화를 걸어 번호를 물어보았다.

"장난합니까? 우리 회사 택시가 몇 대인지나 알아요?"

"최선을 다해줘요." 리버스는 택시 회사에 자기 휴대폰 번호를 알려주었다. 그러고는 시내의 다른 택시 회사들에도 알아보았다. 택시 회사들은 전부 그가 무리한 요구를 한다고 생각하는 것 같았지만, 세인트 레너즈 경찰서에 도착했을 때 즈음에 결과가 나왔다. 택시 기사는 근무가 끝나서 회사로 돌아와 있었다. 리버스는 그와 통화했다.

"리스로 가는 손님을 태웠죠? 쇼어 같은데. 한 시간쯤 전에요."

"네. 마지막 손님이었죠."

"정확히 어디서 태웠습니까?"

"코스토핀 길 바깥쪽이요. 메이베리 로터리 바로 앞이죠. 그가 무슨 짓을 했나요?"

코스토핀. 앨런 아치볼드가 사는 곳이다. 리버스는 택시 기사에게 감사의 말을 하고 전화를 끊었다. 화장실로 가서 세수와 면도를 하고, 파라세타몰 두 알을 커피와 함께 삼켰다. 상황실은 비어 있었고, 근무 중인 사람은 없었다. 벽에 있는 사진을 살펴보았다. 아치볼드의 조카는 산비탈에서 살해당했다. 대런 러프도 산비탈에서 살해당했다. 관련이 있을까? 도시를 자유롭게 돌아다니는 캐리 오크스를 생각했다. 수화기를 들어 페이션스에게 전화를 했다.

"여보세요." 졸린 목소리로 페이션스가 받았다.

"모닝콜입니다."

리버스는 그녀가 등을 펴고 침대에 앉는 소리를 들을 수 있었다. "지금 몇 시예요?"

그가 말했다. "아침 먹으러 갈 수 없을 것 같아서 대신 전화했어요."

"지금 어딘데요?"

"세인트 레너즈 경찰서요."

"아든 스트리트에서 잤어요?"

"잠깐 눈만 붙였어요."

"어떻게 그렇게 할 수 있죠?" 아마 눈에서 머리카락을 치웠을 것이다. "난 적어도 여덟 시간은 자야 하는데."

"마음이 편한 사람이 그렇대요."

"당신 같은 사람은요?" 리버스가 대답하지 않으리라는 걸 그녀는 알고 있었다. 대신에 저녁식사 때 올 수 있는지 물었다.

"물론이죠." 그가 말했다. "당신만 괜찮다면."

"당연히 괜찮죠." 페이션스가 말했다. "머리는 어때요?"

"괜찮아요."

"거짓말. 하루만 술 마시지 말아요, 존. 날 위해서요. 딱 하루요. 그리고 아침에 기분이 별로라고 말해요."

"아침에 기분이 나아진다는 건 알아요. 문제는 술을 마시면 그걸 잊어버린다는 거죠."

"안녕, 존."

"안녕, 페이션스."

페이션스…… 그 이름보다 더한 인내심을 가진 사람이야.

30

리버스와 질 템플러는 칼 브래디와 함께 B 취조실에 있었다.

B 취조실은 리버스가 대런 러프를 데려온 곳이었다. 시엘리온 사건 수사 중에 해롤드 잉케를 처음 만난 방이기도 했다. 템플러가 몇 가지 확인할 사항이 있어서 칼 브래디를 다시 조사하고 있었다.

"당신이 불을 질렀죠." 템플러가 말했다.

"내가요?" 브래디가 눈을 휘둥그레 뜨고 주위를 돌아보았다. "변호사가 있어야 할 것 같은데요?"

"농담할 생각 마세요, 브래디 씨."

"여기서 농담하는 사람은 당신 같은데요."

"빌리 호먼이 실종됐다는 소식이 들렸어요. 그러자 당신은 나가서 대런 러프의 집에 불을 질렀죠. 생각이 있어서겠죠. 뭔가를 얻으려 했던 것 같은데요." 템플러는 잠시 말을 멈추고 앞에 있는 서류를 들쳐보았다. "아니면 숨길 게 있거나."

"예를 들면?" 브래디는 팔짱을 끼고 의자에 등을 기댔다.

"내가 궁금한 게 그거예요."

빌리는 리버스가 서 있는 쪽을 보며 코웃음쳤다. "벙어리라도 되셨나?"

리버스는 넘어가지 않았다. 질 템플러는 칼 브래디 같은 자를 다루는

357

솜씨가 뛰어났다.

"다들 빌리를 찾으러 나갔죠." 그녀가 말을 이었다. "하지만 당신은 아니었어요. 왜 그랬죠, 브래디 씨?"

브래디는 의자에서 몸을 움직였다. "빌리 엄마를 지켜보려고요."

템플러는 수첩을 보는 척했다. "조안나 호먼 말인가요?" 그녀는 브래디가 맞는 듯 고개를 끄덕일 때까지 기다렸다. "보통 그런 일은 여자들 몫이잖아요? 엄마 손을 잡고 동정을 보내며 럼과 콜라를 권하는 것 말이죠. 당신은 좀 더 행동파인 줄 알았는데."

"누군가는 해야 했어요."

"하지만 왜 당신이죠? 난 그게 궁금해요. 조안나를 좋아했나요? 서로 알던 사이였나요?" 템플러는 말을 잠시 멈췄다. "아니면 빌리 호먼을 찾아다녀봐야 소용없다는 걸 이미 알고 있어서였나요?"

브래디는 책상을 내리쳤다. "닥쳐!" 순식간에 열 받았다. "빌리에게 무슨 일이 생겼는지 다들 알아. 러프나 그 친구들에게 잡혀갔겠지."

"그러면 빌리는 어디 있죠?"

"내가 어떻게 알아?"

"그리고 대런 러프를 죽인 건 누구죠?"

"내가 그랬다면, 그놈 거시기를 그냥 두지 않았을 거야."

"러프 시체가 그렇다면요?" 질 템플러는 소소한 게임을 하고 있었다.

브래디는 놀란 것 같았다. "그래? 그런 말 못 들었는데……."

템플러는 수첩을 보았다. 그리고 말했다. "리버스 경위. 브래디 씨한테 물어볼 게 있다면서요?"

리버스는 관심이 가는 내용을 설명하고 미리 템플러에게 허가를 받았다. 책상 쪽으로 다가가서 주먹을 그 위에 놓았다.

"아치 프로스트하고는 어떻게 아는 사이지?"

"아치?" 브래디가 템플러를 쳐다보았다. "그게 무슨 상관이지?"

"다른 조사예요, 브래디 씨. 아마 당신 때문에 다른 두 사건이 연관되었을 수 있어요."

"무슨 말인지 모르겠네."

"지금 변호사를 부를 건가요?"

브래디는 잠시 생각해보더니 어깨를 으쓱했다. "그 사람 밑에서 일을 좀 했어."

"프로스트 씨 밑에서?"

"맞아. 입구를 지키는 일을 몇 번 했지."

"경비원이었나?"

"문제가 생기지 않나 지켜봤지."

리버스는 다시 사진을 꺼냈다. 사진은 돌돌 말려 있었고 모서리에는 주름이 졌다. 지문도 묻어 있었다.

"내가 이 사람들에 대해 물어봤던 거 기억하지?"

브래디는 사진을 보고 고개를 끄덕였다. "그날 밤에는 문을 지키고 있지 않았어."

"그럼 어느 날 밤이었지?" 브래디가 사진에서 눈을 떼고 올려다보았다. 리버스는 미소를 짓고 있었다. "프로스트 씨에게 어떤 특정한 날이라고 얘기하진 않았는데."

"그날 밤 근무했다면 알아봤을 거야. 전에 한 번 싸운 적이 있거든. 내가 있었다면 입장하는 건 어림도 없지."

리버스는 눈을 가늘게 떴다. "어떤 싸움이었지?"

브래디는 어깨를 으쓱했다. "대단한 건 아니었어. 열 받아서 소란을 피우더라고. 진정하라고 했지만 들어먹지 않았지. 그래서 우리들 몇이 건물 밖으로 데리고 나갔어."

브래디는 마지막 말이 마음에 들었는지 미소를 지었다. '건물', '데리고 나가다'에는 공식 발언으로 괜찮은 느낌이었다.

"클리퍼에서는 경비원 일을 해본 적 있나?"

브래디는 고개를 저었다.

"하지만 클리퍼 주인 밑에서 일하잖아."

"맥킨지 씨는 보트의 지분을 보유하고 있어. 그게 다야."

"하지만 경비원은 그가 제공하지."

"한번 해 봤는데 별로더라고."

"왜?"

"거만한 창녀들과 날라리 새끼들 때문이지. 돈 좀 있다고 사람을 막 대한다니까."

"무슨 말인지 알겠어." 브래디가 리버스를 쳐다보았다. "정말이야. 나도 직접 봤거든." 리버스는 브래디가 데이먼과 싸운 일을 아직도 생각하고 있었다. 데이먼이 가이타노에 처음 왔을 때 같았다. 아무도 다른 점을 말해주지 않았을 것이다. "중요한 건 데이먼이 실종됐고 난 소인국 화장실에 갇힌 걸리버 신세라는 사실이지."

"응?"

"막다른 골목에 몰렸단 얘기야." 질 템플러가 그 농담에 짜증 섞인 신음을 보였다. 리버스는 손가락을 접어 수를 세었다. "데이먼이 실종됐어. 클리퍼 밖에서 금발 여자와 함께 택시에서 내린 게 마지막으로 목격되었지. 보트는 차머 맥킨지가 공동으로 소유하고 있어. 맥킨지는 가이저도 소유하고 있지. 데이먼과 금발 여자는 거기서 만난 것 같아. 봐. 연결 고리가 있잖아. 현재 내가 아는 건 이게 다야. 그래서 답을 얻을 때까지 물고 늘어지는 거지." 리버스는 말을 멈췄다. "너도 답을 모르지?"

브래디가 그를 응시했다. 리버스는 템플러 쪽으로 몸을 돌렸다.

"더 이상 질문 없습니다. 경감님."

"좋아요, 브래디 씨." 그녀가 말했다. "이제 가도 됩니다."

브래디는 문 쪽으로 갔다. 문을 열다가 리버스 쪽으로 고개를 돌렸다.

"걸리버 말이야." 그가 말했다. "만화에서 봤는데, 난장이들과 함께 있던 사람 맞지?"

"맞아." 리버스가 확인해주었다.

브래디는 생각에 잠겨 고개를 끄덕였다. "아직도 무슨 말인지 모르겠네"라고 말하고는 문을 닫고 나갔다.

리버스는 점심시간에 차에 앉아서 30분 정도 눈을 붙였다. 그러고는 토마토 수프가 든 비커와 치즈, 브랜스턴 샌드위치를 들고 사무실로 돌아왔다.

"뭔가 나왔습니다." 로이 프레이저가 알렸다. "댈키스 로드 끝에 있는 홀리루드 파크에서 흰색 세단이 나가는 모습이 목격되었습니다. 커먼웰스 수영장 관리인이 알아보았습니다. 이른 아침이었고 차량 통행도 없었습니다. 이 차는 신호등도 무시하면서 빠른 속도로 달렸습니다. 관리인은 자전거를 타고 다니기 때문에 이런 차를 조심한다고 하더군요."

"게다가 모범 시민이겠지. 보는 사람 없더라도 빨간 신호에서는 꼭 정지하고." 리버스는 잠시 생각했다. "감시카메라에 잡힌 게 있나?"

"확인해보겠습니다."

"템플러 경감에게 보고해. 책임자니까."

"알겠습니다." 프레이저는 템플러를 찾으러 나갔다. 리버스는 프레이저를 보면 관심과 칭찬에 늘 목마른 스패니얼 강아지가 떠올랐다. 흰색 세단……. 리버스는 뭔가 석연찮은 느낌이 들었다. 리스 경찰서의 바비 호건에게 전화를 걸었다.

"'흰색 세단'이라는 말을 들으면 뭐가 떠올라?"

"내 동생도 갖고 있어. 포드 오리온."

"난 짐 마골리스가 생각나."

"메모에 뭔가 있어?"

"그래. 흰색 세단이 있을 게 분명해."

"찾아보고 전화할게."

"되도록 빨리 부탁해." 리버스는 수화기를 내려놓고 메모 패드에 원을 그리고 그 안에 또 원을 그렸다. 그러고는 원 중심에서 뻗어 나오는 선을 그렸다. 모양이 거미줄 같은지 다트 과녁 같은지 판단할 수 없었다. 답이 나왔다. 둘 다 아니었다. 전투기의 망원 조준경? 나이테의 일부? 모두 그럴듯했다. 하지만 결국은 의미 없는 낙서일 뿐이었다. 그 위에 펜으로 몇 번 더 끼적이자, 해석 불가능한 덩어리가 되어버렸다.

전화가 울렸다. 리버스는 수화기를 들었다.

"중요한 건가?" 호건이 물었다.

"모르겠어. 뭔가 다른 것과 연관이 있을 것 같아."

"내가 말할까?"

"자네가 먼저 해."

호건은 잠시 망설이다 사건 기록을 읽기 시작했다. '옅은 색 세단. 흰색 또는 크림색일 가능성. 퀸즈 드라이브에 주차된 게 발견됨.'

"퀸즈 드라이브가 어디야?" 퀸즈 드라이브는 홀리루드 공원 주위를 도는 도로다.

"호스라고 알아?"

"이름만 들어선 모르겠는데."

"솔즈베리 크랙스 산기슭에 있어. 등산로 시작 지점 근처지. 이 차는 거기 주차되어 있었어. 라이트는 켜졌는데 안에는 아무도 없었다고 하더군. 자살 얘기를 듣고는 누군가 다가가 봤어. 하지만 때가 좋지 않았지. 그날 밤 10시 30분쯤에 발견했다고 하니까. 자정쯤 순찰차가 지나갔을 때는 이미 사라졌대. 마골리스는 늦게까지도 거기 나타나지 않았고."

"부인 말로는 그랬지."

"부인은 알고 있었던 게 분명해. 대체 이게 무슨 일인지 알려주겠나?"

"대런 러프가 살해된 날 아침에 흰색 세단이 다시 목격됐어. 홀리루드 파크를 빠르게 빠져나가고 있었다는군."

"그게 짐의 자살과 무슨 관계가 있어?"

"아마 없을 거야." 낙서를 다시 생각하며 리버스가 말했다. "그냥 좀 알아보는 중이야." 리버스는 농부가 문 입구에 서서 손짓하는 걸 보았다. "어쨌든 고마워." 리버스가 말했다.

"자꾸 환상이 보이면 요새는 특별 상담 전화번호도 알려준대."

리버스는 수화기를 내려놓고 문 쪽으로 갔다.

"내 사무실로 오게." 리버스가 다가가기도 전에 농부는 가버렸다. 농부의 책상 위에는 벌써 커피잔이 놓여 있었다. 농부가 커피를 따라서 리버스에게 건네주었다.

"이번엔 제가 또 무슨 사고를 쳤나요?" 리버스가 물었다.

농부는 앉으라고 손짓했다. "대런 러프의 사회복지사가 공식 항의서를 제출했어."

"저에 대해서요?"

"자네가 그의 고객을 '내쫓아서' 이 모든 일이 벌어졌대. 러프의 죽음과 자네가 얼마나 밀접하게 관련되어 있는가에 대한 질문을 했어."

리버스는 눈을 비비고 억지로 피곤한 미소를 지었다. "누구나 자기 의견을 말할 수 있죠."

"확실한 증거로 뒷받침할 위험은?"

"전혀 없습니다."

"상황이 아직 좋지는 않아 보여. 자네는 러프와 마지막으로 접촉한 사람이니까."

"살인자를 제외하면 그렇죠. 과학수사 팀에선 뭔가 밝혀냈습니까?"

"러프의 피가 살인자에게 묻었을 거라는 사실뿐이네."

"제게 제안이 하나 있습니다만?"

농부는 펜을 들고 살펴보았다. "어떤 제안인가?"

"캐리 오크스를 다시 데려오는 겁니다. 저는 그놈이 대런 러프가 떠날 때 즈음에 아든 스트리트에서 제 차를 훔쳤다고 확신합니다. 그놈이 제일 먼저 뭘 하겠습니까? 그곳을 은밀하게 감시했을까요? 어떤 경우든 그놈은 아든 스트리트에 있었고, 러프와 제가 집에 들어가는 걸 보고 러프가 제 친구라고 생각했겠죠……."

농부는 고개를 저었다. "확실한 증거가 있어야 오크스를 데려올 수 있어."

"나무망치는 어떻습니까?"

농부가 미소를 지을 차례였다. "스티븐스의 신문사에는 변호사가 있어, 존. 그리고 자네가 직접 말했지 않나. 오크스는 프로라고. 변호사들이 데려 갈 때까지 묵비권을 행사할 거야. 기자 놈들은 경찰이 시민을 괴롭힌다고 신나게 떠들어댈 거고."

"원래부터 그를 괴롭히려고 했잖습니까?"

농부가 바닥에 펜을 떨어뜨렸다. 몸을 굽혀 주워들었다. "죽 그랬지."

"압니다."

"우린 쳇바퀴를 돌고 있어. 사회복지사의 공식 항의도 따라붙었고."

"그동안에 저는 수사를 할 수 없죠."

"상황을 생각해보면 말도 안 되는 일이지. 맡고 있는 다른 사건이 있나?"

"공식적으로는 없습니다."

"실종 사건을 조사한다고 들었네만."

"개인적으로 시간을 내서 하는 일입니다."

"그럼 그 사건에 시간을 더 투자하게. 하지만 ─ 이건 비공개로 하는 말이야. 명심하게. ─ 질의 수사 팀과 계속 가까이 있게. 자네는 러프와 그린필드에 대해 누구보다 많이 알고 있는 것 같으니까."

"다른 말로 하자면, 총경님은 제가 필요하지만 곁에 둘 수는 없는 거군요?"

"자네는 늘 말재주가 좋아. 이제 가봐. 오늘은 금요일이야. 곧 주말이고.

가서 마음껏 즐기라고."

31

재니스 미가 아든 스트리트에 왔다. 뭔가 더 생산적인 일을 하고 싶어 했다. 재니스는 이 모든 시간을 홀로 감당해야 했고, 파이프에서는 아무것도 하지 못했다는 무력감을 느꼈다. 집에 앉아 있으면 벽지의 패턴이 소용돌이처럼 빙빙 돌기 시작했고, 시계 바늘 소리가 견딜 수 없을 정도로 커지는 것 같았다. 그렇다고 밖으로 나가면 이웃과 행인들의 질문 공세가 있었다. '데이먼 아직 안 돌아왔어?', '어디로 간 것 같아?' 그리고 받아넘겨야 할 의견들이 이어졌다. 인내심을 발휘하거나 행운을 바라야만 했다. 게다가 웨이벌리역에서 내릴 때마다 데이먼이 가까이 있다는 느낌이 들었다. 육감이란 게 있다는 건 사실이다. 누군가 뒤에서 슬금슬금 다가오고 있으면 느낄 수 있다. 그리고 기차를 타러 플랫폼에 갈 때마다, 바쁜 노동자들과 쇼핑객들이 지나쳐 가는 동안 멍하니 서 있었다……. 그렇게 서 있으면 그녀의 세상이 멈추고, 모든 게 조용하고 편안해진 것 같았다. 도시가 숨을 죽이고 심장의 피가 노래하는 그 순간에는 데이먼의 소리를 들을 수 있고 냄새도 맡을 수 있었다. 하지만 손을 뻗어 데이먼을 만지는 것만은 허락되지 않았다. 데이먼을 끌어당겨 얼굴에 키스를 퍼부으면서 야단을 치는 모습이 보였다. 다 큰 아이라 거부하려 하지만, 이렇게 자기를 원하고 사랑한다는 사실에 기뻐하기도 했다. 이렇게 자기를 사랑해주는 사람은 세상 어디에도 없으니까.

데이먼이 실종된 이후, 재니스는 데이먼의 방에서 잤다. 처음에는 데이먼이 소지품을 가지러 밤에 몰래 자기 방에 들어올지도 모른다고 브라이언을 설득했다. 이렇게 해야 그 애와 마주쳐서 잡아둘 수 있다고 했다. 하지만 브라이언은 자기도 그 방에서 지내겠다고 했다. 재니스는 방에 싱글 침대만 있다고 지적했지만 브라이언은 바닥에서 자겠다고 대꾸했다. 의논이 이어진 끝에, 재니스는 어찌할 바를 모르고 그냥 혼자 자는 게 낫겠다고 불쑥 내뱉었다.

그때 처음으로 그 말을 했다.

"브라이언, 솔직히 말해 혼자 있는 게 훨씬 나아……."

브라이언의 얼굴에서 고집이 사라지고, 체념한 듯한 표정이 떠올랐다. 재니스는 마음이 아팠다. 하지만 그 말을 한 건 옳았다. 지난 몇 달, 몇 년 동안 속에 쌓아놓고 있던 게 잘못이었다.

"조니 때문이지?" 얼굴빛이 변한 브라이언이 용기를 짜내 물어보았다.

어떤 면에서는 그랬다. 브라이언이 말한 의미는 아니었지만. 조니는 그녀가 갈 수도 있었던 다른 길을 보여주었다. 그렇게 보여줌으로써, 가지 않은 길, 가지 못한 장소가 많이 남아 있을 가능성이 있다는 걸 알게 되었다. 감정, 도취감, 큰 기쁨. 자아, 자유, 인식 같은 곳. 이런 단어들을 누구에게도 말하지 않을 것이다. 잡지에나 나오는 이야기처럼 들릴 것이다. 하지만 이게 진실이라는 느낌은 지울 수 없었다. 한동네에서 태어나 자랐고, 대부분의 삶을 보냈다. 정말 거기서 죽고 싶을까? 중등학교 이후 못 본 친구에게도 삼십 몇 년의 삶을 5분으로 요약해 들려줄 수 있기를 바랐나?

재니스는 그 이상을 원했다.

떠나고 싶었다.

물론 사람들이 뭐라고 할지 알고 있었다. 너무 감정에 북받쳐서 그래. 그러다 보면 이렇게 혼란에 빠져. 그랬다. 정말 그랬다. 하지만 재니스는 어느 때보다도 무력감과 상실감을 느꼈다. 자선단체들에게 자초지종을 얘기했고, 용기를 내 택시 기사들에게도 부탁했다. 하지만 남은 게 뭔가? 아직 해보지 않은 게 있다는 건 분명히 알고 있었지만 그게 뭔지 생각해낼 수 없었다. 자신이 있어야 할 곳은 여기라는 사실만 알 뿐이었다.

이제 재니스는 도시에 대해 어떤 감정을 느꼈다. 마치몬트로 걸어가는 게 즐거웠다. 콕번 스트리트로 올라가는 가파른 길에는 '얼터너티브' 매장이 즐비했다. 어떤 매장에서는 그녀의 전단지를 받아주기까지 했다. 그러고는 하이 스트리트를 지나 조지 4세 다리까지 올라간 다음, 도서관과 서점을 지나 그레이프 레이어 바비 동상까지 내려갔다. 대학 건물, 그리고 책을 들거나 자전거를 끌고 가면서 무리지어 서성대는 학생들을 지나쳐 갔다. 그러면 평평한 녹색의 미도우스가 마치몬드와 함께 멀리서부터 떠올랐다. 재니스는 조니의 아파트 근처 가게들, 아파트 건물 자체, 그리고 그 주변 거리를 좋아했다. 지붕은 성의 작은 탑처럼 보였다. 조니는 이 구역은 학생들 천지라고 말했다. 그녀는 학생들은 이보다 더 가난한동네에서 산다고 늘 상상했다.

재니스는 출입문을 열고 조니가 사는 층 층계참으로 올라갔다. 문 뒤에는 우편물이 있었다. 우편물을 주워들고 거실로 갔다. 청구서와 광고 전단뿐이었고 진짜 편지는 없었다. 거실에는 사진 한 장 없었다. 벽들 사이에는 공간이 있었다. 자기라면 장식물로 채웠을 것이다. 책은 깔끔하게 가지런히 쌓여 있었다. 그녀가 정돈하기 전에는 여기저기 널려 있었다. 자기 물건을 치우는 것을 브라이언이 참지 못하던 때도 있었다. 요새는 치웠다는 사실 자체를 알아채지도 못한다. 조니는 그녀가 책을 정돈한 걸 알았지만 좋아했을지는 확신할 수 없었다. '고맙다'고 말하기는 했지만.

컵, 쟁반, 재떨이를 부엌으로 가져갔다. 소파에서 담요를 가져가 손님방 침대에 놓았다. 모든 게 만족스럽게 정리되자, 다음에 뭘 할까 생각했다. 창이라도 닦을까? 뭘로? 뭐라도 한 잔 마실까? 음악을 들을까…… 마지막으로 편안히 앉아서 음악을 들었던 때가 언제였지? 마지막으로 시간이 있었던 때가 언제였지? 조니의 음반 컬렉션을 살펴보았다. 앨범 하나를 꺼냈다. 롤링 스톤스의 초기작 중 하나였다. 둘이 사귈 때 듣던 것과 같은 앨범 같았다. 뒷면에서 잉크로 끼적인 글씨를 보았다. JLJ – 재니스는 조니를 사랑해. 언젠가 밤에 그걸 적으면서 조니가 알아볼까 궁금해 했다. 조니는 언제나 LP 표지를 살펴보기 좋아했다. 알아보긴 했지만 반응이 심드렁해서 지우개로 지우려고 했다. 아직도 잉크가 번진 자국을 볼 수 있다.

여름날의 카페. 콜라 자판기와 주크박스가 함께했던 긴 저녁. 그리고 감자칩 봉지, 소금, 식초가 있었다. 어떤 날은 영화를 보러 갔고, 때로는 공원을 거닐기만 했다. 청소년 클럽은 지역 교회가 운영했다. 조니는 그게 마음에 들지 않았다. 종교에 과하게 빠지지 않았다. 그런데 여기 성경 한 권이 벽난로 위 선반에 혼자 놓여 있었다. 종교적인 내용으로 보이는 다른 책들도 있었다. 『아우구스티누스의 고백록』*, 『무지의 구름』**. 후자의 책이름이 마음에 들었다. 책은 많았지만 독서를 많이 하는 것 같지는 않았다. 대부분은 새 책 같았다.

---

* 방탕한 생활을 보내다 회개한 성 아우구스티누스의 참회적 자서전.
** 14세기 신비주의 영성 신학을 다룬 책.

조니의 침실』 재니스는 그 안을 훔쳐보았다. 딱히 좋아 보이는 방은 아니었다. 바닥에는 매트리스가 깔렸고, 옷가지는 구석에 쌓여서 옷장 서랍에 들어가길 기다리고 있었다. 이상한 양말. 왜 남자가 저런 이상한 양말을 신지? 거실을 일부 다시 장식하긴 했어도, 아파트는 전반적으로 사랑받지 못하는 느낌이었다. 베이 윈도우 옆에는 의자가, 그 옆 바닥에는 전화기가 있었다. 아파트 전체가 그 한 공간을 중심으로 돌고 있는 것 같았다. 부엌 찬장에는 위스키, 브랜디, 보드카, 진들이 있었다. 냉동실에는 보드카가, 냉장실에는 맥주, 마가린, 오래된 콘비프 100그램 정도가 있었다. 조리대에는 비트와 산딸기 잼 병이, 빵 보관함에는 오래된 롤빵 두 개, 빵덩어리 끝 조각이 있었다.

집을 보면 그 사람에 대해 많은 것을 알 수 있다고 한다. 재니스는 조니가 외롭다고 느꼈다. 하지만 어떻게 그럴 수 있지? 페이션스인가 하는 의사와 동거한다고 하지 않나?

초인종이 울렸다. 누구일까 의아했다. 가서 문구멍으로 내다보지도 않고 문을 열었다. 어떤 남자가 미소를 지으며 서 있었다.

"안녕하세요." 남자가 말했다. "존 있나요?"

"아니요. 지금 없는데요."

미소가 사라졌다. 남자는 시계를 확인했다. "날 또 기다리게 하는군."

"음, 존의 직업상……."

"아, 그렇긴 하죠. 당신이 더 잘 아시겠죠."

재니스는 남자가 바라보자 얼굴이 달아오르는 걸 느꼈다. "여자 친구 아니에요."

"아니라고요? 그 친구 운 좋다고 생각했는데. 늙은 색마 같으니."

"그냥 친구예요."

"그냥 좋은 친구?" 남자는 코를 톡톡 쳤다. "절 믿으셔도 돼요. 페이션스한테는 말 안 할게요."

얼굴이 더 빨개졌다. "조니와 전 학교 친구예요. 얼마 전에 다시 만났죠." 재니스는 횡설수설했다. 자기도 알고 있었지만 멈출 수 없었다.

"그거 좋네요. 다시 만난 옛 친구. 할 얘기가 많겠죠?"

"아주 많죠."

"그 느낌 압니다. 저도 존하고 연락 못한지 오래 됐거든요."

"정말요?"

"미국에서 일했거든요."

"재미있네요. 얼마나 오래……." 재니스는 말을 멈췄다. "죄송해요. 계속 서 계시게 했네요."

"언제 들어오라고 하실까 하던 참이었죠."

재니스는 문을 더 열고 한 걸음 물러섰다. "들어오세요. 참, 제 이름은 재니스예요."

"제 이름 들으면 웃으실 겁니다. 아무도 알려주지 않았거든요."

"왜요? 이름이 뭔데요?" 이제 재니스는 웃고 있었다. 남자가 그녀를 지나쳐 현관으로 들어왔다.

"캐리요." 남자가 말했다. "그 배우 이름을 땄죠. 그 사람처럼 세련되지는 못했지만요."*

남자는 눈을 찡긋했다. 재니스는 문을 닫았다.

---

* 영국풍의 깔끔한 이미지로 스타가 된 배우 캐리 그랜트를 말한다.

리버스가 왔을 때 집안에는 아무도 없었다. 하지만 누군가 있었다는 건 알 수 있었다. 물건들이 옮겨졌거나 정돈되어 있었다. 재니스가 또 왔군. 메모를 남겼나 찾아보았지만 없었다. 냉장고에서 맥주를 꺼낸 다음 오디오를 켰다. 롤링 스톤스의 〈염소머리 수프(Goat's Head Soup)〉. 앨범 커버에서 데이비드 베일리는 뭔가 아주 얇은 물질로 롤링 스톤스가 화장을 한 얼굴을 가린 사진을 찍었다. 그래서 믹 재거는 어느 때보다 여성스러워 보였다. 리버스는 음량을 낮추고 앨런 아치볼드의 번호로 전화를 했다. 집에는 아무도 없었고 자동응답기가 받았다. 아치볼드의 목소리는 또박또박했지만 멀게 들렸다.

"존 리버스입니다. 간단히 전할 말이 있어서요. 조심하세요. 택시 기사가 선배님 집 근처에서 오크스를 태웠답니다. 그놈이 거기 갈 이유가 달리 없잖아요. 저희 집 근처에도 나타났습니다. 무슨 생각인지는 모르겠습니다. 그저 우리를 혼란시키려는 것 같아요. 어쨌든 미리 주의하세요."

리버스는 수화기를 내려놓았다. 사전 경고는 미리 대비하라는 의미다. 앨런 아치볼드가 어떻게 대비할지 궁금했다.

음량을 높이고 창가에 앉아서 반대편 아파트를 쳐다보았다. 아이들이 귀가해서 거실 탁자에서 놀고 있었다. 카드 게임 같았다. 해피 패밀리스겠지. 리버스는 그 게임을 잘하지 못했다. 창에서 몸을 돌리자 현관에 사람 모습이 보였다.

"맙소사." 리버스가 손을 가슴에 대며 말했다. "다시는 그러지 마."

"미안." 재니스가 미소를 지으며 말했다. 우유팩을 들어 리버스에게 보였다. "우유가 다 떨어졌더라고."

"고마워." 리버스는 그녀를 따라 부엌으로 들어갔다. 우유를 냉장고에 넣는 모습을 지켜보았다.

"약속은 잊었어?" 재니스가 물었다.

"약속?" 리버스는 생각했다. 의사? 치과의사?

"친구를 기다리게 했잖아. 한 시간 전에 이 근처에 있었어. 내가 커피 한 잔 대접했지." 그녀는 무책임하다며 혀를 찼다.

"무슨 말인지 모르겠네." 리버스가 말했다.

"캐리 말이야." 재니스가 말했다. "둘이 나가서 한잔하기로 했다던데."

리버스는 등골이 오싹해지는 걸 느꼈다. "그자가 여기 왔어?"

"응. 너 만나러."

"함께 나갔고?"

재니스는 조리대를 닦다가 몸을 돌려 리버스의 표정을 보았다.

"무슨 일이야?" 그녀가 물었다.

리버스는 찬장 쪽을 쳐다보다가 하나를 열어 뭔가를 확인하는 척했다. 재니스한테는 말할 수 없었다. 기절할 만큼 놀라겠지. 찬장 문을 닫았다.

"대화는 즐거웠어?"

"그 사람이 미국에서 했던 일 얘기를 들려줬어."

"어떤 일? 한두 개가 아니었을 텐데."

"그래?" 재니스는 얼굴을 찌푸렸다. "나한테는 교도관으로 일했다는 얘기만 했어."

"아, 맞아." 리버스는 고개를 끄덕였다. "그자한테 우리 얘기도 했어?"

재니스는 다 알고 있다는 듯한 눈빛을 보냈다. 뺨에 붉은 기운이 있었다.

"무슨 얘기?"

"네 얘기. 우리가 어떻게 아는 사이인지……."

"아, 그래. 전부 말했어."

"파이프도?"

"카든던에 정말 흥미가 있는 것 같았어. 놀리는 것 같아서 핀잔을 줬지."

"아니. 캐리는 언제나 사람에게 흥미가 있었어."

"그 사람도 딱 그렇게 말했어." 재니스는 잠시 말을 멈췄다. "너 괜찮지?"

"그럼. 그저…… 일과 관련된 문제일 뿐이야." 캐리 오크스는 이제 재니스를 자신의 게임에 끌어들였다. 그리고 게임판 한가운데 있는 리버스는 아직도 규칙에 대해 듣지 못했다.

"커피나 뭐 좀 줄까?"

리버스는 고개를 저었다. "우리 어디 좀 가야 해." 우리? 캐리 오크스가 파이프에 갔다면 재니스는 에든버러에 있는 게 안전하다. 하지만 어디 머물지? 리버스의 아파트는 안전하지 않다는 게 드러났다. 재니스는 리버스와 있으면 안전하지만, 리버스는 가야 할 곳이 있다.

"어디?"

"파이프로 돌아가자. 데이먼의 친구들한테 물어볼 게 좀 있어." 그리고 조사해봐야 할 지역도 있다. 오크스가 다녀간 흔적이 있는지 찾아봐야 한다.

재니스가 그를 쳐다보았다. "너…… 뭔가 아는 게 있지?"

"말하기 곤란해."

"해봐."

리버스는 고개를 저었다. "헛된 희망을 주고 싶지 않아. 별것 아닐 수도 있으니까." 부엌에서 나갔다. "잠깐 짐 좀 챙길게."

"짐?"

"곧 주말이잖아. 내일까지 있으려고. 거기 시내에 아직 호텔 있지?"

재니스는 잠시 망설였다. "우리 집에 있어도 돼."

"호텔이 편해."

하지만 그녀는 고개를 저었다. "이해해 줘. 데이먼 방에 재워줄 순 없어. 하지만 소파가 있지."

리버스는 갈팡질팡하는 척했다. "그럼 좋아." 마침내 말했다. 거기서 자고 싶다. 재니스와 가까이 있고 싶다고 생각했다. 캐리 오크스가 카든던으로 가서 재니스의 집을 염탐하는지 알아보려는 것 말고 명확한 이유 - 그런 이유라면 하루나 이틀 전에 미리 생각했을 것이다 - 는 없었다. 속셈이 무엇이든 오크스는 빨리 행동에 착수할 것이다. 그리고 재니스의 집으로 간다면 주말일 것이다.

무슨 일이 생긴다면 리버스는 거기 있어야 한다.

"가방에 물건 몇 개만 넣으면 돼." 침실로 가며 리버스가 말했다.

32

리버스는 재니스를 우선 새미 집으로 데려갔다. 새미를 살펴보고 싶었을 뿐이었다. 새미는 평행봉을 이용해 턱걸이를 하고 있었다. 몸을 직립 자세로 세운 다음, 무릎을 고정하고 휠체어 위에 천천히 앉았다. 앞문은 잠겨 있지 않았다. 네드가 집에 없을 때는 그렇게 했다. 리버스는 걱정했지만 새미가 이유를 설명했다.

"확률을 가늠해봐, 아빠. 내가 도움을 필요로 할 확률과 누군가 침입하려 들 확률 사이에서 말이야. 내가 마비된 채로 쓰러졌다면, 착한 사마리아인이 들어올 수 있어야 하잖아."

새미는 회색 민소매 티셔츠를 입었다. 등 쪽은 땀에 젖어 짙은 회색이었다. 어깨에는 수건을 둘렀고, 머리카락은 이마에 엉겨 붙었다.

"이게 다리에 도움이 될지는 모르겠어." 새미가 말했다. "하지만 이두박근은 투포환 선수 저리가라가 됐어."

"근육강화제를 쓴 것 같지는 않구나." 몸을 기울여 새미에게 키스하며 리버스가 말했다. "여긴 재니스야. 학창 시절 친구지."

"안녕하세요, 재니스." 새미가 말했다. 새미가 돌아보자 리버스는 이유는 몰라도 왠지 쑥스러웠다.

"재니스 아들이 실종됐어." 리버스가 설명했다. "내가 돕고 있고."

새미가 수건으로 얼굴을 닦았다.

"안 됐네요." 새미가 말했다. 재니스는 미소를 지으며 어깨를 으쓱했다.

"재니스는 아직 카든던에 살아." 리버스가 말을 이었다. "그리로 가는 중이야. 혹시 네가 오늘밤에 전화할까 해서 들렀어."

"맞아요." 새미가 말했다. 아직도 얼굴을 닦느라 바빴다. 이제 여기 오니 리버스는 자신이 어떤 실수를 했으며, 새미는 잘못된 결론을 내릴 것이라는 걸 알 수 있었다. 그리고 재니스를 혼란스럽게 하지 않고 벗어날 방법이 떠오르지 않았다.

"그럼 또 보자." 리버스가 말했다.

"언제든지요." 새미는 얼굴을 다 닦고 평행봉을 살펴보고 있었다. 지금 새미에게는 그 평행봉이 세상의 한계였다.

"언제 함께 카든던을 둘러보자. 아빠의 옛날 사냥터를 보여줄게."

새미는 고개를 끄덕였다. "페이션스도 함께 데려가요. 혼자 남아 있긴 싫을 테니까."

"즐거운 주말 보내라, 새미." 문으로 나가며 리버스가 말했다.

새미는 리버스에게 같은 인사를 하지 않았다.

"페이션스한테 전화 좀 할게." 주머니에서 휴대폰을 꺼내며 리버스가 말했다. 둘은 차로 돌아와 A90 도로로 가고 있었다. 페이션스는 금요일 밤이면 가끔 친구들과 외출하곤 했다. 똑같은 코스였다. 술과 식사. 때로는 연극이나 음악회. 친구는 여자 의사 셋이었다. 둘은 이혼했고 하나는 아직까지는 행복한 결혼 생활을 하고 있다고 한다. 벨이 네 번 울렸을 때 페이션스가 전화를 받았다.

"나예요." 리버스가 말했다.

"운전하면서 전화하지 말라고 했죠?"

"신호 대기 중이에요." 리버스는 거짓말을 했다. 재니스에게는 음흉하게 눈을 찡긋했다. 재니스는 편치 않아 보였다.

"무슨 계획 있어요?"

"파이프로 가야 해요. 처리해야 할 조사가 몇 건 있거든요. 하룻밤 자야 할지도 몰라요. 밖이에요?"

"20분쯤 전에 나왔어요."

"동지들한테 안부 전해줘요."

"존…… 언제 우리 보죠?"

"곧."

"이번 주말?"

"거의 그렇죠."

"내일 새미네 집에 가보려고 해요."

"좋아요." 리버스가 말했다. 새미는 페이션스에게 재니스 이야기를 할 것이다. 리버스가 전화했을 때 재니스도 차 안에 있었다는 사실을 알게 되겠지. "친구네 집에서 지낼 거예요. 재니스와 브라이언 부부요."

"학교 친구였다던?"

"맞아요. 얘기한다는 걸 깜빡했네요."

"그렇지 않아요. 문제는 내가 알기로 당신은 학창 시절 이후로는 친구를 사귀지 않았다는 거죠."

"끊을게요, 페이션스." 바깥쪽 보도로 내리면서 리버스가 말했다.

페이션스 애트킨 박사는 택시를 불렀다. 택시가 도착했을 때 기사는 페이션스의 집 정문을 열고 가든 아파트*로 이어지는 가파르고 구불구불한 돌계단을 내려왔다. 초인종을 누르고 포석에 발을 문지르면서 기다렸다. 그는 뉴타운의 가든 아파트를 좋아했다. 이런 아파트는 앞쪽은 도로 높이보다 아래 있었지만 뒤에는 정원이 있었다. 앞에는 흙벽 안에 저장고가 지어진 작은 뜰도 있었다. 저장고는 습기가 많아서 자주 사용되지는 않았다. 와인을 저장하는 곳은 아닌 게 분명했다. 기사는 작년 여름에 아내를 데리고 로리에 가서 와인에 대해 전부 배웠다. 지금은 혼합 케이스** 세 개를 계단 아래 찬장에 보관하고 있었다. 이상적인 보관 조건과는 거리가 멀었다. 페어마일헤드 외곽의 현대식 2층 세미 주택***이었다. 너무 건조하고 너무 더웠다. 이런 아파트가 필요했다. 집안에는 와인을 보관하기에 적합한 찬장이 있을 것이다. 두꺼운 석벽으로 된 서늘하고 건조한 곳이.

기사는 의사가 뜰에 매다는 꽃바구니와 테라코타 화분으로 일종의 정원 분위기를 내려고 한 걸 알아챘다. 여기서는 어떤 것도 빛을 많이 받지 못했다. 그게 문제였다. 이런 아파트로 이사 오면 앞쪽 정원에 무엇보다 먼저 그 작업을 해야 한다. 정원 대부분에 포석을 깔고, 가운데 단 1평방미터의 흙만 남겨 거기에 장미 몇 그루를 심는다. 최소한의 유지만 하는 것이다.

문이 열리고 의사가 나왔다. 어깨의 숄을 당기고 있었다. 향수 냄새가 퍼져 나왔지만 과하지 않았다.

"기다리게 해서 미안해요." 문을 닫고 계단으로 가면서 그녀가 말했다.

* 저층의 정원 딸린 아파트.
** 여러 종류의 와인을 하나의 케이스에 보관하는 것.
*** 한쪽 벽면이 옆집과 붙어 있는 주택.

"저라면 이중 잠금 장치를 달겠습니다."

"네?"

"예일 자물쇠요." 고개를 저으며 그가 설명했다. "어린애라도 몇 초면 따고 들어갈 수 있어요."

그녀는 잠시 생각해보다 어깨를 으쓱했다. "인생에 늘 위험은 있는 법이죠."

"보험에 들어놨을 때 애기죠." 기사가 말했다. 의사를 따라 계단을 올라가면서 그녀의 발목을 자세히 보았다.

짐 스티븐스는 침대에 누워 있었다. 한 손으로는 눈을 가리고, 다른 손으로는 수화기를 귀에 대고 있었다. 매트 르윈과 통화 중이었다. 르윈은 방금 시애틀 날씨가 좋다고 말했다. 스티븐스는 캐리 오크스의 '고백' 일부를 팩스로 보냈고, 르윈은 그에 대해 의견을 말하고 있었다.

"몇 가지는 꽤 괜찮아요. 트럭 운전사 애기는 참신하네요. 하지만 솔직히 말하면 추적해볼 가치는 없는 것 같아요."

"꾸며낸 이야기 같나요?"

"다행히 내가 상관할 문제는 아니죠. 짐, 기분 나쁘게 듣지 말아요. 나는 그 개자식이 한 얘기를 하나도 믿지 않아요. 그리고 그걸 신문에 내서 그놈을 만족시킬 생각은 추호도 없고요."

스티븐스의 편집장 의견도 비슷해 보였다. 8면 기획은 5면으로 줄어들었다.

"오크스가 이제 우리 손을 떠나 당신네 골칫거리가 된 게 기쁘네요." 르윈이 말을 이었다.

"고맙군요."

"오크스가 골칫거리를 던져줬나요?"

스티븐스는 오크스가 날이 갈수록 이상해진다는 사실을 르윈에게 어떻게 얘기해야 할지 몰랐다. 오크스는 그날 오후에도 다시 호텔을 빠져나가 밖에서 세 시간을 보내다 왔다. 어디 있었다고 말해줄 생각도 없었다.

"어쨌거나 거의 끝나가요." 이마를 문지르며 스티븐스가 말했다.

"속이 시원할 거예요. 내가 해줄 말은 그거네요."

"맞아요." 하지만 스티븐스는 걱정하지 않을 수 없었다. 나중에 오크스가 거리로 나가게 되면 어떤 짓을 할지 염려스러웠다. 오크스가 지금까지 풀어놓은 얘기만으로는 스티븐스의 신문사에서 1만 파운드를 내놓을 리가 없었다. 스티븐스는 아직 그 소식을 오크스에게 알리지 않았다.

스티븐스는 자기 자신도 걱정됐다. 이제 그는 오크스의 영역의 일부였고, 자기를 놔주기만을 바랐다.

안타깝게도 그게 그렇게 쉽지 않으리라는 느낌을 받았다.

캐리 오크스는 택시가 떠나는 것을 보았다. 페이션스 박사일 거라고 추측했다. 나이는 좀 들었지만 리버스의 처지를 생각해보면 불만을 가지지는 않을 것 같았다. 지하 아파트도 그랬다. 그가 생각하고 있는 일에 완벽히 들어맞았다. 오크스는 주차된 차 뒤에서 나와 거리를 살펴보았다. 이곳은 죽었다. 그에게는 에든버러의 절반은 죽은 것 같았다. 오랫동안 돌아다녀도 아무도 눈치채지 못한다. 의심을 살 걱정은 하지 않아도 된다.

짐 스티븐스는 기분이 좋지 않은 상태였다. 편집장이 자경주의* 특집

---

* 自警主義 경찰이 제대로 법을 집행하지 않고, 법원이 형사 사법적 정의를 제대로 실현하지 않는다고

기사를 게재하기로 결정하면서, 오크스 기사가 밀려났기 때문이었다. 스티븐스는 그 소아성애자 살인 사건을 탓했다.

"또 그 빌어먹을 리버스군." 스티븐스가 중얼거렸다. 오크스는 설명해 달라고 했다.

스티븐스의 추론은 이랬다. 리버스가 대런 러프의 정체를 폭로해서 군중을 선동했다. 그리고 그 군중 가운데 하나가 선을 넘었다. 오크스는 알면 알수록 리버스가 흥미롭고 복잡하게 보였다.

"리버스는 어떤 신조(code)를 가지고 살지?" 오크스가 물었다.

스티븐스는 콧방귀를 뀌었다. "모스 부호, 아니면 간선통신망이겠죠."*

"어떤 사람들은 자신만의 규칙을 만들지." 오크스가 혼잣말을 했다.

"연쇄살인범처럼 말인가요?"

"응?"

"당신을 태워줬던 트럭 운전사요."

"아, 그 사람…… 맞아, 물론이지."

스티븐스는 오크스를 쳐다보았다. 오크스도 마주 쳐다보았다.

오크스는 이제 길을 건넜다. 그가 작업할 곳 건너편에는 집이 없었다. 연철로 된 울타리와 그 뒤의 잔디 경사지뿐이었다. 작업하고 있을 때 알아볼 이웃 사람도 없었다.

어떤 방해도 받지 않을 것이다.

배터리가 얼마 남지 않았지만 리버스는 충전기를 가지고 오지 않았다.

생각할 때, 국민이 자신의 생명과 재산을 스스로 지키고 보호하고자 하는 태도나 입장.
* 오크스가 말한 '신조(code)'를 통신 방법이나 암호(code)로 잘못 알아들었다.

그래서 휴대폰을 꺼버렸다.

"이렇게 주말이 시작되는군." 파이프로 가는 4번 도로 다리를 건너며 리버스가 말했다.

나중에 커콜디 외곽, 4차선 고속도로를 지나면서는 "길이 달라졌네" 하고 말했다. 하지만 커콜디 - 카든던 구도로는 옛날과 거의 같아 보였다. 같은 굽이길, 같은 모퉁이. 움푹 팬 곳과 요철까지 같았다.

"영화 보러 커콜디까지 걸어갔던 거 기억나?" 재니스가 말했다.

리버스는 미소를 지었다. "잊고 있었네. 왜 버스를 타지 않았지?"

"돈이 모자랐던 것 같아."

리버스는 얼굴을 찌푸렸다. "우리 둘뿐이었나?"

"미치와 미치 여자 친구도 있었어. 그 때 미치의 데이트 상대가 누구였는지는 기억 안 나네."

"미치는 여자가 많았지?"

"여자들이 미치를 찼던 걸지도 몰라."

"그럴 수도 있겠네." 둘은 잠시 동안 말없이 앉아 있었다. "무슨 영화였지?"

"무슨 영화라니?"

"10킬로미터나 걸어가서 봤던 영화."

"본 사실 자체가 기억이 안 나는데."

둘은 서로를 쳐다보다가 웃음을 터뜨렸다.

브라이언이 차 소리를 듣고 둘을 맞으러 나왔다.

"이거 놀랐는데." 리버스와 악수를 하며 브라이언이 말했다.

"데이먼 친구들하고 얘기 좀 하려고." 리버스가 설명했다.

재니스가 남편의 팔을 어루만졌다. "글쎄 호텔에 묵겠다지 뭐야."

"말도 안 돼. 우리 집에서 자. 데이먼 방이……."

"소파가 낫겠어." 재니스가 끼어들었다.

브라이언은 바로 감을 잡았다. "맞아. 별로 낡지 않았어. 편안하기도 하고. 나도 종종 거기서 깜빡 잠이 든다니까."

"그럼 됐네." 재니스가 말했다. 그녀는 두 남자와 팔짱을 끼고 앞쪽 진입로로 걸어갔다.

중국 음식을 배달시키고 와인 몇 병을 땄다. 옛날이야기와 떠오르는 추억, 반만 기억나는 이름들, 동네에서 늙어가고 있는 이들의 사연. 변해버린 장소들 이야기가 이어졌다. 리버스는 가이타노에서 같이 있었던 데이먼의 친구들에게 전화를 걸었다. 하지만 아무도 집에 없었다. 아침에 찾아가겠다고 메시지를 남겼다.

"나가서 한잔하자." 리버스가 재니스 부부에게 말했다. 말하면서 그의 시선은 재니스에게 머물렀다. "성인이 된 후로는 고스에서 함께 마셔본 적이 없잖아."

"고스는 문 닫았어, 존." 브라이언이 말했다.

"언제?"

"실업자 지원 센터로 바뀌었어."

"거긴 원래 실업자 소굴이었잖아?"

그 말에 다들 미소를 지었다. 고스가 문을 닫았다. 아버지의 단골 술집. 리버스가 처음으로 모두에게 한 잔씩 돌린 곳이었다.

"레일웨이 태번은 아직도 영업해." 브라이언이 덧붙였다. "내일 가서 가라오케에서 노래나 부르자."

"갈 거지?" 재니스가 물었다.

"솔직히 가라오케 울렁증이 있어." 리버스는 다시 '난롯가 자리'에 있었다. 처음 방문했을 때도 거기 앉았다. TV는 켜놓았지만 음량은 줄였다. 마치 자석 같았다. 대화를 하면서도 그들의 눈은 TV 쪽을 계속 보고 있었다. 재니스는 접시를 치웠다 - 그들은 접시를 무릎에 놓고 식사를 했다. 리버스는 재니스를 도와서 접시를 부엌으로 가져갔다. 부엌은 세 사람이 식사하기에는 너무 좁아 보였다. 거실 창 앞에 식탁이 있었지만 장식품들이 놓였고, 덧판은 접혀 있었다. 특별한 경우에만 사용하는 것 같았다. 덧판을 펴면 거실을 가득 채울 것이다. 그들은 TV 앞에서 음식을 전부 무릎에 놓고 식사를 했다. 리버스는 세 식구 - 아버지, 어머니, 아들 - 이 대화 부재에 대한 핑계거리로 TV 화면을 보는 모습을 상상했다.

커피를 마신 후, 재니스는 자러 가겠다고 말했다. 브라이언은 좀 더 있겠다고 했다. 재니스는 리버스가 쓸 담요와 베개를 가져오고, 욕실이 어딘지 알려줬다. 현관 조명 스위치가 어디 있는지도 말했다. 목욕하고 싶다면 뜨거운 물도 충분하다고 얘기했다.

"아침에 봐."

브라이언이 리모컨에 손을 뻗어 TV를 껐다. 그러고는 갑자기 말을 멈췄다.

"보고 싶은 프로라도⋯⋯?"

리버스는 고개를 저었다. "TV 잘 안 봐."

"그럼 위스키라도 한잔할래?"

"차 한 잔도 같이 줘." 리버스는 미소로 감사를 표했다.

둘은 말없이 위스키를 홀짝였다. 몰트위스키는 아니었다. 티처스나 그랜트*일 것이다. 브라이언은 자기 잔에 물을 약간 탔지만 리버스는 사양했다.

"데이먼이 어디 있는 것 같아?" 잔 가장자리 쪽으로 술을 빙빙 돌리면서 브라이언이 마침내 물었다. "그러니까, 지금 우리 둘만 있잖아."

마치 재니스는 받아들일 수 없을 것 같다는 듯, 자기가 재니스보다 강하다는 투로 말했다.

"모르겠어. 알면 좋겠지만."

"보통은 런던으로 가잖아."

"그리고 대부분은 별일 없고."

리버스는 고개를 끄덕였다. 이런 걸 바란 게 아니었다. 집으로 돌아가서 자기 위스키를 마시며 음악을 듣고 책을 읽었으면 하는 생각이 갑자기 들었다. 하지만 브라이언은 얘기를 하고 싶어 했다.

"우리 탓이라고 생각해."

"대부분의 부모들이 그래."

"분위기를 알아차린 것 같아. 그래서 가출한 거고." 브라이언은 소파 가장자리에 앉았다. 손은 잔을 꽉 쥐고 있었다. 말하면서 마루를 보고 있었다. "재니스는 데이먼이 떠나기만을 바라고 있었던 것 같아. 독립 말이야. 그걸 기다리고 있었어."

"그러고 나면?"

브라이언이 고개를 올려 리버스를 보았다. "그러면 재니스는 여기 있을 이유가 없지. 재니스가 에든버러로 갈 때마다 끝이라고 생각했어. 돌아오지 않을 거라고."

---

* 둘 다 스코틀랜드의 블렌드 위스키 브랜드.

"하지만 늘 돌아왔잖아?"

브라이언이 고개를 끄덕였다. "하지만 이젠 달라. 재니스는 데이먼이 있을 때만 돌아와. 나하고는 관계없어." 그가 기침을 했다. 목청을 가다듬고는 위스키를 들이켰다. "더 줄까?" 리버스는 고개를 저었다. "아니, 안 마실래. 자야 할 시간이잖아?" 브라이언이 일어나서 억지로 미소를 지었다. "학교 다닐 때처럼 말이야. 그렇지, 조니?"

"그래, 브라이언." 리버스가 동조했다. 브라이언의 눈 뒤에서 뭔가 반짝였다가 다시 사라지는 것이 보였다.

리버스는 부엌에서 이를 닦았다. 위층에서 브라이언이 잠자리에 들 준비를 하는 걸 방해하고 싶지 않았다. 소파 위에 담요를 폈다. 불을 끄고 그 위에 앉았다. 그러다 일어나서 창가로 갔다. 커튼 사이로 내다보았다. 밖에는 가로등이 흐릿한 오렌지색 불빛을 비추고 있었다. 거리는 텅 비었다. 현관으로 살그머니 나가 조용히 문을 연 다음, 자물쇠는 걸지 않고 닫았다. 밖에서 5분 동안 둘러보았지만 캐리 오크스는 근처에 없었다. 화장실에 가야 해서 돌아왔다. 부엌 싱크대는 적당치 않았다. 계단 아래에서 소리를 들어보다가 위로 올라갔다. 욕실 문이 어딘지는 알고 있었다. 들어가 볼일을 보았다. 침실 문 하나는 닫혔지만 다른 하나는 살짝 열려 있었다. 열린 문 사이로 축구 팀 스카프, 몇 년 전에 열렸던 콘서트 티켓 몇 개가 벽에 붙어 있는 게 보였다. 리버스는 고개만 디밀고 둘러보았다. 포스터 윤곽, 옷장, 서랍장이 보였다. 커튼이 드리워진 창문도 보였다. 싱글침대에서 재니스가 고른 숨소리를 내며 자고 있는 걸 보았다.

집에 침입한 도둑이 된 느낌에 소리 죽여 아래층으로 내려갔다.

33

다음날 아침을 먹은 다음, 리버스는 데이먼의 친구들을 만났다.

친구들은 집으로 찾아왔다. 재니스와 브라이언은 쇼핑을 하러 나가고 없었다. 조이 할데인은 키가 크고 말랐다. 머리는 아주 짧게 깎았고, 눈썹은 어두운색에 짙었다. 옷은 전부 데님 — 청바지, 셔츠, 재킷 — 이었고, 검은색 닥터 마틴 신발을 신었다. 리버스는 조이가 코로 숨 쉬는데 문제가 있는 것처럼 대체로 입을 헤벌리고 있다는 사실을 눈치챘다.

피트 매디슨은 조이만큼 키가 컸지만 더 뚱뚱했다. 농사꾼이 자랑스러워할 만한(그리고 많이 부려먹은) 아들 스타일이었다. 빨간색 조깅복에 파란색 땀복 셔츠, 발바닥이 거의 다 닳은 나이키 운동화 차림이었다. 조이와 피트는 소파에 앉았다. 리버스의 시트와 베개는 아침 식사 전, 목욕을 하고 있는 사이에 위층으로 사라졌다.

"와줘서 고마워." 리버스가 입을 뗐다. 지나치게 두툼한 안락의자 대신에 방 가운데 있는, 등이 평평한 식탁 의자에 앉았다. 친구들은 아래쪽에 있는 소파에 파묻히다시피 앉았다. 리버스는 팔을 의자 등 쪽으로 기대면서 양쪽으로 다리를 벌리고 올라앉을 수 있게 의자를 돌렸다.

"전에 만난 적 있지, 조이? 하지만 보충 질문이 몇 개 있어. 누군가 솔직하지 못하게 대답한 게 있어서 보충이 필요해."

조이는 혀로 입술을 핥았다. 피트는 어깨를 씰룩거렸다. 머리를 비스듬히 기울이면서 지루한 척 보이려고 했다.

"들어봐." 리버스가 말을 이었다. "너희 셋은 밤 외출 때 에든버러에 간 게 그때 한 번이라고 했어. 하지만 난 다른 사실을 알게 됐지. 너희는 전에도 거기 가봤어. 주기적으로 갔겠지. 너희가 왜 거짓말을 했나 궁금해졌어. 뭘 숨기려는 걸까? 명심해. 이건 실종자 수사야. 숨겨봐야 다 드러나게 돼 있어."

"우린 아무 짓도 안 했어요." 이 말은 조이가 했다. 목소리에는 쉰 듯한 지역 악센트가 있어서 마치 목공 작업 같은 소리가 났다.

"이중 부정이라는 게 뭔지 알지, 조이?"

"내가 그랬다고요?" 조이는 리버스가 쳐다보는 눈을 아주 잠깐 마주보았다.

"아무 짓도 안 했다는 말은 뭔가 했다는 뜻이야."

"말했잖아요. 아무 짓도 안 했다고."

"그날 밤 일에 대해 거짓말을 안 했다고? 그 전에는 에든버러에 가본 적 없고……?"

"가본 적 있어요." 피트 매디슨이 말했다.

"너도 있었군, 피트." 리버스가 말했다. "꿀 먹은 벙어리가 됐나 했네."

"피트." 조이가 내뱉었다. "너 이 새끼……."

매디슨은 친구를 한번 쳐다보았다. 하지만 말을 꺼낸 건 리버스에게 도움이 되었다.

"전에도 거기 갔어요."

"가이저 말이지?"

"다른 데도요. 펍이나 클럽."

"얼마나 자주?"

"네댓 번 정도요."

"여자 친구한테는 말 안 하고?"

"언제나처럼 커콜디에 갔을 거라고 생각했겠죠."

"왜 말 안 했지?"

"그랬다간 망하니까요." 팔짱을 끼면서 조이가 말했다. 리버스는 조이가 하는 말이 무슨 뜻인지 알 것 같았다. 은밀한 모험이었을 뿐이다. 남자들은 작은 비밀을 간직하고 사소한 거짓말을 하는 걸 좋아한다. 일탈하는 느낌을 즐긴다. 하지만 리버스는 그보다 더한 게 있다는 느낌을 받았다. 조이가 다시 소파에 등을 기대고 다리를 꼬는 걸 보면 그렇다. 조이는 그날 밤에 있었던 뭔가를 생각하고 있었다. 그 생각만 하면 기분이 좋아지는 것 같다.

"조이 혼자만 바람피운 거냐? 아니면 너희 셋 모두?"

조이의 얼굴이 더 어두워졌다. 친구 쪽으로 몸을 돌렸다.

"난 아무 말도 안 했어요!" 피트가 무심결에 불쑥 말했다.

"피트는 그럴 필요 없어, 조이." 리버스가 말했다. "얼굴에 다 쓰여 있어."

조이는 의자에서 몸을 꿈틀거렸다. 더 불편한 것 같았다. 결국 똑바로 앉아서 팔을 무릎에 댔다. "앨리스가 알면 날 죽일 거예요."

탈선의 대가로는 너무 크군.

"비밀은 지켜줄게, 조이. 그날 밤 무슨 일이 있었는지만 말해."

조이는 피트 쪽을 쳐다보았다. 마치 피트에게 말해도 좋다고 허락하는 것 같았다.

"조이가 어떤 여자를 만났어요." 피트가 이야기를 시작했다. "3주 전이 었죠. 그래서 갈 때마다 그 여자와 시간을 보냈어요."

"가이저에 있지 않고?"

조이는 고개를 저었다. "한 시간 정도 그 여자 아파트에 갔어요."

"원래는." 피트가 설명했다. "나중에 가이저에서 만날 계획이었죠."

"너도 가이저에 없었어?"

피트는 고개를 저었다. "그 전에 펍에 갔어요. 이 여자랑 얘길 했죠. 데이먼은 지루해하는 것 같았어요."

"질투에 가까웠지." 조이가 덧붙였다.

"그래서 데이먼 혼자 가이저에 갔다?" 리버스가 물었다.

"제가 가이저에 갔을 때는" 피트가 말했다. "데이먼은 자취도 없었어요."

"그러면 데이먼은 가이저의 바에서 술을 마신 게 아니었네? 너희가 딴 데 있었다는 걸 숨기려고 꾸며낸 이야기였군?" 리버스는 조이를 쳐다보았다.

"대충 그래요." 피트가 대답했다. "별 차이 없을 것 같았거든요."

리버스는 생각에 잠겼다. "데이먼은 어때? 다른 여자와 만난 적 있어?"

"데이먼한테는 그런 행운이 없었어요."

"헬렌을 생각해서 그런 게 아니었고?"

조이는 고개를 저었다. "걔는 여자 꼬시는 덴 젬병이에요."

데이먼 혼자 가이저에 갔다…… 무슨 생각으로? 셋 중에서 자기만 여자를 낚지 못했다고 생각하면서? 자기가 '젬병'이라고 생각해서? 어쨌든 결론적으로 정체불명의 금발 여자와 택시를 같이 타긴 했군.

"그게 중요한가요?" 피트가 물었다.

"아마도. 생각 좀 해봐야겠어." 중요했다. 데이먼이 가이저에 혼자 있었기 때문이다. 데이먼이 피트를 펍에 두고 나가, 가이저의 바에서 금발머리 여자를 옆에 끼고 술이 나오기를 기다리던 사이에 무슨 일이 있었는지 리버스가 전혀 모르기 때문이다. 데이먼과 금발 여자는 중간에 만났을 것이다. 어떤 일이 있었겠지. 리버스는 알 방법이 없었다. 뭔가 확실하게 보일만 하면 사라져버린다.

재니스와 브라이언이 차에서 쇼핑백을 내리기 시작하자, 리버스는 피트와 조이를 보내주었다. 둘은 몇 가지 얘기를 더 했다. 데이먼은 같이 놀여자를 찾는 걸 꺼리지 않았다고 했다. 헬렌과 사이가 좋았다고 했는데?

"별일 없었지, 존?" 재니스가 미소를 지으며 말했다.

"물론이야." 리버스가 대답했다.

점심을 먹은 후, 브라이언은 리버스를 펍으로 초대했다. 일과 같은 것이었다. 토요일 오후, 라디오나 TV의 축구 해설. 친구들과 술 몇 잔. 하지만 리버스는 거절했다. 재니스가 같이 동네를 산책하자고 했다는 핑계를 댔다. 리버스는 브라이언과 술을 마시러 나가고 싶지 않았다. 관계가 형성되거나 밀접해지면, 비밀이란 건 '은밀하게' 새어 나오기 마련이다. 이제 재니스가 각방을 쓰는 걸 보았기 때문에, 어떤 일을 하면 안 되는지 알 것 같았다.

물론 재니스는 데이먼이 그리워서 그 방에서 잤을 수도 있다. 하지만 리버스는 그렇게 생각하지 않았다.

그래서 브라이언은 펍으로 갔고, 재니스와 리버스는 산책하러 나갔다. 비가 내리고 있었지만 실비였다. 재니스는 후드가 달린 빨간색 더플코트를 입었다. 리버스에게 우산을 권했지만 거절했다. 프린스 스트리트에서 어떤 사람이 우산 때문에 거의 눈이 빠질 뻔한 걸 본 후로는 우산이 흉기같이 느껴진다고 설명했다.

"우리가 산책할 곳은 그렇게 붐비지 않아." 재니스가 말했다.

사실이었다. 거리는 텅 비었다. 주민들은 쇼핑하러 커콜디나 에든버러에 갔다. 리버스가 어렸을 때는 집에 차가 없었다. 중심가의 가게들에서 필요한 걸 모두 샀다. 그 당시에 필요한 것은 비디오와 테이크아웃 음식 같았다. 고스도 문을 닫았다. 창문은 판자로 가려 있어서 리버스는 대런 러프의 아파트가 떠올랐다. 크랙사이드 로드의 아파트도 철거되고 새 주택들이 그 자리를 차지했다. 주택 일부는 지역주택조합이, 나머지는 개인이 소유했다.

"우리가 자랄 땐 자기 집 가진 사람이 없었지." 재니스가 말했다. 그러고는 웃었다. "일흔 살 할머니 말처럼 들리겠네."

"옛날이 좋았지." 리버스가 맞장구쳤다. "하지만 장소는 변하기 마련이야."

"맞아."

"사람들도 변할 수 있고."

재니스가 그를 쳐다봤지만 무슨 뜻이냐고 묻지는 않았다. 이미 알고 있는 것 같았다.

둘은 오치터데란(Auchterderran) 위의 높고 황량한 산마루인 크랙스로 올라가 옛날 학교가 보일 때까지 걸었다.

"이젠 더 이상 학교 건물이 아니야." 재니스가 설명했다. "요새 애들은 로크겔리에 다녀. 학교 배지 기억나지?"

"그럼." 오치터데란 중등학교(Auchterderran Secondary School). 줄여서 ASS. 다른 학교 친구들이 놀려대곤 했다.

"왜 자꾸 주위를 돌아봐?" 재니스가 물었다. "누가 따라오는 것 같아?"

"아니."

"무슨 생각인지 모르겠지만 브라이언은 그런 짓 안 해."

"아니, 그런 거 아니야."

"가끔은 그래 줬으면 좋겠는데." 재니스가 리버스를 앞서 걸었다. 그는 시간을 들여 따라갔다.

동네로 돌아와 올드 후스 펍을 지나쳐 갔다. 지금의 카든던은 전에 ABCD로 구분되었던 네 개의 행정 구역 -오치터데란, 보우힐, 카든던, 던도널드 - 를 뭉뚱그려 부르는 이름이었다. 둘이 사귀던 시절에 리버스는 보우힐에, 재니스는 던도널드에 살았다. 재니스를 집에 데려다줄 때 이 길을 이용했다. 생각할 수 있는 가장 긴 경로였기 때문이었다. 오래된 홍예다리* - 지금은 포장도로로 바뀌었다 - 가 있는 오르강을 건넜다. 여름이면 가끔 공원을 가로질러 지름 넓은 파이프 중 하나가 있는 강까지 건너갔다. 이 파이프들은 동네 아이들의 담력 시험대가 되었다. 부모들이 찾으러 올 때까지 반쯤 얼어있던 남자애들이 있었다. 어떤 애는 강물이 발밑에 밀려드는 동안, 무서워서 바지에 오줌을 싸면서도 한 발짝 한 발짝씩 파이프를 따라 계속 움직였다. 다른 애들은 균형을 잡을 필요도 없다는 듯 주머니에 손을 찔러 넣고 빠르게 건너갔다.

---

* 다리 밑이 반원형이 되게 쌓은 다리.

리버스는 신중한 아이들 중 하나였다.

같은 파이프가 공원 구간을 따라 이어지다가 공원 너머 덤불 아래로 사라졌다. 파이프를 계속 따라가다 보면 '독방'에 다다르게 된다. 예전에 지역 탄광에서 쌓아두었던, 언덕 정도 크기의 금속 찌꺼기와 석탄 부스러기 더미다. 독방에서 한번 불이 나면 몇 달이고 타올랐고, 표면에서는 화산처럼 연기 줄기가 솟았다. 곧 경사면에 나무와 잔디가 자라면서, 독방은 어느 때보다도 자연 언덕과 비슷하게 되었다. 하지만 꼭대기에 올라가면 이질적인 풍경의 고원이 있는데, 안전을 위해 철망을 쳐놓았다. 고원은 작은 호수와도 같았다. 기름기가 번들거리는 표면은 음침해 보였고 검었다. 그게 뭔지는 아무도 몰랐지만 존중했다. 어느 정도 거리를 두고 떨어져서 돌을 던진 다음, 그 돌이 표면 아래로 삼켜지면서 서서히 시야에서 천천히 가라앉는 모습을 보았다.

커플들은 공원 뒤 황무지 구역으로 가서 비밀 장소로 쓸 평지를 찾아내 마음대로 이름을 붙였다. 재니스와 조니도 그랬다. 옛날에는……

킹크스: 〈젊고 순수했던 시절(Young and Innocent Days)〉.

이제 그곳은 달라졌다. 독방은 사라졌고 전체 구역에 조경이 이루어졌다. 탄광은 폐쇄되었다. 카든던은 탄광을 바탕으로 성장했다. 20년대와 30년대에는 몰려오는 광부들을 수용하기 위해 도로가 서둘러 건설되었다. 이들 도로는 이름조차 없이 번호만 붙여졌다. 리버스의 가족은 13도로로 이사 왔다. 전근 때문에 카든던의 조립식 주택으로 왔고, 거기서 보우힐의 막다른 골목에 있는 테라스 하우스로 옮겼다. 하지만 리버스가 중등학교에 다닐 즈음에는 탄층 붕괴로 인해 채광이 곤란해졌고, 채굴량도 감소했다. 탄광은 수익성이 점차 악화되었다. 매일 근무 교대를 알리던 사이렌도 조용해졌다. 리버스의 친구들 중에서 할아버지 때부터 광부 집안이었던 애들은 앞으로 무엇을 해야 할지 막막해졌다.

리버스도 자신에게 그런 질문을 던졌다. 하지만 미치의 도움 덕분에 결정을 내릴 수 있었다. 둘 다 입대했다. 그때는 아주 간단해 보였다.

"미키하고 아직 연락해?" 재니스가 물었다.

"커콜디에 살아."

"네 꼬마 동생은 정말 골칫거리였어. 침실에 쳐들어왔던 거 생각나? 갑자기 보울리 구멍을 열어서 우리를 찾은 것도?"

리버스는 웃었다. 보울리 구멍. 오래간만에 들어보는 말이다. 부엌에서 거실로 음식을 내놓는 구멍이다. 이제 미키의 모습이 기억났다. 리버스와 재니스가 단둘이 거실에 있을 때, 미키는 부엌 조리대 위에 앉아서 둘의 모습을 훔쳐보려고 했다.

리버스는 다시 주위를 둘러보았다. 캐리 오크스가 동네에 있는 것 같지는 않았다. 이런 작은 동네는 주민들끼리 서로 잘 알기 때문에 숨기가 어렵다. 이미 몇몇 사람이 다가와서, 수십 년 만에 만났다기보다는 바로 어제 본 듯 인사를 했다. 재니스에게도 많은 사람들 – 이웃이거나 단순히 호기심 때문에 – 이 다가와서 데이먼에 대해 물었다. 데이먼 생각을 하지 않을 수 없었다. 벽과 가로등, 창문마다 데이먼의 사진이 붙어 있는 것 같았다.

"몇 년 전에 여기 왔어." 리버스가 재니스에게 말했다. "허치의 마권 판매소였지."

"토미 그린우드를 찾아왔어?"

리버스는 고개를 끄덕였다. "크래니하고 우연히 마주쳤지." 헤더 크랜스턴의 옛날 별명이었다.

"아직 동네에 살아. 아들하고."

리버스는 아들의 이름을 떠올렸다. "셔그?"

"맞아." 재니스가 말했다. "운이 좋으면 오늘 밤에 헤더를 만날 수 있어."

"그래?"

"가라오케에 자주 오거든."

리버스는 혹시 돌아갈 수 있는지 물었다. "묘지를 보고 싶어." 그가 설명했다. 그리고 미행당하는지 알아내는 좋은 방법은 ― 군대에서 배운 대로 ― 역추적이라는 얘기도 덧붙였다. 그래서 둘은 길을 거슬러 돌아가 보우힐을 지나 묘지가 있는 언덕을 올라갔다. 묘지에 있는 무덤들의 사연을 생각하고 있었다. 비극적인 탄광 사고. 오르강에서 익사체로 발견된 소녀. 휴가철 차 사고로 목숨을 잃은 가족, 그리고 셀틱스의 골키퍼 조니 톰슨이 있다. 올드 펌 더비*에서 치명적인 부상을 입고 불과 20대의 나이로 사망했다.

리버스의 어머니는 화장되었다. 하지만 아버지는 '적절한 매장'을 고집했다. 아버지의 비석은 끝 쪽 벽 옆에 있었다. ~의 사랑하는 남편, ~의 아버지, 그리고 아래에는 '죽지 않고 주의 품에서 안식을 누리리라'라는 문구가 있었다. 하지만 비석에 가까이 가자, 리버스는 뭔가 잘못되었다는 걸 알아보았다.

"세상에, 존." 재니스는 숨이 막힐 정도로 놀랐다.

비석 위에 흰색 페인트가 부어져서 글자를 대부분 가리고 있었다.

---

* 글래스고를 연고지로 하는 스코틀랜드 축구 클럽인 셀틱스와 레인저스의 경기.

"빌어먹을 꼬마들." 재니스가 말했다.

리버스는 잔디 위에서 페인트 자국을 발견했다. 하지만 빈 페인트 통은 없었다.

"애들 짓이 아니야." 리버스가 말했다. 도저히 우연이라고 볼 수 없었다.

"그럼 누구?"

손가락을 비석에 대보았다. 페인트는 아직 끈적거렸다. 오크스가 동네에 왔다. 재니스가 리버스의 팔을 꽉 잡았다.

"정말 유감이야."

"그냥 돌덩이일 뿐인걸." 리버스가 조용히 말했다. "닦아내면 돼."

둘은 거실에서 차를 마셨다. 리버스는 오크스가 있는 호텔에 전화를 걸어보았다. 스티븐스의 방, 바, 어디에도 없었다.

"우리한테 전화가 왔어." 재니스가 말했다.

"이상한 놈이었어?" 리버스가 추측했다.

그녀가 고개를 끄덕였다. "데이먼은 죽었거나 우리가 죽였대. 문제는 전화 건 사람 목소리가…… 이 동네 주민 같았어."

"그러면 동네 주민이 맞겠지."

재니스가 담배를 권했다. "역겹지?"

리버스는 주위를 둘러보며 동의하듯 고개를 끄덕였다.

브라이언이 펍에서 돌아왔을 때도 둘은 여전히 거실에 앉아 있었다.

"샤워 좀 할게." 브라이언이 말했다.

늘 저런다고 재니스가 설명했다. "세탁물 바구니에 옷을 던져놓고 열심히 샤워를 해. 담배 냄새 때문인가 봐."

"브라이언이 담배 냄새 싫어해?"

"끔찍하게 싫어해." 그녀가 말했다. "그래서 사귀기 시작했는지도 몰라." 문이 다시 열렸다. 재니스의 엄마였다. "가서 잔 가져올게." 재니스가 일어나면서 말했다.

플레이페어 부인이 리버스에게 고개를 끄덕여 인사를 하고 맞은편에 앉았다.

"아직 데이먼 못 찾았지?"

"열심히 찾고는 있어요."

"물론 최선을 다하고 있겠지. 우리에게 손자라곤 데이먼 뿐이란다."

리버스는 고개를 끄덕였다.

"파리 한 마리도 못 죽이는 착한 애야. 문제에 말려들다니 믿을 수 없어."

"왜 데이먼이 문제에 말려들었다고 생각하세요?"

"그렇지 않고선 이럴 리가 없잖니." 그녀는 리버스를 살펴보고 있었다. "그래서 넌 어떠니?"

"무슨 말씀이세요?" 그녀가 생각을 읽고 있는 건 아닌지 의문이 들었다.

"모르겠다…… 네 인생 말이다. 행복하니?"

"심각하게 생각해본 적 없어요."

"왜?"

리버스는 어깨를 으쓱했다. "사람들의 인생을 들여다보는 게 좋아요. 형사 일이 그거죠."

"군대에서는 제대로 안 풀렸고?"

"네." 그는 간단하게 답했다.

"가끔 일이 제대로 안 풀릴 때가 있지." 그녀가 말했다. 재니스가 거실로 돌아왔다. 그녀는 재니스가 차를 따르는 걸 지켜보았다. "그럴 때 결혼이 깨지는 경우가 많아."

"데이먼과 헬렌 사이가 잘 될 거 같으세요?"

플레이페어 부인은 오랫동안 생각에 잠겼다가 재니스에게서 찻잔을 받았다. "젊잖니. 어떻게 될지 누가 알겠어?"

"가능성이 어느 정도라고 생각하세요?"

"데이먼 할머니잖아, 존." 재니스가 말했다. "어떤 여자가 성에 차겠어. 그렇죠, 엄마?" 반쯤은 농담인 걸 알아차리게 재니스가 미소를 지었다. 그러고는 다시 엄마에게 말했다. "조니한테 충격적인 일이 생겼어요." 묘지에서 벌어진 일을 설명했다. 브라이언이 머리를 말리며 들어왔다. 옷도 갈아입었다. 재니스가 브라이언에게 이야기를 되풀이했다.

"개자식들." 브라이언이 말했다. "전에도 그런 일이 있었어. 비석을 넘어뜨려 깨뜨렸지."

"찻잔 갖다줄게." 재니스가 일어나려 하면서 말했다.

"난 됐어." 브라이언이 손짓으로 말리며 말했다. 그가 리버스 쪽을 보았다. "밖에서 식사하고 싶진 않겠지? 우리가 대접하려고."

리버스는 잠시 생각하다 말했다. "나가서 먹지. 하지만 돈은 낼게."

"다음번에 내." 브라이언이 말했다.

"과거를 생각해보면." 리버스가 말했다. "지금부터 적어도 30년은 지나야 할 것 같은데."

리버스는 카레와 함께 미네랄워터만 마셨다. 브라이언은 맥주를, 재니스는 화이트와인을 큰 잔으로 두 잔 마셨다. 플레이페어 부부도 초대했지만 거절했다.

"젊은 사람들끼리 어울려야지." 플레이페어 부인이 말했다.

가끔 재니스가 보고 있지 않을 때 브라이언은 그녀가 있는 방향을 보았다. 리버스는 브라이언이 걱정하고 있다고 생각했다. 아내가 자기를 떠나려는 건 아닌지 걱정하고, 자기가 뭘 잘못했는지 되새기고 있었다. 브라이언의 삶이 무너지고 있었다. 그리고 왜 그렇게 되었는지 실마리를 찾고 있었다.

리버스는 이별에 관해서는 어느 면에선 전문가라고 생각했다. 때로는 시각이 달라진다는 것을, 결혼 생활이 이어지는 한 얻을 수 없는 어떤 것을 파트너 한쪽이 원하기 시작할 수 있다는 사실을 알고 있었다. 리버스 자신의 결혼 생활은 그렇지 않았다. 무엇보다 자신은 결혼해서는 안 되었을 사람이라는 결론에 도달하게 된다. 일이 그를 집어삼키기 시작하면서 로나에게 낼 시간이 거의 없었다.

"무슨 생각을 그렇게 해?" 난(nan)을 찢으면서 어느 순간 재니스가 말했다.

"비석을 닦아낼 방법을 생각하고 있었어."

그 작업을 할 수 있는 업자를 알고 있다고 브라이언이 말했다. 시의 하청업자인데, 벽의 낙서를 지우는 작업을 한다고 했다.

"돈 부쳐줄게." 리버스가 말했다. 브라이언이 고개를 끄덕였다.

식사를 마친 후, 리버스는 부부를 차에 태우고 카든던으로 돌아갔다. 레일웨이 태번의 뒤쪽 방에서 가라오케 파티가 열리고 있었다. 장비는 무대에 갖춰졌지만, 노래는 감상적인 영상과 함께 하단에 가사가 나오는 TV 모니터 화면을 보면서 댄스 플로어에서 불렀다. 제목이 인쇄된 노래 목록이 돌았다. 목록에서 노래를 고른 다음 사회자에게 건네준다. 스킨헤드 남자가 일어나서 〈마이 웨이(My Way)〉를 불렀다. 중년의 여자는 〈당신은 내 전부(You to Me are Everything)〉를 골랐다. 재니스는 언제나 〈베이커 스트리트(Baker Street)〉를 부른다고 했다. 브라이언은 기분에 따라 〈만족 (Satisfaction)〉과 〈이상한 공간(Space Oddity)〉 중 하나를 불렀다.

"대부분의 사람들이 매주 같은 노래를 부른다고?" 리버스가 물었다.

"방금 일어난 저 사람은 그래." 방 귀퉁이를 향해 고개를 끄덕이며 재니스가 말했다. 나올 수 있게 사람들이 자리를 비켜주고 있었다. "맨날 REM 노래만 불러."

"그럼 이제는 잘하겠네?"

"나쁘진 않아." 재니스가 동의했다. 노래는 〈믿음을 잃고(Losing My Religion)〉였다.

술꾼들이 프런트 바에서 나와 통로에 서서 구경하고 있었다. 가라오케를 들여놓기에는 작은 바였다. 출입구 쪽에 있는 10대는 계속 뺨의 여드름을 만지고 있었다. 사람들은 늘 앉는 테이블이 있는 것 같았다. 리버스와 재니스, 브라이언은 스피커 근처에 앉았다. 브라이언의 엄마도 플레이페어 부부와 함께 있었다. 노인 한 사람이 그들과 이야기하러 다가왔다. 브라이언이 리버스 쪽으로 몸을 기울였다.

"알렉 치좀 아빠야." 그가 말했다.

"몰라보겠네." 리버스가 인정했다.

"저분하고 얘기하는 걸 안 좋아해. 언제나 알렉이 없어진 지 오래됐다는 얘기만 하거든."

사실이었다. 플레이페어 부부와 미 부인은 냉랭한 표정으로 치좀 씨의 얘기를 들었다. 리버스는 좀 돌아보려고 일어섰다. 묘지에서 벌어진 일을 떠올리고 멍한 기분이 들었다. 오크스는 자신이 리버스보다 한 발짝 앞서 있다는 것을 알려주었고, 개인적인 부분을 끌고 들어가고 있었다. 리버스는 이게 다른 테스트라는 것을, 오크스가 그를 무너뜨리려 한다는 것을 알았다.

재니스의 엄마는 수박 맛 바카르디 브리즈*를 마시고 있었다. 리버스는 그녀가 살면서 수박을 본 적이 있는지 궁금했다. 헬렌 커즌스가 친구 몇 명과 함께 출입구에 서 있는 것을 보고 가서 인사했다.

"데이먼 소식은요?" 헬렌이 물었다.

리버스는 고개를 저었다. 헬렌은 이미 데이먼을 포기했다는 듯 어깨를 으쓱할 따름이었다. 소문난 연애의 종말인가. 그녀는 레몬 향 후치** 한 병을 들고 있었다. 설탕이 든 이런 달달한 음료수는 스코틀랜드에 완벽히 어울린다. 중독성 단맛의 강렬한 쾌감. 살롱을 둘러보면서 리버스는 손님들이 자유롭게 마실 수 있게 희석 음료수 – 레모네이드와 아이언브루 – 를 바에 비치해두고 있다는 것을 알았다. 이런 서비스를 제공하는 펍은 별로 없었다. 다른 것도 있었다. 싸구려 맥주. 경제학 수업에 나올 만하다. 가난한 동네에서 장사하려면 손님들이 살 만한 맥주를 준비하라. 리버스는 바 쪽에 헤더 크랜스턴이 있는 것을 보았다. 스툴에 앉아서 시선을 아래로 떨구고 있었다. 어떤 남자가 그녀의 귀에 뭔가 얘기하면서 손을 목 뒤에 얹고 있었다.

헬렌이 병을 친구에게 건네주면서 화장실에 다녀오겠다고 말했다. 리버

---

* 알코올이 든 음료수.
** 칵테일 음료.

스는 주위를 서성거렸다. 여자 둘은 그를 쳐다보면서 누군지 궁금해 했다.

"헬렌이 힘들겠어." 리버스가 말했다.

"뭐가요?" 껌을 씹던 여자가 어리둥절해 얼굴을 찌푸리며 물었다.

"데이먼이 사라졌잖아."

여자는 어깨를 으쓱했다.

"당황스럽겠죠." 여자의 친구가 말했다. "남자친구가 야반도주했는데 아무렇지도 않겠어요?"

"그렇겠지." 리버스가 말했다. "참, 난 존이라고 해."

"코린이에요." 껌을 씹던 여자가 말했다. 길고 검은 머리카락은 고데로 컬을 넣어 곱실거렸다. 다른 여자는 재키라고 했다. 체구가 작고 머리카락을 백금색으로 염색했다.

"너희는 데이먼을 어떻게 생각해?" 리버스가 물었다. 데이먼의 실종에 관해 묻는 것이었는데 여자들은 다르게 받아들였다.

"아, 걔 괜찮죠." 재키가 말했다.

"그냥 괜찮다고?"

"아시잖아요." 코린이 말했다. "데이먼은 생각이 바르죠. 하지만 좀 둔해요. 느릿하다고나 할까."

리버스는 자기도 그런 인상을 받았다는 듯 고개를 끄덕였다. 하지만 가족 말에 따르면 데이먼은 대기만성형 천재에 가까웠다. 리버스는 자신이 데이먼을 너무 피상적으로 파악하고 있었다는 것을 갑자기 깨달았다. 지금까지는 이야기의 한쪽 면만 들었던 것이다.

"헬렌은 데이먼을 좋아했지?" 리버스가 물었다.

"그런 것 같아요."

"약혼했잖아."

"그냥 그렇게 된 거죠." 재키가 말했다. "파티 열려고 약혼하는 애들도 있는데요." 그녀는 친구에게 맞장구쳐주길 바라는 눈길을 보냈다. 그러고는 리버스에게 몸을 기울여 비밀을 알려주었다. "걔들 엄청나게 싸우곤 했어요."

"이유는?"

"질투겠죠." 재키는 코린이 고개를 끄덕여 확인해줄 때까지 기다렸다. "데이먼이 다른 여자와 있는 걸 헬렌이 보거나, 남자가 헬렌에게 작업 거는 걸 데이먼이 보거나 했을 때죠. 다반사였어요." 그녀는 리버스를 쳐다보았다. "데이먼이 여자와 도망친 것 같아요?" 리버스는 재키의 아이라이너 뒤에서 예리한 총명함을 보았다.

"그럴 수 있지." 리버스가 말했다.

하지만 코린은 고개를 저었다. "걔는 그럴 배짱이 없어요."

리버스는 복도 쪽을 쳐다보고 헬렌이 화장실에 가지 않았다는 걸 알았다. 헬렌은 손을 뒤로 하고 벽에 기대서 어떤 남자와 이야기를 하고 있었다. 리버스는 재키와 코니에게 마시고 있던 음료가 뭐냐고 물었다. 바카르디 콜라 두 병이었다. 쇼핑 목록에 올려놓았다.

테이블로 돌아와 보니 재니스가 플로어에서 노래를 하고 있었다. 〈베이커 거리(Baker Street)〉를 가사 하나하나에 마음을 실어 진심으로 부르고 있었다. 브라이언은 그녀를 보고 있었다. 가끔씩 어떤 표정이 내비쳤다. 브라이언은 노래가 흐르는 동안 종이로 된 잔 받침을 잘게 찢고 있다는 것을 깨닫지 못했다. 그러다 노래가 끝나자 조각들을 바닥으로 쓸어버렸다.

리버스는 밖으로 나가서 서늘한 밤공기를 깊이 들이마셨다. 물을 가득 탄 위스키를 계속 마셨다. 멀리서 함성 소리가 들렸다. 축구 응원가 같았다. 펍 측면 벽에 수프레이 페인트로 UVF*라고 칠해져 있었다. 어떤 남자가 거기서 오줌을 누고 있었다. 볼일을 본 후 남자는 리버스 쪽으로 몸을 돌리더니 담배 한 개비만 빌리자고 말했다. 리버스는 한 대 건네고 불을 붙여주었다.

"건배, 지미." 남자가 말했다. 그러고는 리버스의 얼굴을 자세히 뜯어보았다. "자네 아버지를 알아." 그렇게 말하고는 리버스가 뭐라고 묻기도 전에 가버렸다.

리버스는 거기 서 있었다. 여기는 그가 있을 곳이 아니었다. 이제 확실히 알았다. 과거라는 건 방문할 수는 있어도 머물 수는 없는 장소다. 술을 너무 마셔서 운전은 무리였다. 하지만 먼저…… 무엇보다 먼저 돌아가야 했다. 캐리 오크스는 여기 없었다. 메시지를 남기려 잠깐 들렀던 것이다. 리버스는 재니스와 브라이언에게 미안했다. 그들에게 일어난 일은 유감이었다. 하지만 그들의 문제는 지금 당장으로서는 가장 덜 중요했다. 관점이 왜곡되는 바람에 핵심에서 너무 멀리 벗어나버렸다.

실내로 돌아왔다. 아무도 리버스에게 마이크를 권하지 않았다. 이제는 그가 누군지도, 묘지에서 있었던 신성 모독 행위도 다들 알고 있었다. 카든던 정도의 동네에서는 소문이 빨리 퍼진다. 역사라는 게 달리 만들어지겠는가?

---

* 얼스터 민병대.

34

잠에서 깼을 때는 아직 날이 어두웠다. 옷을 입고 담요를 갠 다음 식탁 위에 메모를 남겼다. 그러고는 차를 타고 조용한 거리와 더 조용한 교외를 달렸다. 4차선 고속도로에 다다른 후에는 남쪽 에든버러를 향해 적당한 속도로 사브를 몰았다.

옥스퍼드 테라스 모퉁이에 주차하고 페이션스의 아파트로 걸어갔다. 아직 너무 캄캄해서 문이 잘 보이지 않았다. 손가락으로 더듬어 자물쇠를 찾고 열쇠로 열었다. 현관도 어두웠다. 발끝으로 걸어 부엌으로 가 주전자에 물을 부었다. 몸을 돌렸다. 페이션스가 입구에 서 있었다.

"대체 어디 있었어요?" 그녀가 말했다. 피곤했지만 짜증이 가시지 않은 목소리였다.

"파이프요."

"전화도 안 했어요."

"간다고 얘기했잖아요."

"휴대폰을 안 받더군요."

리버스는 전기 주전자의 스위치를 켰다. "전원을 꺼뒀어요." 리버스는 페이션스가 갑자기 괴로움으로 얼굴을 찡그리는 걸 보았다. 팔을 잡았다. "무슨 일이에요, 페이션스?"

그녀는 고개를 저었다. 눈에 눈물이 고였다. 코를 훌쩍여 눈물을 참고는, 리버스의 손을 잡고 현관으로 가서 불을 켰다. 마루에 자국이 보였다. 현관까지 이어졌다.

"어떻게 된 거예요?" 그가 물었다.

"페인트예요." 그녀가 말했다. "어두워서 밟은 줄도 몰랐어요. 닦아내려 했지만 실패했어요."

발자국이 흰달팽이 모양 같았다……. 리버스는 아버지 묘지로 이어졌던 흰색 자국을 생각했다. 페이션스를 바라본 다음 현관으로 가 문을 열었다. 뒤에서 그녀가 스위치를 켰다. 문밖 테라스에 불이 들어왔다. 리버스는 페인트 자국을 보았다. 포석에 사람 발 정도의 크기의 글자가 칠해져 있었다. 고개를 기울여 글자를 읽어보았다.

당신의 경찰 애인이 대런을 죽였어.

메시지 전체에 밑줄이 쳐 있었다.

"맙소사." 리버스는 말문이 막혔다.

"그게 다예요?" 페이션스의 목소리가 떨렸다. "주말 내내 연락도 안 받고!"

"난…… 언제 이랬죠?" 리버스는 메시지 주변을 돌아다녔다.

"금요일 밤이요. 늦게 귀가해서 바로 잠들었죠. 새벽 세 시쯤에 두통이 나서 잠이 깼어요. 물을 마시려고 현관 불을 켰더니……." 페이션스는 손으로 머리카락을 쓸어 넘겼다. 얼굴이 펴지면서 딱딱해졌다. "페인트를 봤어요. 나갔죠. 그리고……."

"미안해요, 페이션스."

"무슨 뜻이죠?"

"모르겠어요." 또 오크스였다. 리버스가 파이프에 가 있는 동안 오크스는 바로 여기 내내 있으면서 다음 행동을 취했다. 오크스는 재니스는 물론이고, 페이션스에 대해서도 알고 있었다. 리버스에게도 그렇게 얘기했다. 아는 의사가 있어 다행이라고.

오크스가 앞으로 할 행동을 넌지시 드러냈는데도 리버스는 알아채지 못했다.

"거짓말." 페이션스가 말했다. "모르긴 뭘 몰라요. 그놈이죠?"

리버스는 페이션스의 어깨에 팔을 얹으려고 했지만 그녀가 뿌리쳤다.

"세인트 레너즈 경찰서에 전화했어요." 페이션스가 말했다. "근처에 있던 경찰을 보내줬죠. 젊은 제복 경관 두 사람을요. 아침에 쇼반 경장이 왔어요." 그녀가 미소 지었다. "날 데리고 나가서 아침을 사줬어요. 내가 한잠도 자지 못한 걸 알았나 봐요. 이 집이 얼마나 방범이 취약한지 깨닫게 됐어요. 뒤쪽에 정원이 있으니 누구라도 벽을 타고 올라와서 온실을 지나들어올 수 있죠. 아니면 정문을 깰 수도 있고. 아무도 눈치 못 챌 거예요."

리버스는 다시 그녀의 몸에 팔을 감았다. 이번에는 가만히 있었지만, 거부하는 태도를 느낄 수 있었다.

"미안해요." 리버스는 되풀이해 말했다. "알았다면…… 무슨 방법이 있었을 텐데……." 금요일 밤에 휴대폰 전원을 껐다. 이제 자기 자신에게 이유를 묻고 있다. 배터리가 바닥날까봐? 그때는 그렇게 생각했다. 하지만 파이프를 인생의 다른 모든 것에서 차단하려고 했던 건지도 모른다. 재니스를 생각하는 데 정신이 팔려 오크스의 더욱 명백한 행동을 무시했다. 그는 페이션스의 머리카락에 키스했다. 관점이 편향되면서 제대로 판단하지 않았다. 오크스가 매 라운드마다 승리를 거두고 있었다. 리버스가 재니스에게 느끼는 유대감은 부인할 수 없다. 하지만 모두 날아가버린 기회일 뿐이다. 바로 지금 여기 있는 페이션스가 그의 애인이다. 그가 안고 키스하는 사람이다.

"이젠 괜찮아요." 리버스가 말했다. "다 잘 될 거예요."

페이션스가 그에게서 몸을 떼고, 가운 소매로 눈을 닦았다. "목소리가 즐거워 보이네요. 파이프에 계속 있지 그래요."

리버스가 미소를 지었다. "차 끓일게요. 침대로 돌아가요. 내가 필요하면 어디 있는지 알게 될 거예요."

"어딘데요?"

"부엌이요, 마님."

"오크스 짓이야." 그가 말했다.

리버스는 쇼반에게 전화를 걸어 감사를 표했다. 페이션스는 쇼반을 점심에 초대하라고 리버스에게 말했다. 그래서 해가 중천에 뜬 지금, 그들은 온실 안의 탁자에 앉아 있었다. 일요일자 신문이 읽지 않은 상태로 구석에 쌓여 있었다. 스카치 수프*, 조리한 햄, 샐러드를 먹었다. 와인도 두어 병 비웠다.

"그녀가 어젯밤에 뭘 했는지 알아요?" 페이션스가 말했다. 쇼반 얘기였다. "전화를 걸어 내가 괜찮은지 확인했어요. 안 괜찮다면 자기 집에 와서 자도 된다고 했어요." 그녀는 반쯤 취한 듯 나른한 미소를 짓고는 일어나서 커피를 끓였다. 리버스는 자신이 품고 있는 의심을 쇼반에게 말했다.

"증거는요?" 쇼반이 대답하고는 와인 잔을 비웠다. 운전을 해야 해서

---

* 야채와 보리를 넣어 걸쭉하게 끓인 것.

딱 두 잔째였다.

"직감이야. 오크스는 내 아파트를 감시했어. 러프가 살아 있는 걸 마지막으로 본 사람이 나라는 걸 알았지. 재니스도 쫓아냈으니 이제는 페이션스 차례야."

"왜 경위님을 적대시할까요?"

"모르겠어. 우리 중 누구라도 될 수 있었는데 재수 없게 내가 걸렸을 수도 있지."

"말씀하신 걸 보면 오크스는 생각보다 머리가 잘 돌아가네요."

"맞아." 리버스는 방울토마토를 접시 위의 양상추 근처에 밀어놓았다. "페이션스가 전에 이런 얘기를 한 적 있어. 오크스가 진짜 목적에서 우리의 눈을 돌리려고 쓰는 술수라고."

"그 목적이 뭔데요?"

리버스는 한숨을 쉬었다. "나도 제발 알았으면 좋겠어." 그는 다시 샐러드를 살펴보았다. "한 종류의 양상추와 토마토만 먹을 수 있었던 때 기억나?"

"그땐 너무 어렸어요."

리버스는 신중하게 고개를 끄덕였다. "괜찮을 것 같아?" 페이션스 얘기였다.

"괜찮을 거예요."

"여기 있어야 했어."

"파이프에 가셨다면서요? 거기서 뭘 하셨어요?"

"과거에 머물다 왔지." 마침내 포크로 토마토를 찍으며 리버스가 말했다.

리버스는 그날 나머지 시간을 페이션스와 함께 보냈다. 왕립식물원으로 산책을 갔다가 새미 집에 들렀다. 페이션스는 토요일에 새미를 만나지 못했다. 일이 생겼다고 전화는 했다. 꾸며낸 얘기는 아니었다. 방문해서 할 거짓말을 준비한 다음, 리버스가 맞장구치도록 간단히 알려줬다. 다시 산책을 나왔다. 이번에는 휠체어에 탄 새미와 함께였다. 리버스는 아직 새미와 함께 사람들 앞에 나서는 게 어색했다. 새미가 놀렸다.

"장애인과 함께 있어서 창피해?"

"그렇게 말하지 마."

"그럼 뭔데?"

하지만 리버스는 대답할 말이 없었다. 뭐냐고? 자신도 알 수 없었다. 다른 사람들의 시선 때문인지도 몰랐다. 얘는 나아질 거라고, 언제까지나 이런 모습은 아닐 거라고 말하고 싶었다. 새미가 어쩌다 사고를 당했는지, 얼마나 잘 받아들였는지 설명하고 싶었다. 새미는 정상인이라고 말하고 싶었다.

휠체어에 탄 새미와 함께 있으니…… 새미가 다시 걸음마를 배우는 아이가 된 것 같았다. 그리고 자신은 보도에 요철이나 웅덩이가 없는지, 위험한 연석은 없는지, 횡단보도는 안전한지 살펴보고 있는 느낌이었다. 차량이 없는데도 녹색 신호등을 기다려야 한다고 고집했다.

"아빠." 새미가 말했다. "내가 차에 또 칠 확률이 얼마나 된다고 이래?"

"잊지 마라. 마권업자는 우리한테 클로든 전투*도 승산이 있다고 할 거다."

새미가 웃었다.

---

* 스코틀랜드 군이 잉글랜드 군에게 참패한 전투.

남자친구 네드도 함께 있었지만, 새미 본인이 직접 휠체어를 밀겠다고 주장했다. 등을 기대고 바퀴를 굴리면서 휠체어를 능숙하게 다루는 솜씨를 보여주었다. 네드는 주머니에 손을 넣고 걸으며 새미와 함께 웃었다. 페이션스는 손을 리버스의 주머니에 넣었다.

일요일 산책. 바로 그것이었다.

그리고 아파트로 돌아왔다. 크림 케이크와 다즐링 차가 담긴 찻잔이 있었고, TV에서는 축구 하이라이트가 방송되고 있었지만 볼륨은 줄여놓았다. 새미는 페이션스에게 최신 운동 요법에 대해 얘기했다. 네드는 리버스와 이야기를 나눴다. 리버스는 건성으로 들었다. 눈은 창문 쪽으로 반쯤 돌아가 있었다. 캐리 오크스가 저기 밖에 있지 않을까 하는 의심이 들었다.

그날 저녁, 리버스는 페이션스에게 집에 가야겠다고 말했다. "필요한 물건이 몇 개 있어요. 나중에 돌아올게요." 그녀에게 키스했다. "여기 있으면 괜찮아요. 아니면 같이 갈래요?"

"여기 있을게요." 페이션스가 말했다.

그래서 리버스는 차를 타고 떠났다. 아든 스트리트가 아니라 리스로 갔다. 호텔로 들어가서 캐리 오크스와 통화하게 해달라고 요청했다. 프런트에서 리버스의 방으로 전화를 걸었다. 응답이 없었다.

"바에 계실지도 모르겠네요." 여직원이 말했다.

하지만 캐리 오크스는 바에 없었다. 짐 스티븐스가 있었다.

"한 잔 살게요." 스티븐스가 말했다. 리버스는 고개를 저었다. 스티븐스가 진토닉을 마시고 있다는 것을 눈치챘다.

"자네 친구는 어디 있어?"

스티븐스는 어깨를 으쓱할 뿐이었다.

"계속 지켜보고 있지 않았나?" 화를 가라앉히려고 애쓰면서 리버스가 말했다.

"그랬어요. 믿어줘요. 하지만 쥐도 새도 모르게 빠져나가네요."

"기삿거리는 얼마나 뽑아냈어?"

스티븐스는 미소를 지으며 고개를 저었다. "이상하고 놀라운 일이 벌어졌어요. 날 알죠, 리버스? 산전수전 다 겪었어요. 거칠고 끈질기단 뜻이죠. 누가 날 엿 먹이면 그냥 안 돼요."

"그런데?"

"그런데 그놈이 날 엿 먹이고 있는 것 같아요." 스티븐스는 어깨를 으쓱했다. "나쁘다는 건 아니니 오해는 말아요. 그런데 보강 증거가 없어요."

"언제부터 자네가 그런 걸 따졌어?"

스티븐스가 고개를 숙이며 인정했다. "자기만족을 위해서예요." 그가 덧붙였다. "알고 싶거든요. 그리고 그 와중에 잘나신 캐리는 내가 자기한테 뽑아낸 것보다 더 많은 이야기를 나한테서 빼냈어요."

"하긴 자네 입이 좀 무거워야지."

"이야기하는 걸 꺼리지 않아요…… 바에서 하는 잡담 정도죠. 하지만 오크스는…… 모르겠어요. 관계자들 뒷이야기만큼 흥미를 보일 그런 얘기가 아니었거든요." 스티븐스는 술잔을 들었다. 옆에는 빈 잔이 세 개 있었다. 가장 마지막으로 받은 잔에 레몬 조각을 전부 넣었다. "말이 안 되죠? 상관없어요. 근무 중도 아닌데."

"그래서 그자와 끝냈어?"

스티븐스는 입술을 세게 쳤다. "거의 그렇다고 해두죠. 문제는 그자가 나와 끝냈냐는 거예요."

리버스는 담배를 꺼내 불을 붙였다. 스티븐스에게 한 대 권했다. "오크스는 나를 미행하고 있어. 내가 아는 사람들도."

"뭣 때문에요?"

"너한테 던져줄 기삿거리가 필요한가보지." 리버스는 가까이 다가갔다. "잘 들어. 비 보도를 전제로 하는 얘기야. 늙은 두 개자식들 사이의 대화지."

스티븐스는 취기를 떨치려고 눈을 깜빡였다. "뭔데요?"

"오크스가 데어드레 캠벨에 대해 얘기한 적 있어?" 스티븐스는 그 이름을 기억하지 못했다. "앨런 아치볼드의 조카야."

"아, 맞아요." 스티븐스는 머리를 술잔 쪽으로 숙이며 과장되게 고개를 끄덕였다. 그러고는 집중해보려고 얼굴을 찌푸렸다. "사건 해결율에 대해 뭔가 얘기한 적 있어요. 뭔가를 이유로 사람을 잡아넣었을 때 계산되는 거라더군요. 미해결 사건 몇 개는 그 사건 파일에 몰아넣어서 치워버리려고 한댔어요."

리버스는 스툴 위에 편안히 앉았다. "특별한 언급은 없었고?"

"내가 놓친 게 있다는 얘긴가요?"

리버스는 생각에 잠겼다. "스스로에게 물어봐. 그놈이 널 이용한다고 생각하잖아."

"내가 알아보지도 못할 실마리를 자기 이야기에 남겼다고요? 말이 되는 얘기를 해요."

"오크스는 게임을 좋아해." 리버스가 낮은 목소리로 말했다. "그놈에게 우리는 그런 존재야."

"난 아니에요. 오크스의 돈줄이거든요."

"돈줄이 아니라 호구겠지."

"존……." 스티븐스는 똑바로 앉아서 폐에 가득 공기를 들이마셨다. "다시 제자리로 돌아왔군요. 내가 오크스를 먼저 낚아챘어요. 바로 이 몸이요. 볼장 다 본 짐 스티븐스. 위스키나 마시고 있는 내가. 오크스가 오늘 가버린다고 해도, 책에 쓸 만한 중요한 내용은 다 확보했어요." 스티븐스는 집어든 잔에 시선을 두면서 스스로에게 고개를 끄덕였다. 리버스는 자신이 스티븐스를 믿지 않는다는 걸 깨달았다. "내가 요새 건배할 때는." 스티븐스가 잔을 들면서 말을 이어갔다. "나 자신에게 해요. 나머지 당신들은 곧바로 지옥행이죠. 일시 방문도, 무료 주차도 없어요." 그는 잔이 비워질 때까지 술을 들이켰다.

스티븐스는 한 잔 더 주문했고, 리버스는 문으로 향했다.

35

다음날 아침 리버스가 페이션스의 집을 나갈 때, 그녀는 문밖 테라스에서 인부 두 사람과 함께 포석에 묻은 페인트를 어떻게 깨끗하게 지울 것인지 의논하고 있었다. 세인트 레너즈 경찰서로 들어가 CID 사무실로 갔을 때, 무슨 일이 생겼다는 느낌이 들었다. 활기가 넘쳤고, 격앙된 분위기였다. 쇼반 클락이 제일 먼저 소식을 전해주었다.

"조안나 호먼의 애인이에요." 리버스는 보고서를 건네받았다. "지저분한 놈이에요."

리버스는 서류를 훑어보았다. 애인 이름은 레이 헤지였다. 가택 침입과 주취 난동 전과가 있었다. 조안나보다 열 살 위였다. 동거한지는 6주 되었다.

"로이 프레이저가 취조실에 잡아뒀어요."

"어떻게?" 리버스는 보고서를 돌려주었다.

"헤지의 전 여자 친구가 신고했어요. 아이가 실종됐다는 기사를 읽고 헤지가 전에 자기의 어린 딸을 추행했다고 알려왔어요. 그래서 헤어졌다는군요."

"전에는 신고할 생각을 안 했나?"

클락은 어깨를 으쓱했다. "이제라도 했으니 다행이네요."

리버스는 코를 씰룩였다. "딸은 몇 살인데?"

"열한 살이요. 성범죄 전담 부서 형사가 그 애 집에서 얘기하고 있어요." 쇼반이 리버스를 쳐다보았다. "안 믿으시는군요?"

"매수자 위험 부담이야, 쇼반. 시운전해보고 결정해야지." 리버스는 눈을 찡긋하고 자리를 떴다. 앙심을 품은 옛날 여자 친구, 아마 그게 다일 것이다. 조안나와의 사이를 갈라놓을 심산이겠지……. 그래도 만일 혜지가 추행을 했다면, 대런 러프를 알고 있을 것이다. 리버스는 취조실 문을 노크했다.

"리버스 경위가 취조실에 들어옴." 프레이저가 녹취 테이프용으로 말했다. 절차를 따르고 있었다. 녹취와 영상 녹화. '아부꾼' 실버스가 테이블 한쪽 프레이저 옆자리에 앉아 있었다. 팔짱을 낀 채로, 진술 내용에 무심한 척하고 있었다. 그게 실버스의 역할이었다. 입을 꾹 다물고 있지만 용의자를 불편하게 하는 것. 테이블 반대쪽에는 40대 남자가 앉아 있었다. 머리카락은 검은 곱슬머리였지만 눈에 띄게 벗겨진 부분이 있었다. 며칠 동안 면도를 안 했다. 눈에는 다크서클이 있었다. 검은 티셔츠를 입었고, 털이 무성한 팔을 손으로 문질렀다.

"파티에 잘 왔어요." 남자가 리버스에게 말했다. 취조실은 너무 좁았다. 리버스는 팔짱을 끼고 벽에 기대어 들을 준비를 했다.

"주민들이 수색대를 조직했어요." 프레이저가 말을 이어갔다. "거기 참가하지 않으셨네요. 왜 그랬죠?"

"그 자리에 없었으니까요."

"어디 있었죠?"

"글래스고요. 친구와 술 마시러 나가서 그 친구 집에서 잤어요. 그 친구한테 물어보면 확인해줄 겁니다."

419

"물론 그렇겠죠. 친구란 그런 때 쓰라고 있는 거니까."

"사실입니다."

프레이저는 혼자 메모를 했다. "밖에서 술을 마셨다면 목격자가 있겠군요." 수첩에서 고개를 들었다. "이름을 대봐요."

"숨 좀 돌립시다. 봐요, 펍이 전부 문을 닫았더라고요. 그래서 가게에서 술을 사서 친구 집으로 돌아왔어요. 앉아서 비디오를 봤죠."

"재미있던가요?"

"애들 보는 건 아니었죠." 헤지가 윙크했다. 프레이저는 그저 쳐다보기만 했다.

"포르노?"

"바로 그거예요."

"보통 섹스?"

"난 호모가 아닙니다." 헤지는 팔을 문지르는 걸 멈췄다.

"레즈비언 씬도 있었나요?"

"그랬던 것 같네요."

"신체 결박*? 수간? 아동 포르노?"

헤지는 질문의 의도를 알아차렸다. "어느 것도 아닙니다. 말했잖아요."

"전 여자 친구 얘기는 다르던데요."

"그년이 아무 말이나 지껄인 거예요. 보기만 하면……."

"그 여자한테 무슨 일이라도 일어나면 당신을 여기로 다시 끌고 올 겁니다, 헤지 씨. 여자가 감기만 걸려도 말이에요. 알겠습니까?"

"어쩌겠다는 얘긴 안 했어요. 그냥 해본 말이에요. 하지만 어쨌든 그년

---

* 성적 쾌감을 얻기 위해 밧줄이나 쇠사슬 등으로 몸을 묶는 것.

은 내가 에이즈에 걸렸다고 헐뜯고 다녀요. 복수의 화신이죠. 차 한 잔도 안 주나요?"

프레이저는 시계를 확인하는 척했다. "5분쯤 있다 쉬죠." 리버스는 미소를 감출 수 없었다. 프레이저가 만족하고 준비가 되었을 때만 쉴 거라는 걸 알고 있었다. "폭행 전과가 있더군요, 헤지 씨. 제 생각은 이래요. 아이 때문에 화가 났다고 해서 꼭 때렸다는 건 아닙니다. 하지만 일단 꼭지가 돌면 애를 죽이기도 하죠."

"아닙니다."

"그래서 어딘가에 시체를 숨겼고."

"아니라니까요. 아까부터 말했잖아요……."

"그럼 애는 어디 있죠? 애는 실종됐고 당신은 애를 때린 전과가 있는 게 밝혀졌는데?"

"당신네는 벨린다 말만 들었잖아요." 벨린다는 전 여자 친구 이름이다. "내 장담하는데 플리스를 의사한테 보여봐요." 플리스는 전 여자 친구의 딸이다. "그리고 누가 그 애한테 상처 입혔다는 사실이 드러나더라도 내가 한 짓이 아닙니다. 절대 아니에요. 애한테 물어보세요." 그는 한 손으로 머리를 벅벅 긁었다.

"지금 그러고 있습니다, 헤지 씨."

"그 애가 내 짓이라고 말한다면, 애 엄마가 시킨 거예요." 헤지는 점점 더 언성을 높였다. "믿을 수가 없어요. 정말." 그는 고개를 저었다. "조안나한테도 얘기했겠군요. 이제 날 어떻게 생각하겠습니까?"

"왜 늘 싱글 맘하고만 동거하나요?"

헤지는 눈을 들어 천장을 바라보았다. "악몽이라고 말해줘요."

프레이저는 내내 테이블에 팔을 얹고 있다가 이제 등을 기대고 리버스 쪽을 쳐다보았다. 리버스가 기다리던 신호였다. 자기는 일단 끝냈다는 의미였다.

"대런 러프를 압니까, 헤지 씨?"

"살해당한 사람 말인가요?" 그는 리버스가 고개를 끄덕여 확인해줄 때까지 기다렸다. "전혀 몰라요."

"말해본 적도 없고?"

"다른 블록에 살아요."

"그러면 어디 사는지는 알았군요?"

"신문에 도배됐으니까요. 좆만 한 변태 새끼. 누가 그랬는지는 몰라도 훈장 줘야 돼요."

"왜 러프를 '좆만 한' 새끼라고 했죠? 사실 그렇기는 하지만. 어쨌든 키는 크지 않거든요. 하지만 신문에 그런 얘기는 없었는데."

"그냥…… 형사님이 말하지 않았나요?"

"아니. 당신이 했죠. 그래서 당신이 러프를 봤다고 생각했고요."

"그럴지도 모르죠. 중요한 문제는 아닌데요."

"아니, 중요해요." 리버스가 조용히 말했다. "모두 서로를 알고 있잖아요."

"그 개자식들은 시청에서 퇴거시키기 전에는 꼼짝도 하지 않으니까요."

리버스가 고개를 끄덕였다. "그럼 근처에서 대런 러프를 봤을 수도 있겠군요."

"그게 무슨 차이가 있나요?"

"러프도 어린애들을 좋아했으니까요. 소아성애자들은 서로를 알아보죠."

"난 소아성애자가 아니라니까!" 헤지는 이성을 잃었다. 목소리가 떨렸다. 자리에서 일어났다. "그런 놈들은 죄다 죽여버릴 거예요."

"대런이 시작이었나요?"

"뭐라고요?"

"대런을 없애버리면 당신은 영웅이 되잖아요."

초조한 웃음이 터져 나왔다. "그럼 이젠 내가 빌리를 죽인 건 아니네요. 대신 그 변태를 없앴고?"

"그런 얘기 아닌가요?" 리버스가 물었다.

"난 아무도 죽이지 않았다니까!"

"그런데 빌리하고는 어떻게 지냈나요? 성가셨을 게 분명한데. 조안나를 독차지하고 싶었잖아요."

"좋은 애예요."

"앉으세요, 헤지 씨." 프레이저가 명령했다.

결국 헤지는 앉았다. 하지만 다시 튀어 일어나 손가락으로 리버스를 가리켰다. "저 사람이 날 엮어 넣으려고 해!"

리버스는 고개를 저으며 빈정대듯 미소를 지었다. 벽에 기댔던 몸을 떼었다.

"난 진실을 좇을 뿐입니다." 리버스가 취조실을 나서며 말했다.

"리버스 경위가 취조실에서 나감." 프레이저가 말하는 소리가 들렸다.

나중에 프레이저가 리버스의 자리에 들렀다. "정말 저자가 대런 러프를 죽였다고 생각하시는 건 아니죠?"

리버스는 어깨를 으쓱했다. "자네는 저자가 아이를 납치했다고 생각하나?"

"성범죄 전담반에서 뭔가 알아내면 그럴지도 모르죠. 듣기로는 엄마가 애 옆에 껌딱지처럼 딱 붙어서 대신 대답을 하고 뭐라고 말해야 할지 알려 주고 있답니다."

"그렇다고 엄마가 거짓말한다는 건 아니야."

"그렇죠." 프레이저는 생각에 잠겼다. "혜지는 빌리 호먼에 대해선 신경도 쓰지 않아요. 조안나한테 쫓겨나지 않을까만 걱정하죠." 그는 천천히 고개를 저었다. "경위님은 저런 인간을 절대 이해하지 못하죠?"

"그래."

"그럼 저런 인간을 변화시키지도 못해요." 프레이저는 리버스를 쳐다 보았다. "경위님도 그렇게 생각하시죠?"

"내 세상에 온 걸 환영하네, 로이." 전화기로 손을 뻗으며 리버스가 말했다.

리버스는 계속 일해야 했다. 캐리 오크스 생각에 빠지지 않기 위해서였다. 그래서 게이필드 경찰서의 필리다 호스에게 전화를 걸었다.

"실종자는 나타났나요?" 호스가 물었다.

"털끝 하나 못 찾았어요."

"그럼 좋은 소식일 수도 있어요. 아직 살아 있을 가능성도 있다는 의미 니까."

"아니면 시체를 잘 숨겼거나."

"이왕이면 낙천주의자가 좋죠."

언젠가는 이런 정감 어린 농담을 계속 주고받을 수 있을 것이다. "가이타노라고 알아요?" 대신에 바로 핵심을 말했다.

"네." 리버스가 뭘 쫓고 있는지 궁금해하며 흥미로워하는 것 같았다.

"차머 맥킨지가 주인이라는 것도요?"

"그럼요."

"그자에 대해 아는 거 있어요?"

잠시 침묵이 흘렀다. "맥킨지가 실종자와 관련이 있나요?"

"확실하지는 않아요." 리버스는 호스에게 보트 얘기를 했다.

"네, 그 보트 알아요." 그녀가 말했다. "하지만 그건 엄밀히 말해 돈 문제잖아요. 맥킨지는 지분은 보유하고 있지만 사업에는 관여하지 않아요. 빌리 프레스톤 만났죠?" 리버스는 인정했다. "차머는 프레스톤이 사업을 하도록 맡겨두고 있어요."

"꼭 그렇지는 않아요. 가이타노의 부매니저인 아치 프로스트라는 젊은 놈이 클리퍼를 감시하고 있어요. 문을 지키는 덩치들도 제공하고요."

"그래요?" 리버스는 그녀가 뭔가 메모하는 소리를 들을 수 있었다.

"맥킨지가 다른 데도 관심이 있나요?" 리버스가 물었다.

"NCIS 사람하고 얘기해보셔야 할 것 같아요."

NCIS는 전국범죄정보서비스(National Criminal Inteligence Service)를 말한다. 리버스는 책상에서 몸을 앞으로 기울였다. "거기서 맥킨지에 대한 정보를 갖고 있어요?"

"네. 파일이 있어요."

"그럼 그자도 구린 데가 있군요. 정확히 어떤 내용이죠?"

"내가 알기론 구린 정도가 아니에요. NCIS에 연락해보세요."

"그럴게요." 리버스는 수화기를 내려놓고 컴퓨터 단말기 한 대에 로그

인해서 맥킨지의 인적사항을 입력했다. 화면 하단에 참조 번호와 담당자 이름이 있었다. 리버스는 NCIS에 전화를 해서 담당자를 연결해달라고 했다. 담당자는 폴 카네트 경사였다.

"폴은 오타입니다." 교환원이 말했다. "폴이 아니라 폴린이에요." 어쨌든 교환원은 연결해 주었다. 남자 목소리가 전화를 받더니 카네트 경사는 한 시간이나 한 시간 반 정도 회의가 있다고 말했다. 리버스는 시계를 확인했다.

"그 후에는 다른 일정이 없습니까?"

"모르겠습니다."

"그럼 제가 예약하죠. 리버스 경위 이름으로 두 사람 자리 잡아주세요."

36

NCIS 스코틀랜드 지부는 페이즐리에 있는 오수프리 하우스에 있었다. M8 고속도로에서 멀지 않은 곳이었다. 리버스가 마지막으로 이 도로를 탔던 건 전처를 글래스고 공항까지 태워다줬을 때였다. 전처는 새미를 만나러 런던에서 왔고, 에든버러의 모든 항공편은 만석이었다. 차를 타고 가는 동안 무슨 이야기를 나눴는지 기억나지 않았다.

오수프리 하우스는 스코틀랜드 경찰의 첨단 미래상을 보여주려는 의도로 건설되었다. 강력반, 관세청, NCIS, 스코틀랜드 범죄정보국이 그 안에 자리하고 있었다. 정보 수집을 관할했다. 단 두 명의 경찰관으로 출발한 NCIS에는 현재 열 명의 직원이 근무하고 있었다. 개국 당시에는 그다지 환영받지 못했다. 스코틀랜드 NCIS는 스코틀랜드 지방경찰청장이 아니라 영국 전체 작전을 관할하는 런던의 국장에게 보고했고, 그런 다음에 국장이 스코틀랜드 담당 장관에게 보고하는 체계였기 때문이었다. NCIS는 위조지폐, 돈세탁, 마약 및 차량 조직범죄, 그리고 리버스가 기억하는 게 맞는다면 소아성애자 범죄를 다뤘다. 리버스는 NCIS에 근무하는 경찰들을 '꼬투리나 잡는 놈들', '컴퓨터밖에 모르는 괴짜들'로 부른다는 얘기를 들었다. 하지만 실제로 만나본 사람은 없었다.

"이례적이네요." 리버스가 찾아온 이유를 설명하자 폴린 카네트가 말했다.

그들은 내부가 벽으로 나뉘지 않은 사무실에 앉아 있었다. 주변에는 컴퓨터 팬이 계속해서 돌아가는 소리와 낮은 목소리의 전화 통화만 들렸다. 빠르게 키보드를 두드리는 소리도 가끔 들렸다. 젊은 남자 직원들은 소매를 걸은 셔츠와 타이 차림이었다. 여직원 두 명은 사무용 정장을 입고 있었다. 폴린의 책상은 다른 여자 경찰이 있는 자리 반대쪽인 사무실 끝에 있었다. 리버스는 이 배치에 어떤 중요한 의미가 있나 궁금했다.

폴린 카네트는 30대 중반이었다. 짧게 자른 금발은 가운데 가르마에서 단정히 빗었다. 키가 크고 어깨가 넓었다. 악수하는 손은 리버스가 알고 있는 가장 힘센 벽돌공보다 억셌다. 앞니 두 개 사이가 벌어졌는데, 그 사실을 지나치게 의식하고 있었다. 그래서 리버스는 폴린을 미소 짓게 해보고 싶었다.

다른 책상들과 마찬가지로 폴린의 것도 L자형이었다. 한 면은 컴퓨터, 다른 한 면은 서류 작업용이었다. 사무실 프린터는 공용이었다. 프린터가 대량 인쇄를 하고 있는 중이었고, 젊은 직원이 그 옆에 지루한 표정으로 서 있었다.

"그럼 여기가 NCIS의 심장부군요." 리버스는 사무실로 들어오며 이렇게 말했다.

카네트는 커피잔 바닥의 동그라미 모양으로 얼룩진 마우스 패드 위에 잔을 내려놓았다. 리버스는 작업대 위에 자기 컵을 놓았다.

"일정이 불규칙해서요." 카네트가 다시 말했다. 마치 가라고 설득하려는 것 같았다. 리버스는 어깨만 으쓱했다. "정보 요청은 보통 전화나 팩스로 하죠."

"직접 만나는 쪽을 선호해서요." 리버스가 말했다. 차머 매킨지에 관한 참조 번호를 적은 쪽지를 카네트에게 건네주었다. 그녀는 의자를 책상 가까이로 당기고는, 마치 키보드를 구타하듯 키를 두드렸다. 그러고는 능숙하게 커피잔을 피하면서 패드 위로 마우스를 움직여 더블클릭했다.

차머 매킨지의 파일이 떴다. 리버스는 파일 분량이 상당하다는 걸 바로 알았다. 자기 의자를 카네트의 의자 가까이로 움직였다.

"처음에 맥킨지에게 관심을 갖게 된 건 강력반이었어요." 카네트가 말했다. "맥킨지가 토마스 텔포드라는 자를 위해 비공개 파티를 연 사실을 알았죠."

"나도 텔포드는 압니다." 리버스가 말했다. "그자를 잡아넣는 데 한몫 거들었죠."

"잘됐군요. 텔포드는 맥킨지의 클럽을 회의 장소로 이용했고, 맥킨지가 지분을 가지고 있는 보트도 임대했어요. 보트는 파티를 여는 데 사용됐죠. 강력반에서는 보트를 예의주시했죠. 누가 나타날지 모르는 일이니까요. 하지만 별다른 수확이 없었고, 작전은 중지됐어요." 카네트는 엔터키를 눌렀다. 다른 페이지가 떴다. "여기 보세요." 화면 쪽으로 몸을 기울이며 그녀가 말했다. "금전 대여."

"맥킨지가요?"

카네트가 고개를 끄덕였다. 리버스는 어깨 너머로 읽어보았다. NCIS는 맥킨지가 불법적으로 작은 사업을 하고 있다고 의심했다. 범죄 자금 – 어떤 식으로든 회수가 보장되었다 – 을 대는 한편, 다른 데서는 돈을 빌릴 수 없거나 은행 또는 주택조합에 가지 못할 이유가 있는 사람들을 상대로 고리대금도 하고 있었다.

"이 정보가 얼마나 정확하죠?" 리버스가 물었다.

"100퍼센트 확실하지 않으면 파일에 올리지 않아요."

"그래도……."

"그렇긴 해도, 수사를 계속하거나 맥킨지를 법정에 세우기에는 턱없이 부족해요." 카네트는 화면 하단에 있는 아이콘을 가리켰다. "사건 메모를 제출했지만, 검사가 기소하기엔 불충분하다고 판단했죠."

"그래서 사건은 진행 중인가요?"

카네트는 고개를 저었다. "우린 참을성이 강해서 기다릴 수 있어요. 수사를 재개할 수 있는 다른 계기가 생기겠죠." 그녀가 리버스를 쳐다보았다. "로버트 더 브루스처럼요."*

리버스는 아직 화면을 보고 있었다. "명단 있어요?"

"맥킨지한테서 돈 빌려간 사람들 말인가요?"

"네."

"잠깐 기다려요." 카네트는 키를 몇 개 더 두드렸다. 화면에 뜬 정보를 살펴보았다. "복사해야겠네." 결국 그렇게 중얼거렸다. 그러고는 자리에서 일어나 리버스에게 따라오라고 말했다. 둘은 파일 캐비닛으로 가득 찬 창고로 갔다.

"종이 없는 사무실이라면서 굉장히 많네요."

"동감이에요." 카네트는 찾던 캐비닛을 발견했다. 제일 위 서랍을 열어 파일 홀더를 샅샅이 뒤지더니 찾던 파일을 꺼냈다.

녹색 파일 안에는 마흔 장 가까운 서류가 있었다. 서류 두 장에 맥킨지

---

* 13세기부터 14세기까지 스코틀랜드의 독립을 위해 잉글랜드와 긴 세월 끈질기게 싸워 승리한 로버트 1세의 별명.

에게서 금전을 대여한 것으로 '의심되는' 이용자들 명단이 있었다.

"진술은 없네요." 서류를 살펴보며 리버스가 말했다.

"그렇게까지 파고들 사건이 아니었나보죠."

"경사님 사건 아닌가요?"

카네트는 어깨를 으쓱했다. "강력반, 관세청 등등에서 보내오는 서류가 한 트럭이에요. 컴퓨터에 입력하고 서랍에 정리하죠. 그게 제 일이에요."

"문서 정리 담당관이군요?" 리버스는 넌지시 말했다. 카네트는 덤빌 듯 눈을 가늘게 떴다. "미안합니다." 리버스가 말했다. "농담이에요." 그는 다시 파일을 살펴보았다. "이 명단은 어떻게 입수했죠?"

"한두 명이 불었겠죠."

"신뢰할 만한 증인은 아니지 않나요?"

그녀가 고개를 끄덕였다. "악덕 사채업자에게 가야 하는 사람들이잖아요. 공공의식 같은 걸 기대하면 안 되죠."

리버스는 몇몇 이름을 알아보았다. 악명 높은 주거 침입 강도들이었다. 더 큰 범죄를 저지르기 위한 자금이 필요했겠지.

"명단에 있는 다른 사람들은." 카네트가 말했다. "맥킨지나 그 부하들에게 구타를 당했을 가능성이 있어요. 강력반에서 그런 소문을 들었대요."

"하지만 털어놓는 사람은 없었죠?" 리버스가 추측했다. 그녀는 다시 고개를 끄덕였다. 리버스는 전에 이런 경우를 접한 적이 있었다. 카네트도 그랬다. 차라리 두들겨 맞는 게 낫다. 경찰한테 얘기했다간 낙인이 찍힌다. 문에 '경찰 끄나풀'이라는 수프레이가 칠해진다. 길에서 마주치는 사람들이 피한다. 리버스는 명단의 이름과 주소를 적었다. 아무 소용없겠지. 하지만 이렇게 할 수밖에 없다.

"복사해드릴까요?" 카네트가 제안했다.

리버스는 고개를 저었다. "제가 석기시대 사람이라 수첩에 적는 게 편해요." 그는 빈 칸 하나를 톡톡 쳤다. 이름은 없이 일련의 숫자만 나열되어 있었다. "귀족이라서 이름을 적지 않은 건가요?"

카네트가 미소를 지으며 명단을 빠르게 살펴보았다. "다른 참조 번호 같은데요." 그녀가 말했다. "사무실로 돌아가서 확인해보죠."

둘은 사무실로 돌아왔다. 리버스는 식은 커피를 마시면서 카네트의 작업을 지켜보았다.

"재미있군요." 의자에 등을 기대며 마침내 그녀가 말했다. "우리가 특정 이름을 비밀로 처리하는 방식이에요. 컴퓨터라고 도둑들에게서 늘 안전한 건 아니거든요."

"해커 말이군요."

카네트가 그를 쳐다보았다. "완전 원시인은 아니네요." 그녀가 말했다. "여기서 잠깐만 기다리세요."

카네트는 정확히 3분 동안 자리를 떴다. 스크린세이버가 작동하기에 충분한 시간이었다. 그녀는 종이 한 장을 가지고 돌아와서 리버스에게 건네주었다.

"논란의 소지가 많은 인물에 대해서는 숫자를 암호로 사용해요. 사람들한테 알려지지 않았으면 하는 인물이죠. 누군지 아세요?"

리버스는 종이에 있는 이름을 보았다. 이름 외에는 아무것도 인쇄되어 있지 않았다.

"네." 마침내 그가 말했다. "판사 아들이에요."

"그럼 말이 되는군요." 커피잔을 들어 올리며 풀린 카네트가 말했다.

종이에 있던 이름은 니콜 페트리였다.

사건을 좀 더 깊이 파고들자, 노상강도 사건에 대한 강력반 보고서가 나왔다. 니콜 페트리는 로즈 스트리트 외곽의 어두운 뒷길에서 의식불명 상태로 발견되었다. 가이타노 나이트클럽에서 100미터 정도 되는 곳이었다. 페트리는 구급차에 실려 갔고, 제복 경관이 진술을 받으려고 기다렸다. 페트리는 의식이 돌아왔지만 할 얘기가 없었다.

페트리는 "아무것도 기억나지 않아요"만 되풀이했다. 도난당한 물건이 있는지도 말하지 못했다. 하지만 목격자가 몇 명 나타나서, 뒷길을 떠나던 두 남자의 인상착의를 말해주었다. 두 남자는 담배를 피우며 웃고 있었다. 그중 하나는 손에 찰과상을 입었다고 투덜거리기까지 했다. 경찰은 용의자 명단을 계속 보여주었지만, 그때쯤에는 목격자들도 술이 깬 지 한참이라 사건에 연관되고 싶어 하지 않았고, 용의자 특정도 거부했다.

용의자 명단에는 가이타노의 정문 경비원 두 사람도 있었다. 그중 하나의 이름은 칼럼 브래디였다.

리버스는 목격자 진술을 읽어 내려갔다. 공격자의 인상착의는 애매했다. 둘 중 하나만 겨우 식별할 수 있었다. 둘 중에 키가 작은 사람, 칼 브래디였다. 하지만 그건 중요하지 않았다. 니콜 페트리는 아무 얘기도 하지 않으려고 했고, 목격자들도 협박당하거나, 돈을 받거나, 아니면 그냥 술이 깨버렸다.

강력반에서는 맥킨지로부터 '경고'가 있었다고 판단했다. 그리고 더 이상 문제 삼지 않았다. 그게 다라고 짐작했을지도 모른다. 리버스도 거기에 동조하고 싶었다. 그래도…… 뭔가 이치에 맞지 않는 게 있었다.

"니콜 아버지는 판사에다 돈도 많잖아요. 왜 아버지한테 빌리지 않았을까요?"

폴린 카네트는 답해줄 만한 게 없었다.

나중에 리버스는 소아성애자 담당 부서 사람과 얘기할 수 있게 해달라고 부탁했다. 화이트 경사라고 하는 여자 경찰관을 소개받았다. 리버스는 대런 러프에 대해 물었다. 화이트는 러프의 세부사항을 화면에 띄웠다.

"이 사람은 왜요?" 그녀가 물었다.

"알려진 공범자가 있나요?"

화이트는 키를 두드렸다. "단독 범행이에요. NKA네요."

NKA는 '알려진 공범자 없음(No Known Associate)'을 말한다. 리버스는 턱을 긁었다. "레이 헤지는요?"

그녀가 키를 몇 개 더 두드렸다. "소아성애 전과는 없네요." 화이트가 마침내 말했다. "제가 알아둬야 할 사람인가요?"

리버스는 어깨를 으쓱했다.

"그 사건에서는……." 화면에 어떤 이름을 추가하며 화이트가 말했다. 리버스의 이름도 거기 있었다. "러프 이름을 어디서 처음 들었는지 알아요."

리버스는 고개를 끄덕였다. "시엘리온 사건을 추적했나요?"

"배심원 평의 중이라고 들었어요. 유죄 가능성이 높아 보여요."

"리치 코도버가 손을 쓰면 몰라요."

"코도버는 좋은 변호사죠. 하지만 제가 전에 페트리 판사를 만난 적이 있어요. 판사가 용납하지 못하는 게 단 하나 있다면, 바로 소아성애자예요. 페트리 판사의 사고방식으로 보면, 잉케와 마셜은 끝장이죠."

"아직 몰라요." 나가려고 일어서면서 리버스가 덧붙였다.

37

에든버러로 돌아온 리버스는 페테스 본청의 호출을 받았다. 차장이었다. 역시나.

(강력반 담당) 차장은 꼼꼼하고 공정하며, 바보들을 괴롭히면서 즐거워하는 취미는 없다는 평판이었다. 리버스에 관해 상당히 두툼한 파일을 갖고 있었는데, 파일에는 리버스가 '까다로우나 유능'하다고 되어 있었다. 리버스는 적을 만들어가면서 경력을 쌓아왔다. 콜린 카스웰 차장은 자신이 리버스의 적이 아니라고 생각하고 싶었다.

문에는 명판이 붙었고, 그 아래 방 번호가 있었다. 278호실이었다. 방 자체는 넓었다. 규격화된 카펫과 커튼이 있었고, 창턱에는 화분이 놓였다. 다른 장식은 거의 없었다. 카스웰 차장은 키가 크고 말랐다. 좋은 인상에 머리카락은 반백이었고, 그에 어울리는 콧수염을 길렀다. 자리에서 일어나 리버스와 악수를 한 다음 곧 앉았다. 의자는 바퀴가 달린 회전식 의자였다. 그래서 조심성 없는 경관들은 카스웰의 책상 쪽으로 180도 돌거나 앞뒤로 오락가락해야 했다. 그런 인터뷰를 하고 나면, 옛날식 의자가 만족스럽다는 사실에 동의하게 된다.

차장이 말했을지 모르지만, 그래서 운동을 해야 한다.

눈빛이 어두운 걸로 봐선 잠을 못 잔 것 같았다. 차장은 나이가 꽤 들었지만, 얼마 전에 네 번째 아이의 아빠가 되었다. 다른 아이들은 전부 장성했기 때문에, 새로 태어난 아이는 실수였다는 소문이 시내 모든 경찰서에 파다하게 퍼졌다. 이 소문은 차장의 일생에서 유일하게 조정하거나 통제할 수 없었다.

"잘 지냈나, 존?" 차장이 물었다.

"나쁘진 않습니다. 막내는 잘 지내나요?"

"아주 건강하지. 이보게, 존……." 카스웰은 말머리에 시간을 낭비하는 적이 없었다. "이 살인 사건을 조사해달라는 요청을 받았네."

"대런 러프 사건 말입니까?"

"바로 그거야."

"사회복지사의 요청이었죠?" 리버스는 손을 팔걸이에 놓았다.

"앤디 데이비스라는 친구야. 일종의 항의를 해왔네."

"'일종'이요?"

"상당히 모호하게 말하더군."

"요점을 제대로 지적한 겁니다."

차장은 잠시 숨을 멈췄다. "내가 지금 잘못 들은 건 아니지?"

"저는 동물원에서 정당한 이유도 없이 러프를 추격했습니다. 항의할 빌미를 준 거죠. 그리고 러프가 놀이터가 보이는 아파트 위층에 살고 있다는 얘기를 듣고 동네에 얘기를 퍼뜨렸습니다."

카스웰은 기도하듯 두 손을 모았다. 리버스의 소문을 감안해보면 이런 고백은 완전히 예상 밖이었다. "자네가 퍼뜨렸다고?"

"네. 저는 러프를 제 구역에서 쫓아내고 싶었습니다. 당시에는……." 리버스는 잠시 말을 멈췄다. "결과를 예상하지 못했죠. 나중에는 러프가 그린필드를 빠져나가는 걸 도왔습니다. 적어도 그럴 계획이었습니다. 하지만 러프는 제 아파트를 떠났고 살해당했습니다. 다 끝난 일이지만…… 그래도 바로잡아야 한다고 생각합니다."

"알겠네. 이 일을 사회복지국에 넘기길 바라나?"

"차장님 판단대로 하십시오."

"그러면 자네가 원하는 건 뭔가?"

리버스는 차장을 쳐다보았다. 밖은 밝았다. 차장의 또 다른 술수였다. 그는 날이 밝을 때 '의자 속임수'를 쓰는 경향이 있다. 리버스는 차장의 모습을 희뿌옇게 밖에 볼 수 없었다. "한동안은 제가 경찰을 그만두고 싶어 한다고 생각했습니다. 아마 러프를 추적했을 때 그런 생각을 가지고 있던 것 같습니다. 제가 그를 열심히 추적했다면, 끝에 가서는 폭력을 행사했을 수도 있습니다. 그러면서도 괜찮다고 생각했겠죠."

"하지만 그런 일은 없었지."

"아직까진 없었습니다. 아직은요."

카스웰은 생각에 잠겼다. "지금은 어떤 느낌인가?"

리버스는 빛 때문에 눈을 가늘게 떴다. "모르겠습니다. 그저 피곤할 뿐입니다." 간신히 미소를 지었다.

"존. 아주 예전 일이야. 자네들은 내가 내내 내근 업무만 했다고 생각한다는 거 알아. 하지만 아주 오래전에 어떤 남자가 리스에서의 싸움에 끼어들었네. 단정한 외모, 정장, 이런 것들을 갖춘 남자였지. 집에는 아내와 아이들이 있었고, 남자는 부둣가 근처 펍에 들어가서 가장 덩치가 크고 야비해 보이는 놈을 찾았네. 그리고 시비를 걸기 시작했지. 그때 나는 젊었는데, 병원에 가서 그를 조사하게 됐어. 남자는 계속 자살을 시도했지만 그럴 용기가 없었다는 게 밝혀졌네. 그래서 자기를 대신해 죽여줄 사람을 찾아다녔던 거야. 자네가 대런 러프를 이용해 하려던 것과 얼추 비슷하지. 경찰 경력에 대한 자살."

리버스는 다시 미소를 지었다. 하지만 머릿속으로는 생각을 하고 있었다. 다시 자살…… 짐 마골리스처럼. 경찰 경력에 대한 자살…….

"이 사건을 사회복지국에 넘길 생각은 없네." 결국 차장이 말했다. "한동안은 내가 뭉개고 있어야지. 사과할 기회는 있을 거야…… 자네한테 달렸네."

"감사합니다."

"그리고 존," 차장은 다시 일어서서 리버스와 악수했다. "날 속이지 않고 솔직하게 말해줘서 고맙네."

"네, 차장님." 리버스도 일어섰다. "그리고 외람되지만, 저한테 감사하는 마음을 보여주실 방법이 있습니다……."

니콜 페트리는 웨스트엔드의 아파트에 살았다. 조지 왕조풍의 웅장한 건물의 제일 위 2층을 사용하고 있었다. 예비 탁자와 깔개가 있는 공동 현관이 있었다. 테이블 위에는 꽃병과 물건들이 놓여 있었다. 리버스가 익숙한 건물 층계참과는 차원이 달랐다.

엘리베이터도 있었다. 거울로 둘러싸인 내부는 매끈하게 광택이 났고, 목재로 된 가장자리는 반짝거렸다. 각 층의 버튼에는 거주자 이름이 인쇄된 레이블이 있었다. 페트리가 두 사람 있었다. N과 A. 리버스는 A가 아만다일 거라고 짐작했다.

리버스를 태운 엘리베이터가 층계참에 섰다. 층계참 위에는 유리 지붕이 있었다. 주위에는 화분들이 있었다. 카펫도 깔렸다. 니콜 페트리가 문을 열고 고개를 살짝 숙인 다음, 리버스를 집안으로 안내했다.

리버스는 고풍스러운 분위기를 기대했지만 실망했다. 아파트 벽은 흰색 유광 페인트로 칠해졌고, 그림이나 포스터도 하나 없었다. 바닥은 뜯어내고 니스 칠을 했다. 이케아 카탈로그 안으로 들어온 것 같았다. 내부 계단은 제일 위층으로 이어졌지만, 니콜은 계단을 지나쳐 거실로 리버스를 안내했다. 거실은 길이 10미터, 높이 3.6미터였고, 이중 섀시 창문에서는 딘 계곡과 워터 오브 리스*를 가로지르는 풍경을 완전하게 즐길 수 있었다. 멀리 파이프 해안이 보였다. 방으로 들어오면서 주위를 둘러보던 리버스는 바닥에 있던 인형을 보지 못하는 바람에 차버리고 말았다. 인형은 주인 쪽으로 날아갔다.

"제시카!" 여자애가 비명을 질렀다. 아이는 무릎을 꿇고 인형을 집어들어 가슴에 안았다. 그러고는 마루를 가로질러 장난감들의 다과회가 열리는 곳으로 돌아갔다. 리버스는 사과했지만 한나 마골리스는 들은 체도 안 했다.

"또 뵙네요." 한나의 엄마가 말했다. 그녀는 흰색 소파에 앉아 있었다. "죄송해요. 한나가 장난감을 여기저기 늘어놔서요." 피곤한 목소리였다. 리버스는 그녀가 짧은 검정 드레스에 검정 팬티스타킹이기는 해도 아직 검은 옷을 입고 있다는 것을 알았다. 애도도 패션으로 승화시키는군.

"미안합니다." 리버스는 니콜 페트리에게 말했다. "손님이 계신 줄 몰랐어요."

"아는 사이세요?" 페트리는 바보 같은 질문이라는 듯 고개를 숙였다.

---

* 에든버러 중심을 지나는 트래킹 코스

"짐을 통해서였겠군요. 죄송합니다."

리버스는 지금까지 모든 사람이 사과만 하고 있는 것 같았다. 캐서린 마골리스는 갑자기 우아한 몸짓으로 일어났다.

"이리 와, 한나. 가야지."

한나는 투정부리거나 떼쓰지 않고 일어나서 엄마에게 갔다.

"니키." 캐서린이 니콜의 양 뺨에 키스하며 말했다. "늘 애기 들어줘서 고마워."

니콜 페트리는 캐서린을 안아주고, 쭈그려 앉아 한나의 키스를 받았다. 캐서린 마골리스는 소파 뒤에서 한나의 코트를 집어 들었다.

"안녕히 계세요, 경위님."

"안녕히 가세요, 마골리스 부인. 안녕, 한나."

한나가 리버스를 쳐다보았다. "아저씨도 누군가 아빠를 훔쳐갔다고 생각하시죠?"

캐서린이 한나의 머리카락을 톡톡 쳤다. "다들 알아."

니콜 페트리는 과장된 애정을 보이며 캐서린과 한나를 문으로 안내했다. 페트리가 거실로 돌아왔을 때, 리버스는 창문 앞에 서서 바로 아래 있는 거리를 내려다보고 있었다. 페트리는 장난감을 판지 상자에 정리하기 시작했다.

"방해해서 미안합니다. 페트리 씨." 거짓말인 티를 내지 않으려 애쓰며 리버스가 말했다.

"괜찮습니다. 케이티는 가끔 예고도 없이 찾아와요. 특히 그때 이후…… 무슨 말인지 아시겠죠?"

"이야기를 귀 기울여 들어주시는 편입니까?"

"그런 것 같지는 않아요. 도움이 될 만한 말을 생각하지 못하기 때문에 그렇겠죠. 질문 사이의 간격을 메워주는 게 다죠."

"그럼 좋은 형사가 되실 수 있습니다."

페트리는 웃었다. "그건 아닌 것 같네요." 그는 거실 밖으로 나가는 문 하나를 열었다. 문은 큰 벽장으로 이어졌다. 벽장에는 선반이 있었다. 페트리는 장난감 상자를 선반 하나에 올려놓았다. 리버스는 페트리가 상자를 언제나 같은 선반, 같은 자리에 놓을 거라고 확신했다. 이런 사람들을 안다. 삶을 칸에 맞춰 정리하는 사람들. 쇼반 클락이 딱 그랬다. 클락을 당황시키려면 책상 서랍에 있는 물건 하나를 옆 서랍으로 옮겨놓기만 하면 된다.

아래서는 캐서린 마골리스와 한나가 건물에서 나가고 있었다. 차는 원격 잠금 장치가 되어 있었다. 벤츠 세단인데, 새로 뽑은 것 같았다. 번호판은 리버스가 봤던, 리스의 벽에 립스틱으로 적혀 있던 숫자와 같았다.

흰색 벤츠였다.

흰색⋯⋯.

"캐서린은 충격이 컸나요?" 계속 창밖을 내다보며 리버스가 물었다.

"엄청난 충격을 받았죠."

"아이는요?"

"한나가 그 일을 받아들였는지는 아직 모르겠어요. 아까 말한 것처럼, 한나는 누군가 자기한테서 아빠를 훔쳐갔다고 생각해요."

"일단은 맞는 말이죠."

"저도 그렇게 생각합니다." 페트리는 창가로 다가가서 차가 나가는 모습을 리버스와 함께 지켜보았다. "그런 일에 충격 받지 않을 사람이 어디 있겠어요?"

"짐이 왜 그랬다고 생각하십니까?"

페트리가 리버스를 쳐다보았다. "전혀 모르겠습니다."

"부인이 무슨 얘기 안 하던가요?"

"저와 캐서린 사이의 일입니다."

"죄송합니다." 리버스가 말했다. "그저 호기심이 생겨서요. 제 말은, 짐 마골리스 같은 사람이라면…… 의문이 생기지 않겠습니까?"

"무슨 말씀이신지 알 것 같네요." 페트리는 방 쪽으로 몸을 돌렸다. "모든 것을 가졌는데도 행복하지 않다면, 그 모든 게 무슨 의미가 있을까요?" 그는 의자에 주저앉았다. "이런 게 스코틀랜드 식인지도 모르죠."

리버스는 소파에 앉았다. "뭐가요?"

"모든 걸 가지게 되지는 않잖아요? 영광스럽게 실패하게 되죠. 성공을 거두더라도 주목을 끌지 않아야 해요. 잘난 체 떠드는 순간 실패가 찾아오죠."

리버스는 미소를 지었다. "일리 있는 얘기네요."

"역사 내내 그래왔죠."

"축구 국가대표 팀에서 종지부를 찍었고요."

이번엔 페트리가 미소를 지을 차례였다. "제가 너무 무례했네요. 마실 거 한 잔 드릴까요?"

"뭐가 있죠?"

"와인 한 잔 드릴게요. 케이티가 택시를 타고 올 줄 알고 따놓았죠. 이 일대 주차 사정은 완전 지옥이거든요." 페트리가 방을 나서자 리버스가 따라갔다. 부엌은 길고 좁은 데다 먼지 하나 없었다. 호브*는 손도 대지 않

---

* 가스레인지, 전자레인지 등에서 냄비를 올려놓는 요리판.

442

은 것 같았다. 페트리는 냉장고로 가서 상세르* 한 병을 꺼냈다.

"멋진 아파트네요." 리버스가 말했다. 페트리는 찬장에서 잔 두 개를 꺼냈다.

"고맙습니다. 전 여기가 좋아요."

"직업을 여쭤봐도 될까요?"

페트리가 리버스를 쳐다보았다. "학생입니다. 대학원 2년차 들어가죠."

"학부는 에든버러에서 나오셨나요?"

"아니요. 세인트 앤드류스요." 이제 와인을 따르고 있었다.

"이렇게 큰 아파트에 사는 학생은 별로 없을 것 같은데요. 아니면 요즘은 다른가요?"

"제 아파트가 아닙니다."

"아버님 거?" 리버스가 추측했다.

"맞습니다." 두 번째 잔을 따랐다. 이제는 좀 동요하는 것 같았다.

"아버님이 당신을 좋아하시는 게 확실하네요."

"아버지는 자식들을 사랑하시죠. 대부분의 부모들이 그렇지 않나요?"

리버스는 자신과 새미를 생각했다. "하지만 언제나 쌍방향으로 이루어지지는 않죠."

"무슨 말씀인지 모르겠네요."

리버스는 어깨를 으쓱하고 잔을 받아들었다. "건배." 와인을 한 모금 마셨다. 페트리는 좁은 부엌 끝에 있었다. 리버스를 지나치지 않고는 나갈 길이 없었다. 그리고 리버스는 꼼짝도 하지 않았다. "재미있네요. 저한테 이런 아파트를 사줄 아버지가 있다면, 문제가 생길 때마다 구해달라고 부

---

* Sancerre. 소비뇽 블랑 품종 포도로 만드는 향이 풍부한 화이트와인.

탁할 텐데."

"무슨 말씀이신지……."

"돈이 필요하다고 사채업자에게 가지는 않을 거라는 얘기죠." 리버스는 말을 잠시 멈추고 다시 와인을 한 모금 마셨다. "당신은 어떻습니까, 페트리 씨?"

"그 일 때문인가요? 깡패 두 놈이 나를 팬 거?"

"돈 때문이 아닐지도 모르죠. 당신 외모가 마음에 안 들어서일 수도 있어요." 니콜 페트리는 얼굴이 해사했고, 눈썹은 가늘고 어두운색이었으며, 광대뼈는 높이 솟았다. 너무 완벽해서 한 대 패고 싶어지는 얼굴이었다.

"그들이 뭘 원했는지 모릅니다."

리버스는 미소를 지었다. "아니요, 알고 있어요. 그 편리한 기억상실증에도 허점이 있네요. 두 놈이 있었다는 것도 몰라야 하지 않나요?"

"그때 경찰에서 말해줬어요."

"차머 맥킨지의 부하 두 놈이죠. 우리는 놈들을 '협박범'이라고 불러요. 믿지 못할지 모르지만 나도 협박을 당했어요. 보통 개자식이 아니죠. 칼 브래디 맞죠?"

"누구요?"

"칼 브래디요. 분명 만났을 겁니다."

페트리는 고개를 저었다. "아닌 것 같네요."

"빚이 얼마나 됐죠? 지금은 다 갚았겠군요. 왜 처음부터 아버지한테 부탁하지 않았나요? 전 정말 궁금합니다. 페트리 씨. 그리고 저는 질문을 시작하면 답을 들을 때까지는 포기하는 법이 없어요."

페트리는 잔을 조리대 위에 내려놓았다. 리버스를 보지 않고 말했다.

"이건 우리 둘만의 비밀로 지켜야 합니다. 그 이상은 안 됩니다."

"그러죠." 리버스가 말했다.

페트리는 팔짱을 껴서 더 말라 보였다. "맥킨지한테 돈을 빌린 건 사실입니다. 클리퍼에 자주 다니는 우리는 맥킨지가 돈을 빌려준다는 걸 알고 있어요. 전 돈이 필요했습니다. 아버지는 당신한테 편리할 때만 관대하세요. 하지만 저는 어쩌다 아버지 돈을 엄청나게 써버렸죠. 아버지가 아시면 큰일 나요. 그래서 맥킨지를 찾아갔죠."

"당신 정도면 당좌대월*을 이용할 수 있잖아요?"

"그렇긴 하죠." 페트리가 눈길을 돌렸다. "하지만 다른 이유가 있었어요⋯⋯. 맥킨지와 거래하는 게 훨씬 유리하다고 생각했죠."

"어떻게요?"

"위험이죠. 불법의 냄새가 났거든요." 페트리는 리버스 쪽으로 몸을 돌렸다. "아시다시피 에든버러 사회는 그런 거 좋아해요. 디콘 브로디**는 사람들의 집에 침입할 필요가 없었어요. 하지만 도둑질을 그만두지 않았죠. 여기처럼 예의범절을 따지는 고리타분한 동네에서 달리 어디서 스릴을 찾겠어요?"

리버스는 페트리를 응시했다. "이거 알아요, 니키? 당신 말 거의 믿어요. 거의. 하지만 다는 아닙니다." 그는 페트리 쪽으로 손을 들었다. 페트리가 움찔했다. 하지만 리버스는 손가락 끝을 페트리의 관자놀이에 대기만 했다. 그러고는 땀이 묻은 손가락을 뗐다. 땀방울이 떨어져 조리대 위에서

* 은행이 당좌예금 거래처에 대하여 예금 잔고 이상으로 발행된 수표나 어음에 대해서도 일정 한도까지 지불함으로써 대부하는 형태.
** Deacon Brodie. 18세기 영국의 도적. 낮에는 멀쩡한 길드 조합장으로 일하다 밤이면 살인도 서슴지 않는 악당으로 변신했다. 『지킬과 하이드』의 모델이 되었다.

튀었다.

"땀이나 닦아요." 몸을 돌리며 리버스가 말했다. "스테인레스에 자국 남겠어요."

38

빌리 호먼은 아직도 행방이 묘연했다.

엄마 조안나는 TV로 중계되는 기자회견에서 울음을 터뜨렸다. 조안나의 애인인 레이 헤지가 입을 다문 채 옆에 앉아 있었다. 조안나가 울음을 터뜨리자 헤지가 진정시키려고 했지만 그녀가 밀쳐냈다. 리버스는 헤지가 무고하다면 결국에는 떠나리라는 걸 알았다.

GAP는 여전히 활동 중이었다. 시엘리온 사건의 배심원들이 평결을 토의하기 위해 퇴정해 있는 동안, GAP는 법원 밖에서 철야기도회를 열었다. 촛불을 켜고 철책에 현수막을 걸었다. 현수막에는 아동살해범과 소아성애자, 그리고 그 피해자들이 상세히 적혀 있었다. 경찰은 시위대를 그대로 두라는 지시를 받았다. 그 사이에 소아성애자 하나가 교도소에서 출소했다는 뉴스가 전해졌다. GAP는 회원들을 해당 도시로 보냈다. 이제는 하나의 운동이 되었다. 믿기 힘들지만 밴 브래디가 그 지도자였다. 브래디는 기자회견을 자청했다. 빌리 호먼과 대런 러프의 사진을 확대해서 뒤쪽 벽에 붙였다.

"세상은" 브래디는 어느 회의에서 말했다. "우리 아이들이 마음껏 뛰놀 수 있고, 부모들은 걱정 없이 아이들을 두고 갈 수 있는 잔디밭이 되어야 합니다. 이것이 그린필드 프로젝트의 목적이며 취지입니다."

리버스는 누가 연설문을 써줬는지 궁금했다. GFP는 GAP의 한 분과로, 감시카메라 등이 설치되어 있고, 경찰이 순찰을 도는 놀이터를 만들기 위한 모금 프로젝트였다. 리버스가 보기에는 그건 잔디밭이라기보다는 수용소에 가까웠다. GAP는 현금을 마련하기 위해 복권 수익금 분배도 신청했다. 과거에 다른 건설 계획도 성공적으로 통과되었고, 이번에도 그린필드에 도움을 주고 있었다. GAP는 200만 파운드를 원했다. 리버스는 밴과 칼 브래디가 그런 거금을 관리할 걸 생각하면 몸서리가 쳐졌다.

하지만 그가 상관할 문제는 아니었다.

리버스는 전화를 받는 순간 알았다. 그에게 당면한 문제는 캐리 오크스였다.

전화에서 들리는 목소리는 앨런 아치볼드였다. "그놈이 동의했네."

"뭘 동의해요?"

"나와 힐렌드에 가기로 했어. 언덕을 산책할 거야."

"그놈이 인정했습니까?"

"인정한 거나 다름없어." 아치볼드의 목소리가 흥분으로 떨렸다.

"구체적으로 얘기했나요?"

"일단 거기 가면 어떻게든 털어놓게 될 거야."

"고문을 할 생각이군요?"

"그런 말이 아니야. 그놈이 일단 거기 가서 범죄 현장을 보게 되면 무너져버릴 거야."

"제 생각은 다릅니다. 함정이면 어쩌시려고요?"

"존, 우린 이 사건을 돌파해왔어."

"압니다." 리버스는 말을 잠시 멈췄다. "그리고 선배님은 아직도 그 사건에 매여 계시고요."

목소리가 조용하고 차분해졌다. "난 해야 하네. 무슨 일이 있더라도."

"알았습니다." 물론 아치볼드는 계속할 것이다. 그의 운명이었다. "저도 끼워주십시오."

"그놈에게 물어보겠네⋯⋯."

"아니요. 통보하십시오. 우리 둘 다 가거나 아니면 안 가겠다고."

"만일 그놈이⋯⋯."

"거절하지 않을 겁니다. 믿으세요. 그놈은 제가 같이 가길 바랄 겁니다."

테이프는 계속 돌아가고 있었지만, 캐리 오크스는 몇 분 동안 말이 없었다. 짐 스티븐스는 이런 일에 익숙했다. 캐리 오크스가 생각을 정리하면서 오랫동안 침묵을 지키는 것에 익숙해졌다. 스티븐스는 1분 정도 더 기다린 후 물었다. "다른 건 없어요?"

오크스는 놀란 것 같았다. "그런 게 있어야 하나?"

"그럼 여기까지가 다예요?" 스티븐스는 테이프가 계속 돌아가게 놔뒀다. 오크스는 고개만 끄덕이고 손을 머리 뒤에 댔다. 끝났다는 의미다. 스티븐스는 시계를 확인하고 녹음기에 시간을 말한 후, 정지 버튼을 눌렀다. 녹음기를 옆은 연보라색 셔츠 가슴주머니에 넣었다. 셔츠 색깔이 옅어진 건, 5년 전에 옷을 산 이후 300번 정도 세탁을 했기 때문이다. 스티븐스는 자기가 지난 5년 동안 살이 쪘다고 다른 기자들이 생각한다는 걸 알고 있었다. 셔츠는 그 생각이 틀렸다는 것을 보여주지만, 새 옷을 거의 사지 않는다는 사실도 증명했다.

"만족하나?" 오크스는 일어서서 마치 온종일 막장에서 일한 사람처럼 스트레칭을 했다.

"설마요. 기자들은 만족하는 법이 없어요."

"왜?"

"아무리 많은 얘기를 들었어도, 취재원이 모든 걸 다 털어놓지는 않았다는 걸 아니까요."

오크스는 손을 뻗었다. "난 내 피를 줬어. 자네한테 수혈해준 기분이라니까." 그는 사람을 무기력하게 만드는 그 미소를 지었다. 유머라고는 하나도 없었다. 스티븐스는 스티커에 날짜와 시간을 적은 다음, 떼어서 카세트테이프 한쪽 끝에 붙였다. 이 테이프 번호는 11이었다. 캐리 오크스와 열한 시간 동안 한 인터뷰였다. 책을 내기에는 부족하지만 계약은 할 수 있을 것이고, 책의 나머지 부분은 재판 기사, 인터뷰, 사진으로 채워 넣으면 된다.

중요한 문제는 단 하나였다. 스티븐스는 출판사를 찾을 수 있을 것 같지 않았다. 심지어 시도도 하지 않았다.

"무슨 생각을 하나, 덩치?" 오크스가 물었다. 그는 스티븐스를 '덩치'라고 불렀다. 스티븐스는 그걸 칭찬으로 받아들일 정도로 순진하지는 않았다. 좋게 해석해봤자, 살이 쪘다는 걸 비꼬는 말일 뿐이었다.

"사실…… 아무 생각도 하지 않고 있었어요." 스티븐스가 어깨를 으쓱했다. "이제 끝났구나 했어요. 그게 다죠."

"그럼 이제 정산을 해야겠네."

"수표를 받게 될 거예요."

"수표라니 무슨 소리야? 현금이라고 했잖아."

스티븐스는 고개를 저었다. "수표여야 해요. 아니면 우리 회사 경리부

450

에서 처리가 안 돼요. 수표를 가지고 은행 계좌를 개설하면 돼요.”

“정산이 될 때까지 얼마나 기다려야 해?” 오크스는 방 안을 서성거렸다. 그러다 스티븐스의 의자로 와서 스티븐스 쪽으로 몸을 굽혀 바라보았다. 스티븐스가 먼저 눈을 깜빡였다. 오크스는 그 정도면 자기가 이겼다고 생각하는 것 같았다. 오크스는 몸을 다시 세우고는 천장 쪽으로 고개를 올리더니 환성과 함께 웃음을 터뜨렸다. 그러고는 다시 몸을 굽혀 스티븐스의 통통한 뺨을 토닥였다.

“좋아, 짐. 정말이야. 사실 돈이 정말 필요한 건 아니거든. 자네가 내 약점을 잡았다고 생각하게 만드는 게 목적이었어.”

“그런 생각은 해본 적도 없어요, 오크스.”

“이젠 성으로 부르지 말라니까? 나 때문에 화난 거야, 아니면 다른 이유야?”

스티븐스는 테이프 상자를 흔들었다. “이 중에 헛소리가 어느 정도 분량이죠?”

오크스가 다시 씩 웃었다. “자네 생각은 어때, 파트너?”

“모르겠어요. 그래서 묻잖아요.” 스티븐스는 오크스의 시선이 침대 옆 시계에 가 있는 것을 보았다. “어디 가려고요?”

“여기 일은 끝났어. 머물 필요가 없지.”

“어디 가는데요?” 스티븐스는 왜인지는 몰라도, 오크스가 웃는 동안 녹음기의 전원을 다시 켰다. 녹음기가 가슴주머니에 있었기 때문에, 어느 정도의 분량을 건질 수 있을지는 알 수 없었다. 소형 모터가 작동하는 소리가 들렸다. 가슴께에서 모터가 도는 걸 느낄 수 있었다.

“웬 상관이야?”

"난 기자잖아요. 당신은 아직 기삿거리가 있고."

"아직 최상의 것을 못 봤군, 지미."

스티븐스는 바짝 마른 혀로 입술을 핥았다.

"내가 겁나나?"

"가끔은요." 스티븐스는 인정했다.

"나보다 키도 크고 어쨌든 체중도 더 나가잖아. 나 정도는 문제없지 않아?"

"체구가 문제가 아니죠."

"그건 맞아. 상대가 얼마나 광기에 차 있고 독한가에 달렸지. 나한테도 그런 광기가 보이나?"

스티븐스는 천천히 고개를 끄덕였다. "그리고 독기도요." 그가 덧붙였다.

"그건 분명해." 오크스는 벽거울에 비친 자신의 모습을 살펴보면서 짧게 깎은 머리를 손으로 문질렀다. "굶주린 광기야, 짐. 사람들을 잡아먹고 싶게 하지." 그는 교활하게 곁눈질했다. "하지만 자네는 아니야. 그 점은 걱정하지 마."

"그럼 뭘 걱정해야 하죠?"

"곧 알게 될 거야." 오크스는 거울에 비친 모습을 다시 살펴보았다. "내 과거와 데이트가 있어. 자네 같은 글쟁이들이 쓰는 말로 하자면 운명과의 데이트지. 내 말에 결코 귀를 기울이지 않는 사람과 하는 데이트야." 그는 혼자서 고개를 끄덕였다. "마지막으로 이 일 하나만 남았어, 짐." 오크스는 스티븐스 쪽으로 몸을 돌렸다. "출소하면 내 이야기를 하게 되리라는 건 알고 있었어. 오랜 시간을 들여 확실하게 했지."

"진실에 맞는 게 아니라 '확실하게'요?"

"보기보다 똑똑하네." 오크스가 웃었다.

스티븐스의 심장이 약간 빠르게 뛰었다. 여러 날 동안 의심했던 일이지만 듣기가 쉽지 않았다.

"이야기 중 일부는 반드시 정확해야 해요." 그는 간신히 말했다.

"스코틀랜드는 이야기꾼의 나라야, 짐. 그렇지 않나?" 오크스는 다시 스티븐스의 뺨을 토닥이고는 문으로 향했다. "전부 거짓말이야, 짐. 죽을 때까지 그 사실을 기억하게."

오크스가 문을 닫고 나간 뒤, 스티븐스는 머리에 손을 대고 잠시 앉아 있었다. 결과야 어떻게 되든 일단 다 끝났다는 데 안도했다. 전화기가 울리자 주머니에 녹음기가 있다는 사실을 기억했다. 녹음기를 꺼내 되감은 다음 재생 버튼을 눌렀다.

오크스의 목소리는 작아지고 쇳소리가 났지만, 역시 사악했다. 전부 거짓말이야, 짐. 스티븐스는 테이프를 끄고 전화를 받으러 갔다. 목청을 가다듬고 침대 가장자리에 앉았다.

"여보세요?" 수화기에 대고 말했다.

"짐, 자넨가? 나 피터 바클리야."

바클리는 라이벌 타블로이드 신문의 기자였다. "무슨 일이야, 피터?"

"안 좋은 때 걸었나?" 바클리가 키득댔다. 그는 언제나 담배를 물고 얘기했다. 그래서 엉터리 복화술사가 말하는 것처럼 들렸다.

"그럴지도 모르지."

"안 좋은 때가 맞긴 해. 자네 취재원이 비밀을 누설했거든."

"뭐라고?" 스티븐스는 목을 문지르던 걸 멈췄다.

"우리 신문사에 편지를 보내서 자기 '자서전'은 전부 개소리라고 말했어. 자네 견해는 어때? 당연히 공개할 거지만."

스티븐스는 수화기를 집어던졌다. 그러고는 침대 옆 테이블에 있던 전화기를 바닥으로 쓸어버렸다.

"전화가 연결되지 않았습니다." 덤으로 전화기를 걷어차며 스티븐스가 말했다.

39

펜틀랜드 힐스에는 안개가 끼었다. 안개는 풍경에서 색깔을 걸러내고 힐렌드와 스완스톤을 바로 북쪽에 있는 도시와 단절시키려 하고 있었다.

"마음에 안 들어." 주차할 때 리버스가 말했다.

"길을 잃을까 무서워요?" 캐리 오크스가 미소를 지었다. "인간이 길을 잃는 건 충격 받을 일도 아니잖아요?"

오크스는 조수석에 앉아 있었다. 앨런 아치볼드가 뒷좌석에 앉았다. 리버스는 오크스가 뒷좌석에 앉는 걸 바라지 않았다. 자기가 볼 수 있는 곳에 있어야 했다. 떠나기 전에 리버스는 오크스의 몸수색을 해야 한다고 주장했다. 오크스는 리버스도 몸수색을 받을 거냐고 물었다.

"난 살인자가 아니야." 리버스가 말했다.

"거절로 받아들이죠." 오크스는 아치볼드 쪽으로 몸을 돌렸다. "우리 둘만 있는 게 좋다고 생각했어요. 그게 더 친밀한데." 리버스 쪽으로 고개를 까딱했다. "외부인은 필요 없어요. 아치볼드 씨."

"나 없이는 아무데도 못 가." 리버스가 말했다.

그래서 셋이 함께 왔다. 아치볼드는 초조해 보였다. 차에서 나가면서 영국지리원이 펴낸 지도를 떨어뜨렸다. 오크스가 주워주었다.

"빵조각으로 표시를 남겨야겠는데요." 오크스가 제안했다.

"계속 가기나 해." 아치볼드가 대답했다. 초조함 때문에 목소리에 짜증이 묻어나왔다.

리버스는 주위를 돌아보았다. 근처에는 다른 차도, 등산객도 없었다. 산책을 하는 개 소리도 들리지 않았다.

"으스스하네요." 오크스가 말했다. 싸구려 녹색 카굴*을 입고 있었다.

리버스의 재킷에는 후드가 달려 있었다. 그는 후드를 꺼냈지만 머리에 쓰지는 않았다. 후드가 눈가리개 꼴이 되리라는 걸 알고 있었다. 주변 시야를 방해받고 싶지 않았다. 아치볼드는 트위드** 플랫 캡***을 쓰고 등산용 부츠를 신고 있었다. 모자와 부츠는 새 것 같았다. 오늘은 한동안 저 차림일 것이다.

"마실 거 드릴까요?" 휴대용 술병을 꺼내며 오크스가 물었다. 리버스는 그를 쳐다보았다. "온종일 그렇게 쏘아볼 거예요?" 오크스가 웃었다. "머릿속에서 지워버리고 싶은 게 있나보죠?"

"아주 많지." 리버스가 주먹을 꽉 쥐었다.

"여기선 안 돼, 존." 아치볼드가 부탁했다. "지금은 아니야."

오크스는 리버스를 보면서 술병을 아치볼드에게 건넸지만, 아치볼드는 고개를 저었다. 오크스는 술병을 자기 입으로 갖다 대고 술을 마시는 모습을 보여주었다. 술 넘어가는 소리가 요란했다.

"봐요." 오크스가 말했다. "독 같은 거 안 탔어요." 그는 다시 술을 권했다. 아치볼드는 이번에는 한 모금 마셨다. "호텔 바에서 채워 왔어요." 오크스는 아치볼드에게서 술병을 돌려받았다. "경위님은요?"

---

* 비바람을 막기 위해 입는 모자 달린 긴 상의.
** 간간이 다른 색깔의 올이 섞여 있는 두꺼운 모직 천.
*** 크라운 부분이 낮고 평평하며 테가 없는 모자.

리버스는 술병을 받아서 내용물의 냄새를 맡았다. 젠장, 냄새가 죽였다. 하지만 손대지 않고 돌려주었다.

"발베니* 군." 리버스가 말했다. "내가 잘못 안 게 아니라면 말이야."

오크스는 다시 웃었다. 아치볼드는 억지로 미소를 지었다.

"술 안 마시는 줄 알았는데." 리버스가 말했다.

"안 마시죠. 하지만 오늘은 특별한 상황이잖아요?"

그리고 아치볼드가 지도를 펼치기 시작했다. 이제 일할 시간이었다. 오크스는 지역을 골똘히 바라보고 있다가 리버스가 바로 뒤에 있다는 걸 알아채고는 입을 열었다. "지도가 별 도움이 될 것 같진 않네요." 그가 주위를 둘러보았다. "감으로 찾는 게 낫겠어요." 아치볼드를 쳐다보았다. "그 일은 유감이네요."

"그 애가 살해된 장소로 데려다주기만 해." 아치볼드가 말했다.

"당신이 앞장서야 할 것 같은데요." 오크스가 말했다. "무엇보다 난 여기 와본 적이 없으니까." 그리고 눈을 찡긋했다.

셋은 걷기 시작했다.

마침내 리버스가 말했다. "다른 게임인가, 오크스?"

오크스는 걸음을 멈추고 숨을 헐떡였다. "경위님도 그 노래 알죠? '당신이 의심하면 우리는 함께 갈 수 없어.'** 우린 시골로 바람 쐬러 나온 거잖아요. 게다가 시체가 어디서 발견되었는지 궁금하기도 했고."

"시체가 발견된 장소는 네놈이 잘 알잖아!" 앨런 아치볼드가 날카롭게 말했다.

---

* The Balvenie. 스코틀랜드의 유명한 몰트위스키 브랜드. 윌리엄 그랜트 사가 글렌피딕을 이은 증류 공장으로서, 인접지에 1892년에 세웠다. 발베니라는 명칭은 13세기의 고성의 이름을 빌린 것이다.
** 엘비스 프레슬리의 노래 〈의심하는 마음(Suspicious Mind)〉의 후렴구.

오크스의 입술이 뿌루퉁해졌다. 리버스는 그 입술이 피투성이가 되는 걸 보고 싶었다. 뼈가 부러지고 코피가 쏟아지게 하고 싶었다. 대신에 손바닥 안으로 손톱을 더 깊게 눌렀다.

"그녀를 죽였나?" 리버스가 물었다.

"언제 죽였냐고요?"

리버스는 언성이 높아지는 걸 느꼈다. "그녀를 죽였냐고?"

오크스는 불만스럽다는 듯 손가락을 흔들었다. "내가 여기 온 지 얼마 되지 않았지만 어떻게 돌아가는지는 알아요. 당신네는 둘이니까, 내가 인정하면 당신네는 보강 증거를 얻게 되죠."

"이건 우리만의 문제야." 앨런 아치볼드가 말했다. "경찰에 알리거나 하는 단계는 지났어."

오크스는 미소를 지었다. "얼마나 오랫동안 유령을 쫓아다녔죠? 만일 내가 그녀를 죽였다고 말하면 편하게 잠들 수 있겠어요?" 아치볼드는 대답하지 않았다. "경위님은 어때요? 유령 때문에 밤에 잠을 못 이루나요?"

오크스는 마치 아는 듯이 말했다. 리버스는 아무것도 드러내지 않으려고 했지만, 오크스는 혼자 미소 지으며 고개를 끄덕였다. "시체들 위에 쌓아올린 경력이죠." 오크스가 말을 계속했다. "그리고 그 시체들이 나를 잡아넣었고." 그는 잠시 말을 멈췄다. "말해봐요." 이제 오크스는 팔짱을 풀고 아치볼드를 쳐다보고 있었다. "살인자는 어떻게 그녀를 여기 데려왔을까요? 길이 먼데요."

"그 애는 겁에 질렸어."

"그게 아니라면요? 자의로 따라왔다면요? 술을 마셨잖아요. 재미 좀 보고 싶은 생각에……."

"닥쳐."

"나보고 말하라면서요?" 오크스는 팔을 넓게 벌렸다. "여기서부터는 추측일 뿐이지만, 범인은 그녀를 태워서 여기까지 차로 왔을 거예요. 그녀가 바로 그걸 원했으니까요. 차에 완전히 낯선 사람과 함께 타고 있었죠. 하지만 오늘밤 그녀는 위험을 즐기는 분위기였어요. 개의치 않았죠. 어쩌면 그녀는 그 일이 일어나길 바랐는지도 몰라요."

아치볼드는 주먹을 휘두르며 오크스에게 달려들었다. "그 애를 그런 식으로 말하지 마."

"난 그저……."

"네놈이 그 애를 납치했어. 때려서 기절시킨 다음에 이리로 끌고 온 거야."

"싸움의 흔적이 있었나요? 어디로 끌려갔다는 게 검시에 나왔나요?"

아치볼드는 오크스를 쳐다보았다. "그렇지 않다는 걸 네놈은 알고 있지."

웃음소리가 커졌다. "아니요, 알. 난 아무것도 몰라요. 그냥 추측해본 거예요. 그게 다라고요. 당신하고 똑같아요."

오크스는 다시 걷기 시작했다. 바람이 거세졌다. 가는 빗줄기가 얼굴을 때리기 시작했다. 곧 흠뻑 젖을 것 같았다. 리버스는 뒤를 돌아보았다. 차는 이미 시야에서 사라졌다.

"괜찮아." 아치볼드가 리버스를 안심시켰다. "올라오면서 길에 표시를 하고 있네." 그는 지도를 접고, 등고선 중 하나를 펜으로 톡톡 쳤다.

리버스는 확인해보려고 지도를 받아들었다. 군대에서 독도법을 배웠다. 아치볼드는 리버스가 뭘 하는지 아는 것 같았다. 리버스는 고개를 끄덕이고 지도를 돌려주었다. 하지만 아치볼드의 눈에는 두려움과 기대가 뒤섞여 있었다……. 리버스는 그의 어깨를 토닥였다.

"빨리 와요, 느림보들." 그들이 따라잡을 때까지 기다리며 오크스가 말했다.

"넌 선을 넘었어." 리버스가 그에게 말했다.

"네?"

"쓰레기통에 대한 네 농담 말이야??? 난 별로 개의치 않아. 하지만 묘지, 문밖 테라스…… 넌 절대 못 빠져나가."

"옛날 애인은 잊어버렸나보네요." 오크스가 리버스 쪽으로 몸을 돌렸다. 둘 사이의 거리는 바로 코앞이었다. "난 그녀와 얘기해봤어요. 기억하죠? 어떻게 그녀를 빼놓죠? 둘이 다시 사귈지도 모른다고 나한테 그러던데." 그가 혀를 찼다. "설마 그녀를 실망시킬 생각인가요? 그녀도 아나요?"

리버스는 오크스에게 주먹을 날렸지만 빗나갔다. 뺨에 스치고 말았다. 오크스는 발바닥을 이용해 몸을 활처럼 뒤로 휘었다. 오크스는 빨랐다. 엄청나게 빨랐다. 자세를 바꾸지도 않았다. 자신감이 넘쳤고, 이긴다는 확신이 있었다. 아치볼드가 팔로 리버스의 몸을 감았지만 리버스는 뿌리쳤다.

"전 괜찮아요." 리버스가 말했다. 감정이 실리지 않은 목소리였다.

"더 해볼래요?" 오크스가 팔을 벌렸다. "덤벼봐요." 뺨에는 찰과상이 있었지만 거들떠도 보지 않았다.

리버스는 질 수 없다는 걸 알고 있었다. 침착해야 했다. 하지만 오크스는 내내 그를 약 올렸다. 이제 리버스를 비웃으면서 과장된 동작으로 손을 뺨에 댔다.

"아야! 따끔하네요." 계속 웃어댔다. 그러고는 가버렸다. 이번에는 아치볼드가 리버스의 어깨를 토닥일 차례였다.

"괜찮습니다." 리버스가 말하면서 오크스의 뒤를 따랐다.

잠시 후 오크스가 발을 멈췄다. 시야는 100미터 또는 그 이하밖에 보이지 않았다. "스완스톤 빌리지는 여기서 어디죠?" 그가 물었다. 리버스에 대해서는 까맣게 잊은 듯했다. 아치볼드가 지도를 확인하고 손가락으로 가리켰다. 그가 가리킨 곳은

연기가 소용돌이치고 있어서 아무것도 보이지 않았다.

"완전 브리가둔*이네." 담뱃불을 붙이며 리버스가 말했다. 오크스는 주머니에서 초콜릿 바를 꺼내 권했다.

그가 말했다. "당신이 날 믿어줘서 놀랐어요. 아치볼드 씨, 당신 말고요. 당신은 선택의 여지가 없었으니까. 하지만 경위님은 아니죠." 오크스는 어둡고 응시하는 듯한 시선을 리버스에게 고정하고 있었다. "경위님은 판단하기 힘든 사람이에요."

"그리고 넌 똥으로 가득 차 있지."

"존, 제발……." 아치볼드가 한 손을 리버스의 어깨에 얹었다. 두꺼운 복장에도 불구하고 아치볼드는 춥고 피곤한데다 갑자기 늙은 것처럼 보였다. 리버스는 이 일이 아치볼드에게 무슨 의미인지 깨달았다. 어쨌든 답을 얻을 것이다. 조카를 죽인 게 오크스든 – 이 경우에는 적절하게 비통해할 수 있다 – 다른 사람이든 간에. 다른 사람의 짓이라면 아치볼드는 자기만의 추론에 빠져 세월을 낭비한 것이고, 살인자는 아직도 밖을 활보하고 다닐 것이다.

---

* Brigadoon. 동명의 뮤지컬(1947)에서 묘사된 스코틀랜드의 도시. 100년에 한 번 모습을 나타냄.

"알았어요, 앨런." 리버스가 말했다. 이 자리에는 세 사람이 있다. 노인, 머리를 짧게 깎고 눈이 날카로운 이상한 놈, 그리고 빌어먹을 존 리버스. 오크스는 매 순간을 즐기고 있었다. 아치볼드는 초콜릿 바처럼 부서지기 쉬워 보였다.

리버스는? 언덕에서 사망한 자의 수에 한 사람을 더하지 않으려고 애쓰고 있었다.

오크스가 아치볼드에게 술병을 건넸다. 아치볼드는 고맙게 마셨다. 리버스는 거절했다. 오크스가 뚜껑을 닫았다.

"넌 안 마셔?"

오크스는 그 말을 무시하고 대신에 초콜릿을 권했다. 리버스는 다시 거절했다.

"그런데 정확히 어디로 가고 있는 건가요?" 오크스가 물었다.

"얼마 안 남았어." 아치볼드가 말했다.

오크스는 리버스가 자신을 살펴보는 것을 알았다. "물어볼 거 있어요, 존? 미해결 사건 중에 나한테 뒤집어씌울 만한 게 있나요?"

"나한테 특별히 물어보고 싶은 거 있어?"

"좋은 질문이네요. 난 누가 대런 러프를 죽였는지 봤어요."

"넌 그날 밤 내 아파트 밖에 있었어."

"내가요?"

"내 차를 가져갔지." 리버스는 잠시 말을 멈췄다. "러프가 떠나는 것도 봤고."

"난 그날 밤 바빴다고요." 리버스는 오크스를 노려보았다. 오크스가 가까이 다가오더니 비밀스러운 얘기라도 하려는 듯 몸을 리버스 쪽으로 굽했다. 리버스는 물러섰다. "안 물어요." 오크스가 말했다.

"하려던 말이나 해봐."

오크스는 상처받은 표정을 지었다. "지금 말해야 할지 모르겠네요." 그러고는 씩 웃었다. "하여튼 말할게요. 러프가 경위님 집을 떠나는 건 봤어요. 잠깐 따라가기까지 했고요. 누군지 궁금했어요. 나중에 신문에서 사진을 보고서야 알게 됐죠."

"무슨 일이 있었지?"

"나도 모르죠. 놓쳤거든요." 오크스는 어깨를 으쓱했다. "미도우스를 가로질렀어요. 차로는 따라갈 방법이 없었죠." 그는 다시 윙크를 했다.

"이건 그저 전부 네놈의 작은……."

"말하지 마!" 앨런 아치볼드가 날카롭게 소리쳤다. "게임이라고 말하지 마! 나한테는 이건 게임이 아니야!" 그는 몸을 떨고 있었다.

리버스는 손가락으로 오크스를 가리켰지만 말은 아치볼드에게 했다. "이놈이 바라는 게 이거예요. 이놈을 여기 데려오면 선배님이 우위에 설 거라고 생각하셨겠죠. 이놈이 그걸 알고 선배님을 가지고 노는 거라고는 생각 안 해요? 이놈을 보세요. 선배님을 비웃고 있잖아요. 우리 둘을 비웃고 있다고요!"

"비웃지 않아요." 그리고 그건 사실이었다. 오크스는 냉랭한 얼굴로 아치볼드를 보고 있었다. 그는 아치볼드에게 다가가서 팔을 만졌다. "미안해요." 오크스가 말했다. "갑시다. 당신 말이 맞아요. 우린 할 일이 있어요."

오크스는 다시 걷기 시작했다. 아치볼드는 리버스에게 사과하려 했지만 리버스는 손을 흔들어 말렸다. 오크스는 일을 마무리하겠다고 결심한 듯 빠른 걸음으로 멀어져갔다. 오크스의 얼굴에 나타난 표정…… 리버스는 그 표정을 읽을 수 없었다. 연민의 정 같은 게 있었다. 하지만 그 아래에서 보다 흉포한 무언가를 본 것 같았다. 그 흉포함이 마치 예상치 못한 결과에 직면한 과학자의 호기심 같은 것과 뒤섞여 있었다.

위로 올라감에 따라 시야는 점점 좁아졌다.

"지금까지 나와 작은 게임을 하고 있었죠, 알?"

"무슨 소리야?"

"왜 이래요. 우리를 데려온 경로 말이에요. 그녀가 살해된 장소는 한참 전에 지나쳤잖아요. 당신이 다 계산해뒀고, 우리는 계속 빙빙 돌기만 할 거예요. 내가 당황했으면 좋겠죠? 하지만 그런 일은 없어요."

"그녀가 죽은 장소를 어떻게 알았지?" 리버스가 물었다.

"신문을 죄다 읽었죠. 게다가 알이 자료도 보내줬고요. 그렇죠?"

"하나도 안 읽었다고 했잖아." 숨을 고르면서 아치볼드가 말했다.

"거짓말이었어요. 내 머릿속에 그림이 그려졌다는 게 중요하죠……. 그들은 저 경사면을 더 올라간 곳에서 섹스를 했어요. 그러고는 공황 상태에 빠져 아래로 달려 내려갔죠. 그 때 범인이 그녀를 가격했어요. 하지만 섹스한 장소에…… 범인이 뭔가를 남겼죠."

"뭘?"

"숨겼어요."

"뭘?"

"앨런, 그놈은……."

아치볼드가 리버스에게 달려들었다. "입 다물어!" 낮은 목소리로 말했다.

"작은 언덕 세 개를 봤어요." 오크스가 회상했다. "근처에 언덕들이 연이어 있다면, 그걸 보고 싶네요."

"작은 언덕?" 아치볼드는 갑자기 빠른 속도로 오크스에게 다가갔다. 그러고는 눈앞에 지도를 꺼내서 해당되는 등고선을 찾아보았다. "바로 서쪽인 것 같은데."

리버스는 아치볼드가 잠깐이나마 지도에 펜으로 표시를 하는 것을 보지 못했다.

"우리 위치는 어때요?"

하지만 아치볼드는 리버스의 말을 듣고 있지 않았다.

"경사면 올라가는 길 3/4 지점쯤일 거예요." 오크스가 말했다. "세 개, 어쩌면 네 개…… 하지만 비슷한 높이에 뚜렷한 세 개의 노두가 있었어요."

"잠깐 기다려." 아치볼드가 말했다. 손가락이 지도 위를 빠르게 움직였다. 지도를 작게 접은 다음 얼굴 가까이 가져다댔다. 초점을 잘 맞추기 위해 눈을 깜빡였다. "맞아. 바로 서쪽이야. 저 길로 100미터쯤 가면 돼."

아치볼드는 언덕을 오르기 시작했다. 오크스는 이미 가고 있었다. 리버스는 뒤에서 따라갔다. 뒤를 돌아보았다. 빌어먹게 아무것도 볼 수 없었다. 시간을 벗어난 풍경이었다. 킬트*를 입은 전사들이 저 안개 속에서 나타난다 해도 놀라지 않을 것 같았다. 브라켄**이 있는 곳을 돌아 계속 걸었다. 관절이 아팠다. 가슴이 약간 화끈거렸다. 아치볼드는 더 빨리 걷고 있었다. 무언가에 사로잡힌 듯한 열정으로 걷고 있었다.

리버스는 아치볼드에게 말하고 싶었다. 선배님이 지도를 갖고 있잖아요. 왜 오크스는 사지 않았을까요? 오크스는 왜 특정 지형을 찾으면서 지도를 살펴보지 않았을까요? 오크스는 정찰하러 여기 이미 와봤을 수도 있

---

* kilt. 스코틀랜드의 남자가 전통적으로 착용한 스커트.
** 양치식물의 일종. 황야에 자생한다.

어요. 수도 없이 감시를 따돌렸다고요.

"기다려!" 발걸음을 재촉하며 리버스가 외쳤다.

"존!" 아치볼드가 맞받아 소리쳤다. 그의 형체가 유령처럼 앞에 있었다.

"자네는 저 길로 가 봐. 우리가 나머지 두 길로 갈게!" 리버스에게 가장 동쪽의 노두를 조사해보라는 말이었다.

"파봐야 하나요?" 리버스가 외쳤다. 대답 대신 웃음이 들려왔다. 오크스의 웃음 소리였다. 오크스를 볼 수 없다는 사실에 점점 불안해졌다.

"파헤쳐야 해?" 리버스는 아치볼드가 오크스에게 묻는 소리를 들었다.

"안 그래도 돼요." 오크스가 대답했다. "쓰러진 장소에 시체를 그대로 두고 갈 거니까."

뭔가가 부딪히는 둔탁한 소리와 함께 멀리 신음 소리가 들렸다. 리버스는 혹시 잘못 들은 건 아닌가 했다.

"오크스!" 걸음을 빨리하며 고함을 질렀다. 어슴푸레한 사람 윤곽을 알아볼 수 있었다. 아치볼드가 쓰러진 위에 오크스가 돌을 들고 서서 다시 내리치려 하고 있었다.

"오크스!" 리버스가 다시 소리를 질렀다.

"들려!" 오크스가 맞받아 외쳤다. 그러고는 돌로 아치볼드의 머리를 내리쳤다.

이제 리버스는 오크스에게 거의 육박했다. 리버스가 다가섰을 때 오크스는 돌을 바닥에 던지고 입술을 핥았다. "만족이란 걸 모르는군." 오크스가 말했다. "벼룩 한 마리가 오랫동안 나를 물어뜯었어. 이제야 밟아버렸지." 오크스는 손을 허리띠에 넣어 접이식 나이프를 꺼냈다.

"사람 몸에는 숨길 데가 많다는 게 놀라워." 씩 웃으면서 오크스가 말했다. "늙은이한테는 돌이면 충분하지만, 당신한테는 좀 더 센 게 필요할 것 같았어." 오크스가 달려들었다. 리버스는 뒤로 뛰어 물러서다가 발을 헛디디며 비탈길 아래로 굴러 떨어졌다. 리버스는 위쪽에서 오크스가 산양처럼 껑충껑충 뛰면서 쫓아오는 걸 보았다.

"난 이게 즐거워!" 오크스가 외쳤다. "얼마나 즐거운지 당신은 절대 모를걸!"

리버스는 계속 구르다가 브라켄에 닿으면서 멈췄다. 기다시피 일어서서 돌을 하나 집어 들어 던졌다. 어림도 없었다. 오크스는 손쉽게 피했다. 이제 불과 10여 미터 거리에 다가오면서 걸음을 늦췄다.

"토끼 가죽 벗겨본 적 있어?" 숨을 몰아쉬며 오크스가 말했다. 이마에 땀이 빛나고 있었다.

"넌 내가 원한 바로 그 위치에 있어." 리버스가 낮은 목소리로 말했다.

오크스는 짐짓 놀라는 척하는 표정을 지었다. "그게 어딘데?"

"범죄를 저질렀지. 이제 널 체포해도 아무 문제가 없어."

"날 체포하겠다고?" 오크스는 식식거리며 웃었다. 이제 아주 가까이 다가왔다. 침이 리버스의 얼굴에 튀었다. "배짱 하난 좋군." 나이프를 움직였다. "즐길 수 있을 동안에 즐겨."

"이 모든 게임에는." 리버스가 말했다. "다른 뭔가가 있었어. 그렇지? 우리가 알기를 네가 바라지 않았던 것 말이야. 우리를 정신없게 만들어서 살펴볼 수 없게 했지."

"무슨 개소리야?"

"그게 뭐지?"

하지만 오크스는 고개를 저으며 나이프를 휘둘렀다. 리버스는 몸을 돌려 도망쳤다. 오크스가 소리를 지르며 브라켄을 가로질러 쫓아왔다. 리버스는 주위를 둘러보았다. 산비탈, 그리고 나이프를 든 살인자뿐이었다. 리버스는 비틀거리다가 걸음을 멈추고 몸을 돌려 오크스를 마주보았다.

"잡았다." 오크스가 외쳤다.

숨이 턱에 찰 지경이 된 리버스가 그저 고개를 끄덕였다.

"네가 뭔지 알아?" 오크스가 물었다. "넌 그냥 내 놀잇감일 뿐이야."

리버스는 뒤로 물러서며 허리춤에서 셔츠를 빼냈다. 오크스는 어리둥절해하는 것 같았다. 마침내 리버스는 셔츠를 위로 올려 가슴에 테이프로 붙인 작은 마이크를 보여주었다. 오크스가 리버스를 보았다. 리버스는 시선을 피하지 않았다. 그러고는 흐릿한 형체가 보이는지 주위를 두리번거렸다.

빠르게 다가오는 목소리가 들렸다.

"소리질러줘서 고마워." 리버스가 말했다. "뭘로 봐도 빵조각 남겨놓는 것보다는 낫지."

오크스는 고함을 지르면서 마지막으로 리버스에게 달려들었다. 리버스는 몸을 옆으로 움직여 피했다. 오크스는 그를 지나쳐 도망쳤다. 처음에는 언덕 아래쪽으로 가다가 마음을 바꿔 반원을 그리며 언덕 위로 더 올라갔다. 안개 속에서 첫 번째 제복 경관이 나타났다. 리버스는 오크스를 가리켰다.

"저놈을 잡아!" 리버스가 외쳤다. 그리고 자신도 다시 언덕을 올라갔다. 앨런 아치볼드가 쓰러진 곳으로 갔다. 아치볼드는 아직 의식이 있었지만 상처에서 피가 쏟아지고 있었다. 리버스는 아치볼드 옆에 쭈그리고 앉았다. 제복 경관 몇 사람이 달려 지나갔다.

"무선으로 지원 요청해!" 리버스가 그들에게 소리쳤다. 제복 경관 한 사람이 리버스 쪽으로 몸을 돌렸다.

"그럴 필요 없습니다. 벌써 하셨어요."

리버스는 가슴에 있는 마이크를 보고 그 말이 사실이란 걸 알았다.

"기병대는 대체 어디서 온 거야?" 아치볼드가 물었다. 목소리에 힘이 없었다.

"차장님한테 요청했죠." 리버스가 말했다. "헬기도 지원해주신다고 약속했지만, 안개 때문에 있으나 마나가 됐죠."

아치볼드는 억지로 미소를 지었다. "자네 생각에는······?"

"죄송해요, 앨런." 리버스가 말했다. "전부 헛소리였어요. 그놈은 머리 가죽이 더 필요했을 뿐이에요."

아치볼드는 떨리는 손가락으로 자기 머리를 만졌다. "하나는 거의 될 뻔했군." 쉬려고 눈을 감으며 그가 말했다.

앨런 아치볼드는 병원으로 이송되었고, 리버스는 짐 스티븐스를 찾아갔다. 스티븐스는 이미 호텔에서 체크아웃했지만, 신문사 사무실에도 없었다. 리버스는 마침내 헤브리디스에서 스티븐스를 찾아냈다. 헤브리디스는 웨이벌리역 뒤에 위치한 수상쩍은 작은 바였다. 스티븐스는 가득 찬 재떨이와 위스키 잔만을 벗 삼아 구석에 혼자 앉아 있었다.

리버스는 물을 탄 위스키를 시켜 마셨다. 한 잔 더 주문하고는 스티븐스가 있는 자리로 갔다.

"고소하죠?" 스티븐스가 물었다.

"뭐가?"

"그 개자식이 날 엿 먹였어요." 스티븐스는 오크스가 한 짓을 리버스에게 말했다.

"그럼 난 하늘에서 내려온 천사네." 리버스가 말했다.

스티븐스가 눈을 깜빡였다. "어떻게 그런 생각을 하죠?"

"기쁜 소식을 갖고 왔거든. 더 정확히 말하자면 기삿거리지. 자네가 선두주자야."

리버스는 이렇게 빨리 술이 깨는 사람을 처음 봤다. 스티븐스는 주머니에서 수첩을 꺼내 펼쳤다. 펜을 들고 리버스를 쳐다보았다.

"공짜 아니야." 리버스가 말했다.

"난 이 기사가 필요해요." 스티븐스가 말했다.

리버스는 고개를 끄덕이고, 벌어졌던 일을 얘기해주었다. "그놈 계획대로 진행됐다면 내가 다음 희생자였을 거야."

"맙소사." 스티븐스가 숨을 내쉬고는 위스키를 벌컥벌컥 들이켰다. "물어볼 게 수없이 많은데 지금은 하나도 생각나지 않네요." 그는 휴대폰을 꺼냈다. "전화 좀 해도 되죠?"

리버스는 고개를 끄덕였다. "전화 끝나고 얘기하지." 그가 말했다.

리버스가 수첩에 있는 메모를 읽으며 문장과 문단으로 바꾸는 동안 리버스는 듣고 있었다. 필요한 경우 고개를 끄덕여 확인해주었다. 스티븐스는 신문사에서 기사화된 문장을 다시 불러주는 것을 들었다. 몇 군데 고친 다음 전화를 끊었다.

"신세졌네요." 휴대폰을 테이블에 놓으며 스티븐스가 말했다. "뭘로 갚죠?"

"위스키 한 잔 더 사." 리버스가 말했다. "내가 묻는 거에 대답하고."

30분 후, 리버스는 헤드폰을 쓰고 오크스의 마지막 인터뷰 테이프를 들었다.

"'내 과거와 데이트가 있어.'" 헤드폰을 벗으며 리버스가 암송했다. "'운명과의 데이트지'".

"아치볼드 얘기죠? 아치볼드는 여러 해 동안 오크스를 귀찮게 했으니까."

리버스는 앨런 아치볼드를 떠올렸다. 아치볼드를 구급차에 태울 때 자신을 바라보던 시선을. 아치볼드는 가장 소중히 아끼던 게 찢겨나간 듯 기운이 다 빠지고 망연자실해 보였다. 꿈을, 희망을 앗아가기는 쉽다……. 캐리 오크스가 그 짓을 했다.

그리고 도망쳐버렸다.

"그럼 오크스를 놓친 건가요?" 스티븐스가 몇 번째 물었다.

"산 안쪽으로 도망쳤어. 어디로든 갈 수 있지."

"수색하기 더럽게 힘든 지역이죠." 스티븐스가 마지못해 말했다. "왜 지원을 요청했죠?"

리버스는 어깨를 으쓱했다.

"예전 같으면 지원 같은 건 필요 없다고 했을 거잖아요."

"알아, 짐. 모든 건 변하기 마련이야."

스티븐스는 고개를 끄덕였다. "그런 것 같네요."

리버스는 테이프를 뒤로 돌려서 마지막 절반을 다시 들었다. "내 과거와 데이트가 있어. 자네 같은 글쟁이들이 쓰는 말로 하자면 운명과의 데이트지. 내 말에 결코 귀를 기울이지 않는 사람과 하는 데이트야." 이번에는 다 듣고 나서 얼굴을 찌푸렸다.

"내 생각에." 리버스가 말했다. "이게 아치볼드와 나를 말하는 건지는 확실하지 않아. 오크스는 우리를 자기 놀잇감이라고 불렀어."

스티븐스는 잔을 비웠다. "그럼 뭘까요?"

리버스는 천천히 고개를 저었다. "그놈이 여기 돌아올 이유가 있지."

"맞아요. 나와 내 수표책."

"그 이상이야. 앨런 아치볼드와 게임을 할 기회 이상이지……."

"뭔데요?"

"모르겠어." 리버스는 스티븐스를 쳐다보았다. "자네라면 찾아낼 수 있어."

"내가요?"

"자네는 이 도시를 빠삭하게 꿰고 있잖아. 오크스의 과거에 뭔가가 있어. 미국으로 가기 전에 말이야."

"난 고고학자가 아니에요."

"아니라고? 소문들을 파헤치느라고 보낸 세월을 생각해 봐. 그리고 앨런 아치볼드도 오크스에 관한 자료를 많이 가지고 있어. 그 개자식이 자네한테 준 것보다 나을 거야."

스티븐스는 코웃음 치다 미소를 지었다. "아마……." 그는 혼잣말을 했다. "이게 그놈한테 복수하는 방법이 될 수도 있겠군요."

리버스는 고개를 끄덕였다. "그놈은 자네한테 새빨간 거짓말만 늘어놓았어. 자네는 진실로 가득 찬 상자로 앙갚음해주는 거야."

"캐리 오크스에 대한 진실." 신문 헤드라인으로 괜찮을지 생각해보면서 스티븐스가 말했다. "하겠어요." 마침내 그가 말했다.

"찾아낸 건 뭐든지 나하고 공유해야 해." 리버스가 스티븐스의 메모장으로 손을 뻗었다. "휴대폰 번호 알려줄게."

"짐 스티븐스와 존 리버스가 손을 잡다." 스티븐스가 씩 웃었다.

"싫다면 공개하진 않을게요."

40

리버스에게 메시지가 와 있었다. 재니스가 세 번, 데이먼의 은행 지점장이 한 번 전화했다. 리버스는 먼저 지점장에게 전화했다.

"거래가 발생했습니다." 지점장이 말했다.

"언제, 어디서, 어떤 거래죠?" 리버스는 종이와 펜 쪽으로 손을 뻗었다.

"에든버러 조지 스트리트의 현금지급기였습니다. 100파운드를 인출했어요."

"오늘?"

"정확히는 어제 오후 한 시 사십 분이었습니다. 좋은 소식이죠?"

"그래야죠."

"실종자가 살아 있다는 증거잖아요."

"누군가가 실종자의 카드를 썼다는 증거죠. 똑같지는 않습니다."

"알겠습니다." 지점장은 약간 실망한 것 같았다. "경찰로서는 신중하셔야겠죠."

리버스는 생각이 있었다. "이 현금지급기에는 감시카메라가 있나요?"

"확인해보겠습니다."

"부탁드립니다." 리버스는 통화를 끝내고 재니스에게 전화했다.

"무슨 일이야?"

"아무것도 아니야." 재니스는 잠시 말을 멈췄다. "네가 그날 아침 너무 일찍 가버려서. 혹시 우리가 뭐⋯⋯."

"너희하고는 관계없어, 재니스."

"그래?"

"여기 돌아와야 할 일이 생겼어."

"아." 재니스는 다시 말을 멈췄다. "그랬구나. 난 그냥 걱정이 돼서⋯⋯."

"내 걱정?"

"네가 또 내 인생에서 사라질까봐."

"내가 그랬나?"

"모르겠어. 네 생각은 어때?"

"재니스. 너와 브라이언 사이가 좀 삐걱대는 거 알아."

"그래?"

리버스는 눈을 감고 미소 지었다. "그렇잖아. 내가 부부 상담 전문가는 아니지만⋯⋯."

"그런 건 필요 없어."

"그런데." 눈을 문지르며 리버스가 말했다. "데이먼 소식이 있어."

재니스는 한동안 말이 없었다. "원래 얘기해줄 생각이었어?"

"지금 했잖아."

"화제를 돌릴 때만 그렇지."

리버스는 권투 경기에서 구석에 몰린 기분이었다. "데이먼의 은행 계좌가 사용됐어."

"데이먼이 인출했어?"

"누군가 데이먼의 카드를 사용했어."

재니스의 목소리가 희망에 차 높아졌다. "하지만 비밀번호를 모르잖아. 그 애가 분명해."

"카드를 쓰는 방법은 많아."

"존, 제발 맥 빠지는 소리 그만해!"

"네가 상처받지 않으면 해서야." 리버스는 다시 앨런 아치볼드가 보였다. 빠져나갈 수 없는 패배감에 사로잡힌 그 표정이.

"언제였어?" 재니스가 물었다. 이제 리버스의 말은 거의 귓등으로 흘렸다.

"어제 오후. 10분 전에 소식을 들었어. 조지 스트리트에 있는 은행이었대."

"아직 에든버러에 있구나." 확신에 찬 말이었다.

"재니스……."

"느낌이 와, 존. 데이먼은 거기 있어. 난 알아. 다음 열차 시간이 언제지?"

"아직 조지 스트리트 주변에 있을 것 같진 않아. 인출액은 100파운드였어. 교통비였을 가능성이 있어."

"어쨌든 갈 거야."

"말릴 수가 없네."

"맞아. 말려봐야 소용없어." 재니스는 전화를 끊었다. 몇 초 후, 다시 전화기가 울렸다. 데이먼의 은행 지점장이었다.

"있습니다." 지점장이 말했다. "감시카메라가 있어요."

"현금지급기 방향인가요?"

"네. 벌써 물어봤습니다. 테이프도 준비했고요. 미스 조지스턴에게 연락하십시오.”

리버스가 통화를 마쳤을 때, 조지 실버스가 커피 한 잔을 가져왔다. “집에 가신 줄 알았는데요.” 그가 말했다. 걱정하고 있다는 아부 맨식 표현이었다.

“고마워, 조지. 그놈 흔적은 아직도 없나?”

실버스는 고개를 저었다. 리버스는 실버스의 책상에 있는 서류들을 보았다. 기록을 작성해야 하는 사건들이 있었지만 거의 기억나지 않았다. 이름들이 눈앞에서 어른거렸다. 전부 사건 종결을 요구하고 있었다.

“잡을 겁니다.” 실버스가 말했다. “걱정 마십시오.”

“자네가 있어서 늘 안심이야.” 리버스가 말했다. 실버스에게 잔을 돌려주었다. “언젠가는 자네도 내가 설탕을 타지 않는다는 걸 기억할 날이 있겠지.”

리버스는 미스 조지스턴을 만나러 갔다. 통통한 50대 여자였다. 리버스가 한때 데이트했던 학교 급식 담당자를 떠올리게 했다. 조지스턴은 비디오테이프를 준비해두었다.

“여기서 보시겠어요?” 그녀가 물었다.

리버스는 고개를 저었다. “괜찮으시다면 경찰서로 가져가려고 하는데요.”

“그럼 복사본을 만들어 드려야…….”

“잃어버리는 일은 없을 겁니다. 꼭 돌려드릴게요.”

리버스는 테이프를 손에 단단히 쥐고 은행을 나왔다. 시계를 확인하고 웨이벌리역으로 향했다. 역 중앙 홀 벤치에 앉아서 밀크커피 – 매장 직원

말로는 카페라테 – 를 마시면서 계속 주변을 주시했다. 테이프는 레인 코트 주머니에 넣었다. 절대 차에 놔두면 안 된다. 석간신문을 훑어보았다. 캐리 오크스에 관한 뉴스는 없었다. 스티븐스의 신문사에서 조간에 제일 먼저 독점으로 실을 예정이고, 스티븐스는 그를 깎아내리던 사람들에게 당당하게 두 손가락 경례*를 날릴 수 있을 것이다.

운명과의 데이트…….

대체 무슨 뜻일까? 오크스가 다른 가짜 떡밥을 던진 걸까? 리버스는 어떤 것 하나 그냥 지나치지 않을 생각이었다. 그는 스티븐스, 아치볼드, 그리고 자신을 설득해 자기에게 패를 맡기게 했다. 마치 리버스 자신은 조지 베스트**이고, 그들은 조기축구회 회원인 것처럼.

마침내 재니스가 보였다. 늦은 오후의 에든버러행 열차는 붐비지 않았다. 시내 교통 상황은 완전히 딴판이지만. 재니스는 플랫폼을 나와 사람들 쪽으로 걸어갔다. 리버스는 재니스가 알아보기도 전에 그 옆에 가 걸었다.

"택시 타시겠어요?" 리버스가 말했다.

재니스는 놀라서 어안이 벙벙한 것 같았다. "존." 그녀가 말했다. "여긴 왜 왔어?"

리버스는 그 대답으로 비디오를 꺼내 재니스 눈앞에 보였다.

"화해의 선물이야." 이렇게 말하고는 그녀를 차로 데려갔다.

둘은 CID 사무실에 앉아 있었다. 그날은 사람들이 대부분 집에 가고 없었다. 남아 있는 사람들은 보고서를 마무리하거나 아니면 잔업에 발목이

---

* 엄지와 검지를 펴고 손바닥을 밖으로 해서 붙이는 경례. 영국에서는 '엿 먹어라'는 의미로 사용된다.
** George Best. 1970년대 영국의 전설적인 축구선수.

잡혀 있었다. 다들 바쁜 분위기였다. 비디오 모니터는 한쪽 구석에 있었다. 리버스는 의자 두 개를 당겨왔다. 커피도 가져왔다. 재니스는 흥분되면서도 동시에 두려워하는 것 같았다. 리버스는 다시 산비탈에 있던 앨런 아치볼드를 떠올렸다.

"저기, 재니스." 그는 재니스에게 미리 말했다. "데이먼이 아니면……."

재니스는 어깨를 으쓱했다. "아니면 아닌 거지. 네 탓할 생각 없어." 그녀는 리버스에게 잠깐 미소를 지었다. 미스 조지스톤은 카메라가 동작 감지형이어서 사람이 현금지급기에 가까이 올 때만 녹화를 시작한다고 설명했다. 카메라는 현금지급기 위에 있었고, 은행의 유리창 뒤에서 촬영을 했다. 첫 번째 사람의 얼굴이 테이프에 나왔다. 리버스와 재니스는 위에서 화면을 봤다. 계시기가 8:10을 표시하고 있었다. 리버스는 리모컨을 사용해 뒤로 빠르게 돌렸다.

"오후 한 시 사십 분 거 찾으면 돼." 리버스가 설명했다. 재니스는 양손으로 커피잔을 쥐고 의자 끝에 앉아 있었다.

리버스는 생각했다. 감시카메라 영상, 선명하지 못한 화면. 여기가 출발점이야. 한낮이 가까워지면서 더 많은 사람들이 현금지급기를 이용하고 있었다. 다 찍는 데 많은 테이프가 소요되었다. 점심시간에는 줄이 늘어섰지만 한 시 삼십 분쯤에는 다소 잠잠해졌다.

계시기에 13:40이 표시되었다.

"오, 세상에. 저기 있어." 재니스가 말했다. 커피잔을 바닥에 놓고 손으로 얼굴을 쳤다.

리버스는 화면을 보았다. 고개를 숙이고 현금지급기의 키패드를 보고 있었다. 그러고는 거리 쪽을 보는 듯 고개를 돌렸다. 손가락이 현금지급기의 화면을 성급하게 두드렸다. 카드가 다시 나오고 손이 슬롯으로 가 지폐를 뽑았다. 영수증이 나오기를 기다리지도 않고 바로 자리를 떴다. 다음 손님이 이미 앞으로 나오고 있었다.

"확실해?" 리버스가 물었다.

재니스의 뺨으로 눈물이 흘렀다. "맞아." 고개를 끄덕이며 말했다.

리버스는 뭐라고 말하기 어려웠다. 그가 가진 건 데이먼의 사진과 가이타노의 감시카메라 영상뿐이었고, 실제로 만난 적은 없었다. 머리카락은 비슷해 보였다……. 코도 그런 것 같았다. 턱의 모양도. 하지만 특별히 두드러질 정도는 아니었다. 지금 화면에 보이는 사람도 방금 떠난 사람과 많이 비슷해 보였다. 하지만 재니스는 코를 풀었다. 만족해했다.

"데이먼이야. 확실해." 재니스는 리버스의 얼굴에서 반신반의하는 표정을 보았다. "아닌데 맞다고 하지는 않아."

"물론이지."

"얼굴이나 머리카락이나 옷 때문이 아니야……. 움직이지 않고 서 있는 모습을 보면 알아. 초조할 때 몸을 떠는 것도." 재니스는 손수건 끝부분으로 눈을 닦았다. "데이먼이야, 존. 그 애라고."

"알았어." 리버스가 말했다. 테이프를 되감아서 13:40 조금 전 부분을 재생했다. 데이먼이 현금지급기로 향하는 모습을 볼 수 있을까 해서 배경을 자세히 살펴보았다. 데이먼 혼자였는지 알고 싶었다. 하지만 데이먼은 옆에서 갑자기 화면 속으로 들어왔다. 방금 온 쪽을 보는 저 표정이 다시 나왔다. 살짝 고개를 숙였나? 화면 바로 밖에 있는 사람에게 무슨 신호를 보내는 건가? 리버스는 되감아서 다시 보았다.

"뭘 찾는 거야?" 재니스가 물었다.

"데이먼과 같이 온 사람이 있나 해서."

하지만 아무것도 없었다. 그래서 테이프가 계속 재생되게 두었다. 1~2분 뒤에 현금지급기에 있는 사람 바로 뒤로 화면 상단을 가로지르는 다리들이 보였다. 두 쌍이었다. 하나는 남자, 하나는 여자였다. 리버스는 프레임 캡처를 눌렀지만, 완전히 정지되고 초점이 맞은 사진은 얻을 수 없었다. 대신에 테이프를 되감아 다시 재생하면서, 손가락으로 발을 따라갔다.

"바지랑 신발 알아보겠어?"

하지만 재니스는 고개를 저었다. "흐릿한 형체뿐이야."

사람도 그랬다.

"누군지 못 알아보겠어."

사실이 그렇다.

재니스가 일어섰다. "조지 스트리트에 가볼래." 리버스는 뭐라고 말하려 했지만 그녀가 말을 끊었다. "데이먼이 거기 없다는 건 알아. 하지만 가게나 펍이 있잖아. 적어도 사진은 보여줄 수 있어."

리버스는 고개를 끄덕였다. 재니스가 그의 팔을 잡았다.

"데이먼은 여기 있어. 그게 중요해."

재니스는 나가면서 방금 들어오는 사람을 위해 문을 잡아주었다. 쇼반 클락이었다.

"그자의 흔적은?"

쇼반은 의자에 몸을 파묻었다. "빌리 호먼이요?"

리버스는 고개를 저었다. "캐리 오크스."

쇼반이 목을 폈다. 뚝 하는 소리가 들렸다. "또 하루가 가버리는군." 리버스가 말했다.

그녀가 고개를 끄덕였다. "오크스는 제 소관이 아니에요. 빌리 담당이죠."

"진전이 있나?"

쇼반이 고개를 저었다. "인원이 열 명쯤 더 필요해요. 어쩌면 그 두 배가요."

"예산이 부족해."

"회계 담당을 몇 명 없애버리죠."

"조심해, 쇼반. 그건 무정부주의적인 발언이야."

쇼반이 미소를 지었다. "경위님은 괜찮으세요? 오크스가 경위님 일행을 죽이려고 했다고 들었는데."

"떨림은 멈췄어." 리버스가 말했다. "술 한 잔 사줄까?"

"오늘은 안 돼요. 뜨거운 물에 목욕하고 테이크아웃 음식 먹을 거예요. 경위님은요?"

"자네처럼 곧바로 집에 갈 거야."

"그럼……."

그녀는 힘겹다는 듯한 몸짓으로 자리에서 일어났다.

"내일 봬어요."

"잘 가게."

쇼반은 나가면서 어깨 위로 손가락을 흔들었다.

리버스는 자기가 한 말을 거의 지켰다. 사전 준비를 하려고 딱 한 군데 잠시 들렀다. 크랙사이드 코트의 층계참을 올라갔다. 어둠이 깔리고 있었다. 하지만 비록 GAP 회원들이 감독하고는 있긴 해도 아직 밖에서 노는 아이들이 있었다. GAP 회원들은 이즈음에는 더 조직화되어서, 앞쪽에 로고가 인쇄된 티셔츠를 입고 있었다. 티셔츠를 입고 있는 여자 하나가 리버스를 살펴보고 있었다. 전에 본 듯한데 주민은 아닌 것 같다는 눈치였다.

리버스는 서서 그린필드 바깥쪽을 내다보았다. 한쪽에는 홀리루드 공원이, 반대쪽에는 올드 타운과 새 의사당 건설 현장이 있었다. 그린필드가 철거를 피할 수 있을지 의문이었다. 그는 지방자치단체가 철거할 생각이 있다면 몰래 하리라는 걸 알고 있었다. 보수 작업은 실시하지 않을 것이고, 하더라도 망할 것이다. 아파트는 거주가 불가능하게 되고, 임차인은 새 집을 찾아야 하고, 창문과 문은 막고 자물쇠를 채울 것이다. 주위 환경이 점차 악화되면서 주민들은 자신들의 선택지를 다시 생각하게 될 것이다. 대부분은 퇴거하겠지. 고층 건물의 상태는 점점 '우려할 정도'가 되어갈 것이다. 건물 상태에 대해 언론이 호들갑을 떨겠지. 지자체는 구미가 당기는 제안을 하면서 접근해올 것이다. 제안이란 재배치를 말한다. 건물 보강 공사보다 훨씬 돈이 적게 든다. 결국 이 지역은 황폐화되어 철거되고, 새 건물이 들어설 것이다. 아마도 의원들의 임시 숙소로 사용하기 위한 값비싼 작은 아파트거나, 아니면 사무실, 복합매장이겠지. 노른자위 땅인 건 의문의 여지가 없었으니까.

솔즈베리 크랙스…… 리버스는 거기도 기회만 주어진다면 개발하려는 사람들이 있을 게 분명하다고 생각했다. 하지만 그 기회는 한참 뒤에야 올 것이다. 오랜 세월이 지났어도 공원은 예전과 크게 달라지지 않았다. 주변에서 벌어지고 있는 공사에 이래라저래라하지 않고 그저 그 자리에 그대로 있을 뿐이었다. 솔즈베리 크랙스를 떠도는 부랑자들은 그저 사소한 골칫거리에 지나지 않았다. 그나마 대부분 일흔 살 이전에 죽었다. 그들은 솔즈베리 크랙스에 어떤 영향도 주지 못했다. 밀레니엄 때도 그랬다.

리버스는 대런 러프의 집 앞에 있었다. 대런은 사악한 남자 두 명에 대한 증언을 하려고 집으로 돌아왔다. 그 보상으로 괴롭힘을 당하고, 욕을 먹었으며, 마침내는 살해되고 말았다. 리버스는 자기가 그 첫 테이프를 끊었다는 게 자랑스럽지 않았다. 언젠가는 대런이 자기를 용서해주길 바랐다. 통로 바깥쪽에 보이는 유령 같은 형체에 말을 붙일 뻔했다. 하지만 그 형체가 다가오자 멀쩡한 사람이라는 걸 알게 되었다.

칼 브래디였다. 화난 얼굴로 리버스를 쏘아보았다.

"무슨 일이야?"

"그냥 둘러보는 거야."

"당신도 변태 같아."

리버스는 브래디가 들고 있는 휴대폰 쪽으로 고개를 까딱했다. "놀이터 감시원이 알려줬지?" 리버스는 혼자 고개를 끄덕였다. "여기 온 걸 보니 조직이 잘 돌아가는군. 자네한텐 뭐가 떨어지지?"

"공적 의무를 이행하는 거야." 브래디가 가슴을 부풀리며 말했다.

리버스는 손을 주머니에 넣고 한 걸음 가까이 다가섰다. "칼, 너 같은 놈이 시비를 판단하는 세상이라면 그게 바로 말세(Queer Street)야."

"지금 나보고 호모라고 했어?"* 칼 브래디가 소리 질렀다. 하지만 리버스는 이미 그를 지나쳐 계단으로 향했다.

---

* 말세(Queer Street)의 Queer를 동성애자로 알아들음.

41

"재니스 얘기 좀 해줘요." 페이션스가 말했다.

둘은 거실에 앉아 있었다. 둘 사이의 카펫에는 레드와인 병이 열린 채 놓여 있었다. 페이션스는 소파에 누워 있었다. 가슴에는 페이퍼백 소설책이 펼쳐져 있었다. 페이션스는 꽤 전부터 그렇게 펼쳐놓은 채 허공을 응시하면서 오디오에서 나오는 음악을 듣고 있었다. 닉 드레이크의 〈분홍빛 달(Pink Moon)〉이었다. 리버스는 안락의자에 앉아서 다리를 의자 옆쪽에 걸쳐놓았다. 신발과 양말을 벗고, 신문에서 축구 뉴스를 보고 있었다.

"네?"

"재니스요. 재니스에 대해 알고 싶어요."

"학교 동창이에요." 리버스는 신문 읽는 걸 멈췄다. "결혼했고 아들만 하나 있어요. 교사로 일했죠. 남편도 동창이에요. 브라이언이라고 하죠."

"재니스하고 사귀었어요?"

"학교 다닐 때요."

"같이 잤나요?"

리버스는 페이션스를 쳐다보았다. "그렇게까지 깊게 사귀진 못했어요."

그녀는 혼자 끄덕였다. "계속 사귀었다면 어떻게 되었을까 궁금하지 않아요?"

리버스는 어깨를 으쓱했다.

"난 궁금해요." 페이션스가 말을 계속했다. 잔이 비어 있어서 그녀는 몸을 기울여 채웠다. 책이 바닥으로 미끄러져 떨어졌지만 개의치 않았다. 리버스는 아직 리오하* 첫 잔을 마시고 있었다. 병은 거의 비었다.

"당신에게 음주 문제가 있다고 생각하는 사람은 아무도 없을 거예요." 리버스가 말했다. 그러면서 미소를 지으려고 했다.

페이션스는 다시 편안해했다. 와인이 손등에 튀자 핥았다.

"아니요. 난 그저 이따금 폭음을 할 뿐이죠. 그래서 재니스하고 자고 싶었어요?"

"페이션스, 제발……."

"그냥 관심이 가서 그래요. 새미는 재니스가 자길 경계한다고 하던데요."

"무슨 경계요?"

페이션스는 정확한 표현을 떠올리려는 듯 얼굴을 찌푸렸다. "갈망. 갈망과 약간의 자포자기. 재니스의 결혼 생활은 어때요?"

"삐걱댄대요." 리버스가 인정했다.

"그럼 당신이 파이프에 간 게…… 도움이 됐나요?"

"재니스와 자지 않았어요."

페이션스가 불만스럽다는 듯 손가락을 흔들었다. "방어는 비난받거든 해요. 당신은 형사니까 남들 눈에 어떻게 보일지 알 거예요."

리버스는 그녀를 노려보았다. "의심하는 건가요?"

"아니요, 존. 당신은 남자잖아요. 그게 다예요." 페이션스는 와인을 한

---

* Rioja. 스페인산 고급 와인.

모금 더 마셨다.

"당신에게 상처 주지 않아요."

그녀는 미소를 지으며 그의 손을 잡으려는 듯 팔을 뻗었다. 하지만 리버스와의 거리가 너무 멀었다. "알아요, 자기. 하지만 그때 당신은 날 생각조차 하지 않았어요. 그러니 상처 주고 안 주고는 그다음 문제죠."

"아주 확신하네요."

"매일매일 보니까요. 진료소에 오는 아내들은 항우울제를 처방해주길 원해요. 자기가 처한 더럽게 끔찍한 결혼생활을 헤쳐나갈 수 있는 거라면 뭐라도 처방해달라고 해요. 나한테 얘기를 해요. 다 털어놓죠. 그중 몇몇은 알코올이나 약물에 중독되고, 어떤 사람은 손목을 긋기도 해요. 그냥 가출하는 사람은 이상할 정도로 몇 안 돼요. 그런 경우는 폭력적인 남편과 결혼한 사람인 게 보통이죠." 페이션스는 리버스를 쳐다보았다. "그런 아내들이 뭘 하는지 알아요?"

"결국 돌아가죠?" 그가 추측했다.

페이션스는 리버스를 유심히 보았다. "어떻게 알아요?"

"나도 그런 사람들을 봐요. 가족 간의 큰 싸움, 비명과 구타 소리에 불평하는 이웃들. 당신이 알고 있는 것과 같은 아내들이에요. 가출한다는 것뿐이죠. 그런 아내들은 남편을 고발하거나 하지 않아요. 쉼터에 들어가죠. 그리고 시간이 지나면 자기가 유일하게 알고 있는 삶으로 돌아가죠."

페이션스는 눈을 깜빡여 눈물을 참았다. "왜 그렇게 될까요?"

"나도 알고 싶어요."

"우리에겐 뭐가 남을까요?"

리버스가 미소를 지었다. "수표."

페이션스는 그를 쳐다보지 않았다. 바닥에서 책을 집어 들고 와인 잔을 내려놓았다. "페인트로 그 메시지를 쓴 사람…… 뭘 하려고 했을까요?"

"확실하진 않아요. 자기가 여기 있다는 걸 나한테 알리고 싶었는지도 모르죠."

그녀는 읽던 페이지를 찾아서, 눈도 깜빡하지 않고 단어들을 응시했다. "그 사람 지금 어디 있어요?"

"산에서 길을 잃었으니 얼어 죽어가겠죠."

"정말 그렇게 생각해요?"

"아니요." 리버스는 인정했다. "오크스 같은 놈이라면…… 그렇게 쉬울 리가 없어요."

"당신을 쫓아올까요?"

"난 그놈 명단에서 1순위가 아니에요." 앨런 아치볼드가 살아 있기 때문이었다. X레이 촬영 결과 두개골 골절이었다. 아치볼드는 한동안 더 입원해야 한다. 경찰이 병실을 지키고 있었다.

"이리로 올까요?" 페이션스가 물었다.

CD가 끝났다. 거실에는 침묵만 흘렀다. "모르겠어요."

"그놈이 내 집 포석에 다시 페인트칠을 하려고 들면, 뻥 걷어차버릴 거예요."

리버스는 그녀를 쳐다보다가 웃기 시작했다.

"뭐가 그렇게 우스워요?" 페이션스가 물었다.

리버스는 고개를 저었다. "아무것도 아니에요. 그냥 당신이 내 편인 게 좋아서 그래요. 그게 다예요."

리버스는 그녀 쪽으로 잔을 들었다. 페이션스가 언급하기 전까지, 재니스와 보낸 그 저녁을 한 번도 생각하지 않았다는 게 기뻤다. CD 리모컨에서 '리플레이' 버튼을 눌렀다. "이 가수의 목소리는 무슨 도움을 필요로 하는 것처럼 들려요." 페이션스가 말했다.

"맞아요." 리버스가 말했다. "마약 중독자였거든요." 페이션스가 쳐다보자 어깨를 으쓱했다. "또 다른 희생자죠." 그가 말했다.

나중에 리버스는 담배를 피우러 밖으로 나왔다. 문밖 테라스에는 아직 메시지가 남아 있었다. '당신의 경찰 애인이 대런을 죽였어.' 인부들은 내일부터 제거 작업을 시작할 것이다. 오크스는 대런을 따라갔지만 놓쳤다고 말했다. 그럼 누군가 대런을 찾아냈군. 리버스는 거기에 대해서는 책임감을 느끼지 않을 것이다. 담뱃불을 붙이고 계단을 올라갔다. 경찰 표시가 있는 순찰차가 바로 밖에 있었다. 캐리 오크스가 방문할 생각을 가질 경우에 전할 메시지였다. 리버스는 순찰차 안의 경찰관 두 사람과 잡담을 했다. 담배를 다 피우고 집 안으로 돌아갔다.

42

"달리기 하실래요?" 쇼반 클락이 제안했다.

"자네가 말하는 '달리기'는 '차로 달리기'겠지?"

"걱정 붙들어 매세요. 경위님이 조깅 좋아하지 않는 건 아니까요."

"확실히 통찰력이 있군. 어디 가는 중인가?"

세인트 레너즈 경찰서의 아침이었다. 펜틀랜드 쪽 날씨가 청명했다. 리버스는 헬리콥터로 캐리 오크스의 자취를 수색할 수 있으리라 확신했다. 산기슭 언덕의 마을과 농장에는 경계경보가 내려졌다.

"놈을 궁지에 몰 생각은 하지 마십시오." 메시지가 발령되었다. "보게 되면 경찰에 알려만 주십시오."

지금까지 제보 전화는 없었다.

리버스는 몸이 천근만근인 느낌이었다. 페이션스를 위해 아침 – 오렌지주스와 두통약 두 봉지 – 을 준비했고, 페이션스로부터 진단과 환자를 대하는 태도에 대해 칭찬을 들었다. 그녀는 이제 괜찮아졌으니 병원에 출근해도 되겠다고 말했다.

"고민 상담 해달라는 사람만 없었으면 좋겠어요."

그리고 리버스는 지금 CID 사무실에서 커피와 초코바로 아침을 때우고 있었다.

"관상동맥을 위한 아침 식사야." 쇼반이 질색하는 걸 눈치챈 리버스가 말했다.

"빌리를 목격했다는 제보를 받았어요. 시간 낭비일 가능성이 높지만……."

"이왕 낭비할 거면 나와 같이하겠다?" 리버스가 미소 지었다. "배려심 죽이지?"

"됐습니다." 거절하면서 쇼반이 말했다.

"잠깐. 자네 지난밤 침대 어느 쪽에서 떨어졌나?"

"어젯밤엔 아예 침대까지 가지도 못했습니다." 그녀가 딱딱거렸다. 그런 다음 잠시 풀어졌다. "사연이 길어요."

"차를 타고 가면서 얘기하면 되겠네." 리버스가 말했다. "가지. 날 낚았잖아."

사연인즉 위층 집의 세탁기에서 물이 샜다는 것이었다. 집주인은 외출 중이었기 때문에 까맣게 몰랐다. 침실에 간 쇼반만이 이 사태를 발견했던 것이다.

"윗집 세탁기가 자네 침실 위에 있어?" 리버스가 물었다.

"골칫거리가 그게 다가 아니에요. 어쨌든 천장에서 얼룩을 발견했죠. 침대를 만져보니까 흠뻑 젖었더라고요. 그래서 소파 위에서 냄새나는 작은 슬리핑백에 들어가 자야 했죠."

"안 됐군." 리버스는 의자에서 자야 했던 시간들을 생각했다. 하지만 그건 자발적인 것이었다. 리버스는 차가 느린 속도로 도시를 벗어나 서쪽으로 향하자 사이드미러를 보았다. "말해보게. 왜 그레인지머스로 가지? 그쪽 지역 경찰이 처리 못 한대?"

"권한을 넘기기가 좀 그래서요."

리버스는 미소 지었다. 쇼반이 그의 전매특허 문장 하나를 가져간 것이다. "그러니까 일을 완전히 맡길 만큼 다른 사람을 믿지는 않는단 말이지?"

"그 비슷하죠." 리버스를 쳐다보며 그녀가 말했다. "좋은 선생님한테 배웠거든요."

"뭘 가르쳐준 건 까마득한 옛날인데."

"감사드려요."

"자네가 들은 척도 안 해서 그만둔 거잖아."

"하나도 안 웃기거든요." 쇼반이 목을 길게 뺐다. "왜 이렇게 차가 막히죠?"

앞에서 차들이 거북이걸음을 하고 있었다.

"새 지자체의 계획 덕분이지. 운전자들한테 최악의 상황을 만들어서 사람들이 찾아오지 않게 하는 거야. 그러면 도시가 어수선해지지 않으니까."

"보존 지역을 원하나 보네요."

리버스는 고개를 끄덕였다. "그런 동네가 50만 개는 돼."

마침내 차가 움직이기 시작했다. 그레인지머스는 포스강어귀를 따라 서쪽으로 뻗어 있었다. 리버스는 최근 몇 년간 여기 온 적이 없었다. 그레인지머스에 다가섰을 때 받은 첫인상은 영화「블레이드 러너」의 세트장을 돌아다니고 있다는 느낌이었다. 거대한 석유화학 공업 단지가 들쑥날쑥하게 솟은 굴뚝과 괴상하게 배치된 파이프로 스카이라인을 장악하고 있었다. 공업 단지는 침입 중인 외계 생명체처럼 보였다. 도시를 기계 팔로 감싸 쥐어짜서 목숨을 빼앗으려 하는 것 같았다.

사실은 그 반대였다. 공업 단지가 그레인지머스의 일자리를 거의 책임지고 있었다. 마침내 지나가게 된 거리는 어둡고 좁았다. 세기 초의 건축물들이 들어차 있었다.

"두 세계의 충돌이네." 주위를 살펴보면서 리버스가 낮은 목소리로 말했다.

"보존 구역 문제 때문에 기회를 망친 것 같네요."

"마을 주민들은 분명 한탄하겠지." 리버스는 도로 이름을 보았다. "여기야." 둘은 단층집 스타일의 주택들이 늘어선 곳 바깥에 차를 세웠다. 모든 주택이 옥상 공간에 침실과 창문을 추가해놓았다.

"11번 주택이에요." 쇼반이 말했다. "여자 이름은 월키고요."

월키 부인은 그들을 기다리고 있었다. 어느 동네에나 있을 법한 이웃이었다. 꼬치꼬치 캐묻는 것을 좋아했다. 월키 부인의 친절함은 분명 장점이지만, 리버스는 그녀의 이웃 중 몇 사람은 그렇게 보지 않을 거라고 확신했다.

거실은 작은 상자였다. 너무 더웠다. 하지만 크고 화려한 인형의 집처럼 자랑스러워하는 것 같았다. 쇼반이 예의상 관심을 보이자, 월키 부인은 그 역사에 대해 10분 넘게 이야기를 늘어놓았다. 리버스는 부인이 숨 한 번 안 쉬고 얘기했다고 장담할 수 있었다. 덕분에 두 사람 중 누구도 끼어들어서 화제를 돌릴 수 없었다.

"예쁘지 않아요?" 리버스 쪽을 보며 쇼반이 말했다. 리버스의 표정을 보고 그녀는 웃지 않으려고 뺨을 빨아들여야 했다. "보셨다는 그 아이 말인데요, 월키 부인."

셋은 모두 자리에 앉았다. 윌키 부인은 이야기를 시작했다. 부인은 신문에서 아이의 사진을 봤다. 그리고 두 시경에 가게에서 돌아오고 있을 때 아이가 거리에서 축구를 하는 모습을 봤다.

"몬테피오레 차량 정비소 벽에 공을 차고 있었어요. 뭐라더라…… 하여튼 그 주변에 낮은 돌벽이 있었거든요." 부인은 손으로 동작을 했다. "그걸 뭐라고 하죠?"

"앞마당이요?" 쇼반이 넌지시 말했다.

"맞아요." 부인이 쇼반을 보고 미소를 지었다. "그렇게 머리가 좋은 걸 보니 십자말풀이에는 도사겠군요."

"아이한테 말을 걸어보셨나요, 윌키 부인?"

"사실은 미스 윌키랍니다. 결혼한 적이 없거든요."

"정말입니까?" 리버스는 놀라는 듯한 표정을 억지로 지었다. 쇼반은 손에 기침을 하고는 빌리 호먼의 스냅 사진 몇 장을 미스 윌키에게 건네주었다.

"음, 확실히 이 아이 같네요." 사진을 자세히 살펴보며 미스 윌키가 말했다. "이 사진은 빼고요."

쇼반은 미스 윌키가 내민 사진을 받아서 폴더에 다시 넣었다. 리버스는 쇼반이 다른 아이의 사진을 살짝 집어넣은 걸 알고 있었다. 목격자가 얼마나 눈이 밝은지 알아보기 위해서였다. 미스 윌키는 합격이었다.

"아까 질문에 대답하자면." 미스 윌키가 말했다. "안 했어요. 아무 말도 걸지 않았어요. 집에 돌아와서 다시 신문을 봤죠. 그러고는 거기 적힌 번호로 전화했어요. 경찰서에서 아주 멋진 젊은이가 받더군요."

"그 일이 어제였습니까?"

"맞아요. 오늘은 못 봤어요."

"그럼 딱 한 번 보신 거네요?"

미스 윌키는 고개를 끄덕였다. "내내 혼자 놀고 있더군요. 외로워 보였어요." 미스 윌키는 사진을 돌려주고 일어나서 창밖을 내다보았다. "이런 동네에선 낯선 사람은 눈에 띄죠."

"못 보고 지나치는 게 거의 없겠군요." 리버스가 말했다.

"요새는 차들 때문에…… 주차 공간을 찾은 게 놀랍네요."

리버스와 쇼반은 서로를 쳐다보았다. 미스 윌키에게 시간을 내줘서 감사하다고 말하고 집을 나왔다.

밖에서 둘은 좌우를 둘러보았다. 거리 맨 끝 길모퉁이에 차량정비소가 있었다. 그리로 걸어갔다.

"차 얘기는 뭐였을까요?" 쇼반이 물었다.

"내 생각엔 그 집 창밖에 누가 늘 주차를 하나봐. 그러니까 부인이 돌아가는 일을 전부 보는 게 힘들어진 거지."

"대단하시네요."

"경험으로 아는 건 아니야."

하지만 미스 윌키의 집에서 리버스는 갑자기 우울해지는 느낌이었다. 그도 역시 창밖을 내다보는 사람이었기 때문이다. 아파트에 앉아서 불을 끄고 창밖을 내다보았다. 나이가 들면 자신도 미스 윌키처럼 될까? 동네의 참견꾼 이웃?

몬테피오레 차량정비소는 석유 펌프 하나, 가게, 작업 베이 두 개로 구성되어 있었다. 작업 베이 중 하나에 파란색 전신 작업복을 입은 남자가 있었다. 작업 피트 안에 서 있어서 머리만 보였다. 남자의 머리 위에는 파란색 폭스바겐 폴로가 있었다. 가게 계산대 뒤에는 나이 든 남자가 있었다. 리버스와 쇼반은 보도 위에서 발을 멈췄다.

"아이를 봤는지 물어보는 게 좋겠어요." 쇼반이 말했다.

"그렇게 해." 리버스가 약간 열의를 갖고 대답했다.

"대충 찔러보는 거라고 했잖아요."

"이웃집 아이일 수도 있어. 새로 이사 와서 친구 사귈 새가 없었을 거야."

"미스 월키가 애를 본 건 오후 두 시였어요. 학교에 있었을 시간이죠."

"맞아." 리버스가 말했다. "미스 월키는 아주 확신하는 것 같았어."

"어떤 사람들은 그래요. 도움이 되고 싶어서 이야기를 꾸며내기도 하죠."

리버스는 혀를 찼다. "그런 냉소주의는 가르친 기억이 없는데." 그는 꼬리를 물고 이어진 차들을 보았다. "혹시……."

"뭐가요?"

"앞마당 벽에 공을 차고 있었다고 했잖아."

"맞아요."

"차가 이렇게 많으면 그러고 놀 수 없을 텐데. 보도는 너무 좁고."

쇼반은 벽과 보도를 보았다. "차가 여기 없었을 수도 있죠."

"미스 월키 말대로라면 그건 이례적이야."

"무슨 말씀인지 모르겠어요."

리버스는 안쪽을 가리켰다. "저 안에 있었던 건 아닐까? 펌프를 사용하는 차가 없다면 놀 공간은 충분하잖아."

"직원들이 쫓아냈을 거예요." 쇼반이 그를 쳐다보았다. "그러지 않았을까요?"

"가서 물어보지."

둘은 먼저 가게로 가서 계산대 뒤의 남자에게 신분을 밝혔다.

"저는 사장이 아닙니다." 그가 말했다. "형 거예요."

"어제 여기 계셨습니까?"

"지난 열흘 동안요. 에디와 플로가 휴가 갔거든요."

"어디 좋은 데 갔나요?" 일상적인 대화를 하듯 쇼반이 물었다.

"자메이카요."

"이 애 기억하세요?" 리버스가 물었다. 쇼반이 사진 한 장을 들어보였다. "어제 앞마당에서 공놀이하던 앤데요."

사장의 동생이 고개를 끄덕였다. "고든 조카네요."

리버스는 목소리를 침착하게 유지하려고 했다. "고든 누구요?"

남자가 웃었다. "사실은 고든 하우*예요." 남자는 둘을 위해 스펠링을 불러주었다. 둘은 남자와 함께 웃었다.

"이름 때문에 놀림 많이 받았겠는데요." 웃어서 눈물이 난 척한 쇼반이 눈을 닦으면서 말했다. "어디 가면 하우 씨를 만날 수 있죠?"

"조크가 알 거예요."

쇼반이 고개를 끄덕였다. "조크가 누구죠?"

"미안합니다." 남자가 말했다. "다른 정비사예요."

"폭스바겐 밑에 있는 사람 말입니까?" 리버스가 물었다. 남자가 고개를 끄덕였다.

"그럼 하우 씨도 정비소 직원인가요?"

"네. 정비사예요. 오늘 휴가를 냈어요. 여기 일이 바쁜 것도 아니고 어린 빌리도 돌봐야 해서……." 남자는 빌리 호먼의 사진을 흔들었다.

"빌리요?" 쇼반이 말했다.

* 캐나다 출신의 전설적인 아이스하키 선수.

1분 후, 둘은 다시 앞마당으로 나왔다. 쇼반은 리버스의 휴대폰으로 전화를 걸었다. 세인트 레너즈 경찰서에 연락해서 빌리 호먼에게 고든 하우라는 삼촌이 있는지 물었다. 대답을 듣고 그녀는 리버스에게 무슨 답을 들었는지 알려주려고 고개를 저었다. 둘은 작업 베이로 갔다.

　"잠깐 얘기 좀 할까요?" 리버스가 소리쳤다. 둘은 조크라는 정비사에게 신분증을 보여줄 준비를 했다. 조크는 폭스바겐 아래서 기어 나와, 기름때로 새카매진 천에 손을 닦았다.

　"무슨 볼일이죠?" 조크의 머리카락은 연한 갈색이었고 목 뒤쪽에서 곱실거렸다. 한쪽 귀에는 길쭉한 귀걸이가 달랑거렸다. 손등에는 문신을 했다. 리버스는 조크의 왼손 새끼손가락이 없다는 걸 눈치챘다.

　"어디 가면 고든 하우를 만날 수 있죠?" 쇼반이 물었다.

　"애덤슨 스트리트에 살아요. 무슨 일인가요?"

　"지금 가면 있을까요?"

　"저야 모르죠."

　"하루 휴가를 냈더군요." 한 걸음 가까이 다가가며 리버스가 말했다. "휴가를 어떻게 보낼 거라고 당신에게 얘기했을 것 같은데요?"

　"빌리를 데리고 놀러나간댔어요." 정비사의 눈이 두 형사 사이를 왔다 갔다 했다.

　"빌리는?"

　"누나 아들이래요. 가난한 한 부모 가정이죠. 빌리는 돌봄 교실에 가거나 고디가 빌리를 돌봐줬죠. 빌리 때문인가요? 뭔가 말썽에 휘말렸나요?"

　"빌리가 문제아 유형인가요?"

　"전혀 아니에요." 정비사는 미소를 지었다. "사실 아주 조용한 애예요.

엄마 얘기를 하고 싶어 하지 않아요……."

"엄마 얘기를 하고 싶어 하지 않는다." 애덤슨 스트리트의 집으로 가는 길에서 쇼반이 되풀이했다. 집은 동네 끝의 부지에 있었고, 60년대에 건설된 세미 주택이었다. 세 들어 살다가 매입한 집들 같았다. 창문도 교체했고, 문도 더 좋았다. 하지만 벽은 전부 똑같이 회색으로 애벌칠*했다.

"분명히 고든 삼촌이 시켰겠지?"

초인종을 누르고 기다렸다. 리버스는 위층 창문에서 뭔가가 움직이는 것 같다고 생각했다. 한 걸음 물러서서 올려다보았지만 아무것도 보이지 않았다.

"다시 해봐." 쇼반이 초인종을 누르는 동안 리버스는 우편함을 열며 말했다. 통로 끝에 문이 있었는데 반쯤 열려 있었다. 리버스는 문 뒤에서 그림자를 보고 우편함을 닫았다.

"뒤로 돌아가자." 집 옆쪽으로 향하며 그가 말했다. 뒤뜰로 들어갔을 때 어떤 남자가 높은 나무울타리 위로 사라지고 있었다.

"하우 씨!" 리버스가 소리쳤다.

그 대답으로 남자는 함께 있던 아이에게 "튀어!" 하고 외쳤다. 리버스는 쇼반에게 울타리를 오르게 했다. 그는 다시 앞쪽으로 돌아간 다음, 둘이 어디서 나올지 생각하면서 도로로 달려 나갔다.

갑자기 두 사람이 눈앞에 나타났다. 하우는 절뚝거리면서 한쪽 다리로 걷고 있었다. 아이는 쏜살같이 도망쳤고, 하우는 빨리 가라고 재촉했다. 하지만 아이가 뒤돌아보니 자기와 하우 사이의 거리가 점점 멀어지고 있었다. 아이는 속도를 늦췄다.

---

* 뒤에 온전한 칠을 할 양으로 초벌로 하는 칠.

"안 돼! 계속 도망쳐, 빌리! 도망치라고!"

하지만 아이는 듣지 않았다. 완전히 걸음을 멈추고 리버스가 자기를 잡으러 오길 기다렸다. 쇼반이 보이기 시작했다. 바지 무릎이 찢어졌다. 하우는 아이가 꼼짝도 않는 걸 보고 두 손을 들었다.

"괜찮아." 그가 말했다. "괜찮아."

하우는 절망에 찬 빌리를 바라보았다. 빌리는 다시 하우 쪽으로 걸어오고 있었다.

"빌리, 왜 말 안 들어?"

고든 하우가 무릎을 꿇자 빌리는 하우의 목에 팔을 감았다. 남자와 소년은 서로 안았다.

"내가 말할게." 빌리가 흐느꼈다. "괜찮다고 할 거야."

리버스는 둘을 내려다보면서 고든 하우의 팔에 있는 문신을 보았다. 항복은 없다. UDA. 얼스터의 붉은 손. 톰 잭슨이 해준 얘기가 생각났다. 얼스터로 가서 민병대에 들어갔다는군요.

"당신이 빌리 아빠군요." 리버스가 알아맞혔다. "스코틀랜드에 돌아오신 걸 환영합니다."

43

에든버러로 돌아가는 길에 리버스는 하우와 함께 뒷좌석에, 빌리는 쇼반과 함께 앞자리에 앉았다.

"신문에서 그린필드 사건 기사를 봤군요?" 리버스가 추측했다. 고든 하우는 고개를 끄덕였다. "진짜 이름은 뭡니까?"

"에디 미언이요."

"북아일랜드에서 돌아온 지는 얼마나 됐죠?" 쇼반이 물었다.

"석 달 됐습니다." 그는 손을 뻗어 아들의 머리를 헝클어뜨렸다. "빌리를 돌려받고 싶었어요."

"애 엄마는 압니까?"

"그 암소요? 우리만의 비밀이었습니다. 그렇지, 빌리?"

"응, 아빠." 빌리가 말했다.

미언이 리버스 쪽으로 몸을 돌렸다. "몰래 빌리를 찾아가곤 했어요. 애 엄마가 알았다면 막았을 겁니다. 하지만 우린 비밀을 지켰죠."

"그러다가 대런 러프 기사를 읽었군요?" 리버스가 덧붙였다.

미언이 고개를 끄덕였다. "너무 좋아서 믿을 수가 없었어요. 내가 빌리를 빼내와도 사람들은 그 변태 새끼가 납치했다고 생각하겠죠. 적어도 한동안은요. 우리가 자리 잡을 기회가 생긴 거죠. 우린 잘 지냈어요. 그렇지,

빌리?"

"끝내줬어." 빌리가 대답했다.

"엄마는 넋이 나갔어, 빌리." 쇼반이 말했다.

"난 레이가 싫어요." 턱을 목 쪽으로 집어넣으면서 빌리가 말했다. 레이 헤지는 조안나 호먼의 애인이다. "엄마를 때려요."

"내가 빌리를 빼내오려고 한 이유가 뭐겠습니까?" 미언이 말했다. "애를 놓고 거래하는 건 아이한테 좋지 않습니다. 옳지 않아요." 그는 몸을 기울여 아들의 정수리에 키스했다. "하지만 우린 잘해왔어요. 그렇지, 빌리? 어떻게든요."

빌리는 좌석에서 몸을 돌려 아빠를 껴안으려고 했지만 안전벨트 때문에 불가능했다. 쇼반은 룸미러를 보면서 리버스에게 시선을 고정하고 있었다. 둘 다 앞으로 어떻게 될지 알고 있었다. 빌리는 그린필드로 돌아가게 되고, 미언은 기소당할 것이다. 리버스와 쇼반 모두 그 때문에 특히 기분이 편치 않았다.

에든버러 중심가로 향할 때, 리버스는 쇼반에게 조지 스트리트를 따라 우회하자고 부탁했다. 재니스의 흔적은 보이지 않았다.

"뭔가 아는 게 있나요?" 리버스가 미언에게 물었다.

두 사람은 세인트 레너즈 경찰서 취조실에 있었다. 미언 앞에는 차 한 잔이 놓여 있었다. 의사가 미언의 다리를 검진했다. 단순 염좌였다.

"뭐를요?"

"빌리가 사라지면 사람들이 대런 러프를 의심하리라는 걸 알고 있었잖아요. 그 사이에 당신은 자리 잡을 시간이 생기고."

"맞습니다."

"하지만 더 좋은 방법도 있을 텐데요. 사람들이 빌리를 찾는 걸 포기하게 만드는 계획이요."

미언이 흥미 있어 하는 것 같았다. "그게 뭔데요?"

"러프가 죽는다면," 리버스가 조용히 말했다. "경찰이 한동안은 계속 빌리를 찾으려 하겠죠. 설사 어딘가에 시체가 되어 숨겨져 있다고 생각하더라고요. 하지만 결국에는 수색을 중단하겠죠."

"나도 그 생각 했습니다."

리버스가 자리에 앉았다. "그래요?"

미언은 고개를 끄덕였다. "러프가 살해당했다는 뉴스를 보고, 하늘이 우리 기도를 들어주신 거라고 생각했어요."

리버스는 고개를 끄덕였다. "그래서 그렇게 했죠?"

미언이 얼굴을 찌푸렸다. "뭘 해요?"

"대런 러프를 죽이는 거요."

두 남자는 서로를 응시했다. 그러다가 미언의 얼굴에 공포가 번졌다. "아…… 아…… 아니에요." 그가 더듬거렸다. "절대, 절대로 아니에요……." 손으로 테이블 끝을 쥐었다. "난 아니에요. 내가 하지 않았어요."

"아니라고요?" 리버스는 놀라는 것 같았다. "하지만 당신에겐 완벽한 동기가 있어요."

"맙소사. 난 새 삶을 시작했어요. 누굴 죽였다면 어떻게 그런 생각을 하겠어요?"

"그런 사람 많아요, 에디. 그런 사람 여기에서만도 1년에 부지기수로 봅니다. 민병대 훈련을 받은 사람한테는 살인은 식은 죽 먹기일 텐데요."

미언이 웃었다. "어떻게 그런 생각을 했죠?"

"아파트 단지에 도는 소문이에요. 조안나가 빌리를 임신했을 때, 당신은 도망가서 테러리스트들과 한패가 됐다고."

미언은 진정하면서 주위를 두리번거렸다. "국선변호인 불러주세요." 그가 조용히 말했다.

"한 사람 오고 있습니다." 리버스가 설명했다.

"빌리는 어떻게 됐죠?"

"엄마한테 연락했어요. 지금 오고 있습니다. 기자회견을 위해 화장도 했겠죠."

미언은 눈을 꽉 감았다. "빌어먹을." 작은 목소리로 말했다. 그러고는 "미안해, 빌리."라고 말했다. 미언은 눈을 깜빡여 눈물을 참으며 리버스 쪽을 보았다. "누가 우릴 찔렀죠?"

오지랖 넓은 할머니와 줄지어 주차된 차량이라고 말해줄 수 있었다. 하지만 리버스는 차마 그럴 용기가 없었다.

세인트 레너즈 경찰서 바깥에는 카메라와 마이크가 진을 치고 있었다. 너무 많아서 기자들이 도로까지 밀려나올 지경이었다. 승용차와 밴이 경적을 울리는 바람에 조안나 호먼이 아들과의 감동적인 재회를 말하는 연설이 거의 들리지 않았다. 레이 헤지스 코빼기도 비치지 않았다. 리버스는 조안나가 레이를 쫓아낸 게 아닌가 생각했다. 어린 빌리는 별다른 감정을 보이지 않았다. 엄마가 계속 빌리를 안고 있었다. 카메라맨들이 사진을 더 찍으려고 몰려들어서 빌리는 거의 숨이 막힐 지경이었다. 조안나가 립스틱 칠한 입술로 키스를 퍼붓는 바람에 빌리의 얼굴은 곰보처럼 얽어 보였다. 그녀가 다른 질문에 대답할 때, 리버스는 빌리가 얼굴을 닦으려 하는 것을 보았다.

기자들과 일반인들이 뒤섞여 있었다. 지나가던 행인과 호기심 많은 사람들이었다. GAP 티셔츠를 입은 여자 하나가 전단지를 나눠주고 있었다. 밴 브래디였다. 길 건너에는 아이 하나가 균형을 잡으려고 가로등에 한 손을 잡고 자전거에 앉아 있었다. 리버스는 아이를 알아보았다. 밴의 막내아들이었다. 전단지도 티셔츠도 없었다. 그게 의아했다. 아이가 주변 사람들보다 덜 동요하는 걸까?

"애써주신 경찰 여러분께도 감사드리고 싶습니다." 조안나 호먼이 말했다. 별말씀을. 리버스는 속으로 생각하며 인파를 뚫고 나가 길을 건넜다. "하지만 무엇보다도 GAP 회원들의 도움에 감사드립니다."

동조하는 큰 함성이 밴 브래디에게서 터져 나왔다.

"이름이 제이미지?"

자전거에 탄 아이가 고개를 끄덕였다. "대런을 찾으러 왔던 경찰 아저씨죠?"

대런. 이름만 불렸다. 리버스는 담배를 꺼내서 제이미에게 권했다. 제이미는 고개를 저었다. 리버스는 담뱃불을 붙이고 연기를 내뿜었다.

"대런을 몇 번 봤겠구나."

"죽었잖아요."

"그 전에 말이야. 기사가 나기 전에."

제이미는 눈을 가리면서 고개를 끄덕였다.

"대런이 무슨 짓을 하려고 했니?"

이제 제이미는 고개를 저었다. "인사만 했어요. 그게 다예요."

"빌리에게만 관심이 쏠리는 것 같지?" 리버스는 제이미가 질투하고 있지만 내비치려 하지 않는다는 느낌을 받았다.

"네."

"빌리가 돌아와서 기쁘겠구나."

제이미가 그를 쳐다보았다. "칼이 빌리 엄마랑 살러 들어갔어요."

리버스는 담배를 한 모금 빨았다. "그럼 레이는 쫓겨났겠네?" 제이미가 다시 고개를 끄덕였다.

"그리고 형이 그 집에 들어갔고?" 리버스는 대단하다는 듯한 표정을 지었다. "속전속결이네."

제이미는 불만스러운 듯 중얼거릴 뿐이었다. 리버스는 돌파구를 보았다.

"아주 기뻐하는 것 같지는 않구나. 빌리가 보고 싶지 않았니?"

제이미는 어깨를 으쓱했다. "신경 안 써요." 하지만 신경 쓰고 있었다. 형은 집을 나갔다. 엄마는 GAP 일에 정신없었다. 그리고 이제 빌리 호먼이 관심을 독차지하고 있었다.

"대런이 다른 사람과 있는 걸 본 적 있니? 아이 말고 방문객."

"없어요."

리버스는 얼굴을 앞으로 기울였다. 제이미는 리버스를 볼 수밖에 없었다. "확실하지는 않은 것 같은데?"

"누가 대런을 찾아왔어요."

"언제?"

"GAP 일이 시작할 때요."

"대런 친구?"

제이미는 다시 어깨를 으쓱했다. "말해주지 않았어요."

"그럼 뭐라고 했니?"

"신문에 난 사람을 찾으러 왔다고 했어요. 신문을 들고 있었죠. 대런 러프의 기사가 난 신문을 말한다.

"그가 정확하게 '신문에 난 사람'이라고 말했니?"

제이미는 미소를 지었다. "'녀석'이라고 했던 것 같아요."

"녀석?"

제이미는 상류층 사람 같은 목소리를 냈다. "신문에 난 녀석."

"그럼 주민은 아니겠네?"

이제 제이미는 입속에서 웅얼거리는 듯한 웃음을 터뜨렸다.

"어떻게 생겼지?"

"늙고 키가 꽤 컸어요. 콧수염이 있었고요. 머리는 회색이었는데 콧수염은 검은색이었어요."

"형사 되면 잘하겠는데, 제이미."

제이미는 혐오스럽다는 듯 코를 찡그렸다. 두 사람이 이야기하는 것을 제이미의 엄마가 보고 길을 건너오고 있었다.

"제이미!" 차량 사이를 빠져 지나가면서 그녀가 외쳤다.

"그 사람한테 무슨 얘기했니?"

"대런의 아파트를 가리켰어요. 대런이 거기 없다고 했죠."

"그러니까 그 사람은 어떻게 했지?"

"5파운드를 줬어요." 제이미는 슬그머니 주위를 둘러보았다. "차까지 그 사람을 미행했어요."

리버스는 미소를 지었다. "정말 형사 저리 가라구나."

제이미는 다시 어깨를 으쓱했다. "크고 하얀 차였어요. 벤츠 같았죠."

밴 브래디가 다가오자 리버스는 뒤로 물러났다.

"저 사람이 뭐라고 했니, 제이미?" 리버스를 매섭게 쏘아보며 그녀가 물었다. 하지만 제이미는 반항적으로 엄마를 쳐다보았다.

"아무것도." 제이미가 말했다.

밴이 리버스를 쳐다보았다. 리버스는 그저 어깨만 으쓱했다. 밴이 제이미 쪽으로 몸을 돌리자 리버스는 그에게 윙크했다. 제이미는 스치듯 미소를 지었다. 아주 잠깐이나마 누군가의 관심 대상이 되었다.

"칼 얘기를 묻고 있었어요." 리버스가 밴 브래디에게 말했다. "조안나랑 살기로 했다더군요."

밴이 리버스 쪽으로 몸을 돌렸다. "무슨 상관이죠?"

그는 밴이 손에 든 전단지 쪽으로 고개를 까딱했다. "나도 한 장 줄래요?"

"당신네가 일을 제대로 했다면." 그녀가 비웃었다. "GAP이 필요 없었을 거예요."

"그나저나 왜 GAP이 필요하다고 생각했죠?" 리버스가 몸을 돌려 자리를 뜨면서 물었다.

리버스는 컴퓨터 앞에 앉았다. 지역의 벤츠 매장에 연락해 예감을 확인해보기로 했다. 흰색 벤츠를 모는 사람이라면 이미 하나 알고 있었다. 마골리스 부인이었다. 리버스는 펜으로 책상을 톡톡 두드리며 통화를 시작했다. 처음 건 번호에서 행운이 왔다.

"아, 네. 마골리스 박사님은 단골이십니다. 오랫동안 벤츠만 구매하셨죠."

"죄송한지만 마골리스 부인 얘긴데요."

"네, 며느리 되시는 분 말씀이시죠. 마골리스 박사님이 그 차도 사셨습니다."

조셉 마골리스 박사……. "아들과 며느리를 위해 샀다는 말인가요?"

"맞습니다. 작년이었죠."

"마골리스 박사 본인은요?"

"박사님은 보상판매를 선호하셨죠. 1~2년 타다 새 모델과 교체하셨습니다. 그렇게 하면 감가상각이 많이 안 되죠."

"그럼 지금은 뭘 타시죠?"

판매부장이 조심스러워졌다. "왜 직접 물어보지 않으세요?"

"그럴 겁니다." 리버스가 말했다. "부장님 덕분에 수고를 덜었다고 박사님께 말씀드릴 생각이에요."

리버스는 한숨을 쉬는 소리를 들었다. 부장은 "잠깐만 기다리십시오"라고 했다. 리버스는 키보드를 두드리는 소리를 들었다. 그리고 잠깐 멈췄다. "E200 모델입니다. 6개월 전에 구매하셨군요. 만족하시나요?"

"크리스마스 아침의 어린애가 된 기분입니다." 리버스는 세부사항을 적었다. "색깔은요?"

부장이 다시 한숨을 쉬었다. "흰색입니다. 마골리스 박사님은 늘 흰색만 사세요."

리버스가 전화를 끊었을 때 쇼반 클락이 다가왔다. 리버스의 책상 모서리에 앉았다.

"누가 게으름을 피우는 것 같아요." 그녀가 말했다.

"무슨 소리야?"

"에디 미언이요. 조회를 해보니 아직 북아일랜드에 있는 걸로 나와요.

누군가 리즈번*에 전화를 했어요. 미언이 아직 거기 있다는 얘기를 듣고는 아주 기쁜 소식처럼 받아들이던데요."

"누가 전화했는데?"

"죄송하지만 로이 프레이저요."

"그 친구는 그렇게밖에 못 배우는군."

"그럼요. 경위님도 과거의 실수에서 배우시잖아요."

리버스는 미소를 지었다. "그래서 난 같은 실수를 절대 되풀이하지 않지."

쇼반이 팔짱을 꼈다. "미언이 처음부터 이 일을 계획했다고 생각하세요?"

리버스는 천천히 고개를 끄덕였다. "거의 그래. 리즈번에서 돌아올 때, 아무에게도 얘기하지 않고 떠나온 건 사실 같아. 그레인지머스에서 새 신분을 만들었겠지. 에든버러에서 코 닿을 거리니까. 왜 진짜 신원을 밝히지 않았을까? 빌리를 데려오려는 것 말고는 다른 이유가 없어. 두 사람만의 새로운 인생을 생각한 거지."

"그게 그렇게 나쁜가요?" 쇼반이 물었다.

"지금 빌리 상황보다 나빠질 리는 없겠지." 리버스는 인정했다. 그는 쇼반을 쳐다보았다. "조심하게, 쇼반. 자넨 지금 법이 개똥같다고 생각할 위험이 있어. 그러다가 자기만의 규칙을 만드는 건 금방이야."

"경위님처럼 말이죠." 질문이라기보다는 의견이었다.

"나처럼." 리버스는 동의할 수밖에 없었다. "그래서 지금 내 꼴을 봐."

"경위님 꼴이 어떤데요?"

그는 수첩 종이를 톡톡 쳤다. "온통 흰색 차만 보이고 있어."

---

* 북아일랜드 리즈번 행정구의 수도.

44

짐 마골리스가 솔즈베리 크랙스에서 몸을 던졌던 날 밤에 흰색 차가 목격되었다. 그럴 만하다. 짐은 흰색 차를 가지고 있었으니까. 하지만 짐의 아내는 차가 차고에 그대로 있었다고 했다. 짐은 크랙스까지 내내 걸어갔다. 어떻게 그럴 수 있지? 리버스는 알 수 없었다.

대런 러프가 구타당해 죽은 시간 즈음에도 홀리루드 파크에서 다른 흰색 차가 목격되었다.

그리고 이보다 전에, 흰색 차를 탔던 사람이 러프를 찾고 있었다.

리버스는 쇼반에게 이 이야기를 했다. 그녀는 함께 추론을 할 수 있게 의자를 당겨왔다.

"전부 같은 차라고 생각하세요?" 그녀가 물었다.

"겉보기에 전혀 연관 없는 두 개의 사망 사건이 발생했을 때, 그 차가 공원에 있었다는 것만 알아."

쇼반이 머리를 긁었다. "전혀 모르겠어요. 흰색 벤츠를 가진 다른 사람이 있을까요?"

"연쇄살인범이 최근에 구매했거나 렌트했다는 말인가?" 리버스는 말을 이었다. "지금까지 내가 알아낸 이름은 마골리스뿐이야." 리버스는 생각했다. "제인 바버는 크림색 포드 몬데오를 몰지."

"운행 중인 흰색 벤츠가 그 차 하나만은 아니잖아요?"

리버스는 고개를 끄덕였다. "하지만 제이미가 말한 남자의 인상착의는 짐의 아버지와 놀라울 정도로 닮았어."

"장례식에서 보셨어요?"

리버스는 고개를 끄덕였다. 그리고 어린이 미인 대회도. 한마디 덧붙였다. "은퇴한 의사야."

"아들이 자살해서 슬픔에 젖은 나머지 자경단이 되기로 결심한 건가요?"

"썩어빠진 세상을 없앰으로써 삶의 부조리함에 저항하는 거지."

쇼반의 미소가 환해졌다. "설마 그렇게 보시는 건 아니죠?"

"아니지." 리버스는 펜을 책상 위에 가볍게 던졌다. "솔직히 말하자면 아무것도 모르겠어. 좀 쉬어야겠어."

"커피 드려요?" 쇼반이 제안했다.

"더 센 걸 원했는데." 리버스는 그녀의 표정을 보았다. "커피로 참아야지."

리버스는 담배를 피우러 주차장에 나갔다. 하지만 사브에 올라타 하이 스트리트를 건너 웨이벌리역을 지나 플리전스로 향했다. 조지 스트리트를 따라 서쪽으로 차를 몰다가, 불법 유턴을 해 동쪽으로 되돌아갔다. 재니스가 머리에 손을 얹고 도로 경계석에 앉아 있었다. 행인들이 그녀를 쳐다봤지만, 멈춰 서서 도움이 필요하냐고 묻는 사람은 없었다. 리버스는 경계석 옆에 차를 세우고 재니스를 태웠다.

"데이먼이 여기 있는 거 알아." 그녀는 계속 되풀이했다. "난 알아."

"재니스, 이건 너나 데이먼 모두에게 좋지 않아."

재니스의 눈이 빨갰다. 너무 울어서 염증이 생긴 것 같았다. "네가 뭘 아는데? 아이를 잃어버린 적이나 있어?"

"새미를 잃을 뻔했어."

"하지만 안 잃었잖아!" 그녀는 리버스에게서 몸을 돌렸다. "넌 일생에 도움이 된 적이 없어, 존. 미치도 돕지 못했잖아. 너하고 제일 친했는데. 거의 장님이 될 뻔했어."

재니스는 할 말이 많은 것 같았다. 독기로 가득 찬 말이. 리버스는 손을 핸들 위에 가볍게 얹고는 그녀가 계속 말하게 두었다. 어느 순간 재니스는 차에서 내리려고 했지만, 리버스가 당겨서 다시 차에 앉혔다.

"이러지 마." 그가 말했다. "더 얘기해. 들어줄게."

"필요 없어!" 재니스가 내뱉었다. "왜 그런지 알아? 그렇게 날 돕는 걸 즐기고 있잖아!" 이번에 재니스가 차 문을 열었을 때는 리버스도 막지 않았다. 그녀는 길모퉁이에서 내려 뉴타운으로 향했다. 리버스는 차를 돌려서 캐슬 스트리트로 우회전한 다음 영 스트리트로 좌회전했다. 옥스퍼드 바 앞에 차를 세우고 들어갔다. 클라서 박사는 늘 있던 자리에 서 있었다. 오후의 술꾼들이 있었다. 퇴근한 회사원들로 북적대기 시작하는 다섯 시나 여섯 시쯤이면 대부분 나갈 것이다. 바텐더 해리가 리버스를 보고는 1 파인트 잔을 들었다. 리버스는 고개를 저었다.

"독한 거 한 모금만, 해리." 리버스가 말했다. "그건 더 많이 마실 때 쓰는 게 낫겠어."

그는 뒤쪽 방에 앉았다. 작가 말고는 아무도 없었다. 작가는 책으로 가득 찬 큰 가방을 가지고 있었다. 이곳을 작업실로 이용하는 것 같았다. 리버스는 읽을 만한 책이 뭐가 있냐고 몇 번 물어본 적이 있었다. 몇 권 추천

받았지만 읽지는 않았다. 오늘은 두 사람 다 말동무가 필요 없는 것 같았다. 리버스는 잔을 놓고 앉아서 생각에 잠겼다. 30년 전을, 졸업 파티를 생각했다. 자신만의 버전으로…….

미치와 조니는 계획이 있었다. 군에 입대해서 실전을 경험할 생각이었다. 미치는 자료를 요청해 받은 다음, 커콜디에 있는 모병 사무소에 들렀다. 다음 주에는 조니를 데리고 갔다. 모병 담당 상사는 "전쟁터에서" 보냈던 시간에 대한 농담과 이야기를 들려주었다. 그리고 미치와 조니에게 기본 훈련 과정은 쉽게 통과할 수 있을 것이라고 말했다. 그는 콧수염을 길렀고 배가 나왔다. 미치와 조니에게 군대는 '담배와 술이 무진장이고' '너희처럼 잘생긴 녀석들은 술이 귀로 넘쳐흐를 정도가 될 거라고' 말했다.

조니 리버스는 그게 무슨 말인지 정확히는 알지 못했다. 하지만 미치는 양 손을 비비며 상사와 키득거렸다.

그것으로 얘기 끝이었다. 조니는 아버지와 재니스에게 얘기하기만 하면 됐다.

아버지는 그다지 탐탁치 않아 했다. 아버지는 제2차 세계대전 당시 극동에서 복무한 적이 있었다. 당시의 사진 몇 장, 그리고 '타지마할'이라고 바느질로 글씨를 새긴 검은색 스카프를 가지고 있었다. 무릎에 흉터가 있었는데, 아무리 봐도 총상은 아니었다. 아버지는 그렇게 주장하긴 했지만.

"네가 정말 원하는 게 아니야." 조니의 아버지가 말했다. "그저 적당한 직업을 바라는 거지." 부자는 계속 말다툼을 이어나갔다. 아버지가 마침내 결정적인 한 방을 날렸다. "재니스가 뭐라고 하겠냐?"

재니스는 아무 말도 하지 않았다. 리버스는 그녀에게 말하는 걸 계속 미루고 있었다. 그리고 어느 날 재니스는 자기 엄마한테 그 얘기를 들었다. 재니스 엄마는 계속 조니의 아빠와 연락을 하고 있어서 조니가 떠날 생각이라는 걸 알고 있었다.

"영영 가버리는 게 아니야." 리버스가 주장했다. "휴가 자주 나올게."

재니스는 팔짱을 꼈다. 본인이 옳다고 생각할 때면 재니스 엄마도 그런 자세를 취했다. "그리고 난 그저 무작정 널 기다리라고?"

"하고 싶은 대로 해." 돌멩이를 차며 리버스가 말했다.

"그럴 생각이야." 화가 나서 떠나며 재니스가 말했다.

나중에 둘은 화해했다. 리버스는 재니스의 집에 가서 그녀의 침실로 함께 올라갔다. 단둘이 얘기할 수 있는 장소는 거기뿐이었다. 재니스 엄마는 주스와 비스킷을 가져다주면서 시간을 10분 주었다. 그러고는 더 필요한 게 없는지 확인하러 다시 나타났다. 조니는 미안하다고 말했다.

"마음을 바꿨단 얘기야?" 재니스가 물었다.

그는 어깨를 으쓱했다. 재니스와 미치 중에서 누구를 실망시키고 싶은 지 확신이 서지 않았다.

졸업 파티 날, 그는 마음을 정했다. 미치는 혼자서도 군대에 갈 수 있다. 조니는 남을 것이다. 취직을 하고 재니스와 결혼할 것이다. 그리 나쁜 인생은 아니다. 자기보다 앞서 살았던 수많은 사람들도 그렇게 했다. 재니스에게 말할 생각이었다. 댄스파티에서 말할 것이다. 그리고 물론 미치에게도.

하지만 먼저 미치와 술을 마셨다. 미치는 술 몇 병과 병따개를 가져왔다. 둘은 학교 옆 교회 경내의 묘지로 숨어들어갔다. 잔디 위에 누워서 각각 두어 병씩 마셨다. 주위에는 온통 비석이 솟아올라 있었다. 기분이 정말 좋고 편안했다. 조니는 하려던 말을 삼켰다. 나중에 하면 된다. 이 순간을 망칠 수 없었다. 그들의 인생 전부가 정돈되고, 모든 게 잘 풀릴 것 같왔다. 미치는 그들이 가게 될 나라, 그들이 보고 하게 될 일을 얘기했다.

"걔들은 완전 실망할 거야. 두고 보라고." 보우힐에 남는 사람들 얘기였다. 친구들은 대학에 가거나, 광부가 되거나, 부두 노동자가 될 것이다. "우리는 전 세계를 누빌 거야, 조니. 걔네들은 여기밖에 모르는 우물 안 개구리가 되겠지." 그리고 미치는 손가락 끝이 묘비의 거친 표면에 쓸릴 때까지 팔을 뻗었다. "걔들은 죽을 날만 기다리게 되는 거야."

둘은 천하무적이 된 기분으로 운동장 안으로 행진했다. 교사와 학생회장이 문에서 티켓을 받고 있었다.

"맥주 냄새가 나는데." 학생회장이 의표를 찔렀다. 그러고는 눈을 찡긋했다. "내 거 한 병 남겨뒀지?"

조니와 미치는 강당으로 들어가면서 웃음을 터뜨렸다. 이젠 모두 성인이다. 음악이 흐르고 사람들은 춤을 추고 있었다. 식당의 격자식 식탁에는 소프트드링크와 샌드위치가 놓여 있었다. 강당 주변에는 의자가 놓여 있었다. 사람들은 옹기종기 모여서 대화를 하면서 눈으로는 사방을 둘러보고 있었다. 새로 도착한 그들을 보고 부러워하고 있는 것 같다는 느낌이 ─ 아주 잠시 ─ 들었다. 미치는 조니의 팔을 치고, 여자 친구인 마이라에게 갔다. 조니는 댄스가 끝나면 미치에게 얘기할 생각이었다.

조니는 재니스를 찾아보았지만 보이지 않았다. 재니스에게 말해야 했다……. 할 말을 찾아야 했다. 그때 누군가 화장실에 위스키가 있다고 말해주었다. 거기부터 가기로 했다. 작은 방 두 개가 나란히 있었고, 각 방마다 남자애 셋이 파티션 위로 병을 주고받고 있었다. 걸리지 않게 조용히 하고 있었다. 위스키는 불을 삼킨 것 같았다. 연기가 콧구멍으로 나오는 느낌이었다. 그는 술에 취해 마냥 들떴다. 말릴 수 없었다.

홀로 돌아오니, 여자들이 파트너를 고르는 순서였다. 메리 매커친이라는 여자애가 조니에게 춤을 청했다. 둘은 춤을 잘 췄다. 하지만 그는 릴*을 추느라 약간 어지러웠다. 자리에 앉아야 했다. 방금 도착한 애들을 알아채지 못했다. 같은 학년 남자애 셋이었다. 미치와는 오랫동안 숙적이었다. 셋 중에 리더인 앨런 프로테로는 미치와 일대일로 붙은 적이 있었다. 미치가 결국 그를 박살내버렸다. 조니는 그들이 미치를 주시하고 있는 걸 보지 못했다. 학창 시절의 마지막인 졸업 파티에서 복수를 하리라고는, 일을 끝장내고 새로 시작하리라고는 꿈에도 생각하지 못했다.

지금 재니스가 홀에 있기 때문이었다. 조니 옆에 앉아 있었다. 둘은 키스했다. 심지어 미스 다이사트가 바로 앞을 지나가면서 헛기침으로 경고를 하는데도 아랑곳하지 않았다. 마침내 재니스가 입술을 떼었을 때, 조니는 일어나서 재니스를 일으켜 세웠다.

"할 말이 있어." 그가 말했다. "하지만 여기선 안 돼. 나가자."

조니는 그녀를 밖으로 데리고 나와서 구 건물 뒤를 돌아 아직 자전거 보관대 – 이젠 거의 사용하지 않는 – 가 있는 곳으로 갔다. 이곳은 '흡연자용 구석자리'라고 불렸다. 하지만 연인들의 밀회 장소이기도 했다. 점심시간을 이용해 재빨리 진한 키스를 할 수 있는 곳이었다. 조니는 재니스를 벤치에 앉혔다.

"예쁘다는 말 안 해줄 거야?"

조니는 넋을 놓고 재니스를 바라보았다. 정말 예뻤다. 학교 창문에서 나오는 조명 때문에 재니스의 피부는 마치 빛이 나는 것 같았다. 눈은 유혹적이었고, 드레스의 옷자락은 벗겨지길 기다리는 듯 바스락거렸다. 조

* 스코틀랜드에서 보통 두 명이나 네 명이 추는 빠른 춤.

니는 다시 재니스에게 키스했다. 그녀는 몸을 떼려고 하면서, 말하고 싶은 게 뭐냐고 물었다. 하지만 그는 이제 그 말은 나중에 해도 될 것 같았다. 머리가 조금 어지러웠고, 꿈과 욕망으로 가득 차 있었다. 재니스의 목을 만졌다. 맨살 어깨가 있는 쪽이었다. 손을 그녀의 등 쪽으로 내려 옷 안으로 밀어 넣었다. 재니스 엄마가 공들여 만들어준 드레스라는 걸 알고 있었다. 세게 누르자 지퍼의 바늘땀이 뜯어지는 게 느껴졌다. 재니스는 숨을 헐떡이며 그를 밀어냈다.

"조니⋯⋯." 재니스는 드레스의 뜯어진 부분을 만져보려고 목을 뺐다. "이 바보, 옷이 엉망이 됐잖아."

조니는 손을 그녀의 다리에 놓고, 드레스를 무릎 위로 밀어 올렸다. "재니스⋯⋯."

재니스는 이제 일어섰다. 조니도 일어서서 다시 키스하려고 그녀를 끌어당겼다. 그녀는 얼굴을 돌렸다. 그는 그녀의 다리를 밀어 올리며, 두 팔로 목 주위를 미끄럽게 지나 등으로 내려갔다⋯⋯. 재니스는 조니가 맥주와 위스키를 마신 걸 알 수 있었다. 자기가 싫어한다는 걸 알면서도. 그의 손이 다리를 벌리려고 하는 걸 느끼고 다시 밀어냈다. 조니는 비틀거렸다. 그는 다시 균형을 잡고는 미소보다는 느끼한 웃음을 던지며 그녀에게 달려들었다.

그리고 재니스는 손을 뒤로 돌려 주먹을 쥐고는 강력한 펀치를 날렸다. 하마터면 손목뼈가 탈골될 뻔했다. 손가락 관절을 문지르면서 낮게 고통스러운 신음을 냈다. 조니는 기절해서 바닥에 대자로 뻗었다. 재니스는 다시 벤치에 앉아서 그가 깨어나길 기다렸다. 그때 소란한 소리가 들렸다. 재니스는 여기 있는 것보다는 가서 알아봐야겠다고 생각했다.

싸움 소리였다. 일방적인 구타에 더 가까웠다. 미치 혼자서 세 놈을 상대하고 있었다. 그들은 운동장 끝에 있었다. 뒤로 크랙스의 윤곽이 보였다. 하늘은 멍이 든 듯 어두운 파란색이었다. 미치는 바로 오늘밤에는 그 셋을 한꺼번에 상대할 수 있다고 생각한 것 같았다. 그들은 미치에게 복수전을 제안하면서 일대일 대결을 약속했을지도 모른다. 하지만 3대 1이었고, 미치는 엎드린 채 얼굴과 갈비뼈에 속절없이 발길질 세례를 당하고 있었다. 재니스는 앞으로 달려 나갔다. 하지만 작고 말랐지만 강단 있어 보이는 사람이 그녀보다 먼저 싸움판에 끼어들었다. 그는 팔다리를 풍차처럼 돌리며, 결의에 차 이를 악다물고 무방비상태의 코를 향해 박치기를 했다. 재니스는 그 사람이 모두의 익살꾼인 바니 미라는 걸 알고 놀랐다. 간결함과 정확성은 부족했지만, 맹렬한 투지로 메우고 있었다. 마치 기계 같았다. 하지만 채 1분도 못 버텼다. 결국 바니는 기진맥진해지고 말았지만, 세 놈은 점점 컴컴해지는 어둠 속으로 가버렸다. 바니는 땅에 대자로 쓰러져 달과 별을 올려다보았다.

미치는 일어나 앉았다. 한 손을 가슴에 대고 다른 손으로는 눈을 가렸다. 양손은 피투성이였다. 입술은 찢어졌고 코피가 흘렀다. 침을 뱉자 부러진 이빨 반 조각이 걸쭉한 침 사이에 딸려 나왔다. 재니스는 바니 미 위에 서 있었다. 대자로 뻗어 있으니 그렇게 작아 보이지도 않았다. 그는…… 다부져 보였고 영웅적이었다. 바니는 눈을 뜨고 재니스를 보았다. 이를 드러내고 씩 웃었다.

"여기 누워봐." 바니가 그녀에게 말했다. "네가 봐야 할 게 있어."

"뭔데?"

"서서는 못 봐. 누워야 해."

재니스는 그의 말을 믿지 않았지만 어쨌든 누웠다. 드레스가 흙투성이가 돼도 상관없었다. 어차피 등 쪽이 뜯어졌는데. 그녀의 얼굴이 바니의 코앞에 있었다.

"내가 뭘 봐야 하는데?" 재니스가 물었다.

"위에 저거." 손가락으로 가리키며 바니가 말했다.

재니스는 올려다보았다. 하늘은 검은색이 아니었다. 제일 먼저 그게 이상했다. 물론 어두웠지만 흰색별과 구름이 줄무늬를 이루었다. 달은 커다랗고, 노란색이라기보다는 오렌지색처럼 보였다.

"놀랍지?" 바니 미가 말했다. "볼 때마다 놀랍다는 말을 할 수밖에 없어."

재니스는 바니 쪽으로 몸을 돌렸다. "네가 놀라워." 그녀가 말했다.

그는 칭찬을 받고 미소를 지었다. "이제 뭘 할 거야?"

"졸업하면?" 그녀는 어깨를 으쓱했다. "모르겠어. 취업해야겠지."

"대학에 가."

재니스는 바니를 더 가까이서 바라보았다. "왜?"

"넌 좋은 선생님이 될 거야."

그녀는 크게 웃었지만 잠시뿐이었다. "왜 그렇게 생각해?"

"수업 때 널 봤어. 잘 할 거야. 난 알아. 아이들은 네 수업에 귀를 기울일 거야." 바니는 이제 그녀를 보고 있었다. "난 알 수 있어." 그가 말했다.

미치는 목 뒤에 남아 있던 피를 닦아냈다. "조니는 어디 있어?" 그가 물었다.

재니스는 어깨를 으쓱했다. 미치는 눈에서 손을 뗐다. "눈이 안 보여." 그가 말했다. "그리고 아파 죽겠어." 미치는 몸을 구부리고 울기 시작했다.

"머리 안쪽이 아파."

재니스와 바니는 일어나서 미치를 도와 일으켜 세웠다. 선생님 한 분을 찾아서 미치를 병원에 데려가게 했다. 그때 조니 리버스는 정신을 차렸지만, 쇼는 끝난 후였다. 조니는 재니스가 바니 미와 춤추는 것도 알아채지 못했다. 병원에 태워다줄 차가 필요할 뿐이었다.

"미치한테 할 말이 있어."

마침내 미치 부모님이 오셔서 조니를 커콜디까지 태워다 주었다.

"대체 무슨 일이 생긴 거니?" 미치의 엄마가 물었다.

"모르겠어요. 거기 없었어요."

그녀는 몸을 돌려 조니를 쳐다보았다. "거기가 어딘데?" 그는 부끄러워하며 고개를 저었다. "그러면 그 멍은 어디서 들었니?"

광대뼈에서 턱까지 긴 보라색 멍 자국이 있었다. 어쩌다 그렇게 멍이 들었는지는 죽어도 말할 수 없었다.

그들은 병원에서 오래 기다렸다. 엑스레이 얘기가 나왔다. 갈비뼈가 부러졌다고 했다.

"어느 놈 짓인지 알아내기만 하면……." 주먹을 쥐며 미치 아빠가 말했다.

나중에 더 나쁜 소식이 전해졌다. 미치의 망막이 박리되었고, 더 악화될 수 있다는 것이었다. 미치는 한쪽 눈의 시력을 잃게 되었다.

조니가 미치를 면회해도 된다는 허락을 받았을 때는 – 너무 오래 머물러서 지치게 하면 안 된다고 미리 주의를 들었다 – 미치는 한쪽 눈의 시력을 잃는다는 얘기를 듣고 울고 있었다.

"세상에, 조니. 한쪽 눈이 멀게 되다니, 어떻게 이럴 수 있어?"

문제의 눈에는 반창고가 붙여져 있었다.

"빌어먹을 롱 존 실버*가 될 게 분명해." 병실에 있던 환자 하나가 기침을 하며 맹세했다. "너나 꺼져!" 미치가 그에게 소리쳤다.

"맙소사, 미치." 조니가 속삭였다. 미치는 조니의 손목을 잡고 세게 쥐었다.

"이젠 네가 해야 돼. 우리 둘 모두를 위해서."

조니는 입술을 핥았다. "무슨 얘기야?"

"군대에선 날 안 받아줄 거야. 한쪽 눈이 멀었잖아. 미안해, 친구. 내가 미안해하는 거 알지?"

조니는 몸을 떨면서 탈출구를 생각하려고 했다.

"알았어." 그는 고개를 끄덕이며 말했다. 할 수 있는 말은 그것뿐이었다. 계속 그 말을 되풀이했다.

"그래도 우리 만나러 돌아올 거지?" 미치가 말했다. "전부 얘기해줘. 내가…… 너와 함께 있었던 것처럼."

"알았어, 알았어."

"날 위해 그렇게 할 거지, 조니?"

"그럼, 물론이야."

미치가 미소를 지었다. "고마워, 친구."

"기꺼이 할게." 조니가 말했다.

그래서 조니는 군에 입대했다. 재니스는 상관하지 않는 것 같았다. 미치가 기차역에서 배웅해줬다. 그리고 그렇게 흘러갔다. 미치와 재니스에게 편지를 보냈지만 둘 다 답장을 보내지 않았다. 첫 휴가를 나왔을 때. 어

* 스티븐슨의 소설 『보물섬』에 나오는 해적.

디서도 미치를 찾을 수 없었다. 재니스는 부모님과 바캉스를 갔다. 나중에 미치가 어디론가 떠나버렸다는 사실을 알았지만, 그 이유나 목적지를 아는 사람은 아무도 없는 것 같았다. 조니는 반쯤 알 것 같았다. 그 편지, 귀향 휴가…… 미치가 이제는 결코 가질 수 없는 삶을 떠올리게 했을 것이다.

그리고 동생 미키한테서 편지가 왔다. 재니스가 바니 미와 사귄다는 사실을 전해달라고 했다. 조니는 한동안 집에 돌아가지 않았다. 휴가 때 머물 곳을 찾은 다음, 아버지와 동생에게는 의심하지 않게 거짓말로 편지를 썼다. 그러면서 이제 군대가 자신의 집이라고 생각하게 되었다. 그를 이해해주는 유일한 곳이었다.

카든던과 한때 친했던 친구들, 그리고 한때는 닿을 수 있다고 생각했던 꿈이 머릿속에서 점점 더 맴돌았다.

45

어두웠다. 캐리 오크스는 배가 고팠다. 그리고 게임은 아직 끝나지 않았다.

붙잡히지 않는 방법은 교도소에서 많이 배웠다. 붙잡혔던 경험이 있는 죄수들이 전부 가르쳐주었다. 우선 외모를 바꿔야 한다. 자선 가게*를 이용하면 쉽다. 재킷, 셔츠, 바지까지 새로 구비하는 데 20파운드도 안 들었다. 머리에는 트위드 플랫 캡을 썼다. 그래도 갑자기 머리카락이 자라게 할 수는 없었다. 신문에 나온 사진과 비슷한 걸 보고 추가로 조정을 했다. 공중화장실에서 깔끔하게 면도를 했다. 여기저기 뒹구는 쇼핑백을 찾아서 쓰레기를 담았다. 가게 창에 모습을 비춰보니 노숙자가 따로 없었다. 좀 씁쓸하긴 했지만 아직 물건을 살 만한 돈은 충분히 있었다.

노숙자들이 시간을 보내는 장소를 찾아냈다. 그래스 마켓에 있는 청소년 회관, 트론 커크에 있는 화장실 옆 벤치, 마운드 박물관 제일 아래층이었다. 이곳들은 안전했다. 노숙자들은 맥주와 담배를 나눴고, 대답을 꾸며낼 수 없는 질문은 하지 않았다.

몸이 떨리고 아팠다. 호텔에서 지낼 때보다 몸이 안 좋아졌다. 강한 바람이 부는 산에서 밤을 지새우는 바람에 체력이 급격히 떨어졌다. 게임은 그가 원하는 방향대로 진행되지 않았다. 아치볼드는 아직 살아 있었다. 그

* 기증받은 물품들을 팔아 자선기금을 모으는 중고품 가게.

의 삶에서 지워버려야 할 사람이 둘 있었다. 둘 다 손봐줘야 한다.

그리고 리버스……. 리버스는 짐 스티븐스가 말한 '거친 주정뱅이' 이상의 존재였다. 스티븐스의 얘기를 들은 오크스는 리버스가 맨몸으로 싸움판에 나타날 거라고 예상했다. 하지만 우라지게 완전무장을 했다. 오크스는 행운과 날씨 덕분에 간신히 도망쳤다. 아니면 신이 그가 사명을 완수하길 원해서인지도 모른다.

이제는 상황이 쉽지 않다. 도시 중심가에서는 익명의 존재로 숨어 지낼 수 있었다. 하지만 시내를 벗어나면 발견될 위험이 더 커진다. 에든버러 교외에는 낯선 사람이 오랫동안 있다 보면 눈에 띌 수밖에 없는 지역들이 남아 있다. 사람들이 경계하는 눈초리로 창가 의자에 앉아 있는 곳이다. 하지만 이런 교외 마을 중 하나가 오크스의 최종 목적지였다. 처음부터 그랬다.

버스를 탈 수도 있었지만 결국 걸어가기로 했다. 한 시간도 더 걸렸다. 앨런 아치볼드의 방갈로를 지나쳤다. 보우 윈도우*와 흰색으로 애벌칠한 벽이 있는 1930년대 스타일의 집이었다. 안에 사람이 사는 것 같진 않았다. 아치볼드는 입원 중이었고, ─ 어떤 신문에 따르면 ─ 경찰의 보호를 받고 있었다. 오크스는 아치볼드를 계획에서 잠시 제외했다. 그 늙다리 개자식이 어쨌든 병원에서 죽을 수도 있으니까. 아니, 그는 오르막으로 향해 이스트 크랙스로 이어지는 구불구불한 다른 길로 갔다. 여기 온 적이 딱 두 번 있다. 갑자기 특정 지역을 자주 다니면 사람들이 의심하리라는 것을 알고 있었다. 한 번은 밤에, 다른 한 번은 낮에 왔다. 두 번 다 리스 워크 아래쪽에서 택시를 탔고, 택시 운전사가 눈치채지 못하게 하려고 반드시 목

---

* 활 모양으로 내민 내닫이창.

적지에서 몇 블록 떨어진 곳에서 내렸다. 깊은 한밤중에 곧바로 건물 벽을 향해 걸어가, 그 안에 사람이 있는지 느껴보려고 떨리는 손가락으로 석조 부분을 만져 보았다.

그가 안에 있었다.

떨림이 멈추지 않았다.

그가 거기 있는 건, 오크스가 전화를 걸어 부탁했기 때문이었다. 오크스는 자신을 친구 아들이라고 밝혔다. 전화한 걸 비밀로 해줄 수 있는지 물어보았다. 찾아가서 깜짝 놀라게 하고 싶었다.

과연 놀랄까.

이제 오크스는 주차장과 같은 층에 있었다. 마치 피곤한 노동자가 집으로 가듯이 천천히 지나쳐갔다. 경찰차가 있는지 곁눈질로 확인했다. 경찰이 알아냈을 것 같진 않았다. 하지만 다시는 리버스를 얕잡아보지 않을 생각이었다.

경찰차는 없었지만 눈에 익은 차가 보였다. 멈춰 서서 봉지를 내려놓고 다른 손으로 바꿔 들었다. 생각보다 무거웠다. 차를 살펴보았다. 박스 홀 아스트라였다. 번호판도 같았다. 오크스는 이를 악물고 숨을 내쉬었다. 이건 너무 심했다. 그 개자식이 그의 계획을 결딴내려 하고 있었다.

방법은 하나뿐이다. 오크스는 주머니에 든 나이프를 더듬었다. 몇 놈은 죽일 수밖에 없다.

발소리가 들리자 봉지를 버리고 차 아래 누웠다. 가까이 오는 걸 보려고 고개를 돌렸다. 한 시간 반은 넘게 바닥에 누워 있었던 것 같았다. 등이 시렸고 다시 몸이 떨리기 시작했다. 차 문이 열리는 소리가 들리자 숨어 있던 곳에서 빠져나와 조수석 문을 잡아당겨 열었다. 운전자는 그를 보고 다시 나가려고 했지만, 캐리 오크스는 오른손에 나이프를 쥐고 왼손으로 짐 스티븐스의 옷소매를 움켜잡았다.

"다시 만나니 반갑지?" 오크스가 말했다. "이제 문 닫고 시동 걸어." 그는 재킷을 벗어 뒷좌석에 던졌다.

"어디로 가죠?"

"그냥 드라이브나 해." 셔츠도 벗었다.

"무슨 짓이에요?" 스티븐스가 물었다. 하지만 오크스는 들은 척도 않고 바지도 벗어 뒷좌석에 던졌다.

"웬 깜짝쇼예요, 캐리?"

"농담이 나오지?" 차가 주차장을 나올 때, 오크스는 자기가 뭔가를 깔고 앉아 있다는 걸 깨달았다. 스티븐스의 노트와 펜이었다.

"취재 중이었나?" 그는 노트를 펼쳤지만, 스티븐스가 속기로 적어놓은 걸 보고 실망했다.

"왜 그를 만나러 갔지?" 노트의 모든 페이지를 네 조각으로 찢으며 오크스가 물었다.

"누굴 만나요? 옛날 이웃을 방문했을 뿐이에요. 그리고……."

나이프가 스티븐스의 옆구리 쪽으로 원을 그렸다. 스티븐스가 핸들에서 손을 놓았다. 차는 도로 경계석을 향해 방향을 틀었다. 오크스가 바로 잡았다.

"계속 밟아! 이 차를 세우면 넌 죽은 목숨이야!"

스티븐스는 손바닥을 살펴보았다. 피가 흥건했다. '병원'이라고 목쉰 소리로 말했다. 고통으로 얼굴을 찡그렸다.

"내가 대답을 다 들어야 병원에 갈 수 있어! 왜 그를 만나러 갔지?"

스티븐스는 다시 차를 운전하면서 핸들 쪽으로 몸을 구부렸다. 오크스는 그가 기절하는 게 아닐까 생각했지만, 그냥 아파서 그런 것이었다.

"세부 내용을 확인하고 있었어요."

"그게 다야?" 오크스는 노트를 잡아 뜯었다.

"그럼 달리 뭘 하겠어요?"

"내가 묻는 이유가 그거야, 짐. 칼침 또 맞고 싶지 않으면 날 납득시켜." 오크스는 히터 스위치로 손을 뻗어 최고 온도까지 올렸다.

"책 때문이에요."

"책?" 오크스는 눈을 가늘게 떴다.

"인터뷰와 함께 쓸 자료가 부족해요."

"나한테 먼저 물어봤어야지." 오크스는 잠시 입을 다물었다.

"어디로 가는 거죠?" 스티븐스는 한 속으로 핸들을 잡고, 다른 손으로 옆구리를 눌렀다.

"로터리에서 우회전해서 동네를 빠져나가."

"글래스고 로드요? 병원에 가야 해요."

오크스는 들은 척도 안 했다. "그가 뭐라고 했지?"

"뭐라고요?"

"나에 대해서 뭐라고 했냐고?"

"예상하는 대로겠죠."

"마음이 편해 보였어?"

"거의 그래요."

오크스는 차창을 내리고 종이쪽을 날려 보냈다. 그가 다시 몸을 돌렸을 때, 스티븐스는 손으로 바닥을 뒤적이며 뭔가를 찾고 있었다.

"뭘 하는 거야?" 오크스는 나이프를 휘둘렀다.

"휴지요. 여기 어디 휴지 박스가 있었는데."

오크스는 짐을 살펴보았다. "자네한테만 하는 말인데, 휴지로 될 것 같지 않아."

"어지러워 죽겠어요. 세워야겠어요."

"계속 밟아!"

스티븐스의 눈꺼풀이 무거워 보였다. "뒷좌석에 있나 찾아봐요."

"뭘?"

"휴지 박스."

오크스는 자리에서 몸을 돌려 스티븐스의 옷을 치워보았다. "여긴 없어."

스티븐스는 주머니를 더듬었다. "있어야 하는데……." 마침내 큼직한 면 손수건을 찾아서 러닝셔츠 안으로 천천히 밀어 넣었다.

"공항 쪽 출구로 가." 오크스가 명령했다.

"영국을 뜨는 건가요?"

"내가?" 오크스가 씩 웃었다. "이제 재미있어지기 시작했는데?" 그가 재채기를 했다. 앞 유리에 침이 튀었다.

"축하해요." 스티븐스가 말했다.* 차 안에는 잠시 침묵이 흘렀다. 그러다 둘 다 웃었다.

"재미있군." 오크스가 눈을 닦으며 말했다. "자네가 나한테 축하를 하다니."

"난 지금 출혈이 심해요."

"괜찮아, 짐. 전에 과다출혈로 죽은 사람을 봤어. 자넨 아직 멀었어." 오

---

* 서양에서는 재채기를 하면 나쁜 기운이 빠져나간다고 해서 '축하한다'고 인사를 건넨다.

크스는 좌석에 등을 기댔다. "그럼 거기 혼자 가서 배경 조사를 했다? 자네가 간 걸 누가 알지?"

"아무도 몰라요."

"편집장도?"

"네."

"존 리버스는?"

스티븐스는 콧방귀를 뀌었다. "내가 왜 알리겠어요?"

"나 때문에 돌아버릴 지경이었으니까." 오크스는 아랫입술을 내밀었다. "어쨌거나 그 일은 미안해."

"전부 거짓말이었어요?"

"나와 내 양심만 아는 문제지."

차가 도로의 요철 부분에 부딪혔다. 스티븐스는 얼굴을 찡그렸다.

"사람들이 고통에 대해 뭐라고 하는지 알아? 맨 처음에는 색깔을 보게 된다고 하지. 모든 게 정말 선명해져."

"피는 확실히 선명하게 보이겠네요."

"그런 게 아니야." 오크스는 조용히 말했다. "전혀 아니야."

그들은 다른 로터리에 다가갔다. 왼쪽에는 1년 중 대부분 사용되지 않는 잉글리스턴 전시회장이 있었다. 오늘밤에도 마찬가지였다.

"공항으로?" 스티븐스가 물었다.

"아니. 좌회전해."

스티븐스가 좌회전했다. 좌회전을 하니 건설 현장에 가까워지고 있었다. 공항 출구 쪽에 있는 호텔을 보충하기 위해 또 다른 호텔이 신축 중이었다. 현장 주변은 농지였고, 주택이 드물게 있었다. 불빛이라곤 하나도 없었다. 심지어 이착륙하는 비행기의 불빛도 없었다.

"이 근처엔 병원이 없는데요." 스티븐스가 두려움에 사로잡혀 말했다.

"차 세워."

스티븐스는 시키는 대로 했다.

"공항에는 의사가 있어." 오크스가 말했다. "난 차가 필요하니까 자넨 걸어가."

"움직이지 않는 게 나을 것 같아요. 날 내려주면 되잖아요." 짐 스티븐스는 바짝 마른 입술을 핥았다.

"아니면 더 좋은 수가……." 캐리 오크스가 말했다. 그리고 손을 휘둘렀다. 나이프가 스티븐스의 옆구리로 다시 파고들었다.

그리고 다시, 또 다시 계속 파고들었다. 스티븐스의 말은 알아들을 수 없는 공포, 체념, 고통으로 뒤틀린 신음으로 바뀌었다.

오크스는 시체를 끌고 나와서 흙무더기 뒤에 버렸다. 주머니를 뒤져 카세트 녹음기를 찾아냈다. 불빛은 별로 없었지만 녹음기를 열어서 테이프를 뺄 수 있었다. 녹음기는 남겨두고 테이프만 가져갔다. 지갑에는 약간의 현금과 신용카드가 있었지만, 그것들을 사용하거나 가져가고 싶지 않았다. 다시 몸을 숙이고 녹음기를 재킷에 문질러 지문을 지웠다.

살을 에는 듯한 바람이 불었다. 시체를 숨기려고 하다가는 저체온증으로 죽을 것 같았다. 차로 돌아가서 현장을 떠났다. 히터는 가장 세게 틀었다. 피 때문에 팬티가 좌석에 붙었다. 피부에 느낌이 왔다. 아직은 옷을 입으면 안 된다. 깨끗하게 돼야 한다. 핏자국이 묻은 옷을 입고 에든버러를 돌아다닐 수는 없었다.

감옥에서 배운 기술이었다. 그러고 보면 그의 감방 동료는 그렇게 멍청하지만도 않은 것 같았다.

동네로 돌아오는 길에, 사람 없는 슈퍼마켓 주차장에 들러 테이프를 쓰레기통에 버렸다.

그리고 계속해서 갔다. 시체가 발견되려면 적어도 하루는 걸린다. 짐 스티븐스의 차 덕분에 하룻밤은 쉴 곳이 생겼다.

46

서쪽에서 나온 거라고는 토피첸*에서 온 전화밖에 없었다. 하지만 소식
은 빨려 퍼졌다. 로이 프레이저는 리버스를 태우고 현장으로 갔다. 차를
타고 가는 내내, 리버스는 프레이저에게 단 한 가지만 말했다.

"자네는 에디 미언 일을 망쳤어. 그렇게 돼버렸지. 젊었을 때 그런 일이
벌어지는 게 나아. 아직 실패에서 배울 수 있을 때니까. 그렇지 않으면 '완
벽주의자'라는 얘기를 넌지시 전해 듣게 되지. 이 말은 동료들이 자네를
'헛똑똑이'라고 생각한다는 뜻이야."

"명심하겠습니다." 충고를 머리에 새기려는 듯 얼굴을 찌푸리며 프레
이저가 말했다. 그러고는 주머니에 손을 집어넣었다. "클락 경정님 메시지
입니다." 쪽지를 건네주었다. 리버스는 쪽지를 폈다. 처음에는 무슨 말인
지 몰랐다. 머리가 언제나처럼 과부하가 걸린 상태였다. 하지만 마침내 그
단어들이 번갯불처럼 머리를 강타했다.

*심층 조사를 해봤어요. 조셉 마글리스는 단순한 의사가 아니더군요. 한
동안 지자체에서 일했어요. 보육원에 대한 특별 책임자였죠. 거기에 어떤
의미가 있는지 모르겠지만, 경위님이 그를 물고 늘어질 거란 느낌이 드네
요. 힘내세요. S.*

---

* 스코틀랜드 로디안주 서부의 작은 마을.

리버스는 쪽지를 여러 번 읽었다. 거기에 정말 어떤 의미가 있는지 확신하지 못했다. 하지만 명확한 연결고리가 나타나기 시작한다는 건 알 수 있었다. 그리고 연결고리라는 건 언제나 활용할 수 있고.

토피첸에서는 셔그 데이비드슨 경위가 나왔다. 그는 리버스가 차에서 나오자 살짝 미소를 지었다.

"범인은 언제나 현장에 돌아온다고 하지."

"썰렁해, 셔그."

"자네와 피살자가 절친한 사이는 아니었다며?"

"끝날 날이 다가왔는지도 모르지." 리버스가 말했다. "시체는 아직 안 옮겼나?"

데이비드슨은 고개를 저었다. 건설 현장의 작업은 중단되었다. 포터캐빈* 창으로 내다보는 얼굴들이 보였다. 다른 인부들은 안전모를 쓰고 보온병에서 차를 마시며 주위를 서성거리고 있었다. 현장 감독은 작업이 2주간 지연되었다며 불평했다.

"저러니 조금만 늦었으면 시체가 엄청나게 훼손됐을 거 같지 않아?" 데이비드슨이 말했다.

리버스는 현장 주변에 쳐진 테이프 아래로 몸을 수그려 지나갔다. 피해자는 사망 선고를 받았다. 시체의 사진을 찍고 있었다. 과학수사 팀은 이미 테이프 작업을 마쳤다. 제복 경관들이 현장 주변에 퍼져서 단서를 찾고 있었다. 데이비드슨이 전체 상황을 지휘했다.

"생각나는 거 있어?"

"아주 큰 거 하나."

---

* Portakabin. 임시 사무실 등으로 쓸 수 있도록 차량에 달고 이동 가능한 작은 건물.

"오크스?" 리버스는 데이비드슨을 쳐다보았다. 데이비드슨은 미소를 짓고 있었다. "나도 신문을 봤어. 친구의 친구가 말해줬지. 오크스가 스티븐스를 엿 먹였다고. 그다음에 오크스는 앨런 아치볼드를 공격하고 도망쳤어." 그가 말을 멈췄다. "그나저나 아치볼드 선배는 어때?"

"이 가엾은 친구보다는 훨씬 낫지." 리버스가 시체 쪽으로 가까이 다가서며 말했다. 게이츠 교수는 스티븐스의 머리 쪽에 쭈그리고 – 또는 게이츠 자신이 좋아하는 표현대로 '오리 자세로' – 앉아 있었다. 게이츠는 리버스 쪽으로 고개를 끄덕이며 인사하면서도 현장 초기 감식을 계속했다. 과학수사 팀 한 사람이 투명 플라스틱 봉투를 건넸다. 봉투 안에는 땅에 떨어져 있었던 스티븐스의 소지품이 들어 있었다.

"차 열쇠는 없었나요?" 리버스가 물었다. 과학수사 팀 팀원은 고개를 저었다.

"차도 없었어." 데이비드슨이 덧붙였다.

"스티븐스는 박스 홀 아스트라를 몰아."

"알아. 수배령 내렸어."

"여기까지 차로 온 게 분명해. 오크스는 차가 없어."

"오는 도중에 피를 많이 흘렸던 것 같네요." 게이츠가 말했다. "셔츠와 바지는 피로 흠뻑 젖었는데 시체 아래에는 그렇게 많지 않아요."

"다른 데서 칼에 찔렸다고 생각하세요?"

"내 추정으론 그래요." 게이츠는 과학수사 팀 팀원 쪽으로 몸을 돌렸다. "리버스 경위님께 기계를 보여드려."

형사는 봉투에서 작은 금속 상자를 꺼냈다. 리버스는 가까이 들여다보았지만, 만져보지 않아도 알 수 있었다.

"스티븐스의 녹음기예요."

"맞아요." 게이츠가 말했다. "오른쪽 주머니에 있었어요. 상처와 출혈이 있었던 부위에서 꽤 떨어진 쪽이죠."

"하지만 피가 묻어 있는데요."

게이츠가 고개를 끄덕였다. "안에 테이프도 없어요."

"살인자가 테이프를 가져간 걸까요?"

"아니면 너무 중요해서 사망자가 미리 빼놨을 수도 있죠. 그때는 벌써 칼에 찔려서 쇼크 상태가 시작되었을 텐데도 말이죠."

리버스는 데이비드슨 쪽으로 몸을 돌렸다. "종적은?"

"지금 찾고 있어." 데이비드슨은 제복 경관들 쪽을 손짓했다. "스티븐스가 뭘 하고 있었는지 짐작 가는 거 있어?"

"나와 마지막으로 얘기했을 때는, 오크스의 과거를 조사해볼 생각이라고 했어."

"뭘 찾았는지 궁금하군."

리버스는 어깨를 으쓱했다. "오크스가 먼저 손을 써야만 했던 거겠지."

"자네를 공격한 걸로 이미 선수는 쳤잖아?"

리버스는 스티븐스의 시체를 내려다보았다. 그는 오랫동안 리버스의 그림자였다. 그리고 최근에야 자기 인생으로 다시 돌아왔다.

"스티븐스가 이제야 마음에 좀 들기 시작했어." 리버스가 말했다. "재미있지." 그는 데이비드슨을 쳐다보았다. "게임이 끝나지 않았다는 느낌이야, 셔그. 절대 끝나지 않았어."

데이비드슨의 부하 한 명이 그들에게 달려왔다. "차를 발견했답니다."

"어디서?" 리버스가 먼저 물었다.

부하는 고개를 저으며 눈을 깜빡였다. "경위님은 좋아하지 않을 것 같은 곳인데요."

짐 스티븐스의 아스트라는 세인트 레너즈 뱅크라고 하는 거리의 주차 금지선 위에 있었다. 세인트 레너즈 뱅크는 세인트 레너즈 경찰서에서 바로 길모퉁이를 돌아간 곳이었다. 엉망으로 지어진 집들이 한 줄로 이어졌고, 그 집들은 모두 연철로 된 울타리에 면해 있었다. 울타리 뒤에는 홀리루드 공원과 솔즈베리 크랙스가 자리했다. 문 양쪽으로 큰 창이 두 개 달렸고 선명한 분홍색으로 칠해진 3층집 밖에 차가 주차되어 있었다. 차 열쇠는 점화 장치에 꽂혀 있었다. 이게 처음에 어떤 주민의 눈길을 끌었다. 그는 옆집에 가서 혹시 차에 열쇠를 두고 내리지 않았느냐고 물어보았다. 차를 살펴보다가 차문이 잠기지 않았다는 걸 알았다. 운전석을 열어보니 시트가 젖은 데다 얼룩이 져 있는 게 보였다. 시트에 손을 눌러보니 끈적끈적한 빨간색이 묻어나왔다.

"그놈이 장난친 겁니까, 뭡니까?" 로이 프레이저가 말했다. 세인트 레너즈에서 사람들이 몰려나왔다. 도와주겠다는 마음보다는 호기심 때문에 나온 사람이 더 많아 보였다. 리버스는 그들 대부분을 쫓아냈다. 과학수사팀 세 명을 데리고 왔다. 나머지는 건설 현장에서의 작업이 끝나는 대로 따라올 것이다. 왓슨 총경이 와서 빤히 바라보다가 상황을 '관리'하기 시작했다.

"셔그 데이비드슨의 결정이었습니다." 리버스가 총경에게 알렸다. "지금 오는 중입니다."

농부는 고개를 끄덕였다. "좋아. 하지만 차를 되도록 빨리 이동시키게. 우리 주차장에라도 말이야. 벌써 로랜드 라디오에 소식이 떴어. 여기다 차를 계속 놔두면 사람들이 벌떼같이 몰려올 거야."

차 주변에 사람들이 늘어나고 있었다. 리버스는 그린필드 주민 몇 명의 얼굴을 알아보았다. 여기서 코 닿을 데 있는 곳이었다.

로이 프레이저가 질문을 되풀이했다.

"우리를 조롱하는 거야." 리버스가 대답했다. 그는 과학수사 팀이 어떻게 하고 있는지 보러 갔다.

"운전석 바닥에서 이걸 발견했습니다." 대원 하나가 말했다. 비닐봉지 안에는 레이블이 붙어 있지 않은 카세트테이프가 있었다. 겉면에 피 묻은 엄지손가락 지문이 선명하게 보였다.

"이게 필요하네." 리버스가 말했다.

"지문을 떠야 합니다."

리버스는 고개를 저었다. "피해자 지문이야." 그는 억지로 미소를 지었다. 짐, 영리한 친구 같으니. 그는 생각했다. 그놈은 결국 자네 테이프를 가져가지 못했어.

최소한 이것이라도 바랐다.

"다른 것도 있습니다." 다른 대원이 말했다. 앞 유리창에 퍼져 있는 작은 자국을 손가락으로 가리켰다. 안쪽에 있었습니다……. 누가 기침이나 재채기를 한 것 같습니다. 살인자가 했다면……."

"DNA를 뽑아낼 수 있을까?"

"가능성이 엄청 희박하기는 해도…… 시도해봐야죠. 이게 관련이 있을지 모르겠습니다." 대원은 조수석 바닥에 있는 노트를 가리켰다. 주석으로 된 나선형 고리가 루스리프* 페이지를 고정하고 있었다. 종이쪽이 고리에

---

* 종이를 마음대로 갈아 끼우거나 보충할 수 있는 방식.

걸려 있었고, 페이지는 찢어졌다.

리버스는 대원의 어깨를 토닥였다. 그는 상관없다고, 누가 죽였는지 안다고, 심지어 왜 죽였는지도 알 것 같다고 말하고 싶지 않았다. 리버스는 몸을 돌렸다. 작은 폴리에틸렌 봉투에 든 테이프를, 마치 축제에서 금붕어를 잡은 아이처럼 조심스럽게 들고 있었다.

리버스는 취조실 중 하나를 사용했다. 여기가 더 조용하기 때문이었다. 테이프 끝 부분을 조심스럽게 잡아서 녹음기에 집어넣었다. 미세 증거물을 훼손해서는 안 된다. 젠하이저 헤드폰을 끼고 앞에는 캐리 오크스의 파일에 있는 서류들과 최근의 신문 인터뷰 스크랩을 펼쳐놓았다. 스티븐스의 신문사에 전화했다. 신문사에서는 아직 기사화되지 않은 녹취록을 팩스로 보내주었다. 때때로 제복 경관이 머리를 들이밀고 최근에 들어온 팩스를 건네주었다. 곧 테이블이 가득 덮었다.

쇼반은 리버스에게 줄 커피 한 잔과 BLT*를 가지러 갔다. 가져다주고 나서는 자리를 떴다. 그가 바라던 바였다. 머릿속에는 온통 지금 듣고 있는 인터뷰뿐이었다.

"꼬마 놈은 엄마와 함께 우리 집에 왔지…… 마누라의 여동생이었어. 그놈은 작고 약했지." 남자의 목소리는 노쇠하고 헐떡거리는 것 같았다.

"그 애와 잘 지내지 못하셨죠?" 짐 스티븐스의 목소리였다. 리버스의 팔에 소름이 돋았다. 주위를 둘러보았지만 스티븐스의 유령은 보이지 않았다. 아직까지는……. 가끔 배경 소음이 들렸다. 기침, 목소리, TV 소리, 관객…… 아니, 구경꾼이다. 축구 시합을 구경하는 것 같았다. 리버스는

---

* 베이컨, 양상추, 토마토를 넣은 샌드위치.

CID로 가서 휴지통을 뒤졌다. 접힌 채 있거나 잊어버리고 창턱에 놔둔 종이들을 샅샅이 살펴본 끝에 어제 TV 편성표를 찾았다. 7시 30분: UEFA컵* 하이라이트. 이게 딱 맞는 것 같았다. 리버스는 편성표 부분을 찢어내서 취조실로 가지고 돌아왔다. 다시 테이프를 틀었다.

"솔직히 말하자면 난 그놈이 싫었어. 완전 훼방꾼이었지. 우리 가족은 아무 문제없이 잘 살고 있었어. 만사가 순조롭게 잘 돌아갔지. 모든 게 아주…… 그런데 그 둘이 뻔뻔스럽게 끼어든 거야. 차마 내쫓을 수는 없었어. 어쨌든 가족이니까. 내가 못마땅해하는 걸 그 둘도 알고 있을 거야. 그래. 난 그게 보였어!"

누군가 채널을 돌렸다. 스튜디오 방송의 웃음소리가 들렸다. 리버스는 신문을 확인했다. BBC의 시트콤이었다.

다시 관중과 해설자의 목소리가 들렸다.

"가끔 아주 오래된 싸움을 벌였지. 그놈과 내가."

"이유는요?"

"전부. 그놈의 가출, 도둑질. 돈이 없어지곤 했어. 몇 번 덫을 놨지만 잡지 못했어. 아주 도가 텄거든."

"손찌검도 했나요?"

"그래. 그놈은 왜소하지만 거칠었어. 손을 좀 봐줬지. 지금 내 꼴을 보면 못 믿겠지만, 그때는 아주 건장했으니까." 남자는 크게 기침을 했다. 폐가 튀어나올 것 같았다. "거기 물 좀 주게." 노인이 물을 마시고 트림을 했다. "어쨌든." 사과하지도 않고 말을 이어갔다. "그놈한테 누가 대장인지 알게 해줬지. 명심하게. 거긴 내 집이었어." 마치 스티븐스가 그를 비난하기라

---

* 유럽 축구 연맹이 주최하는 국가대항전.

도 한 것처럼 말했다.

"어르신이 대장이었죠." 스티븐스가 안심시켰다.

"맞아, 내 말을 믿게."

"말을 잘 들으라고 손찌검을 하신 거겠죠."

"내 말이 그 말이야. 그놈은 천사하고는 거리가 멀었어. 정말이라니까. 뭐랄까, 여자들한테도 얘기하려고 해봤네."

"애 엄마와 이모한테요?"

"마누라한테. 마누라는 남의 나쁜 점을 보지 못했어. 하지만 심지어 그때도 난 그놈 안에 사악함이 자리하고 있다는 걸 알고 있었어. 깊게 뿌리박은 사악함이."

"쫓아내려고 하셨죠."

"큰 망치가 필요했어. 우연히 한번은 그놈을 망치로 때렸지. 그 개자식은 그때쯤엔 거칠어져서 받은 만큼 돌려주려 하더군." 리버스는 생각했다. 한 세대에서 다음 세대로 독이 전해지는군. 마치 추행이나 폭력처럼.

"그가 갱들과 어울렸나요?"

"갱? 아무도 그놈을 손대지 못했어. 자네 이름이 뭐라고 했지?"

"짐입니다."

"신문기자라고? 그놈이 감옥에 들어갔을 때 기자들하고 얘기를 많이 했지."

"뭐라고 말씀하셨나요?"

"그놈을 전기의자형에 처했어야 했다고. 교수형 가지고는 어림도 없다고 했지."

"사형이 범죄 억제 효과가 있다고 보세요?"

"죽어버리면 다시는 범죄를 저지르지 못하잖아. 더 이상 뭐가 필요해?"

누군가 스티븐스에게 커피나 차를 가져다주는 소리가 들렸다.

"여기선 나한테 잘해준다네."

요양원…… 캐리 오크스의 이모부…… 이름이 뭐였지? 리버스는 수첩에서 찾아보았다. 앤드류 캐슬이었다. 그 옆에 요양원 이름이 있었다. 리버스는 수화기를 들었다. 번호를 찾아서 전화를 걸었다.

"앤드류 캐슬이라는 분, 계시죠?"

"그런데요?"

"어젯밤에 누가 찾아왔죠?"

"네, 그랬어요."

"방문자가 떠나는 걸 보셨습니까?"

"실례지만 누구시죠?"

"리버스 경위라고 합니다. 캐슬 씨를 찾아왔던 방문객이 시체로 발견됐어요. 마지막 행적을 수사하고 있습니다."

문 두드리는 소리가 들렸다. 셔그 데이비드슨이 들어왔다. 리버스는 앉으라고 고개를 끄덕였다.

"세상에." 요양원 직원이 말했다. "기자분 말씀이시죠?"

"그 사람입니다. 언제 떠났죠?"

"그게 분명히……." 그녀는 말을 멈췄다. "어쩌다 죽었대요?"

"칼에 찔렸습니다. 떠난 게 몇 시죠?"

데이비드슨은 리버스 맞은편에 앉아서 팩스 용지 몇 장을 자기 쪽으로 돌려서 보았다.

"취침 시간 바로 전이니까…… 아홉 시쯤이네요."

"차를 가져왔습니까?"

"그랬던 것 같아요. 바깥에 주차했어요."

"주위를 배회하던 사람이 있었나요?"

그녀는 어리둥절한 것 같았다. "아니요, 아닌 것 같아요."

"그 전날이나 전전날에 수상한 걸 보셨나요?"

"대체 이게 어떻게 된 일이죠?"

리버스는 그녀에게 시간을 내줘서 감사하다고 말하고, 누가 진술을 받으러 갈 것이라고 알려줬다. 그러고는 전화를 끊고, 시내 지도에서 요양원 주소를 확인했다.

"셔그." 리버스가 말했다. "스티븐스가 메이베리 로터리 근처에 있는 요양원에 있었다는 걸 알아냈어. 아마 일곱 시 반부터 아홉 시까지였을 거야."

"메이베리 로터리는 공항으로 가는 도로에 있어."

리버스는 고개를 끄덕였다. "오크스가 이미 거기 가 있는 것 같아."

"어디?"

"요양원."

"스티븐스가 거기서 누굴 만났는데?"

"오크스의 이모부. 테이프에서 짐이 한 질문을 보면…… 짐은 이미 이모부와 얘기를 했고, 그가 어떤 사람인지에 대한 판단을 굳혔어.

"무슨 얘기야?"

"짐이 한 질문들은 특정 방향으로 유도하고 있어. 이모부가 자신이 새디스트였음을 드러내게 하려는 거지."

"이모부 때문에 캐리 오크스가 사이코패스가 됐다는 얘기야?"

리버스는 어깨를 으쓱했다. "그건 자네 말이지. 내가 아니라. 내 생각에 오크스는 원한을 품고 있어." 그는 잠시 생각에 잠겼다. 내 과거와 데이트가 있어. 운명과의 데이트지. 내 말을 듣지도 않을 사람과……. 마지막 인터뷰 말미에 오크스가 스티븐스에게 한 말이었다. "앨런 아치볼드가 그쪽에 살고 있어." 리버스는 다시 지도를 펼쳐서 아치볼드가 살고 있는 거리와 요양원이 있는 막다른 골목을 가리켰다. 겨우 몇 블록 떨어져 있었다. "오크스가 아치볼드를 감시하러 간 거라고 생각했어."

"이제 생각이 달라졌어?"

"오크스는 오래된 빚을 청산하러 에든버러에 온 거야. 이모부보다 더 오랜 원한을 갖고 있는 대상은 없어." 리버스는 데이비드슨을 쳐다보았다. "오크스는 이모부를 죽일 생각이야."

데이비드슨은 손바닥으로 턱을 문질렀다. "그럼 짐 스티븐스는?"

"잘못된 시간에 잘못된 장소에 있었던 거지. 오크스는 짐을 처리해야 했어. 짐이 자기 계획을 알고 있었으니까. 오크스는 짐의 녹음기에서 테이프를 꺼내갔지만, 짐이 그 전에 바꿔쳤지. 그러고는 짐의 노트를 찢어버렸어. 우리가 자기 계획을 모르게 하려고."

"하지만 우린 스티븐스가 어디 있었는지 알아낼 수 있었잖아."

"결국에는 알아냈겠지." 리버스가 녹음기를 톡톡 두드렸다. "하지만 테이프가 없었다면 시간이 한참 걸렸을 거야."

데이비드슨이 자리에서 일어났다. "그놈이 계획을 실행하기 충분할 정도로?"

"그러니까 서둘러야 해." 리버스도 일어났다.

데이비드슨이 전화기에 손을 뻗었고, 리버스는 방에서 달려나갔다.

47

현장에 언더커버 경찰을 배치했다. 녹아들기가 쉽지 않았다. 대부분의 직원은 중년 여성이었다. CID 헤어스타일을 한 젊은 남자들은 튀어 보일 수밖에 없었다. 이들은 스코틀랜드 형사국 소속이었다. 앤드류 캐슬은 방에 틀어박혔다. 두 사람이 함께 있었다. 하나는 2펜스를 걸고 카드 게임을 하고 있었고, 다른 하나는 문과 창문을 잘 감시할 수 있는 방구석에 앉아 있었다. 창문에는 커튼이 쳐 있었다. 바깥에 주차된 차 안에도 한 사람이 있었다.

"저격을 시도하지 않을까?" 브리핑에서 나온 질문이었다. 리버스는 그럴 확률은 적다고 보았다. 총을 손에 넣을 방법이 없었다. 게다가 이건 개인적인 문제였다. 이모부는 살해당하기 전에 누가 왜 자기를 죽이는지 알아야 한다.

경찰 한 명이 대걸레질을 하며 바깥 복도를 오가고 있었다. 리버스와 데이비드슨은 만족했다.

브리핑에서는 이런 질문도 나왔다. "겁을 먹고 도망치면 어떻게 하지?"

리버스는 이렇게 답변했다. "그럼 노인 한 사람의 목숨을 구하게 되지…… 당분간은."

리버스는 테이프 전체를 한 번 더 들었다. 그리고 오크스의 이모부는 늙고 허약했지만 뼛속까지 썩어빠졌던 – 아마 지금도 썩어빠진 – 작자라는 확신이 들었다. 이제 리버스에게는 의문점이 생겼다.

캐리가 가정에서 사랑받고 자랐다면 상황이 달라졌을까? 태어날 때부터 살인자인 사람이 있는 것일까? 아니면 타인 – 그리고 주어진 환경 – 이 대부분의 사람들에게 잠재하고 있는 살인자로서의 가능성을 현실화시켜 살인자를 만드는 것일까?

이런 질문은 그에게는 새로운 게 아니었다. 리버스는 대런 러프를 생각했다. 성추행을 당한 자가 성추행범이 된다. 모든 피해자가 그런 건 아니지만, 상당수가 그렇게 된다……. 데이먼은 어떨까? 왜 집을 떠났을까? 부모님의 결혼 생활이 파탄 나서? 본인이 결혼하는 게 두려워져서? 아니면 강압에 의해 떠나서 돌아오지 못하고 있는 걸까?

그리고 짐 마골리스는 왜 죽었을까?

캐리 오크스는 덫으로 걸어 들어올까?

내 거, 내 거, 내 거야. 거미가 파리에게 말했다.*

오크스는 너무 오래 거미 노릇을 해왔다.

리버스는 앨런 아치볼드의 상태를 확인하러 병원에 들렀다. 요양원에서는 리버스가 할 일이 없었다. 형사 하나가 간단명료하게 말한 것처럼, 사실 그는 '확실한 방해물'이었다. 오크스가 리버스를 알기 때문에 현장에 있다가는 일을 망칠 수도 있다.

"무슨 일이 생기면 연락드리겠습니다."

리버스는 형사에게 손등에 휴대폰 번호를 적으라고 시켰다. 그리고 명

---

* 롤링 스톤스의 〈거미와 파리(The Spider And The Fly)〉의 가사.

함도 줬다. "실수로 손을 씻을 수도 있으니까."

아치볼드는 개방형 병실의 한쪽 끝에 있었다. 침대 주위에는 차단막을 쳤다. 리스 CID에서 나온 폴 호건이 침대 옆에 앉아서 매스 힙스테리아*를 훑어보고 있었다.

"자네 팀은 망해가고 있어, 바비." 리버스가 말했다.

호건이 올려다보았다. "내 팀 아니야." 그는 리버스 쪽으로 잡지를 흔들었다. "누가 병실에 두고 갔어."

두 사람은 악수를 했다. 리버스는 의자를 가져왔다. 앨런 아치볼드는 부드럽게 코를 골고 있었다. 베개 세 개를 머리 아래 받쳤다.

"상태가 어때?" 리버스가 물었다. 아치볼드는 머리에 붕대를 감았고, 한쪽 귀에는 거즈를 반창고로 붙였다.

"머리가 깨질 것처럼 아프네."

"뭐, 사실 머리가 깨졌으니까."

"몇 가지 검사를 했는데, 괜찮아질 거래." 호건이 미소를 지었다. "기억력 테스트를 했는데, 앨런이 그러더라고. 머리를 맞았건 안 맞았건, 자기 나이에는 오늘이 며칠인지 아는 것만도 운이 좋은 거라고."

리버스도 미소를 지었다. "아는 사이였어?"

"오래전에 함께 근무했어. 그래서 이 일을 맡았지."

"앨런 조카가 살해됐을 때 함께 일했어?"

호건은 아치볼드가 잠자는 모습을 시켜보았다. "그 일 때문에 앨런은 완전히 활력을 잃었어. 마치 배터리가 나간 것 같았지."

"캐리 오크스가 범인이길 바라고 있어."

---

* 스코틀랜드 하이버니안 FC의 소식지.

호건은 고개를 끄덕였다. "앨런은 누구라도 그럴 수 있다고 생각해. 하지만 오크스가 가장 확실한 선택지였지."

"아직도 가능성이 있어."

호건이 리버스를 쳐다보았다. "앨런 말로는 아니라던데."

"난 오크스의 말을 한마디도 믿지 않아. 그놈 세계에서는 모든 게 뒤틀려 있어."

"하지만 앨런을 죽일 생각이었다면…… 왜 구태여 거짓말을 했지?"

"재미 삼아서지." 리버스가 한쪽 다리를 꼬았다. "오크스가 여기 오면서부터 내내 하던 짓이야. 얘기를 뒤틀고……." 이제 리버스는 필요 조건 이상을 갖췄다. 다른 경찰관들이 캐리 오크스를 잡을 것이다.

"짐의 자살 사건은 진전이 있어?"

리버스는 호건을 쳐다보았다. "시작은 했는데 곁길로 새버렸어."

"그럼 얘기해줄 게 없겠군?"

앨런 아치볼드가 신음했다. 무언가를 음미하는 듯 입술을 움직였다. 천천히 눈을 떴다. 왼쪽으로 시선을 옮겨 두 문병객을 보았다.

"그놈의 흔적은?" 아치볼드가 물었다. 건조한 금속성의 목소리였다. 호건이 물을 따라주었다.

"약 더 드릴까요?"

아치볼드는 고개를 저었다. 그러다 갑작스러운 통증으로 눈을 질끈 감았다. "아니." 그가 말했다. 호건은 아치볼드의 입으로 물을 조금씩 흘려주었다. 물이 플라스틱 컵 양쪽과 아치볼드의 턱을 따라 흘러내렸다. 호건이 냅킨으로 닦아주었다.

"간호사보다 낫다니까." 아치볼드가 리버스에게 윙크했다. 눈에 초점이

잘 맞지 않는 것 같았다. 리버스는 어떤 진통제를 처방해주는지 의문스러
웠다. "못 잡았나?"

"아직은요." 리버스가 인정했다.

"하지만 그놈이 가만히 있지는 않겠지?"

리버스는 그게 순수한 직감인지, 아니면 아치볼드가 자기 목소리에서
무언가를 느꼈던 것인지 알 수 없었다. 그는 고개를 끄덕이고 아치볼드에
게 짐 스티븐스, 요양원, 오크스의 이모부 얘기를 했다.
"이모부는 기억나." 아치볼드가 말했다. "전에 인터뷰했어. 거의 나보다
도 오크스를 더 싫어하는 것 같더군."
"오크스에게 이모부 얘기는 하지 않으셨죠?"
아치볼드는 잠깐 생각에 잠겼다. "한동안은 안 했어. 편지에서 한 번 언
급한 적 있는 것 같아." 그의 눈이 커졌다. "오크스가 이모부 있는 곳을 어
떻게 알았지? 자네 설마 내가……?" 얼굴에 고통이 번졌다. "진작 깨달았
어야 했는데. 하지만 경찰처럼 생각하지 않았어. 그게 문제야. 나만의 동기
가 있었어. 오크스 얘기할 때 빼고는 이모부에게는 제대로 관심을 기울이
지 않았지. 그게 늘 머릿속을 맴돌던 질문이었어…… 대답이 필요했던 질
문."
"맞습니다." 리버스가 동의했다.
"내가 알아냈던 건 모두 사라졌어." 아치볼드의 눈에 눈물이 고였다.
"선배님 탓이 아닙니다." 아치볼드의 어깨를 어루만지며 호건이 말했다.

아치볼드의 시선이 호건을 지나, 앉아 있는 존 리버스에게 향했다. "그놈이 내 조카를 죽였는지 여부는…… 결코 확실히 알 수 없겠지?

눈물이 아치볼드의 뺨으로 떨어져 턱으로 흘러내렸다. 바비 호건이 이미 젖은 냅킨으로 닦아주었다.

"그 오랜 세월 동안 까맣게 모르고…… 알 수 있다고 생각했다니 빌어먹을 멍청이……." 아치볼드는 눈을 감고 나직하게 흐느꼈다. 다른 침대에서는 움직임이 없었다. 밤중에 누가 우는 게 그리 이상한 일이 아닌 듯했다. 노인이 바비 호건의 두 손을 잡았다. 온 힘을 다해 쥐고 있는 것 같았다.

앨런 아치볼드가 병원에 있었던 건 어떤 생각에 사로잡혔기 때문이었다. 이제 상황을 파악한 리버스는 짐 마골리스도 어떤 생각에 사로잡혀 있었던 건 아닌지 의문스러웠다. 달리 할 일도 없어서 세인트 레너즈 경찰서로 돌아갔다. 시간을 들여 몇 군데 전화를 하고, 도움을 계속 청한 끝에 바라던 것을 얻었다.

책상에 앉아서 노트에 점수를 기록하고 있었다. 보건국과 사회복지국에서는 모두 내일까지 기다리면 안 되겠느냐고 물었다. 리버스는 안 된다고 고집을 부렸다.

"살인사건 수사입니다"가 유일한 무기였다. 세부사항에 관한 질문을 받으면 '현재로서는' 그 이상은 말씀드릴 수 없다고 대답했다. 그들이 생각하는 형사 스타일로 말하려고 애썼다. 융통성이라곤 하나도 없이 정해진 수사 경로를 밟아나가는 전형적인 관료.

마침내 리버스는 요청한 정보를 받으러 여러 관공서로 직접 차를 몰았다. 각 관공서마다 자기와 통화한 담당 공무원과 만났다. 그들은 모두 악감정과 짜증이 섞인 눈으로 리버스를 쳐다보았다. 그래도 다들 서류는 건네주었다. 덕분에 리버스는 세인트 레너즈 경찰서로 돌아와서 조셉 마골리스 박사에 관한 정보의 바다를 탐색할 수 있었다.

마골리스 박사는 셀커크 출생에, 보더스와 페테스에서 학교를 다녔다. 에든버러 대학에서 의학 학위를 받았고, 아프리카의 기독교 자선단체에서 일했다. 일반의가 된 후 소아과를 전공했다. 그리고 마침내 쇼반의 메모에서처럼 로디안에 있는 '공영' 보육원을 '관리'하는 직책에 임명되었다. 지자체가 허가한 사립보육원, 예컨대 교회와 자선단체가 소유 및 운영하는 보육원의 관리도 맡았다.

마골리스 박사의 직무는 실제로는 아동들에게 학대의 흔적이 있는지 확인하고, 기소가 있는 경우에 신체검사를 하는 것이었다. 또한 일부 아동을 '관리 곤란'으로 분류할 수 있었고, 그 의학적 예후는 아동의 향후 기록의 일부가 되었다. 심리 상담이나 다른 기관으로의 위탁도 제안할 수 있었다. 치료를 하거나 약을 처방할 수도 있었다. 권한은 사실상 무소불위였다. 그의 말이 곧 법이었다.

리버스는 기록을 반쯤 읽어가다가 속이 불편해지기 시작했다. 몇 시간 동안 먹은 게 없긴 했지만, 그것 때문은 아닌 것 같았다. 그래도 억지로나마 바람을 쐬려고 브라티사니에 갔다. 생선 요리에 버터를 바른 빵과 차를 곁들여 먹었다. 그리고 나서야 하루 대부분을 경찰서에서 지냈다는 걸 깨달았지만 사람 얼굴도, 목소리도 전혀 기억나지 않았다. 완전히 일에 몰두해·있었기 때문이다.

최근의 사건 하나가 기억났다. 신부가 여러 해 동안 아동들을 추행했다.

아이들은 수녀원의 보호를 받았지만, 수녀들에게 매질을 당했고, 거짓말 쟁이란 얘길 들었으며, 억지로 고해성사를 봐야 했다. 고해 신부는 아이들이 추행으로 고발한 바로 그 신부였다.

리버스는 소아성애자들이 특히 보육원 같은 기관을 담당하는 경우, 종종 자신의 진짜 본성을 오랜 세월 동안 감쪽같이 숨기고 지낸다는 것을 알고 있었다. 모든 확인 절차와 심리 검사를 통과한다. 본모습은 뒤늦게 드러난다. 욕구가 너무 강해서 충족하려면 비정상적으로 긴 세월이 필요하다. 때로는 이러한 본성이 잠복해 있다가 어느 시점에서 서로를 계속 격려해주는 동료를 만나면서 나타나기도 한다.

해롤드 잉케와 램지 마살이 그런 경우다. 리버스는 둘 중 누구라도 계속 고립 상태에 있었다면 체계적 추행인 프로그램을 시작할 엄두를 내지 못했을 것이라고 생각했다. 하지만 함께 팀을 이루면서 욕망과 욕구가 증폭되고, 그 결과 끔찍하다는 말로도 모자란 추행을 저지르게 되었다.

조셉 마골리스 박사에 관한 모든 서류를 꼼꼼하게 되짚어본 결과, 판단에 확신이 생겼다.

마골리스 박사는 시엘리온 추문이 발생했을 당시, 시의 보육원과 밀접한 관계가 있었다.

그 사건 이후 '건강상의 이유'로 조기 은퇴했다.

마골리스는 딸의 자살 이후 자기가 계속 해왔던 짓에 대해 동료들의 격려를 받았던 것 같았다.

마골리스의 딸에 대해서는 많이 찾아내지 못했다. 열다섯 살 때 자살했고, 유서는 남기지 않았다. 말이 없고 내성적인 아이였다. 사춘기 때도 마찬가지였다. 시험을 앞두고 불안해했다. 오빠 짐은 동생의 자살로 비탄에 빠졌다.

투신자살은 아니었다. 집 욕실에서 손목을 그었다. 아버지가 문을 억지로 열고 딸을 발견했다. 한밤중에 자살한 것으로 보였다. 집에서는 늘 아버지가 가장 일찍 일어났다.

리버스는 제인 바버에게 전화를 연결했다. 악의 없는 거짓말을 하고 고집을 피운 덕에 휴대폰 번호를 알아냈다. 바버가 전화를 받았을 때 배경에서 시끄러운 음악과 환호성이 들렸다.

"파티, 재미있나보네요."

"누구세요?"

"리버스 경위입니다."

뒤에서 또 환호 소리가 들렸다. "끊지 말고 계세요. 밖에서 받을게요." 소리가 작아졌다. 바버가 거칠게 숨을 내쉬었다. 취한 것 같았다. "경찰 클럽에 있어요."

"뭘 축하하는데요?"

"맞춰보세요."

"유죄 평결?"

"두 놈 다요. 전원일치로 유죄가 났죠."

리버스는 다시 의자에 앉았다. "축하합니다."

"고마워요."

"코도버가 펄펄 뛰었겠네요."

"그러거나 말거나. 페트리 판사가 내일 선고를 내릴 거예요. 종신형을 때리겠죠."

"다시 한번 축하해요. 환상적인 결과네요."

"여기 안 오실래요? 술이 넘치는데."

"아니요. 그래도 고마워요. 그런데 참 우연이네요. 잉케와 마샬 때문에 전화했는데."

"그래요?"

"간접적으로 관련 있어요. 조셉 마골리스 박사요."

"어떻게요?"

"누군지 알아요?"

"네."

"증인으로 소환됐나요?"

"아니요. 와~ 오늘 바깥 날씨가 포근하네요."

리버스는 바버가 약이라도 한 건 아닐까 궁금해졌다. "왜 소환하지 않았죠?"

"사건과의 관련성 때문이죠. 당시에도 마골리스를 고발한 아이들이 몇 있었어요. 하지만 믿지 않았죠."

"의학적 검사가 있었겠군요."

"물론이죠. 마골리스 박사가 담당했어요. 몇 차례 박사를 인터뷰했죠. 하지만 그 애들은 게이라고 알려졌어요. 칼튼 힐 근처에서 가끔 소년 남창일을 했죠. 걔들이 시엘리온에서 도망치면 어디로 가는지 다들 알고 있었어요. 아시겠지만 항문 섹스는 그 자체로는 추행의 증거가 되지 못합니다. 검사가 그렇게 말했어요. 제 생각에 이 아이들은 미성년자였고 보호 감독을 받고 있었기 때문에, 이 아이들과 섹스를 하는 사람은 추행 죄에 해당해요." 바버는 말을 멈췄다. "이상, 설명 끝."

"이 사건이 빨리 끝나면 좋겠네요."

"그런데 왜 다시 끌고 들어오신 거죠?"

"마골리스 박사를 지켜보려고요."

"왜요?"

"박사가 협조적이었던가요?"

"최대한요. 그 아이들이 전에도 거짓말하다 걸렸는데, 다음에 누가 그 말을 믿겠느냐고 하더군요. 대부분의 추행 주장은 오럴 섹스와 자위인데…… 이런 건 확인할 방법이 거의 없죠."

"그렇죠." 리버스가 신중하게 말했다. "그러면 박사가 증언을 하지는 않았군요?"

"재판에서는 안 했어요. 검사가 시간 낭비라고 했거든요. 배심원에게 의구심만 불러 일으켜서 사건을 망칠 수도 있다고 했죠."

"그렇다면 코도버가 의사를 증인으로 신청했을 수도 있겠군요."

"맞아요. 하지만 그러지 않았죠. 그리고 코도버를 도와줄 생각도 없었고." 그녀가 잠깐 말을 멈췄다. "마골리스가 은폐에 가담했다고 보시죠?"

"왜 그렇게 생각해요?"

"나도 의심이 갔거든요. 시엘리온과 관계있는 사람들은 거기서 일어났던 일을 알고 있을 가능성이 있어요. 하지만 아무도 나서지 않았죠."

"문제를 일으킬까봐 두려워서?"

"아니면 교회의 경고를 받았던가요. 전에는 새삼스러운 일도 아니었죠. 물론 더 나쁜 시나리오도 있고."

리버스는 그게 뭘까 생각해보았다. 하지만 결국 물어봤다.

"이런 거죠." 바버가 말했다. "사람들이 시엘리온에서 일어났던 일을 알지만 상관하지 않는 거예요. 괜찮으시다면 난 다시 안으로 들어가서 꼭

지가 돌도록 마실게요."

리버스는 고맙다고 말하고 전화를 끊었다. 머리에 손을 얹고 앉아서 책상을 응시했다.

사람들은 알지만…… 상관하지 않는 거예요.

48

잉케와 마샬은 실제 재판이 진행 중이었을 때와 마찬가지로 소튼 교도소에 수감되었다. 차이점이라면 이제 유죄 판결을 받았기 때문에 더 이상 미결 구금 상태가 아니라는 것이었다. 미결 구금 상태였을 때는 사복을 입을 수 있었고, 사식을 배달시킬 수 있었고, 개인 업무를 처리할 수 있었다. 이제는 수의를 비롯해 교도소 체제가 제공하는 모든 편의 시설에 익숙해져야 했다.

별개의 감방에 수감되었고, 둘 사이에는 빈 감방이 없었기 때문에 거의 의사소통을 할 수 없었다. 리버스는 왜 굳이 그렇게 해야 하는지 알 수 없었다. 어차피 동일한 성범죄자 프로그램을 이수하게 될 텐데.

쉽지 않은 선택을 해야 했다. 잉케냐, 마샬이냐? 물론 하나에게서 성과가 없더라도 다른 하나에게 시도할 수 없는 건 아니다. 하지만 똑같은 과정을 반복해야 하고, 같은 질문을 되풀이해야 하며, 같은 게임을 해야 한다. 처음에 잘 고르면 그런 수고를 덜 수 있을 것이다.

잉케를 선택했다. 이유는 이랬다. 나이가 더 많고 IQ도 훨씬 높다. 둘의 관계는 일찍부터 시작되었지만 잉케가 리더였다는 건 의심의 여지가 없었고, 초심자에서 곧 달인이 되었다. 재판이 열리는 동안 마샬은 방청객을 노려보고 짜증스럽게 끙끙댔다. 재판이 자기와는 무관한 척 연기했다.

피해자들이 사연을 얘기할 때도 부끄러워하는 빛을 전혀 보이지 않았다.

감방으로 돌아가는 중에 계단에서 여러 번 미끄러졌다.

그렇다. 마샬은 잉케에게서 많은 것을 배웠지만 자기만의 양념을 쳤다. 더 야비하고 비도덕적이며 뉘우치는 빛도 덜했다. 자기가 아니라 세상이 문제라고 생각하는 자였다. 재판에서 알레이스터 크로울리*를 인용하려 했다. 자기 행동의 선악을 판단할 권리는 오직 자기 자신에게만 있다는 취지였다.

법원은 그 점을 그다지 참작하지 않았다.

리버스는 면회실에 앉아서 담배를 피웠다. 페이션스에게 전화를 걸었더니 휴대폰으로 연락해달라는 음성메시지로 연결되었다. 그렇게 했다. 그녀는 출산 전 휴가 중인 의사 친구와 함께 있었다.

"자고 가야 할 것 같아요." 페이션스가 말했다. "우르술라가 그러자네요."

"우르술라는 어때요?"

"안 좋아요."

"저런."

"오해했군요. 술을 못 마셔서 마음이 아프대요. 내가 두 사람 몫 마실 테니 걱정 말아요."

리버스는 미소를 지었다. "아든 스트리트로 갈게요." 그가 말했다. "집에 가게 되면 알려줘요."

"집에 없는 게 나을 것 같아요?"

"그것도 한 방법이죠." 캐리 오크스가 잡히기 전까지라는 의미였다. 전화를 끊고 세인트 레너즈 경찰서로 연락했다. 경찰서에서는 페이션스 친

* Aleister Crowley. 20세기 초 마약, 섹스 등을 이용한 흑마술로 악명을 떨친 영국의 마술사.

558

구네 집 밖에 순찰차가 있다고 확인해주었다.

"집만큼 안전해, 존."

그래서 면회실에 앉아 담배를 피웠다. 벽에 있는 안내문을 무시하고 카펫에 재를 털었다. 교도관이 해롤드 잉케를 데려왔다. 리버스는 고맙다고 하면서 밖에서 기다려달라고 했다. 잉케가 뭔가 해볼 거라고는 생각하지 않았다. 폭력도, 탈출 시도도 없을 것이다. 운명에 순응하는 것 같았다. 재판에서 보았을 때보다 얼굴이 홀쭉하니 여위었고, 창백한 피부는 늘어졌다. 배는 튀어나왔지만 가슴은 마치 심장을 제거라도 한 듯 함몰되었다. 리버스는 잉케의 피해자 중 적어도 한 명은 자살했다는 걸 알았다. 잉케에게서 유황과 소독약이 섞인 냄새가 났다.

리버스는 담배를 권했다. 잉케는 의자에 파묻힌 채 고개를 저었다.

"증언했지?" 가늘고 듣기 싫은 고음이었다.

리버스는 고개를 끄덕이고 담뱃재를 털었다. "당신 변호사가 날 탈탈 털려고 했지."

미소가 살짝 스쳐갔다. "기억나. 별 효과는 없었지?"

"그리고 당신은 유죄 판결을 받았고."

"상처에 소금 뿌리러 온 거야?" 잉케는 잠깐 리버스와 눈을 마주치려 했다.

"아니, 잉케 씨. 당신 도움을 구하러 왔어."

잉케는 코웃음을 치고 팔짱을 꼈다. "내가 잘도 경찰을 도울 기분이겠다."

"그가 이미 마음을 정한 것 같아?" 리버스는 마치 혼잣말하듯 물었다.

잉케의 이마에 주름이 생겼다. "누구?"

"페트리 판사 말이야. 보통 아닌 영감이지."

"그렇단 얘기 들었어."

하지만 자기 애들한테는 물러 터졌지. 리버스는 생각했다. 아니면 그
가……?

"내 생각에 너희 둘은 피터헤드로 갈 게 확실해." 리버스가 말했다. "거
기서 오래 있게 되겠지. 성범죄자들을 수감하는 곳이야." 리버스는 몸을
앞쪽으로 당겼다. "그리고 진짜 거친 놈들도 있어. 소아성애자라면 아메바
만도 못한 걸로 보는 놈들이지."

"아하……." 잉케는 등을 기대며 고개를 끄덕였다. "그러니까 날 겁주
러 왔군. 수고를 덜어드리지. 재판 때 교도관 몇 놈이 그랬어. 내가 어느 교
도소로 보내지건 직접 찾아가서 뜨거운 맛을 보여주겠다고." 그는 리버스
를 보고 다시 씩 웃었다. "배려심 대단하지?"

리버스는 잉케의 허세 뒤에 숨은 두려움을 볼 수 있었다. 미지의 상황
에 대한 두려움. 잉케가 다가올 때마다 아이들도 똑같이 저렇게 두려워했
을 게 틀림없었다.

"겁주려는 게 아니야. 도움을 청하는 거지. 하지만 난 바보는 아니야. 대
가를 지불하겠어."

"그게 뭔데, 형사 양반?"

리버스는 자리에서 일어나서 감시카메라가 있는 곳으로 갔다.

"이건 녹화하지 않을 거야." 리버스가 말했다. "그럴 만한 이유가 있지.
비공식적인 거니까. 당신이 얘기한 내용은 내 궁금증을 채우는 데만 쓸 거
야. 사건과는 관계없어. 내가 이용하려고 한다면 속임수를 쓴 게 되니까
법정에서 인정되지 않아."

"나도 법은 알아."

리버스는 잉케 쪽으로 몸을 돌렸다. "나도 알지. 그러니까 이건 우리 둘만의 얘기라는 뜻이야. 이런 제의를 한 것만으로도 내가 곤란해질 수 있으니까."

"어떤 제안인데?" 이제 흥미가 생긴 듯한 말투였다.

"피터헤드 교도소. 거기 있는 죄수들을 몇 알아. 나한테 신세 진 놈들이지."

잉케가 이 말을 숙고하는 동안 침묵이 흘렀다. "날 위해 손을 써주겠다는 말이야?"

"맞아."

"그놈들이 듣지 않을 수도 있잖아."

리버스는 어깨를 으쓱하며 다시 앉았다. 책상 끝에 팔을 올려놓았다. "이게 내가 해줄 수 있는 최선이야."

"당신이 어떻게든 해줄 거라고 믿어야만 하는군."

리버스는 천천히 고개를 끄덕였다. "바로 그거야. 믿어야 해."

잉케는 손가락으로 책상을 잡으면서 자기 손등을 살펴보았다.

"너그럽기 짝이 없는 제안이군." 목소리에 약간 유머가 섞였다.

"목숨은 소중하잖아, 해롤드."

"아니면 전혀 소용없거나." 잉케가 잠깐 말을 멈췄다. "묻고 싶은 게 뭔데?"

"세 번째 남자가 누구였는지 알고 싶어."

"오손 웰즈 아니었나?"*

---

* 오손 웰즈(Orson Welles) 주연의 영화 「제3의 사나이」를 말한다.

리버스는 속으로 미소를 지었다. "램지 마샬이 대런 러프를 시엘리온으로 데려왔던 날 밤을 말하는 거야."

"오래전이군. 그날 밤 난 취해 있었어."

"대런에게 눈가리개를 쓰게 했어."

"그랬나?"

"다른 남자 때문이었지. 그 사람의 생각이었을 거야. 대런이 알아보면 안 되니까." 리버스는 담배에 불을 붙였다. "당신은 술을 마시고 있었어. 이 남자와 함께였을 거야. 이런저런 잡담을 했겠지. 그러다가 당신의 비밀을 얘기했고." 리버스는 잉케를 살펴보았다. "뭔가를 알았다고 생각했기 때문이었겠지."

잉케가 입술을 핥았다. "뭘?" 너무 조용하게 말해서 거의 속삭임처럼 들렸다. 리버스도 목소리를 낮췄다.

"그 남자도 너와 같은 종류라고 생각했겠지. 가능성을 볼 수 있었던 거야. 얘기를 나눌수록 확신할 수 있었지. 마샬이 애를 하나 데려온다고 그에게 얘기했어. 당신이 같이 있자고 제안했을지도 모르지."

"이거 당신이 만들어낸 얘기지?"

리버스는 고개를 끄덕였다. "지금까지는 아무것도 입증할 수 없었어. 그래, 내가 생각해낸 얘기야."

"당신이 말하는 가능성이란 건…… 누구나 가지고 있어." 이제 잉케는 리버스를 보고 있었다. 눈빛이 더 딱딱해진 것 같았다. 그는 리버스의 시선을 맞받아 쏘아보았다. "아이가 있나, 형사?"

"딸이 하나 있어." 리버스가 대답했다. 잉케가 자신의 사생활을 알고, 생각을 읽게 될 위험은 알고 있었다. 하지만 잉케는 캐리 오크스가 아니다. "이제 성인이지."

"당신도 딸하고 자면, 섹스하면 어떨까 생각한 적이 분명 있었을 거야. 안 그래?"

리버스는 자신의 눈 뒤에서 압박을 느낄 수 있었다. 분노와 혐오감이었다. 압박이 너무 강해서 눈을 깜빡이며 담배 연기를 내뿜었다.

"그렇지 않아."

잉케는 씩 웃었다. "속으로는 그렇게 말했겠지. 내 생각에 그건 거짓말이야. 당신은 거짓말인 줄 모르더라도 말이지. 인간의 본능이니까 부끄러워할 것 없어. 딸이 열다섯 살, 열두 살, 아니면 열 살 때였을 거야."

리버스는 자리에서 일어났다. 계속 움직여야 했다. 아니면 잉케의 머리를 책상에 박아버렸을 테니까. 담배를 한 대 더 피우고 싶었다. 하지만 지금 담배도 겨우 반쯤 피웠을 뿐이다.

"이건 내 얘기가 아니야." 리버스가 말했다. 하지만 자기 귀에도 약하게 들렸다.

"아니라고? 아마……."

"대런 러프 얘기야."

"아하……." 잉케가 의자에 등을 기댔다. "가엾은 대런. 검찰이 증인 명단에는 올렸지만 소환하지 않았지. 다시 보고 싶었는데."

"불가능했어. 살해당했거든."

"그래? 재판 전에?"

리버스는 고개를 저었다. "재판 중이었어. 동기를 찾으려고 했지만 헛다리만 짚은 꼴이었지." 책상에 손을 얹고 잉케 쪽으로 몸을 기울였다. "당신하고 마샬의 사건 기록과 증거를 검토했어. 다른 피해자들은 세 번째 추행범을 얘기하지 않았더군. 그날 밤 한 번뿐이었나? 누군가 단 한 번만 그 랬던 건가?" 리버스는 다시 자리에 앉았다. 마침내 담배를 다 피웠다. 꽁 초에 다시 불을 붙여 줄담배를 태웠다. "난 동물원에서 대런을 발견했어. 어디서 사는지 알아냈지. 신문에 흘렸어. 이 세 번째 남자는…… 당신이 재판에서 대런 얘기를 꺼내지 않으리란 걸 알고 있었지. 이유는 모르겠지 만 짐작은 가. 하지만 이 남자가 두려워했던 건 대런이었어. 지금까지는 괜찮았지. 여기 없었으니까. 그러다 갑자기 대런이 돌아왔다는 걸 알게 됐 고, 그 이유를 짐작했겠지. 대런이 시엘리온 사건에 협조하고 있었던 거 야. 알지는 못했더라도 뭔가 봤거나 들었을 가능성이 있었어. 재판이 끝나 면 이 세 번째 남자의 사진이 신문에 날 가능성이 있었고, 대런이 알아봤 겠지."

"갑자기 위험해진 거야. 그래서 손을 써야 했지." 리버스는 가는 담배 연기를 잉케 쪽으로 뿜었다. "우리 둘 다 누구 얘긴지 알지. 하지만 당신 입으로 들었으면 좋겠어."

"그래서 살해당한 거야?"

리버스는 고개를 끄덕였다. "그런 것 같아."

"증거가 없잖아?"

리버스는 고개를 저었다. "찾아낼 가능성도 거의 없어. 당신이 있건 없 건."

"커피 한 잔 마시고 싶군." 해롤드 잉케가 말했다. "우유하고 설탕 두 숟 갈. 당신이 주문하면 침을 뱉지 않은 걸로 주겠지."

리버스는 그를 쳐다보았다. "먹을 건?"

"치킨 코르마* 카레를 아주 좋아해. 난하고. 밥은 필요 없어. 사그 알루**를 곁들여줘."

"전화로 주문해주지."

"다시 말하는데, 다른 거 섞으면 안 돼." 이제 잉케의 목소리에는 자신감이 넘쳤다. 결심을 한 것이다.

"그동안에 얘기나 할까?" 리버스가 물었다.

"당신 마음이 편안해진다면…… 좋아, 그렇게 하지."

---

* 요구르트나 크림에 흔히 아몬드를 넣어 만드는 아시아 남부 지방의 요리나 소스.
** 시금치와 감자로 만든 인도 요리.

49

리버스는 어둠 속에서 거실에 앉아 위스키와 물을 홀짝였다. 바깥 거리는 밤이라 고요했다. 가끔 자동차 타이어가 포석을 밟으며 내는 둔중한 소리만 들렸다. 그는 얼마나 오래 거실에 앉아 있었는지 알 수 없었다. 아마 몇 시간은 됐을 것이다. CD를 올려놓았지만 굳이 일어나 바꾸지 않았다. 반복 재생 기능으로 서너 번은 들었을 것이다. 전에는 〈길 잃은 고양이 블루스(Stray Cat Blues)〉*가 이렇게 추악하게 느껴진 적이 없었다. 이 노래는 교양 있고 점잖지만 절박한 분위기가 있는 〈악마에 대한 연민(Sympathy for the Devil)〉보다 그에게 영향을 많이 끼쳤다. 〈길 잃은 고양이 블루스〉에는 절박함이 없다. 미성년자의 섹스에 대한 확신뿐이다.

전화가 울리자 느릿느릿 받았다. 쇼반이 메시지를 전했다. 페이션스의 아파트에 침입자가 있었다.

"용의자를 잡았어?"

"아니요. 제복 경관들 몇이 아직 거기 있어요. 경보기를 처리할 사람을 기다리고 있어요."

리버스는 세인트 레너즈 경찰서에 전화를 했다. 그를 옥스퍼드 테라스로 데려갈 순찰차가 도착했다. 운전하는 경찰은 리버스의 숨결에서 위스

---

* 롤링스톤스의 노래.

키 냄새를 맡을 수 있었다.

"파티에 갔다 오셨습니까?"

"파티 하면 이 몸이지." 리버스의 음색에는 더 이상 질문을 받지 않겠다는 단호함이 있었다.

경보기는 아직도 울리고 있었다. 리버스는 계단을 내려가서 앞문을 열었다. 부엌에는 제복 경관 두 사람이 소음을 피해 와 있었다. 차를 끓여 마시면서 찬장에서 비스킷을 찾고 있었다.

"설탕 빼고 우유만." 리버스가 말했다. 그러고는 현관으로 와서 열쇠를 사용해 경보기를 해제했다. 경관 한 명이 머그잔을 건넸다.

"감사합니다. 정신 나가는 줄 알았어요."

리버스는 정문을 살펴보았다.

"깔끔하게 했더군요." 경관이 말했다. "열쇠가 있었던 것처럼요."

"자물쇠를 땄을 가능성이 더 높지." 리버스는 현관으로 돌아왔다. "하지만 경보기 박스는 건드리지 않았어." 그는 이 방 저 방 돌아다녔다.

"없어진 게 있습니까?"

"그래. 주전자에 있던 뜨거운 물, 티백 두 개, 우유 조금."

"알람 때문에 겁먹었는지도 모르죠."

"자물쇠를 땄는데 왜 경보기는 그냥 뒀을까?" 리버스는 답을 알 것 같았다. 경보기가 설정되어 있다는 건 침입자에게 어떤 걸 확실히 알려주기 때문이다.

집에 아무도 없다는 사실을.

침입자는 누군가 집에 있기를 바랐다. 페이션스나 리버스가. 그게 이 범행의 가장 큰 이유였다. 캐리 오크스는 뭔가를 훔치려고 침입한 게 아니었다. 다른 계획이 있었다.

경관들이 떠나자 리버스는 경보기를 재설정하고 장붓구멍 자물쇠와 예일 자물쇠가 잘 잠겨 있는지 확인했다.

이렇게 하면 상하 2단으로 문이 닫힌다고 한다.

리버스는 순찰차를 타고 새미 집 쪽으로 돌아 집으로 갔다. 새미 집에 들르지는 않았다. 별일 없는지만 확인할 생각이었다. 새미는 혼자 자고 있지 않을 것이다. 네드가 옆에 있을 것이다. 네드가 있다고 해서 오크스에게 큰 방해가 되지는 않겠지만.

"부탁 하나 들어주겠나?" 리버스가 운전하는 경관에게 청했다. "아침까지 순찰차가 한 시간에 한 번 여기 순찰을 돌게 해주게."

"알겠습니다. 그놈이 다시 범행을 저지를까요?"

리버스는 오크스가 새미 주소를 알고 있는지, 스티븐스는 알고 있었는지 여부도 몰랐다. 차량 무전기로 요양원에 연락했다.

"무덤처럼 조용합니다." 그쪽의 대답이었다.

다음에는 병원에 연락해 야간 근무 직원과 통화했다. 직원은 아치볼드 씨 옆에 누가 있으며, 둘 다 깨어 있다고 확인해주었다. 리버스는 직원이 설명해주는 인상착의를 듣고 바비 호건이라고 추측했다.

다들 안전했다. 보호 조치에 아무 이상 없었다.

리버스는 순찰차에서 내려 아파트 계단을 올라갔다. 문을 열 때 아래 층계참에서 무슨 소리를 들은 것 같았다. 난간 쪽을 내다보았지만 아무것도 보이지 않았다. 코크란 부인의 얼룩무늬 고양이가 고양이 문을 들락날락하면서 달가닥거리는 소리일 것이다.

문을 닫았다. 굳이 불을 켜지는 않았다. 집 안에서는 어두워도 상관없었다. 부엌 불을 켜고 주전자를 올려놓았다. 술기운 때문에 머리가 맑지 않았다. 차를 끓여 거실로 가지고 나왔다. 음악을 틀기에는 너무 늦은 시간이었다. 창가로 가 차를 후후 불면서 서 있었다.

어떤 형체가 움직이는 게 보였다. 길 건너 인도 위였다. 남자의 윤곽이었다. 리버스는 가로등 불빛을 가리기 위해 유리창에 두 손을 모아 쥐고 그 사이에 얼굴을 댔다.

캐리 오크스였다. 음악이 들리는 것처럼 몸을 흔들고 있었다. 얼굴에는 함박웃음을 짓고 있었다. 리버스는 창에서 몸을 돌리고 전화기를 찾아보았다. 어디에도 보이지 않았다. 마루에 널린 책들을 발로 찼다. 대체 어디 간 거야?

휴대폰을 찾아보았다. 어디 있지? 가져가는 걸 잊었다. 아마 코트 주머니에 있을 것이다. 현관 옷장으로 갔다. 없었다. 부엌? 없었다. 침실? 거기에도 없었다.

욕설을 퍼부으며 오크스가 갔는지 확인하러 창가로 돌아갔다. 아니었다. 아직 그 자리에 있었다. 지금은 항복하듯 두 손을 들고 있을 뿐이었다. 그때 리버스는 오크스가 작고 어두운 물체 두 개를 들고 있는 걸 보았다. 무엇인지 알 수 있었다.

그의 무선전화기와 휴대폰이었다.

"개새끼!" 리버스가 으르렁거렸다. 오크스가 아파트에 있었다. 층계참의 예일 자물쇠와 정문을 따고 들어왔다.

"개새끼." 리버스가 낮게 뇌까렸다. 문으로 달려가 홱 잡아당겨 열었다. 계단을 반쯤 내려갔을 때 건물 정문이 삐걱거리며 열리는 소리를 들었다. 문이 잠겼던가? 만일 그랬다면 오크스가 일찌감치 손을 썼을 것이다.

갑자기 오크스가 계단통 아래 나타났다. 벽의 알전구 불빛을 등지고 있었다. 벽은 전부 옅은 커스터드 빛 노란색으로 칠해져 있어서 오크스의 얼굴이 마치 황달에 걸린 것처럼 보였다. 이빨을 드러내면서 입을 크게 벌려 혀를 내보였다. 전화기 두 개를 돌바닥에 내던지고 허리춤에서 나이프를 꺼냈다.

"이거 기억나지?"

오크스는 나이프를 쥐고 있었다. 결의에 찬 눈빛으로 리버스를 보면서 계단을 오르기 시작했다. 발에서 사포가 나무에 문질러지는 소리가 났다.

리버스는 몸을 돌려 도망쳤다.

"어딜 가시나, 리버스?" 오크스는 목소리를 낮출 생각도 하지 않고 웃었다. 이웃이라고는 학생들과 은퇴한 노인들뿐이었다. 그들 전부를 상대로 자신의 운을 시험해볼 생각일 수도 있다.

코크란 부인은 전화기가 있다. 리버스는 코크란 부인 집을 지나치면서 쓸데없는 짓이라는 걸 알면서도 문을 두드렸다. 부인은 완전한 귀머거리였다. 그와 같은 층에 사는 학생들은 전화기를 가지고 있나? 집에 있을까? 리버스는 자기 집 안으로 들어가 문을 닫았다. 예일 자물쇠가 찰칵 소리를 냈다. 하지만 오크스를 들어오지 못하게 하려면 추가 조치가 필요했다. 자물쇠에 체인을 감았다. 하지만 한 번 발로 세게 차면 체인과 자물쇠 모두 박살나리라는 걸 알았다. 장붓구멍 자물쇠의 열쇠는 어디 있지? 보통은 자물쇠 안에 있었다. 마루를 찾아보긴 했지만 오크스가 가져간 게 분명했다. 오크스는 자물쇠를 살펴보고 이것 때문에 들어오지 못하리라는 걸 알아챘을 것이다. 문구멍에 눈을 댔다. 갑자기 오크스의 얼굴이 나타났다. 리버스는 그가 말하는 소리를 들을 수 있었다.

"아기돼지야, 아기돼지야, 문 좀 열어."

「샤이닝」에 나오는 대사다.

부엌으로 달려가 식기 서랍을 열었다. 리벳 이음*된 검은 손잡이가 달린 30센티미터짜리 식칼을 발견했다. 사용했던 기억이 없었다. 엄지손가락을 날 위에 대고 베어보았다.

날이 서 있었다.

전에 칼잡이들과 맞서본 적이 있었다. 하지만 대부분 설득할 수 있었다. 나머지는…… 처리할 수 있었다. 하지만 예전 일이었고 지금은 완전히 다르다. 현관으로 돌아와 오크스와 싸우기로 결심했다. 식칼을 손에 쥐고 체인을 푼 다음 문을 열었다. 즉각 공격이 들어올 것이라고 예상했지만 아무도 없었다. 목을 빼고 내다보았지만 오크스는 복도에 없었다.

"돼지가 산책을 나갔네."

오크스의 목소리였다. 1층 내려가는 쪽 가운데쯤에서 들렸다. 리버스는 문을 나섰다. 서두르지 않고 침착하려 애썼다. 오크스의 눈을 쏘아보면서 주변 시야는 오크스의 칼을 놓치지 않았다.

"와, 칼 한번 크네." 오크스가 비웃었다. 계단을 다시 내려가고 있었다. 자신 있는 것 같았다. "밖으로 나가지, 리버스. 바람 좀 쐬자고."

오크스는 몸을 돌려 뛰다시피 건물을 나왔다. 리버스는 잠시 생각에 잠겼다. 전화기가 저기 떨어져 있었다. 휴대폰을 집어 들어서 당장 이리로 경찰을 부를 수 있었다. 그러다 앨런 아치볼드를, 페이션스를, 재니스를…… 그리고 부모님 묘지를 생각했다. 짐 스티븐스도. 이제 끝낼 때다. 오크스가 다시 빠져나가는 일이 없게 계속 주시했다.

---

* 강재를 서로 겹쳐서 접합하는 이음법.

리버스는 손을 뻗어 휴대폰을 주머니에 넣었다.

오크스는 고개를 끄덕이며 인도 위에 서 있었다.

"바로 그거야. 당신과 나뿐이지."

그가 걷기 시작했다. 리버스는 따라갔다. 발걸음이 빨랐지만 둘 중 누구도 뛰지는 않았다. 오크스는 머리를 계속 리버스 쪽으로 돌리고 있었다. 사태가 이렇게 되어서 기분이 좋아 보였다. 리버스는 그 속셈을 알 수 없었지만 경계를 늦추지 않았다. 지금까지 오크스는 타당한 이유 없이는 일을 벌이지 않았다. 끝내버려! 마지막 라운드야…… 이 말이 리버스의 머릿속을 맴돌고 있었다.

"아침형 인간이 되는 게 동맥에는 좋아. 스코틀랜드식 다이어트를 보충해주지. 당신 냉장고 안을 봤어. 왈라왈라 교도소의 내 우라질 감방에 있던 것들만도 못하더군. 하지만 거실 의자 옆에 있던 위스키는 칭찬해주지." 오크스가 웃었다. "당신이 샘 스페이드*라도 돼?"

둘은 마치몬트 로드를 건너 시너스를 따라가다가 식 키즈 병원을 지나갔다. 리버스는 이렇게 조용한 거리에 사는 자신을 욕했다. 펍은 텅 비었고 튀김 음식 전문점은 문을 닫았다. 클럽은 물론이고 안마시술소도 없었다. 그때 길 건너편에서 집으로 걸어가고 있던 청년 둘이 걸음을 멈췄다. 밤새 술을 마시고 난 뒤였다. 둘 중 하나는 케밥을 허겁지겁 먹어치우고 있었다. 둘은 이상한 추격전을 쳐다보았다. 오크스의 나이프는 주머니에 있었지만 리버스는 자기 식칼을 휘둘렀다.

"경찰 불러!" 리버스가 외쳤다.

오크스는 그저 웃기만 했다. 친구가 취해서 농담한다는 듯 고무칼을 흔

---

* 하드보일드 탐정소설 거장 대실 해밋(Dashiell Hammett)의 작품 주인공으로 등장하는 사립 탐정.

들었다.

"농담 아니야!" 사람들이 깨는 것에 개의치 않고 리버스가 소리쳤다. "경찰 불러!"

멈춰서 신분증을 보여줄 수는 없었다. 오크스를 시야에서 놓칠 위험이 있었다. 오크스의 잠재적인 피해자가 될 가능성이 있는 사람들이 너무나 많았다. 오크스에게 한시도 눈을 뗄 수 없었다.

그래서 그들은 두 청년을 뒤에 남기고 계속 발길을 옮겼다.

"쟤들이 집에 갔을 쯤에는." 오크스가 말했다. "전부 잊어버렸을 거야. 냉장고에서 술을 꺼내 마시면서 TV로「제리 수프링어 쇼」나 보겠지. 요즘은 다들 그래. 아무도 남 일에 상관하지 않아."

"나는 안 그래."

"당신은 안 그렇지. 왜 그런지 궁금한 적 없었어?"

리버스는 고개를 저었다. 오크스가 하는 말에 개의치 않았다. 떠들수록 에너지를 소모하게 된다.

"한 번도 생각해본 적 없지? 그건 당신이 석기시대 인간이기 때문이야. 다들 알아. 당신도, 당신 상관도, 동료들도. 심지어 당신의 의사 친구도 알지. 그 여자는 어때? 석기시대 인간하고 섹스하는 걸 좋아하나?" 오크스는 다시 웃었다. "혹시나 해서 알려주는데, 난 감방에서도 계속 운동을 했어. 자네를 들고도 벤치 프레스를 할 수 있을 정도지. 온종일 이 속도를 유지할 수 있어. 당신은 어때? 운동하곤 담 쌓은 것 같던데."

"넌 늘 태도가 문제야."

이제 둘은 좁은 통로를 가로질러 코스웨이사이드를 빠져나가고 있었다.

"어디로 가는 거야?"

"거의 다 왔어. 자넬 지쳐 떨어지게 할 생각은 없다고…… 스코틀랜드에선 뭐라고 하더라? 퍼글?" 오크스는 웃었다. 코스웨이사이드에는 차량들이 있었다. 리버스는 자기가 칼을 쥐고 있는 걸 운전자들이 봤다고 확신했다. 공중전화를 걸거나 순찰차를 세우겠지. 하지만 그럴 확률은 낮다는 것도 알고 있었다. 이 지역에는 순찰차가 많지 않았다. 도보 순찰도 없겠지. 집으로 돌아가서 전화로 신고를 할 수도 있다.

그러면 아마 세인트 레너즈 경찰서의 누군가가 수사를 할 것이다.

그때는 이미 늦겠지. 리버스는 어떤 식으로 일이 벌어지건, 이제 결말을 지을 때가 됐다는 느낌을 받았다. 몇 가지 이유로 이건 관련성이…… 맙소사…… 리버스는 어기가 어디인지 알았다. 솔즈베리의 끝 쪽이었다. 민토 스트리트와의 분기점이었다.

"여기였어, 그렇지?" 리버스가 발을 멈췄기 때문에 오크스도 서서 물었다. "길을 건너던 중이었지?"

새미는…… 길을 건너다 차에 치었다. 민토 스트리트 쪽으로 20미터쯤 아래였다.

리버스는 오크스를 쳐다보았다. "왜지?"

오크스는 어깨를 으쓱할 따름이었다. 리버스는 지금 이 순간에 집중하려 애썼다. 지금이 중요하다. 새미 걱정은 나중에 하면 된다. 오크스가 자신을 가지고 놀지 못하게 해야 한다.

"차에 치면서 몸이 공중에 떴지?" 오크스가 말했다. 방금 대화를 마친 것처럼 손을 주머니에 넣고 있었다. 리버스는 어느 쪽 주머니에 나이프가 있었는지 기억나지 않았다. 자신의 무기는 오른손에 들고 있었지만 이 순간에는 쓸모없었다. 길을 건너다 새미는…… 새미는 가망이 없었다.

리버스는 사고가 났던 날 이후로는 여기 오지 않았다는 걸 깨달았다. 이 장소를 피하고 있었다.

그리고 오크스는 이 장소가 리버스에게 어떤 영향이 있는지 알고 있었다. 리버스는 머리를 맑게 하려고 몇 차례 눈을 깜빡였다.

"새미가 어떤지 확인하러 갔지?" 오크스가 물었다.

"뭐?" 리버스가 눈을 가늘게 떴다.

"여자 친구 아파트에 가보고 내가 다녀간 걸 알았지. 그다음에는 딸집에 갔어. 하지만 들어가진 않았지?"

악마의 눈을 들여다보는 것 같았다. "어떻게 알았지?"

"그렇지 않았다면 여기 있지 않았을 테니까."

"어째서?"

"난 여기 와봤기 때문이지, 오늘밤 일찍."

"거짓말." 리버스의 목소리는 건조했다. 목이 매캐했다. 가드를 내리게 하려는 거야. 아치볼드에게 써먹었던 수법이지.

오크스는 어깨를 으쓱하기만 했다. 둘은 길모퉁이에 서 있었다. 차 두 대가 비스듬하게 가로질러 신호등에 서 있었다. 안쪽 차선에는 택시가, 그 옆에는 젊은 남자가 시동을 건 상태로 있었다. 택시 기사는 곧 싸움이 벌어질 것 같은 모습을 구경하고 있었다. 전에는 본 적 없는 광경이었다.

"거짓말이야." 리버스는 되풀이했다. 빈손을 주머니에 집어넣어 휴대폰을 꺼냈다. 엄지손가락으로 번호를 눌렀다. 휴대폰과 오크스를 동시에 볼 수 있게 휴대폰을 얼굴 쪽으로 잡고 있었다.

"어쨌든 새미한테는 다리가 필요 없잖아?" 오크스가 말했다. 전화가 울리고 있었다. "아무도 안 받지?"

리버스의 눈에서 땀이 흘러내렸다. 하지만 땀방울을 치우려고 고개를 저으면 오크스는 자신의 질문에 리버스가 대답한다고 생각할 것이다.

전화기가 울리는 소리가 멈췄다.

"여보세요?" 네드 팔로우의 목소리였다.

"네드! 새미 거기 있어? 괜찮아?"

"네? 아버님이세요?"

"새미 괜찮냐고?" 답을 알고는 있지만 어떻게든 들어야 했다.

"물론 괜찮⋯⋯."

오크스가 달려들었다. 오른쪽 주머니에서 나이프가 나타났다. 불과 몇 센티미터 차이로 가슴을 스쳐 빗나갔다. 리버스는 뒤로 물러섰다. 전화기를 떨어뜨렸다. 택시 운전사가 차창을 내렸다.

"그만둬!"

"못 그만둔다." 오크스가 낮은 목소리로 말했다. "마디마디 썰어서 포를 떠주겠어." 다시 칼을 휘둘렀다. 리버스는 칼을 차버리려다 발을 헛디딜 뻔했다. 오크스가 비웃었다. "자넨 누레예프*가 아니야." 칼이 빠르게 리버스의 팔을 쑤시고 들어왔다. 리버스는 신경이 마비되는 걸 느꼈다. 고통의 서막이었다. 끝내버려.

리버스는 한 걸음 앞으로 다가서며 칼로 속임 동작을 취했다. 오크스는 위치를 옮겨야 했다. 이제 인도 가장자리에 있었다. 리버스는 오크스 뒤의 신호등이 바뀌는 것을 보았다. 오크스가 몸을 앞으로 기울이며 리버스의

---

* Rudolf Nureyev(1938~1993). 러시아의 전설적인 발레리노.

가슴을 그었다. 리버스의 셔츠가 찢어지며 가느다란 휘파람 같은 소리가 났다. 팔의 피가 뜨거워졌고, 새 상처에서는 더 많은 피가 흘러내렸다. 적색에서 적황색으로.

그리고 녹색으로.

리버스는 발을 들고 돌진해 오크스의 가슴을 발바닥으로 강하게 찼다. 오크스는 팔을 휘두르다가 도로 쪽으로 밀려났다. 시동을 걸고 있던 남자가 있던 쪽이었다. 남자는 싸움이 있다는 것도 의식하지 못한 채 라디오를 있는 대로 크게 틀어놓고 있었고, 여자 친구가 남자를 팔로 감싸 안고 있었다. 남자가 전속력으로 차를 출발시켰다. 차가 오크스에게 부딪혔다. 오크스가 공중에 떴다. 엉덩이뼈가 부러졌다. 그리고 리버스가 바란 대로 뼈가 몇 군데 더 부러졌다. 차가 급정거했다. 차창으로 남자애의 머리가 나왔다. 남자애가 칼을 보고는 클러치에서 발을 떼고 급출발했다.

리버스는 굳이 번호판을 읽으려고 하지 않았다. 오크스의 나이프를 쥔 손 위에 서서 손가락을 억지로 떼 칼을 집어 들고는 주머니에 넣었다. 택시 운전사는 아직 신호등 앞에 서 있었다.

"경찰에 연락해요!" 리버스가 그에게 소리쳤다. 상처 입은 팔을 가슴에 대고 있었다.

오크스는 땅바닥 위를 구르고 있었다. 손을 허벅지와 옆구리에 대고 있었다. 이를 드러냈지만 이번에는 웃는 게 아니라 고통으로 찡그린 얼굴이었다.

리버스는 일어나서 한 걸음 물러선 다음 오크스의 사타구니를 걷어찼다. 오크스가 신음하며 구역질을 하자 한 대 더 걷어찬 다음 다시 쭈그리고 앉았다.

"이건 짐 스티븐스 몫이라고 말하고 싶군." 리버스가 말했다. "하지만 너한테는 솔직하게 말할게. 사실은 날 위해 찬 거야."

리버스는 응급실에서 한 시간을 보냈다. 팔에 네 바늘, 가슴에 여덟 바늘을 꿰맸다. 팔의 상처는 깊었지만 두 군데 모두 깨끗했다. 오크스는 근처 어디엔가에서 파열과 골절에 대한 치료를 받고 있었다. 형사국의 최정예 경관 여섯 명이 지키고 있었다.

리버스는 순찰차에 타고 아파트로 돌아왔다. 무선전화기를 회수하고 ― 학생들이 슬쩍하면 안 되니까 ― 위스키를 한 잔 가득 마셨다. 그러고는 연이어 계속 마셨다.

그날 밤 나머지 시간은 세인트 레너즈 경찰서에서 보냈다. 한 손으로 타자를 쳐 보고서를 작성하고, 왓슨 총경에게 구두로 추가 브리핑을 했다. 왓슨 총경은 자다가 나와서 머리카락이 뒤쪽으로 뻗친 상태였다. 머리를 움직일 때마다 머리카락이 펄럭거렸다.

오크스가 짐 스티븐스 살해 혐의로 기소될 가능성은 희박했다. 지문, 섬유, 침 같은 법의학적 증거에 달려 있었다. 스티븐스의 카세트는 봉지에 넣어져 법의학 팀에 전달되었다.

"하지만 저와 앨런 아치볼드를 폭행한 혐의로는 잡아넣을 수 있잖습니까?"

농부 왓슨은 고개를 끄덕였다. "펜틀랜드에서의 폭행에 관해선 그렇지."

"세 시간 전에 범했던 살인 미수는요?"

농부는 서류를 뒤적였다. "자네 입으로 말했잖나. 증인들 대부분은 오크스가 아니라 자네가 칼을 들고 있는 걸 봤다고."

"하지만 택시 기사는⋯⋯."

농부는 고개를 끄덕였다. "그의 증언이 결정적이겠지. 솔직하게 증언하길 기대해보자고."

리버스는 자신의 상관이 무슨 생각을 하는지 알 수 있었다. "제가 정당방위를 한 거라고 믿으십니까?"

"물론이지, 존. 말할 필요도 없네." 하지만 농부는 그와 눈을 맞추려 하지 않았다.

리버스는 할 말을 생각해내려 했다. 하지만 시간 낭비할 가치가 없다고 판단했다.

"형사국에서 열 받았어." 농부가 미소와 함께 덧붙였다. "용두사미가 되어버렸으니까."

"겉으로는 아닌 것 같아도 속으로는 좀 안 됐단 생각이 듭니다." 리버스는 몸을 돌려 방을 나갔다.

"병원으로 돌아갈 생각 말게, 존." 농부가 경고했다. "그놈이 침대에서 굴러떨어지고는 자네가 밀었다고 뒤집어씌우면 안 되니까."

리버스는 콧방귀를 뀌고는 아래층으로 내려가 주차장으로 갔다. 곧 해가 뜰 것이다. 진통제 몇 알을 물도 없이 삼킨 다음, 담뱃불을 붙이고 홀리루드 파크가 있는 쪽을 바라보았다. 아서스 시트, 솔즈베리 크랙스가 거기 있었다. 언제나 보이는 건 아니다. 그렇다고 거기 없다는 의미는 아니다.

어둠 속에서 발을 헛디디기는 쉽다. 누군가의 뒤를 밟기도 쉽다. 리버스는 주차장을 나와 세인트 레너즈 뱅크로 갔다. 스티븐스의 차는 하우덴 홀에서 검사하기 위해 가져갔다. 길 끝에는 간격이 벌어진 울타리가 있어서 공원으로 직접 들어갈 수 있었다. 리버스는 퀸스 드라이브 쪽 경사로를 내려갔다. 일단 퀸스 드라이브를 가로지른 다음 산을 오르기 시작했다. 이제 가로등 불빛과 멀어지면서 발걸음이 머뭇거렸다. 래디컬 로드의 시작점이란 걸 보지도 않고 알 수 있었다. 래디컬 로드 위에는 솔즈베리 크랙스의 불규칙한 암벽이 솟아 있었다. 리버스는 등산로를 무시하고 계속 올라간 끝에 크랙스 정상에 도달했다. 발 아래 도시가 오렌지색 나트륨과 흰노랑색 할로겐의 격자무늬로 펼쳐진 게 보였다. 야생동물들이 잠에서 깨어나고 있었고, 차들은 시내로 향하고 있었다. 리버스는 몸을 돌려 하늘이 그 아래 바위덩어리들보다 더 밝은 검은 그림자를 드리우는 걸 보았다. 어떤 사람들은 아서스 시트가 사냥감을 덮치려고 몸을 웅크리고 있는 사자처럼 보인다고 한다. 하지만 그 사자는 결코 공격하지 않는다. 스코틀랜드 국기에도 사자가 있다. 몸을 웅크리고 있지는 않지만 사납기 짝이 없다.

짐 마골리스는 뛰어내리려는 확고한 결심을 하고 여기 왔을까? 리버스는 이제 답을 알 것 같았다. 그날 밤 저녁식사 약속이 마골리스 가족이 살던 집에서 공원을 가로지른 곳에서 있었기 때문이었다.

그것 때문이었다. 그리고 흰색 세단의 존재 때문이었다.

50

조셉 마골리스 박사는 굴레인의 약간 외진 집에서 아내와 함께 살았다. 이 집에서는 뮤어필드 골프 코스의 전경을 완전하게 볼 수 있었다. 리버스는 골프를 치지 않았다. 어렸을 때 몇 번 해보긴 했다. 로컬 코스에 하프 세트* 골프 클럽을 끌고 다니며 대여섯 개의 볼을 잠팔라 연못에 빠뜨렸다. 리버스는 동료들 몇몇이 경력 관리에 도움이 될 거란 생각에 골프를 시작했고, 상급자들에게 일부러 져주고 있다는 사실을 알고 있었다.

리버스 생각에 그런 건 게임이 아니었다.

쇼반 클락은 차를 세우고 라디오 뉴스를 껐다. 아침 열 시였다. 리버스는 아든 스트리트의 아파트에서 간신히 몇 시간 눈을 붙인 후, 페이션스에게 전화를 걸어 캐리 오크스가 철창신세가 됐다는 사실을 알려주었다.

"차에 그대로 있게." 조심스럽게 문을 나오면서 리버스가 말했다. 한쪽 팔에 붕대를 감은 상태에서는 쉬운 게 아니었고, 몸을 펼 때마다 가슴에 통증이 왔다.

마골리스 부인이 현관으로 나왔다. 가까이서 보니 아들과 닮았다. 납작한 턱, 가는 눈이 똑같았다. 심지어 미소도 같았다.

리버스는 자신을 소개한 다음, 남편과 얘기할 수 있는지 물었다.

---

* 풀 세트의 절반으로 구성된 세트. 최대 7개.

"온실에 있어요. 무슨 문제가 있나요, 경위님?"

그는 미소를 지었다. "전혀요, 부인. 몇 가지 질문만 드리면 됩니다."

"안내해드릴게요." 리버스가 들어올 수 있게 뒤로 물러서면서 마골리스 부인이 말했다. 리버스의 팔을 쳐다보았지만 아무 말도 하지 않았다. 이런 사람들이 있다. 질문을 하는 걸 좋아하지 않는다. 리버스는 그녀를 따라 복도를 걸어가면서 열린 출입구를 통해 안쪽을 보았다. 집 안은 정돈되어 있었다. 의자 위에 있는 뜨개질감, 신문 선반에 있는 잡지, 먼지가 앉은 장식, 반짝거리는 창문. 이 집은 1930년대부터 내려온다. 밖에서 보면 처마와 박공으로만 이루어진 것 같다. 리버스는 여기서 산 지 얼마나 되었냐고 물어보았다.

"40년이 넘어요." 마골리스 부인이 뿌듯해하며 대답했다.

그러면 여기가 짐 마골리스가 자란 집이다. 짐의 여동생도. 리버스는 그녀가 가족 욕실에서 자살했다는 걸 기록을 통해 알고 있었다. 이런 상황에서는 가족들은 집을 팔고 다른 데로 이사 가는 경우가 종종 있다. 하지만 계속 남아 있는 가족도 있다. 사랑하던 사람이 여전히 집에 있고, 집을 버린다면 그 사람을 영원히 잃게 되기 때문이다.

부엌도 깔끔했다. 식기건조대에서 말리고 있는 컵과 잔 받침조차 없었다. 냉장고에는 메시지 목록이 찻주전자 모양의 마그넷으로 고정되어 있었다. 하지만 목록은 비어 있었다. 마골리스 부인이 차를 마시겠냐고 물었다. 리버스는 고개를 저었다.

"괜찮습니다. 어쨌든 고맙습니다." 여전히 미소를 띠었지만 그녀를 살펴보았다. 리버스는 생각했다. 아내는 알고 있었던 경우가 종종 있지…….
이런 생각도 했다. 어떤 사람들은 그냥 묻지 않을 뿐이다.

부엌 문 밖에는 문이 바닥까지 닿는 벽장 두 개 – 둘 다 열려 있어서 정원용 공구가 보였다 – 와 뒷문이 있었다. 뒷문도 열려 있었다. 두 사람은 밖으로 나가 벽으로 둘러싸인 정원으로 들어섰다. 정원은 공들인 게 분명했다. 록 가든*이 있었고, 옆에는 화단이 있었다. 록 가든과 화단은 잘 손질된 잔디를 사이에 두고 채소밭과 분리되어 있었다. 정원 아래쪽에는 나무와 관목이, 한쪽 모퉁이에는 작은 온실이 눈에 띄지 않게 자리하고 있었다. 온실 안에 사람이 움직이는 모습이 보였다.

리버스는 마골리스 부인 쪽으로 몸을 돌렸다. "감사합니다. 이젠 됐습니다."

그리고 잔디밭을 가로질러 걸어갔다. 고급 윌턴 양탄자 위를 걷는 기분이었다. 한 번 뒤를 돌아보았다. 마골리스 부인이 출입구에서 그를 지켜보는 모습이 보였다. 이웃 정원에서는 누군가 모닥불을 피웠다. 톡 쏘는 듯한 흰색 연기가 탁탁거리는 소리를 내며 벽을 타고 올라왔다. 리버스가 다가오자 검은색 래브라도가 귀를 쫑긋 세우더니 일어나 앉아 건성으로 짖었다. 개의 코와 수염이 회색이었고, 애지중지 키운 듯한 느낌이었다. 과체중이었고, 노령에 운동도 부족해 보였다. 온실 문이 미끄러지며 열리고, 노인이 반달형의 작은 안경을 통해 리버스를 유심히 바라보았다. 키가 크고, 머리카락은 회색에 콧수염은 검은색이었다. 제이미 브래디가 설명한 인상 그대로였다. 그린필드로 대런 러프를 찾아왔던 사람이다.

"무슨 볼일인가요?"

"마골리스 박사님, 저는 존 리버스 경위입니다."

마골리스가 두 손을 들었다. "악수를 못해도 양해해주시오." 그의 손은

---

* 큰 바위들을 배치하고, 그 사이에 식물을 심어 가꾼 정원.

흙으로 더러워졌다.

"저도 그렇습니다." 리버스는 팔 쪽을 가리키며 말했다.

"끔찍하군요. 어쩌다 그랬나요?" 부인처럼 말수가 적지는 않았다. 하지만 부인은 묻고 싶은 것을 꾹 참으며 반평생을 보냈을 수도 있다. 리버스는 몸을 숙여 래브라도의 머리를 쓰다듬었다. 개는 고맙다는 듯 두툼한 꼬리로 땅을 때렸다.

"싸움에 말려들었죠." 리버스가 설명했다.

"공무 집행 중이었죠? 전에 만난 것 같은데요."

"한나가 나간 미인 대회에서였죠."

"아, 그랬죠." 천천히 고개를 끄덕였다. "아마하고 얘기하려고 했죠?"

"그때는 그랬습니다."

"아마하고 관계있는 일인가요?" 마골리스는 온실 안으로 되돌아갔다. 리버스는 따라가서 노인이 묘목을 화분에 심는 걸 보았다. 흐린 날씨였지만 온실 안은 따뜻했다. 마골리스는 문을 닫아 달라고 리버스에게 부탁했다.

"실내 온기를 유지해야 해서요." 그가 설명했다.

리버스는 문을 옆으로 밀어 닫았다. 쓸 수 있는 공간의 대부분은 작업대가 차지했고, 묘목 상자가 작업대를 따라 줄지어 놓여 있었다. 화분용 배양토 봉지가 열린 채로 바닥에 있었다. 마골리스 박사는 검은색 플라스틱 화분으로 배양토를 덜어내고 있었다.

"살인을 저지르고도 처벌을 모면한 기분이 어떠십니까?" 리버스가 물었다.

"무슨 말씀이죠?" 마골리스는 묘목을 가져다 새 화분에 밀어 넣었다.

"대런 러프를 죽였잖습니까."

"그게 누구죠?"

리버스는 마골리스의 손가락에서 화분을 뺐다. "입증하기가 아주 어렵겠죠. 솔직히 성공할 것 같진 않습니다. 하지만 전 박사님이 살인을 저지르고도 빠져나갔다고 생각합니다."

마골리스는 리버스의 눈을 마주보면서 화분을 다시 가져갔다.

"미안하군요." 그가 말했다. "경위님이 무슨 얘길 하는지 하나도 모르겠어요."

"그린필드에서 박사님을 본 사람이 있어요. 대런 러프에 대해 물었죠. 그러고는 흰색 벤츠를 타고 떠났습니다. 대런이 살해되던 때 즈음에 홀리루드 공원에서 흰색 세단이 목격됐어요. 대런은 은신처를 찾으러 거기 갔지만, 박사님은 그곳이 살인을 저지르기에 이상적인 장소란 걸 알았죠."

"이런 수수께끼 같은 얘기가…… 내가 누군지 압니까, 경위님?"

"아주 잘 알죠. 자녀 두 분이 모두 자살했다는 걸 압니다. 시엘리온 체제의 일부였다는 것도 알죠."

"뭐라고요?" 이제 목소리가 약간 떨렸다. 두꺼운 손가락에서 묘목이 빠져나갔다.

"걱정 마십시오. 해롤드 잉케는 합의한 내용을 지킬 거니까요. 저한테 털어놓았지만 법정에 제출할 수는 없고, 다른 누구에게도 얘기하지 않겠죠. 그날 밤, 박사님이 시엘리온에 있었다고 하더군요. 잉케는 자주 대화를 나누면서 박사님을 알게 됐죠. 자기가 보호하고 있는 아이들에게 무슨 짓을 했는지 털어놓았습니다. 박사님이 입을 다물 것임을 알았죠. 같은 종류의 사람이었으니까요. 잉케는 아이들을 검사할 책임이 있는 의사가 전체 사업의 일부가 되면 얼마나 유용할지 알고 있었습니다." 리버스는 마골리스의 귀 쪽으로 몸을 기울였다. "잉케가 전부 말해줬습니다. 마골리스 박사님."

근무 시간 후에 마신 술이 박사의 긴장을 풀어주었다. 그리고 램지 마샬이 새 아이를 데리고 도착했다. 대런 러프였다. 아이가 마골리스를 알아보지 못하게 눈가리개를 씌웠다. 박사가 주장한 것이었다. 땀이 흐르고 몸이 떨렸다…… 이날 밤 이후로 모든 게 달라지라는 걸 알았기에.

그러고 나서는 자기혐오가 몰려왔던 것 같다. 아니면 그저 발각될까 두려웠던 것인지도 모른다. 감당할 방법이 없었다. 건강이 나빠졌단 핑계로 조기 퇴직할 수 있었다.

"하지만 잉케의 손아귀에서 절대 벗어날 수 없었죠. 박사님을 협박했습니다. 잉케와 마샬 둘 다." 리버스의 목소리는 거의 속삭임이나 다름없었다. 입술이 박사의 귀에 닿을 지경이었다. "아십니까? 저는 잉케가 그 세월 동안 박사님을 쪽쪽 빨아먹은 게 더럽게 기쁩니다." 리버스는 뒤로 물러섰다.

"경위님은 아무것도 모릅니다." 마골리스의 얼굴은 피처럼 선명하게 벌게졌다. 체크무늬 셔츠 아래서 거칠게 숨을 쉬고 있었다.

"전 아무것도 입증할 수 없습니다. 하지만 그렇다고 완전히 같은 건 아니죠. 저는 압니다. 그게 중요해요. 따님은 알았을 거라고 생각합니다. 수치심에 목숨을 끊었죠. 박사님은 집안에서 늘 제일 일찍 일어났습니다. 따님은 박사님이 자기를 발견하리라는 걸 알았죠. 어쩌면 짐도 알아냈을 수 있습니다. 그리고 그걸 마음에 이고 살아갈 수는 없었겠죠. 어떻게 그러고도 살아갈 수 있습니까, 마골리스 박사님? 자녀를 둘 다 자살하게 만들고, 대런 러프를 죽이고도 말입니다."

마골리스는 정원용 손 갈퀴를 들어 리버스의 목에 가져다 댔다. 분노와 좌절감으로 얼굴이 심하게 일그러졌다. 이마에서 땀방울이 떨어졌다. 밖에서는 자욱하게 피어오른 연기가 그들을 가려주고 있었다.

마골리스는 아무 말도 하지 않았다. 악문 이 사이로 소리를 낼 뿐이었다. 리버스는 손을 주머니에 넣고 서 있었다.

"뭡니까?" 리버스가 말했다. "나도 죽이려고요?" 고개를 저었다. "생각해보세요. 부인이 절 봤습니다. 정문에서 저를 기다리는 경관도 있습니다. 어떻게 변명해서 빠져나갈 생각인가요? 아니죠, 박사님은 저를 죽이지 않을 겁니다. 방금 말했듯이 전 아무것도 입증할 수 없습니다. 박사님과 저만의 문제죠." 리버스는 주머니에서 손을 빼 갈퀴를 옆으로 밀어냈다. 검은색 래브라도가 문 사이로 보고 있었다. 일이 심상찮게 돌아가는 걸 아는 듯, 실망했다는 표정으로 리버스를 보면서 얼굴을 찌푸렸다.

"뭘 원하죠?" 마골리스가 양손으로 작업대를 잡고 화난 목소리로 식식거렸다.

"제가 알고 있다는 사실을 염두에 두고 여생을 사십시오." 리버스가 어깨를 으쓱했다. "그게 답니다."

"내가 자살하길 바라나요?"

리버스는 웃었다. "자살하실 것 같진 않은데요? 박사님은 늙었습니다. 사실 날이 얼마 안 남았죠. 돌아가시면 잉케와 마샬은 박사님께 충실해야 할지 재고해볼 겁니다. 박사님께는 오명만 남게 되겠죠."

마골리스가 리버스 쪽으로 몸을 돌렸다. 이제 마골리스의 눈에는 분명하고 강렬한 증오가 담겼다.

"물론." 리버스가 말했다. "어떤 증거라도 나타나기만 하면 전 서둘러

이리로 돌아온다고 장담하죠. 박사님은 밀레니엄을 축하할 수도, 여왕께서 보낸 카드를 받으실 수도 있겠죠. 하지만 그다음에는 제가 문을 열고 들어오는 걸 보게 됩니다." 그가 미소를 지었다. "전 늘 가까이에 있을 거니까요. 마골리스 박사님."

리버스는 온실 문을 열고 조심스럽게 개를 지나쳤다. 그리고 걸어갔다.

어떤 승리감도 들지 않았다. 증거가 나타나지 않는 한 대런 러프를 위한 정의는 실현되지 않을 것이다. 하지만 리버스는 자신이 최선을 다했다는 걸 알았다. 마골리스 부인은 부엌에 있었다. 리버스가 돌아오길 기다리는 것 말고 다른 일을 하고 있었던 척하지 않았다.

"다 잘 됐나요?" 그녀가 물었다.

"그럼요." 리버스는 현관으로 가 정문으로 향했다. 마골리스 부인이 바로 뒤에 있었다.

"저기, 그냥 궁금해서 그러는데……."

리버스는 문을 열다가 그녀 쪽으로 몸을 돌렸다. "남편께 여쭤보시는 게 어떨까요?"

아내가 아는 경우는 종종 있다. 그러면서도 직접 묻지는 않는다.

"하나만 말씀드리죠. 마골리스 부인."

"뭐죠?"

부인 남편은 냉혹한 살인자입니다. 리버스는 입을 열었다 다물었지만 아무 말도 하지 않았다. 손을 흔들고 정원 길을 내려가기 시작했다.

쇼반은 리버스를 캐서린 마골리스의 집에 태워다주었다. 집은 에든버러의 그레인지 구역에 있었다. 조지 왕조풍의 3층 세미 주택이었다. 집이 위치한 거리의 건물 절반은 아침 식사를 제공하는 민박집으로 바뀌었다. 대문 앞에 흰색 벤츠가 서 있었다. 리버스는 클락 쪽으로 몸을 돌렸다.

"알아요." 그녀가 말했다. "차에 있을게요."

캐서린 마골리스는 리버스를 보고도 시큰둥한 것 같았다.

"무슨 일이죠?" 그녀는 리버스를 문간에 세워둘 작정인 것 같았다.

"남편 분 자살 사건 때문입니다."

"그게 왜요?" 캐서린 마골리스의 얼굴은 좁고 딱딱했다. 손은 마치 정육점 칼처럼 길고 가늘었다.

"짐이 자살한 이유를 알 것 같습니다."

"왜 제가 그걸 알고 싶어 한다고 생각하시죠?"

"이미 알고 있군요." 리버스는 심호흡을 했다. 문간에서 이렇게 얘기하는 걸 개의치 않는다면……. "아버지가 소아성애자라는 사실을 짐이 언제 알아냈죠?"

그녀의 눈이 커졌다. 옆집에서 어떤 여자가 잭 러셀 테리어를 산책시킬 준비를 하며 나타났다. "들어오시는 게 좋겠네요." 거리를 위아래로 살펴보며 캐서린 마골리스가 말했다. 리버스가 들어오자 그녀는 문을 닫고 등을 그 방향으로 한 채 팔짱을 끼고 섰다.

"그래서요?" 캐서린 마골리스가 말했다.

리버스는 주위를 둘러보았다. 현관 바닥은 가는 검은색 줄무늬가 있는 대리석이었다. 돌로 된 실내 계단이 위쪽으로 이어졌다. 벽에는 그림이 있었다. 복제품은 아니라는 느낌을 받았다. 캐서린은 리버스의 팔을 알아챈 것 같지 않았다. 아예 관심을 보이지 않았다.

"한나는 집에 없나요?" 리버스가 물었다.

"학교 갔어요. 저기, 무슨 얘긴지 모르겠는데⋯⋯."

"그럼 제가 말씀드리죠. 짐의 죽음이 절 괴롭혔습니다. 그 이유를 알려 드릴게요. 저도 직접 거기 가봤습니다. 아주 높은 곳 정상에 서봤죠. 내가 여기서 뛰어내릴 배짱이 있나 생각해봤습니다."

그녀의 얼굴이 조금 풀렸다.

"보통은 술기운에 그러죠." 리버스가 말을 계속했다. "요즘에는 제가 술을 자제할 수 있다고 생각합니다. 하지만 두 가지를 알았죠. 첫째, 거기 서 뛰어내리려면 엄청난 용기가 필요합니다. 둘째, 계속 살아가지 못할 중 대한 이유가 있어야 합니다. 실제로 닥치게 되면 계속 살아가는 게 둘 중 에서는 더 쉽죠. 저는 짐이 목숨을 끊어야 할 아무런 이유도 찾을 수 없 습니다. 하지만 이유가 있어야 했습니다. 그게 제 생각이었죠. 반드시 이유 가 있어야 했다."

"이제 그 이유를 알아내셨고요?" 그녀의 눈은 현관의 서늘한 흐릿함 속 에서 맑게 보였다.

"네."

"그리고 제게 알려주실 가치가 있다고 느끼셨고요?"

리버스는 고개를 저었다. "제가 맞았다는 확인이 필요했을 뿐입니다."

"그러면 만족하고요?" 그녀는 리버스가 고개를 끄덕일 때까지 기다렸 다. "무슨 권리로 그러시죠, 리버스 경위님? 쉽게 잠들 권리를 가질 이유 가 뭐죠?"

"잠드는 게 쉽다고 생각해본 적이 없습니다. 마골리스 부인." 그때 – 그리고 아마도 조명 때문인지는 몰라도 – 리버스는 그녀가 길고 어두운

터널의 끝에 서 있는 것을 본 느낌이었다. 그녀의 모습은 두드러지게 또렷한 반면, 그녀와 리버스 사이와 주변에 있는 것들은 모두 흐릿하고 희미한 형체들뿐이었다. 그 형체들이 움직이면서 주변에 모이고 있었다. 유령들이었다. 모두 여기서 평범한 관객이 되었다. 잭 모튼, 짐 스티븐스, 대런 러프…… 심지어 짐 마골리스까지. 다들 너무도 생생해서 리버스는 캐서린 마골리스가 그들을 알아볼 수 없다는 걸 믿지 못할 지경이었다.

"짐이 죽은 날 밤." 리버스가 말을 이었다. "부인은 친구들과 함께 로열 파크 테라스에서 저녁식사를 하러 외출하셨죠. 그게 의문이었습니다. 로열 파크 테라스에서 그레인지까지."

"그게 어째서요?" 이젠 지루해하는 것 같았다. 리버스는 허세라고 생각했다.

"가장 쉬운 경로는 홀리루드 공원을 가로지르는 거죠. 그 길로 집에 오셨나요?"

"그랬던 것 같아요."

"흰색 벤츠를 타고?"

"네."

"그리고 짐이 차를 세운 다음에 나갔죠."

"아니요."

"누군가 차를 봤어요."

"아니에요."

"무엇인가가 그의 삶을 지옥으로 만들었기 때문이죠. 아버지에 대해 방금 알아낸 사실이……."

"아니에요."

리버스는 그녀 쪽으로 한 걸음 다가갔다. "그날 밤에는 비가 억수같이 쏟아졌어요. 짐은 산책하러 나간 게 아닙니다. 당신 버전의 얘기죠, 마골리스 부인. 짐이 한밤중에 일어나서 옷을 입고 산책을 나갔어요. 솔즈베리 크랙스까지 내내 비를 맞으며 걸어갔죠. 오로지 투신자살할 목적으로." 리버스는 고개를 저었다. "내 버전이 더 말이 됩니다."

"경위님한테나 그렇겠죠."

"동네방네 떠들 생각은 없습니다, 마골리스 부인. 일의 전말을 확인하려는 것뿐이죠. 짐은 시엘리온 사건의 피해자 중 한 사람과 계속 이야기를 해왔습니다. 시엘리온 추행 사건에 아버지가 관련되었다는 걸 알아냈죠. 그 사실이 드러날까, 그 수치가 자신에게 되돌아오지 않을까 두려워했습니다."

캐서린이 폭발했다. "맙소사, 정말 말도 안 되는 얘기군요! 그 일과는 관련이 없어요. 이게 시엘리온 사건과 어떻게 이어지죠?"

리버스는 마음을 가라앉혔다. "부인께서 말해주시죠."

"모르겠어요?" 그녀는 이제 울고 있었다. "한나 때문이었어요……."

리버스는 얼굴을 찡그렸다. "한나요?"

"한나는 짐의 여동생 이름이었어요. 우리 딸 한나는 그 이름을 따서 지은 거죠. 짐은 아버지에게 복수하려고 그렇게 했어요."

"그럼 마골리스 박사가……." 리버스는 차마 그 말을 입 밖으로 낼 수 없었다. "한나를?"

캐서린은 손등으로 얼굴을 문질렀다. 마스카라가 번졌다. "아버님은 자기 딸을 추행했어요. 딱 한 번뿐이었는지는 아무도 모르죠. 여러 해 동안 계속되었을 거예요. 한나가 자살했을 때……."

"한나는 누가 처음으로 시체를 발견할지 알고 있었던 거죠?"

그녀는 고개를 끄덕였다. "짐은 무슨 일이 있었는지 알았어요. 한나가 왜 자살했는지도요. 하지만 당연히 아무도 그 얘기를 하지 않았죠." 캐서린이 리버스를 쳐다보았다. "그저 입을 다물고 있었을 뿐이었어요. 상류사회에서는 그렇게 하죠. 짐은 그 일을 떨쳐버리려고 했어요. 어떤 해결책도 없다는 사실을 받아들였죠."

"이해가 안 가네요." 하지만 리버스는 이해했다. 왜 짐이 대런 러프를 구타했는지 이제는 알았다. 갈 데 없어진 분노 때문이었다. 짐은 러프를 두들겨 팬 게 아니었다. 자기 아버지를 두들겨 팬 것이었다.

캐서린은 벽에서 미끄러져 내려와 쭈그려 앉았다. 팔로 무릎을 감쌌다. 리버스도 실내 계단 맨 아래에 앉아서 사태를 이해하려고 했다. 조셉 마골리스는 자기 딸을 추행했다…… 왜 대런 러프 같은 남자애를 추행하게 되었을까? 아마 잉케가 꼬드겼을 것이다. 아니면 더 강한 금단의 과실에 대한 단순한 욕망과 호기심 때문이었는지도 모른다.

캐서린 마골리스의 목소리가 다시 차분해졌다. "짐이 경찰이 된 건 아버지에게 다른 방식으로 뭔가를 얘기하기 위해서였다고 생각해요. 결코 잊지 않았고, 절대로 용서하지 않겠다는 얘기요."

"하지만 아버지에 대해 내내 알고 있었다면 왜 자살했을까요?"

"말했잖아요! 한나 때문이에요."

"여동생?"

캐서린은 거칠고 딱딱하게 웃었다. "당연히 아니죠." 잠시 숨을 골랐다. "우리 딸 말이에요, 경위님. 우리 딸 한나요. 짐은 전부터 걱정했어요." 심호흡을 했다. "짐이 잠을 못 이룬다는 사실을 알았어요. 밤중에 잠이 깼는

데 짐이 어둠 속에서 눈을 뜨고 천장을 바라보면서 누워 있었어요. 어느 날 밤 말해줬어요. 내가 알아야 한다고 느낀 거죠."

"짐이 걱정하던 게 뭔가요?"

"자기가 아버지처럼 되는 거요. 유전적인 요소가 있어서 자기가 통제할 수 없어지는 게 아닌지 걱정했어요."

"한나 얘긴가요?"

그녀는 고개를 끄덕였다. "그런 생각을 하지 않으려고 해도 자꾸 떠오른다고 그랬어요. 짐이 한나를 볼 때는 더 이상 자기 딸로 보는 게 아니었죠." 그녀의 눈은 바닥의 패턴으로 향해 있었다. "다른 무언가를, 자기가 욕망하는 무언가를 보는 거죠."

리버스는 마침내 알 수 있었다. 짐 마골리스의 두려움을, 뇌리에서 떠나지 않았던 과거를, 그리고 과거가 되풀이되리라는 예감을 알 수 있었다. 왜 어려 보이는 매춘부들에게 눈을 돌렸는지 알 수 있었다. 과거가 주는 두려움을 알 수 있었다. 상류사회에서는 그렇지 않아요. 마골리스나 페트리 같은 집안이 상류사회를 대표한다면, 리버스는 그런 상류사회와는 상종도 하고 싶지 않았다.

"짐은 저녁 내내 말이 없었어요." 캐서린 마골리스가 말을 이어갔다. "짐이 한나를 바라보고 있는 걸 한두 번 봤어요. 얼마나 두려워하는지 알 수 있었죠." 손바닥으로 눈을 비비고 천장을 쳐다보았다. 코니스*와 샹들리에가 주는 안락 이상의 것을 요구하고 있었다. 그녀의 목에서 나오는 소리는 마치 우리에 갇힌 짐승이 내는 것 같았다.

"집으로 돌아오는 길에 짐이 차를 세우고 달려 나갔어요. 나도 따라갔

---

* 서양식 건축 벽면에 수평의 띠 모양으로 돌출한 부분.

어요. 짐은 그저 거기 서 있었죠. 처음엔 거기가 솔즈베리 크랙스의 제일 끝 가장자리인 걸 알아차리지 못했어요. 내가 오는 소리를 들었던 게 분명해요. 그리고 짐이 사라졌어요. 마치 스턴트나 무대 마술사들이 하는 그런 묘기 같았죠. 그리고 그게 뭔지 깨달았어요. 몸을 던졌던 거예요. 난……그때 느낌이 어땠는지 모르겠어요. 멍했고, 배신감을 느꼈고, 충격을 받았죠." 그녀는 머리를 흔들었다. 가장 추악한 욕망에 굴복하기보다 자살을 택했던 남자에게 그녀가 가졌던 느낌이 무엇이었는지 아직도 확신하지 못하고 있었다. "차로 돌아갔어요. 아빠 어디 갔느냐고 한나가 묻더군요. 산책 갔다고 대답했어요. 아무것도 할 수 없었죠. 왜 그랬는지는 도저히 모르겠어요." 이제 그녀는 머리카락을 헝클어뜨리고 있었다.

리버스는 일어나서 문을 열었다. 격식을 갖춘 식당으로 이어졌다. 반짝이는 사이드보드* 위에 디캔트**가 놓여 있었다. 리버스는 그중 하나의 냄새를 맡아보고는 큰 유리잔에 위스키를 따랐다. 잔을 가지고 현관으로 와 캐서린 마골리스에게 건넸다. 이제 전말을 알 수 있었다. 제인 바버가 짐에게 러프가 돌아온단 얘기를 했다. 짐은 옛날 사건을 살펴보다 세 번째 남자에게 강한 흥미를 갖게 되었다. 아버지가 보육원에서 일했다는 걸 알고 있었다. 궁금한 마음에 대런 러프에게 질문을 했다. 그 결과 짐의 세계가 무너져 내렸다.

"아시겠지만." 짐의 미망인이 말했다. "짐은 죽음을 두려워하지 않았어요. 거기엔 마차꾼이 있다고 했어요."

"마차꾼이요?"

---

* 주방에서 식탁에 내갈 음식을 얹어 두는 작은 탁자.
** Decant. 앙금이 전부 가라앉은 와인을 다시 다른 병에 옮겨 마시는 것.

"사후 세계에서 원하는 어디든지 데려다주는 존재래요." 그녀가 리버스를 올려다보았다. "그 얘기 아세요?"

리버스는 고개를 끄덕였다. "에든버러의 케케묵은 유령 얘기죠. 그게 전부예요."

"유령을 믿지 않나요?"

"꼭 그렇다고는 할 수 없네요." 리버스는 잔을 올렸다. "이건 짐을 위한 겁니다." 그가 말했다. 주위를 둘러보았지만 유령은 하나도 보이지 않았다.

51

일주일 뒤, 리버스는 브라이언 미의 전화를 받았다.

"무슨 일이야, 브라이언?" 리버스는 어조로 이미 짐작이 갔다.

"아, 젠장, 존. 재니스가 떠났어."

"유감이야."

"그렇게 생각해?" 이어지는 웃음에는 미심쩍어하는 기미가 있었다.

"진심이야. 정말 유감이야."

"재니스가 너한테는 말했지?"

"에둘러서 했어." 리버스는 잠시 말을 멈췄다. "그런데 지금 어디 있는지는 알아?"

"헛소리 집어치워. 네 아파트에 있잖아."

"뭐?"

"내 말 들었잖아. 네 집에서 산다고."

"금시초문이야."

"재니스는 거기 아는 사람이 하나도 없어."

"아침 식사가 제공되는 민박도 있고, 방을 임대할 수도 있어……."

"재니스를 재워주고 있는 거 아니지?"

"맹세해도 좋아."

전화에서는 오랫동안 말이 없었다. "맙소사, 미안해. 걱정돼서 정신이 나갔나 봐."

"이해해."

"재니스를 찾아다닐 만한 가치가 있을까 하는 생각이 들어."

리버스는 숨을 내쉬었다. "무슨 소리야?"

"재니스가 전에는 날 사랑했던 것 같아."

"하지만 지금은 아니다?"

"그렇지 않으면 집을 나갈 리가 없잖아."

"그건 그래."

"데이먼을 찾아도 재니스가 돌아올 것 같진 않아."

"시간을 좀 줘."

"아, 물론이지." 브라이언이 코를 훌쩍였다. "그거 알아? 사람들이 날 바니라고 부르는 게 좋았어. 어떻게 생긴 별명인지 아니까."

"싫어한다고 하지 않았나?"

"그렇지. 그래도 알아. 바니 러블. 내가 그 캐릭터와 닮았다고 생각해서겠지. 한번은 누군가 그렇게 말했어. 그냥 '바니'가 아니라 '바니 러블'이라고."

리버스는 미소를 지었다. "그래도 어쨌든 그 이름이 좋았지?"

"그런 건 아니야. 별명이 있어서 좋았다고 했지. 일종의 정체성 문제이니까. 아무 별명도 없는 것보다는 낫잖아."

리버스의 미소가 번졌다. 바니 미가 보였다. 미치를 구하러 덤벼들던, 작지만 당찬 싸움꾼, 세월이 흘러 과거와 현재가 멀어지면서 그런 옛날 사건도 사라진 것 같았다. 마치 두 사람이 나란히 살고 있는 것 같았다. 과거는 유령 같은 존재가 되어 지금 여기에 영원히 함께 있다. 아무것도 잃지 않았다. 잊히지도 않았다. 구원은 언제나 가능했다.

하지만 그게 사실이라면, 마골리스 박사는 결코 법의 심판을 받지 않고, 그의 범죄는 겨우 몇 사람만 알고 있다는 건 어떻게 설명할 수 있을까? 검사가 캐리 오크스를 앨런 아치볼드에 대한 살인 미수로만 기소할 수 있다는 건? 오크스를 짐 스티븐스와 연결시키는 모든 법의학 증거가 해명 가능하다는 건? 스티븐스의 차에 있는 지문과 섬유 – 오크스는 전에 짐의 차에 탄 적이 있었다. 빌어먹을. 공항에서 오크스가 스티븐스의 차를 타고 가는 걸 본 경찰관이 셋이나 있다. 스티븐스 파일은 공개되겠지만, 아무도 수사에 착수하지 않을 것이다. 누구 짓인지는 다들 안다. 하지만 자백이 없는 한, 속수무책이다.

"가장 가능성 높은 사건에만 집중합시다." 검사가 말했다. 택시 기사가 기꺼이 증언할 의사가 있는데도, 리버스에 대한 폭행 기소도 포기한다는 뜻이었다.

"변호인이 논박할 여지가 너무 많아요." 리버스는 기분 나쁘게 생각하지 않으려고 했다. 기소는 그 자체로 최고의 선수라도 패배할 수 있고, 속임수가 난무하는 게임이라는 걸 알고 있었다. 수사를 하고 사실을 제시하는 것이 경찰의 직무다. 리치 코도버 같은 변호사가 하는 일은 모든 걸 꼬아버려서 배심원과 증인으로 하여금 셀틱 FC 팬들이 〈더 새시(The Sash)〉*를 부르고, 카우덴비스가 이상적인 휴양지라고 믿게 설득하는 것이다.

"이봐, 존." 브라이언이 말했다.

---

* 셀틱의 라이벌인 글래스고 레인저스 FC의 응원가.

"왜, 바니?"

브라이언이 그 말에 웃었다. "한번 주말에 자네하고 나 둘이서만 노는 게 어때? 가라오케에서 이중창을 부르고, 여자한테 작업 거는 실력이 여전한지 확인도 해보고."

"솔깃하군. 언제 전화할게." 하지만 그러지 않으리라는 걸 둘 다 알고 있었다.

"그럼 약속한 거다."

"잘 지내, 바니."

"안녕, 존. 통화해서 즐거웠어……."

다른 소아성애자가 교도소에서 출소했다. 이번에는 글래스고였다. GAP는 버스를 대절해서 렌프루로 향했다. 그 소아성애자가 숨어 있다는 소문이 도는 곳이었다. GAP 회원 중에 젊은 남자들이 밤에 시내로 놀러나갔다가 거리 전체로 번진 큰 패싸움을 벌였다.

적어도 몇몇 지역에서는 이 사건으로 인한 악평이 GAP의 종말을 알리는 계기가 되었으면 했다. 하지만 밴 브래디는 여전히 인터뷰를 했고, 신문에 사진이 실렸으며, 모금을 위해 복권 수익 기금에 계속 신청을 하고 있었다. 기자들은 브래디가 축약된 인터뷰를 거의 독차지하다시피 말하는 걸 좋아했다. 물론 언론에 내보내려면 그 인터뷰의 절반은 순화시켜야 했지만.

짐 스티븐스에 대한 추모 행사가 있었다. 리버스는 혼자 참석했다. 리버스는 스티븐스가 살아 있을 때 추모객 중 적어도 3/4과는 사이가 틀어졌을 거라고 생각했다. 하지만 추모사와 침통한 얼굴들이 있었다. 리버스는 짐이 이런 식의 추모는 원하지 않았을 거라는 생각을 지울 수 없었다. 나중에 그는 옥스퍼드 바의 뒷방에서, 서너 명의 가장 시끄럽고, 무례하며, 웃기는 주변 사람들과 함께 자신만의 작은 경야*를 열었다. 자정을 훨씬 넘어서까지 마셨다. 웃음소리는 구석에 있는 켈디 밴드**의 음악이 거의 묻힐 정도였다.

리버스는 비틀대며 옥스퍼드 테라스로 가는 길을 걸어와, 옷을 세탁 바구니에 집어넣고 샤워를 했다.

"아직 냄새가 지독해요." 리버스가 침대로 기어들어가자 페이션스가 말했다.

"전통을 지키고 있는 거예요." 리버스가 말했다. "에든버러가 괜히 '늙은 골초(Auld Reekie)'라고 불리는 게 아니죠."

리버스는 칼 브래디가 자기와 얘기하고 싶다고 해서 의아했다. 칼은 보석으로 석방되어서 재판을 기다리고 있었다. 렌프루에서 패싸움이 벌어졌던 밤에 저질렀던 다수의 폭행 혐의였다. 아침에 전화가 오리라고는 예상하지 못했기 때문에 리버스는 누구에게도 목적지를 밝히지 않고 경찰서를 나왔다. 둘은 래디컬 로드에서 만났다. 칼은 집에서 멀지 않지만 경찰서는 아닌 곳, 그리고 다른 사람이 엿들을 염려 없이 얘기할 수 있는 장소를 원했다.

바람이 갑자기 세게 불어서 리버스는 귀가 찌르는 듯 얼얼했다. 빠르게 움직이는 구름 사이가 갈라질 때 가끔 햇살이 비췄지만, 잠시 후에는 구름

---

* 죽은 사람을 장사 지내기 전에 근친과 지기들이 밤새도록 지키는 일.
** 게일어로 된 스코틀랜드 토속 음악을 연주하는 밴드.

이 다시 태양을 가렸다. 브래디는 양쪽 눈 아래 심하게 멍이 들었고 입술이 터졌다. 왼손에는 붕대를 감았고 걸을 때는 다리를 약간 절룩거리는 것 같았다.

"상태가 심각하군." 리버스가 말했다.

"글래스고 놈들이……." 칼은 고개를 흔들었다.

"렌프루 아니었나?"

"렌프루나 글래스고나…… 그놈이 그놈이지. 하나같이 전부 미친 새끼들이야. 그놈은 일대일 대결은 생각도 안 한다니까." 칼은 몸을 떨면서 데님 재킷을 단단히 여몄다.

"단추를 채우면 되잖아." 리버스가 말했다.

"응?"

"재킷…… 춥다면 말이야."

"알아, 하지만 그러면 멍청해 보여. 리바이스 재킷은 단추를 풀고 있어야 멋지다니까." 리버스는 할 말이 없었다. "칼침 맞았다고 들었는데."

리버스는 자기 팔을 쳐다보았다. 이제 팔걸이 붕대는 하지 않았고, 압박 붕대만 테이프로 붙였다. 일주일 정도 지나면 실밥도 녹을 것이다. "왜 날 보자고 했지?"

"이 빌어먹을 기소 때문이야."

"그게 왜?"

"난 아마 감옥행일 거야. 범죄 기록 때문에."

"그래서?"

"그렇게 안 됐으면 좋겠어." 칼은 어깨를 씰룩거렸다. "빠져나가게 도와줄 수 있어?"

"좋게 말해달라고?"

"그래."

리버스는 안심한 듯 주머니에 손을 넣었다. 사실 약속 장소에 브래디보다 5분 전에 도착한 후 계속 주위를 경계했다. 함정이나 기습이 있는지 살펴보았다. 캐리 오크스에게 배운 교훈이었다. "내가 뭘 해주면 되지?" 리버스가 물었다.

"이봐, 난 빌어먹을 고자질쟁이가 아니야."

리버스는 예상했다는 듯 고개를 끄덕여 동의했다.

"하지만 들은 얘기가 있어." 칼은 잠시 말을 멈췄다. "안 들으려고 했는데, 가끔은 어쩔 수 없더라고."

"예를 들면?"

"그럼 해줄 거야?"

리버스는 걸음을 멈췄다. 마치 풍경에 감탄하는 것 같았다. "우리 편이라고 저쪽에 얘기해줄 수 있지. 중요한 존재처럼 보이게 해줄 수 있어."

"하지만 난 당신네 끄나풀이 되지 않을 거야. 알겠지? 그게 핵심이야."

리버스는 고개를 끄덕였다. "그래도 거래할 건 갖고 있지?"

칼은 마치 누가 엿듣기라도 하는 듯 주위를 둘러보았다. 칼이 목소리를 낮추자 리버스는 바람 소리 사이로 그의 목소리를 듣기 위해 가까이 다가가야 했다.

"내가 맥킨지 씨 밑에서 일하는 거 알지?"

"행동대장이잖아."

브래디는 그 말이 거슬리는 것 같았다. "맥킨지 씨는 가끔 돈을 빌려줘. 사업하다보면 자주 생기는 일이지."

"그럼."

"난 맥킨지 씨의 채무자들이 어떤 위험을 인수했는지 확실히 알게 해 주지."

리버스는 미소를 지었다. "알리기에는 아주 좋은 방법이군."

브래디는 주변을 다시 둘러보았다. "페트리야." 마치 그 이름이 모든 걸 설명해주는 것처럼 말했다.

"알아." 리버스가 말했다. "니키 페트리가 차머한테 빚을 졌지. 빚 독촉 대신에 죽도록 두들겨 맞았어."

하지만 브래디는 고개를 저었다. "빚을 진 건 니키의 누나야."

"아마?" 브래디가 고개를 끄덕였다. "그럼 왜 니키를 구타했지?"

브래디는 콧방귀를 뀌었다. "아마는 냉정하고 까다로운 년이야. 당신은 못 알아차렸겠지. 하지만 자기 남동생은 좋아해. 꼬마 니키를 끔찍하게 아끼지."

"그래서 아마한테 메시지를 보낸 거군?" 리버스는 생각해보았다. 미인 대회에서 아마가 했던 말이 기억났다. 내가 돈 빌렸던가요? '왜 아버지한 테 빌리지 않았지?'

"지금은 아버지한테 돈을 빌려달라고 하지 않아. 그리고 아버지도 사람 보는 눈이 있다면 빌려주지 않을 거고."

"이게 나와 무슨 관련이 있는지 아직도 모르겠는데."

"니키 남매의 그 아파트."

"그게 왜?"

"그녀가 거기 살아. 당신이 찾는 금발 여자."

리버스는 브래디를 쳐다보았다. "그녀가 그 아파트에 산다고?" 브래디는 고개를 끄덕였다. "이름은 뭔데?"

"니콜라였던 것 같아."

"어떻게 다 알지?"

브래디는 어깨를 으쓱했다. "걔네 패거리들은 수다를 멈추지 않는다니까."

리버스는 보트 위에서 있었던 장면을 생각했다. 주정뱅이가 뭐라고 말하려 할 때 아마 페트리가 경고했지.

"걔들이 이 니콜라에 대해 알아?"

"다들 알아."

그들이 전부 리버스에게 거짓말을 했다는 뜻이다…… 니키와 아마 남매를 포함해서.

"니키 친구야?"

브래디는 다시 어깨를 으쓱했다.

"그럼 아마 친구?"

"난 얽히기 싫어." 얘기 끝났다는 듯 손을 저으며 브래디가 말했다.

"넌 어때? 아직 조안나랑 살아?"

"당신하고는 상관없는 일이야."

"꼬마 빌리는? 아빠랑 떠나는 게 낫지 않을까?"

"조안나가 바라지 않아."

"빌리가 뭘 바라는지 물어본 사람이나 있었어?

브래디의 언성이 높아졌다. "빌리는 어린애일 뿐이야. 자기한테 뭐가 좋은지 어떻게 알아?"

"네가 빌리 나이였을 때는 자기가 원하는 걸 알고 있었을걸."

"그럴지도 모르지." 브래디는 잠시 생각한 후 마지못해 인정했다. "하지만 내가 갖지 못했을 확률이 큰 걸 당신에게 줄게." 그가 웃었다. "아마 아직까지 난 갖지 못했는지도 몰라. 내가 무슨 생각 하는지 알아?"

"뭔데?"

"보기만 해."

그리고 리버스는 칼이 바지 지퍼를 내리고 성기를 꺼내 래디컬 로드 끝에서 오줌을 누는 모습을 지켜보았다. 리버스가 뒤에 멀찍이 떨어져서 보니 칼은 홀리루드와 그린필드, 그리고 세인트 레너즈에 오줌을 누는 것 같았다. 도시 전체에 오줌발로 큰 반원을 그리는 것 같았다.

리버스도 할 수만 있었다면 바로 그 순간에 칼과 함께 오줌을 눴을 것이다.

52

리버스는 호출을 받고 쇼반 클락과 함께 세인트 레너즈 경찰서로 돌아가는 중에 뉴타운으로 우회했다. 클락은 이유를 물을 만큼 눈치가 없지는 않았다. 리버스는 좋은 시절 얘기만 할 것이고 그 전 이야기는 하지 않을 테니까.

늦은 오후였다. 리버스는 차도 가장자리에 차를 세웠다. 방향 표시등이 점멸했다. 니키 페트리에 대해 생각했다. 찾아가야 하나, 말아야 하나? 페트리 남매는 또 입을 맞춰 다른 거짓말과 절반쯤의 진실을 늘어놓을까? 클락이 입을 떼 뭐라고 말하려는 순간, 리버스의 손이 핸들을 꽉 쥐는 게 보였다.

여자 하나가 페트리 집 계단을 내려오고 있었다. 리버스는 택시가 대기하고 있는 걸 그제야 보았다. 여자는 택시에 올라탔다. 리버스는 여자의 어렴풋한 윤곽만 볼 수 있었다. 키가 크고 호리호리했다. 끄트머리 부분을 안으로 감은 단발머리를 한 금발이었다. 부풀어 오른 검정 털 코트 아래 검정 드레스와 타이츠를 입었다. 리버스는 방향 표시등을 끄고 택시를 따라가면서 클락에게 상황을 설명했다.

"어디로 가는 걸까요?"

"알아내는 방법은 하나뿐이지."

택시는 프린스 스트리트로 향하더니, 그곳을 가로질러 마운드로 올라갔다. 정상에 있는 신호등을 지나 아래 빅토리아 스트리트 쪽으로 우회전했다. 그래스 마켓이 목적지였다. 니콜라는 요금을 내고 택시에서 내렸다. 약간 머뭇거리며 주위를 둘러보았다. 얼굴이 가면 같았다.

"화장을 떡칠했네요." 클락이 한마디했다. 리버스는 주차 공간을 찾아보았다. 자리가 없자 주차 금지선 위에 차를 세웠다. 딱지를 떼도 상관없었다. 어차피 차 사물함에 딱지가 쌓여 있으니까.

"어디로 가는 거지?" 차에서 내리며 리버스가 물었다.

"저 아래 카우게이트 쪽 같은데요." 클락이 말했다.

"대체 왜 거기 가려고 할까?"

그래스 마켓 자체는 고급화되었지만, 바로 동쪽 구역은 여전히 호스텔 시티였다. 도시의 철거민들이 한때 자기들의 재산을 갖고 있던 곳이었다. 일단 정치인들이 도로 아래쪽으로 이사 가면 상황은 분명 달라질 것이다.

사람들은 길모퉁이에 서 있거나 버려진 교회의 계단에 앉아 있었다. 헐렁한 바지에 험상궂게 보이는 수염을 길렀다. 이빨은 없다시피 했고 등은 구부정했다. 리버스와 클락이 모퉁이를 돌았을 때, 여자가 숭배자들 무리 사이를 과장될 정도로 느리게 지나가는 게 보였다. 숭배자들 중 소수만이 그녀에게 잔돈이나 담배를 청했다.

"관심 받는 걸 좋아하는군요." 클락이 말했다.

"그리고 거기 너무 매달리지도 않네."

"신경 쓰이는 게 딱 하나 있는데요……."

하지만 니콜라는 남자들의 휘파람 소리를 확인하러 몸을 돌리다 리버스와 클락을 보았다. 재빨리 몸을 다시 돌리고 발걸음을 재촉했다. 얼룩말

가죽으로 된 숄더백을 계속 단단히 잡고 있었다.

"우리 미행 실력이 신통치는 않네요." 클락이 말했다.

"저 여자는 우릴 알아." 리버스가 낮은 목소리로 말했다. 그들은 뛰기 시작했다. 조지 4세 다리 아래 인도를 따라 달렸다. 여자는 플랫 힐* 신발을 신었고, 긴 코트가 엉키는데도 불구하고 잘 달렸다. 차량들 사이에 틈을 발견하고 쏜살같이 달려 나갔다. 카우게이트는 끔찍했다. 옆면이 높은 건물들 사이에 있는 골목은 좁았다. 교통체증이 생기면 일산화탄소가 빠져나갈 곳이 없었다. 리버스는 가슴의 폐맨 자리 때문에 속도가 느려졌다.

"거스리 스트리트예요." 클락이 말했다. 니콜라가 향하는 곳이었다. 거스리 스트리트는 챔버 스트리트로 이어진다. 거기라면 여자가 추적자들을 쉽게 따돌릴 수 있을 것이다. 하지만 그녀가 가파른 골목길로 접어들었을 때 누군가와 부딪히고 말았다. 충돌하면서 여자의 몸이 빙글 돌았다. 무언가가 땅에 떨어졌지만 계속 달려갔다. 리버스가 멈춰서 그걸 주웠다. 짧은 금발머리 가발이었다.

"이게 뭐야?"

"그 얘기를 하려고 했어요." 클락이 말했다. 둘 앞에서 니콜라는 기진맥진해서 팔로 벽을 잡고 비탈을 올라가고 있었다. 다리도 절고 있었다. 아까 부딪히면서 무릎이 뒤틀렸던 것 같다. 마침내 체임버 스트리트에 들어서자마자 여자는 포기하고 벽에 등을 기댄 채 거세게 숨을 헐떡였다. 머리는 짧았고, 완전한 금발이라기보다는 옅은 금발이었다. 땀 때문에 화장이 지워지고 있었다. 리버스는 가면 뒤에서 너무나 잘 아는 얼굴을 보았다.

니콜라가 아니라 니키였다. 니키 페트리.

---

* 1~2.5센티미터 정도의 낮고 면이 넓은 힐.

페트리의 말이 생각났다. *여기처럼 예의범절을 따지는 고리타분한 동네에서 달리 어디서 스릴을 찾겠어요?*

니키 앞에 멈춰 섰을 때 리버스는 심장이 터지는 것 같았다. 겨우 입을 뗄 수 있었다.

"이제 얘기를 해보실까, 페트리 씨?" 리버스는 가발을 니키 페트리의 머리에 던졌다. 페트리는 역겨워하며 가발을 집어 얼굴에 가져다댔다. 이제 뭐가 땀이고 뭐가 눈물인지 구별하기 어려웠다.

"신이시여, 신이시여, 신이시여." 페트리가 계속해서 말했다.

"데이먼은 어디 있지?"

"오, 신이시여, 신이시여, 신이시여."

"신은 지금 당신 도와줄 겨를이 없는 것 같은데, 니키."

리버스는 옷을 보았다. 아마 페트리의 옷일 것이다. 남매는 체구가 비슷했다. 니키가 약간 크고 살집이 있을 뿐이었다. 검은색 드레스가 꽉 조이는 것 같았다.

"이게 하고 싶었나? 여자 옷 입는 거?"

"그렇다고 해로울 건 없어요." 클락이 재빨리 덧붙였다. "취향은 다 제각각이니까."

니키가 초점을 맞추려고 눈을 깜빡이며 클락을 쳐다보았다.

"자기도 꽃단장하면 달라질 수 있어요." 니키가 말했다.

클락이 미소를 지었다. "그럴지도 모르죠."

"화장은 누가 해줬지?" 리버스가 물었다. "아마?"

니키가 강조했다. "전부 내 작품이에요."

"그러고는 이쪽 동네로 왔군? 사람들의 감탄하는 걸 만끽하면서 길을 오갔지?"

"당신에게 기대하지……."

"당신이 뭘 기대하든 상관없어." 리버스는 클락 쪽으로 몸을 돌렸다. "가서 차 가져오게." 차 열쇠를 건네주었다. "페트리를 여기서 경찰서로 데려가야 해."

페트리의 눈이 두려움으로 커졌다. "왜요?"

"데이먼에 관한 질문에 대답을 해야 하니까. 그리고 왜 내내 거짓말을 했는지도 설명해야 하고."

페트리는 뭔가 말하려 하다가 꾹 참았다.

"마음대로 해." 리버스가 페트리에게 말했다. 그리고 클락에게 말했다. "가서 차 가져와."

리버스는 30분 동안 니키 페트리에게 질문했다. 구경하고 싶은 사람은 누구나 취조실로 들어올 수 있게 했다. 페트리는 CID 형사들과 제복 경관들이 신발과 타이츠, 드레스에 대해 평가하는 동안 머리에 손을 대고 앉아서 올려다보지 않았다.

"바지와 셔츠를 가져다줄 수 있어." 리버스가 말했다.

"무슨 속셈인지 알아요." 둘만 있게 되자 페트리가 말했다. "마음대로 비웃어요. 이 숙녀 분은 입 안 열 테니까." 그는 약간 반항하는 듯한 미소를 지었다.

"아빠가 널 구해주러 올 거야." 리버스가 한마디했다. 페트리의 입술에서 핏기가 가시는 걸 보니 기분이 좋았다.

"아버지는 필요 없어요."

"그럴지도 모르지. 하지만 판사님한테 연락은 해야 해. 신문에 나는 것보다는 우리도 그게 좋으니까."

"신문?"

리버스가 웃음을 터뜨렸다. "신문에서 그냥 넘어갈 것 같아? 아니지. 온종일 지면에 네 얼굴이 도배되겠지. 축하해, 니키. 팬스틱*하고 가발만 있으면 돈도 줄 거야."

"신문에 알릴 필요는 없어요." 페트리가 다급하게 말했다.

리버스는 어깨를 으쓱했다. "경찰서는 체와 같아. 여기서 널 본 사람이 한둘이 아니야…… 얘기가 새 나가지 않는다고 장담 못해."

"개자식."

"마음대로 욕해." 리버스가 몸을 앞으로 기울였다. "난 어디서 데이먼을 찾을 수 있는지 알고 싶을 뿐이야."

"그건 도와줄 수 없어요." 한껏 반항기를 내보이며 니키 페트리가 말했다.

차선책: 아마 페트리.

아마는 경찰서로 득달같이 달려왔다. 칼 브래디의 말이 맞았다. 그녀의 약점은 남동생이었다.

"그 애, 어디 있어요? 그 애한테 무슨 짓을 했죠?"

리버스는 겉으로는 아주 침착하게 아마를 쳐다보았다. "내가 할 질문 같은데요?"

그녀는 알아듣지 못한 것 같았다.

"데이먼 말이에요." 리버스가 설명했다. "니키가 가이타노에서 데이먼을 만나서 당신이 파티를 열고 있는 보트로 데려갔어요. 데이먼이 살아 있

---

* panstick. 배우들이 분장에 쓰는 막대 형식의 파운데이션.

는 모습을 보인 건 그때가 마지막입니다. 미스 페트리."

"니키하고는 상관없어요."

둘은 같은 취조실에 앉아 있었다. 니키 페트리는 유치장에 구금되었다. 해롤드 잉케를 처음 심문한 곳도 이 방이었다. 잉케는 12년형을 선고받았다. 마샬은 8년이었다. 둘 다 피터헤드 교도소에서 대부분 복역하게 될 예정이었다. 거기 지인이 있었다면, 잉케를 위해 한마디 부탁했을지도 모른다. 하지만 리버스는 아는 사람이 단 하나도 없었다.

"왜 그게 니키와 상관없죠?" 리버스가 물었다.

"니키가 아니라 내 잘못이니까요."

리버스는 이해했다. 아마는 니키가 이미 털어놨고 죄를 뒤집어썼다고 생각했다. 칼 브래디가 눈치챘던 그녀 갑옷의 빈틈이었다. 아마는 동생을 너무 사랑했다.

리버스는 의자에 등을 기댔다. 어떻게 다뤄야 할지 감이 왔다. 아마에게 뭐라도 마시겠냐고 물었다. 그녀는 거세게 고개를 저었다.

"진술을 하고 싶어요." 아마가 불쑥 말했다.

"변호사가 필요하시겠죠?"

"변호사 따위." 그녀는 갑자기 말을 멈췄다. "니키가 여기 있나요? 이 경찰서에?"

"유치장에 안전하게 모셨습니다."

"안전하게?" 아마의 목소리가 떨렸다. "가엾은 니키……." 눈물은 흘리지 않았지만 긴장한 얼굴이었다.

"데이먼은 니키가 실제로는 여자가 아니란 걸 알았나요?"

"어떻게 모를 수 있겠어요?"

리버스는 어깨를 으쓱했다. "동생은 꽤 자신하던데요."

아마는 잠깐 미소를 지었다. "니키는 자기가 여자고 내가 남자였어야 했다고 늘 말했어요."

리버스는 니키가 열두 살 때 집에서 도망친 걸 알고 있었다. 그때부터 계속 도망치고 있다.

"보트에서 무슨 일이 있었죠?"

"우린 전부 술을 마시고 있었어요." 그녀가 리버스를 쳐다보았다. "파티가 어떤지 아시잖아요."

아마는 리버스를 자기편으로 끌어들이려 했다. 이미 늦었지만 어쨌든 리버스는 고개를 끄덕여주었다.

"그러고는 니키가 이 깡패 녀석을 갑판 아래로 데려왔죠."

"깡패요?"

"깡패지만 쓸 만했죠. 전 속물이 아니에요, 경위님."

"물론 아니죠. 당신네 전부 니키의…… 취향을 알고 있었군요."

"우리 그룹은 알고 있었죠. 몇몇 커플이 춤을 추고 있었고, 니키와 데이먼도 합류했어요." 아마의 눈에 초점이 흐려지며 그 장면을 그려보고 있었다. "니키는 데이먼의 어깨에 머리를 기댔죠. 잠깐 나하고 눈이 마주쳤는데…… 아주 행복해 보였어요." 그녀는 눈을 질끈 감았다.

"그러고는 무슨 일이 벌어졌죠?"

아마는 다시 눈을 뜨고 책상을 바라보았다. "다른 커플 중에 알피와 셰리가 있었어요. 알피는 늘 그랬듯 술에 취한 상태였죠. 재미 삼아서 몸을 앞으로 기울여 니키의 가발을 잡아챘어요. 니키는 알피를 잡으러 뛰어다녔어요. 데이먼은 그 자리에 멍하니 서 있었죠. 마치 벼락을 맞은 것 같았어요. 데이먼은…… 그 당시에는 정말 우스꽝스러웠어요. 표정이 완전 가관이었죠. 그러고는 계단으로 달려갔어요. 니키가 상황을 알아차리고 데이먼을 따라갔죠."

"둘이 싸웠나요?"

아마가 리버스를 쳐다보았다. "니키가 그러던가요?" 그녀는 미소를 지었다. "착한 니키…… 경위님도 보셨죠? 파리 한 마리도 못 죽이는 애예요. 내가 갑판에 올라갔을 때는, 이 데이먼이란 자가 니키를 바닥에 쓰러뜨렸어요. 데이먼이 니키의 목을 죽일 정도로 조르면서 머리를 갑판에 찧어댔어요. 머리를 들어 올렸다가…… 다시 아래로 쿵쿵 박아댔죠. 난 빈 와인병 잡고 데이먼의 머리 옆쪽으로 휘둘렀어요. 데이먼은 꼬떡도 안 했죠. 아무 소용이 없었어요. 심지어 병이 깨지지도 않았죠. 영화와는 달랐어요. 하지만 데이먼은 니키를 놓아주고 비틀거리며 일어섰어요."

"그러고는요?"

"몸의 균형을 잃은 것 같았어요. 한쪽으로 쓰러지더니 물에 빠졌죠. 웃기는 게…… 갑판은 수면보다 그렇게 높이 있지 않았고…… 떨어질 때 소리도 거의 나지 않았어요."

"그러고는 어떻게 하셨죠?"

"니키가 괜찮은지 확인해야 했어요. 갑판 아래로 다시 데려갔죠. 목구멍을 다쳤지만 브랜디를 마시게 했어요."

"데이먼에게 어떻게 하셨느냐는 얘기입니다."

"아, 데이먼이요……." 아마는 잠시 생각했다. "내가 도와주러 갔을 때는 흔적도 없었어요. 헤엄쳐서 해변으로 갔나 했죠."

리버스는 그녀를 응시했다. "정말 그렇게 생각하셨나요?"

"솔직히 말하면…… 생각을 하기나 했는지도 확실히 모르겠어요. 데이먼은 가버렸으니 니키한테 해를 끼칠 수 없었죠. 그게 중요했어요. 나한테는 늘 그게 제일 중요했죠. 그러니 니키가 뭐라고 했든, 날 보호하려고 그런 거예요. 감옥에 들어갈 사람은 나예요. 니키는 집에 가야 하고요."

"충고, 고맙군요."

"니키를 내보내주실 거죠?"

리버스는 일어나서 아마가 있는 쪽으로 몸을 기울였다. "난 데이먼 가족을 압니다. 얼마나 고통스러워하는지 직접 봤어요. 당신의 소중한 동생은 그 절반도 모르겠죠."

아마가 그를 노려보았다. "왜 니키가 그걸 알아야 하나요?"

리버스는 수만 가지 대답을 생각했지만, 아마는 그 대답마다 할 것이다. 대신에 진술서가 필요하다고 말했다. 진술서를 받을 사람을 보낼 것이다. 리버스는 문 쪽으로 갔다.

"그러면 니키를 내보내주실 거죠, 경위님?"

리버스가 거둔 단 하나의 작은 승리였다. 그는 한마디도 하지 않고 취조실을 나갔다.

에필로그

리버스는 그날 밤늦게 다시 카우게이트에 왔다. 이번에는 더 동쪽으로 갔다. 임시 폐쇄된 시체 공시소를 지나, 홀리루드의 건설 현장으로 걸어갔다. 현장 뒤에서 그린필드의 고층 아파트 몇 개와 그 뒤의 솔즈베리 크랙스를 구분할 수 있었다. 해는 졌지만 아직 그렇게 어둡지는 않았다. 1년 중이 시기의 황혼은 꽤 오래 이어진다. 그날은 철거 작업이 중단되었다. 어떤 건물들이 어디에 자리하게 될지 확신할 수는 없었지만, 신문사 건물, 테마파크, 의사당 건물이 들어서리라는 건 알고 있었다. 그 건물들은 전부 21세기를 대비하거나 그렇게 될 예정이었다. 스코틀랜드가 새로운 밀레니엄으로 들어선다. 리버스는 마음속에 작은 희망의 기운이라도 불러일으키고 싶었지만, 오래된 냉소주의가 그 기운을 억누르고 있었다.

이제 황혼이 사라졌다. 어둠이 내렸다. 멀리서 종이 울리자 리버스의 주변에 그림자가 솟아오르는 것 같았다. 돌에 스며든 피, 영원히 뒤틀린 채 누운 뼈들, 도시의 과거와 현재에 대한 이야기와 괴담……. 리버스는 도시가 다시 한 번 나라의 수도에 걸맞게 서서히 발전하는 동안, 이 모든 것이 굴착기의 강철 턱 안에서 떠올라 표면에서 흐를 것임을 알고 있었다.

별거 아니야, 존. 리버스는 혼잣말했다. 여긴 그냥 올드 타운이야. 그게 전부야.

캐리 오크스는 소튼 교도소의 면회실에 앉아 있었다. 수갑도 차지 않았고, 경비원도 한 명뿐이었다. 경비원이 한 명뿐이라니 위신이 서지 않았다. 그때 문이 열리고 변호사가 들어왔다. 그래서 변호사를 부른 것이었다. 오크스는 미소를 지으며 고개 숙여 인사했다. 변호사는 젊고 의욕이 넘쳐 보였지만 허둥댔다. 아마 첫 사건이겠지. 그래도 좋다. 젊은 변호사들은 성공하려고 소처럼 일한다. 더 많은 시간을 들이고, 더 많은 노력을 기울일 것이다. 캐리는 신참 변호사에게 악감정이 없었다.

오크스는 변호사가 앉아서 준비하면서 노트를 꺼내고 오른손에 펜을 들 때까지 기다렸다. 그리고 늘 떠벌리는 거짓말을 시작했다.

"난 무고해요. 도와주세요. 꼭 도와주세요. 그래야 합니다. 변호사님한테만 말씀드리는데, 난 아무 짓도 하지 않았다는 걸 입증할 수 있어요." 오크스는 몸을 앞으로 기울이면서 팔꿈치를 테이블에 얹었다. "변호사님을 성공하게 해드릴게요. 변호사님은 나한테 딱 맞는 분이에요. 난 알 수 있어요."

그리고 크게 활짝 웃었다. (끝)

버티고 시리즈 출간 목록

데드 소울즈

초판 1쇄 인쇄 2022년 3월 15일
초판 1쇄 발행 2022년 3월 25일

지은이 | 이언 랜킨
옮긴이 | 정세윤
펴낸이 | 정상우
편집 | 유나
디자인 | 김해연
관리 | 남영애 김명희

펴낸곳 | 오픈하우스
출판등록 | 2007년 11월 29일 (제13-237호)
주소 | 서울특별시 은평구 증산로9길 32(03496)
전화 | 02-333-3705팩스 | 02-333-3745
facebook.com/vertigo.kr
instagram.com/vertigo_mysterybook

ISBN 979-11-88285-54-9 04870
     979-11-86009-19-2 (세트)

VERTIGO는 (주)오픈하우스의 장르문학 시리즈입니다.